KB177662

기 드 모파상(1850~1893)

기 드 모파상 동상 프랑스 뒤 몽소 공원

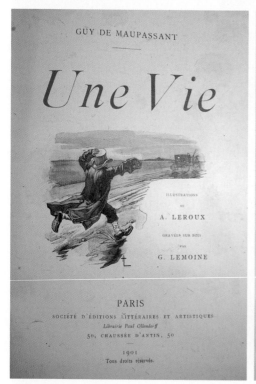

《여자의 일생》 속표지(1883)

《벨아미》 초판본 표지(1885)

▲〈석고상이 있는 정물 장미와 두 소설 아직도 인생〉 빈센트 반 고흐. 1887. 크뢸러 뮐러 미술관
파란색 책이 기 드 모파상의 《벨아미》이며, 노란색 책은 에드몽 드 공쿠르와 쥘 드 공쿠르 형제의 《제르미니 라세르퇴》이다.

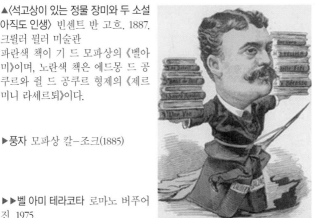

▶풍자 모파상 칼–조크(1885)

▶▶벨 아미 테라코타 로마노 버푸어진. 1975.

《여자의 일생》 삽화 잔의 난봉꾼인 남편 쥘리앵은 질베르뜨 푸르빌르 백작 부인과 간통하여 그 남편에게 살해당한다.

《여자의 일생》 삽화 "나는 이 세상에서 복이 없는 사람이야." "아들도 나를 버리고, 내가 이 세상에 혼자라는 것을 좀 생각해봐."

《벨아미》 삽화 뒤루아는 자신의 욕망을 위해 누구든지 유혹하고 버리지만 결국 신문사 사장의 관심을 받아 그 딸과 결혼하여 성공한다.

영화 〈여자의 일생〉 알렉산드르 아스트뤽 감독, 마리아 쉘·크리스티앙 마퀀드 주연. 1958.

영화 〈벨아미〉 데클란 도넬란·닉 오머로드 감독, 로버트 패티슨·우마 서먼 주연. 2012.

세계문학전집075

Guy de Maupassant
UNE VIE/BEL AMI
여자의 일생/벨 아미
G. 모파상/이춘복 옮김

동서문화사

디자인 : 동서랑 미술팀

여자의 일생/벨 아미
차례

여자의 일생

벨 아미

Une Vie

여자의 일생

주요인물

잔 이 소설의 주인공. 남작 집안의 외동딸로서 사람 좋고 자상한 부모 밑에서
고이 자란, 감미로운 사랑과 여자의 행복을 꿈꾸는 순정 무구한 처녀. 미남
인 라마르 자작과 결혼한다.

아버지 잔의 아버지. 선량하고 마음 약한 남작.

어머니(애칭 아델라이드 부인) 잔의 어머니.

로잘리 잔과 젖형제인 하녀. 순수한 노르망디 처녀.

라마르 자작(줄리앙) 미모의 청년 귀족. 잔과 결혼한다.

피에르(애칭 폴) 잔의 외아들.

질베르트 푸르빌 백작 부인 줄리앙과 불륜의 관계를 맺는다.

아베 피코 쾌활한 노사제(老司祭).

아베 톨비악 피코 사제의 후임인 젊은 사제. 광신적인 신비주의자.

여자의 일생

1

잔은 짐을 모두 꾸리고 나자 다시 창 앞으로 가 보았다. 비는 여전히 세차게 쏟아져 내리고 있었다. 억수 같은 비는 밤새도록 유리창과 지붕을 뒤흔들며 쏟아졌었다. 물기가 흠뻑 배어 무겁게 내리 드리운 하늘이 무너져서 땅을 진창으로 만들고 사탕처럼 녹이려는 것만 같았다. 돌풍이 때때로 후덥지근한 열기를 뿜고 지나갔다. 넘쳐흐르는 도랑물 소리가 인적 없는 길거리에 가득 울려 퍼지고 있었다. 모든 집들은 마치 해면처럼 습기를 빨아들여, 집 안까지 스며든 습기가 지하실에서 다락방에 이르기까지 벽에 땀처럼 배어들었다.

어제 수녀원 부속 기숙학교를 나와 자유로운 몸이 된 잔은 이미 오래전부터 꿈꾸어 오던 인생의 많은 행복을 금방 휘어잡을 듯이 벼르고 있었다. 그래서 날씨가 개지 않아 아버지가 떠나기를 망설이면 어쩌나 걱정을 했다. 어쩌면 날이 개이지 않을지도 모른다는 걱정을 하면서 아침부터 지평선 쪽을 바라본 것이 아마 백 번은 더 될 것이다.

그녀는 여행가방 속에 달력을 넣지 않은 것이 생각났다. 그래서 벽에 걸린 조그만 달력을 떼어냈는데, 그 달력의 도안 한가운데에는 그 해를 나타내는 1819가 금박으로 박혀 있었다.

그녀는 수녀원을 나온 날인 5월 2일까지 성자들의 이름 하나하나에 연필로 줄을 그으면서 처음 네 칸을 지워버렸다.

그때 문 밖에서 부르는 소리가 들려왔다.

"자네트!"

잔은 대답했다.

"들어오세요, 아버지."

아버지가 들어왔다.

시몽 자크 르 페르튀 데 보 남작은 좀 고집스럽기는 하나 마음씨 좋은, 지난

세기의 귀족 같은 인물이었다. 장 자크 루소를 열렬히 숭배한 그는 자연에 대해서, 들과 숲과 짐승들에 대해 깊은 애정을 품고 있었다.

귀족 가문에서 태어난 그는 프랑스 혁명이 일어났던 1793년을 본능적으로 증오했다. 그러나 기질이 꽤 철학적인데다 자유주의 교육을 받았기 때문에 전제주의를 증오했다.

그의 큰 장점이며 동시에 큰 단점은 선량하다는 것이었다. 남을 사랑하고 남에게 호의를 베풀고 남을 포용하기에 넘칠 듯한 선량함, 산만하고 저항력이 없으며 의지의 힘이 마비된 듯한 선량함, 그것은 정력이 말라 버린 거의 악덕에 가까운 선량함이었다.

이론가인 그는 딸을 행복하고, 착하고, 올바르고, 친절하게 키우기 위해서 완전한 교육방침을 계획해 놓았다. 그래서 딸을 12살까지만 집에서 키우고, 부인이 눈물로 애원하는 것도 뿌리치고 성심(聖心)수녀원 기숙학교로 보냈다.

그는 그곳에 딸을 엄중히 가두어 놓음으로써 속세에서 격리시켰으며, 세상일을 전혀 모르도록 했다. 그리고 딸이 17살이 되면 깨끗하고 순박한 그대로 돌아와 주기를 바랐으며 그 뒤로는 자기 자신이 건전한 시정(詩情)의 세계에서 엄격하게 양육할 생각이었다.

풍요한 전원의 품 안에서 생활하게 하여 그녀의 영혼을 일깨워주고, 소박한 사랑과 동물들의 솔직한 애정을 보여 주어 청순한 삶의 법칙에 대한 그녀의 무지를 깨우쳐주고 싶었다.

그녀는 기쁨에 찬 얼굴로 싱싱한 생명력과 행복에의 갈구에 가득차서 수녀원 기숙학교를 나왔다. 하릴없는 낮과 긴 밤에 혼자 남모르게 미래를 향한 희망을 키우는 동안, 그녀는 마음속에 그려오던 온갖 기쁨과 온갖 멋진 우연을 금방 손에 넣으려 기다리고 있었다.

엷은 솜털이 덮여 있어 햇살이 비치면 부드러운 비로드처럼 윤기 흐르는 그녀의 귀족적이고도 아련한 장밋빛 피부는 갈색 머리칼과 어울려 마치 베로네제*1의 초상화와 같았다. 그녀의 눈은 네덜란드의 도기인형처럼 불투명한 푸른빛이 감돌았다.

그녀의 왼쪽 콧방울과 오른쪽 턱 밑에는 점이 있었다. 턱에 난 점에는 피부

---

*1 베니스 학파의 이탈리아 화가.

색과 거의 구별할 수 없는 털이 두셋 돋아 곱슬거리고 있었다. 키는 날씬하게 크고, 가슴은 부풀어 올랐으며 허리의 선은 물결이 이는 듯했다.

그녀의 맑은 목소리는 때로 지나치게 날카로운 듯했으나 천진한 그 웃음소리는 주위 사람들에게 기쁨을 뿌려 주었다. 이따금 그녀는 언제나 하는 버릇대로 머리를 매만지려는 듯 두 손을 관자놀이에 올리곤 했다.

그녀는 아버지에게 달려가 와락 껴안고 키스하며 물었다.

"그럼, 떠나시겠어요?"

그는 벌써 백발이 성성해진 제법 길게 기른 머리를 설레설레 저으며 창을 가리켰다.

"이런 사나운 날씨에 어떻게 여행을 떠나겠니?"

그러나 그녀는 귀엽게 응석을 섞어가며 졸라댔다.

"아이, 아버지, 떠나요. 오후에는 날씨가 갤 거예요."

"하지만 어머니가 말을 안 들을 게다."

"아녜요, 어머니의 승낙은 내가 받을 수 있어요."

"어머니가 승낙만 한다면 떠나기로 하자꾸나."

그러자 그녀는 재빨리 남작 부인의 방으로 달려갔다. 떠나는 오늘을 너무나 안타깝게 기다려왔던 것이다.

성심수녀원에 들어간 뒤로 아버지가 자신의 임의대로 정한 나이가 될 때까지 그녀는 어떠한 오락도 가져보지 못했으며, 루앙에서 떠나본 일조차 없었다. 보름쯤 파리에 간 적이 꼭 두 번 있었지만, 그곳도 역시 도회지였으므로 그녀는 오직 전원에만 가고 싶어 했다.

그녀는 지금 레 푀플에 있는 그들의 소유지 이포르 근처 언덕 위에 세워진, 선조로부터 물려받은 옛 성관(城館)에서 한여름을 보낼 계획이었다. 그녀는 해변의 자유로운 생활에 무한한 기쁨을 느껴볼 작정이었다.

이 성관은 그녀에게 주어진 것이었으므로 그녀가 결혼하면 줄곧 이곳에서 살게 될 것이다.

그러므로 지난밤부터 쉴 새 없이 내리는 비는 그녀의 생애에서 처음으로 맛본 가장 큰 슬픔이었다. 그러나 2, 3분 뒤 그녀는 집이 떠나갈 듯 소리치며 어머니 방에서 달려 나왔다.

"아버지, 아버지! 엄마가 승낙했어요. 빨리 말을 매도록 하세요!"

비는 여전히 억수같이 쏟아졌고, 사륜마차가 현관 앞으로 다가왔을 때는 더욱 세차게 퍼붓는 것 같았다.

남작 부인이 한쪽은 남편의 부축을 받고 또 한쪽은 젊은이처럼 우람해 보이는 커다란 하녀의 부축을 받으며 층계를 내려왔을 때, 잔은 막 마차에 오르려던 참이었다. 하녀는 코 태생의 노르망디 처녀로 겨우 18살이었으나 20살 넘어 보일 만큼 성숙했다. 잔과는 같은 젖을 먹고 자라 둘째딸처럼 대우받고 있었는데, 이름은 로잘리였다.

그녀의 중요한 임무는 몇 해 전부터 심장 비대증에 걸려 몸이 뚱뚱해져 고생하는 마님의 보행을 돕는 일이었다.

남작 부인은 숨을 헐떡이며 헐어빠진 저택 현관 앞 돌층계까지 와서 빗물이 개울처럼 넘쳐흐르는 뜰 안을 바라보며 중얼거렸다.

"이런 날씨에 어디를 간다고……."

여전히 미소지어 보이며 남작이 대답했다.

"그래도 좋다고 한 것은 당신이오, 아델라이드 부인."

부인은 아델라이드라는 화려한 이름을 가졌기 때문에 남작은 얼마쯤 놀리는 듯한 존경을 담아 이름 뒤에 '부인'이라고 붙여 부르곤 했다. 남작 부인은 다시 몇 걸음 걸어서 겨우 마차 속으로 들어갔는데, 그 몸무게 때문에 마차의 스프링이 모두 기우뚱 휘었다.

남작은 부인 옆에 앉고 잔은 로잘리와 함께 그 맞은편에 자리잡았다.

찬모인 뤼디빈느가 망토를 가져와 식구들은 그것을 무릎에 잘 둘렀다. 두 개의 바구니는 발밑으로 밀어넣었다. 뤼디빈느는 시몽 영감 옆에 자리잡고 커다란 담요로 몸을 감았다. 문지기 부부가 마차문을 가만 닫아 주며 작별 인사를 했다.

그들은 문지기 부부에게 다음 짐마차로 실어나를 짐을 다시 한 번 부탁하고 출발했다.

마부 시몽 영감은 세찬 비에 머리를 숙이고 허리를 구부리더니 세 겹 칼라가 달린 큰 마부용 외투를 뒤집어썼다.

돌풍이 윙윙 울리며 유리창을 때리고 마차 바닥에 물이 들이쳐 축축해졌다.

말 두 마리가 전속력으로 모는 마차는 해안을 돌아 소나기가 퍼붓는 하늘을 향해, 잎 떨어진 나무들처럼 돛대와 활대와 어망을 처량하게 치켜올린 큰

배들이 늘어선 옆을 달렸다.

이윽고 마차는 몽 리부데의 긴 거리에 들어섰다. 얼마 뒤 몇 개의 목장을 지났다.

때때로 비에 젖은 버드나무가 마치 죽은 것처럼 힘없이 가지를 늘어뜨린 채비를 머금은 안개 사이로 무겁게 서 있었다. 말편자는 끊임없이 물이 흥건한 바닥에 철벅거리고 네 개의 바퀴는 진흙투성이가 되었다.

식구들은 모두 입을 다물고 있었다. 그들의 마음도 땅처럼 푹 젖어 있는 듯했다.

어머니는 머리를 뒤로 기댄 채 눈을 감고 있었고, 남작은 비에 젖은 단조로운 전원을 음울한 눈으로 바라보았다. 짐 하나를 무릎에 올려놓고 앉은 로잘리는 서민계급 특유의 동물적인 공상에 잠겨 있었다.

그러나 이 미적지근한 빗속에서 잔은 땅 속에 갇혀 있던 식물이 대기로 다시 나온 듯 생생하게 되살아나는 자신을 느꼈다.

밀도 높은 환희가 무성한 나뭇잎처럼 그녀의 마음을 슬픔으로부터 지켜주고 있었다. 그녀는 말은 한 마디도 하지 않았지만 노래 부르고 싶고 손을 밖으로 펼쳐 빗물을 받아 마시고 싶은 기분이었으며, 말이 전속력으로 마차와 함께 자신을 이끌어가는 것이 즐거웠다. 또한 잔은 황량한 풍경을 바라보며, 이러한 빗속에서도 안전하게 보호된 자신을 발견하고 기뻐했다.

억수같이 퍼붓는 빗속을 달리는 말 두 필의 번지르르한 방둥이에서는 허연 김이 피어올랐다. 남작 부인은 차츰 잠들어갔다. 늘어져 흔들리는 여섯 가닥의 머리를 단정하게 말아 빗어 꾸민 남작 부인의 얼굴은 점점 아래로 처져 목에 그어진 세 개의 굵은 주름살로 힘없이 받쳐져 있었는데, 그 세 번째 물결은 크나큰 가슴의 바다 속으로 사라져갔다.

숨쉴 때마다 남작 부인의 머리는 치켜올려졌다가는 다시 떨어졌다. 반쯤 열린 입술 사이로 세찬 숨소리가 새어 나올 때마다 남작 부인의 볼이 불룩거렸다. 남작은 살며시 그녀에게로 몸을 굽히고 그 부푼 배 위에 올려진 깍지 낀 남작 부인의 손 안에 조그마한 가죽지갑을 쥐어주었다.

이 감촉이 부인을 깨웠다. 부인은 선잠을 깬 사람처럼 흐릿한 눈으로 멍하니 그 지갑을 보았다. 지갑이 아래로 떨어지면서 금화며 지폐가 마차 안에 흩어졌다.

그러자 부인은 완전히 잠이 깨었고, 딸은 마음속에만 가득차 있던 들뜬 기분을 이참에 온통 웃음으로 터뜨렸다.

남작은 흩어진 돈을 주워 모아 부인의 무릎 위에 올려놓고 말했다.

"여보, 이것은 엘르토 농장을 팔고 남은 돈이오. 이제부터 우리가 자주 가서 살게 될 레 푀플을 수리하려고 그 농장을 팔았소."

부인은 6천 4백 프랑을 세어서 다시 조용히 지갑 속에 넣었다. 엘르토는 그들의 부모가 물려준 서른 한 개의 농장 가운데 하나 둘씩 팔기 시작해, 아홉 번째로 팔린 농장이었다.

그러나 그들은 아직도 이들 여러 농장에서 연 2만 프랑의 수입이 있었고, 관리만 잘한다면 3만 프랑은 어렵지 않게 들어올 수 있었다.

그들은 늘 검소한 생활을 했으므로 이른바 그 '선량함'이라는 밑 빠진 독만 없었던들 이 수입만으로도 풍족하게 살아갈 수 있었을 것이다.

그런데 마치 태양이 늪의 물기를 말리듯 이 선량함은 남작 집안의 돈을 말리고 있었다. 돈은 흐르고 도망치고 사라져 버렸다.

아무도 그 까닭을 알지 못했다. 언제나 남작 부부 가운데 한 사람이 말하곤 했다.

"오늘 뭐 별다른 것도 사지 않았는데 1백 프랑이나 썼으니 어떻게 된 일인지 모르겠어."

어쨌든 아무렇게나 돈을 쓴다는 것은 남작 부부의 큰 행복 가운데 하나였다. 이 점에 있어 그 부부는 훌륭하고 감동할 만한 태도로 서로 이해하고 있었다.

잔이 물었다.

"내 저택은 지금도 아름다워요?"

남작은 쾌활하게 대답했다.

"곧 알게 될 게다."

억수같이 퍼붓던 소나기가 차츰 약해지더니 이윽고 가느다란 이슬비가 되어 안개처럼 나부꼈다.

구름은 점점 높아지면서 밝아지는 것 같았다.

갑자기 이제까지 보이지 않던 구름의 틈새에서 햇살이 엇비슷이 초원 위로 뻗쳐갔다. 구름이 쪼개져 나가면서 푸른 하늘이 보였고, 그 쪼개진 구름의 틈은 마치 장막이 열리는 듯 넓어져갔다.

이윽고 깊고 밝게 갠 푸른 하늘이 크게 펼쳐졌다. 서늘하고 부드러운 산들바람이 대지의 행복한 숨소리인 듯 스쳐가고, 전원과 숲을 따라 마차가 지나갈 때 이따금 비 맞은 깃을 말리는 경쾌한 새소리가 들려왔다.

저녁이 되었다. 마차 안의 식구들이 모두 잠들고 잔만이 잠을 이루지 못하고 있었다. 말에게 숨을 돌리게 하고 물과 귀리를 먹이기 위해 마차는 주막 앞에서 두 번 쉬었다.

해는 이미 지고 멀리서 저녁 종소리가 들려왔다.

어떤 조그마한 마을에 이르러서 마부는 마차의 등에 불을 켰고, 하늘에는 알알이 들어박힌 별들이 반짝였다. 불을 밝힌 집들이 한 개의 등불이 되어 어둠 속을 꿰뚫고 여기저기 나타났다.

별안간 저 언덕 뒤 전나무 가지 사이로 크고 붉은 달이 잠에 취한 듯한 얼굴을 내밀었다.

날씨는 아주 따뜻해서 창문은 내려진 채였다. 지금은 잔도 공상과 행복한 환상에 지쳐서 잠들어 있었다. 같은 자세로 오래 있어 몸이 마비된 듯하면 그녀는 이따금 눈을 뜨고, 희뿌연 어둠 속으로 지나가는 농장의 숲과 들, 그리고 여기저기에 누워 있는 소들이 고개를 드는 것을 바라보았다. 그녀는 이리저리 자세를 바꾸며 조금 전에 꾸다 만 꿈을 다시 꾸어보려고 애썼지만, 계속 귀에 거슬리는 마차 소리가 생각을 뒤흔들어 놓았다. 몸과 마음이 함께 피곤해져서 눈을 감았다.

이윽고 마차가 멈춰섰다. 하인과 하녀들이 등불을 들고 마차 문 앞에서 기다리고 있었다. 목적지에 닿은 것이다. 깜짝 놀라 깨어난 잔은 벌떡 뛰어내렸다. 남작과 로잘리는 한 소작인이 비춰주는 등불에 의지하여, 거의 기운이 다 빠져가는 목소리로 "애들아, 아이구, 하느님 맙소사"라고 되풀이하는 남작 부인을 거의 안다시피 부축하여 안으로 끌어들였다. 부인은 먹지도 마시지도 않고 침대에 눕자 곧 잠들었다.

잔과 남작은 마주앉아 밤참을 먹었다.

아버지와 딸은 서로 바라보며 웃기도 하고 식탁 너머로 손을 쥐기도 했다. 두 사람은 어린아이 같은 기쁨에 사로잡혀 수리가 끝난 저택을 보러 나섰다. 그것은 이미 잿빛으로 변한 흰 돌로 지어진 높고 넓은 저택으로 농장과 성관을 낀 노르망디식 건물이었으며, 한 집안 식구가 살 만큼 충분히 널찍했다. 넓은 복도가 저택을 둘로 가르며 양쪽 끝으로 뻗쳐 있고, 저택 건물의 앞뒤 한가운데에는 큰 문이 열려 있었다. 양쪽에 있는 두 개의 층계가 이 입구를 타넘듯 2층에서 만나 가운데를 공간으로 남기고 다리 모양으로 통하고 있었다. 아래층 오른쪽에 굉장히 널찍한 객실이 있었는데, 그 벽은 새들이 노니는 나뭇잎을 그린 벽포로 장식되어 있었다.

잔바늘로 수놓은 보가 덮여 있는 가구에는 라 퐁텐*2의 우화집(寓話集)에 나오는 삽화가 그려져 있었다. 그녀가 어렸을 때 좋아했던 여우와 두루미 이야기가 그려진 의자를 발견하고 잔은 벅찬 기쁨으로 몸을 떨었다.

객실 오른쪽에는 옛날 서적이 가득찬 서재와 지금은 쓰지 않는 두 개의 방이 나란히 있었다. 왼쪽으로는 새 벽판으로 갈아댄 식당과 시트와 식탁보, 속옷 따위를 넣어두는 방과, 찬방, 부엌, 목욕탕이 딸린 방이 있었다. 2층엔 긴 복도가 있었다.

열 개의 방에 열 개의 문이 이 복도에 늘어 서 있었다. 안으로 쑥 들어간 오른쪽이 잔의 방이었다. 아버지와 딸은 그 방으로 들어갔다. 남작은 다락에 쓰지 않고 넣어두었던 벽포와 가구로 딸의 방을 새로 장식해 놓았다. 플랑드르 산(産)의 아주 오랜 벽포에 그려진 이상스러운 인물들로 이 방은 가득차 있었다.

그녀는 침대를 보고 기쁨의 환성을 올렸다. 침대 네 모서리에서 박달나무로 만든 큰 새가 한 마리씩 침대를 받쳐들고 있었는데, 검게 밀랍을 칠한 듯 번쩍번쩍 빛나는 것이 마치 침대의 파수꾼처럼 보였다. 침대 양옆에는 꽃과 과일로 꾸며진 큰 꽃 장식이 새겨져 있었다. 우아하고 섬세하게 조각된 네 개의 기둥은 코린트식의 기둥머리와 장미와 큐핏이 엉켜붙은 그 밑기둥을 떠받치고 있었다.

침대는 위용을 보이면서 놓여 있었다. 오랜 세월을 지낸 만큼, 검은 윤기가 흐르는 나무의 딱딱한 위엄에도 불구하고 퍽 우아해 보였다.

장식용 침대 커버와 천장덮개가 두 개의 하늘처럼 빛났다. 짙은 감색의 옛날 비단으로 만들어진 이 장식품은 군데군데 금실로 수놓은 큰 백합꽃이 별처럼

---

*2 17세기의 프랑스 시인이며 우화수집가.

반짝이고 있었다.

그녀는 침대를 충분히 감상하고 나서 등불을 들어 벽포의 그림을 주의깊게 살펴보았다. 초록, 빨강, 노랑 빛깔의 옷차림을 한 귀족과 귀부인이 하얀 과일이 무르익어가는 푸른 나무 밑에서 이야기하고, 나무열매와 같은 빛깔의 큰 토끼가 초록색 풀을 뜯고 있었다.

이들 귀족의 바로 머리 위에, 먼 배경으로 둥글게 지붕 끝이 뾰족한 작은 집이 다섯 채 있었다. 그리고 그 위쪽 거의 하늘 가까운 곳에 빨간 풍차도 있었다. 그 그림들 사이에서 꽃이 핀 큰 나뭇가지 모양의 무늬가 벽포 사이사이를 누비고 있었다. 다른 두 개의 벽포도 첫 번째 것과 아주 비슷했다. 다만 플랑드르식의 옷을 입은 조그만 늙은이 넷이 집에서 나오며, 극도의 놀라움과 분노의 표정으로 손을 하늘로 쳐들고 있는 것이 다를 뿐이었다.

그러나 네 번째 벽포는 하나의 참극을 나타내고 있었다. 여전히 풀을 뜯고 있는 토끼 곁에 쓰러져 있는 젊은이는 아무래도 죽은 것 같았다. 그 쓰러진 젊은이를 바라보며 한 젊은 귀부인이 비수로 자기 가슴을 찌르고 있었으며 나무열매들은 검은 색으로 변해 있었다.

잔은 이 그림을 이해하려는 생각을 단념하려고 했는데, 그때 벽포 저쪽 한구석에 아주 작은 동물 한 마리가 보였다. 만일 토끼가 실제로 살아 있다면 풀잎처럼 쉽사리 먹어치울 것 같은 동물이었다. 그것은 사자였다.

아하, 그제야 그녀는 그것이 피라모스와 티스베*³의 불행한 운명을 그린 것임을 알았다.

이 그림의 단순성을 웃어넘기면서도, 그녀는 이런 사랑의 모험을 그린 그림에 둘러싸인 것을 오히려 행복하게 생각했다. 그리고 이 사랑의 모험이 끊임없이 자기의 명상에 그리운 희망을 불어넣고 밤마다 그 꿈속에 옛날의 전설적인 애정이 꽃피기를 바랐다. 그 밖의 것은 모두 전혀 양식이 다른 가구들을 모아놓고 있었다.

이 가구들 모두가 잡다한 양식이 뒤섞여 이 집 안에서 여러 대를 두고 내려오는 것들이었다. 전통이 오랜 집안이란, 자질구레한 세간이 뒤섞인 일종의 박물관처럼 되는 법이다.

────────────

*3 고대 로마의 시인 오비디우스의 작중인물이며 그들의 극적인 사랑으로 유명함.

루이 14세 시대의 훌륭한 장롱은 반짝이는 구리로 장식되었는데, 이것은 아직도 그 시대의 꽃무늬를 수놓은 비단에 덮인, 루이 15세 시대의 두 개의 안락의자 곁에 놓여 있었다.

장미나무로 만든 책상은, 제정시대 양식의 둥근 유리뚜껑 속에 들어 있는 시계가 놓인 맨틀피스와 마주보고 서 있었다. 이 청동 시계는 금빛 꽃이 핀 꽃밭 속에서 네 개의 대리석 기둥으로 떠받혀 있는, 벌집 모양을 본뜬 것이었다.

벌집의 길쭉한 틈새 밖으로 튀어나온 가느다란 추는, 날개가 칠보(七寶)로 꾸며진 한 마리의 작은 벌이 꽃밭 위를 빙글빙글 날아다니게 하고 있었다. 짙은 칠을 한 사기로 된 문자판은 이 벌집 한가운데 박혀 있었다.

시계가 11시를 쳤다. 남작은 딸에게 키스하고 자기 방으로 돌아갔다. 잔은 허전한 기분으로 침대에 누웠다.

그녀는 마지막으로 다시 한 번 자기 방을 둘러보고 나서 촛불을 껐다.

머리맡 쪽 벽에 붙은 침대 왼쪽으로 창문이 있었는데, 이곳으로 달빛이 밀물처럼 쏟아져 들어와 방바닥에 빛이 연못을 이루었다.

또 달빛은 벽으로 반사되어, 그 창백한 빛이 피라모스와 티스베의 움직임 없는 사랑의 모습을 조용하게 어루만져 주고 있었다.

잔은 발치 쪽의 창 밖에 부드러운 달빛을 흠뻑 마신 큰 나무를 보았다.

그녀는 돌아누워 눈을 감았다가 곧 다시 눈을 떴다. 아직도 마차의 동요에 흔들리는 듯했으며 바퀴 소리도 여전히 머릿속에서 울리는 것같이 여겨졌다.

그녀는 한동안 가만히 있으면 잠들 거라 생각하고 가만히 누워 있었다. 그러나 얼마 안 있어 마음의 초조함이 온 몸으로 번져나갔다. 다리에서 경련이 일고 차츰 열이 오르기 시작했다.

마침내 그녀는 맨발로, 유령처럼 보이는 긴 잠옷만 걸치고 팔을 드러낸 채 방바닥 위에 펼쳐진 달빛의 연못을 지나 창문을 열고 밖을 내다보았다. 밖은 달빛이 교교하여 대낮같이 밝아서, 그녀가 어렸을 때 사랑했던 낯익은 이 지방의 경치 전체가 환하게 보였다.

눈앞에 보이는 넓은 잔디밭은 달빛 아래 버터처럼 노랗게 펼쳐져 있었다. 아름드리나무 두 그루가 저택 앞에 우뚝 서 있었는데 북쪽 것은 플라타너스이고, 남쪽 것은 보리수였다.

끝없이 펼쳐진 잔디밭 저쪽 끝에서 작은 숲이 저택과의 경계를 이루고 있었다. 늘 거칠게 몰아치는 바닷바람으로 뒤틀리고 가지가 꺾이고 침식되어 지붕 모양으로 비스듬히 잘린 다섯 줄로 늘어선 해묵은 느릅나무가 저택을 돌풍으로부터 보호해주고 있었다. 하나의 커다란 숲 정원을 이룬 이 들판은 그 오른쪽과 왼쪽에, 노르망디 특유의 사투리로 말한다면, 푀플이라고 부르는 엄청나게 큰 백양나무 가로수길이 각각 경계를 짓고 있었는데, 이것이 지주댁과 그에 인접한 두 개의 농장을 분리시키고 있었다. 농장 하나에는 쿠이야르 집안이 살고 다른 하나에는 마르탱 집안이 살고 있었다. 그들의 저택 이름은 푀플이라는 이 나무에서 따온 것이었다.

정원 저편에 금작화(金雀花)가 피어 펼쳐져 있으나 아직 개간하지 않은 초원에서는 밤낮으로 바닷바람이 윙윙대며 몰아치고 있었다. 그 끝은 갑자기 끊어져 깎아지른 듯한 해발 1백 미터의 절벽을 이루며, 그 기슭을 파도 속에 담그고 있었다.

잔은 저 멀리 별빛 속에 잠든 듯이 보이는 수면이 길게 물결치고 있는 것을 바라보았다. 태양 없는 이 고요 속에서 대지의 온갖 냄새들이 뿜어져 나오고 있었다. 아래층 창문 높이까지 뻗어오른 재스민이 새로 돋아난 싹들의 나긋한 향기와 뒤섞여 강렬한 향내를 풍겼다. 이따금 느릿한 바닷바람이 짙은 소금 냄새와 끈끈한 해초 냄새를 풍기고 지나갔다.

그녀는 먼저 바닷바람을 들이마시는 행복에 온몸을 내맡겼는데, 이 전원에서의 휴식이 마치 찬물에 목욕하는 것처럼 마음을 가라앉혀 주었다. 해가 지면 깨어나 밤의 적막 속에 은밀하게 숨어 있던 온갖 짐승들이 조용한 움직임으로 달빛이 스며드는 이 밤을 채우고 있었다. 울음소리도 내지 않는 커다란 새들이 검은 반점처럼 그림자처럼 하늘을 날고, 눈에 보이지 않는 벌레 소리가 귀를 간질였다. 소리 없이 돌아다니는 무언가의 기척들이 이슬에 함빡 젖은 풀숲과 인적 없는 적막한 모랫길 위를 스쳐 지나갔다.

다만 몇 마리의 우울한 두꺼비들이 달빛을 향해 짧고 단조로운 노래를 부르고 있었다.

잔의 가슴은 이 달밝은 밤처럼 속삭임에 가득 차 부풀어오르는 것 같았으며, 그녀를 둘러싼 채 울고 있는 이 밤에 생물들처럼 종잡을 수 없이 숱하게 오가는 욕망으로 가슴이 뿌듯해지는 듯했다. 밤의 부드럽고 뿌연 어둠 속에서 그녀는 살아 있는 시의 세계로 이끌리는 것 같았고, 아련한 달빛 속에서 한낮의 자신을 넘어선 초인간적인 떨림이 스치듯, 걷잡을 수 없게 그 어떤 희망과 행복의 숨소리처럼 고동치고 있음을 느꼈다.

그녀는 사랑을 꿈꾸기 시작했다.

사랑! 2년 동안 그녀는 사랑이 찾아오기를 불안한 마음으로 기다리고 있었다. 이제 그녀는 자유롭게 사랑할 수 있다. 이제는 그를 만나기만 하면 되는 것이다. 사랑할 사람을!

그는 어떤 사람일까? 그녀는 물론 그가 어떤 사람인지 알 수 없었고, 또 생각해 본 일조차 없었다.

그는 바로 그일 것이다. 그뿐이었다. 다만 그녀가 알고 있는 것은, 자기는 온 마음을 다 바쳐 그를 사랑할 것이며, 그는 온 힘을 다해 자기를 사랑해 주리라는 것뿐이다. 둘은 이러한 밤이면 하늘의 별이 뿌리는 재 같은 빛 속을 손을 맞잡고 몸을 바짝 붙여 서로의 가슴이 뛰는 소리를 듣고 서로의 체온을 느끼며, 이 감미롭고 투명한 여름밤에 둘만의 사랑에 젖어, 오직 사랑의 힘만으로 마음속 깊이까지 숨어들도록 굳게 맺어져 산책할 것이다. 그리고 그것은 아무런 시련 없이 불멸의 사랑 속에서 끝없이 계속되리라.

그녀는 문득 그가 자기 앞에 있는 것처럼 느껴졌다. 갑자기 육감적인 전율이 파도처럼 발끝에서 머리끝까지 휩쓸고 지나갔다. 그녀는 마치 자기의 꿈을 끌어안으려는 듯 자기도 모르게 두 팔로 가슴을 꼭 껴안았다. 그리고 미지의 그를 향해 내민 그녀의 입술 위로, 봄의 입김이 마치 사랑의 키스를 해주듯 스쳐 지나 그녀의 의식을 몽롱하게 했다.

갑자기 저쪽에서 저택의 밤길을 걸어오는 발걸음 소리가 들려왔다. 그녀는 미칠 듯한 기분으로 불가능이나 신의 섭리, 신의 가호, 기구한 운명의 장난 같은 것을 믿어보려는 안타까운 마음에서 '혹 그분이 아닐까?' 하고 생각했다. 또 정말 그가 문 앞에서 하룻밤의 잠자리를 청할지도 모른다고 생각하며 그녀는 자신의 팔로 자기도 모르게 가슴을 누르며, 그 규칙적인 발걸음 소리에 귀 기울였다. 그러나 발걸음 소리가 지나가 버리자 속아 넘어간 것처럼 서글퍼졌다. 그러나 자기의 희망이 어리석은 꿈에 사로잡혔었음을 깨닫자 미치광이 같았던 행동에 절로 웃음이 나왔다. 조금 마음이 가라앉은 그녀는 이번에는 얼마쯤 사리에 맞는 꿈속에 자신의 마음을 맡기고 미래를 내다보며 생의 발판을 세우려고 했다. 바다가 내다보이는 이 조용한 저택에서 그와 함께 살림을 꾸미리라.

아이는 둘을 낳을 것이며, 남자아이는 그분 것이고 여자아이는 내 것이다.

지금 두 아이가 플라타너스와 보리수 사이의 잔디밭에서 뛰노는 모습이 눈에 선히 보이는 것 같았다. 우리 아빠와 엄마는 애정어린 눈길을 아이들 머리 위로 보내며 대견한 눈빛으로 아이들 뒤를 쫓으리라. 그녀는 언제까지나 그러한 몽상에 잠긴 채 우두커니 서 있었다.

그러는 동안에 달은 이미 하늘의 여행을 끝내고 바닷속으로 막 지려 하고 있었다. 공기는 한층 싸늘해지고 동쪽 지평선이 훤히 밝아왔다. 오른쪽 농장에서 수탉이 홰치는 소리가 들리고 잇따라 왼쪽 농장에서 몇 마리가 대답했다. 닭장 너머로 들리는 닭들의 쉰 목소리는 꽤 멀리서 들려오는 듯했으며, 어느덧 밝아오는 하늘에는 별들이 하나 둘 사라져가고 있었다. 어디선가 재잘거리는 새 소리가 들려왔다. 지저귐 소리가 처음에는 나뭇잎 사이로 조심스럽게 들려오더니 점점 야무지고 떨리는 듯한 즐거운 소리로 바뀌어, 가지에서 가지로, 나무에서 나무로 옮겨갔다.

잔은 문득 자신이 밝아진 빛 속에 있는 것을 느끼고 두 손으로 눈을 가렸다. 얼굴을 들자 찬연한 먼동의 빛에 눈이 부시어 다시 눈을 감았다. 진홍빛의 구름 등성이가, 백양나무들로 가리워진 채 깨어난 한쪽 대지 위로 핏빛 같은 빛을 던지고 있었다.

그러더니 곧 이글이글 타는 듯한 태양이 유유히 찬란한 구름을 헤치고 나무와 들과 바다와 온 지평선을 불꽃으로 덮으면서 불쑥 솟아올랐다. 잔은 행복감으로 미칠 것만 같았다. 빛나는 자연의 사물을 눈앞에 두자, 미칠 듯한 기쁨과 끝없는 감동이 그녀의 가슴을 떨게 하고, 마음은 망연해졌다. 이것은 내 태양, 내 여명이다! 새로운 생활의 출발이요, 희망의 문을 여는 순간이다! 그녀는 밝게 빛나는 공간을 향해 두 팔을 뻗쳐 태양을 끌어안고 싶은 욕망을 느꼈다.

그녀는 이야기하고 싶었다. 아침의 탄생처럼 신성한 무엇인가를 외치고 싶었다. 그러나 그녀는 이처럼 미칠 듯한 환희 속에서 아무것도 하지 못하고 힘없이 조용히 움츠리고 있을 수밖에 없었다. 다시 얼굴을 두 손으로 가렸을 때 그녀의 두 눈은 눈물로 가득 차 있었다. 그녀는 기뻐 흐느꼈다. 그녀가 다시 머리를 들었을 때는 여명의 장엄한 경치는 이미 사라진 뒤였다. 그녀 자신도 몸이 식은 듯 마음이 가라앉음을 깨닫고 피로해져서 창문을 닫고 침대에 가서 누웠다. 그리고 몇 분 동안 명상에 잠겼다가 너무나도 깊은 잠 속에 빠져 8시에 깨우는 소리도 듣지 못하고, 아버지가 방 안에 들어와 흔들어 깨워서야 겨우 잠에서 깨어났다.

아버지는 이제 딸의 것이 된 아름다운 저택을 딸에게 보여주고 싶어 했다.

바다 쪽이 아닌 육지 쪽을 향한 현관은 길에서 좀 멀찌감치 사과나무를 심어놓은 널찍한 뜰에 있었고, 이른바 시골길이라고 불리는 이 길은 농가의 울타리 사이를 돌아 한 5리쯤 뻗어 나가 르 아브르와 페캉을 잇는 큰길에 닿아 있었다. 똑바른 샛길이 숲 변두리를 따라 현관 층계까지 이르고 있었다. 바닷가의 자갈로 만들고 짚으로 덮은 작은 건물들 몇 채가 두 농장의 도랑 길가 뜰에 양쪽으로 늘어서 있었다. 지붕은 새로 이어지고 목수가 손댈 만한 곳은 다시 손을 보았으며 벽도 수리되었고, 방도 새로 도배하고 내부 전체가 모두 알뜰히 새로 칠해져 있었다.

퇴색한 낡은 저택은, 새 은빛 덧문과 잿빛 도는 정면 벽에 요즈음 새로 칠한 석회가 마치 얼룩처럼 보였다.

다른 한쪽, 잔의 방 창문이 열린 쪽의 정면은 정원의 숲과 강한 바람에 잦아 들어 있는 느릅나무들이 장막 너머 멀리 바다 쪽을 향하고 있었다. 잔과 남작은 서로 팔을 끼고 구석구석까지 모두 돌아보았다. 그러고 나서 공원이라고 불리는 터를 빙 둘러싼 큰 백양나무 가로수길을 천천히 거닐었다. 나무 밑에는 풀이 돋아나 있어 마치 푸른 카펫을 깔아놓은 듯했다. 정원 저쪽 끝의 숲은 비할 데 없이 아름다웠으며 나뭇잎들로 가려진 오솔길은 이리저리 얽혀 있었다. 별안간 토끼 한 마리가 뛰어나와 그녀를 놀라게 했다. 토끼는 경사지를 깡충 뛰어넘어 절벽의 금작화 속으로 쏜살같이 달아났다.

점심식사 뒤에도 기운을 차리지 못한 아델라이드 부인이 더 쉬겠다고 해서 남작은 딸에게 둘이서 이포르까지 내려가 보자고 했다. 레 퇴플의 한 마을인 에투방을 지나 쭉 걸어가는 길에 세 농부가 이미 오래전부터 알고 있는 듯이 그들에게 인사했다. 둘은 구부러진 골짜기를 따라 바다까지 경사져 뻗친 숲 속으로 들어섰다. 이윽고 이포르 마을이 나타났다. 집 문턱에 앉아 옷가지를 꿰매던 여자들이 두 사람이 지나가는 모습을 바라보았다. 그 한복판에 실개천이 흐르고 집집마다 문 앞에 난파선 조각들이 즐비하게 쌓인 경사진 길거리는 강렬한 소금 냄새를 풍기고 있었다.

조그만 은화처럼 반짝이는 비늘이 여기 저기 붙은 갈색 그물들이 비좁은 집 문앞에 널려 있었다. 그런 가난한 집에서는 한 방에서 많은 식구들이 우글거리며 살고 있어 심한 악취가 풍겨나왔다. 몇 마리의 비둘기가 먹이를 찾아 개천가를 돌아다녔다. 잔에게는 이러한 모든 풍경들이 연극의 무대장치처럼 신기하고 새롭게 느껴졌다.

어떤 집 담을 돌자 별안간 바다가 나타났다. 눈길 닿는 데까지 잔잔히 펼쳐진 푸르고도 불투명한 바다였다. 두 사람은 바닷가에서 걸음을 멈추고 바라보았다. 새깃처럼 흰 돛을 단 배가 몇 척 멀리 지나가고 있었다.

오른편에도 왼편에도 모두 높은 절벽이 솟아 있었다. 곶(岬)처럼 튀어나온 곳이 한쪽 시야를 가렸으며, 다른 쪽은 해안선이 아득히 멀리 끝없이 뻗어나가고 있었다. 가까이 있는 절벽과 해안의 벌어진 틈으로 항구와 몇 채의 집이 보였다. 흰 거품으로 바다를 장식하는 파도가 부드러운 소리를 내며 바닷가 조약돌을 씻어주었다.

이 지방 특유의 작은 고기잡이배가 자갈밭 경사 위로 끌어올려져 콜타르를 칠한 뱃전에 햇볕을 받으며 한쪽으로 쓰러져 있었다. 몇 사람의 어부들은 저녁 밀물을 기다리며 배 띄울 준비를 하고 있었다. 사공 한 사람이 그들에게 생선을 팔러 왔다. 잔은 넙치를 한 마리 사서 직접 레 푀플로 들고 가고 싶다고 했다. 사공은 뱃놀이를 한다면 도와드리겠다고 했다. 그리고 상대방의 기억에 똑똑히 새겨두려는 듯, "라스티크입니다, 조제팽 라스티크입니다" 하고 자기 이름을 몇 번이나 되풀이했다.

남작은 절대로 잊지 않겠다고 그에게 약속 했다. 두 사람은 저택으로 돌아가기로 했다.

그 큰 생선은 잔을 피로하게 했으므로 그녀는 생선 아가미를 아버지의 단장으로 꿰어 둘어서 단장의 양끝을 잡았다. 두 사람은 언덕을 다시 올라가며 아이들처럼 지껄이고, 서늘한 바람을 이마에 받으며 눈을 반짝이면서 유쾌하게 걸었다.

그들은 점점 팔힘이 빠졌다. 넙치는 어느덧 처져 커다란 꼬리가 풀을 스치며 끌려갔다.

2

즐겁고 자유로운 생활이 잔에게 시작되었다. 그녀는 책을 읽고 공상을 하고

혼자 산책하기도 했다. 꿈에 잠겨 천천히 길을 따라 거닐거나 작고 꼬불꼬불한 골짜기를 뛰어내리기도 했다. 양쪽 산등성이가 금빛 비단 법의처럼 금작화로 온통 덮여 있었다. 더위 때문에 한층 더 짙게 피어오르는 가시금작화의 강렬하고 달콤한 냄새는 향기로운 술처럼 그녀를 취하게 했다. 그리고 바닷가에 부딪쳐 철썩거리는 먼 파도소리를 들으며 그녀의 가슴도 물결이 일듯 출렁였다.

그녀는 때로 피곤해지면 경사진 무성한 풀섶에 누워 쉬기도 했다.

이따금 골짜기를 돌아가다가 멀리 잔디밭 끝자락이 깔때기 모양으로 움푹 꺼지면서 그 사이에 푸른 삼각형 바다가 펼쳐지고, 수평선 위로 흰 돛단배 한 척이 햇빛에 반짝이며 떠 있는 것을 보면, 그녀는 자기 머리 위에 있는 행복이 신비에 싸여 다가오는 듯 온 몸이 걷잡을 수 없는 환희에 사로잡히는 것이었다.

대지의 상쾌함을 즐기면서 부드러운 기복을 이룬 지평선의 조용한 경치를 보는 동안에 어느새 고독을 사랑하는 마음이 그녀에게 스며들었다. 그녀가 너무 오랫동안 움직이지 않고 앉아 있었으니까 작은 산토끼들이 거리낌 없이 깡총깡총 뛰어 발밑으로 지나갈 때도 있었다. 어떤 때는 물속의 물고기처럼, 또 하늘을 나는 제비처럼, 지칠 줄 모르고 움직이는 상쾌한 기쁨 속에서 그녀는 몸을 약동시키며 바닷바람에 날려 절벽 위를 달렸다. 그녀는 땅에 씨를 뿌리듯 여기저기에 추억의 씨를 뿌렸다. 그것은 죽을 때까지 뿌리내리고 자라날 그런 추억이었다. 그것은 이 골짜기의 모든 주름살 하나하나에 그녀의 마음을 조금씩 심어 넣는 것처럼 여겨졌다. 그러더니 그녀는 수영을 하기 시작했다. 튼튼한데다 대담하고 위험이라는 것을 몰랐으므로 보이지 않는 데까지 헤엄쳐갔다. 자기의 몸을 뜨게 해주는 이 차갑고 투명한 푸른 물속에 잠겨 있으면 기분이 상쾌했다.

바닷가에서 깊숙이 내려가 그녀는 가슴 위로 팔짱을 끼고 물 위에 드러누워 아득히 먼 푸른 하늘을 바라보았다. 때때로 그녀 위로 제비가 깃을 치며 지나가고 갈매기의 흰 그림자가 스쳐 지나갔다. 들리는 것이라고는 멀리 바닷가 조약돌에 찰싹거리는 파도의 속삭임과, 넘실거리는 파도를 따라 들려오는 막연한 육지의 소음뿐, 그것도 희미하여 거의 들리지 않았다.

이윽고 잔은 다시 몸을 일으켜 세우고 기쁨에 사로잡혀 두 손으로 물을 튀기며 날카로운 함성을 질렀다. 이따금 그녀가 너무 멀리 갔을 때는 배가 마중 나오기도 했다. 그녀는 배가 고파 새파래졌는데도, 마음과 몸은 기쁨에 넘쳐 입가에 미소를 머금고 반짝이는 눈으로 저택에 돌아왔다.

남작은 또 남작대로 농업에 관한 큰 계획을 세우고 있었다. 그는 시작(試作)도 해보고, 증산도 꾀해 보고, 새로운 농기구도 실험해 보고, 외국 품종의 씨앗을 옮겨 심어보고 싶어 하기도 했다. 그는 하루의 일부를 농부들과 이야기하며 보내곤 했는데, 그들은 고개를 갸웃거리며 남작의 시도를 믿으려 하지 않았다. 때때로 그는 이포르의 사공들과 같이 바다에도 나갔다. 근처 동굴이며 샘터며 기암괴석 같은 것을 보고 나서는 또 여느 어부처럼 고기잡이도 하고 싶은 마음이 들었다. 미풍이 부는 날, 바람을 안고 돛이 부풀어오른 고기잡이배가 파도 위로 달릴 때, 또 양쪽 뱃전에 큰 줄을 바닷속으로 늘여놓아 고등어 떼가 따라올 때, 남작은 걸린 고기가 펄떡이면 곧 알아차릴 수 있는 작은 줄을 불안에 떨리는 손으로 꽉 쥐고 있었다.

또 남작은 전날 밤에 쳐둔 그물을 거두려고 달밤에 나가기도 했다. 그는 삐걱거리는 돛대 소리와 시원한 밤에 윙윙대는 바닷바람 쐬기를 좋아했다. 그리고 뾰죽이 바위며 종루의 지붕이며 페캉의 등대 등을 목표로 하여 부표를 찾으려고 멀리 바람을 헤치며 배를 저어나가, 부채꼴 모양으로 넓적하게 생긴 홍

어의 미끈미끈한 등과 살찐 배를 비추어 주는, 이제 막 솟아오른 아침햇살을 받아가며 움직이지 않고 갑판 위에 서 있기를 좋아했다. 식사 때면 으레 자기가 멀리 갔다 온 바다 산책 이야기에 여념이 없었다. 그러면 부인은 부인대로 넓은 백양나무 가로수길을 몇 번 걸었는지 이야기하였다.

그러나 왼쪽 가로수길은 햇빛이 들지 않기 때문에 걷는 쪽은 언제나 오른쪽 쿠이야르 집안의 농원에 딸린 백양나무 가로수길뿐이었다. 의사가 권유한대로 운동을 위해 부인은 걷는 데 온 힘을 다했다. 밤의 냉기가 가시고 나면 부인은 곧 로잘리의 팔에 기대어 가로수길로 나갔다. 망토와 두 개의 숄을 둘렀고, 검은 부인용 모자를 쓴 머리 위에는 또 한 개의 붉은 털모자까지 얹혀 있었다.

그러고는 오른쪽 발은 절면서—왼쪽 발은 끌리다시피 하며—걸었는데, 이렇게 가로수길을 처음부터 끝까지 갔다오는 동안 갈 때 한 줄, 그리고 올 때 한 줄, 그렇게 걸을 때마다 두 줄씩 그어졌다. 그녀의 발길이 닿았던 곳마다 풀이 짓눌려 줄이 그려지는 것이다. 이렇게 저택 모퉁이에서부터 정원수의 막다른 관목 숲까지 직선으로 끝없이 오른쪽 다리를 절면서 걷기를 계속하는 것이었다.

부인은 줄이 생긴 길 양끝에 긴의자를 하나씩 놓게 하고, 5분마다 한 번씩 걸음을 멈추고 참을성 있게 자기를 부축해 주는 하녀에게 말하곤 했다.

"좀 쉬자, 얘야, 숨이 차다."

그리고 쉴 때마다 긴의자 위에 어느 때는 털모자를, 어느 때는 숄을, 그리고 또 하나의 숄을, 그 다음에는 덧모자를, 또 망토를 벗어놓았다.

그래서 가로수길 양끝에는 두 개의 큰 옷 보따리가 생겨났는데, 그것은 점심 식사하러 들어갈 때 로잘리가 부인을 부축하지 않아도 되는 한쪽 손으로 가지고 들어갔다.

오후에도 남작 부인은 더욱더 느려진 걸음으로 또 걷기를 계속했다. 오전보다 쉬는 시간이 훨씬 길어지고 부인을 위해 밖에 내놓은 긴의자 위에서 한 시간이나 졸 때도 있었다. 부인은 이것을 '나의 운동'이라고 불렀는데, 그것은 '나의 심장비대증'이라는 뜻이기도 했다. 10년 전 부인이 숨이 답답하여 진찰을 받았을 때, 의사는 심장비대증이라고 진단내렸다. 그때부터 부인은 이 진단의 뜻은 몰랐지만 그 말이 머릿속에 꼭 박혀버렸다.

자기의 심장에 남작이나 잔이나 로잘리에게 손을 대보라고 몹시 졸랐지만 가슴이 너무 비대해져서 아무도 심장의 고동을 느낄 수 없었다. 혹시 새로운 다른 병세가 나타날까봐 부인은 다른 의사에게 진단받기를 완강히 거부했다. 그리고 말 끝마다 그 비대증 이야기를 끄집어냈으며, 마치 그 병이 자기 혼자만 앓는 것이고 자기에게만 속해 있으며 남들은 이 병에 걸릴 아무 권리도 없는 듯 여기고 있었다. 마치 "옷"이나 "모자" "우산" 등을 입에 담듯이 남작은 "내 아내의 심장비대증", 잔은 "어머니의 심장비대증"이라고 거침없이 말했다.

부인은 젊었을 때 몹시 아름다웠고 몸매가 갈대보다 더 가늘었다. 제정시대의 군복을 입은 모든 장교들과 왈츠를 추고, 코린느*⁴를 읽고 눈물을 흘렸다. 부인은 이 소설에서 깊은 감명을 받았다.

몸이 뚱뚱해짐에 따라 부인의 영혼은 더욱더 시적인 충동에 사로잡혀갔다. 그리고 너무나 뚱뚱해진 몸 때문에 안락의자에만 붙어 있게 되자 부인의 생각은 사랑의 모험을 따라 방황했고, 스스로를 그 모험의 여주인공으로 여겼다. 이 모험 속에는 특히 부인이 좋아하는 것이 있어서, 마치 자동악기가 핸들을 돌리면 끊임없이 같은 곡을 되풀이하듯 언제나 그것을 꿈의 세계로 불러들이는 것이었다. 갇힌 여인과 제비의 이야기가 담긴 애달픈 연가는 부인의 눈시울을 적시게 했다. 베랑제*⁵의 어떤 음탕한 가요마저 그것이 사랑의 우수를 노래하고 있다는 이유로 부인은 좋아했다.

때때로 부인은 손끝 하나 까딱하지 않고 몇 시간이나 공상에 잠겨 있기도 했다.

레 푀플의 저택은 부인의 마음을 끝없이 즐겁게 해주었다. 그것은 부인의 마음속 소설에 하나의 무대를 제공해 줄 뿐 아니라 주변의 숲이며 황량한 들판, 근처의 바다가 부인이 몇 달 전부터 읽기 시작한 월터 스코트의 작품들을 연상시켜 주기 때문이었다.

비오는 날이면 부인은 방 안에 들어앉아 스스로 기념물이라고 부르는 것을 살펴보며 하루해를 보냈다. 그것은 모두 부인이 예전에 받은 옛날 편지들이었다. 아버지의 편지, 어머니의 편지, 약혼시절 남작의 편지, 그 밖에도 여러 가지 편지가 있었다. 부인은 구리로 만든 스핑크스로 네 모서리가 장식된 마호가니 책상 속에 편지뭉치를 간직하고 있었다.

---

*4 그리스의 여류시인.
*5 18세기의 프랑스 민요시인.

부인은 여느 때와는 다른 목소리로 말한다.

"애, 로잘리, 그 회상의 기념물이 들어 있는 서랍을 이리 가져온."

로잘리가 책상뚜껑을 열고 서랍을 빼서 마님의 의자 위에 놓으면 마님은 그 편지를 한 장 한 장 읽어가며 때로는 눈물을 흘리기도 했다.

이따금 잔이 로잘리 대신 어머니를 산책시켜 주었는데, 그러면 어머니는 딸에게 어린 시절의 추억을 들려주었다.

딸은 그러한 옛이야기 속에서 자신의 모습을 발견하고 자기들의 생각이 비슷하며, 욕망도 같은 피를 잇고 있다는 점을 깨닫고 깜짝 놀라곤 했다. 실은 이 세상에 나타난 다른 인간들도 이미 똑같은 감각에 가슴설레었을 것이고, 또 이 세상의 마지막 남녀들도 똑같은 감각에 가슴설레게 될 것이 틀림없다. 모녀의 느릿느릿한 걸음은 그들의 느릿한 이야기와 보조를 맞추었지만 때로는 그것도 숨이 차서 얼마 동안 이야기가 끊기기도 했다. 그럴 때면 잔의 생각은 이미 시작된 사랑의 이야기를 넘어 환희에 찬 미래로 달려가 희망 속에서 뒹굴었다.

어느 날 오후, 모녀가 벤치 위에서 쉬고 있을 때 갑자기 가로수길 저 끝에서 그들을 향해 걸어오는 뚱뚱한 신부의 모습이 보였다.

신부는 멀리서부터 인사하고 얼굴에 상냥한 미소를 지으며 다가와서 다시 한 번 큰 소리로 인사했다.

"남작 부인, 그동안 안녕하셨습니까?"

그는 이 지방의 주임 신부였다. 부인은 철학 전성기에 태어나서 신앙을 갖지 않은 부친 슬하에서 혁명시대에 성장했기 때문에 종교에 대한 여자의 본능으로 신부를 좋아하기는 했지만 성당에 자주 가지 않았다. 그래서 부인은 자기 교구의 사제인 피코 신부를 완전히 잊고 있었으므로 그를 보자 얼굴을 붉혔다. 부인은 먼저 신부를 찾아가지 못한 것을 변명했다. 그러나 신부는 조금도 언짢은 기색이 없었다. 잔의 얼굴을 보자 그녀의 아름다움을 칭찬하고서, 긴 의자에 걸터앉아 법모(法帽)를 무릎 위에 놓더니 이마의 땀을 닦았다.

그는 몹시 뚱뚱했고 얼굴이 삶은 문어처럼 붉었으며 땀을 비오듯 흘리고 있었다.

그는 땀에 젖어 얼룩진 큰 손수건을 꺼내 쉴 새 없이 얼굴과 목을 닦았다. 그러나 땀이 밴 그 손수건을 집어넣자마자 곧 새 땀방울이 살갗에 솟아나 불룩한 아랫배 쪽 법의 위에 떨어져 바람에 날리는 먼지와 섞이면서 조그마한 얼룩자국을 만들었다.

그는 명랑하고 전형적인 시골 신부로서 마음이 너그럽고 말하기를 좋아하는 호인이었다. 여러 가지 이야기를 늘어놓고 마을사람에 대해 말하면서도 자기 교구에 속하는 이 두 모녀가 성당에 나오지 않고 있었다는 사실을 전혀 눈치채지 못한 것 같았다. 부인은 본디 무심한데다 신앙심마저 애매했으므로 예배를 드리지 못했고, 잔은 경건한 의식을 신물이 나도록 맛본 수녀원에서 해방된 뒤라 아직도 마음이 벅차 있었다.

남작도 나타났다. 그는 범신론적(汎神論的) 종교관을 가진 탓에 성당 교리에 대해서는 무관심했다. 그러나 그전부터 알고 지내는 신부에게 남작은 친절하게 대하고 저녁식사에도 초대했다.

인간의 영혼을 다루는 일은 가장 평범한 사람, 이를테면 운명의 조작으로 자기 동료에 대해 권력을 행사할 수 있게 된 아주 평범한 사람에게도 무의식적인 요령을 부여한다. 이 신부도 그 요령 덕택으로 남을 기쁘게 해줄 수 있었다. 남작 부인은 신부를 극진히 대접했다. 이는 아마도 서로 통하는 사람끼리 접근시키는 친화력과 이 육중한 신부의 붉은 얼굴, 그리고 가쁜 숨소리가 부인의 숨찬 심장비대증을 위로해주었기 때문인지도 모른다.

식후 디저트가 나올 때쯤 신부는 한 잔 마신 사제답게 재담을 늘어놓았다. 그것은 즐거운 식사 뒤에 흔히 나오는 허물없는 자연스러운 태도였다.

그는 갑자기 유쾌한 생각이 떠오른 듯 큰 소리로 외쳤다.

"참, 우리 교구 안에 새 신자가 한 사람 늘었는데 소개해 드리지요. 라마르 자작이라고 합니다!"

그러자 이 지방의 모든 족보를 샅샅이 외고 있는 남작 부인이 물었다.

"그렇다면 그분은 위르 라마르 가문 출신입니까?"

신부는 머리를 끄덕였다.

"그렇습니다, 부인. 지난해 세상을 떠난 장 드 라마르 자작의 아들입니다."

그러자 무엇보다도 귀족을 좋아하는 아델라이드 부인은 신부에게 여러 가지 질문을 하여 대략 다음과 같은 사실을 알아냈다.

이 젊은 자작은 선조로부터 물려내려오는 저택을 팔아 아버지의 빚을 정리하고 에투방에 있는 세 개의 농장 가운데 한 곳에 임시 거처를 두었는데, 이 농장들은 연수입이 5, 6천 프랑쯤 되었다. 그러나 자작은 착실한데다 절약가였으므로 2, 3년은 이 임시 거처에서 검소하게 생활하며 앞으로 사교계에 나아갈 만한 재산을 모아, 빚진다든가 농장을 저당잡히지 않고 유리한 결혼을 할 생각으로 있었다.

신부는 덧붙여 말했다.

"아주 마음씨가 좋은 젊은이입니다. 단정하고 싹싹한 사람이지요. 하지만 여기서는 그다지 재미있게 지낼 데가 없는 것 같습니다."

남작이 말했다.

"이따금 우리집으로 데리고 오십시오. 그에게 심심풀이가 될 수 있을 테니까요."

그리고 화제는 다른 곳으로 옮겨갔다.

모두들 객실로 들어가 커피를 마시고 나자 신부는 식사 뒤에 하는 산책이 습관이므로 정원을 한 바퀴 돌겠다고 했다.

남작도 함께 따라나섰다. 두 사람은 하얀 칠을 한 저택의 현관을 따라 천천히 걸음을 옮겼다. 한 사람은 마르고, 한 사람은 둥그런 버섯 같은 법모를 쓴 그들의 그림자는, 달을 향해 걷거나 또는 달을 등지고 걷는 데 따라 달이 그들을 앞서기도 하고 뒤서기도 했다. 신부는 호주머니에서 꺼낸 일종의 코담배를 꺼내 씹었다. 그는 시골사람다운 솔직한 말투로 설명했다.

"소화가 잘 안 돼요. 소화시키는 데 좋지요……."

그는 문득 하늘의 밝은 달을 쳐다보며 말했다.

"이런 경치는 언제 봐도 싫증이 나지 않는군요."

그러고는 여자들에게 작별인사를 하러 안으로 들어갔다.

3

다음 일요일, 남작 부인과 잔은 그 신부에 대한 미묘한 존경심에 끌려 미사에 참석했다.

미사가 끝난 뒤, 모녀는 신부를 목요일 점심식사에 초대하려고 기다리고 있었다. 이윽고 신부는 키가 크고 점잖아 보이는 한 젊은이와 정답게 팔을 끼고 성기실(聖器室)에서 나왔다.

신부는 두 여자를 보자 기쁘고 놀란 듯 소리쳤다.

"이거 참 잘됐군요! 남작 부인과 잔 아가씨, 이번에 새로 이웃이 된 라마르 자작을 소개하겠습니다."

자작은 머리를 숙여 인사하고 전부터 가까이 지내고 싶은 생각이었다며, 정말 사회 경험이 풍부한 신사답게 거침없이 이야기했다. 그는 여자들에게는 동경의 대상이 될 수도 있으나 남자들에게는 어딘지 불쾌한 느낌을 받게 할 정도로 미남자의 외모를 지니고 있었다. 검은 곱슬머리가 햇빛에 그을어 반지르르한 이마를 덮고, 그린 듯한 굵은 눈썹은 흰자위가 좀 푸르러 보이는 검은 눈을 깊이 있고 부드러워 보이게 해주었다.

짙고 긴 속눈썹은 그의 눈에 어떤 정열이 깃들게 해, 살롱에서는 귀부인들의 마음을 설레게 하고, 거리에서는 바구니를 끼고 나온 모자 쓴 아가씨들의 눈길을 끌 게 틀림없었다.

번민하는 듯한 눈의 매력은 심오한 사상을 지니고 있는 듯 보였다. 그리하여 대수롭지 않은 말도 사람들에게 그럴듯한 의미를 주었다. 또한 반드르하고 멋진 숱 많은 수염은 조금 위엄있어 보이는 턱을 가리고 있었다.

그들은 서로 인사를 나누고 헤어졌다.

이틀이 지난 아침 라마르 씨는 처음으로 남작 댁을 찾아왔다. 그가 왔을 때 남작 식구들은 객실의 창 앞에 있는 커다란 플라타너스 나무 아래에다 시골풍의 긴의자를 내다놓고 쓸만한 지 살펴보고 있었다. 남작은 서로 마주보고 앉을 수 있도록 긴의자 하나를 더 가져다 보리수 아래에 놓고 싶어 했다. 그러나 짝지어 나란히 앉기를 싫어하는 부인이 한사코 이를 말렸다. 의논 끝에 자작은 부인의 의견에 찬성했다.

그러고 나자 자작은 그 고장에 관한 이야기를 꺼냈다. 혼자 여기저기 거닐어 보니 아름다운 곳이 많았으며, 더할 나위 없이 좋은 경치라고 자신있게 말했다. 때때로 그의 눈은 우연이란 듯 잔의 눈과 마주쳤다. 그녀는 갑작스런 이 눈길에 이상한 느낌을 받았다. 그 눈길은 얼른 돌려졌으나 거기에는 애무하는 듯한 감탄과 막 눈뜨기 시작한 공감의 정이 서려 있었다.

지난해 세상을 떠난 라마르 씨의 아버지는 마침 남작 부인의 아버지 데 퀴르토 씨와 가깝게 지내던 어느 친구분과 잘 아는 사이였다. 그리하여 이야기는 자연히 끝없이 친척관계를 캐고 연대를 따져가며 계속되었다. 더욱이 남작 부인은 기억력이 비상하여 조금도 헛갈리지 않고 복잡한 족보를 시시콜콜 캐

내면서 남의 집안 대대손손의 혈통관계를 따져 들어갔다.

"자작은 혹시 바르플뢰르의 소느와 집안 이야기를 들어본 일이 있나요? 큰 아들 공트랑이 쿠르실 집안의 딸과 결혼했답니다. 쿠르실 쿠르빌 말예요. 그 둘째아들이 내 사촌 여동생인 로슈 오베르와 결혼했는데, 그 애는 크리상즈 집안과 친척이지요. 그런데 크리상즈 씨는 나의 아버지와 다정한 친구이며 아마 당신 아버님과도 서로 아는 사이일 거예요."

"그렇습니다, 부인. 그분은 아마도 외국으로 망명하셨지요? 그분의 아들은 파산한 그 크리상즈 씨가 아닙니까?"

"바로 그분이에요. 내 이모부였던 데르트리 백작이 돌아가시자 그분은 이모에게 청혼했지요. 그러자 이모는 그분이 코담배를 즐긴다고 청혼을 거절했어요. 그런데 빌르와즈 집안은 어떻게 됐는지 아세요? 가문이 기울어지자 오베르뉴로 가서 자리잡아 보겠다고 1813년쯤 투렌을 떠났는데, 그 뒤 통 소식을 듣지 못했어요."

"내가 알기로는 그 뒤 늙은 후작은 말에서 떨어져 돌아가시고 따님 한 분은 영국사람과 결혼했으며, 또 한 분은 듣건대 부유한 장사치의 유혹에 빠져 결혼했다더군요."

그는 어렸을 때부터 부모에게서 들었던 이야기 중에서, 기억나는 이름을 몇 개 떠올렸다. 같은 계급의 가문끼리 결혼하는 것이 공적인 대사건만큼이나 중요했던 것이다. 그들은 만나본 일도 없는 그 사람들에 대해 마치 친척이라도 되는 듯 들먹였다. 그 사람들도 다른 곳에서 똑같은 투로 그들 이야기를 할 것이다. 그들은 같은 계급, 같은 신분, 또 혈통이 같다는 단 한 가지 사실만으로 멀리 떨어져 있으면서도 친구나 친척 사이인 것처럼 친밀하게 느끼는 것이다.

남작은 본디 비사교적인데다 그의 철학적인 사고방식은 사회적인 신분이나 지위에 맞지 않았으며, 또 이 근처의 귀족 가문들을 전혀 알지 못했다. 그래서 자작에게 그들에 관해 물었다.

라마르 씨가 대답했다 "이 부근에는 귀족이 그다지 많지 않아요."

이 지방에는 토끼가 그다지 많지 않습니다, 라고 말하는 것 같은 말투였다. 그러고 나서 그는 자세히 이야기하기 시작했다.

이 근처에 귀족 가문은 셋밖에 없었다. 노르망디 귀족의 대표격인 쿠틀리에 후작, 그리고 가문은 아주 좋으나 얼마쯤 세상에서 고립되어 살고 있는 브리즈빌르 자작 부부와 푸르빌르 백작이다. 브리즈빌르 자작은 성격이 괴팍하여 부인을 죽도록 들볶는다는 소문이 있었으며, 호숫가에 세운 브리에트 저택에서 사냥으로 나날을 보낸다고 한다. 자기네들끼리만 교제하면서 여기저기에 토지를 산 몇몇 벼락부자들이 있지만 자작은 전혀 그들을 알지 못했다.

라마르 씨는 이제 작별인사를 했다. 다른 사람들한테보다도 더욱 공손하고 더욱 부드럽게 각별한 작별인사를 하려는 듯 그의 마지막 눈길은 잔에게로 향했다.

남작 부인은 그가 매력있고 나무랄 데 없는 이상적인 사람이라고 했다. 남작도 맞장구쳤다.

"정말 그렇소. 확실히 기품 높은 집안에서 자란 젊은이구려."

다음 주일, 그는 저녁식사에 초대되었다. 그 뒤로 그는 규칙적으로 남작 집을 찾아오게 되었다.

그는 대개 오후 4시쯤 찾아와서 일명 '어머니의 산책길'에서 남작 부인과 만나 '어머니의 운동'을 위해 그녀를 부축해 주었다. 외출하지 않을 때면 잔도 남작 부인을 반대편에서 부축해 주었으며, 세 사람은 똑바로 난 큰 길을 끊임없이 천천히 왔다갔다했다. 자작은 그녀에게는 좀처럼 말을 걸지 않았다. 그러나 검은 비로드와 같은 그의 눈은 곧잘 파란 마노(瑪瑙) 같은 잔의 눈과 마주쳤다.

두 사람은 이따금 남작과 함께 이포르 마을에 내려가기도 했다. 어느 날 저녁 세 사람이 바닷가를 산책하고 있을 때 라스티크 영감이 그들에게 다가와 파이프를 문 채—아마 파이프를 물고 있지 않은 영감을 보는 일은 코가 없어진 영감을 보는 것보다 더 놀라운 일일 것이다—말했다.

"남작 나리, 바람이 이 정도라면 내일 에트르타까지 나가도 그다지 힘들이지 않고 돌아올 수 있을 겁니다."

잔은 손뼉을 쳤다.

"아아, 좋아라! 가요, 네, 아버지!"

남작은 라마르 씨를 돌아보며 말했다.

"자작은 의향이 어떻소? 거기 가서 점심이나 듭시다."

이리하여 당일여행은 곧 계획이 세워졌다.

새벽부터 잔은 일어나 있었다. 옷 채비로 꾸물거리는 아버지를 기다리는 틈을 타 두 사람은 이포르 아래쪽의 이슬에 젖은 들과 새소리로 떨리고 있는 숲을 걸었다. 자작과 라스티크 영감은 고패*6 위에 걸터앉아 있었다.

다른 사공 두 사람이 배 띄울 준비를 거들고 있었다. 사나이들은 어깨를 뱃전에 대고 힘껏 배를 밀었다. 자갈 깔린 해변으로 밀고 갈 때엔 힘이 들었다. 라스티크 영감은 용골(龍骨)*7밑으로 기름칠한 나무 지렛대를 밀어 넣고 자기 자리로 되돌아가서는, 힘을 모으도록 앞장서서 목청을 길게 뽑아 "영차!" 하고 장단을 맞추었다.

가까스로 바닷가 비탈에 이르자 배는 갑자기 자기 힘으로 움직이기 시작하더니, 헝겊이 찢어지는 듯한 소리를 내며 둥글둥글한 자갈 위를 미끄러져 내려갔다. 배는 작은 물결이 이는 거품 위에서 멈추었다. 모두들 배에 올라 자리잡자, 육지에 남은 두 사공이 배를 물결 위로 밀어넣었다.

바다에서 불어오는 끊임없는 산들바람이 물 위를 가볍게 스치면서 잔물결을 일으켰다. 이윽고 돛이 올라 바람에 부풀더니 배는 조용히 흔들리면서 바다 위로 나아갔다.

곧바로 그들의 첫 항해가 시작되었다. 수평선을 바라보니 저쪽에 낮게 드리워진 하늘이 바다와 맞닿아 있었다. 육지 쪽에는 깎아지른 듯한 높은 절벽이

---

*6 뱃줄 도르래.
*7 배의 밑바닥 뼈대.

그 발치에 큰 그림자를 던지고 있었고, 햇빛에 반짝이는 잔디밭 비탈은 드문드문 검은 초승달처럼 움푹 패여 있었다. 저 멀리 뒤쪽에서 갈색 돛단배 몇 척이 페캉 해안의 흰 방파제에서 나오고 있었으며, 또 저편 멀리 야릇한 모양의 창문처럼 구멍이 뚫린 동그스름한 아치형 바위는 파도 속에 코를 처박은 큰 코끼리와 비슷했다. 이것이 에트르타의 작은 문 바위였다.

잔은 파도에 흔들리자 배멀미가 좀 나서 한 손으로 뱃전을 잡고 바다 멀리 저쪽을 바라보고 있었다. 그녀는 온갖 창조물 가운데 빛과 공간과 물, 이 세 가지만이 참 아름다움이라고 여겼다.

모두 입을 다물고 있었다. 키와 밧줄을 잡은 라스티크 영감은 이따금 앉은 자리 밑에 숨겨둔 술병을 꺼내어 병째 들이마셨다. 그러고는 자기 몸의 한 분신 같은 파이프로 쉴 새 없이 담배를 피웠는데, 그 불은 영원히 꺼질 때가 없을 것 같았다. 파이프에서 끊임없이 한 줄기 푸른 연기가 실처럼 피어오르고 또 입에서도 역시 담배연기가 흘러나왔다. 아무도 이 사공의 흑단같은 사기 파이프보다 더 검게 찌든 담뱃대에 불을 붙이거나 담배를 갈아끼우는 것을 본 사람은 없었다. 이따금 한 손에 파이프를 뽑아들고는 연기가 흘러나오는 입술 끝으로 바다를 향해 갈색 침을 내뱉었다.

남작은 뱃머리에 앉아 사공 역할을 잘 해내고 있었다. 잔과 자작은 나란히 앉았는데 두 사람 다 좀 어색해하고 있었다. 그러다가 알 수 없는 그 어떤 힘이 그들의 눈길을 마주치게 했다. 두 사람은 마치 서로를 잡아끄는 힘이 암시한 듯 동시에 눈을 들었다.

그것은 남자가 못생기지 않고 여자가 아름다울 때 필연적으로 두 남녀 사이에 급속히 일어나는 미묘하고 막연한 직감으로, 이미 두 사람 사이에 싹트고 있었다. 함께 있다는 것만으로도 두 사람은 행복을 느꼈는데, 아마 그들은 서로를 생각하고 있었기 때문인 것 같았다.

태양은 자기 아래 펼쳐진 망망한 바다를 한층 높은 곳에서 내려다보려는 듯이 높이높이 솟아올랐다. 그러나 바다는 맵시라도 내려는 듯 엷은 안개로 몸을 덮은 채 햇빛을 가리고 있었다. 바다 위에 나지막이 드리워진 거의 투명한 금빛 안개는 먼 풍경을 훨씬 부드럽게 보이게 했다. 태양은 끊임없이 열기를 내뿜으며 반짝이는 구름을 녹였다. 태양이 마음껏 열을 내뿜자 어느덧 안개는 증발되어 사라져버렸다. 그러자 거울처럼 매끄러운 바다는 찬란한 햇빛 속에서 강렬히 빛을 반사하기 시작했다.

잔은 이 풍경에 완전히 도취되어 중얼거렸다.

"아아, 너무도 아름다워요!"

"정말 아름답군요!"

자작이 대꾸했다. 이 아침의 청명한 빛은 두 사람의 가슴속에 메아리 같은 것을 일게 해주었다.

그때 문득 마치 바닷속을 걷는 절벽의 두 다리처럼 에트르타 문 모양의 바위가 나타났는데, 배가 드나들 수 있을 정도의 높이로 아치를 이루고 있었다. 한쪽 끝이 뾰족한 바위 탑은 첫 번째 활 모양의 문 앞에 우뚝 솟아 있었다.

배는 바닷가에 닿았다. 남작이 먼저 내려 밧줄을 잡아 배가 흔들리지 않도록 바닷가에 매어두는 동안, 자작은 잔을 두 팔에 안아 물에 젖지 않도록 육지에 올려놓았다. 두 사람은 이 짧은 포옹에 흥분된 채 나란히 서서 단단한 자갈밭을 걸어 올라갔다. 그때 불쑥 라스티크 영감이 남작을 향해 하는 말이 두 사람에게 들려왔다.

"보아하니 두 사람은 천생배필입니다."

바닷가 작은 주막에서의 점심은 참 즐거웠다.

바다에 있을 동안에는 그들의 목소리와 생각이 마비되어 침묵했으나, 식탁을 대하자 마치 휴가중인 아이들처럼 지껄이기 시작했다.

그들은 하찮은 일에도 한없이 기쁨을 느꼈다.

라스티크 영감은 식탁에 앉으며 여전히 연기가 피어오르는 파이프를 조심스럽게 베레모 속에 감추었다. 이것을 보고 모두들 웃음을 터뜨렸다. 그 빨간 코가 마음에 들었는지 파리 한 마리가 몇 번씩이나 날아와 앉으려고 했다. 영감이 파리를 잡기에는 느린 손짓으로 겨우 쫓아버리자, 파리는 제 동료들이 이미 더럽혀 놓은 얼룩진 모슬린 커튼에 가서 앉아 영감의 그 반질반질한 코를 다시 노리고 있는 듯했다. 왜냐하면 파리는 곧 다시 날아와 그의 코에 앉으려고 했기 때문이다.

파리가 날아올 때마다 웃음이 터져나왔다. 영감이 간지러워 화를 벌컥 내며 "에이, 치근거리기도 하는군!" 하고 중얼거리면 잔과 자작은 몸을 흔들며 눈물이 나올 만큼 웃어대면서 소리를 내지 않으려고 냅킨을 입에 갖다댔다.

커피를 마시고 나자 잔이 물었다.

"산책이나 좀 할까요?"

자작이 일어섰다.

그러나 남작은 자갈밭에서 볕을 쬐는 편이 더 좋겠다며 말했다.

"둘이 갔다 오게. 한 시간 뒤에 여기서 다시 만나지."

두 사람은 초가집 몇 채가 이룬 이 마을을 곧장 빠져나가서 농장인 듯한 저택을 지나 길게 뻗친 넓은 골짜기로 나섰다.

파도의 움직임이 몸의 균형감각을 잃어버리게 한데다 소금내 풍기는 바다가 한층더 시장기를 느끼게 해주던 참에, 막 끝낸 점심 식사가 그들을 멍하게 했고 큰 웃음소리가 그들의 신경을 흥분시켰다. 그리하여 두 사람은 끝없이 들판을 달리고 싶은, 얼마쯤 광적인 욕구에 사로잡혔다.

잔은 이제까지 겪어보지 못한 어떤 새롭고 다급한 감정에 들떠 귓속에서 윙윙거리는 소리가 나는 것을 느꼈다.

흘러넘칠 듯한 햇살이 두 사람의 머리 위로 내리비췄다. 길 양쪽에 무르익은 농작물은 더위에 고개를 숙인 채 축 늘어져 있었다. 풀잎처럼 수많은 메뚜기 떼가 밀밭과 보리밭, 바닷가의 갈대숲 속을 뛰어다니면서 가냘프지만 귀가 아프도록 길게 울어댔다.

그 밖에 뜨겁게 달아오른 하늘 아래 다른 소리는 아무것도 들리지 않았다. 하늘은 푸른빛으로 눈부시게 반짝였으며, 타오르는 불길 가까이에서 달아오른 쇠붙이처럼 단번에 빨개질 것 같은 누런 빛을 띠고 있었다.

저 멀리 오른쪽에 작은 숲이 보였으므로 두 사람은 그리로 걸어갔다. 두 산비탈 사이로 깊숙이 난 좁다란 오솔길이 햇빛도 뚫지 못하는 크고 빽빽한 수목 아래로 뻗어 있었다. 그곳으로 들어가자 싸늘한 냉기가 두 사람을 휘감았다. 가슴 속까지 스며들어 소름끼치는 듯한 습기였다. 빛과 신선한 공기를 받지 못하여 풀이라곤 자취도 없었다. 이끼만이 땅을 덮고 있었다.

그들은 걸어나갔다.

잔이 입을 열었다.

"저기 앉을 만한 데가 있군요."

고목이 두 그루 죽어 있었다. 숲 사이의 뚫린 구멍으로 밝은 햇살이 쏟아져 들어와 땅을 따스하게 하여 잔디와 민들레와 풀덩굴을 일깨우고 안개처럼 아련한 아네모네 꽃과 물레 같은 디기탈리스 꽃을 피우고 있었다. 나비, 꿀벌, 왕

벌, 파리만 한 모기, 날개 달린 수많은 곤충, 붉은 점이 있는 무당벌레, 푸른빛을 뿜는 딱정벌레, 촉각이 달린 검은 벌레 등 온갖 벌레들이 겹겹이 쌓인 잎으로, 싸늘해진 그늘 속 따스한 빛의 우물 안에 떼지어 모여 있었다.

머리는 나무그늘에 가린 채 다리에만 따스한 햇살을 받으며 두 사람은 앉았다. 둘은 한 줄기 햇빛이 비춰내는 이 조그만 생명들의 꿈틀거림을 바라보았다. 잔은 감격하여 몇 번이나 말했다.

"기분이 참 상쾌하군요. 시골은 정말 아름다워요, 때때로 나는 꽃 속에 숨은 벌이나 나비가 되고 싶어요."

두 사람은 저마다 자신의 습관과 취미에 대해, 사람들이 늘 마음속의 이야기를 할 때 쓰는 낮고 은근한 투로 말했다. 자작은 이미 사교계에 염증이 났고, 무미건조하고 언제나 판에 박은 듯한 자신의 생활에도 싫증이 났으며, 거기서는 그 어떤 진실성과 성실함을 찾으려 해도 찾을 수 없다고 말했다.

사교계! 그녀는 그것을 알고 싶기는 했지만 도저히 전원생활과는 비할 바가 못된다고 확신하고 있는 터였다.

서로의 생각이 가까워질수록 두 사람은 더욱 예의를 갖추어 무슈와 마드무아젤이라고 서로를 부르며 눈길에 웃음꽃을 피우고 더욱더 얽혀갔다. 하나의 새로운 호의가 그들의 마음속에 파고들어, 한층 넓은 애정과 미처 꿈꾸어보지 못했던 온갖 사물에 대한 관심이 두 사람의 마음속에 싹트는 것 같았다.

이윽고 두 사람은 되돌아왔다. 그러나 남작은 걸어서 벼랑 꼭대기에 걸린 '처녀의 방'이라는 동굴을 향해 떠난 뒤였으므로 두 사람은 주막에서 남작을 기다리기로 했다. 남작은 바닷가를 오랫동안 산책하고 저녁 5시가 되어서야 나타났다.

모두들 다시 배에 올라 집으로 향했다. 배는 순풍을 받아 미끄러지듯 앞으로 나아갔다. 물결이 잔잔하여 나아가는 것을 느끼지 못할 만큼 천천히 앞으로 항진했다. 훈훈한 미풍이 천천히 불어오다가 끊어지곤 할 때마다 돛은 팽팽해졌다가 다시 축 늘어져 돛대에 휘감기고, 물결은 아주 잔잔했다. 탈대로 타버린 태양이 둥그런 궤도를 따라 고요히 해면으로 다가오고 있었다. 다시 바다의 권태가 사람들을 잠자코 있게 했다.

이윽고 잔이 입을 열었다.

"여행을 하고 싶어요!"

자작이 대답했다.

"그래요, 하지만 혼자 하는 여행은 쓸쓸합니다. 서로의 감회를 나누기 위해서라도 적어도 둘쯤은 같이 떠나야겠지요."

잔은 잠시 생각에 잠겼다.

"흔히들 그래요……. 하지만 나는 역시 혼자 산책하는 것이 더 좋아요……. 혼자 공상에 잠겨 있을 때는 참 즐겁거든요."

자작은 오랫동안 그녀를 쳐다보다가 말했다.

"둘이서도 공상할 수 있지요."

잔은 눈을 내리깔았다. 이것은 암시일까? 아마 그럴지도 모른다. 그녀는 좀더 먼 곳을 보려는 듯 수평선 쪽으로 눈길을 돌렸다. 그러고는 나지막한 목소리로 말했다.

"나는 이탈리아에 가보고 싶어요……. 그리고 그리스에도……. 네, 그래요, 그리스가 좋을 거예요……. 또 코르시카에도! 코르시카는 참 아름답고 소박한 곳일 거예요!"

자작은 산장과 호수가 있어서 스위스가 좋다고 했다.

"아니에요, 코르시카같은 새로운 나라나 추억에 찬 유서깊은 나라가 나는 좋아요. 어렸을 때부터 역사를 공부한 민족의 유적을 찾는다든가 위대한 사적이 이룩된 장소를 답사한다는 것은 정말 즐거운 일일 거예요."

자작은 그녀처럼 흥분하지 않고 말했다.

"나는 영국에 대해서 많은 매력을 느끼고 있습니다. 배울 점이 많은 나라지요."

이리하여 두 사람은 세계 여러 나라에 대해 이야기를 나누었다. 지구의 양극에서 적도까지의 사이에 흩어져 있는 여러 나라들의 재미있는 점을 이야기하고, 중국이며 여러 민족들의 믿어지지 않는 풍습이나 거짓말 같은 풍경에 도취했다. 그러나 세계에서 가장 아름다운 나라는 역시 프랑스라는 결론에 이르렀다. 여름은 서늘하고 겨울은 온화한 기후에 전원은 풍요롭고 푸른 숲과 잔잔한 강이 흐르며 아테네가 번영했던 이후로 어느 나라에도 없었던 미술문화를 육성한다는 것이었다.

그리고 나서 두 사람은 입을 다물었다.

더욱 기울어진 해는 피를 흘리는 듯했으며 폭넓은 한 줄기 광선과 눈부신

한 가닥 길이 바다 끝에서부터 이 배가 뒤로 남기는 물줄기까지 뻗쳐온 것 같았다.

마지막 훈풍도 이제는 멎어 잔잔한 물결마저 일지 않았으며 움직이는 것 같지도 않은 배는 붉게 물들어갔다. 끝없는 평온이 공간을 채우고, 자연의 온갖 요소들은 서로 만나는 언저리에서 침묵하고 있었다. 한편 거대한 바다는 하늘 아래 젖어 반짝이는 배(腹)를 활 모양으로 출렁이며, 거대한 붉은 신부처럼 자기에게로 다가오는 태양을 연인인 양 기다리고 있었다.

태양은 포옹의 욕정에 타오르는 듯 이글이글 불타면서 낙조를 서둘렀다. 드디어 바다는 태양을 껴안고 조금씩 조금씩 그 태양을 삼켜 버렸다.

수평선으로부터 서늘한 바닷바람이 불어왔다. 바람이 물결치는 바다 한가운데서 잔물결을 일으키고, 삼켜진 태양은 안도의 숨을 내쉬었다. 저녁놀은 아주 짧은 순간에 지나가고 곧 별이 총총한 밤하늘이 펼쳐졌다.

라스티크 영감은 노를 젓기 시작했고 모두 바다가 인광으로 반짝이는 것을 보았다. 잔과 자작은 나란히 앉아 배가 뒤로 남기는 은빛 물결을 바라보았다. 두 사람은 이제 아무 생각도 하지 않고 막연히 먼 곳을 바라보며 오직 달콤한 행복에 잠겨 저녁 공기를 마시고 있었다. 잔이 한 손을 의자에 짚고 있었는데 우연인 듯 자작의 손끝이 그녀의 피부에 와 닿았다. 이 가벼운 접촉에 그녀는 놀랍고 행복하고 마음이 혼란스러워 움직일 수가 없었다.

그날 밤 침실에 들자 그녀는 이상하게도 마음이 설레고 감격에 차서 울음이 터질 것 같은 기분이었다. 그녀는 괘종시계를 바라보았다. 그 작은 꿀벌이 다정했던 친구의 심장처럼 살아 움직여 자신을 보여주고 있는 것 같았다.

자기 생애의 소리 없는 증인이 되어주리라, 가볍고 규칙적으로 재잘거리는 소리를 내며 자기의 기쁨과 슬픔의 동반자가 되어주리라는 생각이 들었다. 그녀는 그 날개에 입맞추려고 금빛 꿀벌을 멈추게 했다. 무엇에나 입맞추고 싶은 기분이었다. 그러다가 갑자기 전에 책상서랍 속에 낡은 인형을 감춰두었던 것이 생각나서 찾아내어 보니 그 또한 다정한 친구라도 만난 듯 기뻤다. 인형을 가슴에 꼭 껴안고는 채색한 그 인형의 볼과 곱슬곱슬한 머리에 미친 듯이 입을 맞추었다. 그녀는 두 팔에 인형을 안은 채 생각했다. 수없는 밀어로 약속하던 그 더없이 친절한 신의 뜻으로 만나게 될 나의 남편이 바로 그일까, 나를 위해 창조되고 내 생애를 바치려는 사람이 바로 그일까, 그와 내가 장차 은근한 사랑으로 결합하여 떨어질 수 없는 사랑의 열매를 맺을 두 사람일까.

그녀는 자기의 정열인 듯한 생명의 설레는 약동, 미칠 듯한 황홀감, 마음속을 뒤흔드는 감정을 이제까지 느껴보지 못했었다.

그러나 지금은 자작을 사랑하기 시작한 것 같았다. 왜냐하면 자작을 생각할 때는 정신이 몽롱해지기 때문이었다. 그러면서도 자작에 대해 끝없이 생각했다. 자작이 곁에 있으면 가슴이 두근거렸고 눈길이 마주치면 얼굴이 붉어졌다 파래졌다 했으며, 그의 목소리를 들으면 몸이 떨렸다.

그날 밤 그녀는 잠을 이루지 못했고, 날이 갈수록 사랑하고 싶은 안타까운 욕구가 점점 강하게 그녀를 사로잡았다. 그녀는 쉴 새 없이 자문자답해 보고 데이지꽃이나 구름으로, 또는 동전 같은 것을 공중에 던져 점쳐 보기도 했다.

그러던 어느 날, 아버지가 딸에게 일렀다.

"내일 아침에는 아름답게 차려라."

"왜요, 아버지?"

아버지는 대답했다.

"그건 비밀이다."

이튿날, 산뜻하게 화장하고 아래층에 내려가 보니 객실 테이블 위에 과자상자들이 쌓여 있고 의자 위에는 큼직한 꽃다발이 하나 놓여 있었다. 마차 한 대가 뜰 안으로 들어섰다. 그 마차에는 다음과 같이 씌어 있었다.

'페캉 거리 르라 과자점, 결혼 답례용 요리 주문 배수'

뤼디빈이 수습요리사의 도움을 받으며 마차 뒤에서 맛있는 냄새가 나는 넓적하고 큰 광주리를 수없이 끄집어내고 있었다.

라마르 자작이 나타났다. 꼭 맞는 바지가 그의 발이 작음을 뚜렷이 보여주는 훌륭한 에나멜 장화를 덮고 있었다. 허리가 꼭 끼는 긴 프록코트 앞가슴 사이로 셔츠의 레이스가 내보였다. 몇 겹씩 감은 날씬한 넥타이, 그리고 특별히 위엄을 나타낸 아름다운 갈색 머리는 꼿꼿이 세우고 있었다. 여느 때와 아주 달라 보였다. 늘 보아오던 사람들에게도 특별한 인상을 주는 듯한 그런 모습이었다.

잔은 어리둥절하여 처음 보는 사람인 듯 물끄러미 그를 바라보았다. 그리고 그를 나무랄 데 없는 귀족, 머리끝에서 발끝까지 그야말로 당당한 영주라고 생각했다.

자작은 미소지으며 허리를 굽혔다.

"준비는 다 되셨습니까?"

잔은 떠듬거렸다.

"준비라니요? 대체 무슨 말씀이지요?"

그녀의 아버지가 대답했다.

"이제 곧 알게 된다."

말을 맨 마차가 앞으로 나오고, 성장을 한 아델라이드 부인이 로잘리의 팔에 의지하여 방에서 나와 내려오고 있었다. 로잘리가 라마르 씨의 그 우아한 차림에 온통 정신을 빼앗긴 듯이 보였으므로 남작은 자작의 귀에 나직이 속삭였다.

"어떠시오, 자작. 우리집 하녀가 당신을 꽤 마음에 들어 하는 것 같소."

자작은 귀까지 붉어져 못 들은 척하면서 큰 꽃다발을 들어 잔에게 안겨주었다. 잔은 더욱 놀라며 꽃다발을 받았다. 네 사람이 함께 마차에 올랐다.

남작 부인에게 기운을 내도록 하기 위해 차가운 수프를 가지고 나온 뤼디빈이 말했다.

"마치 결혼식 같아요, 마님."

이포르 마을에 들어서자 모두들 마차에서 내렸다.

그들이 마을을 지나올 때마다 줄무늬진 새 옷을 입은 어부들이 집집에서 몰려나와 인사하고 남작과 악수를 나누며 행렬을 뒤따랐다.

잔이 자작의 팔을 잡은 채 두 사람은 앞장서서 걸어갔다. 성당 앞에 이르자 모두들 멈춰섰다. 그러자 은으로 만든 커다란 십자가가 나타났다. 성가대의 한 소년이 그것을 똑바로 받쳐들고 있었고, 그 뒤를 붉은색과 흰색이 섞인 옷을 입은 소년이 관수기(灌水器)가 담겨진 성수반을 들고 뒤따라왔다.

그 뒤를 세 사람의 늙은 성가대원이 따라갔는데, 그 중 한 사람은 다리를 절었다. 다음에는 세르팡이라는 관악기 나팔수가 지나가고 그 다음에는 신부가, 불룩한 배 위에 교차시킨 금빛 완장 대(帶)를 내밀고 나타났다.

그는 미소와 목례로 인사하고 나서 눈을 반쯤 감고 기도문을 외는지 중얼거리며 법모를 콧등까지 내려쓴 채 흰 옷 입은 수행원들의 뒤를 따라 바다 쪽으로 걸어갔다. 바닷가에는 한무리의 사람들이 꽃다발로 장식한 새 배를 둘러싸고 기다리고 있었다. 그 배의 돛대와 돛, 밧줄은 미풍에 나부끼는 리본들로 덮여 있었고, '잔'이라는 배 이름은 뒤쪽에 금색으로 씌어 있었다.

남작의 돈으로 만들어진 이 배의 선장인 라스티크 영감이 행렬 앞에 섰다. 남자들은 약속이라도 한 듯 같은 동작으로 일제히 모자를 벗었다. 주름 잡힌 커다란 천을 어깨에 늘어뜨린 검은색 망토를 머리부터 뒤집어쓴, 믿음이 두터운 여신도들이 한 줄로 나란히 걸어오다가 십자가가 눈에 띄자 둥그렇게 꿇어 앉았다. 신부는 성가대의 두 소년 사이에 서서 그 배 한쪽 끝으로 걸어갔다.

한편 다른 한쪽에서는 흰 옷에 어울리지 않는 초라한 세 늙은 성가대원이 맑은 하늘 아래 수염이 더부룩한 턱으로 제법 위엄있는 자세를 취하고, 악보를 보면서 입을 크게 벌리며 곡조도 맞지 않는 성가를 부르고 있었다. 그들이 숨 돌릴 때마다 세르팡의 나팔소리가 붕붕 울렸다. 나팔수의 얼굴은 치켜올려 있고, 조그만 잿빛 눈은 숨을 잔뜩 들이켜 크게 부풀어오른 볼 속에 감추어져 있었다. 이마와 목의 살가죽도 부풀어올라 살에서 떨어져 나갈 것 같았다.

소리 없이 투명한 바다는 명상에 잠기며 자기 품에 안긴 작은 배의 영세식을 지켜보는 듯했다. 다만 잔물결이 자갈밭을 긁으면서 나직이 갈퀴 소리를 낼 뿐이었다. 날개를 편 흰 갈매기 떼가 푸른 하늘에 곡선을 그리며 날아가는 듯하더니 꿇어앉은 군중들 위로 무엇을 하고 있는지 궁금한 듯 다시 선회하여 되돌아오곤 했다.

5분 동안이나 '아멘'을 외치고 나서야 성가가 끝났다.

그러자 신부는 혀꼬부라진 소리로 라틴어를 몇 마디 중얼거렸으나 사람들은 그 억양밖에 듣지 못했다. 그러고 나서 신부는 성수를 뿌리면서 배의 주위를 한 바퀴 돌고 이번에는 뱃전 옆에 손을 맞잡고 선 대부(代父) 앞에서 기도문을 중얼거리기 시작했다.

자작은 미남다운 의젓한 모습을 잃지 않았으나 처녀는 갑작스러운 감격에 숨이 막혀 왠지 눈앞이 아찔해지는 것 같아 이가 맞부딪칠 만큼 몸을 떨었다.

얼마 전부터 그녀의 머릿속에서 떠나지 않던 꿈이 지금 일종의 착각 속에서 현실로 나타난 것이다.

사람들은 결혼 이야기를 하고 있었다. 지금 신부는 바로 옆에서 축복을 올리고 있다. 흰 옷 입은 사람들이 성가를 부르고 있다. 돌연 어떤 환각이 현실로 나타나는 것처럼 생각되었다. 자신의 결혼식이 이루어지려는 것이 아닌가.

그녀의 손가락은 지금 신경질적으로 떨린 것일까? 그녀의 초조함이 혈관을 따라 달려 그의 심장에까지 전해졌던 것일까? 이해했을까? 예감했을까?

그녀처럼 자작도 일종의 사랑의 도취 속에 빠지고 싶었을까? 아니면 단순한 경험에서 어떤 여자라도 자기에게 저항하지 않는다는 것을 알고 있었던 것일까? 그녀는 갑자기 그가 처음에는 자기의 손을 가만히, 그 다음에는 좀더 세게, 그러고는 으스러져라고 쥐는 것을 깨달았다.

그러고는 얼굴빛 하나 달라지지 않고 아무도 눈치채지 못하게 또렷이 말했다.

"잔! 당신만 좋다면 이것이 우리의 약혼식이 될 수도 있습니다."

그녀는 마치 '네' 하고 대답하듯 천천히 고개를 숙였다. 그때 성수를 뿌리고 있던 신부가 그들의 손가락 위에도 몇 방울 떨어뜨려 주었다.

그것으로 끝났다. 여자들은 일어섰다. 돌아갈 때는 저마다 뿔뿔이 흩어졌다. 성가대 소년의 손에 들린 십자가는 이미 그 위엄을 잃은 뒤라 양옆으로 흔들리고 앞으로 기울어지며 금방이라도 넘어질 것처럼 소년과 함께 앞으로 달음질쳐 갔다. 기도를 끝낸 신부는 그 뒤를 따라 재빨리 걷고 있었다. 성가대원과 나팔수는 한시바삐 예복을 벗으려고 지름길로 빠져나갔고, 어부들도 떼지어 급히 걸어갔다.

그들의 머릿속에 파고드는 똑같은 생각이 그들의 걸음을 음식이 차려진 곳으로 재촉하고, 입에 군침이 괴게 하고, 뱃속까지 내려가 장(腸)이 노래 부르게 했다. 레 푀플에는 맛있는 음식이 그들을 기다리고 있었기 때문이다. 큰 식탁이 뜰 안 사과나무 그늘 아래 차려져 있었다. 어부와 농부들을 합쳐 60명 남짓한 사람들이 거기에 자리잡았다. 한가운데 남작 부인이 앉고 그 양옆에 이포르와 레 푀플의 신부가 앉았다. 맞은편에는 남작이 촌장 부부 사이에 끼어 자리잡고 있었다.

이미 늙고 말라빠진 시골 여자인 촌장 부인은 주위에 앉은 이 사람 저 사람에게 인사하기에 바빴다. 그녀는 여위고 긴 얼굴에 노르망디식 큰 모자를 쓰고 있었는데, 그 모습은 마치 흰 볏을 단 암탉 머리 같았다. 늘 놀란 것처럼 동그란 눈은 닭을 꼭 닮았다. 그리고 접시를 코로 찍듯이 조금씩 재빠르게 음식을 집어먹었다.

자작 옆에 앉아 있는 잔은 행복의 세계를 내달리고 있었다. 그녀는 이미 아무것도 보이지 않았다. 아무것도 알지 못했다. 그저 기쁨으로 머리가 혼란스러

워 입을 다물고 있었다.

그녀는 물었다.

"세례명은 뭐예요?"

자작이 말했다.

"줄리앙입니다. 아직 모르셨습니까?"

그녀는 그 물음에 대답하지 않고 마음속으로 생각했다.

'줄리앙, 앞으로 얼마나 자주 불러 볼 이름인가?'

식사가 끝난 뒤 앞뜰은 어부들에게 맡겨놓고 저택의 뒤쪽으로 자리를 옮겼다. 남작 부인은 남작의 부축과 두 신부의 호송을 받으며 여느때와 같이 운동을 시작했다.

잔과 줄리앙은 관목숲까지 가서 풀이 우거진 오솔길로 들어갔다. 별안간 자작이 그녀의 손을 잡고 물었다.

"내 아내가 되어 주시겠습니까?"

그녀는 다시 한 번 고개를 푹 숙였다.

그는 머뭇머뭇 말했다.

"대답해 주십시오. 제발 부탁입니다."

그러자 그녀는 조용히 눈을 들어 그를 바라보았다.

자작은 그 눈길 속에서 대답을 읽을 수 있었다.

4

어느 날 아침, 남작은 잔이 채 일어나기도 전에 그녀의 침실에 들어와 침대 끝에 걸터앉으며 말했다.

"라마르 자작이 너를 아내로 맞이하고 싶다는구나."

그녀는 이불 속에 얼굴을 파묻고 싶은 심정이었다.

아버지는 말을 계속했다.

"대답은 나중에 드리겠다고 했다만……."

그녀는 감동으로 목이 메어 가슴이 답답했다.

조금 뒤 남작은 웃으면서 결론을 덧붙였다.

"네 의견을 듣지 않고 결혼을 결정하고 싶지 않았다. 네 어머니와 나는 이 결혼에 반대하지는 않지만, 그렇다고 네게 강요할 생각은 없다. 너는 상대방보다

훨씬 부유하지만 일생의 행복을 생각할 때는 돈 같은 것에 구애 받아서는 안 된다. 자작에게는 친척이 없다. 그러니 만일 네가 자작과 결혼한다면 우리집에 아들이 하나 들어오는 셈이지. 하지만 다른 사람과 결혼하게 되면 우리의 하나 밖에 없는 딸인 네가 남의 집으로 가게 되는 거다. 그 사람이 우리 마음에는 들지만, 너는 어떠냐? 네 마음에도 들던?"

그녀는 귀까지 빨개져서 낮은 소리로 떠듬거렸다.

"네, 아버지. 기꺼이 그와 결혼하겠어요."

그러자 아버지는 딸의 눈 속을 들여다보고 웃으며 나직이 말했다.

"나도 그런 줄 짐작하고 있었지."

그녀는 저녁때까지 술취한 사람처럼 지냈다. 자신도 무엇을 하는지 의식하지 못하고 기계적으로 이것을 집으면 저것이 집히고, 걷지도 않았는데 두 다리는 피로할 대로 피로했다. 6시쯤 어머니와 함께 플라타너스 나무 아래 앉아 있노라니 자작의 모습이 보였다. 잔의 가슴은 미칠 듯이 뛰기 시작했다.

자작은 조금도 흥분한 기색없이 가까이 왔다. 옆에까지 오자 그는 남작 부인의 손을 잡아 입맞추었다. 그리고 나서 잔의 떨리는 손에 입술을 갖다대고 감사와 애정을 담아 긴 키스를 했다. 이리하여 황홀한 약혼시절이 시작되었다.

단둘이서만 객실 한구석이나 황량한 들판이 펼쳐진 관목숲 속의 비탈에 앉아 이야기했다. 때때로 어머니의 산책길을 걸으며 그가 미래를 이야기하면, 그녀는 어머니의 먼지나는 발자취가 난 길 위로 눈길을 떨어뜨리고 있었다.

일단 일이 결정되자 모두들 결혼을 서둘렀다. 그리하여 결혼식은 그로부터 6주 뒤인 8월 15일에 올리기로 하고, 신랑신부는 곧 신혼여행을 떠나기로 합의를 보았다.

여행지에 대해 의논할 때 잔은 코르시카 섬을 택했다. 코르시카에서라면 이탈리아의 도시들보다 단둘이 있을 시간이 더 많으리라고 여겼기 때문이다. 두 사람은 그날을 기다리는데 그다지 초조해하지는 않았으나, 아기자기한 애정에 싸여 뒹굴거나 감미로운 애무를 음미하거나, 손가락과 손가락을 서로 끼고 영혼이 녹아들듯 오래오래 마주 보며 정열에 충만된 눈길을 주고받거나, 그런 것에 말할 수 없는 쾌감을 느끼며 마음껏 안아 보고 싶다는 야릇한 욕망에 막연하게 괴로워하거나하며 결혼식 날을 기다렸다.

결혼식에는 외따로 살고 있는 남작 부인의 여동생 리종을 초대하기로 했는데, 그녀는 베르사유의 어떤 수녀원에서 지내고 있었다.

아버지가 돌아가신 뒤 남작 부인은 그 동생을 자기 집에 데려와 함께 살려고 했다. 그러나 이 노처녀는 자기는 모든 사람들에게 방해가 되고 쓸모없는 귀찮은 존재라는 생각에 사로잡혀 쓸쓸하고 외로운 사람들에게 방을 빌려주는 수녀원으로 은거해 버렸던 것이다.

그녀는 이따금 찾아와서 한두 달쯤 식구들과 함께 보냈다. 그녀는 말없고 키가 작은 여자로 언제나 자기의 존재는 나타내지 않으려 하며, 식사 때만 잠시 나타났다가는 곧 자기 방으로 돌아가 꼼짝 않고 들어앉아 있었다.

나이는 겨우 42살이었으나 더 늙어 보였으며 유순하고 슬픈 눈매를 가지고 있었다. 집에서는 한 번도 한 사람 몫으로 취급받는 일이 없었다. 그녀는 어렸을 때부터 예쁘지도 않고 장난도 하지 않았으므로 아무도 그녀에게 입맞춤을 해주는 사람이 없었다.

그녀는 늘 한구석에 조용하고 순하게 앉아 있었다. 그때부터 그녀는 언제나 고립된 생활을 해왔고, 결혼할 나이가 된 뒤에도 아무도 거들떠보지 않았다. 그녀는 마치 그림자나 길든 물건처럼, 날마다 보는 사람의 눈에 익기는 하지만 아무도 그녀에 대해 마음쓰지 않는, 마치 살아 있는 가구와 다름없었다. 언니인 남작 부인은 결혼 전 친정에서 젖은 습관대로 이 동생을 하찮고 사람 축에 끼지도 못하는 존재로 여겼다. 일종의 멸시가 깃든 호의를 담아 아무 거리낌 없이 무관심하게 대했다.

그녀의 이름은 리즈였는데, 이 화려하고 앳된 이름이 거북스럽게 느껴졌다. 그녀는 결혼하지 않았고 또 앞으로도 결코 결혼하지 않을 것 같아서 식구들은 리즈를 리종이라고 불렀다.

잔이 태어나면서부터 그녀는 '리종 이모'로 통했다. 겸손하고 조촐하고 몹시 수줍어하며 언니나 형부까지 어려워하는 성품이었다. 형부는 그녀를 사랑하기는 했지만, 그러나 그것은 무관심한 친절이요 무의식적인 동정이요 형부로서의 천성적인 호의 같은 막연한 애정이었다.

이따금 남작 부인은 먼 처녀시절의 일을 이야기하다가 때를 명확하게 규정지으려면 "그것은 리종이 분별없던 시절이었어요"라고 말할 때가 있었다. 그러고는 그 이상의 것은 이야기하지 않았다. 그래서 이 '리종의 무분별'은 안개에 싸인 채 그대로 남아 있었다.

19살이었던 무렵 리즈는 어느날 밤 강물에 몸을 던졌는데, 아무도 그 까닭을 알지 못했다. 그즈음 그녀의 생활 태도에는 이런 무분별을 짐작케 하는 아무런 징조도 없었던 것이다. 물에서 건져내 보니 반쯤 죽어 있었는데, 부모는 분노로 두 손을 휘둘렀을 뿐, 전혀 납득할 수 없는 그 행동의 원인을 알아보려고도 하지 않았고 그러한 딸의 행동을 '미친 행동'이라는 것으로 결말지어 버렸다. 그 말투는 마치 얼마 전 '꼬꼬'라는 이름의 말이 도랑에 빠져 다리가 부러지는 바람에 할 수 없이 도살장에 보낸 사건을 이야기하는 듯 체념적이었다. 그 뒤 얼마 안되어 이름이 리종으로 바뀐 리즈는 좀 모자라는 사람으로 취급받기 시작했다.

그녀가 근친들에게 일으키게 했던 악의없는 멸시는 차츰 그녀를 둘러싼 모든 사람들의 마음속에도 스며들었다. 어린 잔마저도 타고난 어린이의 독특한 감수성으로 그녀를 거들떠보지 않았다. 잘 시간에 키스하러 가지도 않고 그 방에 들어간 일조차 없었다.

그 방의 잔일을 보살피는 하녀 로잘리만이 그 방을 잘 알고 있는 듯했고, 리종 이모가 아침식사를 하러 식당으로 들어오면 그나마 어린 잔만이 습관적으로 이모 옆으로 가서 키스를 받기 위해 이마를 내밀었다.

그뿐이었다. 식구 가운데 그녀에게 할 말이 있으면 하녀를 보내고, 만일 방에 없으면 다시는 그 일에 마음쓰지도 않고 생각도 하지 않으며 "어찌된 일인지 리종이 안 보이네" 하고 걱정할 뿐 더 이상 캐묻지 않았다.

그녀는 절대로 자기 자리를 차지하는 일이 없었다. 세상에 전혀 알려지지 않은 미개척의 땅처럼 근친에게도 알려지지 않는 사람들이 있는데, 그녀도 그런 사람들 가운데 하나였다.

만일 그녀가 죽더라도 집 안에 구멍이나 공허함 같은 빈 자리를 만들지 않을 것이며, 주위 사람들의 생활 습관이나 사랑에 대해 서로 나누는 이야기 속에도 끼어들지 못하는 그런 무리 중 한 사람이었다. 누군가 리종 이모라는 말을 입밖에 내더라도 누구의 마음속에서든 아무런 애정이 일어나지 않았다. 마치 리종 이모가 커피 그릇이나 설탕 항아리인 것처럼 대하는 말투였다.

그녀는 언제나 조용히 빠른 걸음으로 걸었는데 좀처럼 소리를 내거나 어디에 부딪치는 일이 없었으며, 마치 소리내지 않는다는 특성을 주위의 사물에게 전달하기라도 하려는 것 같았다. 두 손은 솜으로 만들어진 것처럼 가볍고 부드럽게 사물을 다루었다. 그녀는 잔의 결혼이라는 말에 마음이 온통 혼란스러워 7월 중순쯤 도착했다.

그녀는 올 때 많은 선물을 가져왔는데, 그녀가 가져온 것이라서 아무도 거들떠보지 않았다. 그녀가 도착한 다음날부터 식구들은 벌써 그녀의 존재를 잊어버리고 있었다. 그러나 그녀의 마음속에는 이상한 감동이 싹터 올랐으며, 그녀의 눈길은 잠시도 두 약혼자에게서 떠나지 않았다.

그녀는 아무도 들어오지 않는 자기 방에 들어앉아 이상하게 정력을 기울이며 마치 침모처럼 들뜬 듯이 행동하며 결혼 준비에 몰두하고 있었다.

그녀는 자기가 만든 손수건과 머리 글자를 수놓은 냅킨을 남작 부인에게 계속 보여 주면서 물었다.

"이만하면 됐어요, 아델라이드 언니?"

그러면 남작 부인은 그저 기계적으로 그것들을 보며 대답했다.

"너무 이렇게 애쓰지 마, 리종."

그 달이 다 지난 무더운 어느 날 밤, 밝고 훈훈한 밤하늘에 달이 떠올랐다. 사람의 영혼 속 깊숙이 깃든 비밀스러운 시(詩)를 송두리째 일깨워주듯 마음을 뒤흔들고 감동시키고 흥분시키는 듯한 밤이었다. 정원에서 불어오는 부드러운 바람이 조용한 객실로 불어 들어왔다. 남작과 그의 부인은 램프 갓이 테이블 위에 그리는 둥근 불빛 앞에서 맥없이 카드 놀이를 하고 있었다. 리종 이모는 그들 사이에 앉아 뜨개질을 하고 있었다.

결혼을 앞둔 젊은이 한 쌍은 열어젖힌 창틀에 기대어 달빛어린 정원을 바라보고 있었다. 보리수와 플라타너스가 각각 한 그루씩 달빛에 창백하게 빛나면서 검은 빛으로 변한 관목 숲까지 뻗어나가 넓은 잔디밭 위에 긴 그림자를 던지고 있었다. 부드러운 밤의 매력과 안개가 어린 듯 창백하게 빛나는 수목에 끌려 잔은 어머니와 아버지를 돌아보며 말했다.

"아버지, 집 앞의 숲을 한 바퀴 돌고 오겠어요."

남작은 카드 놀이에서 눈길을 떼지 않고 말했다.

"다녀오려무나."

그러고는 그 카드 놀이를 계속했다.

두 사람은 밖으로 나와 작은 관목숲을 향해 달빛으로 하얗게 보이는 잔디밭을 천천히 걸었다. 시간이 지나도 두 사람은 들어갈 생각을 하지 않았다. 피로해진 남작 부인은 침실로 올라가려고 생각하면서 말했다.

"애들을 그만 불러들이구려."

남작은 두 사람의 그림자가 조용히 움직이는 달빛어린 정원을 한 번 둘러보며 말했다.

"그냥 내버려둡시다. 밖의 경치가 아주 좋은걸. 처제보고 좀 남아서 기다리고 있으라지. 리종, 어때요?"

그녀는 불안스러운 눈길로 조심스럽게 대답했다.

"네, 내가 기다리고 있겠어요."

남작은 부인을 부축하여 일으키고 자신도 낮의 더위에 지친 몸으로 객실에서 함께 나가며 말했다.

"나도 그만 가서 자야겠군."

리종 이모는 일어나서 털실과 뜨개바늘을 안락의자 팔걸이에 놓고 창가로 가서 아름다운 밤을 내다보았다. 두 약혼자는 언제까지나 관목숲 속에서 돌층계까지, 돌층계에서 다시 관목숲을 향해 잔디 위를 거닐었다. 둘은 마치 자기 자신을 잃고 서로 손을 꼭 쥔 채 대지에서 뿜어나오는 시(詩)의 세계로 끌려들어가 말도 잃은 듯했다.

잔은 별안간 창틀 램프 불가에 떠오른 노처녀의 그림자를 보았다.

"어머나! 리종 이모가 우리를 보고 있어요."

자작은 고개를 들고 아무 생각없이 무관심한 목소리로 대답했다.

"네, 리종 이모가 우리를 보고 있군요."

두 사람은 다시 천천히 걸으며 공상하고 사랑의 이야기를 계속했다.

그러나 이미 숲에는 이슬이 내렸고, 둘은 가벼운 냉기를 느꼈다.

잔이 물었다.

"이제 그만 들어갈까요?"

두 사람은 집 안으로 들어갔다. 그들이 객실로 들어갔을 때 리종 이모는 다시 뜨개질을 하고 있었다.

그녀는 얼굴을 푹 숙인 채 뜨개질에 열중했는데, 여윈 손가락이 피로한 듯 가늘게 떨리고 있었다.

잔은 옆으로 다가서며 말했다.

"이모님, 이제 그만 자야겠어요."

그녀는 눈길을 들었다. 그 눈은 울고 난 뒤처럼 붉게 충혈되어 있었다. 그러나 사랑에 취한 이들은 거기까지 마음이 가지 않았으며, 그보다도 청년은 처녀의 매끈한 구두가 이슬에 흠뻑 젖은 것을 보고 염려스러운 듯 상냥하게 물었다.

"당신의 그 작고 예쁜 발이 차갑지 않소?"

갑자기 이모의 손이 세차게 떨리며 쥐고 있던 일감이 미끄러져 내렸다. 이모는 두 손으로 얼굴을 가리고 어깨를 들먹거리며 몹시 흐느껴 울기 시작했다. 잔은 이모의 무릎에 매달려 그녀의 양팔을 끌어내리며 어리둥절한 목소리로 물었다.

"왜 그러세요? 왜 그러세요, 이모님?"

그러자 가엾은 여자는 슬픔에 몸을 떨면서 눈물젖은 목소리로 떠듬떠듬 대답했다.

"저분이 너한테…… 차갑지 않으냐고 말했을 때, 그…… 그…… 귀여운 작은 발이라고 했지……. 나는 이제까지 그런 말을 한 번도 들어본 적이 없단다. 나는…… 하…… 한 번도…… 단 한 번도……."

잔은 놀라고 가엾은 생각이 들기도 했으나, 리종에게 상냥한 말을 건네는 연인을 상상하니 우스웠다. 자작도 웃음을 감추느라고 뒤돌아섰다.

그러자 이모는 별안간 일어서더니 털실은 마룻바닥에, 편물은 안락의자 위에 남겨놓은 채 램프도 들지 않고 어두운 층계를 더듬어 자기 방으로 올라갔다. 단둘이 남게 된 약혼자들은 의아한 표정으로 마주보며 놀라는 한편 측은한 마음이 들기도 했다.

잔이 입속말로 중얼거렸다.

"가엾은 이모!"

줄리앙이 대답했다.

"이모님이 오늘 저녁에는 좀 이상해지신 모양입니다."

두 사람은 서로 헤어질 결심을 하지 못한 채 손을 맞잡고 방금 리종 이모가 비워놓은 긴 의자 앞에서 조용히 그들의 첫 키스를 했다.

다음날 두 사람은 이미 이모의 눈물에 대해서는 전혀 생각하지 않았다.

결혼 전의 2주일 동안 잔은 마치 부드러운 감동에 지친 듯 아주 평온한 기분에 싸여 있었다. 드디어 운명이 결정되는 날 아침, 잔은 무엇을 생각할 여유가 조금도 없었다. 마치 살과 피와 뼈가 피부 밑에서 녹아버린 듯 오직 온 몸에 커다란 공허감만 느껴질 뿐이었다. 그리고 물건을 만질 때마다 자신의 손이 몹시 떨리는 것을 느꼈다.

잔은 성당 안에서 결혼식이 진행되는 동안 비로소 자신의 의식을 되찾았다. 결혼한 것이다! 이렇게 그녀는 결혼한 것이다. 새벽부터 지금까지 일어난 일이나 움직임이나 사물의 연속이 그녀로서는 꿈같이, 정말 꿈과 같이 생각되었다. 주위의 세계가 갑자기 달라져 보이는 순간이었다. 사람들의 몸짓이 새로운 의미를 지니고 시간마저 규칙적으로 흘러가지 않는 것처럼 여겨지는 그러한 순간이었다.

그녀는 멍한 상태였으며, 특히 몹시 놀라고 있었다. 그 전날만 해도 그녀의 생활 속에서 달라진 것이라고는 아무것도 없었다. 다만 평생토록의 희망이 좀 더 가까워진 것 같고 손에 잡힐 듯했을 따름이었다. 그 전날 밤만 해도 처녀로 잠들었었지만, 그러나 지금은 남의 아내가 되었다. 따라서 여자로서 꿈꾸어 본 온갖 환희와 기쁨으로 싸인 미래를 가로막고 있던 장벽을 그녀는 넘어선 셈이었다. 마치 문이 그녀 앞에 열어젖혀진 것 같았고, 드디어 기대하고 있던 곳으로 들어갈 참이었다.

결혼식은 어느덧 끝났다. 아무도 예식에 초대하지 않았기 때문에 텅 빈 성당 안을 둘이서 걸어 다시 밖으로 나왔다. 그러나 그들이 성당 문턱을 나서자 무서운 폭음이 신부를 깜짝 놀라게 했고 또 남작 부인이 놀라 비명을 지르게 했다. 그것은 농부들이 일제히 쏜 축포의 사격소리로, 그 소리는 그들이 레 푀플에 이를 때까지 그치지 않았다.

가족과 신부들과 촌장, 그리고 근처의 몇몇 지주들을 위해 간소한 식사가 차려졌다. 저녁식사 준비가 될 때까지 모두들 뜰 안을 산책했다. 남작과 남작 부인, 리종 이모, 촌장, 피코 신부는 '남작 부인의 가로수길'을 산책하고, 맞은편 가로수길에서는 다른 신부가 뚜벅뚜벅 걸으면서 기도서를 읽고 있었다. 저택의 다른 쪽 사과나무 그늘 아래에서 사과술을 마시며 기쁨에 들뜬 듯한 농부들의 목소리가 들려왔다. 예복 차림의 이웃사람들이 뜰 안을 가득 채우고 있었다. 남자아이들과 여자아이들은 술래잡기를 하고 있었다.

잔과 줄리앙은 관목숲을 지나 언덕까지 올라가 말없이 바다를 내려다보았다. 때는 8월 중순이었으나 북풍이 불어오면서 날씨는 제법 선선했다. 커다란 태양이 푸른 하늘에서 강렬하게 내리비쳤다. 두 사람은 그늘을 찾으려고 오른쪽으로 돌아 들을 가로 질렀다. 이포르 마을로 내려가는 꾸불꾸불하고 숲이 우거진 골짜기로 갈 생각이었다. 두 사람이 잡목숲 속으로 들어섰을 때는 바람 한 점 없었다. 그들은 나뭇잎으로 하늘이 가려진 오솔길로 들어섰다. 나란히 서서 겨우 걸을 수 있을 만한 길이었다.

그녀는 살며시 허리를 휘감는 팔의 감촉을 느꼈다. 숨이 가쁘고 가슴이 뛰고 마침내는 숨이 끊어지는 것 같아서 아무 말도 못했다. 나직이 드리워진 나뭇가지들이 그들의 머리를 어루만졌다. 지나가면서 몇 번이나 몸을 움츠렸다. 그녀가 나뭇잎을 하나 따서 들여다보니 잎 뒤에 딱정벌레 두 마리가 작고 빨간 조개껍질처럼 붙어 있었다.

그녀는 좀 긴장이 풀려 순진하게 말했다.

"어머나, 한 쌍인가 봐요."

줄리앙은 그녀의 귀에 입을 대며 말했다.

"오늘 밤에는 당신도 내 아내가 되는 거요."

전원에서 생활하며 꽤 많은 것을 배우기는 했지만 아직도 시적인 사랑밖에는 알지 못하고 있었으므로 잔은 깜짝 놀랐다. 오늘 밤에 아내가 되다니? 나는 이미 그의 아내가 된 것이 아닌가?

그가 잔의 이마와 솜털이 보송보송 난 목덜미에 짧고 빠르게 키스했다. 그럴 때마다 그녀는 자작의 그런 생소한 키스에 놀라 본능적으로 피하려고 고개를 이리저리 돌렸다. 그러나 한편으로 그녀는 이 애무에 황홀하기도 했다.

그러는 사이에 두 사람은 어느덧 숲 변두리에 이르렀다. 그녀는 이렇게 먼 곳까지 온 것을 깨닫고 당황하여 걸음을 멈추었다. 남들이 우리를 어떻게 생각할 것인가? 그녀는 말했다.

"그만 돌아가요!"

그는 그녀의 허리를 껴안았던 팔을 풀었다. 둘이 몸을 돌리자 바로 얼굴을 정면으로 마주보게 되었다. 거리가 너무도 가까워 서로의 입김을 느낄 정도였다. 그들은 언제까지나 마주 바라보았다. 두 사람의 영혼이 서로 얽혀들어갈 듯, 강하고 날카로우며 찌를 듯한 눈길로 똑바로 바라보았다. 둘은 상대방의 눈길에서 눈 저 안쪽, 침투할 수 없는 미지의 존재 속에서 서로를 찾으려 했고, 말없고 집요한 질문 속에서 서로를 탐색하려고 했다.

두 사람은 각각 상대방이 나에게, 그리고 내가 상대방에게 어떤 존재가 되어 줄 것인가, 둘이 함께 시작하는 이 생애는 어떻게 될 것인가, 부부생활이라는 이 끊을 수 없는 긴 운명 속에서 둘은 얼마만한 환희와 행복을, 또는 환멸을 서로 간직하게 될 것인가 하고 생각하다 보니 상대방이 전혀 낯선 사람처럼 느껴지는 것이었다.

두 사람은 갑자기 처음 대하는 사람들처럼 서먹서먹한 느낌이 들었다. 별안간 줄리앙은 두 손으로 그녀의 어깨를 끌어안고 입 가득히 갖다 누르며 그녀가 한 번도 받아보지 못한 힘찬 키스를 했다. 그것은 혈관이나 뼛속까지 맺히는 듯한 키스였다. 그녀는 야릇한 충격에 사로잡혀 엉겁결에 줄리앙을 힘껏 떠다밀며 자기도 뒤로 넘어질 뻔했다.

그녀는 나직한 목소리로 중얼거렸다.

"그만 돌아가요, 네, 그만 돌아가요!"

그는 대답 대신 그녀의 손을 꼭 쥐고 놓을 줄을 몰랐다. 집 안에 이를 때까지 두 사람은 한 마디도 하지 않았다.

오후의 나머지가 몹시 긴 것 같았다. 해질 무렵이 되자 모두 식탁에 앉았다.

저녁식사는 노르망디 풍습에 비해 아주 간소했다.

어쩐지 거북스러운 분위기가 흐르고 있었다. 두 신부와 촌장과 그리고 초대받은 네 지주만이 잔치 뒤에 따르는 유쾌한 기분을 내고 있었다. 그러나 웃음소리가 이제 사라졌나 보다 하면 촌장의 이야기가 다시 웃음을 자아내게 하곤 했다.

밤 9시쯤이었다. 손님들이 막 커피를 들려는 참이었다. 바깥 앞뜰 사과나무 아래서는 시골풍의 춤이 벌어지고 있었다. 손님들은 창밖으로 이 풍경을 바라보았다. 사과나무 가지에 매달린 촛불이 그 잎을 잿빛 도는 초록색으로 물들였다. 부엌용 큰 식탁 위에서 연주되는 두 개의 바이올린과 클라리넷의 가냘픈 반주에 맞추어 시골 남녀들이 둥그렇게 원을 그리며 소박한 무용곡을 큰 소리로 부르며 춤추고 있었다. 그들의 노랫소리 때문에 때때로 악기 소리가 파묻히기도 했다. 그리고 찢기는 듯한 노랫소리에 토막토막 끊어져 들리는 이 가냘픈 악기 소리는 어떤 악보의 단편(斷片)이 조각조각난 채 흩어져 하늘에서 떨어지는 것과도 같았다.

큰 술통 두 개가 횃불에 둘러싸여 있는 사람들에게 술을 제공하고 있었다. 두 하녀가 쉴 새 없이 컵과 사발을 큰 통에서 씻어내어 물방울이 뚝뚝 떨어지는 채로 붉은 포도주와 밝고 금빛나는 사과술이 흘러나오는 술통 아가리에 갖다 대느라고 바빴다.

목이 마른 춤꾼이나 말없는 노인들, 또한 땀에 젖은 처녀들이 몰려와 저마다 팔을 내밀고 아무거나 닥치는대로 움켜쥐고는 고개를 뒤로 젖히고 자기가 좋아하는 음료를 목에다 들이부어댔다. 식탁 위에는 빵이며 버터며 치즈며 소시지 등이 놓여 있어서 모두들 이따금씩 이 식탁 앞으로 와서 저마다 입맛 당기는 것을 한 입씩 집어넣고 제자리로 돌아갔다.

불을 밝힌 푸른 사과나무 가지 아래에서 벌어지는 이 경쾌하고 힘찬 놀이는 식당 안에 들어앉아 있는 울적한 손님들도 그들과 함께 어울려 춤을 추고 버터 바른 빵과 날양파를 먹으며, 불룩하게 배가 나온 술통에서 한 잔 따라 마시고 싶게 했다.

나이프로 박자를 맞추고 있던 촌장이 외쳤다.

"잘들 뛰고 노는군. 마치 '가나슈'의 피로연 같다!"

그러자 어색한 웃음의 물결이 일어났다. 세속적인 권위를 몹시 싫어하는 피코 신부가 끼어들었다.

"가나*8 말씀이겠지요."

상대방은 그 말을 듣지 않았다.

"아닙니다, 신부님. '가나슈'입니다."

모두들 일어나서 객실로 갔다. 몇 사람은 뜰의 놀이패에 한몫 끼려고 나갔고, 초대받은 사람들은 돌아갔다.

남작 부부는 낮은 목소리로 말다툼을 하고 있었다. 여느때보다 한층 더 숨을 헐떡이는 아델라이드 부인은 남편이 요구하는 것을 거절하고 있는 듯싶었다.

부인은 큰 소리로 외쳤다.

"여보, 정말이지 난 못하겠어요! 어떻게 말을 꺼내야 좋을지."

그러자 남작은 부인 곁을 떠나 잔에게로 다가서며 물었다.

"나하고 뜰을 한 바퀴 돌지 않겠니?"

몹시 감동한 딸이 대답했다.

"그렇게 하세요."

두 사람은 밖으로 나왔다. 벽 한쪽에 붙은 문 밖으로 나오자 썰렁한 바람이 불어왔다. 벌써 가을을 재촉하는 싸늘한 바람이었다. 구름이 하늘에 세차게 흐르고 별이 사라졌다 나타났다.

남작은 살며시 딸의 손을 잡으면서 딸의 팔을 이끌었다. 아버지와 딸은 잠시 말없이 걸었다.

남작은 망설이는 듯하더니 드디어 결심하고 말했다.

"애, 아가, 내가 아주 곤란한 역할을 맡았구나. 네 어미가 해야 할 일이지만 싫다고 하니 내가 대신 말할 수밖에 없구나. 실생활에 있어서 네가 어떤 것을 얼마나 알고 있는지 나는 모른다. 그런데 자식들에게는, 특히 딸자식에게는 아주 은밀히 숨기는 비밀이 있단다. 딸이란 그 영혼이 순결해야 하고 그 부모가 딸의 행복을 맡아 줄 남자에게 맡길 때까지 완전무결하게 순결하지 않으면 안 된다. 인생의 이 감미로운 비밀 위에 던져진 포장을 걷어올릴 권리는 그 남자에게만 있단다. 그런데 딸들이란 만일 인생에서 어떠한 의혹도 가져보지 못했을

---

*8 갈릴리의 가나. 예수가 물로써 술을 만든 최초의 기적을 행한 결혼 피로연으로 유명함.

경우 이따금 몽상 뒤에 숨겨진, 좀 동물적이라고 할 수 있는 현실에 맞닥뜨리면 반항하게 될 때가 있다. 그것으로 인해 정신적인 것만 아니라 육체적인 상처까지 받게 되니까 여자들은 인생과 자연의 법칙이 절대적인 권리로서 남편에게 부여하는 것을 거부하는 때가 있단다. 애야, 거기에 대해서 더 이상은 말하지 못하겠구나. 그런데 이것만은 잊지 말아라. 즉 너의 모든 것은 완전히 네 남편에게 속해 있다는 것을."

이 말을 듣고 그녀는 무엇을 정확하게 알게 되었을까? 무엇을 짐작했을까? 그 어떤 막연한 예감처럼 괴롭고 짓눌리는 듯한 우울감에 억눌려 그녀의 몸은 떨렸다.

그들은 다시 집을 향해 걸었다.

뜻밖의 광경에 놀라 그들은 객실 문 앞에 멈춰섰다. 아델라이드 부인이 줄리앙의 가슴에 얼굴을 파묻고 흐느껴 울고 있었던 것이다. 그녀의 눈물은 마치 대장간의 풀무로 밀어내는 듯 요란스럽게 코와 눈과 입에서 한꺼번에 쏟아져 나오는 것 같았다.

젊은이는 놀라고 어리둥절한 표정으로 뚱뚱한 부인을 어색하게 부축하고 서 있었는데, 부인은 아끼고 아끼며 귀염둥이로 키운 예쁜 딸을 잘 부탁한다고 당부하며 쓰러질 듯이 기대 서 있었다.

남작이 재빨리 달려갔다.

"제발 부탁이니 그러지 좀 마오."

그는 눈물을 닦는 부인을 안락의자에 앉혔다. 그리고 잔을 바라보며 말했다.

"자아, 네 어머니에게 키스하고 가서 자거라."

그녀는 울먹이며 재빨리 부모에게 키스하고 그 자리에서 도망치듯 달아났다. 리종 이모는 이미 자기 침실로 들어간 뒤였다. 남작과 부인만이 줄리앙과 함께 남아 있었다. 세 사람은 몹시 어색한 표정으로 입을 다물고 있었다. 여전히 프록코트 차림인 두 남자는 맥이 빠져 서 있었고, 아델라이드 부인은 안락의자 위에 파묻힌 채 흐느껴 울었다. 모두들 어색한 얼굴로 어쩔 줄 몰랐다.

남작은 신혼부부가 며칠 뒤에 떠날 여행에 대해 이야기하기 시작했다.

잔의 침실에서는 샘처럼 눈물을 흘리며 로잘리가 잔의 옷을 벗겨주고 있었다. 헛손질을 하면서 로잘리는 끈도 머리핀도 제대로 찾지 못하는 태도로 보아 확실히 주인 아씨보다 더 흥분해 있는 듯했다. 그러나 잔에게는 눈물 흘리는 하녀를 거들떠볼 마음의 여유가 없었다.

그녀는 전혀 생소한 땅에 발을 들여놓은 것처럼 여겨졌다. 자기가 알고 있던 모든 것, 자기가 소중히 여기고 있던 모든 것으로부터 떨어져 다른 세계로 가는 것 같은 기분이었다. 자기의 생활과 사상이 온통 뒤집히는 듯하여 심지어는 '남편을 사랑하는 것일까?' 하는 이상한 생각까지 들었다.

별안간 그가 전혀 알지도 보지도 못했던 이방인처럼 생각되었다. 석 달 전만 해도 자기는 그러한 사람이 존재하고 있다는 것조차 몰랐는데, 지금은 그의 아내가 된 것이다. 그리하여 마치 발밑에 열려진 구멍으로 빠지는 것 같은 결혼 속으로 미끄러지듯 들어갔다.

좀 서늘한 홑이불이 그녀에게 오한을 느끼게 했고, 두 시간 전부터 그녀의 마음을 억눌러 온 고독과 비애가 한결 더 강하게 가슴에 느껴졌다.

로잘리는 여전히 흐느껴 울면서 달음질치듯 방을 빠져나갔고, 잔은 기다리고 있었다. 무엇인가 짐작할 수는 없으나 아버지가 막연하게 이야기해 준 사랑의 최대 비밀인 그 신비한 법칙을 마음 졸이며 근심스럽게 기다리고 있었다.

층계를 올라오는 기척도 나지 않았는데 가벼운 노크 소리가 세 번 들려왔다. 그녀는 몸이 오그라질 듯하여 아무 대답도 하지 못했다. 다시 한 번 노크 소리가 나고 이어서 도어 손잡이가 돌아가는 소리가 났다. 그녀는 마치 도둑이 자기 침실에 들어선 듯 이불 속으로 얼굴을 숨겼다. 가벼운 남자의 구두 소리가 마룻바닥에 울리는 것 같더니 갑자기 누군가가 그녀의 침대를 더듬거렸다. 그녀는 본능적으로 몸을 꿈틀하며 가냘픈 비명을 질렀다. 그리고 얼굴을 내밀어 보니 줄리앙이 자기를 바라보며 웃고 있었다.

그녀는 말했다.

"아이, 어쩌면 사람을 그렇게 놀라게 하세요?"

그는 되물었다.

"그렇다면 나를 기다리고 있지 않았소?"

그는 잘생기고 의젓한 용모로 화려하게 차려입고 있었다. 그녀는 대답도 못하고 그처럼 단정하게 차린 그의 앞에서 이렇게 누워 있는 것이 몹시 부끄럽기만 했다.

두 사람은 무슨 말을 해야 좋을지, 어떻게 해야 할지 몰랐다. 두 사람은 온 생애의 행복이 달린 이 엄숙하고 결정적인 순간에 서로 얼굴조차 바라볼 용기를 갖지 못한 것이다.

남자는 이 싸움에 그 어떤 위험이 존재하며 꿈속에서만 자라난 순수한 영혼의 오묘한 섬세함과 미묘한 수치감을 상하게 하지 않기 위해서는, 부드러운 자세와 기교있는 애정이 필요하리라는 것을 어렴풋이 느끼고 있었다.

그는 가만히 그녀의 손을 잡아 키스하고, 마치 제단 앞에서처럼 그녀의 침대 앞에서 무릎을 꿇고 나직한 목소리로 속삭였다.

"나를 사랑해 주겠소?"

이 한 마디에 잔은 긴장했던 마음이 풀리며 레이스에 덮인 머리를 베개 위로 올리고 생긋 웃었다.

"벌써 사랑하고 있었어요."

그는 아내의 섬세한 손가락을 입술에 갖다 대고 욕정의 억눌림으로 말미암아 달라진 소리로 물었다.

"나를 사랑한다는 증거를 보여주겠소?"

그녀는 또다시 불안한 생각에 사로잡힌 채 다만 아버지의 말을 떠올리며 그것이 무슨 말인지 자신도 모르면서 대답했다.

"나는 당신 것이에요."

그는 그녀의 손목에 다정하게 촉촉한 키스를 한 다음 천천히 몸을 일으켜 세우더니 그녀의 얼굴에 다가갔다. 그녀는 다시 얼굴을 감쌌다. 그는 별안간 한쪽 팔을 이불 위로 뻗쳐 그녀를 껴안고 다른 팔을 베개 밑에 넣어 베개째 그녀의 머리를 들어올리고는 낮은 목소리로, 아주 낮은 목소리로 물었다.

"그러면 당신 곁에 내 조그마한 잠자리를 내주겠소?"

그녀는 덜컥 겁이 났다. 본능적인 공포였다. 그래서 더듬더듬 말했다.

"아아! 아직은 안 돼요. 제발 부탁이에요."

그는 좀 실망하고 얼마쯤 기분 상한 듯했으나 여전히 애원하는, 그러나 좀 퉁명스러운 말투로 말했다.

"어째서 미루는 거요? 결국은 그렇게 될 것이 아니오?"

아내는 그러한 남편의 말을 원망스럽게 생각했으나 단념한 듯 아까 한 말을 되풀이했다.

"나는 당신 것이에요."

그러자 그는 곧 화장실 안으로 사라졌다.

옷 벗는 소리, 주머니 속에서 쩔렁대는 동전 소리, 한 짝씩 벗는 구두 소리를 뚜렷이 구별해 들을 수 있었다. 이윽고 그는 속옷 바람으로 양말만 신고 나타나 벽난로 위에 그의 시계를 풀어놓고, 다시 작은 옆방으로 가서 얼마 동안 꾸물거렸다.

그가 다시 방으로 들어온 기척을 느끼자 잔은 재빠르게 돌아누웠다. 자기 다리 곁으로 차갑고 털이 많이 난 그의 다리가 날쌔게 미끄러져 들어와 닿자마자 그녀는 침대 밑으로 뛰어내릴 듯 펄쩍 뛰었다. 그리고 두 손으로 얼굴을 감싸고 정신없이 두려움과 놀라움으로 금방이라도 소리지를 듯한 기분이 되어 침대 한편 구석에서 몸을 움츠리고 있었다.

남편은 그녀가 등을 돌리고 누워 있는데도 대번에 껴안고는 그녀의 목과 잠자리 모자에 나부끼는 레이스와 속옷 주름에 굶주린 듯 키스했다. 잔은 자기의 두 팔꿈치로 가린 젖가슴을 더듬는 남자의 힘찬 손을 느끼며 무서운 불안으로 몸이 꼿꼿해져 꼼짝도 하지 않았다.

그녀는 남자의 이 난폭한 행동에 놀라 숨이 가빴고, 그리하여 어디로든 이 남자가 없는 곳으로 가서 숨기 위해 집을 뛰쳐나가고 싶은 생각으로 가득찼다.

남편은 꼼짝 않고 있었다. 그녀의 등에 남편의 체온이 느껴졌다. 이윽고 마음이 다시 가라앉고, 남편에게 키스하려면 돌아눕기만 하면 되겠다는 생각이 문득 떠올랐다.

마침내 남편은 초조한 듯 슬픈 목소리로 말했다.

"당신은 내 귀여운 아내가 되지 않겠다는 거로군."

그녀는 얼굴을 손으로 감싼 채 중얼거렸다.

"아직도 나는 당신의 아내가 아닌가요?"

남편은 기분이 상한 목소리로 대답했다.

"물론이오. 자아, 나를 너무 놀리지 말구려."

그녀는 남편의 불안스러운 목소리에 마음이 언짢아 곧 용서를 청하려고 돌아누웠다.

그러자 그는 세차게 그녀의 몸을 껴안았다. 그러고는 재빠르게 깨무는 듯한 격렬한 키스를 온 얼굴과 목덜미에 퍼부으며 온갖 애무로 그녀를 어리둥절하게 했다. 그녀는 두 손을 벌리고 남편의 격정에 휩싸인 채 자기가 지금 무엇을 하고 있는 것인지 정신이 혼미하여 아무것도 모른 채 누워 있었다.

별안간 날카로운 아픔이 그녀의 살을 찢는 듯했다. 남편이 난폭하게 자기 몸을 소유하고 있는 동안 그녀는 그의 팔 속에서 몸부림치듯 신음했다. 그 다음엔 무슨 일이 일어났는지 그녀는 전혀 기억을 못했다. 정신을 잃고 있었기 때문이었다. 기억에 남은 것은 다만 남편이 감사하다는 듯이 자기의 입술에 짧은 키스를 빗발같이 퍼부은 일뿐이었다.

그러고 나서 남편은 무엇인가 자기에게 말했을 것이고, 자기도 그 말에 대해 뭐라고 대답했을 것이다.

그 뒤 남편은 또 다른 행동을 하려고 했으나 잔은 놀라서 떠밀어냈다. 그녀가 몸부림치는 동안 이미 다리에서 느꼈던 숱한 털이 이번에는 가슴에 와닿아 소스라치며 몸을 뺐다. 아무리 달래도 소용없으리라는 것을 알고 남편은 똑바로 누운 채 움직이지 않았다. 그녀는 생각했다. 전혀 다르게 꿈꾸어 왔던 도취와 파괴된 소중했던 기대와 이미 금이 가버린 축복의 환멸 속에서 마음속까지 절망하여 중얼거렸다.

"이것이 바로 그이가 말하는 아내가 된다는 것이었구나! 이것이……"

그녀는 사방의 벽포 위로, 자기의 방을 둘러싸고 있는 오랜 사랑의 전설 위로 눈길을 보내며 절망에 잠겨 한참 동안이나 움직이지 않았다. 그러는 동안 줄리앙이 아무 말도 않고 움직이지 않아 천천히 머리를 돌려보니, 그는 자고 있지 않은가? 입을 반쯤 벌리고 태연스럽게 잠들어 있었다.

그녀는 그것을 믿을 수가 없었다. 자기를 보통 여자처럼 대한 그 짐승 같은 행위보다도 그가 잠들어 있다는 사실에 모욕과 치밀어오르는 분노를 느꼈다. 이런 밤에 잠이 올까? 두 사람 사이에 일어난 일이 그에게는 조금도 놀라운 사실이 아니었던가? 아아! 두들겨 맞는 편이, 난폭한 대우를 받는 편이 정신을 잃을 만큼 온갖 추잡한 애무로써 상처를 받는 것보다 더 나을 것 같았다. 그녀는 팔꿈치를 베고 그에게로 다가누워 입술에서 새어나오는 가끔 코고는 소리 같은 숨소리에 귀 기울이며 움직이지 않았다.

날이 밝아왔다. 처음에는 편하게, 그 다음에는 밝게, 그리고 장밋빛으로, 이윽고 활짝 밝아왔다. 줄리앙은 눈을 뜨고 하품을 하며 기지개를 켜고 아내를 바라보며 웃음지었다.

"여보, 잘 잤소?"

'여보'라는 말에 깜짝 놀라 그녀는 대답했다.

"네, 잘 잤어요. 당신도 잘 주무셨어요?"

"아, 나는 잘 잤소."

그러고는 그녀에게로 몸을 돌려 키스하고 나서 차근차근 이야기하기 시작했다. 그는 처음에는 경제관념에 입각한 앞으로의 생활 방침을 늘어놓았다. 몇 번씩 되풀이되는 이 경제라는 말이 잔을 놀라게 했다. 그녀는 남편의 말뜻을 잘 모르면서도 그 말에 귀 기울이고 남편을 바라보며 겨우 그녀의 마음을 주마등처럼 스치고 지나가버리는 사실들에 대해 생각했다.

시계가 8시를 알렸다.

"자아, 일어납시다. 늦도록 잠자리에 있으면 우습게 보일 테니까."

그가 먼저 침대에서 일어났다. 자신의 몸치장을 하고 나자 로잘리를 부르지 않고 자기가 직접 상냥하게 아내의 몸차림을 세세한 데까지 거들었다.

그는 침실을 나가려하다가 아내에게 일렀다.

"알고 있을 테지만, 이제부터 우리는 터놓고 '여보'라고 불러도 상관없지만 부모님 앞에서는 아직 삼가하는 것이 좋겠소. 우리가 신혼여행에서 돌아온 뒤라면 그때는 자연스럽겠지만."

잔은 아침 식사 때에야 겨우 가족 앞에 얼굴을 보였다. 그리고 그날 하루도 여느날과 같이 아무 별다른 일이 일어나지 않은 것처럼 그대로 지나갔다. 다만 집 안에 남자가 하나 더 늘었을 뿐이었다.

5

나흘 뒤에 신혼부부를 마르세유까지 태워다 줄 사륜마차가 도착했다.

첫날밤의 고뇌를 겪고 난 뒤 잔은 벌써 줄리앙의 키스며 부드러운 애무에 익숙해졌다. 두 사람의 관계를 더욱 친밀하게 접근시킬 만큼 그녀의 혐오감이 줄어들지는 않았지만, 남편의 키스와 부드러운 애무에는 익숙해져 갔다.

그녀는 남편의 아름다움을 발견하게 되었으며 사랑을 느꼈고, 다시 행복하고 즐거워졌다.

작별인사는 짧았고 별다른 슬픔을 남기지도 않았다. 남작 부인만 흥분해 있는 듯했다. 마차가 막 떠나려고 할 때 부인은 납덩이처럼 묵직한 큰 돈뭉치를 주며 말했다.

"너도 이제 신부가 되었으니 사고 싶은 것들이 많을 거다."

잔은 그 돈을 주머니에 넣었다. 말이 달리기 시작했다.

저녁 무렵 줄리앙은 그녀에게 물었다.

"당신 어머니가 그 지갑에 얼마나 넣었소?"

그녀는 거기에 대해 전혀 생각하지 않고 있었다. 그녀는 돈주머니를 무릎 위에 쏟아 놓았다. 금화가 무릎에 하나 가득 찼다. 2천 프랑이었다. 그녀는 손뼉을 쳤다.

"마음껏 쓸 수 있겠네요."

그녀는 손뼉을 치며 소리쳤다.

뜨거운 더위 속에서 1주일이나 여행하여 그들은 마르세유에 도착했다. 이튿날 아작시오를 거쳐서 나폴리로 가는 작은 상선 '킹 루이' 호가 두 사람을 싣고 코르시카로 향하고 있었다. 코르시카! 밀림! 산적! 첩첩한 산맥! 나폴레옹의 고국!

잔은 현실에서 빠져나와 눈뜬 채 꿈속으로 들어가는 듯했다. 둘은 갑판 위에 나란히 서서 프로방스 지방의 절벽들이 지나가는 것을 바라보았다. 타는 듯한 햇볕 아래 응결되고 굳어진 듯 움직이지 않는 진한 하늘빛 바다가 끝없이 푸른 하늘 밑에 펼쳐져 있었다.

그녀가 물었다.

"라스티크 영감의 배로 소풍갔던 일이 생각나세요?"

대답 대신 그는 아내의 귀에 재빠르게 키스했다.

증기선 물레바퀴가 바다의 깊은 잠을 깨우는 듯 물결을 일구고 있었다. 배가 남긴 긴 흔적은, 솟구쳐 오르는 물살로 샴페인처럼 거품을 일구는 굵은 은빛 물줄기가 눈닿는 데까지 똑바로 뻗어 배가 항해해 온 길을 완연하게 보여주었다. 별안간 뱃머리에서 얼마 안 되는 곳에 큼직한 돌고래가 튀어나왔다가 머리를 솟구치며 다시 물속으로 자취를 감추었다. 깜짝 놀란 잔은 엉겁결에 소리지르며 줄리앙의 가슴으로 뛰어들었다. 그러고는 자신이 그렇게 놀랐던 것에 대해 웃으며 혹시 고래가 다시 나타나지 않을까 궁금해 하며 바라보았다. 몇 분 뒤에 그 물고기는 커다란 기계 장난감처럼 또다시 나타났다.

그것은 물속으로 들어갔다가 다시 나오곤 했다. 그러고는 둘이 되고 셋이 되고 여섯이 되어 이 육중한 배 주위에서 높이뛰기 경기를 하는 듯했다. 자기들의 형제간인 괴물 모양의 이 쇠지느러미가 나무로 된 물고기를 호위하는 것

같았다. 그들은 왼쪽으로 갔는가 하면 다시 오른쪽 뱃머리로 되돌아왔다. 어느 때는 함께, 어느 때는 한 마리씩 줄을 지어 마치 유희나 숨바꼭질을 하듯 곡선을 그리며 공중으로 높이 치솟았다가 다시 줄지어 물속으로 들어가는 것이었다.

거창하고 매끈한 몸집을 가진 이 수영선수들이 나타날 때마다 잔은 기뻐서 손뼉치며 몸을 흔들었다. 그녀의 마음도 이 물고기들처럼 미칠 듯한 동심의 기쁨으로 부풀어 올랐다. 별안간 물고기들이 자취를 감추었다. 저 멀리 바다 깊숙이서 한 번 나타나더니 다시는 보이지 않는 것이었다. 잔은 물고기들이 떠나버리자 한동안 섭섭한 마음을 지울 수가 없었다.

저녁이 되었다. 환희와 행복한 평화가 깃든 조용한 저녁이었다. 바람 한 점 불지 않았으며, 잔물결도 일지 않았다. 바다와 하늘의 이 끝없는 휴식은 힘없이 늘어진 인간의 영혼 속까지 퍼져나갔으며, 거기에는 전율이라곤 없었다. 태양은 저 멀리 눈에 보이지 않는 아프리카 쪽으로 고요히 지고 있었다. 아프리카! 생각만 해도 벌써 열기를 느끼게 하는 불타는 대지! 그러나 해가 지자 산들 바람이라 할 수 없는 서늘한 공기가 부드럽게 스쳐 지나갔다.

두 사람은 여러 가지 악취가 풍기는 선실로 들어가기가 싫었다. 그리하여 갑판 위에서 망토로 몸을 감싸고 서로 얼굴을 마주보며 바닥에 누웠다. 줄리앙은 곧 잠들었으나, 잔은 여행의 낯선 풍경에 흥분된 데다 단조로운 배의 바퀴 소리에 귀가 간지러워 잠을 이루지 못하고 뜬눈으로 밤을 새웠다. 그녀는 남국의 푸른 하늘에서 강렬한 빛을 내뿜으며 밝게 반짝이는 별무리들을 바라보고 있었다. 아침녘에야 그녀는 겨우 눈을 붙였다. 그러나 시끄러운 소리와 사람들의 북새통에 잠이 깨고 말았다. 선원들이 노래 부르며 갑판을 청소하고 있었다. 그녀는 곤히 잠든 남편을 흔들어 깨워 함께 일어났다.

소금 냄새 품기는 아침 안개를 그녀는 힘껏 들이마셨다. 마치 손끝까지 스며드는 듯했다. 사방이 바다뿐이었다. 그러나 눈앞에는 밝아오는 먼동에 싸인 채 무엇인가 분명치는 않으나 잿빛 도는 물체들이, 끝이 뾰족뾰족하고 토막토막 끊어진 일종의 구름송이처럼 바다 위에 펼쳐져 있었다. 그 물체는 점점 더 선명하게 나타났다. 밝아진 하늘의 형태가 아까보다 뚜렷해지면서 뿔이 돋친 듯 이상한 모습을 한 커다란 산맥이 우뚝 솟아났다. 안개에 싸인 코르시카 섬의 전경이었다. 그때 그 산맥 뒤로부터 해가 떠오르며 험준한 산봉우리를 검은 그림자로 그려 놓았다.

이윽고 산맥 봉우리가 점점 붉게 물들고, 섬의 봉우리 아랫부분은 아직 뽀얀 안개에 싸여 있었다. 키가 작달막한 늙은 선장이 갑판으로 나왔다. 찝찔하고 세찬 바닷바람에 그을어 피부가 메마르고 찌들고 단단해지고 오그라들어 있었다. 30년 동안이나 바닷바람 속에서 호령하고 소리쳐서 익숙해진 닳고 닳은 목 쉰 목소리로 선장이 잔에게 물었다.

"저 냄새를 맡고 계시오?"

사실 그녀는 어떤 강렬하고 야생적인 향기를 풍기는 식물의 냄새를 맡고 있었다.

선장은 말을 이었다.

"꽃이 한창인 코르시카 섬에서 풍겨 나오는 냄새입니다. 그것은 귀여운 여자의 냄새와 꼭 같지요. 20년 동안 떠나 살다가도 이 코르시카 19리 밖 바다까지만 와도 벌써 나는 그 냄새를 맡을 수 있습니다. 그분(나폴레옹)도 저 세인트헬레나에서 고국의 냄새에 대해 늘 이야기하고 있을 테지요. 그분은 나와 혈통이 같습니다."

선장은 모자를 벗고 코르시카 섬을 향해 인사했다. 그리고 다시 아득히 먼 지중해 너머의 대양 저편 세인트헬레나섬을 향해 그의 친척이라는, 유배된 황제에게 경례했다.

잔은 몹시 감동해서 눈물이 솟을 것만 같았다.

선장은 팔을 들어 육지 쪽을 가리키며 말했다.

"저것이 상기네르 군도입니다."

줄리앙은 옆에서 아내의 허리를 껴안은 채, 둘이서 멀리 선장이 가리키는 곳으로 눈길을 보냈다.

마침내 그들은 돌로 된 바위봉들을 바라보았다. 배는 얼마 안 가서 그 바위봉우리들을 돌아 망망하고 잔잔한 만 안으로 들어갔다. 만은 높은 봉우리들로 둘러싸이고 그 봉우리들의 아래 부분은 이끼로 덮인 것 같았다.

선장이 봉우리 윗부분의 푸른 지대를 가리키며 설명했다.

"밀림지대입니다."

앞으로 나아갈수록 산봉우리들로 둘러싸인 바다가 점점 배 뒤로 조여드는 것 같았고, 어찌나 푸르고 투명한지 바닥이 다 들여다보일 듯한 수면 위를 배는 미끄러져 나갔다.

갑자기 항만 안 물결 위에 흔들리는 해안의 산봉우리들을 뒤로 두고 하얀 마을이 나타났다. 작은 이탈리아 고기잡이배 몇 척이 항구에 닻을 내리고 있었다. 너덧 척의 보트들이 이 '킹 루이'호 주위로 몰려와서 왔다갔다하며 승객을 찾았다.

짐을 챙기던 줄리앙이 나직한 목소리로 아내에게 물었다.

"급사에게는 20수만 주면 충분하겠지?"

1주일 동안 그는 늘 똑같은 질문을 되풀이 했는데, 그녀는 그때마다 괴로웠다.

그녀는 좀 짜증스럽게 말했다.

"얼마 주어야 할지 모를 때는 넉넉히 주는 게 좋아요."

쉴 새 없이 그는 여관집 주인이나 심부름꾼이나 마차꾼 또는 장사꾼들을 상대로 실랑이를 했다. 길게 궤변을 늘어놓고 얼마쯤 값을 깎고 나면 그는 손을 비비며 말했다.

"나는 이유 없이 빼앗기는 것은 싫소."

그녀는 계산서가 올 때마다 낱낱이 따지려 드는 남편의 성격을 이미 알고 있었으므로 몸서리쳤다. 그처럼 값을 깎으려는 것이 창피스러웠고, 신통치 않은 팁을 받아쥐고 멸시하는 듯한 곁눈질로 남편을 바라보는 하인들의 눈초리를 느낄 때마다 잔은 귀까지 붉어졌다. 줄리앙은 이번에도 두 사람을 상륙시켜 준 사공과 말다툼을 벌였다.

그녀의 눈에 띈 첫 번째 나무는 종려나무였다. 두 사람은 널찍한 들 한편에 자리잡은 크고 한산한 호텔로 가서 아침 식사를 주문했다. 디저트를 먹고 나서 잔은 마을을 한 바퀴 산책하려고 일어섰는데, 줄리앙이 그녀를 두 팔로 안으며 귀에 입을 대고 상냥하게 속삭였다.

"여보, 우리 2층에 올라가서 좀 자지 않겠소?"

그녀는 깜짝 놀랐다.

"자자고요? 난 전혀 피곤하지 않아요."

그는 아내를 끌어안았다.

"당신을 원하고 있소. 알겠지? 이틀 전부터……."

그녀는 부끄러워 새빨개지며 입속으로 말했다.

"아이! 지금요! 사람들이 뭐라 하겠어요. 어떻게 대낮에 방을 빌리자고 해요. 줄리앙, 제발 부탁이에요."

그러나 줄리앙은 초인종을 누르며 그 말을 가로막았다.

"호텔 사람들이 무슨 말을 하든, 어떤 생각을 하든 나는 아랑곳하지 않소. 앞으로 당신은 내가 그런 걸 거북해하는지 어떤지 알게 될 거요."

그녀는 더 이상 아무 말도 하지 않고 눈을 내리깔았지만, 언제나 마음으로나 몸으로는 남편의 쉴 새 없는 욕정에 반항하고 있었다.

겉으로는 복종하는 척했으나 몸서리쳤고, 단념하고 있으면서도 심한 모욕감을 느꼈으며, 무엇인가 품위를 떨어뜨리는 듯한 야수적인 것과 추잡한 것을 남편에게서 발견했다. 그녀의 관능은 아직 잠든 채였음에도 남편은 아내도 자기와 같은 격정을 느끼고 있는 듯 여기고 마음대로 행동하였다.

종업원이 오자 줄리앙은 방으로 안내해 달라고 부탁했다. 눈썹까지 숱이 많은 전형적인 코르시카인인 그 남자는 그 의도를 알아차리지 못하고 방은 밤에만 준비된다고 대답했다.

줄리앙은 짜증스럽게 설명했다.

"아니, 곧 준비해 줘. 우리는 여행에 지쳐서 좀 쉬고 싶으니까."

종업원은 수염 속에서 미소지었고, 잔은 그 자리에서 도망치고 싶은 마음뿐이었다. 한 시간 뒤 그들이 다시 방에서 내려올 때 그녀는 종업원들 앞을 지날 용기가 없었다. 틀림없이 등 뒤에서 그들이 수군거리고 낄낄거리리라고 생각했기 때문이다.

이런 것을 모르고, 그런 세심한 수치심과 본능적인 섬세한 감각을 줄리앙이 전혀 가지고 있지 않은 데 대해 그녀는 마음속으로 남편을 원망했다. 그리하여 그녀는 자기와 남편 사이에 어떤 장막이나 장애물 같은 것이 가로놓여 있는 것을 느꼈으며, 처음으로 두 사람은 결코 상대방의 영혼, 즉 사상의 내면까지는 침투할 수 없다는 사실을 알았다. 나란히 거닐고 때로는 포옹하기도 하지만 서로에게 녹아들어갈 수는 없다는 것, 그리고 우리들 인간 각자의 정신적인 존재는 영원히 평생토록 고독한 채로 살아나가야 한다는 것을 비로소 깨달았던 것이다.

앞은 푸른 해안에 둘러싸인 채 뒤로는 산의 절벽이 멀리서 불어오는 바람을 모조리 막아 버리는 화덕처럼 푹푹 찌는 이 마을에서, 두 사람은 사흘을 보냈다. 둘은 여행계획을 다시 세웠다. 아무리 험난한 길 앞에서도 뒷걸음질치지 않기 위해 말을 빌리기로 했다. 두 사람은 눈에 생기가 넘쳐 보이는 날씬하고 피로를 모르는 작은 코르시카 종으로 말을 두 필 빌려 어느 날 새벽에 길을 떠났다.

노새를 탄 안내인이 식료품을 싣고 두 사람을 뒤따랐다. 이 미개한 지방에는 주막 같은 것이 없었던 것이다.

처음에는 만(灣)을 따라가다가 큰 산맥 쪽으로 통하는, 그다지 깊지 않은 골짜기 속으로 들어섰다. 때때로 거의 물이 마른 골짜기를 가로질렀다. 물줄기가 몸을 감춘 짐승처럼 바위 사이로 조심스럽게 졸졸 흐르고 있기도 했다. 아직 갈지 않은 토지는 벌거숭이처럼 보였다. 산기슭은 우거진 풀숲으로 덮여 있었는데, 타는 듯한 이 계절에 강렬하게 내리쬐는 태양으로 누래졌다.

이따금 산사람들이 걸어서 또는 작은 말을 타거나 개만한 노새를 타고 지나갔다. 그들은 한결같이 탄환을 잰 총을 둘러메고 있었는데, 그것은 녹슨 구식 총이기는 하지만 그들의 손아귀에 있는 한 언제든 발사될 수 있는 위험한 것이었다.

코르시카 섬 일대를 뒤덮은 찌르는 듯한 향기를 풍기는 식물 냄새가 한층 더 공기의 밀도를 짙게 하는 것 같았다. 길은 산맥의 골짜기 사이로 완만한 경사를 이루며 뻗어나갔다. 장밋빛이나 푸른빛의 화강암 산봉우리는 이 광막한 지방에 선경(仙境)을 이루고 있었으며, 좀더 낮은 쪽의 경사지고 널찍한 밤나무 숲은 푸른 관목숲처럼 보였다. 그처럼 이 지방은 산의 기복이 심했다.

때때로 안내인은 높고 험난한 경사지를 손가락질하며 그 이름을 가르쳐 주었다. 잔과 줄리앙은 그쪽으로 시선을 돌렸지만 아무것도 보지 못했다. 마침내 무엇인가 산봉우리에서 떨어져 퇴적된 듯한 잿빛 도는 것이 눈에 띄었다. 그것은 마을이었다. 험난한 산 위에 마치 새집처럼 붙어 있어 눈에 잘 띄지 않는 조그만 화강암 마을이었다.

천천히 걸어가는 긴 여행에 지루해진 잔은 말채찍을 들며 말했다.

"좀 달려요."

그러나 남편이 쫓아오는 말굽소리가 들리지 않아 돌아보니 남편이 새파래진 얼굴로 말갈기에 매달려 이상한 모습으로 달려오고 있었다. 그녀는 허리가 끊어질 정도로 미친 듯 웃었다. 그의 잘생긴 기사 같은 모습마저도 그 어색한 몸짓과 공포로 더욱 우스꽝스럽게 보였다.

두 사람은 다시 천천히 말을 몰았다. 여기서부터 길은 망토처럼 산기슭 전체를 덮은 끝없는 두 잡목숲 사이로 뻗어나갔다. 이것이야말로 밀림지대였다. 발을 들여놓을 수조차 없는 밀림은 푸른 참나무와 노간주나무, 소귀나무, 유향나무, 알라테르느, 히스, 월계수, 도금양, 회양목 등으로 이루어졌는데, 이러한 수목들을 양치류, 인동, 시스트, 로마랭, 라벤더, 산딸기가 휘감으며, 산등성이를 얽히고설킨 머리칼처럼 뒤덮고 있었다.

두 사람은 배가 고팠다. 곧 안내인이 쫓아와 그들을 아름다운 샘으로 이끌어갔다. 이러한 샘들은 험준한 골짜기에서 흔히 볼 수 있는 것으로 가늘고 동그스름한 물줄기가 바위틈에서 흘러나와, 여행자들이 물줄기를 입으로까지 끌어들이려고 깔아놓은 밤나무 잎으로 떨어져 내렸다. 잔은 너무 기뻐서 희열에 넘치는 환성을 억누를 수가 없었다.

그들은 다시 출발했다. 그리고 사곤 만을 돌아 내려가기 시작했다. 저녁 무렵 그들은 카르제즈를 지났는데, 그 곳은 옛날 조국에서 추방당한 망명객들이

세운 그리스인의 마을이었다. 허리가 가늘고 팔이 길고 몸집이 날씬한 크고 아름다운 처녀들이 신비스러울 정도로 우아하게 샘 주위에 모여 있었다.

줄리앙이 "안녕하십니까" 하고 소리치자, 처녀들은 버리고 온 고국의 아름다운 말로 노래하듯 대답했다.

피아나에 닿으니 옛날에 외딴 마을에서 그랬듯이 지금도 하룻밤 잠자리를 청해야 될 형편이었다. 줄리앙이 두드린 문이 열리기를 기다리고 있는 동안 잔은 기쁨으로 몸이 잦아들 것 같았다. 아아! 이것이야말로 정말 여행이다! 아직 사람의 발이 더럽히지 않은 곳에서 뜻밖의 일들이 우리를 기다리고 있지 않은가?

주인 부부는 젊은 사람들이었다. 그들은 신혼부부를 마치 장로들이 하느님의 사자를 영접하듯 맞이했다. 두 사람은 옥수수 매트 위에서 잤다. 온통 벌레가 파먹어 구멍이 숭숭 난 이 집의 서까래들이 모두 삐걱삐걱거리며 살아서 한숨짓는 것 같았다.

그들은 해뜰 무렵에 그곳을 떠났다. 얼마 안 가 다시 수풀 앞에 다다랐다. 붉은 화강암 숲이었다. 오랜 세월과 침식시키는 바람과 바다의 물안개로, 뾰족한 기둥이 만들어져 작은 탑의 형태가 되는 등 온갖 놀라운 기암괴석으로 이루어진 숲이었다. 3백 미터의 높이로 가늘기도 하고 굵기도 하고 또는 뒤틀리고 구부러져서 이상한 형태가 되어있기도 한, 이 불가사의하고 환상적이며 놀라운 기암괴석은 숲과 나무, 짐승, 기념비, 사람, 법의를 입은 사제, 뿔달린 귀신, 엄청나게 큰 새 같았다. 어떤 익살스러운 신의 뜻에서 이루어진 환상의 동물원이요, 괴물의 집단이었다.

잔은 숨이 막혀 아무 말도 하지 못하고 줄리앙의 손을 꼭 쥐었다. 이 삼라만상의 아름다움 앞에서 문득 사랑하고 싶은 욕구가 그녀를 사로잡았던 것이다. 그러나 문득 이 혼돈 속에서 풀려났을 때 그들은 붉은 화강암의 핏빛 벽으로 둘러싸인 바다를 발견했다. 그 푸른 바닷속에는 이 핏빛 바위가 핏빛 그림자를 던지고 있었다.

"아아! 줄리앙!" 잔은 다만 중얼거릴 따름이었다. 감격에 사로잡힌 채 목이 메어 다른 말은 나오지 않았다. 눈에서는 두 줄기 눈물이 흘러내렸다.

남편은 어리둥절한 표정으로 바라보았다.

"여보, 왜 그러지?"

그녀는 눈물을 닦고 웃음지으며 떨리는 목소리로 말했다.

"아무것도 아니에요……. 흥분되어서……. 나도 잘 모르겠어요……. 좀 감동되었나 봐요. 너무나 행복해서 하찮은 일에도 흥분되는군요."

그는 여자의 이러한 흥분을 이해하지 못했다. 열광이 재난이 되어 마음을 움직이기도 하고, 붙잡을 수 없는 감정에 마음이 자극되고, 기쁨 또는 절망을 불러일으켜 미칠 듯하게 된다는 사실을 이해하지 못했다. 이러한 눈물이 그에게는 너무 우습게 여겨졌다. 그리하여 그는 험한 길에 정신이 팔려 있는 잔에게 말했다.

"타고 있는 말에나 신경쓰는 게 좋겠소."

그들은 거의 빠져나가기 힘든 길을 따라 바닷가로 내려가서 오타의 그늘진 골짜기를 오르기 위해 오른쪽으로 길을 잡았다. 그러나 산길은 몹시 험해 보였다.

줄리앙이 물었다.

"걸어 올라가는 게 어떻겠소?"

그녀에게 이의가 있을 리 없었다. 그러한 감동을 받은 뒤인만큼 남편과 단둘이 걷는 일이 황홀했던 것이다.

안내인은 노새와 말을 끌며 앞장서고 두 사람은 천천히 그 뒤를 따라갔다. 그 산정에서 기슭까지가 쭉 갈라져 산은 둘로 열려 있었다. 산길은 이 가랑이에 틀어박혀 엄청나게 큰 두 벽의 밑바닥을 쫓아나가고 있었다. 큰 물줄기가 그 옆으로 흘렀다. 공기는 싸늘하고 화강암으로 된 그 산벽은 검었으며, 아득히 위로 보이는 푸른 하늘은 사람을 놀라게 하고 현기증을 일으키게 했다.

별안간 푸드득 소리가 나서 잔은 깜짝 놀랐다. 쳐다보니 큰 새가 한 마리 동굴에서 날아올라가고 있었다. 독수리였다. 활짝 편 새의 날개는 우물 같은 양쪽 벽을 스치는 듯하며 창공까지 날아올라서는 사라져 버렸다.

더 들어가보니 산이 이중으로 갈라지면서, 산길은 가파르고 구불구불하게 두 개의 골짜기 사이를 기어 올라가고 있었다. 잔은 가볍고 활발하게 앞장서서 자갈을 굴리며 겁도 없이 심연을 내려다보면서 걸었다. 남편은 숨을 헐떡이며 현기증이 날까봐 눈을 땅에다 딱 붙이다시피하고 그녀의 뒤를 따라갔다. 갑자기 햇빛이 그들에게 내리비쳤다. 마치 지옥에서 빠져나오는 듯한 기분이었다. 둘은 목이 타서 물기 있는 자취를 더듬어 바위밭을 지나 작은 샘을 찾아냈는데, 목동들이 쓰기 위해 만들어 놓은 나무홈통을 타고 물이 흘러나오고 있었다. 샘 주위는 카펫을 만들어 놓은 푸른 이끼들로 덮여 있었다.

잔은 무릎을 꿇고 물을 마셨다. 줄리앙도 그렇게 했다. 잔이 차가운 샘물을 즐기고 있을 때, 줄리앙이 그녀의 허리를 안고 나무홈통 끝을 차지하고 있는 그녀의 자리를 빼앗으려고 했다. 그녀는 빼앗기지 않으려고 실랑이 하다가 남편의 입술과 부딪치며 맞닿아 뒤로 밀렸다. 싸움의 형세에 따라 그들은 번갈아가며 나무홈통의 가느다란 끝을 잡고 놓치지 않으려고 입으로 물었다. 차디찬 실 같은 물줄기가 쉴 새 없이 잡혔다 놓쳐졌다 하고, 끊어졌다가는 다시 또 이어져 그들의 얼굴과 옷과 손에 물벼락을 씌웠다. 진주 같은 물방울들이 그들의 머리에서 반짝였다. 물줄기 속을 따라 두 사람의 키스가 흘렀다.

갑자기 잔은 사랑의 도취 같은 것을 느꼈다. 그녀는 밝고 투명한 물을 입안에 가득 넣고 볼을 부풀려, 입술을 맞대고 그의 갈증을 풀어주고 싶다는 뜻을 줄리앙에게 몸짓으로 알렸다. 그는 웃으며 머리를 뒤로 젖히고 두 팔을 벌린 채 목을 내밀었다. 그리고 이 살아 있는 육체의 샘으로부터 단숨에 물을 들이마셨다. 그것이 그의 창자 속에 불타는 듯한 욕정을 쏟아부었다. 잔은 새로운 애정으로 남편에게 비스듬히 기댔다. 그녀의 가슴은 뛰었고 두 개의 유방은 부풀어올랐다. 눈은 물기에 젖어 부드러워진 듯했다. 그녀는 조용히 속삭였다.

"줄리앙! 사랑해요!"

이번에는 잔은 자기편에서 남편을 끌어당기고 뒤로 누우면서 부끄러워 새빨개진 얼굴을 두 손으로 가렸다. 줄리앙은 그녀 위로 쓰러지며 격정에 넘쳐 그녀의 몸을 껴안았다. 그녀는 흥분된 기대 속에서 숨이 가빴다. 갑자기 벼락을 맞은 듯 바라고 있었던 감각을 맛보고 잔은 소리를 질렀다.

그녀는 숨이 차고 힘이 빠져, 그들이 언덕진 꼭대기에 이르는 데는 오랜 시간이 걸렸다. 그들은 저녁때에야 겨우 에비자에 있는, 안내인의 친척 되는 파올리 팔라브레티의 집에 이르렀다. 키가 크고 좀 꾸부정하며 폐병 환자 같은 표정을 한 남자였다. 그는 두 사람을 방으로 안내했다. 초벽(初壁)만 한 초라한 방이었으나 완전한 격식을 차리지 않은 이 방은 그런대로 훌륭한 방이었다.

그 남자는 방으로 들어가자 프랑스 말과 이탈리아 말을 합친 듯한 코르시카 사투리로 그들을 맞이한 기쁨을 말했다. 별안간 맑은 여자의 목소리가 그의 말을 가로챘다. 갈색 머리에 눈은 크고 검으며, 햇빛에 그을린 살갗에 몸집이 작은 그 여자는 쉴 새 없이 흰 이를 반짝이고 웃으며 잔에게 키스하고 줄리앙의 손을 흔들면서 되풀이해서 말했다.

"안녕하십니까, 부인!"

"안녕하십니까, 무슈! 별일 없으십니까?"

그녀는 모자와 숄을 받아들어 한쪽 팔로 챙겼다. 다른 팔에는 붕대가 감겨져 있었다.

그 일을 마치자 그녀는 자신의 남편에게 말했다.

"저녁식사 때까지 모시고 나가서 산책하고 오세요."

팔라브레티 씨는 곧 그 말을 따라 젊은이들 사이에 끼어 그들에게 마을을 안내했다. 그는 걸음걸이와 마찬가지로 목소리도 질질 끄는 듯했는데, 자주 기침을 하면서 되풀이해서 말했다.

"골짜기의 찬바람이 가슴에 들어와서요."

그는 큰 밤나무 밑의 후미진 길로 두 사람을 안내했다. 갑자기 그는 걸음을 멈추고 담담한 말투로 말했다.

"여기서 내 사촌형인 장 리날디가 마티외 로리에게 피살당했습니다. 그때 나는 장 바로 곁에 서 있었지요. 그때 마티외가 우리에게서 열 발짝 가량 떨어진 곳에 나타났습니다. 그는 '장, 알베르타스에 가지 마, 알았지? 만일 거기에 간다면 너를 죽여 버릴 테니까, 단단히 알아 둬!' 하고 소리쳤습니다. 나는 장의 팔을 잡으며 '가지 마, 장, 저놈은 틀림없이 형을 죽이고 말거야' 하고 일렀습니다. 그 일은 둘 다 반해서 쫓아다니던 폴리나 시나쿠피라는 여자 때문에 일어났었지요. 그러나 장은 그에게 소리쳤습니다. '마티외, 하지만 나는 갈걸. 네가 나를 방해하지는 못할 거야!' 그러자 마티외는 총부리를 내리더니 미처 내가 내 총을 겨눌 사이도 없이 방아쇠를 당겼습니다. 장은 줄넘기하는 아이처럼 껑충 두 발로 뛰어오르더니 내 몸 위로 곧장 떨어져, 그 바람에 내 총은 내 손에서 빠져나가 굵은 밤나무 밑으로 굴러갔습니다. 장은 입을 딱 벌리고 있었습니다만 한 마디 말도 하지 못했습니다. 숨이 끊어졌던 거지요."

두 사람은 놀라서 이 냉정한 범죄의 목격자를 바라보았다.

잔이 물었다.

"그래, 그 죽인 사람은 어떻게 됐지요?"

파올리 팔라브레티는 한참 기침을 하고 나서 다시 말을 이었다.

"산으로 도망쳤어요. 그 이듬해 내 형이 그놈을 죽였습니다. 산적이 된 필리피 팔라브 레티라는 나의 형을 아실 테지요?"

잔은 몸서리쳤다.

"당신 형이 산적이라고요?"

냉정한 코르시카인의 눈에 한순간 자랑스러운 빛이 떠올랐다.

"그렇습니다, 부인. 그는 아주 이름난 산적이었지요. 그는 여섯 명의 헌병을 때려눕혔습니다. 그가 니올로에서 6일 동안 싸움을 하고 포위당하여 거의 굶어 죽을 지경에 이르렀을 때, 니콜라 모랄리와 함께 죽었습니다."

그는 내뱉는 듯한 말투로 덧붙였다.

"이 지방에 흔히 있는 일이에요."

그 말투는 "골짜기의 바람은 쌀쌀합니다. 여긴 그런 고장입니다"라고 말하는 것 같았다.

그들은 되돌아가 식사를 했다. 작은 코르시카 여인은 신혼부부에게 마치 20년 전부터 알고 있는 친지를 대하듯 친절했다.

그런데 하나의 불안이 잔의 마음을 괴롭히고 있었다. 즉 샘터 이끼밭에서 느꼈던 이상하고 격렬했던 관능의 충격을 다시 줄리앙의 포옹 속에서 찾아볼 수 있을까 하는 불안이었다. 방안에 단 둘이 있게 되었을 때 그녀는 남편의 애무를 받으면서 아무런 감회를 느끼지 못하면 어쩌나 하고 불안해했다. 그러나 그러한 불안은 곧 사라졌고, 그날 밤은 그녀에게 있어 난생 처음인 사랑의 첫날이었다.

그리하여 그녀는 다음날 출발할 무렵 자기에게 새로운 행복을 열어준 것 같은 이 오두막집에서의 기억을 가져가고 싶었다. 그래서 그녀는 조그마한 이 집 여주인을 자기 방으로 오게 하여 절대로 선물하려는 것은 아니라고 여러 번 다짐하면서도, 여기서 돌아가 곧 파리에 가면 기념품을 한 개 보내 주겠다고 우겨댔는데, 그녀가 이를 거절하자 화까지 냈다. 젊은 코르시카 여자는 받고 싶지 않다고 한참 동안 고집부리다가 결국 승낙했다.

"그렇다면 작은 권총을 부쳐 주세요. 아주 작은 것으로."

잔은 눈이 휘둥그레졌다. 여주인은 그녀의 귀에 입을 대고 달콤한 비밀 이야기라도 하듯 나직한 목소리로 덧붙였다.

"시동생을 죽이려고 그래요."

그 여인은 웃으면서 쓰지 않던 한쪽 팔의 붕대를 재빨리 풀고는 이제는 다 아문 칼자국이 난 희고 포동포동한 팔을 내보였다.

"내가 그만큼 힘이 세지 않았더라면 별수 없이 죽었을 거예요. 남편은 질투 심이 없고, 또 나를 무척 이해해 주지요. 보시다시피 그이는 몸이 성치 않아서 도무지 혈기가 없어요. 무엇보다도 나는 행실이 올바른 여자랍니다. 그런데 시 동생은 남의 말을 그대로 곧이듣고 있어요. 그리고 그는 남편 대신 질투하고 있지요. 틀림없이 그런 일이 또 일어날 거예요! 그러니까 작은 권총만 있으면 안심할 수 있고, 틀림없이 복수도 할 수 있을 거예요."

잔은 권총을 부쳐 주겠다고 약속한 다음 이 새 친구에게 부드럽게 입을 맞 추고 다시 길을 떠났다. 그 나머지 여정은 그야말로 꿈길이요 끝없는 포옹의 연속이었으며 애무의 도취경이었다. 그녀의 시야에는 오로지 줄리앙뿐이었고, 풍경이나 사람은 보이지도 않았다.

그리하여 두 사람 사이에는 어린아이 같은 친밀감과 애정의 꾸밈없는 희열 이 시작되었다. 육체의 후미진 곳에 그들은 동물적이면서도 아름다운 말로 귀 여운 이름을 붙여 불렀다. 잔은 오른쪽으로 누워 자기 때문에 아침에 왼쪽 유 방이 밖으로 나올 때가 있는데 줄리앙은 그것을 '오입장이'라 불렀고, 오른쪽은 젖꼭지의 장미빛 꽃망울이 키스에 더욱 민감했으므로 '연인'이라고 불렀다. 두 유방 사이의 깊은 통로는 '어머니의 산책길'이라고 불렀는데, 줄리앙이 쉴 새 없 이 그곳을 더듬었기 때문이었다. 한층 깊고 비밀스러운 통로는 '다마스커스의 길'이라 했는데, 그것은 오타의 골짜기를 연상하며 지은 이름이었다.

바스티아에 이르자 안내인에게 삯을 치러야 됐다. 줄리앙은 주머니를 뒤져 보더니 필요한 만큼의 돈이 없는 것을 알고 잔에게 말했다.

"어머님이 주신 2천 프랑이 당신에게는 소용없을 테니 나한테 맡기구려. 내 가 가지고 있는 것이 더 안전하고, 또 잔돈을 거스르지 않아도 될 테니까."

그리하여 그녀는 지갑을 남편에게 맡겼다. 그들은 리부른에 가서 플로렌스, 제노바를 구경하고 코르니슈 전체를 두루 돌아다녔다.

북동풍이 부는 어느 날 아침 그들은 다시 마르세유로 왔다.

그들이 고향 레 푀플을 떠난 뒤 두 달이 지난 10월 15일이었다. 아득히 먼 노 르망디로부터 불어오는 듯한 세찬 찬바람을 생각하고 잔은 퍽 마음이 쓸쓸했 다. 줄리앙은 얼마 전부터 사람이 달라진 듯 피로한 표정을 보이며 모든 일에 무관심해졌다. 그녀는 까닭 없이 공연히 두려웠다. 그리하여 햇볕이 따스한 이 온화한 지방에서 떠날 것을 망설이며 나흘 동안을 보냈다. 그녀는 왠지 행복의 여정을 끝마친 것 같은 기분이었다.

마침내 그들은 마르세유를 떠났다. 레 푀플의 생활에 필요한 온갖 살림살이를 파리에서 사기로 되어 있었다. 잔은 어머니가 준 용돈으로 갖가지 좋은 물건을 사가지고 갈 생각에 기분이 한결 상기되어 있었다.

무엇보다도 그녀가 먼저 생각한 것은 에비자의 그 젊은 코르시카 여인에게 약속한 권총이었다. 도착한 다음날 그녀는 줄리앙에게 말했다.

"여보, 물건을 좀 사려는데 당신에게 맡긴 돈을 주시겠어요?"

그는 못마땅한 표정으로 아내를 돌아보며 물었다.

"얼마나?"

그녀는 어리둥절해서 머뭇거렸다.

"뭐…… 생각대로 주세요."

"백 프랑만 주겠소. 절약해서 쓰구려."

그녀는 기가 막히고 어이가 없어 뭐라고 말해야 할지 몰랐다. 그녀는 머뭇거리며 겨우 말했다.

"하지만…… 내가 그 돈을 맡긴 것은……."

그는 그녀의 말을 가로막았다.

"물론 그렇소. 하지만 당신 주머니의 것이든 어떻든 무슨 상관이오. 이제는 당신 지갑이 내 것이고 내 것이 당신 것이잖소. 또 돈을 안 주겠다는 게 아니라 백 프랑 주겠단 말이오."

그녀는 더 이상 말하지 않고 금화 다섯 닢을 받았다. 그 이상 더 달라고 할 용기가 없었다. 그래서 권총밖에 사지 못했다.

1주일 뒤 그들은 레 푀플을 향해 길을 떠났다.

6

벽돌기둥이 선 하얀 문 앞에 어머니와 아버지와 하인들이 기다리고 있었다.

이윽고 마차가 멎자 그들은 오랫동안 포옹을 했다. 어머니는 울고 있었다. 잔도 가슴이 복받쳐서 눈물을 흘렸고 흥분한 아버지도 왔다갔다하며 서성거렸다.

하인들이 짐을 나르는 동안 식구들은 객실 난로 앞에 앉아 여행 이야기를 주고받았다.

잔의 입에서는 쉴 새 없이 이야기가 쏟아져 나왔다. 빨리 해치우느라고 하찮은 몇 가지 이야기를 빼놓고 반 시간 동안에 다 말해버렸다.

그리고 그녀는 짐을 풀러 갔다. 덩달아 기분이 들뜬 로잘리가 그녀를 거들었다. 짐을 다 풀고 속옷이며 겉옷 등 자질구레한 화장도구까지 제자리에 정리해 놓고서야 물러나갔다. 잔은 조금 지친 몸으로 앉았다.

그녀는 이제부터 무엇을 할 것인지 생각해 보고 생각해야 할 일, 손으로 해야 할 일을 떠올려 보았다. 객실에서 졸고 있는 어머니 곁으로는 다시 내려가고 싶지 않았다.

그녀는 산책이나 하려고 생각했으나 밖의 경치가 어찌나 처량한지 창으로 내다보기만 해도 울적한 마음이 들었다. 문득 그녀는 아무것도 할 일이 없다는 것을…… 또 앞으로도 영원히 그러하리라는 것을 깨달았다.

성심수녀원 기숙학교에 있을 때는 미래에 대해서만 생각하고 꿈꾸기에 바쁜 청춘을 보냈던 그녀였다. 그때는 끝없이 부풀어 오르는 희망의 동요로 지나는 줄 모르게 시간이 흘렀던 것이다.

그런데 그녀는 환상을 둘러싸고 있던 엄격한 장벽을 넘어서자마자 꿈꾸던 사랑이 곧바로 모두 실현되고 말았다. 그녀를 기다리고 있었다는 듯이 흠모하고, 만나고, 사랑하고, 그리고 겨우 몇 주일 만에 결혼했는데, 그 남자는 이런 경우에 흔히 그렇듯이 그녀에게 깊이 생각해 볼 여유도 주지 않고 보자마자 사랑을 채어가 버렸다. 그러나 이제 신혼 첫무렵의 감미로웠던 현실은 단조로운 일상생활로 바뀌어져 가려하며, 또 이것은 끝없는 희망과 미지에 대한 달콤한 불안으로 통하는 문에 빗장을 질렀던 것이다.

그렇다, 기대한다는 것은 이미 모두 끝났다. 오늘도, 내일도, 아니 영원토록 그녀는 아무것도 할 일이 없을 것이다. 문득 그녀는 일종의 환멸과 허물어져가는 자신의 꿈을 느꼈다.

그녀는 일어나서 차가운 유리창에 이마를 갖다댔다. 그러고는 얼마 동안 검은 구름이 떠도는 하늘을 바라보다가 밖으로 나가보기로 마음먹었다.

이것이 지난 5월의 그 들이며 그 숲과 그 나무일까? 그렇다면 햇살을 받아 밝게 빛나던 그 나뭇잎들은 다 어찌되었을까?

민들레꽃이 귀엽게 피고, 양귀비가 빨갛게 타오르고, 데이지꽃이 산뜻한 빛으로 반짝였는데, 그리고 보이지 않는 실끝처럼 꿈결 같은 노랑나비들이 넘나들었는데, 이 잔디밭의 파란 시(詩)와 같은 풍경은 어떻게 되었을까?

넘칠 듯한 생명력과 향기로움과 풍요한 원자들로 가득 차 취할 듯하던 대기가 이제는 흔적도 없이 사라져 버렸다.

가을비에 푹 젖은 가로수길은 두꺼운 낙엽으로 덮인 채 잎이 다 떨어져 떨고 있는 포플러 아래 뻗쳐 있었다. 가느다란 긴 가지들은 몇 잎 안 남은 잎사귀들을 공중으로 날리듯 바람에 흔들리며 떨고 있었다. 그리하여 온종일 끊임없이 사람을 울고 싶게 하는 쓸쓸한 궂은비처럼, 이제는 노랗게 물들어 커다란 금화 같은 마지막 나뭇잎들이 가지에서 빙글빙글 돌며 춤추면서 떨어지고 있었다.

잔은 관목숲으로 걸음을 옮겼다. 그 부근은 죽어가는 사람의 방처럼 스산했다. 자기들을 감추고 있던 푸른 잎사귀들의 벽도 이제는 꼬불꼬불한 오솔길을 열어주며 다 져버렸다.

가느다란 레이스처럼 얽힌 키 작은 나무들은 뼈만 남은 앙상한 가지들을 서로 부딪치고 있었다. 바람에 날리고 흔들려서 여기저기에 쌓이는 가랑잎 소리는 고민에 찬 괴로운 한숨 소리와 같았다.

새들은 추위에 떠는 듯한 소리로 울며 보금자리를 찾아 이곳저곳으로 날아다녔다.

두꺼운 장막으로 바닷바람을 막아주는 느릅나무들의 보호로 보리수와 플라타너스는 아직도 여름옷을 입고 있었다. 하나는 빨간 비로드, 또 하나는 오렌지빛 비단 옷을 입고 있는 것 같았다. 각자의 수액에 따라 첫 추위에 이처럼 물들어 있는 것이다.

잔은 쿠이야르 집안의 농장을 따라 어머니의 산책길을 거닐었다. 이제부터 시작될 단조로운 생의 길고 끝없는 권태에 대한 예감 같은 것이 그녀의 가슴을 무겁게 내리누르고 있었다.

그녀는 줄리앙이 처음으로 사랑을 고백했던 언덕으로 가서 앉았다. 그리고 공상에 잠긴 채 아무 생각도 하지 않았다. 마음속까지 기운이 빠져, 그대로 그 자리에 누워 오늘 하루의 비애를 잊어 버리기 위해 잠들고 싶었다.

별안간 그녀는 돌풍에 불려 하늘을 날아가는 갈매기를 보고, 저 멀리 코르시카 섬의 어두침침한 오타 골짜기에서 본 독수리가 떠올랐다. 즐거웠던 그러나 이미 끝나 버린 것들의 추억이 그녀의 가슴에 격렬한 충격을 주었다. 그러자 문득 야생적인 향기를 풍기는 오렌지와 세드라를 익히는 태양, 핏빛으로 물든 산봉우리며, 창공처럼 푸르른 바다, 급류가 흐르는 골짜기 등 기쁨을 주던 코르시카 섬이 떠올랐다.

그러나 잔은 지금 그녀를 감싸고 있는 축축한 습기와 메마른 풍경, 그리고 쓸쓸하게 떨어지는 나뭇잎들과 바람에 불려가는 잿빛 구름이 짓누르는 비애로 울음을 터뜨릴 것 같아 안으로 들어갔다.

이처럼 음산한 날씨에 익숙해 있는 어머니는 그런 기분이 느껴지지 않는 듯 벽난로 옆에서 맥없이 졸고 있었다. 아버지와 줄리앙은 사무적인 이야기를 하러 밖으로 산책나가고 없었다. 때때로 난로의 타오르는 불빛이 밝혀주는 이 썰렁한 객실에 음울한 어둠만이 다가오고 있었다.

창 밖으로는 희끄무레한 하루의 잔광으로 한 해가 끝나가는 자연의 추한 영상이 드러났고, 하늘도 진흙투성이가 된 잿빛으로 변해 있었다.

얼마 안 되어 남작과 줄리앙이 들어왔다. 남작은 캄캄한 방으로 들어서자 초인종을 누르면서 외쳤다.

"빨리 등불을 가져오너라, 음산해서 살겠니!"

그는 난로 앞에 앉았다. 습기에 젖은 그의 머리칼이 불꽃 옆에서 김을 내고, 구둣바닥에서는 불에 마른 진흙이 떨어졌다. 남작은 기분이 좋아진 듯 두 손을 비비며 말했다.

"얼음이 얼겠구나. 북쪽 하늘이 밝아오고 있군! 오늘 저녁은 보름달이야. 밤새 몹시 춥겠는데."

그는 딸 쪽을 돌아보았다.

"그래 어떠냐? 네 집이며 이 늙은이들한테로 다시 돌아와서 기쁘냐?"

이 한 마디 질문이 잔의 마음을 흔들어 놓았다. 눈에 눈물이 가득한 채 그녀는 아버지의 품 안으로 뛰어들어 마치 용서를 빌듯이 신경질적인 키스를 퍼부었다. 마음으로는 쾌활한 표정을 짓고 싶었으나 거의 쓰러져 버릴 듯이 슬펐다. 그녀는 부모를 만났을 때 은근히 기대하고 있었던 기쁨을 생각해 보았다. 그런데 멀리서 그리워하기만 하고 자주 만나 보지 못하던 사랑하는 사람을 만났을 때, 그녀는 자기의 애정이 식어 냉담해진 것에 놀랐다. 일상생활이 다시 그들의 관계를 이어 놓을 때까지 느끼는 일종의 애정의 단절 같은 것을 느꼈던 것이다.

저녁식사는 무척 오래 걸렸고, 아무도 입을 열지 않았다.

줄리앙은 벌써 아내를 잊고 있는 것 같았다.

식사 뒤 객실에서 그녀는 잠들어 버린 어머니 앞에 앉아 난롯불에 온몸이 나른해져 있었다. 무엇인가 의논하는 두 남자의 목소리에 잠시 눈길을 돌렸다가는 다시 정신을 가다듬어 보려고 애쓰면서, 아무것도 그것을 정지시킬 수 없는 음울하고 습관적인 혼미상태에 빠진 것이 아닌가 생각했다.

낮에는 힘이 없고 붉기만 하던 난롯불이 지금은 활기를 띠며 밝아져 우지직 우지직 소리를 내며 타오르고 있었다. 불길은 빛바랜 안락의자 덮개에 수놓아진 여우와 두루미, 침울한 해오라기와 매미, 개미 위를 이따금 갑작스레 크게 비추었다.

남작은 웃으며 불길 앞으로 다가와 빨간 숯불 위에서 손을 쬐며 말했다.

"아아! 오늘밤은 불길이 좋구나. 얼음이 어는 모양이다. 얼음이 얼어."

그는 한 손을 잔의 어깨 위에 올려놓고 난로를 가리키며 말했다.

"애야, 이것이 세상에서 가장 좋은 거란다. 식구들이 모여 앉은 난롯가가 가장 좋은 거다. 이보다 더 좋은 것은 없지. 그런데 그만 가서 자는 것이 어떻겠니? 아마 피로할 테지, 너희들?"

잔은 침실로 올라와서 생각했다. 늘 사랑하고 있다고 생각했던 이곳이, 수녀원에서 처음 돌아왔을 때와 지금 여행에서 돌아왔을 때가 어쩌면 이토록 달라 보일 수 있을까. 어째서 이처럼 상처받은 듯한 느낌이 드는 것일까? 어째서 이집과 소중했던 이 방과 그때까지 그녀의 가슴을 떨리게 하던 모든 것이 오늘은 그녀의 가슴을 쓰리게 하는 것일까? 그녀의 눈길은 문득 벽난로 위의 시계로 향했다. 여전히 작은 꿀벌은 빠르고 끊임없는 동작으로 황금빛 꽃밭 위를 왼쪽에서 오른쪽으로 다시 오른쪽에서 왼쪽으로 날고 있었다. 갑자기 잔은 애정의 충동이 되살아났다. 이 꿀벌이 살아서 여전히 그녀에게 시간을 노래해 주고 있었다. 심장처럼 뛰는 이 조그만 기계 앞에서 눈물이 나올 만큼 진한 감동을 느꼈다.

확실히 그녀는 부모에게 키스할 때도 그처럼 감동하지는 않았다. 사람의 마음속에는 이성(理性)으로는 규명할 수 없는 신비한 감동이 있는 것이다.

결혼 뒤 처음으로 그녀는 혼자 자기 침대에 누웠다. 줄리앙은 피로하다는 구실로 다른 방으로 자러 갔다. 저마다 자기 방을 하나씩 갖기로 한 것은 벌써부터 정해져 있었던 것이다.

그녀는 오랫동안 잠을 이루지 못했다. 혼자 자는 버릇이 없어져 자기 몸 곁에 다른 몸이 없는 것에 놀라고 차양으로 휘몰아치는 사나운 북풍 소리에 마음이 산란해진 것이다.

다음날 아침, 그녀는 침대를 비추는 밝은 햇살에 잠이 깼다. 유리창에는 온통 성에가 끼고, 지평선 일대가 모두 불붙은 듯 붉게 물들어 있었다. 그녀는 큰 화장옷으로 몸을 감싸고 창가로 가서 문을 열었다.

찌르는 듯이 싸늘한 세찬 바람이 방으로 불어와 썰렁한 냉기로 그녀의 몸을 후려쳐 눈물이 솟아나게 했다. 불그레한 하늘 한복판에는 술주정꾼의 얼굴처럼 벌겋게 부풀어오른 큰 태양이 나무 사이로 떠올라 있었다. 땅은 하얀 서리에 덮여 굳어지고 건조되어 농부들이 지나갈 때마다 뽀드득 소리가 났다. 나뭇가지에 붙어 있던 마지막 잎조차 하룻밤 사이에 다 떨어져 구르는 길 너머로 여기저기 흰 물살을 일으키는 푸른 바다가 보였다.

플라타너스와 보리수도 지난밤의 모진 바람 속에서 갑작스레 잎이 떨어지고 말았다. 잔은 옷을 입고 밖으로 나갔다. 그리고 무엇을 좀 해볼까 하고 소작인들을 보러 갔다.

마르탱 집안은 반갑게 그녀를 맞아들였고, 여주인은 잔의 양쪽 뺨에 입을 맞추었다. 그리고 복숭아술 한 잔을 억지로 마시게 했다. 그녀는 그곳에서 나와 또 다른 농장으로 가보았다. 쿠이야르 가족도 반가이 그녀를 맞아들였다. 여주인은 그녀의 양쪽 귀에 입을 맞추며 아카시아술을 한 잔 권했으므로 마실 수밖에 없었다.

그리고 나서 그녀는 돌아와 식사를 했다.

이날 하루도 그 전날과 달라진 것이라고는 습기 대신에 추위뿐, 그대로 하루가 지나갔다. 그리고 그 주일은 다른 날도 이와 똑같았고, 그 달 다른 주일도 첫 번째 주일과 똑같았다. 그러나 차츰 먼곳을 그리는 기대는 사라져갔다. 마치 밀물이 어떤 물질 위에 석회질 층을 덮어주듯 계속되는 습관이 그녀의 생활에 수동적 버릇을 길렀다.

일상생활에서 일어나는 대수롭지 않은 여러 가지 자질구레한 일에 대한 흥미와, 단순하고 평범한 규칙적인 일에 대한 관심이 그녀의 마음속에 다시 싹텄다. 일종의 명상적인 우수와 생에 대한 막연한 환멸이 그녀의 마음속에 번져나갔다.

그녀에게 필요한 것은 무엇일까? 그리고 그녀가 요구하는 것은 무엇일까? 그것은 그녀 자신도 알 수 없었던 것이다.

어떤 세속적인 필요도, 어떤 쾌락의 목마름도, 그리고 어떤 기쁨에 대한 갈망도 그녀를 사로잡지는 못했다.

그 밖에 또 무엇이 있을까? 세월의 흐름에 따라 퇴색해가는 객실의 이 해묵은 안락의자처럼, 그녀의 눈에는 모든 것이 천천히 퇴색되고 지워져서 창백하고 음울한 색조를 띠어 가는 것이었다.

줄리앙과의 관계도 완전히 달라졌다. 배우가 자기 역할을 끝마치고 나서 자기 본래의 몸차림으로 돌아가듯, 신혼여행에서 돌아온 뒤부터 그는 전혀 다른 사람이 된 것 같았다.

이제는 그녀에 대해 그다지 관심을 갖지 않았으며, 말도 잘 하지 않았다. 애정의 모든 흔적이 갑자기 사라져 버렸던 것이다. 그녀의 침실로 들어오는 밤도 퍽 드물어져갔다.

그는 재산과 집의 관리권을 쥐고서 소작료를 정비하고, 소작인들을 힘들게 하며 비용을 절약했다. 그리고 촌귀족의 차림을 함으로써 약혼 시절의 몸치장과 우아했던 멋이 다 사라졌다. 결혼 전 그가 쓰던 옷장에서 구리단추가 달린 밝은 비로드 사냥복을 꺼내 입고는 여기저기 얼룩졌는데도 벗으려 하지 않았다. 더욱이 여자의 환심을 끌 필요를 느끼지 않는 남자의 게으름으로, 수염도 깎지 않아 길고 들쑥날쑥한 수염이 그의 얼굴을 생각지도 못할 만큼 추해 보이게 했다. 이제 손도 가꾸지 않았으며, 식사 뒤에는 으레 너덧 잔씩 커피를 마셨다.

잔이 몇 번 부드럽게 타이르자 "내 마음대로 하게 내버려두오" 하고 어찌나 퉁명스럽게 대답하는지 더 이상 충고해 볼 용기가 나지 않았다. 이러한 변화에 대해, 잔은 스스로도 놀랄 만큼 체념하고 있었다. 그녀에게 있어 남편이란 지금은 영혼과 마음을 굳게 닫은 남이나 마찬가지였다.

그녀는 몇 번이나 이것에 대해서 생각해 보았다.

그렇게 만나서 사랑하고 애정의 충동에서 결혼한 두 사람이 별안간 나란히

자 본 일도 없는 것처럼 서로 거의 남남이 되어버린 것은 어쩌된 일인가 하고.

더구나 남편이 자기를 돌보아 주지 않는데도 어쩌면 이토록 마음이 고통스럽지 않을까? 인생이란 이러한 것인가? 두 사람은 서로 상대방을 잘못 알아왔던 것일까? 그녀는 이제 미래에 아무것도 바랄 것이 없는 것일까? 만약 줄리앙이 여전히 잘생기고 멋쟁이고 우아하고 매력적이라면 그녀는 심한 고통을 느꼈을까?

새해가 되면 신혼부부만 남고 어머니와 아버지는 루앙의 본가에서 몇 달 지내기로 되어 있었다. 신혼부부는 일생을 보내게 될 이곳에 조금이라도 빨리 자리잡고 길들이고 또 향유하기 위해, 이번 겨울에는 레 푀플을 떠나지 않기로 했다. 이웃이 몇 군데 있었는데, 줄리앙이 아내를 소개하기로 되어 있었다. 그들은 브리즈빌르, 쿠틀리에, 푸르빌르, 이 세 집안이었다.

그러나 마차에 문장(紋章)을 다시 그릴 도안가를 아직까지도 데려올 수가 없어 신혼부부는 아직도 이웃을 방문할 수가 없었다. 집 안의 오래된 마차 한 대를 남작은 사위에게 물려주었는데, 줄리앙은 라마르 가문의 문장이 르 페르튀 데 보 문장과 나란히 그려지기 전에는 한사코 이웃 저택을 방문하려 하지 않았다.

그런데 이 지방에는 문장을 전문으로 하는 사람이 한 명밖에 없었다. 그는 바타이유라는 볼벡의 도안가로, 마차문에 값진 장식을 박기 위해 노르망디에 있는 모든 귀족 가문에서 번갈아가며 그를 불러들였다.

마침내 12월 어느 날, 아침식사가 끝날 무렵 한 남자가 문을 열고 곧은길로 똑바로 걸어 들어오는 모습이 보였다. 그는 등에 상자를 하나 둘러메고 있었는데, 이 사람이 바타이유였다.

줄리앙은 그를 식당으로 불러들여 식사대접을 하는 등 예의를 갖추고 신사로 대접했다. 왜냐하면 그의 특수기술과 지방의 모든 귀족들과의 끊임없는 접촉, 또 문장과 품위있는 말솜씨, 그리고 도안에 대한 지식으로 그는 일종의 문장의 화신처럼 되어, 귀족들도 그와 악수를 하는 터였다.

곧 연필과 종이를 가져오게 하고, 그 남자가 식사하는 동안 남작과 줄리앙은 각기 문장을 가로세로로 4등분하여 윤곽을 그렸다.

이런 일에는 언제나 마음이 흥분되는 남작 부인이 옆에서 자기 의견을 말했다. 잔도 어떤 알 수 없는 의견을 이야기하며 그들의 대화에 끼어들었다. 바타이유가 식사하면서 자기 의견을 이야기하거나, 이따금 연필을 들어 초안을 그려 보이거나, 이 지방 귀족들의 마차를 모두 예를 들어 가며 설명할 때는, 그 품이 그 머리 쓰는 법과 말소리와 함께 일종의 귀족적인 티를 나타내 보였다.

그는 짧게 깎은 잿빛 머리와 물감으로 더럽혀진 냄새가 풍기는 키가 작달막한 사나이였다. 소문에 의하면 그는 옛날에 행실이 온당치 못했다고 했으나, 지위 있는 모든 가문의 존경을 받아 그런 오명은 씻어진 지 이미 오래 되었다.

커피를 마시고 나자 곧 그를 마차간으로 안내하여, 마차를 덮고 있는 초를 입힌 포장을 걷었다. 바타이유는 마차를 자세히 살펴보고 나서 자기가 생각하는 문장의 크기에 대해 의젓하게 의견을 내놓았다. 그러고는 식구들과 새로 의논해 보고나서 일에 착수했다.

추위를 무릅쓰고 남작 부인은 바타이유가 일하는 것을 보려고 의자를 가져오게 했다. 그러고는 얼어오는 발을 쪼이려고 화로를 가져오라고 했다. 부인은 조용히 그와 이야기하기 시작했다. 그리하여 자기가 모르는 귀족들의 결혼관계가 어떤지 출생과 사망 여부는 어떤지를 물어가면서 자기 기억 속에 간직하고 있는 집안의 관계를 더 완전하게 만들어 이야기했다.

줄리앙은 장모 옆의 의자에 걸터앉아 있었다. 그는 파이프 담배를 피우면서 땅에 침을 뱉고, 이야기에 귀 기울이며 자기의 귀족 신분이 그림으로 그려지는 것을 지켜보았다.

얼마 안되어 괭이를 둘러메고 채소밭으로 나가던 시몽 영감까지 걸음을 멈추고 구경했다. 그리고 바타이유가 왔다는 소문이 소작지에 퍼지자 부인들도 구경하러 왔다. 그들은 남작 부인의 양옆에 붙어서서 황홀한 듯이 되풀이 말했다.

"저렇게 꼼꼼하게 그리는 걸 보니 솜씨가 여간 아니예요!"

마차의 양쪽 문에 그리는 문장은 다음날 11시쯤에야 끝났다. 곧 식구들이 몰려나와 일 솜씨를 더 잘 살펴보려고 마차를 밖으로 끌어냈다.

나무랄 데 없이 완전했다. 다시 상자를 둘러메고 떠나는 바타이유를 모두들 칭찬했다.

남작과 남작 부인, 그리고 잔과 줄리앙은 이 도안가는 훌륭한 솜씨를 가진 사람이며, 사정만 허락했다면 의심할 바 없이 훌륭한 미술가가 되었으리라는 데 의견이 일치했다.

모든 면에서 절약하기 위해 줄리앙은 온갖 일을 정리했는데, 그러기 위해서 필연적으로 여러 가지 개혁이 필요했다.

그래서 늙은 마부는 정원사가 되고 마차는 라마르 자작 자신이 부리기로 했으며, 사료값을 절약하기 위해 마차의 말들을 팔아 버렸다. 그리고 식구들이 마차에서 내려 있는 동안 말을 붙잡고 있을 사람이 필요했으므로 마리우스라는 목동아이를 하인으로 쓰기로 했다.

다음에는 말을 손에 넣기 위해 그는 두 소작농인 쿠이야르네와 마르탱네와의 토지 임대차 계약서에 특별 조항을 하나 집어넣었는데, 그것은 이 두 농가에서 매달 한 번씩 자작이 정해놓은 날에 닭을 바쳐야 한다는 조항을 면제하는 대신, 말을 한 필씩 제공해야 한다는 조항을 넣는 것이었다.

그래서 쿠이야르 집안에서는 털이 노란 큰 짐말 한 마리를 끌고 왔으며, 마르탱 집안에서는 털이 길고 흰 작은 말을 끌고 와서 두 말이 나란히 마차에 매어졌다. 그리고 마리우스가 시몽 영감의 헐렁한 마부복 속에 파묻혀서 저택 앞 돌층계까지 이 마차를 끌고 왔다.

다시 몸치장을 하고 허리를 척 젖히고 있는 줄리앙은 얼마쯤 옛날의 우아했던 모습을 되찾은 듯했다. 그러나 깎지 않은 긴 수염은 그 모습을 사라지게 하고 그를 한갓 평민의 모습으로 떨어뜨렸다. 줄리앙은 말과 마차와 마리우스 소년을 둘러보고, 이것으로 만족스럽다고 생각했다. 그에게 중요한 것은 다만 새로 그린 문장뿐이었던 것이다.

부인은 남작의 부축을 받으며 방에서 나와 겨우 마차에 올라 쿠션을 등에 대고 앉았다. 잔도 나왔다. 그녀는 처음으로 매어진 말 두 필의 모습을 보고 웃으면서, 흰놈은 노란 놈의 손자 같다고 말했다. 그러고 나서 마리우스를 보니 휘장 달린 모자 속에 얼굴이 푹 파묻혀 모자가 코에 걸려 있었다. 두 손은 긴 소매 속에 파묻히고 제복 끝이 양쪽 다리에까지 내려왔으며 거기다 큰 구두를 신은 두 발이 우스꽝스럽게 밑으로 쑥 나와 있었다. 무엇을 보려면 머리를 뒤로 젖혀야 되고, 발을 옮기려면 마치 내를 건너듯 무릎을 치켜올려야 하며, 심부름 할 때에는 큰 옷에 몸이 파묻혀 장님처럼 어물어물하는데다 전혀 보이지 않는 모습을 보니 너무나 우스워 언제까지나 웃음이 멎지 않았다.

남작도 돌아서서 멍청히 서 있는 소년을 보고는 어쩔 수 없다는 듯이 딸을 쫓아 너털웃음을 터뜨리면서 부인에게 더듬더듬 외쳤다.

"좀 보, 보, 보구려, 마, 마, 마리우스를, 우습지 않소. 어이구, 하느님 맙소사! 정말 어이없군."

남작 부인도 마차문 밖으로 이 꼴을 내다보고 어찌나 몸을 흔들며 웃었는지 마치 마차가 도랑을 지날 때처럼 뒤흔들렸다.

그러나 줄리앙은 파랗게 질려서 쏘아붙였다.

"대체 무엇이 그리 우습다고 그러십니까? 다들 정신이 이상해진 모양이군요!"

잔은 너무 웃어 배가 아프고 경련이 일어나 어쩔 수 없이 현관 앞 돌층계 위에 주저앉아 버렸다. 남작도 따라 앉았다. 그리고 마차 안에서도 경련적인 재채기 소리와 수탉 우는 소리 같은 것이 계속되는 것을 미루어 남작 부인도 웃느라고 목이 멘 듯했다. 별안간 마리우스의 제복이 들썩들썩했다. 그 아이도 사연을 짐작하고 모자 속에서 웃음을 터뜨리고 있는 듯싶었다.

그러자 줄리앙은 화가 머리끝까지 나서 그에게로 달려가 뺨을 한 대 갈겼다.

소년의 모자가 떨어져 잔디밭 위로 굴러갔다. 줄리앙은 장인에게로 돌아서서 분노에 떨리는 목소리로 말했다.

"웃으실 권리가 하나도 없습니다. 재산을 다 탕진해 버리지만 않으셨던들 이 지경이 되지는 않았을 겁니다. 이대로 우리가 망해 버린다면 죄는 누구에게 씌워지겠습니까?"

그러자 유쾌했던 너털웃음은 얼어붙은 듯 딱 멈췄다. 모두들 입을 다물었던 것이다. 잔은 울먹울먹하며 가만히 어머니 곁으로 마차에 올라탔다. 남작은 아연해서 말없이 두 여인과 마주 앉았다. 줄리앙은 뺨이 부어 울고 있는 소년을 자기 곁에 앉히고 마부석에 자리를 잡았다.

마차가 달려 나가는 동안은 매우 우울하고 지루했다. 마차 안에서는 침묵이 흘렀다. 세 사람 다 우울하고 기분이 언짢아 그들의 가슴을 차지하고 있는 생각을 입 밖에 내놓고 싶어하지 않았다. 그렇다고 다른 이야기를 꺼낼 수도 없었다. 그만큼 고통스러운 생각이 그들의 가슴을 쓰리게 했고, 그래서 이 괴로운 화제를 건드리기보다는 차라리 슬프더라도 침묵을 지키는 편이 좋겠다고 생각했다.

마차는 보조가 맞지 않는 두 필의 말에 끌려 농가의 앞뜰을 따라 달렸다. 놀란 검정 닭들이 후다닥 뛰며 울타리 속으로 들어가 자취를 감추었다. 때때

로 늑대 같은 개가 털을 세우고 짖으면서 따라오다가, 다시 제 집으로 들어가면서 돌아보고 또 짖었다.

한 젊은이가 두 손을 주머니에 찌른 채 푸른 작업복 잔등이를 바람에 부풀리면서 진흙투성이가 된 나막신을 신고 느릿느릿 긴 다리를 끌며 걸어오다가, 마차를 비켜서서는 어색한 솜씨로 모자를 벗었는데 머리털이 머리에 착 달라붙어 있었다. 농장과 농장 사이에는 다시 들이 계속되고 멀리 드문드문 또다른 농장이 보였다. 이윽고 마차는 전나무 가로수길로 들어섰다. 푹 파인 진흙투성이 도랑으로 마차가 기우뚱거려서 어머니는 놀라 소리를 질렀다.

이 가로수길 끝에 닫혀진 하얀 대문이 보였다. 마리우스가 재빨리 달려가 그 문을 열고 마차는 계속해서 구부러진 길을 통해 넓은 잔디밭을 돌아 높고 널찍하고 우중충한 건물 앞에 섰다. 창살의 덧문은 닫혀 있었다.

별안간 가운데 문이 열리며 검은 줄무늬의 빨간 조끼를 입고 그 위에 에이프런을 걸친 중풍에 걸린 듯한 늙은 하인이 다리를 절며 층계를 내려왔다. 그는 방문객들의 이름을 듣고는 그들을 넓은 객실로 안내했다. 객실 문은 언제나 닫혀 있었던 듯 열기가 힘들었다. 방 안 가구들은 모두 덮개로 덮여 있었고 시계와 촛대는 흰 천으로 싸여 있었다.

예스러운 냄새가 풍기는 방 안 공기는 곰팡내와 냉기와 습기가 뒤섞여 방문객의 폐와 심장과 피부까지 온통 슬픔으로 채우는 것 같았다.

모두들 앉아서 주인을 기다렸다. 위층 복도에서 들리는 급한 걸음 소리가 뜻밖의 방문에 당황한 주인의 심정을 알려 주는 듯했다. 뜻밖의 방문을 받고 놀란 집안 사람들이 허둥지둥 옷을 갈아입고 있는 것이었다. 퍽 오랜 시간이 걸렸다. 초인종이 몇 번씩 울렸다. 또 다른 발소리가 층계를 오르락내리락했다.

남작 부인은 냉기가 몸속으로 스며들자 잇따라 재채기를 했다. 줄리앙은 방 안을 뚜벅뚜벅 왔다 갔다 했다. 잔은 우울한 기분으로 어머니 곁에 앉아 있었다. 남작은 벽난로 대리석에 기대선 채 고개를 떨어뜨리고 있었다.

이윽고 큰 문이 열리며 브리즈빌르 자작 부부가 나타났다. 두 사람 다 작고 바싹 여윈데다 품위없는 걸음걸이를 하고 있었는데 나이를 종잡을 수 없었다. 의례적인 인사가 오가자 서로 포옹했다. 부인은 꽃무늬가 진 비단옷 차림에 리본 달린 보닛을 쓰고 날카로운 목소리로 재빨리 인사했다.

남편은 꼭 끼는 화려한 프록코트를 입고 무릎을 굽히며 인사했다. 그의 코와 눈과 잇몸이 드러난 이도, 납을 칠한 듯한 머리카락도, 호화로운 그의 프록코트도 정성껏 손질한 듯 번쩍이고 있었다.

첫 대면 인사가 끝나자 할 말이 없었다. 그래서 주인과 손님은 서로 아무 뜻 없이 칭찬의 말을 주고받았다. 그리고 이처럼 기쁜 교제가 언제까지나 계속되기를 바란다고 했다. 1년 내내 시골에서 살면 서로 만나는 것이 퍽 위안이 된다고 말하기도 했다.

객실의 차가운 공기가 뼛속까지 스며들어 목이 쉬었다. 남작 부인은 미처 재채기가 끝나기도 전에 이번에는 기침을 하기 시작했다. 그래서 남작은 그만 돌아가자고 눈짓했다. 브리즈빌르 부부는 말렸다.

"아니, 왜 그렇게 빨리 돌아가십니까? 좀 더 계시다 가지요."

줄리앙이 눈짓으로 너무 이르다고 표시했으나 잔은 못 본 척하고 일어섰다. 주인은 하인을 불러 마차를 대기시키려고 초인종을 눌렀으나 울리지 않았다.

하는 수 없이 주인이 달려나갔다. 이윽고 그가 돌아와서 말은 지금 마구간에 매어 있다고 말했다.

그래서 또 좀 기다려야만 했다. 저마다 모두 할 말을 찾았다. 올겨울은 비가 많다는 등의 이야기를 했다.

잔은 자기도 모르게 불안한 마음으로 몸서리치며 단 두 분이서 1년 내내 무엇으로 소일하느냐고 물었다. 브리즈빌르 부부는 그 물음을 듣고 놀랐다. 왜냐하면 그들은 늘 일거리가 있었기 때문이다. 프랑스 전국에 퍼져 있는 그들의 친척들에게 편지를 쓰거나, 부부가 마주앉아 남을 대하듯 예의 범절을 갖추고 쓸데없는 일을 엄숙한 말투로 주고받으며 하찮것없는 일로 그날그날을 바쁘게 보냈던 것이다.

온갖 가구를 천으로 싸놓은, 좀처럼 손님이 찾아오지 않는 이 휑뎅그렁한 높고 검은 천장 아래 앉아 있는 깨끗하고 아주 단정한 옷차림의 자그마한 이 한 쌍의 부부가 잔의 눈에는 마치 통조림 같은 귀족의 표본을 보는 듯했다.

이윽고 짝이 맞지 않는 말 두 필이 끄는 마차가 창 앞으로 지나갔다. 그러나 마리우스의 모습이 보이지 않았다. 저녁때까지는 괜찮으리라고 생각하고 들로 나간 모양이었다.

화가 난 줄리앙은 나중에 걸어오도록 말해달라고 부탁했다. 그러고는 공손히 작별인사를 나누고 레 푀플로 향했다.

마차 안에 앉자마자 잔과 그의 아버지는 줄리앙의 난폭한 태도에서 받은 울적한 감정이 아직 가시지 않고 남아 있기는 했으나, 브리즈빌르의 몸짓이며 말소리를 흉내내면서 웃기 시작했다. 남작은 그 남편 흉내를 내고 잔은 그 부인 흉내를 냈다. 그러나 남작부인은 자기가 존경하는 귀족이 놀림감이 된 데 좀 기분이 상해서 그들에게 말했다.

"그렇게 남을 조롱하는 게 아녜요. 그들은 아주 훌륭한 문벌인데다 흠잡을 데 없는 분들이에요."

어머니의 기분을 상하게 하지 않으려고 잠시 말을 끊었으나, 아버지와 딸은 참을 수가 없어서 서로 쳐다보며 다시 흉내내기 시작했다. 남작은 예의를 갖추어 인사하고 나서 엄숙한 목소리로 말했다.

"하루종일 불어오는 바닷바람 때문에 레 퓌플은 몹시 추우시겠습니다. 부인."

그러자 딸은 그 말을 받아 새침한 태도로 물에 잠긴 오리처럼 고개를 휘휘 내두르는 몸짓을 하며 말했다.

"아, 여기서는 무엇이고 일년 동안 할 일이 많답니다. 더욱이 우리는 편지해야 할 친척들이 많지요. 또 브리즈빌르는 모든 일을 내게만 맡긴답니다. 그이는 펠 신부와 함께 학문에 몰두하고 계시거든요. 두 분은 지금 노르망디의 종교사를 편찬하신답니다."

이번에는 남작 부인도 그다지 기분이 상하지 않은 듯 어색한 표정으로 웃으며 다시 말했다.

"그렇게 같은 계급의 사람을 놀리면 못써요."

별안간 마차가 서고 줄리앙이 뒤쪽을 돌아보며 누군가를 부르고 있었다. 잔과 남작이 밖을 내다보니, 움직이고 있는 무슨 이상한 생물이 마차를 향해 굴러오는 듯했다. 풍성한 제복 바지자락을 양다리로 번갈아 걷어차고, 쉴 새 없이 내려와 눈을 가리려하는 모자를 쓰고, 긴 소매 속에서 팔을 풍차의 날개처럼 휘두르며 큰 물도랑을 정신없이 건너다 빠져 흙물을 튀기고, 길가의 돌에 발이 걸려 비틀거리고, 깡총깡총 뛰며 진흙투성이가 된 마리우스가 온 힘을 다해 마차를 쫓아오는 것이었다.

마리우스가 마차 가까이 오자 줄리앙은 몸을 굽혀 그의 목덜미를 잡아 끌어올려 옆에 앉히고 고삐를 늦추더니 주먹으로 모자 위를 갈기기 시작했다.

모자는 마리우스의 어깨까지 내려지며 북 같은 소리를 냈다. 그는 모자 속에서 소리내어 울면서 안장에서 빠져나가 도망치려 했고, 주인은 도망가려는 그를 한 손으로 움켜쥔 채 다른 한 손으로 계속해서 때렸다.

잔은 어쩔 줄 몰라서 더듬거렸다.

"아버지…… 저걸 보세요, 아버지!"

남작 부인은 화가 머리 끝까지 치밀어 남편의 팔을 잡아 흔들었다.

"가서 좀 못 때리게 해요, 자크!"

남작은 별안간 정면 유리창을 내리고는 사위의 소매를 움켜잡으며 분노에 떨리는 목소리로 소리쳤다.

"그만두지 못하겠나?"

줄리앙은 어리둥절한 얼굴로 돌아보았다.

"이 녀석의 옷꼴이 어찌 되었는지 보이지 않습니까?"

그러나 남작은 두 사람 사이로 고개를 들이밀며 소리쳤다.

"어쨌든 그처럼 난폭한 짓은 그만둬!"

줄리앙은 버럭 화내며 소리질렀다.

"내버려 두십시오. 장인과는 관계없는 일이니!"

그는 다시 때리려고 손을 들었다. 그러자 장인은 그의 손을 잡아 안장 밑으로 힘껏 내려치고는 노여운 목소리로 외쳤다.

"그래도 그만두지 않는다면 내가 내려가서 네놈을 말릴 테다!"

말투가 아주 격렬했으므로 자작은 갑자기 입을 다물고 아무 대답없이 어깨를 한 번 으쓱하더니 말에 채찍질을 했고, 말은 전속력으로 달렸다. 두 여자는 납빛처럼 파랗게 질려 꼼짝하지 못했으며, 남작 부인의 무거운 심장 고동소리가 똑똑히 들려왔다.

저녁식사 때 줄리앙은 아무 일도 없었다는 듯 여느 때보다 더욱 상냥했다. 이러한 줄리앙의 친절한 태도에 잔과 아버지와 아델라이드 부인도 곧 모든 것을 잊고, 오히려 마음이 기뻐서 회복한 병자처럼 기분이 상쾌해졌다.

잔이 브리즈빌르 집안의 이야기를 다시 꺼내자 이번에는 그녀의 남편도 함께 농담을 했다. 그리고 그는 곧 덧붙여 말했다.

"그러나 어쨌든 그들은 품위 있는 사람들입니다."

모두들 마리우스 사건 같은 것이 또 일어날까봐 두려워 다시 방문할 생각은 하지 않았다. 새해맞이 때에는 이웃사람들에게 카드만 보내고, 다음해 이른 봄에 따뜻한 날씨를 기다려서 방문하기로 결정했다.

크리스마스가 되었다. 신부와 촌장과 촌장 부인을 저녁식사에 초대했다. 그 것은 하루하루의 단조로움을 깨뜨리는 유일한 심심풀이였다.

남작 부부는 1월 9일 레 푀플을 떠나기로 되어 있었다. 잔은 부모를 붙들고 싶었으나 줄리앙은 그다지 관심두지 않는 듯했다.

남작은 사위의 더해가는 냉대를 보고 루앙 본가에 연락하여 마차를 보내오 도록 일렀다. 떠나기 전날 잔과 아버지는 짐을 다 꾸리고 나서, 춥기는 하지만 날씨가 맑았으므로 이포르까지 내려가보기로 했다. 딸이 코르시카에서 돌아 온 뒤로 둘 다 한 번도 이포르에 내려가 보지 않았던 것이다.

그들은 잔의 결혼식 날, 지금은 남편이 된 사람과 하나가 되어 거닐던 그 숲 을 지나갔다. 그녀가 처음으로 애무를 받고 전율하고 나중에 오타의 삭막한 골 짜기에서 서로 입술을 대고 마시던 샘 옆에서 처음으로 알게 된 저 관능적인 사랑을 예감했던 숲이었다. 앙상한 나뭇가지가 떠는 소리, 겨울에 잎이 떨어지 고 난 숲 속은 적막한 소리뿐, 이제는 푸르렀던 잎도 덩굴도 없었다.

두 사람은 작은 마을로 들어섰다. 인적없는 거리에서 바다와 해초와 생선 냄 새가 풍기고 있었다. 칠을 한 널따란 그물은 건조를 위해 여전히 문 앞에 걸려 있거나 자갈밭 위에 널려져 있었다.

잿빛 감도는 차가운 바다는 변함없이 유구한 파도 소리를 내고, 썰물이 나 가며 페캉 쪽 절벽 밑의 푸른 바위들을 드러내고 있었다. 바닷가를 따라 줄지 어 쓰러져 있는 큰 고깃배들은 마치 죽어 버린 생선들 같았다.

저녁이 되었다. 어부들이 커다란 장화를 신고 목에는 털목도리를 감고 한 손 에 브랜디 병을 쥐고 또 한 손에는 배의 램프를 든 채 여기저기서 떼를 지어 터 벅터벅 걸어나오고 있었다. 그들은 오랫동안 기울어진 뱃전을 왔다갔다하더니 노르망디 사람들 특유의 느릿느릿한 동작으로 그물이며 낚싯대며 큰 빵덩어리 며 버터 통이며 술병이며 컵 등을 배에 실었다. 그러고는 다시 일으켜 세운 배 를 바다 쪽으로 밀어냈다. 배는 큰 소리를 내면서 자갈 위를 미끄러져 나가 물 거품을 헤치고 물결 위에 뜬 채 얼마 동안 이리저리 흔들리더니, 갈색 돛을 펴 고, 돛대 끝에는 작은 램프를 달고 어둠 속으로 사라졌다.

그러자 몸집이 큰 어부의 아낙네들이 드러난 뼈대를 얇은 옷 밖으로 내비치 며 마지막 배가 떠날 때까지 서서 바라보고 있다가 잠든 듯한 거리를 떠들썩한 소리로 뒤흔들어놓고 돌아갔다.

남작과 잔은 움직이지 않고 이 어부들이 어둠 속으로 사라져가는 것을 바라보았다. 그들은 굶어죽지 않으려고 이처럼 목숨을 내걸고 밤마다 나가지만, 그러나 고기 맛을 알지 못할 만큼 가난한 살림살이를 하고 있다.

남작은 바다를 바라보며 흥분한 듯 중얼거렸다.

"바다란 무섭고도 아름다운 것이다. 자네트! 어둠이 내리고 수많은 생명이 위험에 직면하고 있기는 하다만, 이 바다는 얼마나 훌륭하냐!"

그녀는 쓴웃음을 지으며 대답했다.

"그러나 지중해만은 못해요."

아버지는 기분 상한 듯 외쳤다.

"지중해만 못하다구? 그건 기름과 설탕물과 푸른 표백제를 넣은 양철통에 지나지 않아. 거품이 세차게 이는 이 바다가 얼마나 무시무시한가 좀 보렴. 그런데도 저 바다 너머로 멀리 사라져 버린 그 많은 어부들을 좀 생각해 봐."

잔은 한숨 쉬며 대답했다.

"네, 그런 것 같아요."

그러나 그가 입에 담았던 지중해라는 낱말이 다시 그녀의 가슴을 쓰라리게 했고, 모든 꿈이 파묻혀 있는 머나먼 나라로 그녀의 생각을 실어갔다.

그러고 나서 아버지와 딸은 다시 숲으로 가는 대신 거리로 나와 맥빠진 걸음걸이로 언덕을 올라갔다. 다가온 서로의 이별의 슬픔에 대해서는 한 마디도 하지 않았다. 이따금 소작농의 논두렁을 지날 때면 이와 같은 계절에 노르망디의 모든 지방에서 풍기는 신선한 사과술 냄새가 풍겨와, 불을 밝힌 들 가운데에 사람 사는 집이 있음을 알려 주었다.

문득 잔은 자신의 영혼이 점점 커져서 눈에 보이지 않는 것까지도 알 수 있을 것 같은 생각이 들었다. 그리고 여기저기 흩어져 있는 등불이 갑자기 모든 존재로부터 멀어져 있다는 강한 고독감을 그녀에게 안겨 주었다. 그가 사랑하는 사람들을 그녀로부터 떼어내어 헤어지게 하고 멀리 끌고가는 그러한 고독감이었다.

잔은 채념한 듯한 목소리로 말했다.

"살아가는 것이란 언제나 즐겁기만 한 것은 아니군요."

남작도 한숨지었다.

"그건 사실이지만, 우린 그것을 어떻게 할 수 없단다."

다음날 아버지와 어머니는 총총히 떠났고, 레 푀플에는 잔과 줄리앙만이 남았다.

7

젊은 부부는 트럼프 놀이를 즐기기 시작했다. 날마다 아침식사가 끝나면 줄리앙은 파이프 담배를 피워 물고, 일고여덟 잔씩 마시는 꼬냑을 홀짝이며 아내를 상대로 하여 몇 번이나 트럼프의 승부를 겨루었다.

그러고 나면 잔은 침실로 올라가 창가에 자리잡고 앉아 비바람이 유리창을 때리고 뒤흔드는 동안 스커트 장식을 끈기있게 수놓았다. 이따금 피로하면 눈길을 들어 멀리 파도가 이는 희끄무레한 바다를 바라다보았다. 그리고 2, 3분 뒤에는 다시 일거리에 몰두했다.

무엇보다도 줄리앙이 집안의 실권과 경제권을 쥐고 꾸려나갔으므로 잔은 아무것도 할 일이 없었다. 줄리앙은 아주 인색한 본성을 드러내기 시작하여 절대로 팁을 주지 않았다. 식량도 최소한도로 줄여 버리고 말았다.

잔은 레 푀플에 오고 나서부터 줄곧 아침마다 빵집에서 노르망디 식빵을 주문해 먹고 있었는데, 줄리앙은 그 비용까지 줄이고 보통 구운 빵을 먹게 했다. 무슨 설명이나 말다툼이나 싸움을 피하기 위해 잔은 한 마디 말도 하지 않았지만, 남편에게서 이 구두쇠다운 태도가 나타날 때마다 가슴이 아팠다. 돈에 대해 별다른 관심을 가져보지 않고 자란 그녀는 남편의 이러한 행동이 천하고 추하게 여겨졌다. "돈이란 쓰게 마련이란다"라는 어머니의 말을 그녀는 귀에 박힐 만큼 자주 들어왔던 것이다.

그것이 이제는 줄리앙의 다음과 같은 말로 바뀌어 되풀이되었다.

"돈을 헤프게 쓰는 버릇을 영 고치지 못하겠소?"

그리고 그는 봉급이나 계산서 같은 데서 다만 몇 수라도 깎으면 그 돈을 주머니 속에 집어넣고 씩 웃으며 말했다.

"작은 냇물이 모여서 바다가 되는 법이라오."

잔은 그런 날에는 다시 공상에 잠겼다.

자기도 모르게 일손을 멈추고 손을 힘없이 내린 채, 허공을 바라보며 아름다운 사랑의 이야기에 나오는 소녀시절의 일부를 다시 한 번 공상하는 것이

었다.

그러나 시몽 영감에게 무엇인가 이르고 있는 줄리앙의 목소리에 이내 홀연한 꿈의 요람에서 현실로 되돌아오게 되곤 했다. 그리고 지루한 일거리를 다시 잡고는 바늘을 놀리는 손등에 눈물방울을 뚝뚝 흘리며 중얼거렸다.

"아아! 끝난 거야, 모두가……."

전에는 언제나 쾌활하고 콧노래를 부르던 로잘리도 이제는 완전히 달라져 버렸다. 포동포동 살이 올랐던 볼도 움푹 들어가고 핏기를 잃어 마치 진흙을 문질러 놓은 듯했다.

이따금 잔은 로잘리에게 물었다.

"어디 아프니, 로잘리?"

그러면 그녀는 언제나 똑같은 대답을 했다.

"아니에요, 아씨."

그리고는 두 볼을 붉히며 재빨리 나가 버리는 것이었다.

옛날처럼 뛰어다니는 대신 힘들여 발을 끌며 걸었고, 모양도 내지 않았으며, 행상인이 비단 리본이나 코르셋이나 여러 가지 향수병을 늘어놓아도 아무것도 사지 않았다.

그 큰 집은 텅 빈 듯해서 깊은 심연에서 무슨 소리가 울려 나올 것 같았고 음산했으며, 벽에는 잿빛 긴 빗물 자국이 나 있었다.

1월이 다 갈 무렵, 처음으로 눈이 내렸다. 희끄무레한 바다 위 먼 북쪽으로부터 큰 구름들이 몰려오는 것이 보이는가 했더니 눈이 내리기 시작했다. 아침에 일어나 보니 하룻밤 사이에 들이 온통 하얗게 눈으로 덮이고 나무들은 흰 눈송이에 싸여 있었다.

줄리앙은 간 장화를 신고 관목숲 속에서 들판으로 흐르는 도랑 뒤에 숨어 험상궂은 표정으로 철새를 노리고 있었다. 이따금 총소리가 얼어붙은 듯한 그 들판의 침묵을 깨뜨리면 놀란 까마귀 떼가 큰 나무에서 날아 올라 빙빙 돌다가 날아가 버렸다.

잔은 권태에 못이겨 현관 앞 층계까지 내려갔다. 그러면 그 창백하고 음울한, 흰 빛에 잠긴 듯한 세계 위 저 멀리서 생의 온갖 소리가 울려오는 것이었다. 들리는 것이라고는 멀리 파도 소리와 끊임없이 내리는 눈의 합주뿐이었다. 쉴 새 없이 내리는 눈의 두께는 눈덮인 들판 위에 쌓여 점점 높아져갔다.

이처럼 음울한 어느 날 아침, 잔은 손끝 하나 까딱하지 않고 난로에 발을 쬐고 있었으며, 날이 갈수록 달라지는 로잘리가 느릿느릿 침대를 정돈하고 있었다. 갑자기 등 뒤에서 괴로운 숨소리가 들려왔다.

고개도 돌리지 않은 채 잔은 물었다.

"왜 그러지?"

하녀는 여전히 똑같은 대답을 했다.

"아무것도 아니에요, 아씨."

그러나 로잘리의 목소리는 떨리고 숨이 넘어가는 것 같았다.

하지만 잔은 벌써 다른 생각을 하고 있었다.

그녀는 문득 하녀가 움직이지 않고 있다는 것을 깨닫고 "로잘리!" 하고 불렀다. 아무 소리도 없었다. 그래서 소리 없이 나갔나 보다, 하고 생각하며 더 큰 소리로 "로잘리!" 하고 불렀다. 그러고는 초인종을 누르려고 팔을 뻗치는데 바로 곁에서 신음소리가 나서 소스라쳐 벌떡 일어났다.

하녀는 얼굴이 하얗게 질린 채 눈을 부릅뜨고서 두 다리를 뻗고 침대 다리에 등을 기대고는 마룻바닥에 주저앉아 있었다.

잔은 그 곁으로 달려가서 물었다.

"아니, 왜 그러니, 응! 왜 그래?"

하녀는 말 한 마디 못하고 손끝 하나 까딱하지 못했다. 다만 광기어린 듯한 눈길로 주인을 쳐다보며 무서운 고통에 찢기는 듯 숨을 헐떡였다. 그러더니 별안간 온 몸에 힘을 주고 이를 악물며 비명이 나오는 것을 참으며 뒤로 넘어졌다. 벌린 가랑이에 착 달라붙은 옷 속에서 무엇인가 움직이는 것이 있었다. 거기에서 물결이 밀려드는 소리 같은 이상한 소리가 들렸다. 별안간 가냘프고 고통에 찬 긴 고양이 울음소리 같은 게 들려왔다. 이 세상에 태어난 갓난아이가 고통을 호소하는 첫 울음 소리였다.

잔은 순간 이것을 알아차렸다. 그러고는 정신이 혼란스러운 채 층계를 내려가며 소리쳤다.

"줄리앙! 줄리앙!"

남편이 대답했다.

"왜 그러오?"

그녀는 가까스로 말했다.

"저…… 저, 로잘리가……."

줄리앙은 후다닥 뛰어 단번에 두 단씩 층계를 올라와 침실로 뛰어들더니 대번에 하녀의 옷을 걷어올리고는 알몸의 가랑이 사이에서 칭얼대며 꿈틀거리는 주름투성이의 오그린 작은 핏덩이를 찾아냈다.

줄리앙은 험악한 얼굴로 일어서더니 어리둥절해 있는 아내를 밖으로 밀어내며 말했다.

"당신은 참견할 것 없소. 나가 있어요, 뤼디빈느와 시몽 영감을 불러줘."

잔은 온 몸을 떨면서 부엌으로 내려갔다가 다시 올라갈 생각도 못하고, 부모가 떠난 뒤 불을 피우지 않는 객실로 들어가서는 불안에 싸인 채 소식을 기다렸다.

얼마 뒤 하인이 집을 뛰어나가는 모습이 보였다. 5분 뒤 하인은 그 지방의 산파인 당튀 과부와 함께 들어왔다. 그러더니 복도에는 앓는 사람을 끌어내리는 듯 소란한 소리가 들렸다.

이윽고 줄리앙이 오더니 그만 방으로 올라가도 좋다고 잔에게 말했다. 그녀는 무슨 불길한 일을 보고 난 듯 여전히 몸을 떨고 있었다.

잔은 다시 난로 앞에 앉아서 물었다.

"그 애는 어때요?"

줄리앙은 무엇에 골몰하고 있는 듯 신경질적으로 방 안을 왔다갔다하고 있었다. 몹시 분개하고 흥분한 듯했다. 처음에 그는 대답하지 않더니 몇 분 뒤 걸음을 멈추며 몹시 화 난 말투로 물었다.

"당신은 저 애를 어쩔 생각이오?"

그녀는 무슨 말인지 잘 알아듣지 못하고 남편의 얼굴을 물끄러미 바라보았다.

"네? 무슨 말이요? 난 잘 모르겠어요."

그러자 줄리앙은 화난 듯 버럭 고함쳤다.

"어쨌든 아비 없는 자식을 집에 둘 수는 없잖소!"

그 말에 잔은 몹시 당황하여 한참 입을 다물고 있었다.

"하지만 여보, 유모에게 맡겨서 기를 수도 있잖아요?"

줄리앙은 아내의 말을 가로막았다.

"그렇다면 그 비용을 누가 댄단 말이오? 물론 당신이겠지?"

그녀는 한참 동안 해결할 방도를 궁리해 보았다.

"하지만 어린아이 아버지가 맡을 테지요. 그가 로잘리와 결혼하게 되면 어려울 게 없잖아요?"

줄리앙은 화가 머리끝까지 치미는 듯 격한 목소리로 뇌까렸다.

"아비! 아비라구! 당신은 알고 있소? 그 아비를 모를 테지? 그렇다면 그 다음엔 어떻게 하지?"

잔은 흥분했다.

"하지만 그 남자는 저 아이를 그냥 내버려 두지는 못할 거예요. 내버린다면 그건 비겁한 짓이에요. 이름을 물어봅시다. 그리고 그 남자를 만나 이야기를 잘 들어봅시다."

줄리앙은 다시 입을 다물고 방 안을 왔다 갔다 했다.

"여보, 저애는 그 남자의 이름을 밝히려 하지 않을 거요. 그리고 만일 남자가 저 아이를 싫어한다면 어떻게 하지? 그렇다면 아비 없는 아이를 낳은 계집애를 한 집안에 데리고 있을 수는 없잖소? 알아듣겠소?"

잔은 여전히 고집부렸다.

"그렇다면 그 남자는 더러운 인간이에요! 어쨌든 그 남자를 알아봅시다! 그러면 그 남자가 우리와 의논하겠지요."

줄리앙은 또다시 얼굴을 붉히며 화를 냈다.

"그러나…… 그동안은 어쩌겠소?"

그녀도 어떻게 해야 할지 몰라 남편에게 물었다.

"당신은 어떻게 하면 좋을 것 같아요?"

줄리앙은 곧 자기 생각을 말했다.

"나 말이오, 나라면 아주 간단하지. 나 같으면 돈을 얼마 집어주어 아기와 함께 쫓아 버리겠소."

그러나 젊은 아내는 노여움에 차서 반대했다.

"절대로 그렇게 할 수 없어요. 저 아이는 내 젖동생이에요. 그 애와 나는 함께 자랐어요. 그 애가 일을 저질러서 안됐긴 하지만, 그렇다고 나는 그 애를 쫓아낼 수는 없어요. 정 어떻게 할 수 없다면 어린아이는 내가 기르겠어요."

그러자 줄리앙은 웃음을 터뜨리며 말했다.

"그렇게 되면 우리는 좋은 평판을 듣겠군. 남들은 우리가 불의를 감싸주고 있다고 수군대겠지. 행실이 좋지 못한 계집애를 숨겨두고 있다고 말이오. 그렇게 되면 점잖은 사람은 우리집에 발그림자도 비치지 않을 거요. 대체 당신은 어쩌자는 거요! 미쳤소?"

그러나 그녀는 태연하게 대꾸했다.

"나는 절대로 로잘리가 쫓겨나는 것을 쳐다보고만 있지는 않겠어요. 만일 당신이 데리고 있기 싫다면 어머니가 데려가실 거예요. 하지만 아무래도 아기 아버지 이름은 알아야 해요."

그러자 그는 화가 나서 문을 쾅 닫고 나가며 소리쳤다.

"여자들이란 참 바보란 말이야! 모두 생각하는 게 당치도 않은 것뿐이라니까!"

잔은 오후에 산모 방으로 갔다. 하녀는 당튀 과부의 간호를 받으며 지금은 눈을 뜬 채 침대 속에 가만히 누워 있었고, 그 곁에서는 산파가 갓난아이를 팔에 안고 흔들어 주고 있었다.

주인아씨의 모습을 보자 로잘리는 곧 담요 속에 얼굴을 가리고 절망적으로 몸부림치며 흐느껴 울기 시작했다. 잔이 입을 맞추려고 하자 하녀는 여전히 소리죽여 울면서 거부하지 않았다. 난로 속에는 불이 끄느름하게 타오르고, 방안은 추워서 어린아이가 칭얼거렸다. 로잘리가 또 울까봐 잔은 어린아이에 대한 이야기를 꺼내지 못했다. 그래서 하녀의 손을 잡은 채 기계적으로 되풀이했다.

"괜찮아, 괜찮아."

가엾은 하녀는 산파 쪽을 흘끗 쳐다보고는 어린아이의 울음 소리에 몸을 떨었다. 아무리 참으려 해도 참고 있었던 비애가 이따금 발작적인 흐느낌으로 터져나와 눈물을 삼키는 소리가 목에서 울렸다.

잔은 다시 한 번 키스하고 낮은 목소리로 하녀의 귀에 속삭였다.

"우리가 잘 돌봐줄 테니 마음놓아라."

그러자 또 울음을 터뜨려서 잔은 밖으로 나왔다.

날마다 잔은 하녀의 방으로 들어가 보았고, 그때마다 로잘리는 주인 아씨의 모습을 보고는 흐느껴 울었다. 어린아이는 근처의 어느 유모에게 맡겨졌다. 줄리앙은 아내에게 그다지 말을 건네지 않았다. 그녀가 하녀를 내쫓을 것을 거절한 뒤부터 아내에 대해 큰 노여움을 품고 있는 듯했다.

어느 날, 그는 이 문제를 다시 꺼냈으나 잔은 로잘리를 레 푀플에 둘 수 없으면 곧 루앙으로 보내라는, 어머니로부터 온 편지를 주머니에서 꺼내 보여 주었다.

줄리앙은 다시 화내며 외쳤다.

"당신 어머니도 당신만큼이나 정신나간 모양이군!"

그러나 그는 더 이상 고집부리지는 않았다.

2주일 뒤부터 벌써 산모는 일어나 움직일 수 있게 되었다.

어느 날 아침 잔은 로잘리를 앞에 앉히고 그녀의 두 손을 꼭 쥔 채 얼굴을 뚫어지게 들여다보며 말했다.

"로잘리, 이제는 나한테 다 털어놓고 이야기해 봐."

로잘리는 몸을 떨며 중얼거렸다.

"뭘 말씀이세요, 아씨?"

"이 어린아이는 누구의 자식이지?"

그러자 하녀는 다시 무서운 절망에 사로잡혀 두 손으로 얼굴을 가리려는 듯 잡힌 손을 빼려고 몸부림쳤다. 그러나 잔은 하녀에게 입맞추며 위로했다.

"불행한 일이지만 어쩌겠니? 네가 약해서 그랬겠지. 그러나 이런 일을 당하는 것은 너뿐만이 아니야. 아이 아버지가 너와 결혼만 한다면 이 일은 아무도 문제삼지 않을 거야. 그리고 그 남자도 너와 함께 우리집에서 살아도 좋아."

로잘리는 마치 고문이라도 받는 듯 신음 소리를 냈고 때로는 몸을 빼어 도망치려고 몸부림쳤다.

잔은 계속 말했다.

"네가 부끄러워서 그러는 줄은 잘 알아. 하지만 너도 보다시피 나는 화도 안 내고 이처럼 부드럽게 말하고 있잖니? 남자 이름을 너에게 묻는 것도 다 너를 위해서야. 네가 그토록 슬퍼하는 걸 보면 아마 그 남자가 너를 차버린 듯한데, 나는 그걸 막으려고 그러는 거란다. 줄리앙이 그 사람을 찾아가 너와 결혼하도록 강요할 생각이야. 그리고 우리가 너희 둘을 집에 있게 하고 그 남자가 너를 행복하게 해주도록 할 생각이란 말이야."

그러자 이번에는 로잘리가 갑자기 몸부림치며 여주인의 손에서 자기 손을 빼고 미친 여자처럼 밖으로 뛰쳐나갔다.

그날 저녁식사 때 잔은 줄리앙에게 말했다.

"여보, 그 애를 유혹했던 남자의 이름을 나한테 말하게 하려고 했지만 로잘리가 도무지 말을 하지 않는군요. 그러니 당신도 함께 힘써 주세요. 아무래도 그 남자와 결혼시켜야 할 테니까."

줄리앙은 버럭 화를 냈다.

"여보, 난 이제 그 말은 듣기도 싫소. 당신이 데리고 있겠다고 했으니 그렇게 하구려. 하지만 그 일로 나를 괴롭히는 건 제발 그만 둬."

로잘리가 어린아이를 낳고부터 줄리앙은 더 신경질이 느는 것 같았다. 그가 아내에게 말을 할 때는 언제나 화내듯 소리지르는 것이 습관처럼 되었고, 한편 이와 반대로 그녀는 모든 말다툼을 피하기 위해 목소리를 낮추고 고분고분하게 타협적인 태도를 취했다. 그러나 밤이면 침대 속에서 자주 울었다.

이렇게 짜증을 내면서도 남편은 신혼여행에서 돌아온 뒤로 잊고 있었던 사랑의 습관을 다시 시작했다. 사흘 밤이나 거의 아내의 방에 들어왔다.

로잘리는 얼마 안 가서 완전히 회복되었으며, 아직도 무엇인가 알 수 없는 근심에 어찌할 바를 모르고 쫓기는 듯했으나 처음보다는 훨씬 명랑해졌다. 잔은 그 뒤로 두 번이나 다시 물어보려고 했으나 그때마다 그녀는 말없이 달아나 버렸다.

줄리앙도 갑자기 더욱더 상냥해진 듯했다. 그리하여 젊은 아내는 다시 그 어떤 막연한 희망을 갖기 시작했고, 그 옛날의 명랑함을 되찾아갔다.

그러나 잔은 입밖에 내어 말하지는 않았지만 이따금 이상한 답답증을 느끼고 괴로워 한 적이 있었다. 눈녹는 계절은 아직 되지 않았다. 5주일 전부터 낮에는 푸른 수정처럼 투명하고 맑으며, 밤에는 얼음꽃처럼 아름다운 별이 총총히 박혀 추위 보이는 넓은 하늘은, 평평하고 단단하게 반짝이는 눈 벌판 위에 펼쳐져 있었다. 흰 서리로 덮인 수목의 장막 뒤로 네모진 뜰 안에 외따로 서 있는 농가들은 흰 속옷을 입고 잠들어 있는 듯 보였다.

사람도 짐승도 밖으로 나가지 않았으며, 다만 농장과 초가집 굴뚝에서 피어나와 얼어 버린 공간으로 올라가는 가느다란 연기만이, 그 안에 숨겨진 생의 존재를 알려주고 있었다.

들도 울타리도 느릅나무의 장벽도 모두 추위에 얼어붙은 것처럼 보였다. 이따금 나뭇가지가 껍질 속에서 부러지는 듯 딱딱 소리를 냈다. 그리고 때로는 견딜 수 없는 추위로 수액이 얼어서 섬유가 끊어지며 큰 가지가 부러져 땅 위로 떨어지기도 했다.

잔은 밀려드는 마음의 온갖 막연한 고민은 모두 다 추위 때문이라고 여기고 따뜻한 훈풍이 불어 오기를 불안하게 기다리고 있었다. 때때로 그녀는 음식을 보고는 구역질을 느끼며 아무것도 먹지 못했다. 어느 때는 맥박이 몹시 뛰고 어느 때는 얼마 먹지 않은 음식이 소화가 안되어 토할 때도 있었다. 그리고 언제나 긴장된 신경이 흔들리고 있었으므로 줄곧 변화 없고 견디기 힘든 흥분 속에서 지냈다.

온도계가 다시 내려간 어느 날, 저녁 식탁에서 줄리앙은 추위에 부들부들 떨며 일어나(왜냐하면 식당이 알맞게 더워진 적은 한 번도 없었다. 줄리앙은 그만큼 장작을 절약하고 있었던 것이다) 손을 비비면서 속삭였다.

"여보, 오늘밤은 한방에서 자는 게 좋겠지, 응?"

그는 옛날처럼 사람 좋아 보이는 그 웃음을 지었다. 잔은 그의 목을 끌어안았다.

그러나 그날 저녁따라 몹시 불편하고 고통스럽고 이상하게 머리가 아파서 그녀는 남편에게 키스하면서 몸이 아프니까 혼자 자게 해달라고 부탁했다.

"여보, 정말 부탁이에요. 오늘은 몸이 좀 불편해요. 하지만 내일이면 좋아질 거예요."

남편은 더 이상 고집부리지 않았다.

"그럼, 당신 좋을 대로 하지. 몸이 아프다면 잘 조리해야 하오."

그리고 그는 다른 이야기를 꺼냈다.

잔은 일찍이 자리에 누웠다. 줄리앙은 이상하게도 자기가 자는 방에 난로를 피우라고 했다.

이윽고 하인이 알려왔다.

"불이 잘 타고 있습니다."

그는 아내의 이마에 키스하고 나갔다.

온 집안이 추위에 시달리는 듯 냉기에 배인 벽은 떨고 있는 것처럼 가냘픈 소리를 냈고, 잔은 자기의 침대 속에서 바들바들 떨고 있었다. 두 번이나 일어나 난로에 장작을 넣고 옷과 스커트와 낡은 옷가지를 모두 찾아 이불 위에 덮었다. 아무리 해도 몸이 녹지 않고 발이 시렸으며, 종아리와 넓적다리까지 떨려 엎치락뒤치락하면서 추위에 신경이 곤두서고 흥분되었다.

얼마 뒤에는 이빨이 딱딱 마주치고 손도 떨리고 가슴이 죄어들어, 고동이 느린 심장을 무언가가 소리 없이 크게 치며 때때로 멈추게 하는 것 같았다. 그리고 목은 숨이 통하지 못할 만큼 헐떡이고 있었다.

무서운 불안이 그녀를 사로잡은 동시에 견딜 수 없는 냉기가 뼛속까지 스며들었다. 이런 기분은 처음이었다. 이렇게 생으로부터 버림받고 이제라도 숨이 넘어갈 것만 같은 기분은 지금까지 느껴본 적이 없었다.

그녀는 생각했다.

'아마 죽으려나 보다⋯⋯. 나는 죽어⋯⋯.'

그녀는 깜짝 놀라 침대에서 뛰어내려 로잘리를 부르려고 초인종을 눌렀다. 그녀는 기다렸다가 다시 눌렀다. 그래도 대답이 없었다. 그녀는 오한에 떨며 다시 눌렀다. 하녀는 좀처럼 오지 않았다. 아마 업어가도 모를 정도로 첫잠이 든 모양이었다. 잔은 정신없이 층계로 뛰어나갔다. 그녀는 손으로 더듬으면서 소리 없이 층계를 올라가 문을 찾아 열고는 "로잘리!" 하고 부르면서 앞으로 나가다 침대에 부딪쳤다. 두 손으로 그 위를 더듬어보니 비어 있었다. 더구나 아무도 자지 않은 듯 침대 위가 차디찼다.

그녀는 놀라서 중얼거렸다.

"아니, 이렇게 추운 날 아직도
자리에 들지 않았나?"

그러자 갑자기 마음이 설레고 가슴이
뛰어 숨이 막힐 것만 같아서 떨리는 다리를
이끌고 줄리앙을 깨우려고 다시 층계를 내려
갔다.

이제 틀림없이 죽으리라는 생각이 들어 그
녀는 의식을 잃기 전에 남편을 한 번 봐야겠
다는 욕구가 솟아올라 왈칵 남편의 방으로 뛰
어들었다.

꺼져가는 불빛으로 그녀는 남편 머리 곁의
베개 위에 나란히 놓여 있는 로잘리의 얼굴을 보
았다.

그녀가 지른 날카로운 비명 소리에 두 사람은 벌떡 일
어났다. 잔은 뜻밖의 이 놀라운 발견에 손끝 하나 움직이지 못하고 얼마 동안
굳은 듯이 서 있었다. 그러고는 도망치듯 뛰어나와 자기 방으로 들어갔다.

당황한 줄리앙이 "잔!" 하고 부르는 소리가 들렸으나, 이제는 그를 보고 목소
리를 듣고 그가 변명하며 거짓말을 늘어놓는 데 귀 기울이며 얼굴을 마주볼
생각을 하니 몸서리쳐져서 다시 층계 밖으로 재빨리 뛰어내려갔다.

그녀는 이제 긴 충계에서 굴러떨어지고 돌에 걸려 팔다리가 부러질 것도 두려워하지 않으며 어둠 속을 달리고 있었다. 그저 아무것도 알지도 보지도 않고 도망가고 싶다는 급급한 욕망에 밀려 끝없이 앞으로만 치닫고 있었다.

맨발에 속옷만 입은 채 아래로 내려온 그녀는 정신없이 충계에 앉아 있었다.

줄리앙은 침대에서 뛰어나와 재빨리 옷을 주워입었다. 그녀는 그를 피하기 위해 다시 일어났다. 남편은 벌써 충계를 내려서며 소리쳤다.

"여보! 내 말 좀 들어 보오, 잔!"

그러나 그녀는 그의 말을 듣고 싶지 않았다. 손끝 하나 그에게 만지게 하고 싶지 않았다. 그녀는 마치 살인자에게 쫓기듯 식당으로 뛰어들어 갔다. 숨을 구멍이든 어두운 구석이든 어디든 남편을 피할 수 있는 곳이 있을까 찾아보았다. 그녀는 식탁 밑에 웅크리고 들어가 앉았다. 그러나 벌써 남편은 문을 열고 램프를 든 채 여전히 "잔!" 하고 불렀다.

그녀는 토끼처럼 다시 뛰쳐나와, 부엌으로 들어가 마치 오도가도 못하는 짐승처럼 부엌 안을 두 번이나 빙글빙글 돌다가, 다시 남편이 들어오는 것을 보고 후다닥 정원으로 향한 문을 박차고 뛰쳐나갔다. 속옷 바람이었으나 벗은 다리에 이따금 무릎까지 빠지는 눈의 차가운 감촉이 그녀에게 갑자기 필사적인 힘을 주었다. 이제는 추운 줄도 모르고 아무런 감각도 없었다. 그만큼 정신의 경련이 육체를 마비시켰던 것이다. 그녀는 눈덮인 땅과 같은 하얀 모습으로 달리고 있었다. 관목숲을 지나고 도랑을 뛰어넘으며 들을 건너 그녀는 끝없이 가로수길을 따라 달렸다.

달도 없었다. 별들만이 불꽃을 뿌려놓은 듯 캄캄한 하늘에서 반짝거렸다. 그러나 들은 얼어붙어 움직이지는 않고 영원한 침묵 속에서 희미하게 밝았다.

숨도 돌리지 않고, 아무것도 알지 못하며, 생각도 없이 급히 달리다보니 갑자기 낭떠러지에 이르렀다. 그녀는 본능적으로 걸음을 멈추고, 모든 생각과 의지가 깡그리 비어버린 머리로 그 자리에 털썩 주저앉았다.

그녀 앞으로 뚫린 침침한 구멍을 통해 보이지 않는 잔잔한 바다는 조수가 빠진 해변으로부터 해초의 찝찔한 냄새를 풍겨 주고 있었다.

몸과 마음의 맥이 다 빠져 버린 그녀는 오랫동안 가만히 앉아 있었다. 그러자 갑자기 몸이 떨리기 시작했다. 마치 바람에 흔들리는 돛과 같이 그녀는 심하게 와들와들 떨고 있었다. 그녀의 팔과 손과 발이 어쩔 수 없는 힘에 뒤흔들려 팔딱팔딱 움직이며 뛰고 있는 것이었다.

별안간 찌르는 듯한 뚜렷한 의식이 되돌아왔다. 그러고는 지난날의 환상이 눈앞을 주마등처럼 지나갔다. 라스티크 영감의 배를 타고 그와 함께 뱃놀이를 갔던 일, 둘이서 가졌던 대화, 움트던 그들의 사랑, 배의 명명식, 그리고 나서 잔의 환상은 멀리 레 푀플에 도착했던 날 공상에 흔들려 잠들던 그 첫날밤으로까지 거슬러 올라갔다. 그러던 것이 지금은! 아아, 지금은! 자기의 생애가 산산이 부서진 것이다. 모든 기쁨과 모든 기대는 맥없이 끝을 맺었다. 그러자 고통과 배반과 절망에 가득찬 무서운 미래가 눈앞에 나타났다. 그렇다면 차라리 죽는 편이 낫다. 그러면 모든 일은 한순간으로 끝나고 말테니까. 이때 멀리서 외치는 소리가 들려왔다.

"이쪽이다! 저기 발자국이 있어. 빨리빨리 이쪽으로 와!"

자기를 찾는 줄리앙의 목소리였다.

아아! 두 번 다시 보고 싶지 않은 사람이었다. 그녀가 앉아 있는 낭떠러지 밑에서 이번에는 바위를 스치는 가느다란 물결 소리가 들려왔다. 그녀는 결심하고 일어섰다.

물속에 뛰어들려는 것이다. 그러고는 숱한 절망 속에 빠진 사람들이 던졌던 이별의 인사를 이 세상에 고하려고 죽어가는 사람이 마지막 외치는 말, 또는 싸움터에서 배에 탄환을 맞은 젊은 병사의 마지막 말 "어머니!"라는 한 마디를 신음하듯 불렀다.

문득 어머니 생각이 났다. 울부짖는 어머니의 모습이 눈앞에 보였다. 또 물에 빠져 죽은 자기의 시체 앞에 무릎 꿇고 심한 고통으로 괴로워하고 있을 아버지의 모습도 보였다. 순간 그들의 절망에 찬 고통을 잔은 생각했다. 그러자 그녀는 힘없이 눈 위에 쓰러졌다.

줄리앙과 시몽 영감이 램프를 든 마리우스를 데리고 왔을 때 그녀는 다시 도망치지 못했다. 그들은 그녀의 팔을 붙들고 뒤로 끌었다. 그만큼 그녀는 낭떠러지 끝에 바싹 다가서 있었던 것이다.

그들은 그녀의 몸뚱이를 마음대로 다루었다. 이제는 몸 하나 까딱할 수 없었던 것이다. 그녀는 어렴풋이 그들이 자기를 들어다가 침대에 눕히고 뜨거운 헝겊으로 문지르는 것까지는 느꼈으나, 그 다음은 기억이 없고 의식을 잃어 버렸다.

그러고 나서는 악몽—그것이 악몽이었을까?—이 그녀를 괴롭혔다. 그녀는 자기 침실에 누워 있었다. 날이 밝았으나 그녀는 일어날 수가 없었다. 어째서인지 그녀는 이유를 몰랐다. 그러자 마루 위에서 무슨 조그마한 소리가 들려왔다. 뭔가 긁는 소리 같기도 하고 스치는 소리 같기도 했다. 별안간 생쥐 한 마리가, 조그마한 생쥐 한 마리가 재빨리 그녀의 이불 위로 지나갔다. 또 한 마리가 그 뒤를 따라 지나가고 다음에 세 번째 생쥐가 날쌔고 재빠르게 그녀의 가슴 쪽으로 달려왔다.

잔은 전혀 무섭지 않았다. 생쥐를 잡으려고 손을 뻗었지만 닿지 않았다. 그러자 이번에는 다른 생쥐가 열 마리, 스무 마리, 몇백 몇천 마리씩 여기저기서 쏟아져 나왔다. 이들은 기둥으로 기어오르고 벽포로 달리며 침대를 뒤덮었다. 이불 속으로도 들어왔다. 피부 위로 미끄러지고 다리를 간질이며 몸을 따라 오르내리는 것을 잔은 느꼈다.

침대다리로 기어올라 자기 목을 향해 달려 드는 것이 눈에 보였다. 그녀는 몸부림치며 한 마리를 잡으려고 손을 뻗쳤으나 잡고 보면 언제나 빈손이었다.

잔은 화가 나서 도망치고 싶어 소리질렀다. 누군가가 꽉 누르며 힘센 팔로 꼭 껴안고 꼼짝달싹 못하게 하는 것 같았다. 그러나 아무도 보이지 않았다. 그녀는 시간에 대한 관념이 전혀 없었다. 어쨌든 긴 시간이 흘렀음에 틀림없었다. 그런 뒤에도 고통스러웠지만 상쾌한 기분으로 깨어났다.

힘이 쪽 빠진 것 같았지만 눈을 떴다. 자기 곁에 어머니가 어떤 알지 못하는 큰 남자와 둘이 앉아 있는 것을 보았으나 그다지 놀라지도 않았다. 자기는 지금 몇 살인지도 잘 모르겠고, 다만 조그마한 소녀인 것 같았다. 기억 같은 것은 전혀 남아 있지 않았다.

그 뚱뚱한 남자가 말했다.

"보세요, 의식을 회복했습니다."

그러자 어머니는 울기 시작했다. 뚱뚱한 남자가 다시 말했다.

"부인, 진정하십시오. 내가 모든 것을 책임지겠다고 했잖습니까? 그러나 따님에게는 아무 말씀도 하지 마십시오. 더 자도록 내버려 두십시오."

잔은 다시 무엇인가 생각해 내려고 애쓰다가는 곧 잠이 쏟아져서 퍽 오랜 시간동안 깊은 잠을 잔 것 같았다. 또 그녀는 막연히 현실이 그녀의 마음에 되살아날까봐 두려운 듯, 무엇이고 돌이켜 보려 애쓰지는 않았다.

한 번은 깨어보니 줄리앙이 혼자 자기 곁에 있었다. 그러자 갑자기 과거를 가렸던 장막이 걷혀진 듯 모든 기억이 되살아났다.

그녀는 심한 고통을 느끼며 또다시 도망치려고 했다. 그녀는 이불을 차버리고 침대 밖으로 뛰어내렸으나 다리에 힘이 없어 그 자리에 쓰러졌다. 줄리앙이 그녀에게 달려왔다.

그녀는 그의 손이 자기의 몸에 닿지 못하게 하려고 소리치기 시작했다. 그녀는 몸부림치며 뒹굴었다. 문이 열리고 리종 이모와 당튀 과부가 들어왔다. 그뒤로 남작과 정신없이 숨을 헐떡이는 남작 부인이 뒤쫓아 들어왔다.

잔은 다시 침대에 눕혀졌다. 그러자 그녀는 아무 말도 하지 않고 마음대로 생각하고 싶어서 일부러 곧 눈을 감았다. 어머니와 이모가 그녀를 간호하고 바쁘게 왔다갔다하며 물었다.

"잔, 우리를 알아보겠니, 잔?"

그녀는 안 들리는 척하고 대답하지 않았다. 그리고 밤이 되자 그들은 가고 간호사가 곁에 남아 간호해 주었다.

그러나 더 자지는 않았다. 마치 자기의 기억 속에 구멍이 뚫리고 공백이 몇 개 있어서 거기에는 사건이 전혀 기록되어 있지 않은 듯, 그녀는 자기가 모르고 있었던 것들을 이것저것 찾으려고 애쓰며 일이 일어난 시작과 끝을 따져보고 있었다. 그렇게 한참 애쓰고 나니 차츰 모든 진상이 밝혀졌다.

그녀는 집요하게 거기에 대해 생각해 보았다. 어머니나 리종 이모나 남작이 온 것을 보면 그녀는 퍽 위독했던 모양이다. 그러나 줄리앙은? 그는 뭐라고 했을까? 부모는 그 일을 알고 있을까? 그리고 로잘리는? 지금 어디 있을까? 그건 그렇고, 이제는 무엇을 해야 할까? 어떻게 할까? 한 가지 생각이 번개처럼 떠올랐다. 옛날처럼 아버지와 어머니를 따라 다시 루앙으로 돌아가자! 헤어지면 된다. 간단한 일이 아닌가.

그래서 그녀는 주위에서 하는 말을 들어 보려고, 모르는 척하면서 이성이 회복되는 걸 기뻐하며 참을성 있게 일을 잘 처리하려고 궁리를 했다.

그날 밤 그녀는 마침내 어머니와 단둘이 있게 되자 가만히 "어머니!" 하고 불렀다.

그녀는 자기 목소리가 달라진 것에 스스로도 놀랐다.

남작 부인은 딸의 두 손을 잡으며 말했다.

"내 딸아! 귀여운 잔! 나를 알아보겠니?"

"네, 어머니. 하지만 울지는 마세요. 중요한 이야기가 있어요. 어째서 내가 눈 속으로 도망쳤는지 줄리앙이 이야기했어요?"

"그래, 들었다. 네가 아주 위험한 열병에 걸려 있었단다."

"그런 게 아녜요, 어머니, 열은 그 뒤에 났어요. 그럼 내가 왜 열이 났고, 왜 그이에게서 도망쳐 나갔는지 그이가 말했어요?"

"아니."

"로잘리가 그의 이불 속에 있는 것을 보았기 때문이에요."

남작 부인은 아직도 딸이 헛소리하는 줄 생각하고 쓰다듬어 주면서 달랬다.

"어서 자거라. 애야, 마음을 푹 가라앉히고 잠을 청해봐, 응?"

그러자 잔은 고집부리며 말을 이었다.

"나는 이제 의식을 다 되찾았어요, 어머니. 요 며칠 동안은 내가 헛소리를 했었는지 모르지만 지금은 헛소리하는 게 아녜요. 어느 날 밤 몸이 몹시 아프길래 줄리앙을 찾으러 갔었어요. 그런데 가보니 로잘리와 함께 자고 있지 않겠어요. 나는 슬픔 때문에 정신을 잃고 절벽으로 몸을 던지려고 눈 속으로 뛰쳐나갔던 거예요."

그러자 남작 부인은 되풀이했다.

"오냐, 아가! 너는 굉장히 위독했단다."

"그런 게 아니라니까요, 어머니. 로잘리가 줄리앙의 침대에 있는 것을 봤어요. 그래서 더 이상 그이와는 한집에 있고 싶지 않아요. 옛날처럼 나를 루앙으로 데려다 주세요."

무슨 일로든지 잔의 마음을 거스르지 말라는 의사의 지시를 받은 남작 부인은 대답했다.

"오냐, 오냐, 그렇게 하자."

잔은 더 이상 참을 수 없었다.

"어머니가 내 말을 안 믿고 있는 줄 나는 잘 알아요. 아버지를 불러다 주세요. 아버지라면 내 말을 이해할 거예요."

어머니는 힘들여 일어나 지팡이 둘을 짚고 다리를 끌면서 나갔다가 몇 분 뒤 남작의 부축을 받으면서 돌아왔다. 그들은 침대에 앉았고 잔은 곧 이야기하기 시작했다.

그녀는 약한 목소리로, 그러나 똑똑하고 부드럽게 모든 것을 이야기했다. 줄리앙의 이상한 성격이며 냉혹함이며 인색함, 그리고 마지막으로 그의 불의(不義)를 말했다. 그녀가 말을 마치자 남작은 딸의 이야기가 헛소리가 아니라는 것을 알았다. 그러나 그는 어떻게 생각해야 되고 어떻게 해결하고 어떻게 대답해야 할지 몰랐다.

그는 옛날 이야기로 딸을 잠재우던 때처럼 부드럽게 딸의 손을 잡았다.

"애야, 내가 이야기하는 것을 잘 들어라. 신중을 기해서 행동해야 한다. 너무 서두르지 마라. 우리가 어떻게든 해결책을 지을 때까지는 네 남편에게도 천연스럽게 대하도록 명심해라. 그것을 나에게 약속하겠니?"

그녀는 낮은 목소리로 대답했다.

"그렇게 하겠어요. 하지만 나는 회복되면 더 이상 여기에 남아 있지 않겠어요."

그러고는 한층 더 낮은 목소리로 덧붙였다.

"로잘리는 지금 어디 있어요?"

남작은 대답했다.

"그 애를 다시 만나서는 안 된다."

그러나 그녀는 고집을 부렸다.

"어디 있어요? 알고 싶어요."

그래서 남작은 아직 집에 있다는 것을 털어놓았다. 그러나 곧 집을 나가게 될 것이라고 단언했다. 환자의 방을 나오면서 분노로 침이 마르고 아버지로서의 마음이 상한 그는 줄리앙을 찾아가 다짜고짜 말했다.

"여보게, 내 딸에 대해 자네가 한 행위의 해명을 들으려고 왔네. 자네는 하녀와 함께 내 딸을 속였더군. 이것은 도저히 용서할 수 없는 이중의 파렴치한 행위야!"

그러나 줄리앙은 결백한 척하며 기를 쓰고 부인하면서 하느님의 이름을 들어 맹세하는 것이었다. 게다가 무슨 증거가 있단 말인가? 잔은 미치지 않았나? 열병에 걸리지 않았나? 발병 초기의 정신착란을 일으켜 밤중에 눈 속으로 뛰어나간 것이 아니었나? 그녀가 남편의 침대에서 하녀를 보았다고 우기는 것은 알몸으로 집 안을 뛰어다니던 발작이 일어났을 때가 아닌가? 그는 펄펄 뛰면서 고소하겠다고 위협했다. 그는 열화같이 화가 나 있었다.

그러자 남작은 당황하여 변명하고 사과했으나 줄리앙은 그것도 거절했다. 남편이 그렇게 하더라는 말을 듣고 잔은 그다지 놀라지도 않으면서 대답했다.

"거짓말하는 거예요, 아버지. 하지만 우린 결국 진실을 밝히게 될 거예요."

그녀는 말없이 생각에 잠겨 이틀을 보냈다. 사흘째 되는 날 아침 그녀는 로잘리를 보고 싶다고 했다. 남작은 하녀가 부르는 걸 거절하며 집을 나갔다고 했다.

잔은 굽히지 않고 고집을 부렸다.

"그렇다면 사람을 보내 데려와 주세요."

의사가 왔을 때 그녀는 몹시 화가 나 있었다. 의사의 판단을 들으려고 모든 것을 그에게 이야기했다. 그러고는 동시에 지쳐서 울음을 터뜨리며 잔은 외치다시피 소리질렀다.

"로잘리를 데려다 줘요, 로잘리를 데려다 줘요!"

의사는 그녀의 손을 잡고 나직이 말했다.

"부인, 진정하십시오. 흥분하시면 위험합니다. 부인은 지금 임신 중입니다."

그녀는 머리를 세게 얻어맞은 듯 놀랐다. 그러자 몸 속에서 무엇인가 움직이는 듯했다.

잔은 남들이 무어라 해도 들으려 하지 않고 자기 생각에 열중하여 조용히 입을 다물고 있었다. 그러자 자기 뱃속에 어린아이가 살고 있다는 새롭고도 신기한 생각이 자꾸 되살아나 잠을 이룰 수가 없었다. 그러나 그 아이가 줄리앙의 자식이라는 데 슬프고 가슴이 아팠다. 혹시 줄리앙을 닮을까 해서 근심스럽고 불안했다.

날이 새자 잔은 남작을 불렀다.

"아버지, 나는 이제 결심했어요. 더욱이 지금에 와서는 모든 것을 알아야겠어요. 아시겠지요? 정말이에요. 지금 같은 상태에서 내 기분을 거슬러서는 안된다는 것을 아버지는 알고 계실 거예요. 잘 들어 주세요. 지금 곧 신부님을 불러오세요. 신부님 앞에서는 로잘리도 거짓말하지 못할 거예요. 신부님이 오시면 곧 로잘리를 불러오세요. 그리고 아버지와 어머니는 여기에 머물러 계세요. 무엇보다도 줄리앙이 눈치채지 않도록 조심하세요."

한 시간쯤 지나서 신부가 왔다. 전보다도 더 살찐 것 같았고, 어머니처럼 숨을 헐떡이고 있었다. 어머니 옆 안락의자에 앉자 두 다리 사이로 배가 축 늘어졌다.

그는 늘 하던 습관대로 줄무늬 수건으로 이마를 닦으며 농담을 하기 시작했다.

"남작 부인, 아마 우리는 살이 안 빠질 모양입니다. 내 생각으로는 우리는 아주 어울리는 한쌍입니다."

그러고는 환자의 침대 쪽으로 고개를 돌렸다.

"소문에 듣자니 곧 또 새로운 명명식이 있으리라고 하던데, 무슨 명명식이지요? 하하하, 이번에는 항구에서 했던 그런 배의 명명식이 아니겠지요?"

정중한 목소리로 덧붙였다.

"그리고 그는 아마 조국의 수호병일 테지요."

그는 잠시 생각에 잠기더니 남작 부인에게 머리를 숙이며 말했다.

"아니면 바로 부인 같은, 가정의 훌륭한 현모양처일까요?"

그때 안쪽의 문이 열렸다. 로잘리가 질려서 울상인 얼굴로 남작에게 떠다밀리면서 문지방에 착 달라붙어 안 들어오려고 버둥거렸다. 견디다못해 남작이 단번에 방 안으로 떠다밀었다. 그러자 로잘리는 선 채로 두 손으로 얼굴을 가리며 울었다.

잔은 로잘리의 모습을 보자 이불잇보다도 더 창백한 얼굴로 일어나 앉았다.

그러자 심장이 놀라서, 가슴에 달라붙은 엷은 속옷을 들썩이게 했다. 호흡이 곤란해지고 숨이 막혀 그녀는 말을 할 수가 없었다.

이윽고 그녀는 흥분에 차 더듬더듬 말했다.

"나는…… 나는…… 너한테 물을…… 필요가 없다. 내…… 내 앞에서 네, 네가…… 부끄러워하는…… 것만으로도 충분해."

그녀는 숨이 막혀서 다시 한 번 숨을 가다듬었다.

"그러나 나는 모두 알고 싶은 거다, 모든 것……모든 것을. 너에게 참회시키려고 신부님을 오시라고 했다. 알겠니?"

움직이지 않고 선 채로 로잘리는 경련이 일어나는 손가락 사이로 외치는 듯한 울음 소리를 내고 있었다. 분노가 치밀어 올라 남작은 하녀의 팔을 낚아채어 침대 곁으로 떠다밀어 무릎을 꿇게 했다.

"자아, 말해……봐. 대답하란 말이야!"

로잘리는 곧잘 그림에 그려지는 막달라 마리아*9 같은 자세로 모자를 비스듬히 걸치고 앞치마를 떨어뜨린 채 붙들렸다가 자유로워진 두 손으로 얼굴을 가리고 마룻바닥에 웅크리고 있었다.

이윽고 신부가 그녀에게 말했다.

"자아, 묻는 것을 잘 듣고 대답해라. 우리는 널 해치려는 게 아니다. 그저 무슨 일이 일어났었는지 정확하게 알려는 거다."

잔은 침대 끝으로 나앉아 하녀를 살펴보며 물었다.

"내가 들어갔을 때 네가 줄리앙의 이불 속에 있었던 건 사실이지?"

로잘리는 손가락 사이로 신음하듯 대답했다.

"네, 아씨."

그러자 별안간 남작 부인이 목멘 소리로 크게 울기 시작했다. 부인의 경련적인 흐느낌은 로잘리의 울음 소리에 반주를 맞추는 듯했다. 잔은 하녀를 똑바로 쏘아보며 물었다.

"언제부터였지?"

로잘리는 더듬대며 말했다.

"오시고 나서부터예요."

잔은 알 수가 없었다.

"오시고 나서부터…… 그렇다면 봄…… 봄 부터란 말이냐?"

"네, 아씨."

"처음으로 이 집에 오셔서부터?"

"네, 아씨."

잔은 한꺼번에 수많은 질문으로 가슴이 짓눌린 듯 다급한 목소리로 물었다.

"그래, 어떻게 해서 그렇게 됐니? 어떻게 너한테 청하든? 어떻게 너를 유혹했니? 네게 뭐라고 그러든? 언제 어떻게 너는 허락했니? 어떻게 해서 너는 그이한테 몸을 맡기게 됐니?"

그러자 로잘리는 자기도 역시 말하고 싶고 대답하고 싶은 욕망에 사로잡혀 얼굴에서 손을 내렸다.

"어떻게 말씀드려야 할지…… 처음으로 여기서 식사하시던 날 내 방으로 오

---

*9 예수에 의해 개종한 여자 죄수.

셨습니다. 다락방에 숨어 계셨지요. 나는 소문이 날까봐 소리도 못 질렀습니다. 나하고 같이 주무셨습니다. 그때는 나도 내가 무얼 하고 있었는지 잘 몰랐습니다. 서방님은 하고 싶으신 대로 하셨답니다. 서방님이 퍽 잘나셨다고 나는 생각했기 때문에 아무 말도 하지 않았습니다."

그러자 잔은 큰 소리를 쳤다.

"그럼…… 네…… 네 아기도 그이의 것이니?"

로잘리는 흐느꼈다.

"네, 아씨."

그리고 두 사람은 입을 다물었다.

방 안에는 로잘리와 남작 부인의 울음 소리만 들렸다.

잔도 맥이 탁 풀려 자기 눈에서도 눈물이 흐르는 것을 느꼈다. 눈물방울이 소리 없이 뺨 위로 흘러내렸다. 하녀의 자식이 자기 자식과 같은 아버지를 갖다니! 순간 분노가 사라져버렸다. 그리고 음울한 절망감이, 깊고 끝없는 절망감이 천천히 몸속에 젖어드는 느낌뿐이었다.

마침내 눈물에 젖은 목소리로 잔은 말을 이었다.

"우리가…… 그곳…… 여행에서 돌아온 뒤로…… 그이는 언제부터 또 그런 짓을 시작했니?"

바닥에 쓰러진 채 하녀는 중얼거렸다.

"저…… 오시던 날 밤부터 오셨어요."

한 마디 한 마디가 잔의 마음을 마구 쥐어뜯었다. 그래서 레 푀플로 돌아온 첫날밤부터 이 계집애 때문에 그이는 자기 곁을 떠났던 것이다. 그녀를 혼자 자게 내버려 두었던 것은 바로 그 때문이었다.

이제 충분히 알았다. 더 이상 아무것도 알고 싶지도 않았다. 그녀는 소리 쳤다.

"나가! 나가!"

로잘리가 꼼짝하지 않자 기진맥진한 잔은 아버지를 불렀다.

"애를 데려가세요. 끌어내세요."

그러자 그때까지 말 한 마디 하지 않고 앉아 있던 신부는 바야흐로 짧은 설교를 할 때가 왔다고 생각했다.

"애야. 네가 여태까지 한 것은 정말 나쁜 짓이야. 하느님도 너를 당장에는 용서하시지 않으실 거다. 앞으로 올바른 행실을 계속하지 않으면 지옥이 너를 기다린다는 사실을 잘 명심해라. 너는 이제 자식도 있으니까 몸 처신을 단정히 해야 된다. 남작 부인께서도 너를 도와주실 거고, 우리도 너에게 신랑감을 하나 얻어줄 게다."

신부는 더 이야기를 하려고 했으나, 남작이 다시 로잘리의 어깨를 움켜잡고 일으켜 세워 문턱까지 끌고 나가서 짐짝처럼 복도로 난폭하게 내던져 버렸다.

딸보다 더 창백한 얼굴로 남작이 들어오자 신부는 말을 계속했다.

"그렇다고 어쩌겠습니까? 이 지방의 계집 아이들은 다 저 모양입니다. 한심한 일이지만 어쩔 수 없지요. 인간 본성의 약점에 대해서 너그러워야 할 수밖에 없습니다. 대체 애를 배지 않고 시집가는 계집애란 하나도 없으니까 말씀입니다, 부인."

그리고 그는 웃으면서 덧붙였다.

"이 지방의 풍습이라 할까요."

그러더니 그는 좀 분개한 말투로 말했다.

"어린아이들까지 본받고 있으니까요. 지난해에, 내게로 교리문답을 하러 오는 남자아이와 여자아이를 무덤 뒤에서 발견하지 않았겠습니까? 내가 그 부모에게 알려주었지요. 그 부모의 대답이 어땠는지 아십니까? '하지만 신부님, 어떻게 합니까? 우리가 그런 음탕한 짓을 가르쳤던 것도 아니고 어쩔 수 없는 일입니다'라고 말하더군요. 댁의 하녀도 다른 애들과 똑같은 짓을 했을 뿐입니다."

그러나 흥분에 떨고 있던 남작이 그 말을 가로막았다.

"저 하녀 말씀이오? 그게 나와 무슨 상관이 있소? 나를 화나게 한 것은 줄리앙이오. 그놈의 추잡한 행동이란 말이오! 나는 딸을 데리고 갈 생각이오."

남작은 여전히 흥분하고 화가 나서 방 안을 왔다 갔다 했다.

"내 딸을 그렇게 배신하다니! 그놈은 파렴치한이야, 파렴치한! 그놈은 불한당이고 악한이고 더러운 놈이야. 불쌍한 인간이야. 그를 맞대놓고 이렇게 말하고 모욕을 줄 테다. 내 지팡이로 때려죽이고 말겠어!"

그러나 눈물 젖은 남작 부인과 나란히 앉아 한 줌의 코담배를 천천히 들이마시면서 조정자로서의 자기 임무를 어떻게 수행할까 궁리하던 신부는 말을 이었다.

"자아, 남작, 우리끼리 말씀입니다만, 그 사람도 남들이 다 하는 짓을 했을 뿐이 아닐까요? 아내에게 충실하다는 남편을 이 세상에서 얼마나 많이 보셨습니까?"

신부는 다소 장난기어린 호인 같은 말투로 덧붙였다.

"자, 어떻습니까? 남작도 그런 장난을 하셨으리라고 나는 장담할 수 있습니다. 자, 양심을 속이지 말고 대답하십시오. 사실이지요?"

남작은 가슴이 뜨끔하여 신부를 마주보며 걸음을 멈추었다.

신부는 말을 계속했다.

"물론 남작도 다른 사람과 마찬가지로 그러셨겠지요. 저런 하녀 같은 아이한테 손대지 않으셨으리라고 누가 보증하겠습니까? 세상사람들은 누구나 다 그렇답니다. 그렇다고 부인이 덜 행복하셨다든가 덜 사랑받으셨던 것은 아니겠지요?"

남작은 정신이 혼란스러워 그대로 가만히 서 있었다. 그렇다. 자기도 그와 똑같은 행동을 할 기회가 있을 때마다 했던 것은 사실이다. 그리고 부부생활을 하고 있는 장소는 신성하다고 해서 특별취급해 본 일은 없었다. 얼굴만 예쁘면 아내의 하녀라도 상관하지 않았다. 그렇다고 자기는 더러운 인간이었는가? 자기 행위가 죄스러웠다는 생각은 꿈에도 해보지 않았으면서 왜 줄리앙의 행위는 그처럼 엄하게 다스리려 하는가?

여전히 흐느껴 울던 남작 부인도 방탕했던 남편을 회상하며 입술에 엷은 미소를 지었다. 부인은 연애의 모험이 생활의 일부가 되어버린 듯한 선량하고 감동 잘하는 감상적인 여자였기 때문이다.

잔은 지쳐서 똑바로 누워 팔을 힘없이 늘어뜨리고 눈을 천장으로 향한 채 괴로운 생각에 잠겨 있었다. 로잘리의 말 한마디가 자꾸 되살아나 그녀의 마음을 괴롭히고 꼬챙이로 찌르듯 심장으로 파고들었다.

"서방님이 퍽 잘나셨다고 나는 생각했기 때문에 아무 말도 하지 않았습니다."

자기도 역시 그이가 잘난 사람이라고 생각했었다. 다만 그 한 가지 이유 때문에 그에게 몸을 맡기고, 일생을 약속하고, 모든 희망과 구상해 보았던 모든 계획을 포기했으며, 다가설 미지의 남자들을 모두 단념해 버렸던 것이다. 그러나 자기는 이 결혼 속에, 기어올라 갈 손잡이도 없는 함정 속에, 이 비참, 이 비애, 이 절망 속에 빠져 버린 것이다. 로잘리와 마찬가지로 그를 잘난 남자로 알았기 때문에!

문이 거칠게 열리더니 줄리앙이 험상궂은 얼굴로 들어섰다. 그는 층계를 내려가며 흐느껴 울고 있는 로잘리를 보고 틀림없이 그녀가 모든 것을 이야기했으며, 뭔가 음모를 꾸미고 있음을 알았던 것이다. 그러나 신부를 보자 그는 못박힌 듯 그 자리에 섰다.

그는 떨리긴 하지만 침착한 목소리로 물었다.

"뭡니까? 무슨 일입니까?"

조금 전까지 그토록 펄펄 뛰던 남작도 감히 입을 열지 못했다. 신부의 이야기를 듣고 사위가 자신의 과거를 쳐들지 않을까 두려웠던 것이다. 어머니는 더 심하게 눈물을 흘렸다. 그러나 잔은 두 손을 짚고 일어나 앉아 숨을 헐떡이며, 자기를 이처럼 심하게 괴롭히는 그를 쏘아보았다. 그녀는 더듬더듬 중얼거렸다.

"무슨 일이라니요? 우리는 이제 다 알았어요. 당신이 처음으로 이 집에 온 날부터…… 그날부터 당신이 파렴치한 행동을 했다는 걸 우리는 남김없이 다 알고 있다구요. 로잘리의 자식이 바로…… 바로…… 내 자식과 마찬가지로 당신의 자식이며…… 그 애들은 형제라는 걸……."

그리고 견딜 수 없는 고통을 느끼며 그녀는 이불 속에 얼굴을 파묻고 목놓아 울었다. 줄리앙은 어떻게 말하고 어떻게 행동해야 할지 몰라 멍하니 있었다. 신부가 다시 끼어들었다.

"자아, 우리 젊은 아씨, 그만 슬퍼하시오. 마음을 가라앉히십시오."

신부는 일어나 침대 곁으로 가서 자신의 따뜻한 손으로 이 절망한 여자의 이마를 짚었다. 이 단순한 접촉이 이상하게도 그녀의 마음을 한결 부드럽게 했다. 죄를 용서해 주는 데 익숙하고 마음을 풀어주는 애무에 길든 이 시골 신부의 힘찬 손이 닿자, 그 손길이 마치 신비로운 마음의 진정을 갖다준 듯 그녀는 곧 마음이 풀리는 것을 느꼈다.

선량한 신부는 선 채로 말을 이었다.

"부인, 언제나 용서할 줄 알아야 합니다. 지금 부인에게는 크나큰 불행이 닥쳐왔습니다. 그러나 자비로우신 하나님은 큰 행복으로 이 불행을 반드시 보상해 주실 겁니다. 부인은 곧 어머니가 되실 테니까요. 앞으로 태어날 아이가 부인의 위안이 될 것입니다. 그 아이의 이름으로 줄리앙 씨의 잘못을 용서해 주십시오. 간청합니다. 그것은 두 분 사이의 새로운 인연이 되고 앞으로 주인어른의 성실에 대한 담보가 될 겁니다. 부인은 뱃속에 이분의 아이를 가지고 계시면서도 이분과 헤어질 수 있습니까?"

그녀는 대답하지 않았다. 슬픔에 억눌려 고통으로 기진맥진해서 화가 날 힘도, 원한을 느낄 힘도 없었다. 온갖 신경이 다 풀어지고 천천히 끊어지는 듯했으며 겨우 목숨이 붙어 있는 것 같았다. 남을 원망할 줄도 모르고 무슨 일이든 끈기있게 참지도 못하는 남작 부인이 중얼거렸다.

"애, 잔,"

그러나 신부는 줄리앙의 손을 끌어 침대 곁으로 가서 그 손을 아내의 손에 쥐어 주었다. 그리고 좀더 굳건한 인연을 맺어 주려는 듯 그 위를 가볍게 쳤다. 그러고는 직업적으로 설교하는 말투가 아닌 만족한 표정으로 말했다.

"자아, 이제 됐습니다. 내 말을 들으십시오. 그러는 편이 좋을 것입니다."

잠시 맞붙었던 두 손은 떨어졌다. 줄리앙은 감히 잔을 껴안지 못하고 장모의 이마에만 키스하고 구두 뒤꿈치로 빙 돌아 남작의 팔을 잡았다. 남작은 하는 대로 가만두었다.

그는 마음속으로 일이 이처럼 해결된 것이 기뻤다. 두 사람은 담배를 피우려고 밖으로 나갔다. 그리하여 기운이 다 빠진 환자는 다시 잠들고, 신부와 어머니는 낮은 목소리로 조용히 소곤거렸다. 신부는 자기 생각을 설명하고 그것을 부연하기 위해 또 이야기했고, 남작 부인은 머리를 끄덕이며 찬성했다. 마침내 신부는 이야기를 결론지었다.

"그러면 하녀에게 바르빌르의 농장을 주십시오. 나는 그 애를 위해 선량하고 성실한 남편감을 구하겠습니다. 뭐 2만 프랑의 지참금만 있다면 어떤 남자든지 올 겁니다. 오히려 고르기 귀찮을 정도일걸요."

이제는 남작 부인도 기쁜 마음으로 웃었다. 아직도 두 볼에 눈물방울이 남았으나 눈물줄기는 다 말라 버렸다.

부인은 다시 한 번 다짐했다.

"그렇게 하세요. 바르빌르는 아무리 헐하게 잡아도 2만 프랑은 될 거예요. 그러나 재산은 어린아이의 명의로 하겠어요. 부모는 살아 있는 동안 거기서 나오는 수입으로 지내기로 하고요."

신부는 일어나며 어머니의 손을 잡았다.

"그대로 앉아 계십시오, 남작 부인. 그대로 계십시오. 한 걸음 걷기도 여간 힘들지 않다는 것을 잘 알고 있으니까요."

신부는 나가다가 병문안 오는 리종 이모를 만났다.

그녀는 아무것도 눈치채지 못했다. 아무도 그녀에게 이야기해 주지 않았으므로 여느때처럼 아무것도 모르고 있었다.

8

로잘리는 집을 떠났고, 잔은 고통스러운 하루하루를 보내며 출산을 기다리고 있었다.

그녀는 너무 슬픔이 커서 앞으로 어머니가 된다는 데 대해 마음속으로 아무 기쁨도 느끼지 못했다. 끝없는 불행을 근심하는 나머지 별다른 호기심도 없이 아이가 태어나기를 기다렸다.

봄은 소리 없이 찾아왔다. 벌거벗은 나무들은 아직도 선선한 바람 속에서 떨고 있었으나, 지난 가을의 낙엽이 썩어가는 도랑의 습기찬 풀 숲에서는 노란 앵초싹이 트고 있었다. 널따란 들과 농가의 마당과 눈 덮인 들에서 풍기는 듯한, 습기찬 냄새가 났다. 그리고 수많은 작고 푸른 싹들이 갈색 대지에서 돋아나와 햇빛에 반짝거렸다.

성채처럼 몸집이 큰 여자가 로잘리를 대신하여 가로수길의 단조로운 산책길에서 남작 부인을 부축했는데, 그 가로수길에는 전보다 깊이 파인 발자국이 습기찬 진흙길에 찍혀 있었다. 아버지는 이제 몸이 무거워지고 늘 숨차하는 잔을 한쪽 팔로 부축해 주었다. 그리고 리종 이모는 가까워져온 잔의 경사에 바쁘고 걱정스러워서 자기로서는 영원히 알 수 없을 이 신비에 마음이 혼란스러워하면서도 다른 한쪽으로는 잔의 손을 잡아 주었다. 그들은 이렇게 몇 시간 동안 거의 말없이 산책했다.

한편 줄리앙은 요즘 갑자기 새로이 승마에 재미를 붙여 말을 타고 근처를 뛰어다녔다. 그들의 울적한 생활을 혼란시킬 것은 아무것도 없었다. 남작은 부인과 자작과 함께 푸르빌르 집안을 한 번 방문했다. 자세한 까닭은 알 수 없었으나 줄리앙은 그 집안과 꽤 친밀한 듯 보였다. 또 하나 의례적인 방문이 브리즈빌르 집안과 그들 사이에 오고 갔다. 그들은 잠들어 있는 듯한 저택에 숨어 살았다.

어느 날 오후 4시쯤 말을 탄 남녀 두 사람이 저택 앞뜰로 들어섰다. 줄리앙은 몹시 흥분하여 잔의 방으로 뛰어들었다.

"빨리, 빨리 내려가 보오! 푸르빌르 부부가 왔소. 당신의 몸이 무거워졌다는 것을 알고 그저 단순히 이웃으로서 찾아온 거요. 내가 외출했다고 하고 곧 들어올 거라고 말해 주오. 잠깐 옷을 갈아입고 나오겠소."

잔은 놀라서 아래층으로 내려갔다. 얼굴빛이 창백하고 예쁘기는 하지만 어딘가 고민이 있어 보이며, 타오르는 눈에 햇빛을 받아본 적이 없는 듯 윤기없는 금빛 머리를 한 부인이, 여유있는 태도로 길고 붉은 수염이 난 커다란 도깨비 같은 남편을 소개했다. 그녀는 덧붙여 말했다.

"우리는 몇 번이나 라마르 씨와 만날 기회를 가졌었어요. 그분은 당신이 보통 몸이 아니라는 말씀을 하기에, 더 망설이지 않고 그저 이웃으로서 편하게 예의를 갖추지 않고 왔어요. 보시다시피 우리는 말을 타고 왔답니다. 지난번에는 어머니와 남작께서 방문해 주셔서 정말 기쁘게 생각하고 있어요."

그녀는 세련되고 정다운 태도로 품위있게 이야기했다. 잔은 그녀에게 이끌려 금방 그녀가 마음에 들었다. 잔은 생각했다.

'바로 내 친구가 될 수 있는 사람이구나.'

그녀와 달리 푸르빌르 백작은 객실에 들어와 있는 황소 같은 모습이었다. 자리에 앉자 옆에 모자를 놓고 얼마 동안 자기 손을 어떻게 해야 할지 몰라, 무릎 위에 놓았다가 다시 안락의자 팔걸이에 놓았다가 마침내는 기도하는 것처럼 깍지를 끼었다.

별안간 줄리앙이 들어왔다. 잔은 순간 놀라서 얼른 알아보지 못했다. 그는 말끔히 면도한 모습이었는데 약혼시절처럼 미남이며 우아하고 매력적이었다.

그는 백작의 털북숭이 손을 잡고 악수했는데, 백작은 그제야 잠에서 깬 듯한 표정이었다. 다음에 그는 백작 부인의 손에 키스했다. 백작 부인의 상아빛 볼이 발그레해지며 눈꺼풀이 바르르 떨렸다.

줄리앙은 이야기하기 시작했다. 옛날의 그 상냥했던 모습과 다름없는 태도였다. 사랑의 거울인 듯 큼직한 그의 두 눈은 애무하는 듯했으며, 조금 전까지 윤기없이 거칠던 머리털은 손질하고 향유를 발라 다시 부드러워져 윤기가 흐르고 굽슬굽슬했다.

푸르빌르 백작 부부가 떠나려 할 때 백작 부인이 줄리앙에게 물었다.

"자작님, 다음주 목요일에 승마를 함께 하시겠어요?"

"네, 좋습니다, 부인."

줄리앙은 중얼거리며 머리를 숙였다. 그동안 백작 부인은 잔의 손을 잡고 정다운 미소를 띠며 부드럽고 또렷한 목소리로 말했다.

"몸이 나으시면 우리 셋이서 말을 타고 이 근처를 달려봐요. 참 재미있을 거예요. 어떠세요?"

그녀는 가벼운 동작으로 승마복 뒷자락을 올리고는 새처럼 사뿐히 올라탔다. 백작은 어색하게 인사하고 나서 큰 노르망디 말에 올라타더니 쌍토르*10처럼 몸을 꼿꼿이 세웠다. 그들의 모습이 사라져가자 줄리앙은 몹시 기분좋은 듯이 외쳤다.

"매력있는 사람들이야! 그 사람들과 가까이 지내는 게 우리에게는 유익할 거야."

잔도 까닭없이 즐거워져서 대답했다.

_____

*10 윗몸은 사람이고 아래는 말인 그리스 신화에 나오는 동물.

"그 조그만 백작 부인은 정말 매혹적이에요. 그 부인을 참 좋아하게 될 것 같아요. 하지만 그 남편은 꼭 짐승 같더군요. 당신은 그분들을 어디서 알게 됐어요?"

그는 기분좋은 듯 손을 비볐다.

"브리즈빌르 집에서 우연히 만났지. 남편은 좀 거친 것 같아. 열광적인 사람이야. 어쨌든 진짜 귀족이오."

어디엔가 숨어 있던 행복이 되돌아 온 듯 저녁식사는 아주 유쾌했다. 그리하여 7월 그믐께까지는 아무 일도 없이 지났다.

어느 화요일 저녁, 플라타너스 아래 두 개의 작은 잔과 브랜디 병을 올려 놓은 식탁에 앉아 있었다. 그때 별안간 잔이 비명을 지르고 얼굴빛이 무섭게 파리해지면서 두 손으로 옆구리를 감싸쥐었다. 급작스럽고 날카로운 고통이 갑자기 그녀의 몸을 사로잡았다가 곧 사라져 버렸다. 그러나 10분쯤 뒤에는 처음보다 더 강하고 훨씬 긴 고통이 또 한 번 지나갔다. 잔은 아버지와 남편에게 안기다시피 하여 가까스로 집에 들어갔다. 플라타너스 나무로부터 자기방까지의 짧은 거리가 끝없이 먼 것 같았다.

그녀는 아랫배에 참을 수 없는 중압감을 느껴 자기도 모르게 앓는 소리를 내며 좀 앉아서 쉬자고 했다. 9월이 해산이니 아직 달이 차지는 않았다. 그러나 만일을 염려하여 마차에 말을 매고 시몽 영감이 의사를 부르러 달려갔다.

의사는 자정에야 도착했는데 첫눈에 조산(早産)의 증세임을 알았다.

침대에 누우니 진통은 좀 가라앉았으나 대신 무서운 불안이 잔을 사로잡았다. 자신에 대한 절망적인 낙담과 죽음의 접근에 대한 예감 같은 것에 사로잡혔다. 죽음이 바싹 다가와 그 입김으로 심장을 얼리는 것만 같은 순간이 있는데 마침 그녀가 그런 순간을 경험하고 있었다.

방 안에는 사람들이 가득차 있었다. 어머니는 안락의자에 파묻혀 숨을 헐떡이고 있었다. 남작은 손을 부들부들 떨며 쉴 새 없이 뛰어다니면서 물건을 가져오고 의사와 의논하는 등 정신을 못 차렸다.

줄리앙은 초조한 표정으로 왔다 갔다 했으나 마음속으로는 아주 냉정했다. 그리고 당튀 과부가 침대맡에 서 있었는데, 어떤 일에도 놀라지 않는 경험있는 표정을 짓고 있었다. 그녀는 병을 돌봐 주고 산파 겸 초상집의 밤샘을 하는 여자로, 갓 태어나는 갓난애를 받고 그들의 첫 울음 소리를 울려 더운물에 몸을 씻기고 새 속옷으로 감싸준다. 그와 똑같이 침착한 태도로, 세상을 떠나는 사람의 마지막 말과 숨소리와 전율에 귀 기울이고, 그들의 달라져 버린 육체에 식초를 뿌려 주고 수의(壽衣)를 입히고 최후의 단장을 해주는 이 과부는 출산과 사망의 온갖 돌발적인 사건에도 눈썹 하나 까딱하지 않았다.

찬모 뤼디빈느와 리종 이모는 현관 뒤에 조심스럽게 숨어 있었다.

환자는 가끔 약한 신음 소리를 냈다. 두 시간 사이에는 아무 일도 일어나지 않을 것 같다고 생각했다. 그러나 새벽에 격심한 진통이 다시 시작되어 견딜 수 없을 정도의 상태가 되었다.

잔은 악다문 잇새로 저도 모르게 비명을 지르며 끊임없이 로잘리 생각을 하고 있었다. 로잘리는 조금도 괴로워하지 않았고 신음 소리도 그다지 내지 않았으며, 사생아가 된 그녀의 자식은 진통도 없이 세상에 나왔던 것이다. 그녀는 비참하고 혼란스런 마음으로 끊임없이 로잘리와 자기를 비교해 보며, 이제까지 옳다고 믿어왔던 신을 저주했다. 운명의 사악함과 공정과 선을 설교하는 사람들의 죄많은 허위에 격분했다.

이따금 진통이 너무나 심해서 그런 생각도 사라졌다. 이제는 힘이며 생명이며 의식도 다 잃어버리고 심한 진통만 겪을 뿐이었다.

진통이 좀 가라앉으면 그녀는 줄리앙에게서 눈을 뗄 수가 없었다. 그리고 또 하나 마음의 고통이 그녀를 사로잡았다. 지금 자기의 뱃속을 뒤틀고 있는 이 갓난아기의 형이, 자기가 지금 누운 침대다리 옆에 쓰러져 있던 하녀의 가랑이 사이에 있었던 생각이 떠올랐던 것이다.

그녀는 지금 그림자 없는 또렷한 기억 속에서 남편이 그 쓰러져 있던 하녀 앞에서 하던 몸짓, 눈짓, 말씨 등을 돌이켜 보았다.

그리고 그녀는 지금 남편에게서, 다른 여자에게 대했던 것과 똑같은 권태와 무관심과 아버지가 된다는 것에 화내는 이기적인 남자의 냉혹함을 거울을 통해 보듯 들여다보고 있었다. 다시 심한 경련이 왔다. 그 경련은 "죽으려나 봐. 아아, 죽겠어……" 하고 마음속으로 외칠 만큼 맹렬했다. 그러자 강렬한 반항심과, 저주하고 싶은 마음과, 자기를 파괴시킨 이 남자와, 자기를 지금 죽이고 있는 이 낯모르는 갓난아기에 대한 심한 증오심이 끓어올랐다.

이 짐을 떨쳐 버리려는 듯 그녀는 있는 힘을 다해 몸을 쭉 뻗었다. 그러자 별안간 뱃속이 텅 비는 듯하더니 고통이 사라졌다.

산파와 의사가 그녀에게 몸을 굽히고 일을 처리했다. 그들이 무엇인가를 끄집어냈다. 그러자 이미 한 번 들어본 적이 있는 숨막히는 듯한 소리가 들려와 그녀는 몸서리쳤다.

괴로워하는 듯한, 고양이 같은 갓난아이의 약한 울음소리가 그녀의 마음과 가슴과 힘이 다 빠진 몸속으로 파고들었다.

그녀는 무의식적으로 아이를 향해 두 팔을 뻗으려고 했다. 그것은 그녀의 몸을 꿰뚫은 환희의 반짝임이었고, 새로 피어난 행복에 대한 비약이었다. 그녀는 순식간에 몸이 홀가분해지고 행복해졌다.

태어나서 처음 맛보는 행복이었다. 마음도 몸도 되살아난 듯 자신이 어머니가 된 것을 느꼈다. 그녀는 어린애가 보고 싶었다. 그러나 조산이었으므로 아직 머리털도 없고 손톱도 없었다.

그 애벌레처럼 움직이는 아기를 보았을 때, 입을 벌리고 빽빽 우는 것을 보았을 때, 주름투성이로 찡그린 채 생명을 가진, 달을 채우지 못하고 나온 그 어린아이를 만져 보았을 때, 그녀는 걷잡을 수 없는 기쁨에 사로잡혔다. 자기는 살아서 모든 절망에서 벗어났으며, 이제는 모든 것을 다 잊어버리고 사랑을 쏟을 수 있는 대상을 하나 얻었다는 것을 깨달았다.

그 뒤 그녀는 자기 자식에 대한 것 외에는 생각하지 않았다. 그녀는 갑자기 열광적인 어머니가 되었던 것이다. 사랑에 환멸을 느끼고 온갖 희망이 깨어진 만큼 더욱더 열광적이 되었다. 언제나 요람을 침대 곁에 놓게 하고는 몸을 풀고 일어나자마자 창가에 앉아 가볍게 요람을 흔들면서 며칠씩 보냈다. 그녀는 유모를 시기할 정도였다. 젖에 굶주린 이 갓난아기가 푸른 힘줄이 솟아나온 커다란 젖통에 손을 얹고 주름진 젖꼭지를 굶주린 듯 입에 물 때, 그녀는 얼굴빛이 파래져서 몸을 바르르 떨며 유모에게서 아기를 잡아 뺏고, 아기가 탐욕스럽게 빨고 있던 그 가슴을 때리고 손톱으로 할퀴고 싶은 충동에 사로잡혀 뚱뚱하고 조용한 시골 여자를 노려보았다.

그녀는 갓난아기를 곱게 단장시키려고 예쁜 헝겊에 스스로 수를 놓았다. 아기에게 엷은 레이스가 달린 옷을 입히고 예쁜 모자를 씌웠다.

그녀는 이제 아기에 관한 이야기밖에 하지 않았다. 아기 옷이며 턱받이며 또는 아름답게 장식한 리본을 자랑하고 싶어서 곧잘 이야기를 하다 그만두곤 했으며, 주위 사람들이 말하는데도 귀 기울이지 않고 헝겊조각을 오랫동안 뒤적거리고, 더 잘 보려고 높이 쳐들었다가는 다시 뒤적거리며 혼자 좋아했다. 그러다가 그녀는 불쑥 물었다.

"이거 어때요? 저 아기한테 어울릴까요?"

남작과 부인은 이와 같은 딸의 열광적인 모성애를 웃으면서 보고 있었다. 그러나 줄리앙은 이 전지전능하고 독재적인 폭군이 태어남으로써 자기의 지배적인 중요성이 축소되고 여느때의 모든 습관이 뒤헝클어졌으므로, 집안에서의 자기 지위를 빼앗은 이 인간의 조그만 분신에 대해 자기도 모르게 질투를 느껴 화를 내고 신경질을 부리며 말했다.

"저 애녀석이 나오니까 애에게만 열중하니 참을 수 없어!"

그녀는 어린아이에 대한 정이 급격히 커져서 밤에도 자지 않고 요람 옆에 앉아 어린아이의 잠든 모습을 지켜볼 정도였다. 이처럼 어린아이에 대한 열광적이고 병적인 정성으로 기운이 빠진 그녀는 식사도 하지 못했다. 그러다가 점점 약해져 마침내는 여위고 기침을 하기에 이르렀으므로 의사는 어머니와 갓난아들을 떼어 놓도록 명령했다.

잔은 화내고 울고 애원하기도 했으나, 아무도 그녀의 간청에 귀 기울이지 않았다. 어린아이는 밤에 유모 곁에서 잤다. 그러자 그녀는 밤마다 맨발로 일어나 열쇠구멍에 귀를 대고 어린아이가 잘 자고 있는지, 깨지나 않았는지, 부족한 것은 없는지 엿들었다. 한 번은 푸르빌 집안의 만찬에 초대받아 갔다가 밤늦게 돌아온 줄리앙에게 그런 모습을 들켰다. 그 뒤로는 꼭 침대에 붙어 있게 하기 위해 밤이면 그녀의 방에 자물쇠를 채웠다.

세례식은 8월 하순경에 있었다. 남작은 대부가 되고 리종이 대모가 되었다.

아기는 피에르 시몽 폴이라는 이름을 받았는데, 그냥 짧게 폴이라고 불렀다.

9월 초순에 리종 이모는 소리 없이 떠나 갔다. 그녀가 없어져도 있을 때와 마찬가지로 누구의 주의도 끌지 않았다.

이날 저녁식사 뒤 신부가 왔다. 뭔가 비밀스러운 일이 있는 듯 어색한 표정이었다. 그는 몇 마디 잡담을 하고 나서 남작 부인과 남작에게 특별히 의논할 일이 있으니 잠시 시간을 내달라고 부탁했다. 세 사람은 가로수길을 끝까지 느릿느릿 걸으며 활기띤 대화를 주고 받았다.

한편 잔과 함께 남은 줄리앙은 이런 뒤숭숭한 상황에 놀라서 자기를 빼돌린다며 화내고 있었다.

줄리앙은 작별인사를 한 신부를 따라나서서 두 사람은 마침 종소리가 울려 오는 성당 쪽으로 사라졌다. 냉랭한 바람이 불고 날씨는 좀 추웠다. 모두 객실에 앉아 졸고 있는 참에 갑자기 줄리앙이 화난 듯 붉은 얼굴로 들어왔다. 문턱에서부터 그는 잔이 있다는 것도 생각지 않고 장인과 장모에게 소리쳤다.

"그 계집애에게 2만 프랑을 주다니, 정말이지 정신이 나갔군요!"

모두 깜짝 놀라 아무 말도 하지 못했다. 줄리앙은 화가 치밀어 말을 이었다.

"이처럼 어리석은 일이 어디 있어요! 우리에게는 한 푼도 남겨주지 않을 작정입니까?"

남작이 침착성을 되찾고 그의 말을 가로막았다.

"조용히 하게! 아내가 있다는 걸 생각해."

그러나 그는 격노하여 발을 굴렀다.

"그런 건 문제가 아닙니다. 게다가 아내도 일이 어떻다는 것쯤은 알고 있습니다. 그건 결국 사람에게 피해를 입히는 약탈입니다."

잔은 깜짝 놀라 까닭을 모르고 눈을 휘둥그렇게 떴다.

"대체 무슨 일이지요?"

그러자 줄리앙은 아내에게로 돌아서며 자기와 마찬가지로 기대했던 재산을 빼앗긴 그녀를 그 대화 속으로 끌어넣었다. 그는 재빠른 말투로 로잘리를 결혼시킬 계획과, 적어도 2만 프랑의 가치가 있는 바르빌르의 농장을 로잘리의 지참금으로 주게 되었음을 그녀에게 설명했다. 그리고 그는 다시 말했다.

"어쨌든 당신의 부모는 미쳤소. 가두어놔야만 할 미치광이들이오. 2만 프랑! 2만 프랑이라니! 돌았어! 사생아에게 2만 프랑이라니!"

그러나 잔은 조금도 마음의 동요나 노여움이 없었다. 이제는 어린아이에게 관계되는 일말고는 모든 것에 무관심해진 자신의 침착한 태도에 스스로도 놀라면서 남편의 이야기를 듣고 있었다.

남작은 어이가 없는 듯 얼른 대답하지 못했다. 그러나 결국 화가 치밀어올라 발을 구르며 소리쳤다.

"정신 좀 차리게! 너무 심하지 않나? 자기 자식이 달린 계집애한테 돈을 주게 만든 죄는 누구에게 있지? 그 자식이 누구 자식인가? 이제는 내버리겠다는 건가?"

줄리앙은 남작의 격분한 말투에 놀라 그를 똑바로 쳐다보고만 있었다. 그는 좀 누그러진 목소리로 말을 이었다.

"하지만 지난번에 준 1천 5백 프랑이면 충분하지 않습니까? 이 근처의 계집 애들은 시집가기 전에 누구나 다 자식을 갖습니다. 그렇다면 그 자식이 누구의 자식이든 상관없잖습니까? 2만 프랑이나 되는 농장을 주게 되면 우리의 손해 는 제쳐놓고라도 남들에게 무슨 내막이 있었음을 알리게 되지 않겠습니까? 그 러지 마시고 조금이나마 우리 가문과 지위를 좀 생각해 주십시오."

줄리앙은 자기 논법의 정당성과 논리에 대해 확고한 신념을 가지고 있는 듯 준엄한 말투였다.

남작은 이 예기치 못한 논조에 당황하여 입을 벌리고 서 있었다.

줄리앙은 자기가 이겼다는 것을 알고 결론 내렸다.

"다행히 서류상으로는 아직 아무 일도 이루어지지 않았습니다. 나는 하녀와 결혼하겠다는 젊은 놈을 알고 있습니다. 좋은 녀석이지요. 그 녀석이라면 모든 일이 잘될 겁니다. 그 일은 내가 맡겠습니다."

그는 더 이상 의논이 이어질까봐 두려운 듯 모두들 입을 다물고 있는 것을 찬성하는 뜻으로 받아들이고 쏜살같이 밖으로 나가 버렸다.

그가 사라지자 남작은 놀라서 몸을 떨며 소리쳤다.

"지독한 놈이야! 지독한 놈!"

그러나 잔은 아버지의 놀란 얼굴을 쳐다보며 별안간 웃기 시작했다. 옛날에 무슨 우스꽝스러운 것을 보았을 때와 같은 명랑한 웃음이었다.

"아버지, 아버지, 그 2만 프랑, 2만 프랑, 하는 목소리를 들으셨어요?"

남작부인은 즐거움이 눈물만큼이나 빨리 찾아왔다. 사위의 화났던 얼굴과 분노하여 외친 말투와, 자기가 꾀어낸 계집에게 자기 것도 아닌 돈을 주는 데 맹렬하게 반대하는 모습을 떠올리고, 더욱이 잔의 기분이 유쾌해진 것을 보고 눈에 눈물이 가득찰 만큼 숨찬 웃음을 터뜨리며 몸을 뒤흔들었다.

그러자 남작도 웃음을 터뜨렸다. 세 식구는 지난날의 행복했던 시절처럼 허 리가 끊어지도록 웃어댔다. 좀 숨을 돌려 마음을 가라 앉힌 다음 잔은 놀란 듯 말했다.

"참 이상해요! 그래도 아무렇지 않아요. 이제 그 사람은 마치 남과 같아요. 내가 그이의 아내라는 것을 믿을 수가 없어요. 그래서 이처럼 그이의…… 그이 의…… 야비한 짓에 대해 웃고 있는 거예요."

그러고는 까닭없이 웃고 감동하여 서로 키스를 주고 받았다.

이틀 뒤, 아침식사가 끝나고 줄리앙이 말을 타러 나간 뒤였다. 스물 두세 살쯤 되어 보이는 몸집이 큰 남자가 주름이 골고루 난 풍성한 소매에 커프스가 달린 푸른 새 작업복을 입고, 마치 새벽부터 그 뒤에 숨어 있었던 듯이 살짝 울타리를 넘어 쿠이야르 집 개천을 따라 살금살금 걸어와서 저택을 돌아, 언제나 플라타너스 아래 앉아 있는 남작과 두 부인에게 괴상한 걸음걸이로 다가왔다. 그들을 보자 그는 모자를 벗고 어색한 표정으로 인사하며 앞으로 걸어왔다. 말소리가 들릴 만큼 가까이 왔을 때 그는 더듬거렸다.

"안녕하십니까? 남작님, 마님, 그리고 아씨."

아무도 대답하지 않자 그는 자기 이름을 댔다.

"저는 데지레 르콕입니다."

한 번도 들어보지 못한 낯선 이름이라 남작이 물었다.

"무슨 일로 왔나?"

그 젊은이는 자기 용건을 설명하지 않으면 안 되게 되자 몹시 당혹스러워 보였다. 그는 손에 쥔 모자와 저택 지붕 꼭대기를 번갈아 올려다보았다 내려다보았다 하며 머뭇머뭇 입속으로 말했다.

"이 일에 대해 신부님이 몇 말씀 귀띔해 주셨습니다만……."

그는 너무 길게 말해서는 자기에게 손해될 것 같았는지 입을 다물었다.

남작은 무슨 말인지 알 수 없어 다시 물었다.

"무슨 일인가? 난 잘 모르겠네."

젊은이는 결심한 듯 나직한 목소리로 말했다.

"댁의 하녀…… 로잘리 일로……."

그러자 잔은 눈치채고 아기를 안고 자리를 떴다.

"자아, 가까이 오게나."

남작은 딸이 내놓은 의자를 가리켰다.

농부는 곧 그 자리에 앉으면서 중얼거렸다.

"나리는 참 친절하십니다."

그러고는 아무런 할 말이 없다는 듯 말이 나오기를 기다렸다. 오랫동안 잠자코 있다가 마침내 그는 결심한 듯 푸른 하늘을 쳐다보며 말했다.

"좋은 날씨입니다. 벌써 씨를 다 뿌렸으니 날씨가 밭에도 꼭 알맞을 겁니다."

그는 다시 입을 다물었다. 남작은 참다못해 퉁명스러운 말투로 물었다.

"그러면 로잘리한테 장가들겠다는 게 자네인가?"

이 말투에 젊은이는 노르망디 사람들 특유의 교활한 습관대로 예정이 어긋나 버리자 곧 불안해했다. 그는 경계하는 듯한 자세를 취하며 더욱 강한 말투로 대답했다.

"그것이…… 그 무엇에 따라서는 할 수도 있고 안할 수도 있지요. 그 무엇에 따라서는."

이와 같이 셈이 있는 듯한 말에 남작은 화가 벌컥 났다.

"제기랄! 솔직하게 말해 봐. 그것 때문에 온 거지! 그런가, 안 그런가? 걔를 데리고 살겠다는 건가, 아닌가?"

젊은이는 당황하여 발등만 내려다보았다.

"신부님이 말씀하시는 대로라면 데려가겠지만 줄리앙 서방님 말씀대로라면 나는 싫습니다."

"줄리앙이 뭐라고 하던가?"

"줄리앙 서방님은 제가 1천 5백 프랑을 받게 될 거라고 하시더군요. 그런데 사제님은 2만 프랑을 받게 될 거라고 하셨습니다. 2만 프랑이라면 그렇게 하겠지만, 1천 5백 프랑이라면 아무래도 안 되겠습니다."

그러자 안락의자에 푹 파묻혀 앉은 남작 부인이 이 시골 젊은이의 불안한 모습을 보고 소리내어 웃기 시작했다. 농부는 웃는 까닭을 몰라 못마땅한 듯이 곁눈질로 부인을 노려보며 말이 나오기를 기다렸다. 남작은 이러한 거래에 기분이 상하여 잘라 말했다.

"나는 자네가 살아 있는 동안은 자네 것이지만, 나중에는 자네 자식의 소유가 되도록 바르빌르의 농장을 주겠다고 신부님에게 말한 적이 있네. 그것은 2만 프랑쯤 나가는 농장일세. 나는 다른 말은 하지 않아. 그러면 됐나? 곧 대답해 봐."

젊은이는 만족한 듯 비굴한 웃음을 지으면서 갑자기 웅변투로 말했다.

"어이구! 그렇다면 싫지 않습니다. 그게 좀 문제지요. 신부님께서 말씀하실 때 나는 서슴지 않고 그 자리에서 곧 대답했고, 거기에 대해 남작님도 만족스럽게 여기고 계시려니 생각했었습니다. 남자들끼리의 약속을 하고 나중에 서로 만나면 보답하는 게 도리 아니겠습니까? 그런데 줄리앙 서방님이 나를 찾아와서는 1천 5백 프랑밖에 줄 수 없다는 것입니다. 무슨 말씀을 드리려는 게 아니라 그저 알고 싶어서 온 겁니다. 나는 믿고 있었습니다. 돈셈이 깨끗하면 친구도 깨끗하다고 합니다만 사실 그렇지요, 남작 나리……."

이 장황한 말을 가로막고 남작이 물었다.

"그래 언제 결혼하겠나?"

그러자 젊은이는 다시 걱정스럽고 당황한 얼굴로 망설이더니 마침내 말했다.

"우선 증서라도 하나 만들어 주시면 어떠실지요?"

남작은 벌컥 화를 냈다.

"제기랄, 별소리를 다하는군. 결혼증서가 있을 게 아닌가? 그러면 됐지. 안 그런가?"

그러나 농부는 고집부렸다.

"어쨌든 그때까지라도 조그만 증서는 하나 만들어 주십시오. 해로운 일도 아니잖습니까?"

남작은 결말을 지으려고 일어섰다.

"할 텐가 안할 텐가? 당장 대답하게. 자네가 싫다면 또 다른 신랑감이 있으니까."

경쟁자가 있다는 말에 교활한 노르망디 농부는 깜짝 놀라며 당황했다. 그러더니 결심한 듯 마치 소 흥정을 끝낸 뒤처럼 손을 내밀었다.

"그렇게 하기로 하겠습니다, 남작 나리. 됐습니다. 절대로 약속을 깨뜨리지 않겠습니다."

남작은 승낙하고 큰 소리로 외쳤다.

"뤼디빈느!"

찬모가 창문으로 고개를 내밀었다.

"포도주 한 병 가져와!"

두 사람은 계약이 이루어졌다는 의미에서 건배했다. 그리고 젊은이는 올 때보다 더욱 가벼워진 걸음으로 돌아갔다. 젊은이가 왔다간 데 대해서 아무도 줄리앙에게 이야기하지 않았다. 계약서는 비밀리에 작성되었고, 일단 결혼하기로 정해지자 어느 일요일 아침 결혼식이 거행되었다. 신랑 신부의 뒤를 따라 이웃집 여자가 마치 행복의 담보물인 듯 어린아이를 안고 교회로 쫓아들어갔다.

마을 사람들은 아무도 놀라지 않았다. 모두들 데지레 르콕을 부러워했다. 그는 행운의 모자를 쓰고 태어난 녀석이야, 라고 말하며 이웃사람들은 교활한 미소를 띠고, 그러나 분개하는 빛 없이 떠들어댔다.

줄리앙은 펄펄 뛰었다. 그 때문에 장인 장모는 레 푀플에 머무는 날짜를 단축시켰다. 잔은 그다지 섭섭한 감정도 없이 부모를 떠나보냈다. 그녀에게는 폴만이 마르지 않는 행복의 샘이었던 것이다.

9

잔이 산후 몸조리로 완전히 회복되었으므로, 그들 부부는 푸르빌르 집안에 답례를 가고 쿠틀리에 집에도 인사가기로 했다.

최근에 줄리앙은 경매에서 새 마차를 하나 사왔다. 지붕이 없는 마차인데, 말이 한 마리밖에 필요하지 않은 경쾌한 사륜 쌍두마차였다. 그리하여 그들은 한 달에 두 번씩 외출할 수 있었다.

12월 어느 맑은 날, 그들은 마차에 말을 매고 떠났다. 마차는 노르망디의 평야를 꿰뚫고 두 시간이나 달린 뒤 양편 등성이에 나무가 우거진 골짜기를 내려가 평평한 밭을 지나갔다.

얼마 안되어 목장이 나오고, 이윽고 추위에 얼어죽은 큰 갈대들이 무성한 늪이 나타났다. 노란 리본띠 같은 긴 갈대잎은 바람에 흔들려 소리내고 있었다. 골짜기를 돌자 라 브리에트의 저택이 나타났다. 이 저택 뒤로는 나무가 우거진 골짜기가 있고 한편으로는 큰 연못이 그 속에 담벼락을 온통 담그고 있었다. 이 연못은 그 건너편에 있는 또 다른 골짜기의 경사를 덮은 전나무숲에서 끝나고 있었다.

마차가 예스런 조교(弔橋)를 건너 루이 13세식의 으리으리한 정면 문으로 들어서니 중앙에 넓은 뜰이 나왔다.

거기에 흰 슬레이트판 지붕의 작은 탑이 달린, 벽돌로 가장자리를 똑같이 두른 루이 13세식의 우아한 저택이 서 있었다.

줄리앙은 잔에게 이 건물의 세세한 부분까지 설명했는데, 아무래도 이 집 내막을 속속들이 잘 아는 것 같았다.

줄리앙은 이 저택의 아름다움에 넋을 잃고 끊임없이 칭찬을 늘어놓았다.

"저 정면 현관을 좀 보구려! 얼마나 으리으리한 저택인가! 뒤편의 현관은 모두 연못을 향해 있고 거기에서 연못까지 내려가는 훌륭한 돌층계가 달려 있지.

그리고 연못가에는 보트가 네 척 매여 있는데, 두 척은 백작의 것이고 두 척은 백작 부인의 것이오. 저기 오른편으로 포플러 가로수가 보이오? 저기가 연못 끝으로 페캉까지 흘러가는 시내가 시작되는 곳이오. 그 근처에는 물새가 많아 백작은 거기서 물새 사냥하기를 좋아한다오. 이것이 진짜 귀족의 저택이오."

문은 활짝 열려 있었다.

얼굴이 창백한 백작 부인이 옛날 성주의 부인처럼 질질 끌리는 긴 옷을 입고, 웃으면서 방문객을 맞이하러 나왔다. 그녀야말로 이같은 백작 저택에 알맞는 호반(湖畔)의 미인처럼 보였다.

객실에는 창문이 여덟 개 있었는데, 그 가운데 네 개는 연못 쪽으로 나 있었다. 창문을 통해 건너편 언덕으로 기어올라간 울창한 전나무숲이 호수를 더욱 깊고 준엄하고 음산하게 만드는 것을 볼 수 있었다. 바람이 불어올 때마다 흔들리는 스산한 나무 소리가 마치 호수의 소리 같았다.

백작 부인은 소녀시절의 친구를 대하듯 잔의 손을 이끌어 의자에 앉히고 자기도 그 옆 낮은 의자에 앉았다. 다섯 달 동안 옛날과 같은 우아한 태도를 되찾은 줄리앙은 부드럽고 정다운 몸짓으로 이야기하며 웃고 있었다.

백작 부인과 줄리앙은 그들의 승마에 대해서 이야기했다. 백작부인은 줄리앙이 말을 탈 때의 이상한 몸가짐을 웃으면서 '비틀거리는 기사'라고 이름붙여 주자, 줄리앙도 웃으면서 백작 부인을 '아마존 여왕'이라고 불렀다.

별안간 창 밑에서 총소리가 나 잔은 비명을 질렀다. 백작이 오리를 쏜 소리였다.

부인은 곧 백작을 안으로 불렀다. 노 젓는 소리와, 돌에 부딪치는 보트 소리가 나더니 몸집이 뚱뚱하고 장화를 신은 백작이 들어왔다. 그 뒤를 따라 물에 젖은 백작처럼 불그레한 개 두 마리가 들어와 문 앞 카펫에 배를 깔고 누웠다. 백작은 자기집이라서 그런지 지난번보다 훨씬 몸가짐이 자연스럽고 방문객을 퍽 반기는 것처럼 보였다. 그는 난롯불을 더 잘 피우게 하고 마데르*11 산(産) 포도주와 비스킷을 가져오게 했다. 그리고 그는 별안간 소리치듯 물었다.

"물론 우리와 함께 만찬을 하시겠지요?"

그러나 잠시도 어린아이의 일을 잊지 않는 잔은 이를 사양했다. 백작은 한사

---

*11 대서양에 위치한 포르투갈의 섬.

코 권유하는데 잔이 끝끝내 응하지 않자, 줄리앙은 초조한 몸짓을 했다. 잔은 남편과 말다툼을 하게 될까봐 다음날까지 폴을 못 본다는 생각에 가슴 아팠지만 하는 수 없이 승낙했다.

즐거운 오후였다. 모두 샘터로 갔다. 샘은 끓어오르는 물처럼 깨끗한 바닥 속의 바위틈에서 솟아올랐다. 그들은 보트를 타고, 글자 그대로 시든 갈대숲 속의 물길을 따라 한 바퀴 돌았다. 백작은 두 마리의 개 사이에 앉아 노를 저었는데, 이 개들은 콧등을 공중으로 쳐들고 냄새를 맡고 있었다. 그가 삿대질을 할 때마다 배는 들썩 쳐들렸다가 앞으로 나가곤 했다.

잔은 이따금 찬물에 손을 담그고 손 끝에서 가슴까지 전해져오는 얼음 같은 냉기를 즐겼다. 배 뒤편에는 줄리앙과 솔로 몸을 감은 백작 부인이 마주보며 웃고 있었는데, 그것은 행복에 겨워 더 이상 바랄 것이 없는 사람들의 영원한 웃음이었다.

마른 갈대숲을 스치며 북풍이 일고, 뼛속까지 스며드는 한기가 나면서 저녁이 되었다. 해는 전나무 뒤로 떨어지고 붉은 구름조각들이 하늘에 가득차, 보기만 해도 냉기로 몸이 오싹했다.

그들은 불이 활활 타오르는 넓은 객실로 돌아갔다. 방안의 온기와 즐거운 감각이 문 턱에서부터 모두의 기분을 유쾌하게 해주었다. 백작은 기쁨에 넘친 얼굴을 하고 씨름꾼 같은 두 팔로 아내를 껴안더니, 어린아이처럼 번쩍 안아올려 그녀의 두 볼에 흐뭇한 듯이 소박한 남자의 힘찬 키스를 했다.

잔은 웃으며, 수염만 보아도 식인종 같은 이 마음씨 착한 거인을 바라보았다. 그녀는 자기도 모르게 생각했다.

'사람이란 늘 모든 사람을 오해하고 있구나.'

문득 자기도 모르게 줄리앙에게로 눈길을 돌려보니, 그는 문턱에 선 채 무서울만큼 파랗게 질린 얼굴로 백작을 쏘아보고 있었다. 잔은 불안해서 남편 곁으로 다가서며 낮은 목소리로 물었다.

"어디 아프세요? 웬일이세요?"

남편은 약오른 목소리로 대답했다.

"아무것도 아니오. 내버려두오. 추워서 그렇소."

모두들 식당으로 자리를 옮겨갔는데, 백작은 개를 데리고 들어가는 데 대해 양해를 구했다. 개들은 곧 들어와서 주인의 양옆에 앉았다. 주인은 쉴 새

없이 그들에게 먹을 것을 주고 그들의 비단결 같은 긴 귀를 쓰다듬어 주었다. 개들은 고개를 처들거나 꼬리를 흔들어대며 만족스러운 듯 몸을 흔들고 있었다.

　식사 뒤 잔과 줄리앙이 작별인사를 하자 횃불 밑에서 고기잡는 것을 보고 가라며 또 붙들었다. 백작은 두 사람을 부인과 함께 연못으로 통하는 돌층계 위에 세워 놓고, 자기는 그물과 횃불을 든 하인을 한 사람 데리고 배에 올랐다. 밤 날씨는 맑아 하늘에 금빛 별이 총총히 박혀 있고, 냉기가 살을 에는 것 같았다. 횃불은 야릇한 형태로 움직이는 불꽃 꼬리를 수면에 비추며, 춤추는 듯한 흰 불꽃 그림자를 갈대숲 위에 던져 전나무의 장막을 환하게 비춰냈다.

　별안간 배가 휙 돌더니, 굉장히 크고 괴상하게 생긴 사람의 그림자가 밝게 비쳐진 숲 변두리에 우뚝 솟아 올랐다. 그 머리는 숲 위를 지나 하늘로 사라지고 발은 호수 속에 잠겨 있었다. 이 엄청나게 큰 존재는 마치 하늘의 별을 따려는 듯이 두 팔을 위로 처들었다. 두 팔은 갑자기 허공으로 치켜올라가더니 다시 아래로 뚝 떨어졌다. 그러자 곧 수면을 채찍질하는 듯한 작은 물소리가 들려왔다.

이때 배가 천천히 방향을 돌리자, 그 커다란 괴물은 횃불이 환하게 비치는 숲을 따라 달리는 것처럼 보였다. 곧 그것은 보이지 않는 수평선 속으로 사라져 버렸다. 그러자 이번에는 갑자기 아까보다는 몸집이 작았으나, 더욱 뚜렷하게 이상한 몸짓을 하며 저택 현관 앞에 나타났다.

백작의 굵은 목소리가 들려왔다.

"질베르트, 여덟 마리 잡혔소!"

노가 물결을 때렸다. 그 거대한 그림자는 장벽 위에 가만히 서 있었는데, 차츰 키가 작아지더니 머리가 아래로 내려가고 몸집도 줄어들었다. 푸르빌르 씨가 여전히 횃불을 든 하인과 함께 돌층계로 올라왔을 때는, 그림자가 백작의 몸집만큼 줄어들어 백작을 그대로 흉내내고 있었다.

그물 속에서는 여덟 마리의 큰 고기가 펄떡펄떡 뛰고 있었다.

백작 집에서 빌려준 망토를 몸에 두르고 함께 마차를 타고 오는 도중에 잔은 무심코 말했다.

"참 좋은 분이에요, 그 거인은."

마차를 몰고 있던 줄리앙이 대답했다.

"그래. 하지만 사람들 앞에서 너무 예의를 차리지 않는 게 탈이오."

1주일 뒤 그들은 이 지방에서 첫째가는 귀족인 쿠틀리에 집안을 방문했다.

레미닐의 영지는 카니의 큰 마을과 접해 있었다. 루이 14세 때 지어진 새 저택은 벽으로 둘러싸인 아름다운 정원수 속에 있었다. 약간 높은 언덕 위에는 폐허가 된 옛 저택이 보였다. 제복을 입은 하인들이 크고 장엄한 방으로 방문객을 안내했다. 방 한가운데는 둥근 받침대가 세브르(베르사유에 있는 이름난 도기공장) 산(産)의 큰 술잔을 받쳐 들고 있었으며, 대좌(臺座) 위에는 왕이 선물을 레오폴에르베 조제프 게르메 르 드 바르느빌르 드 롤르보스코 드 쿠틀리에 후작에게 증정한다는 국왕 친필의 편지가 수정판(水晶板) 속에 들어 있었다.

잔과 줄리앙이 이 국왕의 선물을 보고 있을 때 후작과 부인이 들어왔다. 분화장을 한 부인은 줄리앙 부부에게 주인으로서의 친절을 베풀며 억지로 공손하게 대하려 했는데, 그 태도가 어색했다. 주인은 흰 머리를 뒤로 빗어 넘긴 뚱뚱한 남자로, 그의 몸가짐이며 목소리며 그의 모든 태도에 그의 신분을 말하듯 오만한 분위기가 있었다.

그들은 무엇보다도 예의를 중요시하는 사람들이었고, 마음이나 감정이나 언어가 늘 오만스러웠다. 상대방의 대답도 채 듣지 않고 혼자 이야기하고 무관심한 태도로 웃으며 가까이 사는 작은 귀족들을 공손하게 접대한다는, 자기들의 훌륭한 문벌에 짐지워진 의무를 끊임없이 수행하고 있는 듯한 태도였다.

잔과 줄리앙이 어색한 기분을 가라앉히려고 했으나, 더 이상 있기가 거북하고 그렇다고 돌아갈 알맞은 구실도 없어서 망설이고 있노라니, 마치 신하를 물러가게 하는 예의를 알고 있는 왕후처럼 후작 부인이 적당한 곳에서 대화를 끊음으로써 자연스럽고 간단하게 이 방문을 끝맺었다.

돌아오는 길에 줄리앙이 말했다.

"어떻겠소? 이 정도로 방문은 이제 그만 두기로 합시다. 내 생각으로는 푸르빌르 집만으로도 충분할 것 같소만."

잔도 같은 생각이었다.

침침하고 막다른 굴속 같은 1년의 마지막 달인 음울한 12월이 천천히 흘러갔다. 지난해와 마찬가지로 집 안에 틀어박힌 생활이 또다시 시작되었다. 그러나 잔은 폴에게 몰두하여 지루한 줄 모르고 지냈다. 줄리앙은 불만스럽고 못마땅한 눈초리로 폴을 바라보았다.

이따금 그녀는 어린아이를 팔에 안고, 대부분의 부인들이 열광적인 애정을 자식에게 쏟으며 귀여워할 때처럼 남편에게 안겨주며 말했다.

"입맞춰 주세요. 여보! 당신은 아기가 귀엽지 않나 보군요."

그러면 줄리앙은 주먹을 쥐고 흔드는 아기의 조그마한 손이 몸에 닿을까 꺼리는 듯 몸을 뒤로 빼고 못마땅한 얼굴로 갓난아이의 반질반질한 입술끝에 자기 입술을 살짝 갖다 대기만 했다. 그리고 싫어서 견딜 수 없는 듯이 재빨리 나가 버렸다.

촌장과 의사와 신부가 이따금 와서 식사를 같이했다. 가끔 푸르빌르 부부가 와서 함께 식사했는데, 그 집안하고는 점점 더 친밀해졌다. 백작은 폴을 아주 귀여워하는 듯했다. 늘 폴을 무릎 위에 앉히고 지냈으며 오후 내내 안고 있을 때도 있었다. 커다란 거인의 손으로 교묘하게 어린아이를 다루며, 긴 턱수염 끝으로 아이 콧등을 간지럽히고는 마치 어머니들이 하듯 격정에 사로잡혀 입맞추었다. 그는 자기들 부부 사이에 어린아이가 없는 것을 늘 한탄했다.

그해 3월은 맑고 건조하고 온화했다. 질베르트 백작 부인이 넷이서 아무 데로나 승마하러 가자고 제의해 왔다. 언제나 똑같은 무미건조한 긴 저녁, 긴 밤, 긴 낮에 좀 싫증난 잔은 이 계획을 몹시 기뻐하며 곧 승낙했다. 그래서 1주일 동안은 승마복을 만드느라고 지루한 줄 몰랐다.

그들은 멀리 말을 달리기 시작했다. 그들은 언제나 둘씩 둘씩 짝을 지어 갔는데, 백작 부인과 줄리앙이 앞장서고 백작과 잔이 백 걸음쯤 뒤떨어져 갔다. 잔과 백작은 마치 친구처럼 조용히 이야기하며 말을 몰았다.

두 사람은 그들의 올바른 정신과 순박한 마음의 접촉으로 친구가 되었다. 앞장선 두 사람은 낮은 목소리로 이야기하다가 이따금 웃었으며 입으로 말할 수 없는 것을 눈으로 말하는 듯 갑자기 서로 마주보았다. 그러다가는 갑자기 멀리 도망가고 싶은 욕망에 사로잡힌 듯 재빠르게 달려가기도 했다.

별안간 질베르트가 무엇엔가 흥분한 듯했다. 날카로운 목소리가 미풍에 불려 이따금 뒤떨어져가는 두 사람의 귀에까지 들려왔다.

백작은 웃으면서 잔에게 말했다.

"내 아내는 언제나 기분이 좋지 않답니다."

어느 날 저녁, 먼 곳까지 말을 몰고 나갔다가 집으로 돌아오는 길에, 백작 부인이 박차를 가하면서 말을 몰다가는 갑자기 고삐를 당기곤 하여 말을 화나게 만드는 것을 보고, 줄리앙이 몇 번이나 주의를 주었다.

"조심하십시오, 조심하십시오! 말이 미쳐 도망칠 겁니다."

부인은 대답했다.

"미안하지만 당신이 참견할 일이 아니에요."

그 대답하는 소리가 어찌나 또렷하고 야무졌던지 한마디 한마디가 들판에 울려퍼지고 마치 공중에 그대로 남아있는 것 같았다.

말은 뒷발로 서서 땅을 차고 입으로는 거품을 내뿜었다. 별안간 불안해진 백작이 굵은 목소리로 외쳤다.

"주의해! 질베르트!"

그녀는 도전이라도 하듯 무엇으로도 걷잡을 수 없는 여자 특유의 신경질로 난폭하게 말의 두 귀 사이를 후려쳤다. 그러자 말은 세찬 기세로 일어나 앞발로 허공을 한 번 걷어 차고는 다리를 떨어뜨리자마자 무서운 힘으로 한 번 뛰어오르더니 전속력으로 들판을 달려갔다. 말은 처음에는 목장을 뛰어넘고, 경작한 밭을 급히 지나면서 기름지고 습기찬 땅에 먼지를 자욱이 날리며 빨리 달려 말과 사람을 구별하기 어려울 정도였다.

줄리앙은 얼빠진 듯 그 자리에 못박혀 서서 절망적으로 외쳤다.

"부인! 부인!"

그러자 백작은 짐승 같은 비명을 지르며 육중한 말의 목 위로 몸을 굽히고는 말을 앞으로 밀었다. 목소리와 몸짓과 박차로 말을 자극하고 고삐를 잡아끌며 말이 거의 미칠 만큼 내몰았으므로, 이 거대한 기사는 말을 가랑이에 끼워 채어 가지고 어디론가 날아가는 것 같았다. 두 마리의 말은 거의 믿을 수 없을 정도의 속력으로 곧장 돌진해 나갔다. 잔은 마치 두 마리의 새가 쫓고 쫓기면서 지평선 너머로 자취를 감추어 버리는 것을 보듯, 저 멀리 아내와 남편의 두 그림자가 아득히 멀어져가고 작아지고 흐려져서 사라질 때까지 바라보았다.

줄리앙은 터덜터덜 잔에게 다가오며 화난 표정으로 중얼댔다.

"저 여자가 오늘은 아무래도 돈 것 같아."

두 사람은 이제 높고 낮은 들판의 저편으로 파묻혀 버린 친구들을 뒤쫓아 말을 달렸다.

15분쯤 뒤 백작 부부가 돌아오는 모습이 보였다. 이윽고 다시 그들과 함께하게 되었다.

백작은 뻘개진 얼굴이 땀에 젖은 채 만족스러운 듯 의기양양하게 웃으며, 억센 힘으로 아직도 몸부림치는 아내의 말고삐를 잡고 있었다. 부인은 괴로운 듯 얼굴이 새파랗게 질려 있었다.

그날 잔은 백작이 자기 아내를 미친 듯이 사랑한다는 것을 알았다. 그런 일이 있은 뒤 한 달 동안 백작 부인은 이제까지 본 적이 없을 정도로 명랑했다. 레 푀플에도 전보다 더욱 자주 찾아와서 웃었고, 애정에 넘쳐 잔을 껴안곤 했다. 그 어떤 신비로운 황홀감이 그녀의 생활에 내려진 듯했다. 그의 남편은 아주 행복해하며 잠시도 아내로부터 눈길을 떼지 않고, 더욱 두터워진 애정으로 쉴 새 없이 아내의 손이나 옷에 손을 대려고 했다.

어느 날 저녁 백작이 말했다.

"우리는 지금 행복 속에 잠겨 있습니다. 여태까지 질베르트가 이처럼 상냥한 적은 없었습니다. 기분이 언짢거나 화내는 일이 없어졌습니다. 아내가 나를 사랑하는 것을 나는 느끼고 있지요. 아직까지는 그 점에 대해 확신을 못 가졌던 것입니다."

마치 두 가문의 교제가 각 가문에 평화와 기쁨을 갖다준 듯, 줄리앙도 훨씬 쾌활해지고 화를 내지 않아 사람이 달라진 듯했다.

봄은 이상하게 빨리 찾아와 날씨가 따뜻했다.

부드러운 아침부터 평온하고 따뜻한 저녁까지 해는 땅에 싹을 움트게 했다. 그것은 모든 새싹이 때를 같이하여 솟아나는 힘차고 급격한 움틈이었다.

온 세계가 젊어지는 듯한 축복받은 해에 때때로 자연이 보여주듯, 억누를 수 없는 생명력이 솟구치고 소생하는 뜨거운 활력이 넘치고 있었다.

이 생명의 끓어오름에 잔은 막연히 마음이 산란해지는 것을 느꼈다. 그녀는 풀숲의 작은 꽃을 보고도 마음이 나른해지고 달콤한 우수에 잠겨, 부드러운 몽상으로 시간을 보내곤 했다.

그녀는 첫사랑의 그리운 추억이 가슴속 깊이 스며드는 것을 느꼈다. 그것은 영원히 끝나 버린 줄리앙에 대한 애정이 다시 싹터오는 것이 아니라 그녀의 온몸이 미풍에 어루만져지고 봄의 향기에 배어, 그 어떤 보이지 않는 부드러운 부름에 끌린 듯 마음이 산란해지는 것이었다.

그녀는 혼자 따뜻한 햇볕을 쬐며, 아무런 생각도 떠오르지 않는 막연하고 평온한 감각과 기쁨에 마음껏 잠겼다.

어느 날 아침 그러한 상태로 꿈결에 있을 때 하나의 환영이 그녀의 마음을 스치고 지나갔다. 에트르타 가까이의 작은 숲 속 나뭇잎으로 어두워진 한복판에 햇빛의 구멍과도 같은 그 자리의 환상이 불현듯 떠올랐다. 그때 자기를 사랑해 주던 그 젊은 남자 곁에서 처음으로 육체의 떨림을 느낀 곳이 거기였고, 그 남자가 조심스럽게 마음속의 말을 처음으로 속삭이던 곳도 그곳이었다. 별안간 희망으로 가득 찬 황홀한 미래를 느낀 듯 여겨지던 곳도 또한 거기였다.

그녀는 다시 한 번 그 숲을 보고 싶었다. 그곳으로 다시 가는 것으로 자기의 생활이 좀 바뀔 것 같은, 일종의 감상적이고 미신적인 순례를 하고 싶었다.

줄리앙은 이른 새벽부터 어디론가 나가고 없었다. 잔은 요즈음 자신이 때때로 타는, 마르탱 소작인 집에서 가져온 흰 말에 안장을 얹게 했다.

잔은 밖으로 나갔다. 날씨는 바람 한 점 없이 아주 맑아 풀잎 하나, 나뭇잎 하나도 움직이지 않았다. 마치 바람이 죽어 버린 듯 만물이 영원토록 움직이지 않기로 마음먹은 것 같았다. 심지어는 벌레까지도 어디론가 사라져 버린 듯했다. 타오르듯 드높은 정적이, 눈에 보이지 않는 황금의 안개가 되어 찬란히 태양에서 내려오고 있었다. 잔은 그 작은 백마의 등에 실려 흔들리며 행복에 겨워했다. 그녀는 이따금 목화송이만 한 흰 구름을 쳐다보았다. 푸른 하늘 한복판에 높직이 외따로 걸린 한 무리의 수증기 같았다.

그녀는 골짜기를 따라 내려갔는데, 그 골짜기는 에트르타의 문이라고 불리는 절벽의 큰 아치를 통해 바다로 이어져 있었다. 잔은 유유히 숲속으로 들어갔다. 아직도 설핏한 녹음 사이로 햇빛이 가득 쏟아져 들어왔다. 그녀는 그 장소를 찾아내지 못하고 작은 산을 여기저기 헤맸다.

큰길을 건너는 순간, 그녀는 그 길 막바지 나무에 매여 있는 두 필의 말을 보았다. 그녀는 곧 그 말을 알아보았다. 질베르트와 줄리앙의 말이었다. 혼자만의 고독에 싫증나 있던 참이라 그녀는 이 뜻밖의 만남이 반가워 그쪽으로 말을 달렸다.

오래 기다리는 데 습관이 된 듯한 끈기있는 두 필의 말 쪽으로 다가가 불러보았으나 아무 대답도 없었다.

여자의 장갑 한 짝과 두 개의 채찍이 짓밟힌 잔디 위에 떨어져 있었다. 그들은 그곳에 앉아 있다가 말을 내버려둔 채 더 멀리 간 듯했다.

그녀는 그들이 지금 무엇을 하고 있는지 모르는 채 이상하게 생각하며 15분 그리고 20분쯤 더 기다렸다. 그녀가 말에서 내려 움직이지 않고 나무등걸에 기대앉아 있노라니, 새 두 마리가 그녀를 못 보았는지 바로 옆 풀밭에 내려 앉았다. 그 가운데 한 놈이 날개를 쳐들고 흔들며 머리를 끄덕거리며 지저귀다가, 다른 한 놈의 주위를 깡총깡총 뛰며 돌더니 별안간 두 놈이 달라붙어 버렸다.

잔은 마치 이런 일을 잊고 있었던 듯 놀랐다. 그리고 혼잣말을 중얼거렸다.

"그렇지, 지금은 봄이니까."

그러자 또 하나의 다른 생각이, 의심이 머리를 스쳤다. 그녀는 다시 한 번 채찍과 매어진 말을 바라보았다.

그러고는 문득 그 자리를 떠나고 싶어 말 안장에 뛰어올랐다. 그녀는 레 푀플을 향해 재빨리 달렸다. 그녀는 머리를 짜서 이치를 따지고 사실과 상황을 종합해 보았다. 왜 빨리 짐작하지 못했을까? 어째서 그런 일을 전혀 모르고 있었을까? 줄리앙이 자주 집을 비우고 다시 모양을 내고 기분이 좋아졌다는 것을 왜 눈치채지 못하고 있었을까? 그녀는 질베르트의 급작스러운 신경질이며 지나치게 아양을 부리는 것에 대해, 또 얼마 전부터 그 여자가 파묻혀 있었던 행복의 절정, 또 그에 따라 행복해진 백작에 대해 곰곰이 생각해 보았다.

그녀는 말고삐를 늦추었다. 신중하게 생각해 봐야 할 터인데 말의 빠른 걸음이 그녀의 마음을 어지럽게 했기 때문이었다.

첫 흥분이 가시자 그녀의 마음은 다시 평온해졌고, 질투나 원한을 느끼는 대신 모멸감이 솟아올랐다. 그녀는 줄리앙에 대해서는 거의 생각해 보지 않았다. 그의 행동이 어떻든 이제는 그녀를 놀라게 하지 않았다. 그러나 자기 친구이며 동시에 백작 부인의 이중적 배신은 그녀의 가슴을 아프게 하고 화나게 했다. 세상사람들이란 아무도 믿을 수 없으며 모두 거짓말쟁이고 위선자가 아닌가.

그녀의 눈에 눈물이 가득 찼다. 사람이란 이따금 죽은 사람에 대해 슬퍼하는 것만큼이나, 환멸이나 비애로도 눈물을 흘릴 경우가 있는 모양이었다.

그러나 그녀는 아무것도 모르는 척하기로 했으며, 앞으로는 일반적으로 통용되는 애정에 마음을 닫고 폴과 부모만을 사랑하고, 그저 평온한 얼굴로 남들과 교제해 나가기로 마음먹었다.

집으로 돌아오자 그녀는 곧 아들에게로 달려가 자기 방으로 데려다가 거의 한 시간 동안 쉴 새 없이 미친 듯 키스했다.

줄리앙이 상냥하게 웃음짓고 애교가 깃든 듯한 몸짓을 하며 저녁식사를 하러 들어왔다. 그는 잔에게 물었다.

"장인 장모님이 올해는 안 오시나?"

그녀는 그처럼 친절하게 물어 주는 것이 고마워서 숲 속에서의 일을 거의 용서해 주었다. 그러고는 별안간 폴 다음으로 자기가 가장 사랑하는 두 사람을 한시 바삐 만나보고 싶은 맹렬한 욕망이 치밀어올라, 하룻밤을 새워가며 그들이 와주기를 재촉하는 편지를 썼다.

그들은 5월 20일에 오겠다고 답장했다. 그 날은 5월 7일이었다. 그녀는 하루하루 초조하게 부모를 기다렸다. 딸로서의 부모에 대한 그리움뿐만이 아니라, 자기의 마음을 다른 성실한 마음과 마주하고 싶었기 때문이었다. 생활방식이며 행동이며 생각하고 욕구하는 태도가 올바르고, 모든 파렴치한 행위와는 담을 쌓은 깨끗한 사람들과 마음을 털어놓고 이야기하고 싶었던 것이다.

지금 그녀가 느끼는 것은 썩어빠진 양심들 사이에 혼자 외로이 서 있는 올바른 양심의 고독이었다. 이제는 필요에 따라서 쉽게 자기 감정을 숨길 줄 알게 되었고, 손을 내밀어 입가에 미소를 띠며 백작 부인을 맞아들이기는 했지만 인간에 대한 공허와 모멸감이 점점 더 자기를 둘러싸는 것을 느꼈다.

날마다 하찮은 이 지방의 소문들이 그녀의 마음속에 인간에 대한 보다 큰 혐오와 보다 강한 경멸의 감정을 불어넣어 주고 있었다.

소작인 쿠이야르네의 철없는 딸이 아기를 배어 곧 결혼한다느니, 소작인 마르탱네 고아로 자란 하녀도 아기를 가졌으며, 이제 겨우 16살인 이웃집 계집애도 애를 배고, 절름발이에다 더러워서 사람들이 똥이라고 부르는 이웃집 과부도 아이를 뱄다는 소문이었다. 아기 뱄다는 소리는 꼬리에 꼬리를 물고 들려왔으며 어느 때는 처녀가, 어느 때는 결혼하여 어린아이의 어머니가 된 시골 여자가, 그리고 부유하고 존경받는 농부의 아낙네가 바람났다는 소문들도 들려왔다.

이 격렬한 봄은 초목이 식물수액을 받는 것과 마찬가지로 사람의 정열까지도 충동질하는 듯했다.

잔은 이미 저버린 감각이 되살아나지 않아 상처받은 마음과 감각적인 영혼만이 따뜻하고 살찌는 봄바람에 나부끼는 듯, 아무런 욕망도 없이 단순한 감정으로 흥분하고 열광적으로 몽상하면서도 육체적인 욕구는 죽어 버린 상태였다. 그래서 이처럼 추악한 짐승 같은 욕구에 대해 증오와 더 나아가서 혐오감을 느끼며 놀라는 것이었다.

생물들의 교접은 마치 자연의 이치에 어그러지는 듯 그녀를 분노하게 했다.

그리고 그녀가 질베르트에 대해 원한을 품는 것은, 그녀가 자기 남편을 빼앗아서가 아니라 질베르트 역시 그러한 일반적인 구렁 속에 빠졌다는 사실 자체 때문이었다. 그녀는 저속한 본능의 지배를 받고 있는 시골뜨기 족속들과는 태생이 달랐다. 그런데 어떻게 그처럼 짐승 같은 무리들과 똑같이 몸을 함부로 할 수 있을까?

부모가 도착하기로 되어 있는 날, 줄리앙은 아주 당연하고 재미있는 이야기를 하듯 유쾌하게 다음과 같은 말을 함으로써 그녀의 혐오감에 다시 불을 질렀다. 빵집 주인이 그 전날 빵을 굽는 날도 아닌데 빵 찌는 솥에서 무슨 소리가 나기에 도둑고양이려니 하고 열어 보니, 빵은 굽지 않고 딴 짓을 하는 자기 아내가 있었다는 것이었다. 줄리앙은 덧붙여 말했다.

"빵집 주인이 구멍을 막아 버려 안에 있던 두 사람은 하마터면 숨이 막혀 죽을 뻔했다오. 빵집 아이가 자기 어머니가 대장장이와 들어가는 것을 보았기 때문에 이웃사람들에게 알려서 간신히 살아난 것이오."

그는 웃으며 되풀이했다.

"그 두 남녀는 우리에게 사랑의 빵을 먹이려고 했었던 것 같아. 이거야말로 진짜 라퐁텐의 콩트 같은 이야기요."

잔은 그 뒤부터 빵을 건드리지도 않았다.

마차가 돌층계 앞에 와서 멈추고 온화한 남작의 웃음이 창문 사이로 들렸을 때, 그녀의 마음과 가슴속에는 이제까지 느껴보지 못한 깊은 감동과 혼란스런 애정의 충동이 용솟음쳤다. 그러나 어머니의 모습을 보고 그녀는 깜짝 놀랐다. 남작 부인은 지난 겨울 여섯 달 동안 10년이나 더 늙은 것 같았다. 크고 축 늘어져 떨어질 듯한 부인의 얼굴은 울혈(鬱血)로 부풀어오른 듯 붉었고, 눈의 광채는 꺼져 버린 듯했다. 부인은 두 겨드랑이 밑으로 떠받들어 주지 않으면 걸을 수도 없었다. 숨쉬기가 몹시 힘겨운 듯했으며, 어찌나 힘들어 보이는지 곁에 있는 사람까지도 괴로울 정도였다. 남작은 날마다 부인을 보아왔으므로 부인이 이토록 놀라울 만큼 쇠약한 것을 알지 못했다.

그는 부인이 끊임없이 숨이 차다든가 몸이 점점 더 무거워진다고 호소하면 언제나 똑같은 대답을 되풀이했다.

"여보, 그럴 리가 없소, 당신은 늘 그렇지 않소!"

잔은 부모를 그들의 방으로 모셔다드리고 나서 자기 방으로 들어가 마음 아파하며 정신없이 울었다. 그리고 아직도 눈물이 가득한 채 다시 아버지에게 가서 가슴에 몸을 던졌다.

"어쩌면 어머니가 저토록 달라지셨어요? 왜 그렇게 되셨어요, 네? 말씀해 주세요. 왜 그렇게 되셨어요?"

그러자 아버지는 놀라서 대답했다.

"아니, 별 말을 다 하는구나! 나는 네 어머니 곁을 잠시도 떠나지 않는단다. 내가 보기엔 아무렇지도 않구나."

저녁때 줄리앙이 아내에게 말했다.

"당신 어머니는 몹시 상하셨는데, 앞으로 오래 못 사실 것 같더군."

잔이 울음을 터뜨리자 그는 눈살을 찌푸리며 핀잔을 주었다.

"여보, 누가 당신 어머니가 돌아가시게 됐다고 했소? 당신은 늘 모든 일을 과장해서 생각하는구려. 나이가 드셨으니 좀 달라지셨다는 거 아니오!"

1주일이 지난 뒤부터는 잔도 어머니의 달라진 모습이 눈에 익어 더 이상 생각하지 않았다. 그리고 일종의 이기적인 본능에서, 또는 마음의 평화를 바라는 인간의 천성으로 다가오는 공포와 불안을 누르며 떨쳐버리듯, 그녀는 자기의 공포를 눌러두고 있었다.

남작 부인은 걷는 일이 힘들어 날마다 30분쯤밖에는 산책할 수가 없었다. 자기의 산책 길을 한 번만 돌고 나면 더 이상 몸을 움직이지 못하고 자기 의자 위에 앉혀달라고 부탁했다. 그리고 때로는 산책을 하다가도 중도에서 멈추며 말했다.

"그만 쉽시다. 내 심장비대증이 오늘은 다리를 못 쓰게 하는구려."

부인은 옛날처럼 웃지도 않았다. 지난해만 하더라도 몸을 뒤흔들며 웃었을 텐데도 이제는 그저 가볍게 미소지을 뿐이었다. 그러나 시력만은 여전히 좋아서 《코린느》*12며 라마르틴*13의 《명상시집》을 다시 읽으며 그날그날을 보냈다. 부인은 이따금 기념품이 든 서랍도 가져오도록 했다. 그리하여 아직도 마음속에 있는 그리운 해묵은 편지들을 무릎 위에 쏟아놓고 서랍은 옆의자 위에 놓은 채, 자기의 유물인 그 편지를 한 장씩 천천히 읽고 나서 서랍에 도로 넣었다. 주위에 아무도 없을 때는 마치 사랑했던 고인(故人)의 머리카락에 입맞추듯 그 편지 가운데 몇 장에 키스하기도 했다.

이따금 갑자기 방 안에 들어선 잔은, 서러워 눈물지으며 울고 있는 어머니를 보았다. 잔은 물었다.

"왜 그러세요, 어머니?"

그러면 남작 부인은 길게 한숨을 내쉬며 대답했다.

"내 유물들이 나를 울리는구나. 지금은 이미 지나가 버린 아름다웠던 옛 추억에 마음이 심란할 때가 있단다. 그리고 거의 생각지도 않던 사람이 문득 떠오를 때도 있지. 그럴 때면 마치 그 사람을 두 눈으로 보고 있는 것 같고 이야기하는 목소리가 들리는 것처럼 여겨지는데, 그렇게 되면 반드시 무서운 결과가 일어난다. 너도 이 다음에는 알게 될 게다."

---

*12 여류소설가 스탈 부인의 소설 이름.
*13 프랑스의 낭만주의 시인.

이처럼 서글픈 순간에 남작이 갑자기 들어와서 보더니 나직이 중얼거렸다.

"잔, 너한테 부탁하는데 네 어미가 너에게 쓴 편지든 내가 너에게 쓴 편지든 네가 가지고 있는 편지는 모두 불살라 버려라. 늙은 뒤에 젊었던 시절의 일을 회상하는 것처럼 괴로운 일은 없단다."

그러나 잔 역시 자기가 받은 편지를 간직하고 있었으며 자기의 유물함도 준비해 두고 있었다. 그녀는 모든 점에서 어머니와 달랐지만 일종의 유전이라고 할까, 어머니의 몽상적인 감상만은 이어받은 듯했다.

며칠 뒤 남작은 볼일이 있어서 집을 비우고 없었다.

계절은 더할 나위 없이 찬란했다. 평온한 저녁 뒤에는 별이 총총한 부드러운 밤이 오고 그 다음에는 눈부신 아침이 왔다. 어머니의 건강상태는 곧 좋아졌다.

잔도 줄리앙의 사랑이나 질베르트의 배신은 완전히 잊어버리고 거의 활짝 핀 행복한 삶을 누리고 있었다. 전원은 꽃을 피워 향기를 풍기고, 언제나 잔잔한 끝없는 바다는 아침부터 저녁까지 햇빛에 반짝였다.

어느 날 오후 잔은 폴을 안고 들로 나갔다. 그녀는 길가의 수풀 사이에 피어난 꽃과 자기 아들을 번갈아보며 끝없는 행복감에 잠겨 있었다. 그녀는 이따금 어린아이에게 입맞추고 격정적으로 가슴에 꼭 껴안았다.

들의 향긋한 냄새가 코를 스치고 지나가면 영원한 행복속에 녹아들어가 정신이 몽롱해 지는 것 같았다.

그녀는 어린아이의 미래를 꿈꾸어 보았다. 앞으로 이 아이는 무엇이 될 것인가? 어느 때는 유명하고 세력있는 위대한 인물이 되기를 바랐고, 때로는 그저 평범한 사람으로 자기 곁에서 다정스럽게 자기에게 효도하고 끝까지 자기를 위해 두 팔을 벌려 주는 편이 낫다고 생각했다. 어머니로서의 이기적인 마음으로 자식을 귀여워할 때는 그저 언제까지나 자기가 사랑하는 자식으로만 있어 주었으면 하고 바랐으며, 정열적인 이성으로 자식을 사랑할 때는 그가 어떤 세계적인 인물이 되었으면 하는 야망을 갖기도 했다. 그녀는 개울가에 앉아 어린아이를 유심히 들여다보았다. 처음 보는 아기 같았다. 그러자 이 작은 존재가 앞으로 자라나 어른이 되고 깨끗한 발걸음으로 걸을 것이며, 얼굴에는 수염이 나고 쩡쩡 울리는 큰 목소리로 이야기하겠지 하고 생각하니 그녀는 새삼스럽게 놀라웠다.

멀리서 누가 그녀를 부르고 있었다. 고개를 들고 바라보니 마리우스가 달려오고 있었다. 그녀는 손님이 와서 기다리나 보다고 생각하며 모처럼의 명상이 깨어져서 기분좋지 않은 마음으로 일어섰다.

있는 힘을 다해 달려온 소년은 그녀의 곁에 이르자 소리쳤다.

"아씨, 마님이 위독하십니다!"

등줄기에 찬물이 끼얹어진 듯한 느낌이었다. 그녀는 정신없이 달려갔다. 멀리 플라타너스 아래에 모여선 사람들이 바라보였다. 그녀는 달음질쳐 갔다. 둘러섰던 사람들이 길을 비켜주어 보니, 어머니는 두 개의 베개로 받쳐진 채 땅바닥에 눕혀져 있었다. 얼굴이 시퍼래지고 두 눈이 감겨져 있으며, 20년 전부터 빠르게 뛰던 가슴은 움직이지 않았다.

유모가 그녀의 손에서 어린아이를 받아 데리고 갔다.

잔은 광포해진 눈으로 쳐다보며 물었다.

"웬일이에요? 어떻게 쓰러지셨지요? 빨리 의사를 불러다 줘요!"

그녀가 고개를 돌려보니 어떻게 알고 왔는지 신부가 서 있었다. 그는 법의 소매를 걷어 올리고 서둘러 온갖 방법으로 손을 썼다. 식초며 오 드 코롱이며 마찰 등, 그러나 아무 소용이 없었다.

신부가 말했다.

"옷을 벗기고 침대에 눕혀 드려야겠소"

조세프 쿠이야르 소작인도 시몽 영감과 뤼디빈 찬모와 함께 있었다. 피코 신부의 도움을 받아 그들은 남작 부인을 안으로 옮기려고 했다. 그들이 부인을 들어올리자 머리는 뒤로 축 늘어지고, 그들이 잡은 부인의 옷이 찢어졌다. 그만큼 그 뚱뚱한 몸집은 무거워 들어올리기가 힘들었다. 잔은 무서워서 울기 시작했다. 그들은 뚱뚱하고 물렁물렁하게 늘어지는 몸을 다시 땅에 내려놓았다.

객실의 안락의자를 가져와야만 했다. 이 안락의자에 앉힌 다음에야 부인을 들어올릴 수 있었다. 한 걸음 한 걸음 돌층계를 올라가서 부인을 방 안의 침대에 눕혔다.

찬모가 부인의 옷을 채 벗기기도 전에 당튀 과부가 나타났다. 하인들의 말을 빌리면 그녀는 신부와 마찬가지로 마치 죽음의 냄새를 맡은 듯 달려왔다고 한다.

조세프 쿠이야르는 의사를 부르러 말을 타고 전속력으로 달려갔다. 신부가 성유(聖油)를 가지러 갔을 때 과부가 신부의 귀에 속삭였다.

"신부님, 그러실 것 없습니다. 내가 보건대 부인은 이미 돌아가셨습니다."

잔은 넋이 나간 채 어떻게 해야 할지, 무슨 방법과 약을 써야 할지 몰라 그 것을 가르쳐 달라고 애원하고 있었다.

신부는 속죄의 기도문을 중얼거렸다. 사람들은 두 시간 동안이나 납빛이 된 생명없는 몸뚱이 곁에서 기다리고 있었다. 무릎을 꿇고 앉은 채 잔은 불안과 고통에 가슴이 찢어지는 듯 흐느껴 울었다. 문이 열리고 의사가 들어왔을 때 그녀로서는 구원과 위안과 희망이 들어오는 것 같았다. 그녀는 의사에게 달려 가 이 일에 대해 자기가 알고 있는 바를 모두 더듬더듬 들려 주었다.

"여느때처럼 산책하고 있었습니다. ……건강은 좋으셨어요. ……아주 좋으셨 지요. ……점심에는 수프와 달걀을 두 개 드셨습니다. ……별안간 쓰러지셨어요. ……보시다시피 이렇게 얼굴빛이 시꺼매지셨는데 ……그러고는 움직이지 않으 셨어요. 다시 되살아나게 하려고 온갖 방법을 다 써봤습니다만…… 온갖……."

과부가 의사에게 모두 끝났다는, 완전히 끝났다고 은근하게 몸짓하는 것을 보고 그녀는 가슴이 덜컥 내려앉아 입을 다물었다.

그러고는 그것을 부인하려는 듯 불안스럽게 몇 번이나 의사에게 물었다.

"위독하신가요? 위독하다고 여기세요?"

드디어 의사가 말했다.

"아무래도…… 숨을 거두셨나 봅니다. 용기를 내셔야 해요."

잔은 팔을 벌린 채 어머니에게 몸을 던졌다. 줄리앙이 들어와 있었다. 그는 뚜렷한 고통이나 절망하는 빛도 없이 그저 당황한 채 넋을 잃고 서 있었다. 너 무나 뜻밖의 일이라 그런 자리에 필요한 얼굴빛과 태도를 갑자기 만들 수 없었 던 것이다. 그는 중얼거렸다.

"이럴 줄 알았어, 돌아가실 것 같더라니……."

그는 손수건을 꺼내 눈을 닦고, 무릎을 꿇고 성호를 그으며 뭐라고 중얼중 얼하더니, 일어나면서 자기의 아내도 일으켜세우려고 했다. 그러나 그녀는 시신 을 끌어안은 채 그 위에 엎드려 입맞추고 있었다. 그녀를 떼어내지 않으면 안되 었다. 그녀는 마치 미친 것 같았다.

한 시간 뒤에야 그녀를 다시 그 방으로 들어가게 했다. 죽은 남작 부인을 다 시 되살아나게 할 희망은 없었다. 방도 이제는 유해를 안치한 방처럼 꾸며져 있었다. 줄리앙과 신부는 창가에 서서 낮은 목소리로 이야기하고 있었다. 당튀 과부는 편안한 자세로 안락의자에 앉아 밤샘하는 여자의 습관으로, 그리고 초 상난 집이면 어디든 자기 집처럼 여겨지는 듯 벌써 잠든 것 같았다.

밤이 되었다. 신부는 잔에게로 다가서서 그녀의 두 손을 잡고, 아무리 해도 위안이 되지 않는 그녀의 마음에 종교적인 부드러운 위로의 말을 하며 기운을 돋우어 주려고 했다.

그는 죽은 사람에 대해서 신부 특유의 말로 칭찬하고, 애도하는 듯한 슬픈 표정을 지으며 성직자로서 고인에게 은혜를 베풀겠다는 듯이, 자기가 시신 곁 에서 기도하며 밤샘하겠다고 제의했다. 그러나 잔은 발작적으로 흐느껴 울며 그것을 거절했다. 그녀는 영원한 고별의 밤을 아무도 없이 자기 혼자 보내고 싶 었던 것이다.

줄리앙이 그녀에게 다가와서 말했다.

"그럴 수는 없소. 함께 밤을 새웁시다."

그녀는 더 이상 말이 나오지 않아 고개를 가로저었다. 그리고 겨우 말했다.

"우리 어머니예요, 우리 어머니. 나 혼자 어머니를 지키고 싶어요."

의사가 옆에서 말했다.

"하고 싶다는 대로 맡겨두십시오. 저 과부를 옆방에 있게 하면 되지요."

신부와 줄리앙도 자기들의 침대를 생각하며 그 말에 따랐다. 그러자 피코 신 부는 무릎을 꿇고 기도하고 나서 일어나 나가며 '주님은 그대와 함께'라고 말 할 때와 같은 말투로 "이 분은 성녀와 같은 분이었습니다"라고 말했다.

그러자 줄리앙이 여느때와 다름없는 목소리로 물었다.

"뭘 좀 들지 않겠소?"

잔은 그가 자기를 보고 한 말인 줄 몰라 대답하지 않았다. 그는 다시 말 했다.

"뭘 좀 먹어야 기운을 차리지 않겠소?"

그녀는 넋이 나간 얼굴로 대답했다.

"아버지를 오시라고 곧 사람을 보내세요."

줄리앙은 말탄 심부름꾼을 루앙으로 보내려고 밖으로 나갔다.

그녀는 고인을 애도하는 절망적인 마음이 밀물처럼 치밀어올라 마치 여기에 마음껏 몸을 내맡기고 마지막 시간을 기다리는 듯, 일종의 정지된 고통 속에 잠겨 있었다.

방에는 차츰 어둠의 장막이 짙어오며 고인을 뒤덮었다. 당튀 과부가 병 간호 인처럼 조용한 동작으로, 눈에 띄지 않는 물건을 찾거나 치우며 가벼운 걸음으로 돌아다녔다.

그러고 나서 그녀는 두 자루의 초에 불을 붙여 침대 머리맡에 있는 하얀 식탁보 위에 가만히 놓았다. 잔은 아무것도 보지도 느끼지도 알지도 못하는 것 같았다. 그녀는 혼자 남기만을 기다리고 있었던 것이다.

줄리앙이 식사하고 나서 다시 들어와 물었다.

"아무것도 안 들겠소?"

그녀는 머리를 가로저었다. 남편은 슬프기보다는 체념한 듯한 표정으로 말없이 앉아 있었다. 그 세 사람은 움직이지 않은 채 멀리 간격을 두고 의자에 앉아 있었다. 이따금 잠들었던 과부는 코를 골며 갑자기 눈을 뜨곤 했다. 마침내 줄리앙은 일어나 잔에게로 다가가서 물었다.

"그래, 정말 혼자 있겠소?"

그녀는 격정이 치밀어올라 저도 모르게 그의 손을 잡으며 말했다.

"네, 그러겠어요. 이대로 내버려둬 주세요."

그는 그녀의 이마에 키스하며 중얼거렸다.

"이따금 내가 오지."

그는 안락의자를 옆방으로 밀고 가는 당튀 과부와 함께 나갔다. 잔은 문을 닫고 두 개의 창문을 활짝 열어젖혔다. 풀 깎는 계절의 따뜻한 미풍이 불어왔다. 그 전날 깎아 눕힌 잔디의 건초더미가 달빛 아래 반짝였다. 이 부드러운 감촉이 그녀에게는 고통스러웠으며 아이러니컬하여 가슴아팠다. 그녀는 다시 침대 곁으로 가서 생기없는 차디찬 한쪽 손을 잡고 어머니의 얼굴을 자세히 들여다보았다.

쓰러졌던 그 순간처럼 그토록 부어 있지는 않았다. 어머니는 그 어느 때보다 더욱 평화롭게 잠들어 있는 듯했다. 바람에 나부끼는 창백한 촛불의 불꽃이 쉴 새 없이 얼굴의 그림자 위치를 변화시켜 순간적으로 움직이지나 않았나 할 만큼 부인을 싱싱하게 보이게 했다.

잔은 어머니의 얼굴을 뚫어지게 들여다보았다. 그러자 먼 소녀시절부터의 수많은 추억들이 마음속에 솟아올랐다. 그녀는 어머니가 수녀원 응접실로 찾아와 과자가 잔뜩 든 봉지를 건네주던 모습이 떠올랐다. 온갖 대수롭지 않았던 일들, 하찮은 사실, 하찮은 애정의 표시, 여러 가지 말들, 억양들, 늘 하던 몸짓, 웃을 때 눈가에 잡히던 주름, 앉았을 때의 숨찬 한숨 소리 등을 돌이켜보았다. 그녀는 어떤 혼미한 상태 속에서 '어머님은 돌아가셨다'고 되풀이하며 바라보고 있었다. 그러자 이 말이 지닌 공포감이 그녀에게 밀려왔다.

저기에 누워 있는 부인—어머니가—엄마가—아델라이드 부인이—돌아가셨다고? 이제는 움직이지도 말하지도 웃지도 않을 터이고, 더욱이 아버지와 마주 앉아 식사하는 일도 없으리라. 이제는 "잘 잤니, 자네트?" 하고 아침 인사하는 일도 없을 것이다. 어머니는 돌아가셨다! 얼마 안 되어 관 속에 넣어 못을 박고 파묻으면 그것으로 끝나는 것이다. 두 번 다시 볼 수 없는 것이다.

그럴 수가 있을까? 어째서 그럴까? 이제 어머니는 정말 사라지는 것일까? 눈을 뜨면서부터 보아 왔고 팔을 벌리면서부터 사랑해온, 이 정답고 그리운 얼굴은, 이 크나큰 애정의 배출구는, 그녀의 마음속에서 어느 존재보다도 더 소중했던 유일한 존재인 어머니는 영원히 사라져 버린 것이다.

이제는 어머니의 얼굴을, 움직이지도 않고 생각하지도 않는 이 얼굴을 보는 것도 몇 시간 남지 않았다. 그 뒤에는 추억밖에 아무것도 남지 않을 것이다. 그리하여 그녀는 절망적이고도 무서운 발작으로 바닥에 털썩 무릎 꿇고 앉았다. 그러고는 경련을 일으키는 손으로 테이블을 움켜잡고 뒤틀며 입을 침대에 갖다대고, 요와 이불 속에서 소리를 죽여가며 찢어지는 듯한 목소리로 외쳤다.

"아아! 엄마! 우리 불쌍한 엄마! 엄마!"

이러다가는 지난번 눈 속을 도망치던 날 밤처럼 미칠 것만 같아, 그녀는 다시 일어나 창가로 가서 몸을 기대어 머리를 식히고, 이 죽음의 공기와는 다른 새로운 공기를 들이마셨다. 풀을 벤 풀밭과 숲과 들판과 저 멀리 바다가 부드럽고 요염한 달빛 아래 잠들어 평화로운 침묵 속에서 쉬고 있었다. 이러한 부드러운 평화가 얼마쯤 가슴 속에 배어들어, 그녀는 소리 없이 흐느껴 울었다. 그러고는 다시 침대 곁으로 다가가서 마치 환자를 간호하듯 어머니의 손을 잡고 앉았다.

큰 날벌레가 촛불에 끌려 방으로 날아 들어왔다. 벌레는 마치 총알처럼 벽에 부딪치며, 방의 이 끝에서 저 끝까지 날아다녔다. 잔은 윙윙거리는 날개 소리에 정신이 팔려 눈을 들어보았으나, 하얀 천장에 움직이는 검은 그림자밖에 보이지 않았다. 이윽고 아무 소리도 들려오지 않았다. 조금 뒤 째깍거리는 시계 소리가 들려오고 나직한, 거의 들릴락 말락한 또 다른 작은 소리가 들려왔다. 그것은 침대 다리 옆 의자 위에 팽개쳐진 어머니의 옷 속에서 잊혀진 채 줄곧 초침이 돌아가는 어머니의 회중시계 소리였다. 문득 이 고인과 째깍거리는 그 시계와의 막연한 대조가 잔의 가슴에 강렬한 비통함을 불러일으켰다.

그녀는 시계를 보았다. 이제 겨우 10시 30분이었다. 그녀는 고인의 침대머리에서 보낼 이 한밤에 대해 무서운 공포감이 엄습했다.

또 다른 추억들이 떠올랐다. 그것은 자신의 생에 대한 추억—로잘리—질베르트—자기 가슴에 쓰라린 환멸을 불러일으키는 대상들이었다. 그러고 보면 세상일이란 비참함과 슬픔과 죽음에 지나지 않는다. 누구나 다 속이고 거짓말하고 남을 괴롭히고 울린다. 어디에서 조금이나마 휴식과 기쁨을 얻어볼 수 있겠는가. 아아, 저 세상에서나 찾아볼 수 있으려나. 영혼의 휴식을!

그녀는 해결되지 않는 이 신비에 대해 공상하기 시작했다. 갑자기 시적(詩的)인 영혼의 확신을 가져보다가, 또 그와 비슷하게 막연한 다른 가설들이 곧 이것을 뒤집어엎었다. 대체 어머니의 영혼은 지금 어디에 있는 것일까? 이 움직이지 않고 차디찬 시체의 영혼은 어디에 있는 것일까? 아주 먼 곳에 가 있는 것이다. 우주 공간의 한모퉁이에 있는 것일까? 그렇다면 그곳이 어디일까? 새장에서 달아나 보이지 않는 새처럼 증발해 버린 것일까? 하느님에게로 불려갔을까? 그렇지 않으면 어떤 새로운 창조물 속에 흩어져 깨어나려는 싹 속에 섞여버렸을까? 또는 아주 가까이 있는 게 아닐까? 이 방 안은 아직도 어머니가 떨어져 나간 이 생명없는 육체의 주위일까?

별안간 잔은 마치 망령이 닿은 것처럼 어떤 입김이 자기를 스치는 듯한 느낌이 들었다. 그녀는 무서웠다. 소름끼치도록 무서웠다. 어찌나 무서운지 손끝 하나 까딱하지 못하고 숨을 죽인 채 감히 시신을 돌아볼 용기조차 나지 않았다. 그녀의 가슴은 놀란 토끼처럼 마구 뛰었다. 갑자기 보이지 않던 날벌레가 또다시 빙빙 날아돌며 벽에 부딪치기 시작했다. 그녀는 발끝에서부터 머리끝에서까지 오싹했으나 곧 날벌레 소리임을 알고는 마음이 놓여 일어나서 돌아다보았다.

그녀의 눈길은 유물로 남은 가구, '스핑크스'의 머리가 붙은 책상서랍 위에 멈추었다. 문득 부드럽고 신비한 생각이 그녀의 가슴에 스며들었다. 이 마지막 밤샘을 하며 성경책을 읽듯이 고인의 소중했던 저 오래된 편지를 읽어 보겠다는 생각이었다. 잔에게는 이것이 상냥하고 신성한 의무이며, 저승으로 간 어머니를 기쁘게 해드리는 참다운 효도를 하는 것같이 여겨졌다.

이것은 그녀가 전혀 알지 못하는 할아버지, 할머니의 해묵은 편지들이었다.

그녀는 그들의 딸의 육체 너머에 있는 그들에게로 가서 옛날에 돌아가신 그들과, 지금 여기에 자기 차례가 와서 이 세상을 떠난 어머니와, 아직 이 세상에 살아 남아 있는 자기와의 사이에 일종의 신비적인 애정의 열쇠를 만들고 싶었다.

그녀는 일어나 책상서랍의 앞문을 열고 아랫서랍에서 차곡차곡 끈으로 묶은 누렇게 바랜, 여남은 개의 조그만 편지다발을 꺼냈다.

그녀는 일종의 감상적인 마음으로 그 편지를 침대 위 남작 부인의 팔 사이에 펼쳐놓고 읽기 시작했다. 그것은 문갑 책상서랍 속에서 발견된 오래된 편지들로 지난 세기의 냄새가 풍기는 것들이었다. 첫 번째 편지는 '나의 사랑하는 딸에게—'라는 말로 시작되어 있었다. 또 다른 것은 '나의 귀여운 소녀에게—'라고 되어 있었다. 다음에는 '귀여운 어린 것—'으로 되어 있고, '나의 예쁜이—' '열애하는 내 딸—', 그리고 '귀여운 자식—' '귀여운 아델라이드' '사랑하는 내 딸—' 소녀, 처녀, 나중에는 젊은 부인으로 달라짐에 따라 이와 같이 편지의 호칭도 달라졌다. 이 모든 편지들은 열정적이고 유치한 애정과, 사소하고 친근한 일들과, 집안의 크고 작은 사건들로 가득차 있었는데, 그 편지와 관계없는 사람들에게는 아주 평범한 것이었다.

'아버님은 유행성감기가 드셨습니다. 하녀 오르탕스는 손가락을 데었습니다. 고양이 크로크라가 죽었습니다. 오른편에 있는 전나무를 잘랐습니다. 어머님이 교회에서 돌아오는 길에 미사책을 잃어 버리셨는데, 어머님은 누가 훔쳐갔나 보다고 생각하십니다'라는 식의 것이었다.

거기에는 또한 잔이 모르는, 그러나 어렸을 때 이름만은 어렴풋이 들은 것 같은 사람들에 대한 이야기도 씌어 있었다. 그녀는 여러 가지 계시와 같은 이런 사소한 일들에 감동했다. 그녀는 마치 지나간 과거의 비밀생활에, 즉 어머니 마음의 생활에 뛰어든 것 같은 기분이었다. 그녀는 누워 있는 시체를 바라보다가 별안간 큰 소리로 편지를 읽기 시작했다. 고인을 위해 마치 위로하려는 듯 소리 높여 읽기 시작했다. 그러자 움직이지 않는 시체도 행복한 듯 보였다.

하나씩 하나씩 읽는 대로, 그녀는 침대 밑으로 던졌다. 그리고 꽃과 함께 이 편지들도 관 속에 넣어드려야겠다고 생각했다. 그녀는 또 하나의 다른 편지뭉치를 풀었다. 새로운 글씨의 편지였다. 그 편지는 '당신의 애무 없이 나는 이제 살아갈 수 없게 되었습니다. 나는 당신을 미칠 듯이 사랑합니다'라고 시작되어 있었다. 그것뿐이었다. 보낸 사람의 이름도 없었다. 까닭을 몰라 다시 겉봉을 보았다. 분명 르 베르튀 데 보 남작 부인 앞으로 되어 있었다.

그래서 그녀는 다음 편지를 펼쳤다.

오늘 밤 그가 나가는 대로 곧 와주십시오. 우리는 한 시간을 같이 보낼 수 있을 겁니다. 나는 당신을 사랑하고 있습니다.

또 다른 편지에는—

헛되이 그대를 요구하면서 정신착란의 하룻밤을 보냈습니다. 나는 내 마음속에 당신의 육체를 껴안았고, 내 입술은 그대 입술 위에 있었으며, 그대의 두 눈은 내 눈 밑에 있었습니다. 그런데 지금 이 순간, 당신은 그 남자 곁에 잠들어 있고, 그 남자가 당신의 육체를 마음대로 다루리라고 생각하니, 분노로 말미암아 창 밖으로 내 몸을 던지고 싶은 기분입니다.

잔은 놀라 입을 벌린 채 어리둥절했다.

이것은 어찌된 일일까? 이 사랑의 말은 누가 누구에게 보낸, 누구를 위한 누구의 것일까? 그녀는 계속 읽어나갔으나 여전히 미칠 듯한 사랑의 고백과 신중한 태도를 취하라고 경고한 밀회의 약속뿐이었다. 그리고 언제나 사연 끝에 다음과 같은 부탁의 말이 있었다.

'반드시 이 편지를 태워 버리십시오.'

마지막으로 그녀는 평범하고 간략한 편지 한 장을 펼쳐보았다. 그것은 만찬 초대를 승낙한다는 것으로, 필적은 먼저 것들과 같았으며, 폴 덴느마르라고 서명되어 있었다. 지금도 남작은 그에 대해 이야기할 때 '가엾은 폴'이라고 부르는데, 그 폴의 부인은 남작 부인과 가장 친한 친구였다. 그러자 잔에게 어떤 의혹이 스쳐 지나갔고, 이것은 다시 움직일 수 없는 확신으로 나타났다. 어머니는

그 남자를 연인으로 삼고 있었던 것이다.

그녀는 갑자기 머리가 혼란스러워져서 독벌레를 떨쳐버리듯 몸서리치며 이 추악한 편지들을 팽개쳐버렸다. 그리고 창가로 달려가 자기도 모르게 목이 찢어지는 듯한 소리를 내며 무섭게 울기 시작했다. 온 몸에 힘이 빠져 벽 밑에 맥없이 쓰러져, 소리나지 않게 커튼으로 얼굴을 가리고 끝없는 절망 속에 흐느껴 울었다. 아마 밤새도록 그렇게 울고 있었을 것이다. 그러나 문득 옆방에서 발소리가 나서 벌떡 일어났다.

어쩌면 아버지인지도 몰라. 침대 위며 방바닥에 흩어진 편지들을 어떻게 할까? 이 편지 한 통만 펴보아도 지난 일이 모두 탄로나는 것이다.

'아버지가 그것을 아시게 된다면, 그분이?'

갑자기 그녀는 쏜살같이 달려들어 할머니, 할아버지의 편지며, 연인의 편지, 아직 펴보지 않은 편지, 그리고 책상서랍 속에 묶인 채로 있는 편지, 누렇게 빛바랜 어머니의 편지들을 모두 난로 속에 던져 버렸다. 그리고 테이블 위에서 껌뻑이고 있는 촛대 하나를 갖다가 이 편지더미에 불을 붙였다. 큰 불길이 일어나 방과 침대와 시체를 춤추는 듯한 빛으로 비추고, 굳어진 떨리는 듯한 옆얼굴과 이불 속에 있는 뚱뚱한 몸집의 그림자를 침대 테이블 위에 꺼멓게 던져주었다. 난로 속에 한 줌의 재밖에 남지 않게 되자, 더 이상 시체 곁에 머무를 용기가 나지 않아 잔은 다시 열려진 창가로 돌아가 앉았다. 그러고는 두 손으로 얼굴을 가린 채 울면서 창자가 끊어지는 듯한 비통한 신음 소리를 냈다.

"아아! 불쌍한 엄마! 아아! 우리 불쌍한 엄마!"

문득 무서운 생각이 들었다.

'만일 어머니가 돌아간 것이 아니라면, 지금은 다만 혼수상태에 빠져 있을 뿐인데 별안간 일어나서 이야기라도 하신다면 어떻게 할 것인가? 그처럼 무서운 비밀을 알아낸 것은 자식으로서의 어머니에 대한 애정을 덜게 하지는 않을까? 다시 옛날처럼 경건하게 입술에 키스할 수 있을까? 다시 옛날처럼 성스러운 애정으로 사랑할 수 있을까? 이제 그것은 절대로 불가능한 일이다!'

이런 생각이 그녀의 가슴을 찢어놓는 듯했다.

어둠의 장막은 점점 엷어져가고 반짝이던 별들도 차츰 빛을 잃었다. 날이 밝기 직전의 서늘한 시각이었다. 기울어진 달은 해면을 진줏빛으로 물들이며 막 가라앉는 순간이었다.

처음으로 레 푀플에 도착했을 때 첫날밤을 창가에서 보낸 추억이 잔의 마음을 아프게 했다. 얼마나 먼 옛날인가? 그새 얼마나 달라져 버렸나! 미래가 얼마나 많이 그때와 달라져 보이나! 어느덧 하늘은 장밋빛으로 물들었다. 즐겁고 사랑스럽고 아름다운 장밋빛이었다. 그녀는 지금 불가사의한 사물을 대한 듯 놀란 채 이 찬란한 먼동을 바라보고 있었다.

그리고 이처럼 먼동이 밝아오는 이 땅에 기쁨도 행복도 없다는 것이 정말일까, 하고 생각했다. 그녀는 문 여는 소리에 깜짝 놀랐다.

줄리앙이었다.

그는 물었다.

"어떻소, 너무 피로하지 않소?"

그녀는 곁에 누가 있다는 데 적이 마음이 가라앉아 중얼거렸다.

"괜찮아요."

그는 말했다.

"자아, 이제 그만 가서 쉬구려."

그녀는 괴롭고 고통스럽게 느릿느릿 어머니에게 키스하고 나서 자기 침실로 돌아갔다.

죽음에 뒤따르는 갖가지 슬픈 일들 속에서 하루해가 지나갔다. 남작은 저녁 때 도착했다. 그는 몹시 서럽게 울었다.

장례식은 그 다음 날에 있었다. 잔은 마지막으로 얼음같이 찬 어머니의 이마에 입술을 대고, 마지막 화장을 시키고 관에 넣어 못질하는 것을 보고 물러나왔다. 곧 손님들이 올 것이기 때문이었다.

질베르트는 맨 먼저 와서 자기 친구의 품에 몸을 던지고 흐느껴 울었다. 마차가 몇 대씩 담을 돌아서 달려오는 것이 창밖으로 보였다. 현관 쪽은 사람들 소리로 떠들썩했다.

잔이 전혀 모르는 상복 입은 여자들이 차츰 방 안으로 들어오기 시작했다.

쿠틀리에 후작 부인과 브리즈빌르 자작 부인이 잔에게 키스했다.

별안간 잔은 리종 이모가 자기 등 뒤에 소리 없이 다가와 서 있는 것을 알았다. 그녀는 다정스럽게 이모를 와락 껴안았다. 그것은 노처녀를 거의 실신케 했다.

줄리앙이 상복을 입고 멋진 모습으로, 조객이 몰려든 데 만족한 표정을 지

으며 기쁘게 들어왔다. 그는 상의할 일이 있다고 낮은 목소리로 말했다. 그러고
는 은근한 목소리로 덧붙였다.

"귀족이란 귀족은 다 모였군. 볼만하겠는데."

그는 부인들에게 정중히 인사하고 나갔다.

장례식이 거행되는 동안 리종 이모와 질베르트 백작 부인만 잔 곁에 남아
있었다. 백작 부인은 쉴 새 없이 그녀에게 키스하며 되풀이해서 말했다.

"가엾은 분, 가엾은 분."

푸르빌르 백작이 그의 아내를 찾으러 왔을 때 백작은 마치 자기 어머니를
잃은 듯이 울었다.

10

장례식이 끝난 며칠 동안은 몹시 슬펐다. 이제는 정다웠던 사람이 영원히 가
버림으로서 온 집 안이 텅 빈 듯한 음울한 나날이었고, 고인이 살았을 때 늘
쓰던 모든 물건들이 눈에 띌 적마다 사람들에게 새로운 고통을 주는 그러한
나날이었다.

때때로 고인과의 추억어린 일들이 떠올라 마음을 아프게 했다. 여기에 고인
이 앉았던 안락의자가 있고, 현관에도 양산이 덩그렇게 놓여 있었으며, 고인의
컵은 하녀가 치우지 않아 아직도 그대로 놓여 있었다. 어느 방에나 고인을 생
각나게 하는 물건들이 그대로 있었다. 가위, 장갑 한 짝, 고인의 손때가 묻고 책
장이 너덜너덜 낡아빠진 책, 그리고 수없이 작은 추억들을 떠오르게 하는 수
많은 사소한 일들도 비통함을 자아내게 했다. 또한 고인의 목소리가 귀에서 떠
나지 않아, 정말 뚜렷이 그 소리를 듣고 있는 듯이 여겨졌다.

잔은 어디론가 도망치고 싶었다. 넋이 붙어 있는 듯한 이 집에서 빠져나가고
싶었다. 그러나 다른 식구들도 집에 남아 똑같은 고통을 당하고 있는 이상, 자
기도 어쩔 수 없이 남아 있지 않으면 안되었다.

더욱이 잔은 자신이 발견한 어머니의 비밀에 짓눌려 있었다. 그 생각으로 말
미암아 마음의 상처는 좀처럼 아물지 않았다.

그 무서운 비밀 때문에 그녀의 고독은 더욱더 견디기 힘들었다. 그녀의 마지
막 신뢰는 마지막 신앙과 함께 땅에 떨어졌던 것이다.

아버지는 며칠 뒤 떠나 버렸다. 장소를 옮겨 새로운 공기를 들이마심으로써,

그가 점점 더 깊이 빠져들어가는 암흑의 고뇌에서 벗어날 필요가 있었던 것이다.

그리고 이처럼 주인 가운데 한 사람이 사라져가는 것을 보아온 이 오래된 큰 집은 거의 평온하고 규칙적인 생활을 되찾았다.

그러자 이번에는 폴이 병이 났다. 이 때문에 잔은 완전히 이성을 잃고 10여일 동안을 거의 먹지도 자지도 않고 밤을 지새웠다.

어린아이의 병은 완치되었다. 그러나 그녀는 혹시 폴이 죽을지도 모른다는 공포에 떨고 있었다.

그렇게 되면 어떻게 될까. 자기는 어떻게 될까. 그렇게 생각하자 어린아이가 하나 더 있었으면 하는 가느다란 욕망이 조용히 그녀의 가슴속에 스며들었다. 그녀는 거기에 대해 몽상해 보고는 자기 슬하에 남자아이 하나, 여자아이 하나를 갖고 싶어 했던 지난날의 욕망에 다시 사로잡혔으며, 그것은 마음에서 떠나지 않고 하나의 집념이 되었다.

그러나 로잘리 사건 이후 그녀는 남편과 방을 따로 쓰고 있었다. 지금 두 사람의 상태로 볼 때 다시 가까워진다는 것은 거의 불가능해 보였다. 줄리앙은 따로 사랑을 하고 있었고, 그녀는 그것을 알고 있었다. 남편의 애무를 다시 받는다는 생각만으로도 그녀는 혐오감에 몸서리쳤다.

그러나 그런 감정보다도 그녀는 어머니가 되고 싶은 욕망이 더 강했다. 어떤 방법으로 다시 접촉할 것인가, 하고 그녀는 생각해 보았다. 자기 생각을 남편에게 눈치채게 할 행동을 하려니 그녀는 굴욕감으로 죽을 것 같은 심정이었다. 남편도 더 이상 자기에게 관심을 갖지 않는 것 같았다.

그래서 그것은 단념해 버리겠다고 생각하면서도 그녀는 밤이면 밤마다 여자아이를 꿈꾸었다. 꿈속에서는 언제나 플라타너스 아래 여자아이와 폴이 놀고 있는 것이었다. 그녀는 일어나서 말없이 남편의 침실로 찾아가고 싶은 안타까운 마음을 느낄 때도 있었다.

두 번이나 그녀는 남편의 침실문 앞까지 몰래 갔다가는 부끄러운 생각에 가슴을 두근거리며 재빨리 되돌아오곤 했다.

어머니는 돌아가셨고, 아버지도 떠나가 버렸다. 잔에게는 이제 함께 의논할 사람도 없었고, 마주앉아 마음속의 비밀을 털어놓을 만한 사람도 없었다.

그러자 그녀는 피코 신부를 찾아가 비밀을 지켜달라는 조건으로 자기가 생각한 이 어려운 계획을 의논해 보리라고 마음먹었다.

그녀가 찾아갔을 때 신부는 과일나무를 심은 작은 정원에서 기도서를 읽고 있었다.

몇 분 동안 이런저런 이야기를 하고 나서 그녀는 얼굴을 붉히며 더듬더듬 이야기를 꺼냈다.

"신부님, 저는 참회를 하고 싶어요."

신부는 깜짝 놀라 안경을 치켜올리고는 그녀를 유심히 바라보며 웃음지었다.

"하지만 부인이 양심에 꺼릴 만한 큰 죄를 지으셨으리라고는 여겨지지 않는데요."

그녀는 몹시 당황하며 말을 이었다.

"아닙니다. 그런 것이 아니라 상의할 말씀이 있는데, 그것이 퍽…… 퍽…… 거북한 것이라서 이렇게 말씀드리기가 어렵습니다."

신부는 곧 호인다운 표정을 버리고 신부다운 표정을 지었다.

"좋습니다. 그러면 고해실에서 말씀을 듣기로 하지요."

그러나 그녀는 텅 빈 성당의 조용한 분위기 속에서 그처럼 얼마쯤 부끄러운 일을 이야기한다는 것이 불안해져서, 갑자기 걸음을 멈추고 망설이며 신부를 붙들었다.

"혹시…… 저…… 신부님…… 저는…… 신부님만 좋으시다면…… 여기에 오게 된 까닭을 말씀드릴 수 있습니다. 저기 조그마한 정자 나무 밑으로 가서 앉을까요?"

그들은 천천히 그쪽으로 걸어갔다. 그녀는 어떻게 설명하고 어떻게 말머리를 꺼낼까 궁리하고 있었다.

그들은 앉았다.

그녀는 참회하듯 말을 꺼냈다.

"신부님."

그녀는 다시 조금 망설였다.

"신부님."

그러나 그녀는 완전히 마음이 어지러워져 입을 다물어 버렸다. 신부는 배 위에 두 손을 깍지끼고 다음 말을 기다렸다.

그녀가 당황해하는 것을 보고 신부는 용기를 북돋아 주었다.

"말씀하시기가 거북한 듯한데, 자아, 용기를 내십시오."

잔은 위험 속으로 뛰어드는 겁쟁이처럼 마음을 단단히 먹고 말했다.

"신부님, 저는 아기를 하나 더 갖고 싶어요."

신부는 그 까닭을 몰라 대답하지 못했다.

그녀는 더욱 당황하며 어물어물 설명했다.

"저는 지금 세상에서 혼자 살아가고 있습니다. 저의 아버지와 남편과는 마음이 맞지 않으며 게다가 어머니는 돌아가셨습니다. 그리고……"

그녀는 몸을 떨며 낮은 목소리로 말을 이었다.

"요전에 하마터면 저는 자식을 잃을 뻔했습니다. 그랬더라면 저는 어떻게 되었겠어요?"

잔은 입을 다물었다. 신부는 그녀의 말을 어떻게 해석해야 할지 몰라서 물끄러미 바라보았다.

"자아, 그러면 요점을 말씀하십시오."

잔은 되풀이했다.

"저는 아기를 하나 더 갖고 싶어요."

그러나 자기 앞에서 조금도 서슴지 않고 농담하는 농사꾼들에게 단련이 된 신부는 빙그레 웃었다. 그는 교활하게 고갯짓을 한 번 하고 대답했다.

"아무래도 그건 부인에게 달린 문제가 아닌 것 같은데요."

그녀는 순진한 눈초리로 신부를 쳐다보며 거북스러운 듯이 머뭇머뭇 말했다.

"그런데…… 그런데…… 아시다시피 그때부터…… 알고 계신…… 그 하녀의 일이 있은 뒤부터 내 남편과 저는 방을 따로 쓰고 있어요."

시골의 추잡한 풍습이나 남녀들의 난잡한 행위에 길든 신부는 이 고백에 놀랐다.

그는 이 젊은 부인의 진정한 욕구를 알 수 있을 것 같았다. 그녀의 비탄에 대해 신부는 호의와 동정의 마음을 가지고 곁눈으로 그녀를 바라보았다.

"네, 잘 알았습니다. 부인의…… 부인의 독수공방의 쓰라림을 알겠습니다. 젊으신데다 퍽 건강하시고…… 어쨌든 그건 당연합니다. 당연함 이상입니다."

시골 신부의 다분히 방종한 성품이 고개를 들어 그는 다시 빙글빙글 웃었다.

그는 부드럽게 그녀의 손을 토닥거렸다.

"그것은 허용되어 있는 것입니다. 신의 이름으로 완전히 허용되어 있는 것입니다. 육체적인 작업은 오직 결혼한 뒤에만 바랄지어다—부인은 이미 결혼하셨습니다. 그렇지 않습니까? 뭐 조금도 가책받을 일이 아니잖습니까."

이번에는 그녀가 신부의 말뜻을 알아차리지 못했다. 그러나 그 의미를 짐작하자마자 그녀는 얼굴이 새빨개지고 깜짝 놀라면서 눈물이 글썽해졌다.

"아이! 신부님도 무슨 말씀을 하세요? 어떤 생각에서 그런 말씀을 하시지요? 저는 정말이지……."

그녀는 흐느낌으로 목이 메었다. 신부는 깜짝 놀라 그녀를 위로했다.

"나는 부인을 괴롭히려고 한 말이 아닙니다. 좀 농담을 한 것입니다. 악의만 없으면 농담도 상관없지 않을까요? 어쨌든 나를 믿으셔도 좋습니다. 줄리앙 씨를 내가 한번 만나보도록 하지요."

그녀는 어떻게 말해야 좋을지 몰랐다. 신부의 어색하고 위태로운 개입이 근심스러워 그것을 취소하려고 했으나 다시는 용기가 나지 않았다.

"고맙습니다. 신부님."

그녀는 나직이 중얼거린 다음 그 자리를 빠져나왔다.

1주일이 지났다. 그녀는 근심스러운 불안 속에서 살았다.

어느 날 저녁식사 때, 줄리앙은 남을 조롱할 때 하는 버릇으로 히죽 웃는 듯한 주름살을 입가에 새기며 이상하게 잔을 쳐다보았을 뿐만 아니라, 자기 아내에게 일종의 눈에 보이지 않는 장난스러운 교태까지 부렸다. 그는 식사 뒤 어머니가 걷던 산책길을 걸으며 그녀의 귀에 속삭였다.

"우리는 다시 사이가 좋아진 모양이지?"

그녀는 대답하지 않았다. 풀이 자라서 이제는 거의 보이지 않게 된 땅 위에 난 똑바른 선을 그녀는 내려다보고 있었다. 그것은 추억이 사라져가듯 차츰 사라져가는 남작 부인의 발자국이었다. 잔은 슬픔에 잠겨 가슴이 죄어드는 것같이 생각되었다.

그녀는 모든 사람에게서 동떨어진 채 인생에서 길을 잃어버린 듯한 느낌이 들었다.

줄리앙은 말을 이었다.

"나는 더 바랄 나위도 없소. 당신을 괴롭힐까봐 늘 걱정했었어요."

해가 넘어가고 공기는 부드러웠다. 울고 싶은 마음이 잔의 가슴을 억눌렀다. 친근한 사람에게 진심을 털어놓고 싶은 마음, 그 사람을 껴안으면서 자기의 고뇌를 절절이 호소하고 싶은 심정이었다. 흐느낌이 목구멍까지 치밀어올랐다.

그녀는 팔을 벌리고 줄리앙의 가슴에 쓰러졌다.

그녀는 울었다. 줄리앙은 모르는 척 머리만 내려다보고 있었다. 그는 아내가 아직도 자기를 사랑하고 있다고 여겨져 그녀의 목에 점잖게 키스해 주었다.

그리고 한마디 말도 없이 그들은 돌아갔다.

그는 아내의 방으로 들어가 아내와 함께 그날 밤을 지냈다. 이리하여 옛날 그들의 관계가 다시 시작되었다. 그는 그러한 관계를 의무처럼 수행했으나 그렇다고 그다지 불쾌한 일도 아니었다. 그녀는 구역질나는 필요성과 고통으로 그러한 관계를 받아들였으며, 임신했다고 느끼기만 하면 이 관계를 영원히 끊어버릴 결심이었다.

그러나 얼마 안 가서 그녀는 남편이 그전과 달라진 것을 눈치챘다. 그전보다 더 세련되었는지는 모르나 완전하지 못한 것이었다. 남편은 마치 조심스러운 연인을 대하듯, 마음을 터놓은 태도가 아니었다.

그녀는 놀라서 이런 태도에 주의를 기울였다. 그리고 얼마 안 가 남편의 행동이 지나치게 조심스럽다는 사실을 알아차렸다.

어느 날 밤 그녀는 남편에게 속삭였다.

"당신은 이제 나에게 전과 같은 사랑을 느끼지 못하나요?"

남편은 비웃듯이 대답했다.

"당신의 임신을 바라지 않아서요."

그녀는 몸이 오싹해졌다.

"어째서 당신은 어린애가 싫으세요?"

그는 깜짝 놀란 듯 말했다.

"뭐라고, 당신 미쳤소? 아이를 더? 하느님 맙소사! 하나 있는데도, 빽빽거려서 귀찮고 손이 가고 돈이 드는데도, 하나 더? 제발 맙소사!"

그녀는 그를 껴안고 남편을 달래며 낮은 목소리로 속삭였다.

"제발 부탁이니 한 번만 더 어머니가 되게 해주세요."

그러나 남편은 그녀의 말에 기분이 상한 듯 화를 버럭 냈다.

"아니, 당신은 정말 정신이 어떻게 됐소? 제발 그런 바보 같은 소리는 그만둬."

그녀는 입을 다물어 버렸다. 그러나 어떤 책략을 써서라도 기어코 자기가 바라는 행복을 얻으리라고 마음먹었다. 그리하여 그녀는 키스하는 시간을 오래 끌어 보기도 하고 정열의 연극을 부려 보기도 했다.

그녀는 온갖 수단을 다 써보았으나 남편은 냉정을 잃지 않았으므로 한 번도 성공하지 못했다. 그리하여 점점 더 심해져 가는 욕구에 사로잡혀 이제는 막다른 길까지 다다라 무슨 짓이라도 할 마음의 준비가 갖추어졌고, 무슨 수단이든 다 써 보겠다는 생각으로 그녀는 또다시 피코 신부를 찾았다.

신부는 막 식사를 끝마친 참이었다. 식사 뒤에는 늘 심장의 두근거림이 심해서 그의 얼굴은 몹시 붉었다. 그녀가 들어오는 것을 보자 신부는 외쳤다.

"그래, 어떠십니까?"

신부는 자기가 교섭한 결과를 알고 싶었던 것이다. 이제는 이미 모든 결심이 되어 있었으므로 그녀는 더 이상 부끄러움으로 망설이지 않고 곧 대답했다.

"남편은 어린아이를 더 바라지 않는답니다."

신부는 그러한 규방의 비밀에 호기심이 끌려 비밀을 들춰내려고 잔에게로 돌아섰다. 그러한 일은 참회실에서의 신부를 언제나 즐겁게 해주었다. 신부는 물었다.

"어째서 그렇습니까?"

이렇게 되자 그녀도 단단히 마음먹기는 했으나 설명하기가 난처했다.

"그이가…… 그이가…… 그이는 제가 다시 한 번 어머니가 되는 것을 싫어한답니다."

신부는 고수처럼 알아들었다. 그는 그러한 일을 잘 알고 있었다. 그리고 겨우 며칠 굶었던 사람이 걸신들려 먹듯이, 자세한 내막과 하찮은 점까지 꼬치꼬치 캐물었다. 그는 잠시 동안 골똘히 생각하더니 조용한 목소리로 마치 풍년든 수확에 대해 이야기하듯이 모든 점을 세밀히 규정지으며 교묘한 행동 계획을 그려 이야기해 주었다.

"방법은 한 가지밖에 없습니다. 그것은 남편께서 부인이 임신했다는 것을 믿도록 하는 일입니다. 그렇게 되면 남편은 더 주의하지 않을 것이고, 그러면 부인은 정말 임신하게 될 겁니다."

그녀는 그야말로 눈 속까지 빨개졌다. 그러나 모든 것을 각오했던 바라 다시 물었다.

"하지만 그이가 제 말을 믿지 않으면요?"

신부는 사람을 조종하고 다루는 방법을 잘 알고 있었다.

"세상 사람들에게 부인이 임신했다고 말하십시오. 가시는 곳마다 어디서나 그 말을 하십시오. 그러면 결국 남편도 그 말을 믿을 겁니다."

그러고는 그같은 책략을 부리는 죄를 자신있게 신부가 용서해 주는 것처럼 이렇게 덧붙였다.

"그것은 부인의 권리입니다. 성당은 남녀 관계에 있어 출산의 목적만을 허용하지요."

그녀는 이 교묘한 충고에 따랐고, 1주일 뒤 임신한 것 같다고 줄리앙에게 말했다. 줄리앙은 펄쩍 뛰었다.

"그럴 리가 없소! 거짓말이오."

그녀는 자기가 생각해 낸 증세를 남편에게 이야기했다. 그러나 그는 단정했다.

"아니, 좀 두고봅시다. 확실하게 알게 될 테니까."

그는 매일 아침마다 물었다.

"그래, 어떻소?"

그녀는 언제나 똑같은 대답을 했다.

"아직은요. 임신한 것만은 틀림없다니까요."

이번에는 줄리앙이 초조해서 불안해하고 화도 내며, 더욱이 낙심하는 듯했다. 그는 줄곧 되풀이 말했다.

"그거 도무지 알 수 없는 일인걸. 어떻게 되었는지 알았다면 목을 맨다 해도 좋겠는데."

한 달 뒤 잔은 이 말을 곳곳에 퍼뜨렸다.

그러나 질베르트 백작 부인에게만은 일종의 복잡미묘한 수치심에서 알리지 않았다. 최초의 불안 이후 잠시동안 줄리앙은 다시 아내를 가까이하지 않았다. 그는 화를 내며 투덜거렸다.

"그거 참, 귀찮기만 한 아이가 또 하나 생겼군!"

그러고는 다시 아내의 방에 들어오기 시작했다. 신부가 예측했던 것은 기가 막히게 들어맞았다. 그녀는 임신하게 되었던 것이다.

그녀는 황홀한 기쁨에 잠겨 자기가 숭상하는 막연한 성신에게 뜨거운 감사를 드리며, 앞으로는 영원히 순결할 것을 맹세하고 밤이면 자기 침실의 방문을 굳게 잠가 버렸다.

그녀는 또다시 행복한 자신을 느끼게 되었고, 어머니의 죽음에 대한 슬픔이 이토록 빨리 사라지는 것을 놀랍게 생각했다. 도저히 위안받을 수 없다고 여겼던 심한 마음의 상처가 겨우 두 달 남짓하여 아물어 버린 것이다. 이제 남은 것이라고는 그녀의 생활 위에 씌워진 슬픔의 베일 같은 깊은 우수뿐이었다. 이제는 더 이상 아무 일도 일어날 것 같지 않았다. 자식들은 자라갈 것이고 자기를 사랑해 줄 것이다. 그녀는 남편에 대해 마음쓰지 않고도 조용하고 안락하게 늙어갈 수 있게 되리라고 생각했다.

9월 말쯤 피코 신부가 아직 2주일 정도밖에 입지 않은 새 법의를 차려 입고 정식으로 찾아와, 자기의 후임자인 톨비악 신부를 소개했다.

그 후임 신부는 아주 젊고 깡마른데다 키가 몹시 작고 유난히 과장된 말을 하는 사람으로, 눈언저리가 꺼멓게 움푹 패어 과격한 성격일 것같은 인상이었다.

늙은 신부는 '고데르빌르'의 사제장으로 임명받았던 것이다. 잔은 신부가 떠난다는 것이 매우 슬펐다. 이 선량한 신부의 얼굴은 젊은 아내로서의 자신의 모든 추억과 연결되어 있었다. 신부는 그녀를 결혼시켜 주었고 어린 폴에게 영세를 베풀어 주었으며, 남작 부인의 장례를 치러 주었던 것이다.

에투방을 생각할 때마다 농가의 뜰을 따라 산책하던 피코 신부의 불룩한 배가 떠올랐다. 신부의 성격이 명랑하고 자연스럽기 때문에 그녀는 신부를 좋아했다.

신부는 이번 승진이 그다지 기쁘지 않은 듯했다. 그는 말했다.

"괴롭습니다. 괴로워요, 자작 부인. 내가 이곳에 부임해 온 뒤로 18년이 흘렀는데, 마을은 가난하고 그다지 좋은 일도 없습니다. 남자들은 신앙이 없고, 여자들은 모두 보시다시피 행실이 좋지 않습니다. 계집애들은 애기를 배기 전에는 성당으로 결혼하러 오는 법이 없으니, 따라서 이 지방에는 오렌지 화관(花冠)도 헐값입니다. 하지만 나는 그런대로 이 지방을 사랑해 왔습니다."

새로 부임한 새 신부는 진저리나는 듯한 몸짓을 하며 얼굴이 빨개졌다. 그는 불쑥 말했다.

"내가 부임해 온 이상 그런 모든 것을 개조하고 말겠습니다."

이미 다 낡았으나 깨끗한 법의를 입은, 몸이 가늘고 약하디약한 그는 골 잘 내는 어린아이 같은 얼굴빛이었다. 피코 신부는 기분이 좋을 때면 언제나 하는 버릇대로 그를 곁눈질로 쳐다보며 말을 이었다.

"여보시오, 신부! 그런 일을 막으려면 당신 교구의 신자들을 사슬로 붙들어 매어 놓아야 할 것입니다. 그러나 그것도 그다지 효과는 없을걸요."

그 작은 신부는 뿌루퉁한 목소리로 대답했다.

"곧 알게 되겠지요."

늙은 신부는 코담배를 들이마시며 빙그레 웃었다.

"나이를 먹어가면 경험과 동시에 그런 열화같은 당신을 진정시켜 줄 것입니다. 그렇게 하다가는 성당에는 신자 한 사람도 남지 않을 거요. 이 지방에서는 신자라고 해야 모두 개 같아서 조심해야 하오. 정말이지 웬 뚱뚱해 보이는 처녀가 설교를 들으러 오는 것을 보면, 이 여자가 우리 교구에 다른 한 사람을 더 데리고 오겠구나, 하고 나는 생각합니다. 그리고 그러한 여자를 결혼시켜 주려고 노력할 따름이지요. 당신도 그들이 그런 짓을 하는 것을 막을 수는 없을 겁니다. 알아듣겠소? 그러나 남자를 찾아내어 어머니가 될 그 여자를 버리지 못하게 할 수는 있습니다. 그저 어떻게든 결혼을 시켜 주십시오. 그 밖의 일에 마음을 쓰셔서는 안 됩니다."

신임 신부는 퉁명스럽게 대답했다.

"우리는 저마다 생각하는 견해가 다릅니다. 이제 그만하십시오."

그러자 피코 신부는 자기 심정에 대해서, 또 집 창문에서 내다보이는 바다며, 멀리 배가 지나가는 것을 바라보면서 기도서를 읽으러 곧잘 갔었던 깔때기 모양의 조그만 골짜기를 못 보게 되는 것이 서운하다고 말했다.

그리고 두 신부는 작별 인사를 했다. 늙은 신부가 잔에게 키스했다. 그녀는 하마터면 울음을 터뜨릴 뻔했다.

1주일 뒤 톨비악 신부가 다시 찾아왔다. 그는 자기가 단행하려는 개혁안을 이야기하며 당부했는데, 그것은 한 나라를 손아귀에 쥔 왕후나 해낼 수 있을 것같은 어마어마한 것이었다. 그러고는 일요일 미사에 반드시 참석하고, 행사가 있을 때마다 성체배수를 하도록 그녀에게 당부했다.

"부인과 나는 이 교구의 수뇌입니다. 우리는 이 지역을 지배하고, 실제로 시범을 보여 주어야 할 것입니다. 권위와 존경을 받기 위해 우리는 마음을 서로 합하지 않으면 안됩니다. 성당과 당신이 손을 맞잡으면 나머지 오두막집들은 우리를 두려워하고 우리에게 복종할 것입니다."

잔의 신앙은 다분히 감정적인 것이었다. 그것은 여자들이 흔히 지니는 몽상적인 신앙이었다. 그리고 그녀가 얼마쯤 종교적인 의무를 수행했다면 그것은 무엇보다도 수녀원에서 얻은 습관적인 것이었으며, 남작의 비판적인 철학이 이미 오래전에 그녀의 모든 신앙적 신념을 뒤집어엎어 버렸던 것이다.

피코 신부는 그녀가 바칠 수 있는 얼마 안 되는 신앙으로 만족했으며 무턱대고 빼앗으려 들지 않았다. 그러나 그의 후임자는 그녀가 지난 일요일 미사에 참석하지 않았다고 하여 용서없이 달려왔다.

그녀는 신부와 논쟁하기가 싫어 처음 몇 주일 동안은 비위를 맞추기 위해 열심히 나가는 척하리라 생각하고 성당에 나갈 것을 약속했다. 그러는 가운데 차츰 그녀는 성당에 나가는 습관을 붙이게 되었고, 꾸밈없고 위압적이며 아주 약해 보이는 이 신부의 영향을 받기 시작했다. 신비주의자인 신부는 그 격정과 열의로 말미암아 그녀의 마음에 들게 된 것이다. 그는 모든 여자들의 영혼 속에 있는 종교적인 시정(詩情)의 줄을 그녀의 마음 안에 퉁겨 주었던 것이다. 그의 한결같은 엄격함, 그리고 속세와 성에 대한 멸시, 세속적인 일에 대한 혐오, 신에 대한 사랑, 또는 경험이 없고 젊음의 특성인 거친 행동과 준엄한 말투, 꺾을 수 없는 의지가 잔에게 신부다운 인상을 받게 했다.

그리하여 이미 인생의 환멸을 느끼는 그녀에게, 그는 종교의 경건한 기쁨이 어떻게 온갖 괴로움을 가라앉힐 수 있는가를 가르쳐 주면서 그녀를 위안자인 신, 그리스도에게로 이끌어갔다. 그리하여 잔은 고해실에서 겨우 15살 정도로만 보이는 이 젊은 사제 앞에 무릎 꿇고 앉아 자신을 작고 연약한 존재라고 생각하는 것이었다.

그러나 얼마 지나지 않아 마을 사람들은 모두 그 신부를 미워하게 되었다. 자신에 대해서도 불굴의 존엄성을 갖는 신부는 다른 사람들에게 너그럽지 못한 태도를 보였다. 특히 그의 분노와 증오를 자아내게 한 것은 남녀간의 사랑이었다. 그는 설교할 때면 신부의 습관에 따라 쩡쩡 울리는 목소리로 마을 사람들에게 색욕을 배격하라는 벼락같은 말을 퍼부으며 남녀간의 사랑을 공격했다. 그는 격분한 나머지 쉴 새 없이 떠오르는 환상으로 머리가 가득차서 분노로 몸을 떨며 발을 굴렀다.

나이찬 처녀총각들은 성당 안에서도 음험한 눈길을 재빠르게 주고받았다. 그리고 언제나 이런 일로 농담하기 좋아하는 늙은 농부들은 미사가 끝나고 돌아오는 길에 푸른 작업복을 입은 아들과 검은 망토를 입은 부인 가운데 서서 그 작은 신부가 너그럽지 못한 것을 비난했다. 그리하여 마을 전체가 떠들어댔다.

고해실에서의 그의 엄격함과 그가 부과하는 준엄한 속죄를 사람들은 수군거리고 있었다. 더구나 정조를 더럽힌 처녀에게는 끝끝내 사면을 거절하여 비웃음마저 받았다.

사람들은 대미사 때 몇몇 젊은이들이 다른 젊은이들과 함께 성체배수하는 데 나가지 않고 제자리에 남아 있는 것을 보고 웃었다.

얼마 안 가서 신부는 산지기가 밀렵자들을 쫓아다니듯 연인들의 밀회를 막기 위해 그들의 거동을 세심하게 살폈다. 개울가에서, 달 밝은 밤에 곳간 뒤에서, 또는 낮은 모래 언덕의 경사진 갈대밭 속에서 그들을 몰아냈다.

한 번은 신부가 자기 눈앞에서도 떨어질 줄 모르고 끌어안고 있는 한 쌍을 보았는데, 그들은 서로 허리를 껴안고 키스하면서 자갈 깔린 골짜기를 걷고 있었다.

신부는 소리쳤다.

"그만두지 못해! 이 잡것들아!"

그러자 젊은 남자는 뒤돌아서며 대답했다.

"신부님, 쓸데없는 참견은 그만두십시오. 당신과는 상관없는 일이니."

이 말에 신부는 자갈을 집더니 마치 개한테 던지듯 두 사람에게 던졌다. 둘은 웃으면서 도망쳤다.

다음 일요일 미사 때 신부는 모든 신도들 앞에서 두 사람의 이름을 지적하며 그들의 비행을 이야기했다. 그러자 이 지방의 모든 젊은이들은 미사에 나가는 것을 그만두었다.

신부는 목요일마다 저택에서 식사하고 그 밖에도 참회자들과 이야기하려고 자주 왔다. 잔도 신부와 마찬가지로 흥분하여 내세의 신비와 종교적인 논쟁에 상투적으로 나오는 문구, 옛날부터 내려온 복잡한 문제들을 있는 대로 끄집어냈다. 그들은 그리스도며 사도며 성모며 역대 교회에 대해 마치 친지라도 되듯 이야기하며 남작 부인의 가로수길을 따라 산책했다.

이따금 두 사람은 심원한 문제를 서로 내걸어 신비스러운 이야기에 열중하려고 걸음을 멈추곤 했다. 그녀는 불화살처럼 하늘로 올라가는 시적인 추리에 도취되었다. 신부는 그녀보다 훨씬 구체적이어서 원을 사각형으로 만들 수 있다는 것을 수학적으로 증명해 보이겠다며 편집광적인 변호인의 논고와 같은 이론을 펼쳐나갔다.

줄리앙은 새로 부임한 이 신부를 극진히 존경하여 늘 말했다.

"저 신부는 내 마음에 든단 말이야. 타협하려 않거든."

그는 마음내키면 참회도 하고 성체배수에도 참례하여 훌륭한 모범을 보였다.

요즘들어 줄리앙은 거의 날마다 푸르빌르 백작 집에 갔는데, 이제는 그가 없이는 못 살게 된 백작과 사냥을 하거나, 비가 오든 바람이 불든 백작 부인과 함께 말을 탔다.

백작은 언제나 말했다.

"저 사람들은 말에 미쳤어. 그러나 내 아내를 위해서는 잘 됐지."

남작은 11월 중간 무렵에 집으로 돌아왔다. 떠날 때보다 더 늙고 쇠약해졌으며 마음속에 맺힌 울적한 슬픔에 빠져 몰라보게 달라져 버렸다. 그리고 몇 달 동안의 울적하고 고독한 생활로 인해 애정과 신뢰와 자애가 필요한 듯, 딸에 대한 남작의 애정이 갑자기 더 커진 것 같았다.

잔은 자기의 새로운 사상이나 톨비악 신부와의 친교, 종교적인 열정 같은 것을 남작에게 털어놓지 않았다. 그러나 남작은 신부를 보자 대뜸 참을 수 없는 적의가 끓어오르는 것을 느꼈다.

그날 저녁 잔이 아버지에게 물었다.

"아버지가 보시기에 신부님이 어때요?"

그는 대뜸 대답했다.

"그 남자 말이냐? 그는 종교재판소의 판사다! 위험하기 짝이 없는 인물이야."

게다가 남작은 가까운 농부들에게서 젊은 신부가 위엄있고 과격하며 자연의 법칙과 선천적인 본능에 대해 박해를 가한다는 말을 듣고, 마음속에서 혐오의 감정이 폭발했다.

남작은 자연을 숭배하는 낡은 철학파에 속하는 사람으로 두 마리의 동물이 교접하는 것을 보아도 곧 감동하며, 일종의 법신론적인 신 앞에서는 무릎을 꿇었다. 하지만 폭군적인 복수의 신인 가톨릭교의 신의 개념에 대해서는 부르주아적이고 위선적인 분노를 나타내며 반항했다. 그러한 신은 그가 보건대, 그 전모를 알 수 없는 모든 현상, 엄연히 무한하고 전능한 창조를 굳이 작게 만드는 데 지나지 않았다.

신은 숙명적이고 무한하고 전능한 생명의 창조, 빛, 땅, 생각, 식물, 바위, 인간, 공기, 짐승, 별, 신, 곤충 등의 조물주이기 때문에 만들 수 있는 만물의 창조, 즉 하나의 의지보다 더 강하고, 이치보다도 넓고, 목적도 이유도 없이 끝없이 모든 방향의 한없는 공간을 통해 갖가지 모양의 형태로 우연적인 필요와 우주를 덮게 하는, 모든 천체의 접근에 따라 산출되는 창조, 그러한 창조를 작게 만드는 것에 지나지 않는다는 것이었다.

창조는 모든 것의 싹을 품고 있고, 사상과 생명은 나무에 꽃과 과일이 열리듯이 그것을 성장시켜 나가는 것이다. 그러므로 그에게 있어 생식이란 그 뜻을 알 수 없고 영원히 변치 않는, 온갖 신의 의지를 성취시키는 일반적인 위대한 법칙이며, 거룩하고 존경할 만하고 신성한 행위였다. 그리하여 남작은 사상과 생명의 박해자인, 이 관능적이지 않은 신부와 격렬한 투쟁을 시작했다.

잔은 통탄하여 하느님께 빌고 아버지에게 탄원했으나, 남작은 언제나 똑같이 대답했다.

"그런 사람은 때려눕혀야 돼. 그것은 우리의 권리며 동시에 의무야. 그런 부류는 인간이 아니야."

그는 긴 흰머리를 흔들며 되풀이했다.

"저들은 인간이 아니야. 저들은 아무것도 몰라. 아무것도…… 아무것도. 숙명적인 꿈속에서 헤매는 거야. 저들은 자연의 이치에서 벗어나고 있어."

그리고 그는 마치 저주하듯 소리쳤다.

"놈들은 반자연주의자들이야!"

신부는 이렇듯 격렬한 자기의 적이 나타난 것을 알았지만 저택과 부인을 자기 손아귀에 쥐고 있고 싶어서, 그리고 뒷날의 승리를 확신하면서 천천히 그 시기를 기다리고 있었다.

게다가 하나의 집념이 그의 머리에서 떠나지 않고 있었다. 우연히 그는 줄리앙과 질베르트 사이의 정사를 발견하고는 무슨 수단을 써서라도 두 사람의 관계를 끊어 놓으려고 생각했다.

어느 날 그는 잔을 찾아와 몇 시간 동안 신비로운 긴 이야기를 한 뒤, 이 집 안에 뿌리 박혀 있는 죄악과 싸워 그 죄악을 없애고 위험에 처한 두 사람의 영혼을 구하기 위해서 자기에게 협력해 달라고 부탁했다.

그녀는 이러한 신부의 부탁에 그 까닭을 몰라 더 자세히 알고 싶었다. 그러나 신부는 대답했다.

"아직 때가 안됐습니다. 가까운 시일 안에 또 오겠습니다."

그러고는 갑자기 돌아가 버렸다.

겨울이 끝나고 있었다. 촌에서 '썩은 겨울'이라고들 하는, 습기 차고 미지근한 날씨였다.

며칠 뒤 신부는 다시 찾아와 용서받을 여지가 없는 사람들이 불의의 관계를 맺고 있다는 사실을 모호하게 이야기했다. 또한 그는 무슨 수단을 써서라도 그러한 관계를 막는 것은 그 사실을 아는 사람들이 해야 할 일이며 의무라고 말했다. 그리고 골똘히 생각하더니 잔의 손을 잡으면서 그녀에게 열심히 사태를 파악하여 자기를 도와달라고 간청했다.

이번에는 그게 무슨 말인지 알아들었지만, 잔은 지금 평온한 자기 집에서 얼마나 괴로운 일이 일어날 것인가를 생각하고 몸서리쳐질 만큼 무서워서 입을 다물고 있었다. 그녀는 신부가 무슨 말을 하는지 못 알아들은 척했다.

그러자 신부는 망설이지 않고 명확하게 말했다.

"자작 부인, 내가 지금 수행하려는 것은 고통스러운 의무입니다. 그러나 다른 도리가 없습니다. 부인이 막아낼 수 있는 일을 부인에게 알려드려야 한다는 나 자신의 명령에 따르는 것이 내 천직이니까요. 그래서 알려드리는 것입니다만, 남편은 푸르빌르 백작 부인과 불의의 정을 맺고 있습니다."

그녀는 힘없이 고개를 떨어뜨렸다.

신부는 말을 이었다.

"자아, 어떻게 하시렵니까?"

그녀는 머뭇머뭇 물었다.

"나보고 어떻게 하라는 말씀입니까, 신부님?"

신부는 격렬한 말투로 대답했다.

"부인 자신이 그들의 죄 많은 욕정을 방해하라는 말씀입니다."

그녀는 울면서 괴로운 목소리로 말했다.

"그러나 남편은 전에도 하녀와의 관계로 나를 배신한 적이 있습니다. 그이는 내 말을 듣지 않아요. 이제는 나를 사랑하지도 않습니다. 그이는 거슬리는 말만 해도 나를 못 살게 굴어요. 그러니 내가 어쩌겠습니까!"

신부는 그 말에 대답하지 않고 소리쳤다.

"그러면 부인은 그런 죄 앞에 굴종하시는 거군요! 단념하셨군요! 당신 댁에 간통자가 있는데도 참기만 하시겠다는 말입니까? 바로 눈앞에서 범죄가 행해지고 있는데도 부인은 외면하겠다뇨. 그러고도 당신이 아내요, 그리스도 신자입니까? 어머니가 될 수 있습니까?"

그녀는 흐느껴 울면서 되풀이해 물었다.

"나보고 어떻게 하라는 말씀입니까?"

신부는 대답했다.

"이 추잡한 행위를 용서하느니보다 차라리 무슨 짓이라도 하십시오! 무슨 짓이라도! 남편과 헤어지란 말입니다. 이 더러운 집을 떠나십시오!"

그녀는 대답했다.

"신부님, 하지만 나는 돈이 없습니다. 게다가 이제는 용기도 없습니다. 그리고 증거도 못 잡았는데 어떻게 떠납니까? 나에게는 그럴 권리조차 없어요."

신부는 몸을 떨면서 일어났다

"부인, 당신은 아주 비겁한 분입니다. 나는 당신이 그런 사람인 줄 몰랐습니다. 당신은 하느님의 자비를 받을 만한 자격이 없습니다."

그녀는 쓰러질 듯이 무릎을 꿇었다.

"아아, 제발 부탁입니다! 나를 버리지 마십시오. 내가 어떻게 해야 될지 그 길을 가르쳐 주세요!"

그는 짤막하게 대답했다.

"푸르빌르 씨에게 알려드리십시오. 이 불의의 관계를 끊을 사람은 그분입니다."

그녀는 그것을 생각해 보고 몸서리쳤다.

"아아, 신부님! 그분은 그들을 죽일 거예요! 그러면 나는 밀고죄를 범하는 거지요! 오오, 안 돼요! 절대로 그렇게 할 수는 없어요!"

그러자 신부는 화가 치밀어올라 그녀를 저주하려는 듯이 손을 번쩍 들었다.

"당신은 그 치욕과 죄악 속에 언제까지라도 머물러 계십시오. 그들보다도 더

죄가 많은 자는 바로 당신이니까요. 참으로 당신은 너그러운 아내입니다! 난 이런 곳에서 이제 더 할 일이 없소."

그는 몹시 격분한 나머지 부들부들 떨면서 가버렸다.

그녀는 신부에게 복종할 생각으로 약속할 것을 맹세하면서 정신없이 그의 뒤를 쫓아갔다. 그러나 신부는 분노로 몸을 부들부들 떨며, 거의 자기 키만한 크고 푸른 우산을 홧김에 내휘두르면서 빠른 걸음으로 걸어갔다.

신부는 줄리앙이 울타리 곁에 서서 가지치기하는 일꾼들을 감독하고 있는 걸 발견했다. 그래서 그는 쿼야르 농장 쪽으로 지나가려고 왼쪽으로 구부러졌다. 그러고는 다시 말했다.

"내버려두십시오, 부인! 당신에게 더 이상 할 이야기가 없습니다."

바로 그가 걸어가고 있던 길의 마당 한가운데서, 그 집 아이들과 이웃에 사는 한 떼의 아이들이 미르자라는 암캐의 집 주위에 모여 무엇인가 말없이 주의깊게 바라보고 있었다.

그 속에서 남작도 같이 뒷짐진 채 흥미있게 바라보고 있었다. 남작의 모습은 꼭 초등학교 선생 같았다. 그러나 멀리서 신부가 오는 것을 보고는 그를 만나 인사하고 이야기해야 할 것이 싫어서 슬쩍 피했다.

잔은 애걸하며 말했다.

"나에게 며칠만 여유를 주세요, 신부님. 그리고 집에 다시 와주십시오. 그때 내가 할 수 있는 것과 계획한 것을 말씀드리겠어요. 그런 다음 같이 의논해 주세요."

그는 아이들이 몰려 있는 데까지 왔다. 신부는 무엇이 그토록 아이들의 흥미를 끄는가 보려고 다가섰다. 그것은 암캐가 새끼를 낳고 있는 것이었다. 개집 앞에는 벌써 다섯 마리의 새끼가 어미개 주위에서 꿈틀거리고 있었으며, 어미개는 옆으로 누워서 몹시 고통을 느끼는 표정이면서도 귀엽다는 듯이 새끼들을 핥아주고 있었다. 신부가 몸을 굽히고 들여다보는 순간 개는 몸을 비틀면서 쭉 뻗더니 여섯 번째 새끼를 낳았다. 그것을 보고 아이들은 기뻐 손뼉을 치면서 소리쳤다.

"또 한 마리가 나왔다!"

아이들에게 그것은 하나의 구경거리였다. 아무 불순한 생각도 섞이지 않은 자연스러운 구경거리였다. 그들은 출산을 마치 사과나무에서 사과가 떨어지는 것과 마찬가지로 생각하는 것이었다.

톨비악 신부는 처음에는 어리둥절하고 있었으나 다음 순간 참을 수 없는 분노가 치밀어 그의 큰 우산을 치켜들더니 모여선 아이들의 머리를 힘껏 후려갈겼다. 놀란 아이들이 와르르 뛰어 달아났다. 그러자 신부는 억지로 일어나려는 새끼 낳는 암캐와 마주서게 되었다.

신부는 개가 일어설 기회를 주지 않고 미친 듯이 팔의 힘을 다해 때리기 시작했다. 사슬에 묶인 채 개는 도망가지도 못하고 빗발치는 듯한 매를 맞고 몸부림치며 무서운 비명을 질렀다. 우산이 부러졌다. 가지고 때릴 것이 없어지자 신부는 개 위에 올라가 미친 듯이 짓밟고 짓이겨 죽여 버렸다. 눌리는 바람에 마지막 새끼가 비어져 나왔다. 그러자 신부는 눈도 뜨지 못하고 잘 움직이지도 못 하는 채 끙끙거리며 젖꼭지를 찾는 갓난 강아지 새끼들의 한가운데서, 아직도 꿈틀거리는 지금 막 나온 핏덩이 새끼를 광포하게 발뒤꿈치로 밟아 죽였다.

잔은 이미 도망쳐 버렸다. 그러자 별안간 신부는 누군가에게 목덜미를 잡히고 뺨을 한 대 얻어맞았고, 그 바람에 그의 삼각모자가 날아갔다. 그러고도 격분한 남작은 신부를 울타리까지 끌고 가서 길바닥에다 내동댕이쳐 버렸다.

개주인인 페르튀 씨가 들어와 보니 딸이 울면서 새끼들 한가운데 앉아 스커트에다 새끼들을 주워 담고 있었다. 그는 딸에게로 성큼성큼 걸어가 몸짓을 하면서 소리쳤다.

"저걸 봐라! 저 법의 입은 인간을! 너도 지금 봤지?"

소작인들도 달려왔다. 모두들 개의 터져나온 배를 보았다. 퀴야르의 아내가 외쳤다.

"저렇게 잔인할 수가 있담!"

잔은 일곱 마리 새끼들을 집으로 데려가서 기르겠다고 했다. 우유를 먹였으나 세 마리는 이튿날 죽었다. 시몽 영감은 나머지 새끼들에게 젖먹일 어미개를 찾으려고 온 동네를 뛰어다녔다. 그러나 개는 얻지 못하고 대신 암코양이를 한 마리 얻어와 그것이 어미 노릇을 할 수 있을 것이라고 다짐했다. 그리하여 나머지 세 마리는 죽고 마지막 한 마리는 종족이 틀리는 고양이 유모에게 맡겨졌다. 고양이는 곧 그 강아지를 양자로 삼아 그 곁에 누워 젖꼭지를 내밀었다.

이 양모의 기운을 다 빨아먹지 않도록 2주일 뒤에는 젖을 떼고 이번에는 잔이 우유로 강아지를 기르기로 했다.

그녀는 강아지를 토토라고 이름지었는데, 남작이 아버지의 권위로 마사크르(虐殺)라고 이름을 바꾸었다.

신부는 다시 오지 않았다. 그러나 다음 주일 미사 때 그는 설교단 위에서 이 저택에 대해 저주와 욕설과 협박을 내뱉으며 상처에는 벌겋게 달군 쇠를 갖다 대야 한다고 말했다. 그는 또한 남작을 파문해 버리겠다고 했으나, 남작은 오히려 흥겨워했다.

그리고 신부는 조심스럽게 은근히 줄리앙의 요즈음 정사를 비추었다. 자작은 격분했으나 무서운 추문이 두려워 분노를 꾹 참고 있었다. 그 뒤로 설교할 때마다 신부는 하느님이 오실 때가 가까웠으며, 하느님의 적은 모두 벼락을 맞을 것이라고 예언하면서 끊임없이 복수를 주장했다.

드디어 줄리앙은 주교에게 공손하면서도 꽤 강경한 편지를 썼다. 톨비악 신부는 좌천될 것이라고 위협받자 입을 다물었다.

그 뒤로 신부가 혼자 흥분한 모습으로 터벅터벅 긴 산책을 하는 것을 곧잘 보게 되었다. 질베르트와 줄리앙은 승마하는 길에 종종 그의 모습을 보았다. 어느 때는 들의 끝이나 절벽 끝에서 점처럼 멀리 보이기도 하고, 또 언젠가는 그들이 들어가려는 어떤 좁은 골짜기에서 기도서를 읽을 때도 있었다. 그럴 때면 두 사람은 그의 곁을 지나지 않으려고 말고삐를 돌렸다.

봄이 왔다. 두 사람의 애정은 더욱 불타오르고 말이 이끌어가는 대로 여기저기 그늘 아래에서 날마다 포옹했다. 나무 그늘은 아직 무성해지지 않은데다 풀밭은 축축하여 한여름처럼 숲 속으로 깊숙이 들어갈 수 없었으므로, 두 사람은 그들의 포옹을 감추기 위해 지난해 가을 이래 보코트 언덕 위에 내버려져 있는 목동의 이동식 오두막집을 곧잘 이용했다. 그 오두막집은 절벽에서 5백 미터나 되는 꼭대기에서도 골짜기의 급경사가 시작되는 지점의 바위에 외따로 서 있었다. 그 속에 들어가 있으면 별안간 들킬 염려는 없었다. 거기서는 사방의 들판을 한눈에 환히 내려다볼 수 있기 때문이었다. 기둥에 매인 두 필의 말은 그들의 포옹이 지칠 때를 기다렸다.

어느 날 이 피난처에서 내려오려는 순간 그들은 언덕 숲속에 몸을 거의 감추고 있는 톨비악 신부를 보았다. 줄리앙이 말했다.

"우리의 말을 골짜기 속에 감추어야겠군요. 멀리서도 우리가 있는 곳을 알아차릴 수 있겠는데요."

그 뒤부터 그들은 잡목이 우거진 골짜기 속에 말을 매어두기로 했다.

어느 날 저녁 이 두 사람은 백작과 함께 식사하려고 라브리에트로 돌아가는 도중 그곳에서 나오는 톨비악 신부와 마주쳤다. 신부는 두 사람이 지나가도록 한쪽으로 비켜서서 인사했으나 두 사람은 그의 눈길을 피했다. 두 사람은 한순간 불안했다. 그러나 곧 그런 마음도 사라졌다.

바람이 몹시 부는 어느 날 오후, 잔이 난로가에서 책을 읽고 있는데(그때가 5월 초였다) 별안간 푸르빌르 백작이 걸어오는 모습이 보였다. 그 걸음걸이가 몹시 빠른 것으로 보아 무슨 심상치 않은 일이 일어난 듯하여 그녀는 백작을 맞이하려고 재빨리 아래층으로 내려갔다. 백작은 거의 미친 사람의 표정이었다. 그는 집 안에서밖에 쓰지 않는 큰 모피 모자를 그대로 쓴 채 사냥복을 입고 있었다. 그의 붉은 수염이 여느때에는 그의 불그레한 얼굴빛과 그다지 크게 대조를 이루지 않는데, 오늘은 얼굴이 아주 파리하여 마치 수염이 불꽃처럼 보였다. 그의 두 눈은 험악했고 얼빠진 듯이 번들거렸다.

그는 더듬거렸다.

"내 아내가 여기 와 있지요?"

잔은 정신없이 대답했다.

"아뇨. 오늘은 한 번도 못 보았어요."

그는 마치 다리가 부러진 듯 털썩 주저앉더니 모자를 벗고 손수건을 꺼내 기계적으로 몇 번 이마를 닦았다. 그러더니 그는 다시 벌떡 일어나 두 손을 펼치고 젊은 부인에게로 다가가 자신의 무서운 고뇌를 털어놓으려는 듯, 입을 열려다가는 문득 멈추고 그녀를 뚫어지게 바라보더니 마치 헛소리를 하는 듯 중얼거렸다.

"그러나 당신의 남편이니…… 당신 역시……."

그러고는 갑자기 바다 쪽으로 달려나갔다.

잔은 그의 이름을 부르고 애원하며 그를 말리려고 쫓아나갔다. 그녀는 생각했다.

'저이는 다 알고 있구나! 어떻게 할 작정인가? 아아, 제발 그들이 저이의 눈에 띄지 말았으면.'

그녀의 가슴은 공포에 사로잡혔다.

그녀는 그를 따라갈 수 없었고, 그 또한 그녀의 말에 귀 기울이지 않았다. 그는 자기가 갈 방향에 대해 확신을 가진 듯 조금도 망설이지 않고 곧장 앞으로 달려갔다. 그는 개울을 넘고, 거인의 걸음걸이로 성큼성큼 갈대밭을 지나 절벽에까지 이르렀다.

잔은 나무들이 늘어선 경사지에 서서 오랫동안 백작의 뒷모습을 바라보았다. 그러고는 백작이 보이지 않자 불안으로 가슴을 죄며 집으로 돌아왔다. 백작은 절벽 위를 향해 오른쪽으로 굽어들어 달리기 시작했다.

거친 바다는 높은 물결을 일으키고, 시커먼 구름은 미친 듯 달려왔다가는 지나가곤 했다. 그리고 구름 하나하나가 밀려올 때마다 맹렬한 빗발이 언덕 위를 휘덮었다. 세찬 바람은 휘파람부는 소리를 내며 신음하고, 풀을 짓밟고, 어린 농작물을 쓰러뜨리며 물거품 같은 흰 갈매기들을 멀리 육지로 실어갔다.

계속해서 내리는 빗방울이 백작의 뺨을 때리고 수염을 적시며 흘렀고, 요란한 빗소리는 귀가 먹먹해지도록 울렸으며, 분노가 그의 가슴속에 끓어올랐다.

절벽 저 아래 멀리 눈앞에 보코트 골짜기가 험한 입을 벌리고 있었다.

양이 한 마리도 없는 목장 구석에 오두막 집이 한 채 있을 뿐 보이는 것이라고는 아무것도 없었다. 두 마리의 말이 그 이동식 오두막집 기둥에 매여 있었다.

'이런 폭풍우 치는 날씨에 누가 와서 보겠는가?'

말을 보자 백작은 곧 땅에 엎드렸다. 그러고는 기어가기 시작했다. 진흙투성이가 된 큰 몸집과 짐승 가죽으로 된 모자를 쓴 그는 마치 괴물 같았다. 그는 좀더 멀리 외따로 떨어져 있는 오두막집까지 기어올라갔다. 그리고 벽 판장 사이로 자기 몸이 보일까봐 그 밑으로 몸을 감추었다. 그를 보자 두 마리의 말은 땅을 긁적거렸다.

백작은 손아귀에 쥔 단도로 가만히 고삐를 끊었다. 갑자기 돌풍이 불어와 바퀴 달린 오두막집을 뒤흔들고, 말은 지붕을 후려치는 우박에 놀라 달아나 버렸다. 백작은 무릎을 짚고 일어나 문 밑 틈에 눈을 대고 안을 들여다 보았다. 그는 꼼짝 않고 무엇인가를 기다리는 듯했다. 퍽 오랜 시간이 지나갔다.

별안간 그는 몸이 진흙투성이가 된 채 벌떡 일어났다. 그는 밖에서 잠그게 된 빗장을 힘껏 지르고 끌채를 잡고는 부서져라고 뒤흔들었다. 그리고 갑자기 큰 웃몸을 필사적인 노력으로 끌채 속에 구부려 넣고는 숨을 헐떡이며 소처럼 오두막 집채를 끌었다.

그 안에 두 사람이 들어 있는 채로 그 이동식 집을 급경사진 절벽 쪽으로 끌고 갔다. 그러자 안에 들어 었던 두 사람은 무슨 일인지 까닭도 모르는 채 주먹으로 널빤지를 두드리며 크게 소리질렀다. 경사 끝까지 와서 백작은 이 가벼운 오두막을 놓았다.

그러자 오두막집은 맹렬한 힘으로 비탈을 굴러 내려갔다. 점점 가속도를 더하며 짐승처럼 뛰고 부딪치고 끌채로 땅을 치면서 급히 굴러 내렸다.

개울가에서 웅크리고 있던 늙은 거지가 자기 머리 위로 오두막집이 단숨에 굴러떨어지는 것을 보았고, 그 나무궤짝 속에서 울려나오는 무서운 비명 소리를 들었다.

오두막집은 별안간 무엇엔가 부딪치면서 바퀴 하나가 떨어져나가고 옆으로 부딪쳤다가, 기둥뿌리가 빠진 집이 산에서 굴러내리듯 공처럼 대굴대굴 굴렀다. 맨 아래 골짜기에 이르자 한 번 튀어오르더니 곡선을 그리며 골짜기 밑바닥으로 다시 떨어져 달걀처럼 산산조각이 났다. 오두막집이 머리 위를 지나 골짜기 돌바닥에서 부서지는 것을 보고 늙은 거지는 숲을 헤치고 밖으로 나왔다. 그러나 시골뜨기다운 조심스러움으로 부서진 궤짝 가까이 가지는 못하고 가까운 농가로 달려가 이 사실을 알렸다.

사람들이 달려와 부서진 조각을 들어올리자 두 개의 시체가 나왔다. 심한 상처로 깨어진 채 피투성이였다. 남자는 이마가 쪼개지고 얼굴 전체가 찌부러져 있었다. 여자의 턱은 부딪치는 바람에 퉁겨져나와 디룽디룽 매달려 있었다. 그들의 부서진 팔다리는 뼈가 없는 듯 흐물흐물했다. 그러나 두 사람을 알아볼 수는 있었다. 모여 있는 사람들은 이 불행의 원인에 대해 오랫동안 여러 가지 이야기를 했다.

한 여자가 중얼거렸다.

"이 사람들은 이 안에서 무얼 하고 있었을까?"

그러자 늙은 거지가 그들은 틀림없이 돌풍을 피하려고 그 안에 들어갔을 텐데, 맹렬한 바람이 그만 오두막집을 엎어 굴러 떨어뜨린 거라고 말했다. 그리고 사실은 자기가 그 안에 숨으려고 갔었으나 말이 두 마리 매여 있는 것을 보고 벌써 다른 사람이 차지했구나, 생각했다고 설명했다. 그는 만족스러운 듯이 덧붙였다.

"그렇지 않았다면 내가 이 꼴을 당할 뻔했군."

그러자 누군가 중얼거렸다.

"오히려 그편이 낫지 않았을까?"

그 늙은이는 크게 화내며 소리쳤다.

"어째서 그편이 낫다는 거지? 내가 가난하고 이 사람들이 부자라서 그런가? 이 꼴을 좀 보고 말해."

비에 흠뻑 젖은 누더기를 걸치고 헝클어진 수염에 찌그러진 모자 밑으로 긴 머리털을 늘어뜨린 그 거지는, 구부러진 지팡이 끝으로 시체를 가리키며 선언했다.

"죽으면 다 저 모양이 되는 거야."

다른 농부들도 모여들어 놀라워하면서, 이기적이며 불안하면서도 교활하고 비굴한 눈초리로 흘끔흘끔 바라보았다. 그리고 어떻게 하면 좋겠느냐고 서로 협의한 결과, 보수를 받을 수 있겠다는 희망으로 시체를 저택으로 날라가기로 결정했다. 그리하여 두 대의 마차에 말을 맸다. 그런데 또 하나 난처한 문제가 생겼다. 어떤 사람은 마차 바닥에 짚을 깔자고 했고, 어떤 사람은 예의상 요를 까는 게 좋을 거라고 말했다. 처음에 말했던 여자가 소리쳤다.

"하지만 요가 피투성이가 될 거예요. 그러면 표백제를 사야 해요."

그러자 사람 좋아 보이는 뚱뚱한 농부가 대답했다.

"그거야 돈을 치러 주겠지요. 요값이 비싸면 더 많이 치러줄 테고."

모두 그 말에 동의했다. 그리하여 용수철도 없이 높기만 한 마차 두 대가, 한 대는 오른쪽으로 또 한 대는 왼쪽으로 재빨리 달려갔다.

마차가 도랑에 빠져 흔들릴 때마다 조금 전까지는 서로 껴안고 있었으나, 이제는 영원히 만날 수 없게 된 그 두 사람의 시체는 들썩거리고 흔들렸다.

백작은 오두막집이 험난한 경사 밑으로 굴러떨어지는 것을 보자 곧 폭풍우 속을 전속력으로 달렸다. 그렇게 몇 시간 동안 길을 가로지르고 비탈을 뛰어넘고 울타리를 부수면서 달렸다.

그는 해질 무렵에야 어떻게 왔는지도 모르게 집으로 돌아왔다. 주인을 기다리고 있던 하인들은 그를 보자 놀라며, 두 마리의 말이 주인없이 돌아왔다고 알렸다. 줄리앙의 말도 이 집으로 따라온 것이었다.

푸르빌르 백작은 비틀대며 더듬거렸다.

"날씨가 이렇게 험해서 무슨 일이 생겼나 보군. 빨리 나가서 찾아보도록 해."

그도 다시 나갔다. 남들의 눈에 띄지 않는 곳에 오자 곧 덤불 속에 숨어서, 아직도 자신이 열렬히 사랑하는 아내가 죽어서 오는지, 또는 빈사상태인지 아니면 병신이 되어 차마 볼 수 없는 꼴을 하고 돌아오는지를 엿보았다.

한 대의 마차가 이상한 물건을 싣고 그의 앞을 지나갔다. 그 마차는 저택 앞에 잠시 서더니 안으로 들어갔다. 그렇다. 저것이 그녀다. 그 여자야. 그러자 무서운 고뇌가 그를 그 자리에 못박아 꼼짝 못하게 했다.

그녀의 죽음을 안다는 것에 대한 두려움이며, 그녀의 죽음이 사실인 것에 대한 공포였다. 그는 토끼처럼 움츠려 꼼짝도 않고 조그만 소리에조차 몸을 떨었다. 그는 한 시간을 기다렸다. 아니, 두 시간이 지났는지도 모른다. 마차는 나오지 않았다. 그는 아내가 숨이 끊어져가는 것 같다고 생각했다. 문득 아내를 보고 그 눈길과 마주칠 것이라는 생각이 그를 공포로 휘감았고, 숨어 있는 것을 갑자기 들키면 어쩔 수 없이 아내의 임종에 참석해야 될 것이 두려웠다. 그는 다시 숲속으로 도망쳤다. 그러나 별안간 아내는 자기의 도움이 필요할 것이며, 아내를 간호해 줄 사람이 아무도 없다는 생각이 떠올랐다. 그는 다시 정신없이 되돌아서 달렸다.

돌아오는 길에 정원사를 만나 그에게 소리쳤다.

"어떻게 됐나?"

그 남자는 대답하지 못했다. 푸르빌르 백작은 으르렁거리는 목소리로 물었다.

"죽었단 말인가?"

하인은 떠듬거렸다.

"네, 백작님."

백작은 안도의 숨을 내쉬었다. 급작스러운 안정감이 그의 혈관과 떨리는 근육에 스며들었다. 그리하여 그는 힘찬 걸음걸이로 그의 현관 층계를 올라갔다.

또 한 대의 마차는 레 푀플에 도착했다.

잔은 멀리서 그것을 보았다. 요를 보는 순간 그 위에 시체가 있으리라는 것을 깨닫고, 모든 것을 알아차렸다. 그녀는 심한 충격에 정신을 잃고 그 자리에 쓰러졌다. 그녀가 다시 의식을 되찾았을 때, 아버지가 자기 머리를 받쳐들고 식초로 이마를 적셔 주고 있었다. 아버지는 망설이듯 물었다.

"알고 있니……?"

그녀는 속삭였다.

"네, 아버지."

그녀는 일어나려고 했으나 일어날 수가 없었다. 그만큼 그녀가 받은 충격은 컸다. 그날 밤 그녀는 죽은 아이를 낳았다. 여자 아이였다.

잔은 쓰러져서 줄리앙의 장례식을 전혀 보지 못했기 때문에 그 이후 일은 아무것도 기억나지 않았다. 다만 하루 이틀 뒤에 리종 이모가 와 있다는 것만 알았다. 그녀는 계속 열에 들뜬 악몽에서 리종 이모가 언제 어떠한 사정으로 떠났었는지 집요하게 생각해 보려고 했다. 그러나 정신이 맑아져도 다만 어머니가 돌아가신 뒤에 그녀를 보았던 기억만 확실할 뿐 그 이후는 아무것도 생각나지 않았다.

11

잔은 석 달 동안을 침대에서 떠나지 못했고, 몸이 약해질대로 약해지고 파리해져서 이제는 가망이 없다고 모두들 생각했다. 그러나 차츰 생기가 돌기 시작했다.

아버지와 리종 이모는 줄곧 레 푀플에 묵으며 잔 곁을 떠나지 않았다. 그녀는 이번의 충격을 겪고 나서 일종의 신경병에 걸려, 조그만 소리에도 정신을 잃고 대수롭지 않은 일에도 오랫동안 인사불성 상태가 되었다.

그녀는 줄리앙의 죽음에 대해 자세히 물어 보려고 하지 않았다. 물어봐야 무엇할 것인가. 대체 그것이 뭐 중대한 일이란 말인가? 그녀는 거기에 대해서 잘 알고 있었다. 모두들 우연한 사고라고 했지만, 그녀는 사실을 알고 있었다.

이 비밀을 혼자 가슴속에 간직하고 있으려니 그녀는 고문받는 것처럼 고통스러웠다. 두 사람의 불의의 관계를 이미 알고 있었고, 참사가 일어나던 날 백작이 급작스럽고 무섭게 방문했다. 그러나 지금 그녀의 마음은 감동적이고도 달콤했다. 우울한 회상과, 지난날 남편이 자기에게 베풀었던 짧았던 사랑의 기쁨으로 가득 차 있었다. 생각지도 못했던 추억이 떠오를 때마다 그녀는 몸을 떨었다. 약혼 시절의 남편, 코르시카 섬의 격렬한 태양 밑에서 피어났던 짧은 순간의 정열로 자기가 사랑했던 그대로의 남편 모습을 또다시 눈앞에 그려보는 것이었다.

그가 지녔던 모든 결점은 차츰차츰 작아지고 잔인성도 사라져갔으며, 몇 차례에 걸쳤던 그의 불의까지도 닫혀진 무덤의 멀어져가는 추억 속으로 희미해져갔다.

그리고 잔은 두 팔로 자기를 껴안아 주던 남편이 죽은 뒤로는, 일종의 막연한 감사의 마음에 잠겨 지나간 모든 잘못을 용서해 주고 행복했던 시절만을 생각했다. 그러면서도 시간은 끊임없이 흘러가 이러한 세월이 마치 쌓인 먼지 같은 망각의 층으로 그녀의 모든 추억과 고뇌를 덮어버렸다.

그리하여 그녀는 자식에게만 온 힘을 쏟았다. 어린아이는 그의 주위에 모인 세 사람의 우상이 되었으며, 그들의 유일한 관심거리였다.

어린아이는 폭군처럼 그들을 지배했다. 그가 지배하는 이 세 사람 사이에는 일종의 질투까지 벌어졌다. 무릎 위에 올려놓고 말놀이를 해준 대가로 남작이 이 어린아이에게서 받는 키스에 잔은 신경질적인 눈총을 주었다. 누구에게서나 소홀한 대접을 받는 리종 이모는 이 어린아이에게서도 푸대접을 받았다. 때로는 아직 말도 잘 못하는 이 주인으로부터 하녀같은 취급을 당하며 구걸하다시피하여 겨우 대수롭지 않은 애무라도 받으면, 이 아이가 어머니나 할아버지에게는 따로 특별한 포옹을 베푼다며 자기 방으로 가서 울기도 했다.

어린아이에 대한 끊임없는 관심 속에서 2년이라는 평화로운 세월이 흘러갔다. 3년째 되는 겨울은 다음해 봄까지 루앙에서 지내기로 하고 온 가족이 그곳으로 옮겨갔다.

오랫동안 비어 있던 축축한 옛집에 이르자마자 폴은 심한 기관지염에 걸려, 늑막염이 되지나 않을까 하고 염려할 정도였다.

정신없이 허둥거리던 세 식구는 어린아이가 레 푀플의 공기 없이는 살 수 없으리라고 단정하고, 병이 낫자 곧 다시 데리고 돌아갔다. 그 뒤로는 단조롭고 조용한 세월이 흘러갔다.

언제나 어린아이 곁에서 어느 때는 그 애의 방에서, 어느 때는 큰 객실에서, 어느 때는 정원에서, 세 사람은 아이의 중얼거리는 말소리며 기묘한 표현이며 흉내에 어쩔 줄 몰라 하며 흥겨워했다.

어린아이의 어머니는 아명(兒名)으로 어린 아이를 폴레라고 불렀다. 아이는 이 말을 똑똑히 발음하지 못하고 폴레(병아리)라고 하여 모두들 끝없이 웃었다. 나중에는 다른 이름을 부르지 않고 폴레라는 별명으로 불렀다.

어린아이는 빠르게 잘 자랐다. 남작이 '세 사람의 어머니'라고 부르는 이 세 식구의 온갖 흥미를 끄는 일 가운데 하나는 어린아이의 키를 재는 일이었다. 객실문에 맞닿는 벽판 위에 긴 칼로 날마다 어린아이의 키를 나타내는 가느다란 줄을 그어 놓았다. '폴레의 척도'라고 불리는 이 선은 식구들의 생활 속에 커다란 위치를 차지하고 있었다.

그리고 또 새로운 한 식구가 이 집안에서 중요한 역할을 하게 되었다. 오로지 자식에게만 정신이 팔린 잔의 머리에서 잊혀가는 것은 개 마사크르였다. 개는 뤼디빈에게서 밥을 얻어먹고 외양간 앞의 헌 통에서 자고 언제나 사슬에 매인 채 홀로 지내고 있었다.

어느 날 아침, 폴이 그 개를 보고는 안고 싶다며 울었다. 모두들 몹시 겁을 내면서도 어린아이를 개 곁으로 데려갔다. 개는 어린아이를 환영했고, 아이는 개한테서 떼어 놓으려 하자 마구 울어댔다. 그리하여 마사크르는 사슬에서 풀려 집 안에서 살게 되었다.

개는 폴과 잠시도 떼어 놓을 수 없는 친구가 되었다. 둘은 같이 뒹굴고 카펫 위에서 함께 잠도 잤다. 얼마 안 가서 마사크르는 친구와 한시도 떨어지려들지 않아 폴의 침대에서 함께 자게 되었다. 잔은 이따금 벼룩 때문에 고생했다. 리종 이모는 어린아이의 애정이 개에게만 쏠린 데 대해 실망하면서, 마치 자기가 그처럼 갈망하던 애정을 그 개가 다 빼앗아간 것처럼 생각했다.

브리즈빌르 집안과 쿠틀리에 집안과는 서로 가끔 오고갔을 뿐, 촌장과 의사만이 규칙적으로 찾아와서 이 오랜 저택의 고독을 깨뜨려 주었다. 잔은 개의 학살과 백작 부인과 줄리앙의 무서운 죽음 뒤로는 마음에 스며든 의혹 때문에 다시는 성당에 가지 않았다. 그녀는 이러한 신부를 보낸 신에 대해 분노를 느끼고 있었다.

톨비악 신부는 이따금 공공연하게 이 저택을 저주했다. 그곳은 악의 정령과, 영원한 반항의 정령과, 오류와 허망의 정령과, 부정의 타락과, 불순의 정령이 떠도는 집이라고 했다. 이러한 언사로 신부는 남작을 부르고 있었다.

그러나 그의 성당은 점점 황폐되어갔다.

농부들은 가래질하고 있는 밭을 신부가 지나가도 일손을 멈추고 말을 건다든가 돌아보고 인사하거나 하지 않았다. 뿐만 아니라 그는 악령이 붙은 여자에게서 악령을 쫓아냈다고 하여 마술사로 통하고 있었다.

소문에 따르면 그는 저주를 물리치는 신비한 말을 알고 있다고 하는데, 그에 의하면 저주란 일종의 악마의 희롱이라는 것이었다. 그가 암소에 손을 대면 푸른 젖이 나오고 꼬리를 동그랗게 말기도 하며, 무슨 까닭 모를 말을 지껄이면 잃어버린 물건이 다시 나온다는 등등의 이야기였다.

그는 자신의 편협하고 광신적인 정신 때문에 이 땅에서의 악마 출현에 관한 종교서 연구에 열중했다. 그 종교서에는 이제까지 발견된 갖가지 악마의 위력, 가지각색의 마술적인 영향, 악마가 지닌 온갖 수단, 악마의 책략의 일반적인 수법 같은 것이 적혀 있었다.

특히 그는 자기의 사명이 이처럼 신비하고 불길한 힘을 격파하는 데 있다고 믿었으므로, 종교 서적에 씌어진 모든 악마들을 몰아내는 주문을 외고 있었다. 어둠 속에는 악마의 정령이 떠돌고 있다고 그는 굳게 믿었다. 그리고 Sicut leorugiens circuit qucerens quem devoret(먹이를 찾아 으르렁거리는 사자처럼)이라는 라틴어 문장을 언제나 입에 담고 있었다. 그러자 사람들 사이에 일종의 공포가 퍼졌다. 신부의 숨은 힘에 대한 공포였다.

신부의 동료들도 마왕의 존재를 굳게 믿고 있었지만, 이 악마의 위력이 나타나게 되는 여러 가지 세세한 법칙 절차에 대해서는 혼란스러워 했다. 그래서 결국 종교와 마술을 혼돈했는데, 이들까지도 톨비악 신부를 얼마쯤 마술사로 생각하고 있었다. 그들은 나무랄 데 없는 신부의 준엄한 생활과 마찬가지로, 그가 지니고 있다고 여겨지는 마력에 대해서도 경의를 나타내고 있었다.

신부는 잔을 만나도 그녀에게 인사하지 않았다. 이 일은 리종 이모의 마음을 불안하고 슬프게 했다. 그녀의 불안한 마음으로는 성당에 가지 않는다는 것은 생각조차 못 할 일이었다.

물론 그녀는 신앙이 깊고 고해성사도 보고 성체배수도 하고 있었다. 그러나 아무도 그것을 몰랐고, 또 알려고도 하지 않았다. 그녀는 폴과 단둘이 있게 되면 낮은 목소리로 폴에게 하느님의 이야기를 들려 주었다. 아이는 창세기의 기적에 찬 이야기를 할 때 마지 못해 귀 기울였으나, 하느님을 사랑해야 한다, 많이 사랑해야 한다, 많이 사랑해야 한다, 고 말할 때에는 이따금 그녀에게 물었다.

"하느님은 어디 있지, 할머니?"

그러면 리종 이모는 손가락으로 하늘을 가리키며 일렀다.

"저 위에 계시단다, 폴레. 하지만 그런 말을 해서는 못써요."

그녀는 남작을 무서워하고 있었다.

어느 날 폴레가 그녀에게 선언했다.

"선량하신 하느님은 어디든지 계세요. 하지만 성당에는 안 계세요."

아이는 할머니가 이야기해 준 기적적인 계시를 할아버지에게 이야기했던 것이다.

어린아이는 10살이 되었다. 그 어린아이 어머니는 40살이나 되어보였다. 아이는 몸이 건강하고 장난꾸러기에다 나무에 올라갈 만큼이나 대담했으나, 그다지 재질이 뛰어난 편은 아니었다. 공부를 하다가도 싫증나면 곧 그만두었다. 게다가 남작이 책 앞에 좀더 붙들어 앉히려고 하면 곧 잔이 아버지에게 말했다.

"이제 그만하고 놀게 하세요. 아직 어린것을 너무 지치게 하면 안 돼요."

그녀의 눈에는 언제나 아들이 여섯 달이나 1년박이로밖에 보이지 않았다. 어린아이가 어른처럼 걸어다니고 뛰고 이야기하는 것이 좀처럼 눈에 띄지 않는 듯했다. 혹시 넘어지지나 않을까, 감기들지 않을까, 뛰어다니다가 더위를 먹지나 않을까, 지나치게 많이 먹나 않을까, 적게 먹나 않을까 하고 늘 걱정으로 지냈다.

어린아이가 12살이 되자 큰 문제가 하나 생겼다. 성체배수의 문제였다.

어느 날 아침에 리종 이모는 잔을 보고 이제는 아이에게 종교 교육을 시켜야 할 때이며, 최초의 의무를 수행하게 하는 일에 더 이상 지체할 수는 없다고 지적했다. 이모는 여러 가지 이유를 늘어놓고 논의했으며, 특히 늘 만나는 사람들의 입이 무섭다고 했다. 어린아이 어머니는 난처하여 결정을 짓지 못하고 망설이면서 조금 더 기다려 보자고 대답했다.

한 달 뒤에 그녀가 브리즈빌르 자작 집을 방문했을 때 우연히 부인이 물었다.

"댁의 폴이 첫 성체배수를 할 해가 올해지요?"

잔은 갑작스러운 물음에 당황하며 대답했다.

"네, 부인."

이 간단한 말 한 마디가 그녀의 마음을 결정짓게 했다. 그리하여 아버지에게는 알리지 않고 리종 이모가 어린아이를 교리문답에 데리고 가기로 했다.

아무 일 없이 한 달이 지났다.

어느 날 저녁 폴레가 목이 쉬어 돌아왔다. 다음날부터 그는 기침을 하기 시작했다. 어머니는 깜짝 놀라 물었다. 알고 보니 품행이 좋지 않다고 신부가 수업이 끝날 때까지 현관에서 바람이 불어 들어오는 성당문 앞에 세워 놓았다는 것이었다.

그리하여 그녀는 아들을 밖으로 내보내지 않고 직접 종교의 초보를 가르치기 시작했다.

톨비악 신부는 리종의 애원에도 불구하고, 아직 충분한 교육을 받지 못했다는 이유로 폴이 성체배수자 속에 끼는 것을 거절했다.

다음해에도 마찬가지였다. 그 때문에 격분한 남작은 올바른 사람이 되기 위해서는 그처럼 어린애 같은 짓이나 유치한 화체(化體)의 상징을 믿을 필요가 없다고 단언했다.

그리하여 어린아이를 천주교 신자로서 교육시키기는 하되 천주교의 의무를 엄수하는 것으로써가 아니라, 뒤에 아이가 성년이 되면 마음대로 선택할 수 있도록 했다.

잔은 그로부터 얼마 뒤 브리즈빌르 집을 방문했으나 답례를 받지 못했다. 이웃사람들의 소심한 예의범절을 잘 알고 있는 잔은 놀랐다. 쿠틀리에 후작 부인이 그 이유를 오만한 태도로 설명해 주었다. 남편의 지위와 어디에나 통하는 그의 작위와, 막대한 재산으로 말미암아 자기를 노르망디 귀족의 여왕으로 자처하는 후작 부인은, 실제로 여왕으로 군림하며 자유로이 하고 싶은 말을 하고, 때로는 상냥하게 때로는 쌀쌀하게 굴기도 했다. 그리고 때를 가리지 않고 충고도 하고 칭찬도 했다.

그래서 잔이 그 집을 방문했을 때, 그 부인은 쌀쌀하게 몇 마디 말을 던지고 나서 다시 퉁명스러운 말투로 덧붙였다.

"사회란 두 계급으로 갈라져 있습니다. 신을 믿는 사람과 믿지 않는 사람으로 말입니다. 신을 믿는 사람은 아무리 신분이 천해도 우리의 벗이요, 대등한 인간입니다. 그렇지 않은 사람은 우리와는 아무 관련도 없습니다."

잔은 공격받는 것 같아서 응수했다.

"하지만 성당을 찾아가지 않고는 신을 믿을 수 없을까요?"

후작 부인은 대답했다.

"그렇습니다, 부인. 사람이 그 집으로 찾아가듯이 신자란 성당에 가서 신에게 비는 것입니다."

잔은 비위에 거슬려서 대답했다.

"하지만 부인, 신은 어디에나 존재합니다. 나로서는 마음으로는 신의 은총을 절대적으로 믿고 있습니다만, 어떤 종류의 신부가 중간에 끼어들어 있을 때는 오히려 신의 존재가 뚜렷하게 느껴지지 않습니다."

후작 부인은 일어섰다.

"신부는 교회의 깃발을 드신 분이에요, 부인. 누구든 그 깃발을 따르지 않는 사람은 교회의 적이요, 우리의 적입니다."

잔은 몸을 떨면서 일어났다.

"댁에서는 어떤 한 종파의 신을 믿고 계시군요, 부인. 그러나 나는 어디서나 올바른 인간의 신을 믿고자 합니다."

잔은 인사하고 나왔다.

농부들도 폴레를 첫 성체배수에 참여시키지 않았다고 하여 자기들끼리 잔을 비난했다. 그들은 사실 전혀 미사에도 나가지 않고 성체 곁에도 가지 않았으며, 나간다 해도 성당의 엄격한 법규에 못이겨 나가는 부활절 때뿐이었다.

그러나 자식들의 일이라면 문제가 달랐다. 아이들이면 누구나 다 준수해야 되는 이 법규를 떠나서 기르겠다는 잔의 대담한 시도 앞에서는 모두 뒷걸음질

쳤다. 역시 종교는 종교인만큼 어쩔 수 없다는 태도들이었다.

그녀는 이러한 무조건적인 순응주의에 대해 화내지 않을 수 없었다. 양심을 누르고 타협하고, 누군가가 말하면 두려워하고, 자신들의 마음속에 깃든 비굴함이 다른 누군가에 의해 누설되면 즉시 도덕적인 가면을 쓰고 나오는 것에 분노가 치밀었다.

남작이 폴의 교육 지도를 맡았고 라틴어를 가르쳤다.

어머니는 이제 한 가지 주의밖에 하지 않았다.

"애가 너무 피로하지 않게 하세요."

그녀는 공부방 주위를 걱정하며 돌아다녔다.

"발이 시리지 않니, 폴레?"

"골치아프지 않니, 폴레?" 또는 학과를 그만 끝마치게 하려고 "너무 말 시키지 마세요, 아이 목이 상해요" 하며 수업을 중단시키므로, 남작은 그녀에게 결코 공부방에 들어오지 못하도록 했다.

아이는 수업이 끝나면 곧 어머니와 리종 할머니와 함께 뜰로 내려갔다. 그들은 요즈음 식물을 재배하는 데 재미를 붙이고 있었다.

세 사람은 봄에 묘목을 심고 씨를 뿌려 이것이 싹트고 꽃이 피는 것을 아주 좋아했으며, 가지를 치고 꽃을 따서 꽃다발도 만들었다.

어린아이는 샐러드 채소 가꾸기에도 큰 관심을 가지고 있었다. 그는 채소밭의 큰 묘판 네 개를 맡아 세심한 주의를 기울이며 상추와 로메인과 쉬코레와 바르브드카 퓌생과 르와이알처럼, 알려진 모든 샐러드 채소를 재배했다. 호미로 매고 풀을 뽑고 묘목을 옮겨심기에 정신이 없어서 옷이며 손이 흙투성이가 되어, 몇 시간씩 화단에 무릎을 꿇고 앉아 있는 그들의 모습이 곧잘 눈에 띄었다.

폴레는 점점 자라서 15살이 되었다. 객실 문의 키 재는 눈금이 158센티미터를 가리켰다. 그러나 이 두 여자와 시대에 뒤떨어진 선량한 노인 사이에 끼어 지능의 발달이 억눌려서인지 아무것도 모르고 머리도 둔한데다 마음은 아직도 어린아이였다.

마침내 어느 날 밤 남작이 중학교 이야기를 꺼내자 잔은 곧 흐느껴 울기 시작했다. 리종 이모는 놀란 표정으로 침침한 방 한구석에 앉아 있었다.

어머니는 대답했다.

"그렇게 많이 알 필요가 있어요? 우리가 애를 시골의 귀족으로 만들면 되잖아요? 귀족들도 농사짓는 사람이 많은데 애도 그렇게 하면 되잖아요? 옛날부터 우리가 살아왔고 또 죽어갈 이 집에서 애도 행복하게 살면서 늙을 게 아니에요? 더 이상 뭘 바라겠어요?"

그러나 남작은 머리를 가로저었다.

"이 애가 25살이 되어 너보고 '나는 쓸모없는 인간이에요. 어머니의 잘못과 그릇된 이기주의 때문에 나는 아무것도 아는 것이 없어요. 이제 나는 일할 능력도 없고 상당한 인물이 될 수 없다는 것도 알고 있어요. 하지만 나는 막연하고 천한, 오히려 죽는 것보다도 못한 삶을 영위하려고 태어난 것은 아니었어요. 앞을 내다보지 못하는 어머니의 애정이 나를 이렇게 만든 거예요'라고 말한다면 너는 뭐라고 대답하겠니?"

그녀는 여전히 눈물을 흘리면서 아들에게 애원했다.

"폴레, 너는 이 엄마가 지나치게 귀여워했다고 해서 엄마를 원망하지는 않겠지, 그렇지?"

그러자 다 자란 어린아이는 까닭을 모른 채 약속했다.

"안할 테야, 엄마."

"맹세하겠니?"

"응, 엄마."

"너는 언제까지라도 엄마 곁에 있고 싶지, 응?"

"응, 엄마."

그러자 남작은 크고 단호한 목소리로 말했다.

"잔, 너는 이 애의 생활을 네 마음대로 처리할 권리가 없다. 네가 계획한 것은 비겁하고 죄악에 가까운 일이다. 너는 너 자신의 행복을 위해 네 자식을 희생시키려는 것이다."

그녀는 두 손으로 얼굴을 가리고 더욱 흐느껴 울며 눈물어린 목소리로 더듬거렸다.

"하지만 나는 너무나도…… 너무나도 불행했어요. 이제야 겨우 애하고 평온하게 지낼 만하니까 빼앗아 가려고 하시는군요. 나는 어떻게 해요…… 이제 혼자?"

남작이 일어나 딸 곁으로 와서 걸터앉으며 두 팔로 껴안았다.

"그러면 나는 어떻겠니, 잔?"

그녀는 와락 아버지의 목을 껴안고 격정에 넘친 키스를 했다. 그러고는 아직도 목맨 소리로 말했다.

"네, 아버지 말씀이…… 옳을 거예요. 너무도 고생해서 내가 아마 정신이 나갔었나 봐요. 이 애를 학교에 보내도록 하겠어요."

자기를 어떻게 하려는 것인지 알지도 못하면서 폴레도 훌쩍이기 시작했다.

그러자 이 세 사람의 어머니는 폴레에게 키스하고 달래며 기운차리게 했다. 그리고 침실로 들어가자, 모두들 가슴이 쓰라려 저마다 침대 속에서 울었다. 꾹 참고 있던 남작까지 울었다.

새학기가 되면 곧 폴레를 르아브르 중학교에 넣기로 했다. 그리고 한여름 동안 아이는 전보다 더 귀여움을 받았다.

어머니는 이별할 생각을 하고 자주 한숨을 쉬었다. 마치 10년 동안의 여행을 계획하는 듯이 어린아이의 행장을 준비했다. 10월 어느 날 아침, 그 전날 밤을 꼬박 새운 두 부인과 남작은 어린아이와 함께 두 마리의 말이 끄는 마차에 올라 빠르게 달리는 마차에 흔들리며 떠나갔다. 사전에 학교를 방문했을 때, 어린아이를 위한 기숙사 방과 교실의 좌석을 결정해 두었었다.

잔은 리종 이모의 도움을 받으며 기숙사 방의 작은 장롱 속에 옷가지를 챙겨넣는 일에 하루를 보냈다. 그 옷장에는 가져온 물건의 4분의 1도 들어가지 않아 그녀는 한 개 더 얻으려고 교장을 만나러 갔다. 서무계원이 불려왔다.

그는 이처럼 많은 속옷이며 옷은 아무 소용도 없고 거추장스럽기만 하다고 주장하며, 규칙을 알려주고 장롱을 더 마련해 줄 수는 없다고 거절했다.

실망한 어머니는 하는 수 없이 가까운 조그만 여관에 방을 하나 빌려 나머지 물건들을 맡겨 놓고, 어린아이가 필요하다고 기별하면 곧 주인이 물건을 폴레에게 전해 주도록 일러두리라고 마음먹었다.

그리고 나서 그들은 배가 드나드는 것을 보려고 부둣가를 한 바퀴 돌았다.

차츰 불이 켜져가는 거리에 쓸쓸한 저녁이 다가들었다. 그들은 식사를 하러 어떤 음식점으로 들어갔다.

모두들 음식에 구미가 당기지 않았다. 서로들 눈물어린 눈초리로 바라보는 동안에 요리 접시가 식탁에 놓였다가는 그대로 가득찬 채로 다시 나갔다. 식사가 끝나자 다시 학교 쪽으로 천천히 걸어갔다. 키가 고르지 않은 아이들이 가족들이나 하인에게 이끌려 곳곳에서 길로 모여들었다. 우는 아이들도 있었다. 희미하게 불이 밝혀진 큰 운동장에서도 우는 소리가 들려왔다.

잔과 폴레는 오랫동안 서로 껴안았다. 리종 이모는 당연히 잊힌 채, 손수건으로 얼굴을 가리고 뒤에 서 있었다. 자기도 슬퍼진 남작이 딸을 떼어놓음으로써 이별의 장면을 단축시켰다.

마차는 문 앞에서 기다리고 있었다. 그들은 다시 마차에 올라타 그날 밤으로 레 푀플에 돌아왔다.

이따금 흐느껴우는 소리가 어둠 속을 달려가는 듯했다. 다음 날 저녁때까지도 잔은 울며 지냈다.

그 다음 날은 사륜마차에 말을 매고 르아브르를 향해 떠났다. 폴레는 벌써 가족과 떨어져 사는 데 길들어진 듯했다. 그는 태어나서 처음으로 친구들을 가졌기 때문에 면회실의 의자에 앉아서도 놀고 싶은 생각으로 몸을 꿈지럭거렸다.

잔은 이리하여 하루 걸러씩 오갔다. 그리고 일요일에는 아들을 외출시키려고 갔다. 휴식시간 사이에 긴 학과시간 동안에는 무엇으로 소일할지 모르면서, 학교를 떠날 기력도 용기도 없어서 폴레가 다시 교실에서 나올 때까지 면회실 의자 위에 앉아 마냥 기다렸다.

교장은 그녀를 자기 방으로 불러들여 그처럼 자주 면회오지 말아달라고 했다. 그녀는 그러한 충고에도 아랑곳하지 않았다. 그러자 교장은 만일 그녀가 여전히 노는 시간에도 놀지 못하게 하고 언제까지나 어린아이의 마음을 산란케하여 공부를 방해한다면, 학교로서는 부득이 아들을 집으로 돌려보낼 수밖에 없다고 경고했다. 남작에게도 그러한 통고가 왔다.

그리하여 그녀는 마치 죄수처럼 레 푀플에서 감시를 받게 되었다. 그녀는 아들보다 더 초조한 마음으로 매주 휴일을 기다렸다.

쉴새없는 하나의 불안이 그녀의 마음을 괴롭혔다. 그녀는 다만 개 마사크르만을 데리고 몽상에 잠긴 채 근처를 떠돌아다니며 며칠씩 보냈다. 이따금 절벽 위에 앉아 바다를 바라보면서 오후를 보내기도 했다. 또 어느 때는 숲을 지나 이포르까지 내려가 추억에서 떠나지 않는 옛 산책길을 다시 걸어보기도 했다. 아아! 소녀적 꿈에 취해 이곳을 뛰어다니던 시절은 얼마나 아득한가. 얼마나 오래된 옛일인가?

아들을 만날 때마다 10년이나 떨어져 있었던 것 같은 생각이 들었다. 아들은 다달이 어른이 되어가고, 그녀는 다달이 노파가 되어갔다. 아버지는 그녀의 오빠 같았고, 25살이 되던 해부터 시들어지긴 했으나 조금도 늙지 않은 리종 이모는 그녀의 언니 같았다.

아들은 4학년에서 낙제를 했다. 3학년은 그럭저럭 넘겼으나 2학년 때는 다시 배워야 하기도 했다. 그리하여 20살 때에야 비로소 수사학(修辭學)을 배우게 되었다. 그는 갈색 머리의 키 큰 젊은이가 되었고, 벌써 짙은 턱수염이 난데다 구레나룻도 군데군데 눈에 띄었다. 이제는 일요일마다 자기가 레 푀플로 다니러 왔다. 오래전부터 승마 연습을 하고 있었으므로 말을 빌려타고 손쉽게 두 시간이면 달려왔다.

아침부터 잔은 이모와 남작과 함께 아들을 마중나갔다. 남작은 점점 허리가 꼬부라져서 조그마한 늙은이처럼 마치 코방아를 찧지 않으려는 듯 뒷짐 지고 있었다.

그들은 길을 따라 천천히 걸으면서 이따금 개울가에 앉아, 아직 말 탄 아들이 보이지 않나 하고 멀리 바라보았다. 하얀 선 위에서 점 같은 아들의 모습이 보이면 세 식구는 저마다 손수건을 흔들었다. 그러면 아들은 질풍같이 말을 몰아왔는데, 잔과 리종 이모는 겁이 나서 가슴을 두근거리고, 할아버지는 신이 나서 힘없는 늙은이의 열광으로 "브라보!" 하고 외쳤다.

폴은 어머니보다 목 하나는 더 컸지만, 그녀는 폴을 언제나 어린아이처럼 다루며 아직도 "발이 시리지 않니, 폴레?" 하고 물었다.

점심식사 뒤 그가 담배를 피우며 돌층계 앞을 산책하거나 하면, 그녀는 창문을 열고 크게 소리쳤다.

"제발 좀 맨머리로 나가지 말아라. 감기 들라."

그리고 밤이 되어 아들이 다시 말을 타고 돌아갈 때면 그녀는 불안에 몸을 떨었다.

"너무 빨리 달려서는 안 된다, 폴레. 조심해라. 네게 무슨 일이 일어나면 절망할 이 가엾은 어미를 좀 생각해라."

어느 토요일 아침 잔은 폴로부터 한 통의 편지를 받았다. 다음 날은 친구들이 마련한 파티에 자기도 초대받아 집에 다니러 올 수 없다는 내용이었다.

그녀는 마치 어떤 불행을 예감한 듯, 그 일요일 하루를 내내 불안에 싸여 지냈다. 목요일이 되자 그녀는 더 이상 참지 못하고 르아브르를 향해 떠났다.

뭐라고 말할 수는 없으나 어쨌든 아들은 달라진 듯싶었다. 활기를 띤 것 같았고, 전보다 어른스러운 목소리로 이야기했다. 그러고는 아주 당연한 듯이 어머니에게 말했다.

"저어, 어머니, 이렇게 오셨으니 나는 다음 주일에도 레 푀플에 가지 않겠어요. 파티가 또 한 번 있으니까요."

그녀는 마치 아들이 새로운 세계를 향해 떠나겠다고 한 듯 깜짝 놀라서 목이 메어 말이 나오지 않았다. 겨우 입을 열 수 있게 되자 그녀는 물었다.

"아니, 폴레! 무슨 일이냐? 무슨 일이 생겼니?"

그는 웃으며 어머니에게 키스했다.

"아무 일도 아녜요, 어머니. 그저 친구들 하고 놀러가는 거예요. 그럴 나이가 되지 않았어요?"

어머니는 대답할 말이 없었다. 마차 안에 혼자 있게 되자 이상한 생각이 그녀를 괴롭혔다. 그녀는 아들에게서 자기가 생각하는 폴레의 모습을 다시 찾을 길이 없었다. 옛날, 자기의 어린 폴레의 모습은 간 곳이 없었다.

이제야 비로소 그녀는 자식이 커졌다는 것과 이제 자식은 자기의 소유물이 아니며, 늙은이들은 염두에 두지 않고 자기 마음대로 살아가려고 한다는 것을 깨달았다. 더욱이 아들은 단 하루 사이에 완전히 달라져 보였다.

이것이 내 아들이었을까? 자기 의지로 움직이는 이 수염 난 강건한 남자가 옛날 자기에게 샐러드 채소를 옮겨 심게 하던 그 귀여운 어린 자식일까?

그 뒤 석 달 동안 폴은 이따금 가족을 찾아보러 왔으며, 와 있는 동안에는 되도록 빨리 가고 싶어하는 마음이 한시도 머리에서 떠나지 않는지, 저녁때가 되면 언제나 한 시간이라도 빨리 가려고 애썼다. 잔은 조바심했으나 남작은 늘 그녀를 위로했다.

"그냥 놔둬라. 그 애도 이제는 20살이다."

어느 날 아침 허술하게 차린 한 노인이 독일식 억양이 담긴 프랑스어로 자작 부인에게 면회를 청했다. 그는 의례적인 딱딱한 인사를 늘어놓고 주머니 속에서 때묻은 지갑을 꺼내 손때묻은 종잇조각을 펼쳐 보였다.

"여기 부인에게 보여드릴 증서를 가져왔습니다."

그녀는 읽고 또 읽고, 그 유대인을 쳐다본 다음 다시 또 한 번 읽어보고는 물었다.

"이것이 무슨 의미지요?"

그 남자는 아첨하듯 설명했다.

"말씀드리겠습니다. 댁의 아드님이 돈이 좀 필요하다고 해서 마님이 좋은 어머니라는 것을 내가 알고 있으므로, 필요하신 만큼 얼마 안 되는 돈을 빌려드렸습니다."

그녀는 몸을 떨었다.

"어째서 나한테 직접 달라고 하지 않았을까요?"

유대인은 길게 설명했다.

그것은 다음날 오전 중에 갚아야 했던 도박에서 진 빚이었는데, 폴은 아직 미성년이었으므로 아무도 그 돈을 빌려 주려고 하지 않았고, 따라서 이 유대인이 베푼 약소한 친절이 없었던들 아들의 명예는 위태로웠을 것이라고 했다. 잔은 남작을 부르려고 했으나 너무 심한 충격 때문에 일어날 수가 없었다.

그래서 그녀는 고리대금업자에게 말했다.

"미안하지만 초인종을 좀 눌러 주시겠습니까?"

늙은이는 어떤 술책인 줄 알고 두려워서 망설였다. 그는 더듬더듬 말했다.

"지장이 있으시다면 다음에 또 오겠습니다."

그녀는 고개를 가로저으며 아니라고 했다. 남자는 초인종을 눌렀다. 두 사람은 마주 보며 남작을 기다렸다. 남작은 객실에 들어오자마자 사태를 깨달았다. 증서는 1천 4백 프랑이었다.

남작은 1천 프랑을 지불하고 그 남자에게 잘라 말했다.

"두 번 다시 오지 마시오."

남자는 고맙다고 인사하고 가버렸다.

할아버지와 어머니는 곧 르아브르를 향해 떠났다. 그러나 학교에 가보니 폴은 한 달 전부터 학교에 나오지 않는다고 했다. 교장은 잔의 서명이 든 네 통의 편지를 받아가지고 있었다. 그것은 아들이 병에 걸려 있다는 것과 그 뒤의 소식을 알린 편지였다. 편지마다 의사의 진단서가 덧붙여져 있었다. 물론 위조였다. 두 사람은 놀라서 어리둥절 한 채 마주보며 그 자리에 서 있었다. 교장이 그들을 동정하여 경찰서장에게로 안내해 주었다.

두 사람은 그날 밤 호텔에서 잤다. 이튿날 그들은 그 도시의 어떤 창부집에서 아들을 찾아냈다. 할아버지와 어머니는 폴을 데리고 머나먼 귀로에 말 한 마디 나누지 않고 레 푀플로 왔다. 잔은 손수건으로 얼굴을 가린 채 울었다. 폴은 태연한 얼굴로 창밖을 내다보고 있었다.

그들은 폴이 1주일 동안에 1만 1천 프랑의 빚을 졌다는 사실을 알았다. 채권자들은 그가 머지않아 성인이 된다는 것을 알고 있었으므로 아직은 얼굴을 내밀지 않고 있었다.

아무 변명도 듣지 않기로 했다. 애정으로 이 아이의 마음을 다시 잡아 보려고 생각했기 때문이었다. 맛있는 요리를 먹이고 위로해 주고 비위를 맞추어 주었다.

때는 봄이었다. 잔은 불안하지만 마음껏 뱃놀이를 하라고 폴에게 배 한 척을 빌려 주었다. 르아브르로 갈까 봐 말은 내주지 않았다. 폴은 할 일이 없어서 짜증을 부리고, 이따금 난폭한 행동까지 했다. 남작은 그가 학업을 중단한 것을 불안스럽게 생각하고 있었다.

잔은 또다시 헤어질 생각을 하면 정신이 아찔했으나, 그러면서도 앞으로 이 아이를 어떻게 하면 좋을까 혼자 궁리했다.

어느 날 폴은 돌아오지 않았다. 그는 뱃사공 두 사람과 함께 보트를 타고 나갔다고 했다. 어머니는 정신없이 밤중에 모자도 쓰지 않고 이포르까지 뛰어내려갔다. 바닷가에서 너덧 남자가 보트가 돌아오기를 기다리고 있었다. 조그만 불빛이 먼 바다에 나타났다. 그것은 흔들리며 다가왔다. 그러나 폴은 배에 없었다.

폴은 르아브르까지 자기를 실어다주도록 청했다. 경찰이 그를 찾으려고 했으나 끝내 찾지 못했다. 처음에 폴을 숨겨 두었던 여자도 가구를 다 팔아 버리고 집세까지 치르고 사라져버렸다.

레 푀플에 있는 폴의 방에서, 폴에게 반한 듯한 여자가 보낸 편지 두 통이 나왔다. 필요한 돈이 준비되었으니 영국으로 여행가자는 내용이었다.

저택의 세 식구는 정신적인 고뇌의 암담한 생지옥 속에서 묵묵히 침울하게 지냈다. 이미 잿빛으로 변한 잔의 머리칼은 이젠 흰 머리가 되어 버렸다. 그녀는 어째서 운명이 이토록 자기를 괴롭히는지 골똘히 생각했다.

그녀는 톨비악 신부로부터 한 통의 편지를 받았다.

부인, 신의 손은 드디어 부인 위에 내려졌습니다. 부인은 자제를 신께 바치기를 거절하셨습니다. 그리하여 신은 자제를 빼앗아 창녀에게 던진 것입니다. 천주님의 이 훈계에 눈을 뜨지 않으시렵니까? 주님의 자비는 끝이 없습니다. 다시 신의 발 앞에 와 엎드린다면 신은 구원해 주실 것입니다. 나는 신의 비천한 종입니다. 부인이 오셔서 두드리실 때에는 언제나 부인을 위해 신의 궁전 문을 열어 드리겠습니다.

그녀는 이 편지를 무릎 위에 놓고 오랫동안 앉아 있었다. 이 신부의 이야기는 정말일지도 모른다. 그러자 모든 종교적 의혹이 일시에 그녀의 양심을 분열시키기 시작했다.

신이 인간과 다르게 복수심이나 질투심을 품지 않는다면, 아무도 신을 두려워하지 않을 뿐 아니라 숭배하지도 않을 것이다. 그러고 보면 신은 아마 우리에게 자신의 존재를 더 명확하게 나타내기 위해 인간의 감정을 가지고 군림하고 있는지도 모른다. 그러자 마음이 산란해져 망설이는 사람들이 하듯이 성당 안으로 밀어넣는 마음 약한 의혹에 이끌려, 어느 날 저녁 해가 지자 그녀는 몰래 신부집을 찾아가 비쩍 마른 신부의 발 앞에 무릎을 꿇고 용서를 빌었다.

신은 남작과 같은 사람이 살고 있는 집에 대해서는 모든 은총을 내릴 수 없다고 하면서 신부는 반만의 용서를 약속했다.

신부는 단언했다.

"부인께서는 곧 신이 어떻게 관용을 베푸는지 그 결과를 아시게 될 것입니다."

그녀는 정말 이틀 뒤 아들의 편지를 받았다. 가슴이 터질 듯한 고통 속에서 그녀는 이것이야말로 신부가 약속했던 위안의 시초라고 생각했다.

사랑하는 어머니, 근심하지 마십시오. 지금 저는 몸 건강히 런던에 있습니다. 그런데 몹시 돈에 쪼들리고 있습니다. 우리는 지금 한푼 없이 날마다 굶고 있습니다. 지금 저와 함께 있는, 제가 진정으로 사랑하는 여자는 저와 헤어지지 않겠다는 생각에서 가지고 있던 돈을 다 써버렸습니다. 5천 프랑입니다. 내 명예를 생각해서라도 우선 이 돈을 갚아줘야 되겠습니다.

제가 머지않아 성년이 되니까, 아버지의 유산 가운데 1만 5천 프랑쯤 미리 주신다면 이 곤경에서 모면할 수 있을 것입니다. 안녕히 계십시오. 사랑하는 어머니, 마음으로부터 키스를 드립니다.

　할아버지와 리종 할머니에게도 안부 전해 주십시오. 곧 다시 만나뵐 것을 바랍니다.

어머니의 아들, 자작 폴 드 라마르

편지를 써보내다니! 그러고 보면 아직 나를 잊지는 않았구나. 그녀는 자식이 돈을 요구한 것은 생각해 보지도 않았다. 돈이 없다니 보내줘야지. 돈 같은 것은 문제도 아니었다. 편지를 써 보냈는데! 그녀는 기쁨의 눈물을 흘리며 남작에게로 가지고 달려갔다. 리종 이모도 불러왔다. 그리고 편지 내용을 한마디 한마디 뜯어 읽고 또 읽었다. 모두들 한마디 한마디에 대해 의논이 분분했다. 깊은 절망 속이라서 일종의 희망적 도취로 뛰어올라간 잔은 폴을 편들었다.

"돌아올 거예요. 그 애가 편지까지 쓴 이상 돌아올 거예요."

그러나 냉정한 남작은 말했다.

"그렇지 않아. 그놈은 계집애 때문에 우리를 떠난 거니까. 그놈은 우리보다도 그 계집애를 더 사랑하고 있는 거야. 그런 짓을 서슴지 않고 한 것을 보면."

그러자 무섭고 급작스러운 고통이 잔의 가슴을 뒤흔들어 놓았다. 그리고 갑자기 자기 자식을 빼앗아간 그 계집애에 대한 증오심이 끓어올랐다. 질투심을 일으킨 어머니의 진정시킬 수 없는 강렬한 증오였다.

그때까지 그녀는 폴에 대해서만 생각하고 있었다. 그런 막된 계집애가 폴을 그르치게 만든 원인이라고는 거의 생각해 보지도 않았다. 그러나 별안간 남작의 이야기가 이 경쟁자의 존재를 깨우쳐 주었고, 그들 사이에 맹렬한 싸움이 벌어졌다는 것을 느꼈다.

그녀는 그런 계집애와 함께 자식을 가지기보다는 차라리 자식을 잃는 편이 낫다고 생각했다. 그리하여 그녀의 모든 기쁨은 허물어지고 말았다. 그들은 1만 5천 프랑을 보냈다. 그 뒤 다섯 달 동안 아무 소식도 없었다.

그러는 사이 줄리앙의 유산 세목을 따지기 위해 대리인이 왔다. 잔과 남작은 두말없이 줄리앙의 유산과 어머니에게 돌아오는 용익권(用益權)까지 넘겨주었다. 그리고 대리인이 파리로 돌아가자 폴은 12만 프랑을 받았다.

그는 여섯 달 동안에 네 통의 편지를 보내 왔다. 간결한 문체로 요즘 상황을 알려왔으며, 끝은 형식적인 애정의 글귀로 맺어져 있었다. '일자리를 구했습니다. 며칠 안으로 레 푀플에 가 뵙겠습니다'고 말했다.

그는 그의 정부에 대해 한 마디도 하지 않았다.

이 침묵은 네 페이지에 걸쳐 자세히 쓴 것 이상의 것을 뜻하고 있었다. 잔은 냉정한 이 편지에서 집요하게 그 여자가 몸을 감추고 있는 것을 느꼈다. 모든 어머니의 영원한 적인 창녀의 존재를 눈앞에 보는 것만 같았다.

고독한 세 사람은 폴을 구해낼 수 있는 방도를 논의했다. 그러나 방도가 떠오르지 않았다. 파리로 찾아갈 것인가. 그러나 그것이 무슨 소용 있으랴? 남작이 말했다.

"그 애의 정열이 식어 버리기를 기다리는 수밖에 도리가 없다. 그렇게 되면 혼자 돌아오겠지."

그들의 생활은 쓸쓸하기 이를 데 없었다. 잔과 리종은 남작 몰래 성당에 드나들었다. 폴에게서는 오랫동안 소식이 없었다.

어느 날 아침 절망적인 편지가 날아들어 세 사람을 깜짝 놀라게 했다.

어머니, 저는 이제 파멸입니다. 만일 어머니가 저를 도와주러 오시지 않는다면 저는 피스톨로 자살하는 수밖에 없습니다. 틀림없이 성공하리라 믿었던 투기사업에 실패했습니다. 8만 5천 프랑의 빚을 졌습니다. 만일 지불하지 않으면 불명예일 뿐만 아니라 파산당하게 되고 앞으로 제 길은 완전히 막혀 버립니다. 저는 파멸입니다. 거듭 말씀드립니다. 저는 이 치욕을 당하느니 차라리 자살해 버리겠습니다. 한 번도 말씀드리지 않았지만 저의 수호신인 한 여자의 격려가 없었던들 벌써 자살했을 것입니다. 진정으로 키스를 보내드립니다. 사랑하는 어머니, 아마 이것이 마지막이 될지도 모릅니다. 안녕히 계십시오.

이 편지와 함께 넣은 서류뭉치가 이 투기 사업의 실패에 대해 설명해 주고 있었다. 남작은 곧 생각해 보겠다는 답장을 썼다. 그리고 자세한 내막을 알아보기 위해 르아브르로 떠났다. 그리고 토지를 저당잡혀 폴에게 보냈더니, 폴은 곧 돌아가서 식구들에게 키스하겠다는 내용의 편지를 보냈다. 그러나 오지 않았다.

1년이 지나갔다. 잔과 남작은 폴을 만나 마지막 노력을 해보려고 막 파리로 떠나려는 참에, 간단한 편지가 와 그가 런던에 다시 가 있다는 것을 알았다.

폴 드 라마르 주식회사라는 이름으로 기선회사 설립 계획을 세우고 있다는 것이었다.

편지 내용은 다음과 같았다.

저에게는 행운이 보장되어 있습니다. 어쩌면 한 재산 손에 쥘지도 모릅니다. 하지만 결코 모험은 아닙니다. 이제부터라도 여러 가지 유리한 점을 아시게 될 겁니다. 이번에 만나뵐 때, 저는 사회적으로 상당한 자리를 차지하고 있을 겁니다. 오늘날 역경을 헤쳐나가는 데는 사업을 하는 길밖에 없다고 생각합니다.

석 달 뒤 기선회사는 파산하고, 지배인은 장부를 위조했다는 혐의로 기소되었다. 잔은 신경발작을 일으키고 그것이 몇 시간 계속되더니 그 길로 자리에 누웠다. 남작은 또다시 르아브르로 가서 정보를 모으고 변호사, 대리인, 공증인, 집달리 등을 만난 결과 폴 드 라마르 회사의 결손액이 23만 5천 프랑에 이른다는 사실을 알았고, 또다시 가산을 저당잡히지 않을 수 없었다. 레 푀플의 저택과 두 개의 농장을 막대한 금액으로 저당잡혔다.

어느 날 저녁 남작은 어느 대리인의 사무실에서 마지막 수속을 밟다가 별안간 졸도하여 마룻바닥에 쓰러졌다.

말탄 심부름꾼이 잔에게로 달려와 알렸다. 그녀가 그곳에 다다랐을 때 남작은 이미 숨이 끊어진 뒤였다.

그녀는 아버지의 유해를 레 푀플로 옮겨왔으나 온몸이 기진맥진하였다. 그녀의 고통은 절망이라기보다 차라리 마비상태였다. 두 부인이 필사적으로 탄원해 보았으나 톨비악 신부는 남작의 유해를 성당에 들여보내기를 거절했다.

아무런 종교적 의식도 없이 남작은 해가 떨어진 뒤 매장되었다.

폴은 자기 회사의 파산 청산인으로부터 이 사건의 결말을 들었다. 그는 아직도 영국에 숨어 있었다. 그는 이 불행을 뒤늦게 알아서 올 수 없었다는 변명의 편지를 보냈다.

어쨌든 어머니가 저를 구해 주셨으니 어머니, 저는 프랑스로 돌아가겠습니다. 곧 어머니에게 키스하겠습니다.

잔은 너무나 심한 정신적 허탈상태에 있었으므로 아무것도 의식하지 못했다. 그 겨울이 다 갈 무렵 68살이 된 리종 이모는 기관지염에 걸린 것이 악화되어 폐렴이 되었다.

그녀는 조용히 숨을 거두며 말했다.

"가엾은 잔, 신이 네게 자비를 내리도록 내가 부탁드리겠다."

잔은 묘지까지 따라가 이모의 관 위에 흙이 덮이는 것을 보고, 자기도 죽어서 더 이상 고생하지도 않고 아무것도 생각지 않게 되었으면 하고 바라며 그대로 땅에 주저앉아 버렸다. 그러자 건강한 농사꾼 부인이 두 팔로 그녀를 안아 올려 마치 어린아이를 다루듯이 그녀를 데려갔다.

잔은 이모의 머리맡에서 닷새 밤이나 새웠기 때문에 저택으로 돌아오자 상냥하면서도 위엄있게 대해 주는 이 낯모를 여자가 하자는 대로 순순히 침대로 끌려들어갔다. 그러고는 피로와 고뇌에 시달려 기진맥진했기 때문에 깊은 잠에 빠졌다.

그녀는 밤중에 깨어났다. 등잔불이 벽난로 위에서 깜빡이고 있었고 한 여자가 안락의자에서 자고 있었다. 이 여자는 누구일까? 그녀는 도무지 알 수가 없었다. 그녀는 깜빡이는 등잔불빛에 자세히 보려고 침대 밖으로 몸을 내밀었다.

낯익은 얼굴이었다. 그러나 언제 어디서 보았을까? 여자는 고개를 한쪽 어깨 위에 떨어뜨리고 모자를 마룻바닥에 뒹굴린 채 무심히 잠들어 있었다. 나이는 마흔이나 마흔 다섯쯤 되어 보였다. 햇볕에 그을어 강하고 억세고 튼튼해 보였다.

크고 두툼한 그 여자의 두 손이 의자팔걸이 양쪽에 늘어져 있었다. 머리털은 잿빛으로 변해가고 있었다. 잔은 큰 불행에 타격을 받고 열병적으로 잠에 빠졌다가 눈을 떴을 때 느끼는 몽롱한 머리로 집요하게 그녀를 바라보았다. 확실히 잔은 그녀의 얼굴을 본 기억이 났다. 그것은 옛날이었나, 최근이었나? 그러나 분명하게 기억나지 않아 그 의문이 머리에서 떠나지 않고 그녀를 괴롭혔다. 그래서 살며시 일어나 발끝으로 걸어 가까이 가서 그녀의 얼굴을 보았다.

묘지에서 자기를 데려다가 침상에 눕혀준 바로 그 여자였다. 그것도 어렴풋이 생각났다. 그러면 다른 곳에서 만난 적이 있었나? 아니면 다만 깊은 잠에

빠지기 전 마지막 날의 몽롱한 기억 속에서 이 여자를 만났던 것같이 여겨지는 것일까? 그런데 이 여자가 어떻게, 무슨 이유로 내 방에 와 있는 것일까? 그녀는 눈을 뜨고 잔을 보더니 벌떡 일어났다. 그들은 서로 맞닿을 정도로 가까워졌다.

낯선 그녀가 크게 소리쳤다.

"아니, 왜 서 계세요? 그러다 감기드세요. 자아, 어서 다시 누우세요!"

잔은 물었다.

"당신은 누구지요?"

그러나 그 말엔 대답하지 않고, 여자는 팔을 벌리고 아까처럼 잔을 다시 안아올려 남자 같은 힘으로 침대까지 데려갔다. 그러고는 가만히 요 위에 눕히고, 거의 덮쳐누를 듯이 몸을 굽혀 그녀의 뺨이며 머리며 눈에 미친 듯이 키스하다가 이윽고 울음을 터뜨려 눈물로 잔의 얼굴을 적셨다. 그녀는 중얼거렸다.

"가엾은 아씨, 잔 아씨, 가엾은 아씨, 나를 모르시겠습니까?"

별안간 잔이 외쳤다.

"아아, 로잘리!"

그녀는 로잘리의 목을 두 팔로 감고 힘껏 껴안으며 키스했다. 그리고 둘 다 꼭 껴안은 채 서로의 눈물에 젖어 팔을 떼지 못하고 흐느껴 울고만 있었다. 로잘리가 먼저 정신을 차렸다.

"자아, 마음을 가라앉히세요. 감기 드시면 큰일이에요."

그녀는 이불을 끌어당기고 침대를 매만지며 베개를 옛주인의 머리 밑에 대주었다. 옛 주인은 마음속에 치밀어오르는 가지가지의 추억에 온 몸을 떨며 여전히 흐느껴 울고 있었다. 잔이 물었다.

"어떻게 다시 왔지?"

로잘리가 대답했다.

"이렇게 되신 줄 알면서 아씨를 혼자 계시게 할 수는 없잖아요!"

"네 얼굴 좀 자세히 보게 촛불을 켜라."

머리맡 테이블 위에 촛불을 올려놓자, 두 사람은 한참 동안 말없이 마주 바라보았다.

잔은 늙은 하녀에게 손을 내밀며 중얼거렸다.

"나는 정말 몰랐지. 너도 많이 달라졌구나. 하지만 아직 나처럼 달라지지는 않았어.”

그러자 로잘리도 자기가 떠날 때는 젊고 아름답고 생기에 넘쳤던 주인아씨가, 지금은 바싹 마르고 시들어서 백발이 된 것을 보고 말했다.

“정말이지 많이 달라지셨습니다. 잔 마님, 엄청나게 달라지셨어요! 못 뵌지도 벌써 24년이나 되었으니까요.”

두 사람은 또다시 생각에 사로잡혀 말이 없었다. 마침내 잔이 떠듬거리며 물었다.

“그래, 너는 행복했었니?”

로잘리는 너무나도 고통스러운 어떤 추억을 되살릴까봐 두려운 듯 머뭇거렸다.

“네…… 네…… 나는 그다지 불행하지는 않습니다. 마님보다는 확실히 행복했습니다. 그저 늘 가슴아팠던 일은 마님을 모시고 있지 못했다는 것이…….”

그녀는 생각이 거기까지 미친 데 깜짝 놀라 입을 다물었다. 그러나 잔이 부드럽게 말을 이었다.

“그렇다고 어쩌겠니? 모든 일이 어디 마음먹은 대로 되니? 너도 지금은 과부지?”

문득 어떤 고뇌가 그녀의 목소리를 떨리게 했다. 그녀는 말을 이었다.

“너는 그 뒤 다른…… 자식을 또 낳았니?”

“아니요, 마님.”

“그럼, 그 애는…… 네 자식은 어떻게 됐니? 그 애한테 만족하고 있니?”

“네, 일도 잘하고 아주 좋은 아이입니다. 여섯 달 전에 결혼했지요. 그리고 나 대신 농장을 돌보고 있답니다. 내가 이렇게 다시 와서 있으니까요.”

잔은 감동하여 몸을 떨며 중얼거렸다.

“그럼, 너는 다시는 내 곁을 떠나지 않겠지?”

로잘리는 급작스러운 목소리로 말했다.

“물론이에요, 마님. 그러기 위해서 뒤처리도 다 해놓았습니다.”

그리고 얼마동안 두 사람은 말이 없었다.

잔은 자기도 모르게 두 사람의 생애를 비교해 보았다. 그러나 이제는 운명의 부당한 잔혹성에 복종하여 가슴속에 아무 쓰라림도 느껴지지 않았다.

그녀는 물었다.

"네 남편은 네게 어떻게 되었니?"

"좋은 사람이었습니다. 건달은 아니었어요. 돈은 모을 줄도 알았습니다. 그런데 폐병으로 죽었어요."

그러자 잔은 좀더 여러 가지 것을 알고 싶어 침대에서 일어나 앉았다.

"자, 다 이야기 좀 해 봐. 네 지나간 모든 생활에 대해 다 이야기 해. 이제 내게는 그것만이 위안이 될 거야."

로잘리는 의자를 끌어당기고 앉아 자기 자신과 자기 집과 자신의 세계에 대해 이야기하기 시작했다. 시골사람들이 좋아하는 세세한 곳까지 파고들어 자기 집의 뜰을 그려 주고, 때로는 지나간 행복한 시절을 회상시켜 주는 먼 옛날을 이야기하며 웃고, 차츰 목소리를 높여가며 남을 부려 본 습관에 젖은 농가의 여주인다운 말투로 이야기했다. 그러고는 이렇게 끝맺었다.

"나는 부동산도 있어서 아무 걱정도 없답니다."

그녀는 또 당황하며 낮은 목소리로 말을 이었다.

"다 마님 덕분이지요. 그러니 내가 무슨 돈을 받겠어요? 안 받겠습니다. 그리고 혹시 마음에 안 드신다면 나가겠습니다."

잔은 되물었다.

"하지만 아무 보수도 받지 않고 내 일을 봐 주겠다는 말은 아닐 테지?"

"원 별 말씀을, 마님도! 돈이라니, 마님이 내게 돈을 주시겠단 말씀입니까? 나도 마님만큼은 돈이 있답니다. 저당잡힌 것과, 아직 내지 않아 기한마다 늘어나는 빚의 이자를 빼고 나면 얼마나 남는지 아십니까? 모르시지요. 내가 알기로는 1년에 1만 리브르도 채 못 들어올 겁니다. 아시겠지요? 1만 리브르도 채 못 돼요. 하지만 모두 깨끗이 정리해 드리겠습니다."

로잘리는 흥분해가며 다시 목소리를 높여 이자를 물지 않아 곧 파산할지도 모른다고 말했다. 그러자 민망스러워하는 희미한 웃음이 여주인의 얼굴에 스치는 것을 보고 로잘리는 화를 내면서 소리쳤다.

"웃으실 일이 아녜요, 마님! 돈 없는 사람 구실을 못 한답니다."

잔은 하녀의 손을 꼭 쥐고는 늘 머릿속에서 떠나지 않는 하나의 관념에 쫓기며 천천히 말했다.

"아아! 나는 운이 나빴어. 모든 일이 나에게는 뒤틀어지기만 했지. 재앙이 기를 쓰고 내 생애에 달려들어 다 망쳐 버렸단다."

그러자 로잘리는 고개를 가로저었다.

"그렇게 말씀하시는 게 아닙니다. 이유는 다만 불행한 결혼을 하셨다는 것뿐입니다. 상대편을 모르고 결혼했다고 하여 그렇게 되는 건 아니랍니다."

이와 같이 그녀들은 늙은 친구들끼리 하듯이 언제까지나 자기의 신세타령을 하고 있었다.

그들이 이야기를 계속하고 있는데 아침 해가 떠올랐다.

12

로잘리는 1주일 만에 저택 안의 물건들과 사람들을 완전히 지배하게 되었다. 잔은 모든 것을 내맡기고 로잘리가 하자는 대로 했다. 잔은 이제 쇠약해질대로 쇠약해져, 옛날에 그녀의 어머니가 그랬듯이 다리를 끌며 하녀의 팔에 의지하여 외출했다. 하녀는 천천히 잔을 산책시키며 잔소리도 하고 마치 병든 어린아이 다루듯 무뚝뚝하나 부드러운 말투로 기운을 북돋아 주었다.

그들은 늘 지난 일을 이야기했다. 잔은 눈물어린 목소리로 말했고, 로잘리는 평범한 시골여자의 조용한 목소리로 이야기했다. 늙은 하녀는 몇 번이나 난처한 이자 문제를 꺼내, 모든 실무에 어두운 잔이 아들의 일이 부끄러워 숨기고 있는 서류를 자기에게 내달라고 요구했다.

그러고는 1주일 동안 날마다 페캉에 가서 자기가 잘 아는 변호사에게서 자세한 설명을 들었다.

어느 날 저녁 로잘리는 주인을 침대에 눕힌 뒤 자기는 침대머리에 앉더니 불쑥 말했다.

"자아, 누우셨으니 같이 이야기 좀 하지요."

그녀는 지금 상태를 설명했다. 빚을 갚고 나면 7, 8천 프랑의 연수입이 남으며 남은 것은 모두 그것뿐이라고 했다.

잔은 대답했다.

"그래, 어떻단 말이냐? 나는 오래 살지 못한다. 죽을 때까지 그거면 충분해."

로잘리는 화를 냈다.

"그야 마님은 충분할지 모르지요. 하지만 폴 도련님에게는 한푼도 안 남겨 주실 작정입니까?"

잔은 몸서리쳤다.

"제발 그 애 이야기는 하지 말아다오. 생각만 해도 가슴이 아파 못 견디겠다."

"하지만 말씀드려야겠습니다. 마님은 마음이 약하니까 말입니다. 잔 마님, 폴 도련님은 지금도 난봉을 피우고 있어요. 그러나 언젠가는 끝장날 겁니다. 그렇게 되면 결혼도 하고 어린아이도 낳으실 테지요. 그 아이들을 키우려면 돈이 있어야 합니다. 잘 들으십시오. 마님은 레 푀플을 파셔야 합니다."

잔은 침대에서 펄쩍 뛰어 일어나 앉았다.

"레 푀플을 팔다니! 그게 무슨 말이냐? 안 된다. 절대로 안 돼."

그러나 로잘리는 눈썹 하나 까딱하지 않았다.

"파셔야 합니다, 마님. 어쩔 수 없는 일입니다."

로잘리는 그래야 될 이유와 또 자기의 재산 계획을 설명했다. 일단 레 푀플과 거기에 딸린 두 개의 농장을 팔아버리고 생 레오나르에 있는 네 개의 농장을 가지고 있으면, 이것만은 저당에서 빠졌으니까 연 8천 3백 프랑의 수입이 들어올 것이며 그것을 살 사람은 이미 자기가 구해 놓았다고 말했다. 연 1천 3백 프랑은 부동산의 수리나 유지비로 떼어놓고, 나머지 7천 프랑 가운데서 5천 프랑을 1년의 생활비로 하고 2천 프랑은 비상금으로 저축해야 한다고 말했다.

로잘리는 덧붙였다.

"그 밖의 것은 다 먹혔습니다. 마지막이에요. 이제부터는 내가 열쇠를 맡겠습니다. 그리고 폴 도련님에게 아무것도 못 드리겠습니다. 그렇지 않으면 한푼도 남기지 않고 빼앗아갈 겁니다."

잔은 조용히 흐느껴 울다가 중얼거렸다.

"하지만 혹시 먹을 것도 없다면?"

"시장하시다면 집에 오셔서 잡수시면 되지요. 언제나 잠자리와 잡수실 것은 준비해 두겠습니다. 처음부터 한푼도 드리지 않았더라면 그런 난봉은 피우지 않으셨을 것입니다."

"하지만 그 애는 빚을 졌었단다. 그것을 갚지 않으면 욕보게 될 지경이었어."

"마님이 한푼도 없게 되면 그것으로 폴 도련님의 난봉이 없어질까요? 아직까지는 지불하셨습니다. 그건 좋습니다. 그러나 이제부터는 한푼도 드리지 못합니다. 그러면 안녕히 주무세요, 마님."

그리고 로잘리는 나가 버렸다. 레 푀플을 팔고 자기의 온 생애가 깃들어 있는 이 집을 떠나 다른 곳으로 가야 한다는 생각에 잔은 잠을 이루지 못했다.

이튿날 로잘리가 방 안에 들어오자 잔은 말했다.

"아무래도 나는 여기서 떠날 결심이 서지 않는다."

하녀는 화를 냈다.

"하지만 그렇게 하셔야 해요. 공증인이 곧 이 저택을 사겠다는 사람을 데려올 겁니다. 그렇게라도 하지 않으시면 4년 뒤에는 한푼도 남지 않아요."

잔은 얼빠진 채 되풀이했다.

"나는 못하겠어, 나는 아무래도 못하겠어."

한 시간 뒤에 우편배달부가 1만 프랑을 요구하는 폴로부터의 편지를 갖다주었다. 어떻게 할 것인가?

잔은 넋이 다 빠져서 로잘리와 상의했다. 로잘리는 두 팔을 치켜들며 말했다.

"내가 뭐라고 말했습니까? 마님, 아아! 내가 오지 않았더라면 두 분 다 빈털터리가 될 뻔했습니다."

잔은 로잘리가 시키는대로 아들에게 다음과 같은 답장을 썼다.

사랑하는 내 아들아.

나는 이제 어쩔 수가 없다. 너는 나를 파산시켰단다. 레 푀플마저도 팔지 않으면 안 되게 되었다. 하지만 네가 그토록 고생시킨 너의 늙은 어머니 곁으로 잠자리를 구하러 온다면, 나는 언제라도 네 몸을 의지할 곳만은 마련하고 있다는 것을 잊지 말아라.

그리고 공증인이 전직 제당(製糖)업자였던 즈오프랭 씨를 레 푀플 집에 데려왔을 때, 잔은 몸소 그들을 맞아들여 자세히 모든 것을 보도록 안내했다.

한 달 뒤 잔은 매도계약서에 서명하고 곧 바트빌르 마을에 있는 작은 살림집 한 채를 샀다. 그 집은 고데르빌르에서 가까웠으며, 길이 몽티빌리로 이어져 있었다.

이사하기 전에 잔은 늘 저녁때까지 혼자 어머니의 가로수길을 산책했다. 가슴이 찢어지는 듯 마음이 쓰려서 비탈길과 나무들과 플라타너스 아래 놓인 벌레먹은 긴의자 등, 자기 눈이나 마음에 박힌 너무나 낯익은 모든 것들, 숲, 그리고 줄리앙이 죽던 무서운 날 푸르빌르 백작이 바다 쪽으로 달려가는 것을 바라보았던, 그리고 그녀가 곧잘 앉아서 광야를 내려다보던 그 언덕과, 늘 기대던

가지 부러진 느릅나무와, 이 정든 뜰에 대해 절망적으로 흐느끼며 이별의 말을 했다.

로잘리가 나와서 그녀의 팔을 잡아 안으로 데리고 들어왔다. 25살쯤 된 건장한 농부가 현관문 앞에서 기다리고 있었다. 그는 이미 오래전부터 알고 있었다는 듯 다정스럽게 그녀에게 인사했다.

"안녕하십니까, 잔 마님! 어머니가 이삿짐을 거들어 드리라고 했지요. 어떤 것을 옮기려는지 알고 싶어요. 밭일에 방해되지 않게 틈틈이 날라다 드리겠습니다."

그는 로잘리의 아들이었다. 줄리앙의 자식이며 폴의 형이었다. 그녀는 가슴의 고동이 멈추는 것 같았다. 잔은 이 젊은이에게 키스해 주고 싶었다. 혹시 남편이나 자기 아들을 닮지 않았을까 생각하며 그녀는 그의 얼굴을 찬찬히 훑어보았다. 그는 얼굴이 붉고 억세고 자기 어머니를 닮아 갈색 머리털과 푸른 눈을 가지고 있었다. 그러면서도 어딘지 모르게 줄리앙을 닮았다. 어디가 닮았을까! 꼭 집어낼 수는 없었다. 그러나 틀림없이 어딘지 닮은 것 같기는 했다. 젊은 이는 말을 이었다.

"지금 곧 일러주셨으면 좋겠습니다만."

잔은 이사할 집이 아주 작아서 무엇을 가져갈지 작정하지 못하고 있으니 주말에 다시 한 번 와달라고 부탁했다. 그러자 이사할 생각이 머리에 가득찼고, 암담하고 희망없는 생활이 서글픈 위안을 갖다 주었다.

잔은 갖가지 일들을 상기시켜 주는 가구들을 살피며 이 방 저 방 돌아다녔다.

모두 자기 생활의 일부가 되고 친구가 되어버린 가구들은 어렸을 때부터 잘 알고 있으며, 거기에는 자신의 기쁨과 슬픔의 추억이 연결되고 자신의 역사의 날짜가 붙어 있는 것이다. 그것들은 즐거울 때나 우울할 때나 자신의 말없는 반려자였으며, 자기 곁에서 낡고 낡아져버려 겉은 여기저기 구멍이 나고 안은 찢어지고 마디는 어그러졌으며 빛이 바랬다.

그녀는 이것을 하나하나 추려냈다. 몇 번이나 주저하고, 중대한 결심을 해야 되는 일인 것처럼 망설이면서, 일단 결정한 것도 다시 생각해 보았다. 두 개의 안락의자의 가치를 평가하고, 또 서랍 달린 낡은 책상과 사무용 테이블을 서로 비교하기도 했다. 그리고 서랍을 하나하나 열어 보고는 온갖 추억을 그 속에서 찾아냈다.

그러고 나서 "그래, 이걸 가져가기로 하자"고 완전히 정하면 그것을 식당으로 내려 보냈다. 그녀는 자기 방의 가구는 침대나 벽걸이 등을 모두 가져가겠다고 했다.

그녀가 어렸을 때부터 좋아한 여우와 두루미, 여우와 까마귀, 매미와 개미, 그리고 침울한 왜가리 등이 그려진 몇 개의 객실 의자도 가져가기로 했다.

잔은 얼마 뒤에 떠나게 될 이 집의 구석 구석을 돌아보다가 어느 날은 다락으로 올라가 보았다. 그러고는 깜짝 놀라 그 자리에 서버렸다. 가지각색의 물건들이 어수선하게 쌓여 있었기 때문이었다. 어떤 것은 부서져서, 어떤 것은 그저 더럽혀져서, 또 어떤 것은 마음에 들지 않았다든가 다른 물건과 바뀌었다는 이유로 이곳에 올려다 놓았던 것이다.

옛날에 보아왔던 자질구레한 숱한 잡동사니가 눈에 띄었다. 늘 자기가 써 왔으나 자기도 모르게 갑자기 사라져 버린 하찮은 물건들, 그리고 15년 동안이나 자기 곁에 굴러다니던 오래되고 아무것도 아닌 그 자질구레한 물건들을 그녀는 한 번도 눈여겨보지 않았던 것이다.

잔은 이 다락방 안에서 뜻밖에 그것들을 보니 오랫동안 잊어버렸던 허물없는 친구를 다시 만난 듯 감격스러웠다. 자기가 처음 이곳에 왔을 때 그 가구들이 놓여 있던 장소가 그대로 되살아났기 때문이었다. 오랫동안 서로 마음을 털어놓지 않으면서 그저 만나러 오던 사람이, 어느 날 저녁 우연히 말끝에 이야기를 시작하여 상대편이 전혀 생각해 보지 않았던 마음의 밑바닥을 내보이는 것과 같은 인상을 이 물건들이 그녀에게 주었던 것이다.

그녀는 가슴을 설레며 하나하나 둘러보고 중얼거렸다.

"이것은 내가 결혼하기 며칠 전 밤에 깨뜨린 중국 찻잔이구나! 아, 어머니의 등잔. 아버님이 비맞아 불어난 뻑뻑한 문을 여시다가 부러뜨린 단장도 여기 있구나."

그녀가 못 보던 물건들도 많았다. 할아버지 시대의 것인지 증조 할아버지 시대의 것인지 그녀로서는 전혀 기억이 없는 것들이었다. 그것들은 자기들의 시대와는 다른 시대로 추방당한 듯 먼지투성이였다.

그들은 팽개쳐져 있는 것을 슬퍼하는 것처럼 보였다. 아무도 그 역사와 변천을 모르고, 아무도 누가 그것을 골라 사가지고 아꼈는지 어루만졌는지 즐겁게 그것을 바라보았는지 모르는, 무심하게 버려진 것들이었다. 잔은 겹겹이 쌓여 있는 먼지 위에 손자국을 내며 그것을 만져보고 뒤적거려 보았다. 지붕에 난 몇 개의 유리창으로 새어 들어오는 침침한 햇빛 아래에서 잔은, 그와 같은 고물에 둘러싸여 한참 동안 우두커니 서 있었다. 뭔가 생각나는 것이 없나 하고 다리가 세 개 달린 의자를 살펴보고, 구리로 만든 보온기며, 낯익고 찌그러진 발 쬐는 난로며, 쓰지 않는 부엌 살림도구 등을 유심히 들여다보았다.

이리하여 그녀는 가져가려는 물건을 따로 옮겨놓고, 아래로 내려가서 로잘리를 시켜 그것들을 가지고 내려오라고 했다. 로잘리는 화를 내며 '그런 허섭스레기'를 가져오는 것을 거절했다. 그러나 잔도 이번만은 고집을 부려 자기의 뜻에 따르도록 했다.

어느 날 아침 줄리앙의 아들인 젊은 농부 드니 르콕이 짐을 싣기 위해 마차를 끌고 왔다. 짐부리는 것을 감독하고 가구를 정돈해 놓기 위해 로잘리도 따라갔다. 혼자 남게 되자 잔은 발작적인 절망감에 사로잡혀 저택의 방들을 돌아다녔다.

격렬한 애정이 솟아올라 함께 가져갈 수 없는 모든 물건들에 키스했다. 객실 벽걸이의 큰 백조며, 오래된 촛대며, 그 밖에 눈에 띄는 모든 것에 키스했다. 그녀는 눈을 번쩍이며 이 방에서 저 방으로 돌아다녀 보고, 이번에는 바다와 이별하려고 밖으로 나왔다.

9월 끝무렵이었다. 무겁게 내려앉은 잿빛 하늘이 온 세상을 덮어누르는 듯했다. 슬픈 듯 누르스름한 빛을 띤 물결이 눈길 가는 곳까지 펼쳐져 나갔다. 잔은 가슴을 에는 듯한 갖가지 추억을 머릿속에 지닌 채 오랫동안 절벽 위에 서 있었다.

이윽고 어둠이 내리깔리자, 그녀는 그날 하루 사이에 이제까지 겪어온 온갖 쓰라린 고통을 모두 하나로 모은 것만큼의 슬픔을 느끼면서 집으로 돌아왔다. 로잘리가 와서 기다리고 있다가 잔이 들어오자, 동떨어진 이 커다란 궤짝 같은 집보다는 새 집이 마음에 들고 살맛이 난다고 말했다.

잔은 밤새도록 울었다.

저택이 팔렸다는 사실을 알고 나서부터는 소작인들도 잔에게 필요 이상의 존경을 보이지 않았으며, 아무 까닭도 없이 자기들끼리 그녀를 "미친 여자"라고 불렀다. 그것은 아마 그 무지한 인간의 본능에서, 점점 심해져가는 잔의 병적인 감상과 지나친 망상과 불행에 뒤흔들린 애절한 마음의 온갖 혼란을 알아차 렸기 때문이었을 것이다.

떠나기 전날 밤 잔은 우연히 마구간에 들어가 보았다. 그녀는 동물의 울음 소리에 깜짝 놀랐다. 그것은 몇 달 동안 거의 생각하지 않고 있었던 마사크르 였다. 개의 보통 수명으로는 더 이상 살기 어려운 나이가 되어 눈도 멀고 말도 듣지 않는 몸으로, 아직도 짚 침대 위에서 살고 있었다. 언제나 이 개를 잊지 않고 뤼디빈이 먹을 것을 갖다 주고 있었다. 잔은 개를 들어올려 입맞추고 다시 집 안으로 데리고 들어갔다. 절구통처럼 살이 쪄서 옆으로 뒤뚱그러진 굳은 다리로 겨우 몸을 끌며 어린아이의 장난감 개처럼 짖고 있었다.

드디어 마지막 날이 밝았다.

잔은 옛날 줄리앙의 방에서 잤다. 그녀의 방은 가구를 모두 옮겨갔기 때문 이었다. 그녀는 마치 먼 길을 달리고 난 뒤처럼 기진맥진하여 숨을 헐떡이며 침 대에서 일어났다. 트렁크며 그 밖의 가구를 실은 마차는 뜰 안으로 들어와 벌 써 짐을 싣고 있었다. 또 한 대의 이륜마차가 그 뒤에 서 있었는데, 여주인과 로 잘리를 태우고 갈 마차였다.

시몽 영감과 뤼디빈만은 새 주인이 올 때까지 남아 있다가 그 뒤에는 저마 다 친척 집에 가서 몸을 맡기기로 되어 있었다. 잔은 그들에게 연금을 마련해 주었다. 게다가 그들은 저축도 하고 있었다. 이제는 잔소리만 늘어놓는 늙어빠 진 쓸모없는 종들이었다. 마리우스는 아내를 얻어 벌써 오래전에 이 집을 떠났 었다.

8시쯤 비가 내렸다. 바닷바람에 휩쓸려오는 차디찬 보슬비였다. 마차에는 포 장을 씌워야 했다. 벌써 낙엽이 흩날리기 시작했다. 부엌 식탁 위에 놓인 커피 잔에서 김이 모락모락 피어오르고 있었다. 잔은 자기 잔 앞에 앉아 몇 모금 마 시더니 일어나면서 말했다.

"자아, 떠나지!"

그녀는 모자를 쓰고 숄을 두른 다음 로잘리가 고무장화를 신겨 주는 동안 목멘 소리로 말했다.

"우리가 루앙을 떠나 이리로 올 때 얼마나 비가 많이 왔는지 너는 생각 나니?"

잔은 말을 마치자 갑자기 경련을 일으키며 두 손을 가슴에 대고 뒤로 쓰러져 의식을 잃었다. 한 시간 이상이나 그녀는 마치 죽은 듯 꼼짝 못하고 누워 있었다. 이윽고 차츰 의식을 회복했으나 너무나도 힘이 빠져 일어설 수도 없었다. 그러나 떠나는 것을 미루었다가는 또다시 발작을 일으킬까 두려워 로잘리는 급히 출발하려고 아들을 찾으러 나갔다. 그들은 잔을 부축해서 안아다가 마차 안으로 들어올려 초 칠한 가죽을 깐 나무의자 위에 앉혔다. 늙은 하녀는 잔 곁에 앉아 그녀의 다리를 싸 주고, 망토로 어깨를 덮어 주었다. 그런 다음 머리 위로 우산을 펴들고 외쳤다.

"빨리! 드니, 어서 떠나자."

젊은이는 자기 어머니 곁으로 기어올라와 앉았다. 자리가 좁아 겨우 엉덩이만 붙이고 서둘러 말을 몰았다. 말이 속력을 내자 두 여인은 위로 튀어올랐다. 말이 모퉁이를 돌자 큰길에서 왔다갔다하는 남자 모습이 눈에 띄었다. 이 출발을 엿보고 있는 듯한 톨비악 신부였다.

그는 마차가 지나가도록 걸음을 멈추었다. 흙물이 튈까봐 한 손으로 법의를 들어올렸기 때문에 검정 양말을 신은 마른 정강이 끝으로 큼직한 진흙투성이의 구두가 드러나 보였다.

잔은 그의 눈길과 마주치지 않도록 고개를 숙였으나 모든 일을 알고 있는 로잘리는 분노를 참지 못했다.

"못된 놈, 못된 놈."

그녀는 자기 아들의 손을 잡으며 말했다.

"채찍으로 한 대 후려갈겨라."

그 젊은이는 그렇게 하지 않았으나 마침 신부 앞을 전속력으로 달리는 마차 바퀴가 별안간 구덩이 속으로 빠졌기 때문에, 흙탕물이 잔뜩 튀어올라 신부의 발끝에서 머리끝까지 뒤집어씌웠다. 로잘리는 아주 통쾌해 하면서 몸을 돌려 큰 손수건으로 흙탕물을 닦고 있는 신부에게 주먹질을 했다.

5분쯤 달리다가 갑자기 잔이 외쳤다.

"마사크르를 잊고 왔구나!"

마차를 세우고 드니가 개를 가지러 달려간 동안 로잘리가 고삐를 잡고 있었다. 이윽고 젊은이가 두 팔에 털이 빠져 못생긴 개를 안고 돌아와, 두 부인의 치마폭 사이에 놓았다.

13

두 시간 뒤 마차는 조그만 벽돌집 앞에 다다랐다. 이 집은 큰길 주변에 있는 물레 모양의 배밭 한가운데 자리잡고 있었다.

인동덩굴과 여러 덩굴이 위로 뻗어올라간 나무 둥치들을 엮은 정자 네 개가 뜰의 네 귀퉁이를 이루고 있었다. 그 뜰에는 몇 개의 조그마한 채소밭이 있고, 그 채소밭 사이로 뻗어나간 길 양 옆에 과일나무가 늘어서 있었다.

높다란 산들이 울타리처럼 사방에서 이 지대를 둘러싸고 있었으며, 한 개의 밭이 이웃집 농장과 경계를 이루고 있었다. 이 집에서 백 걸음쯤 앞쪽 길가에 대장간이 있었다. 그 밖에는 아주 가까운 마을이라도 1킬로미터나 떨어져 있었다.

어느 쪽을 둘러보나 코 지방의 광막한 평야가 펼쳐지고, 사과나무 숲이 잘 가꾸어져 있었다. 그 숲 사방으로 난 길가에는 큰 나무들이 두 줄로 늘어서 있고 농가들이 이곳저곳에 흩어져 있었다.

잔은 도착하자 곧 쉬고 싶다고 했지만, 로잘리는 또다시 그녀가 망상에 빠질까 두려워 듣지 않았다.

고데르빌르에서 목수가 필요한 설비를 하려고 미리 와 있었다. 마지막 짐마차가 올 동안에, 이미 날라온 가구를 정돈하고 늘어놓기 시작했다. 오랫동안 곰곰이 생각하고 판단해야 될 일거리들이었다.

짐마차가 한 시간쯤 뒤 울타리문 앞에 다다랐다. 빗 속에서 짐을 풀어야만 했다. 해가 졌을 때 집 안은 아무렇게나 쌓아올린 짐짝으로 엉망진창이었다. 잔은 몹시 지쳐서 침대에 눕자마자 곧 잠들어 버렸다.

그 뒤 며칠 동안 잔은 일에 파묻혀 생각에 잠길 겨를도 없었다. 아들이 돌아오리라는 생각이 언제나 그녀의 머릿속에서 떠나지 않았기에 새 집을 아름답게 꾸미는 데 어떤 기쁨마저 느꼈다.

옛날에 방에다 둘렀던 벽걸이 장식은 식당 겸 객실로 쓸 방에다 둘렀다. 2층에 있는 두 방 가운데 하나는 특히 정성껏 꾸며 놓았는데, 그녀는 마음속으로 그 방을 폴레의 방이라고 이름붙였다. 두 번째 방은 잔이 쓰기로 했다. 로잘리는 그 위의 다락방 한켠에서 살게 되었다.

정성껏 손질한 작은 집은 아담해졌다. 자신도 알 수 없는 무엇인가가 부족하기는 했지만 처음 얼마 동안은 이 집이 마음에 들었다.

어느 날 아침 페캉의 공증인 서기가, 레 푀플에 남기고 온 가구들을 어떤 고물상이 평가한 금액인 3천 6백 프랑을 가져왔다. 그녀는 돈을 받으며 기쁨에 몸을 떨었다. 그 남자가 가자 곧 모자를 쓰고 고데르빌르로 가서 이 뜻밖의 돈을 폴에게 부쳐 주려고 했다.

그러나 큰길을 총총대며 걸어가는 도중에 그녀는 장보러 갔다오는 로잘리와 마주쳤다. 하녀는 금방 진상을 눈치채지는 못했으나 수상스럽게 생각했다. 잔은 그녀에게만은 아무것도 숨길 수 없어 사실을 털어놓자 로잘리는 바구니를 내려놓았다. 로잘리는 주먹으로 허리를 짚고 큰 소리로 지껄이더니, 오른손으로 주인을 잡고 왼손으로는 바구니를 들고 집을 향해 걸어갔다.

집으로 돌아오자 로잘리는 돈을 내놓으라고 했다. 잔은 6백 프랑만을 남겨놓고 내주었으나, 곧 수상하게 여긴 하녀에게 그 꾀도 발각되어 모두 내주지 않으면 안되었다.

그러나 로잘리는 그 6백 프랑만은 폴에게 부쳐줄 것을 허락했다. 며칠 뒤 폴에게서 감사하다는 답장이 왔다.

사랑하는 어머님, 덕택으로 큰 도움이 되었습니다. 마침 곤궁에 빠져 있었던 참입니다.

잔은 아무래도 바트빌르에 길이 들지 않았다. 옛날처럼 자유로이 숨쉴 수 없을 것 같았고, 전보다 더욱 고독하고 버림받은 듯한 기분이었다. 그녀는 한 바퀴 산책하려고 곧잘 밖으로 나갔다. 베르뇌이유 마을까지 갔다가 트로와 마르를 지나 되돌아왔는데, 일단 집에 돌아오면 정작 가서 돌아보고 싶었던 곳을 빠뜨린 것 같아 다시 한 번 나가고 싶어서 또 일어났다.

이 이상한 욕구의 원인이 무엇인지 그녀는 알지 못했으나 날마다 그것을 되풀이했다. 어느 날 저녁 무심히 입에 담은 한마디가 그녀의 불안한 마음의 비밀을 들춰내 주었다.

그녀는 저녁식사를 하려고 앉으면서 저도 모르게 말했던 것이다.

"아아, 바다가 보고 싶다!"

무엇인가 그토록 강한 부족감을 주었던 것은 바다였다. 25년 동안 그녀의 큰 이웃이었던 바닷바람과 포효와 열풍을 가진 바다, 밤낮으로 함께 호흡하고 친근하게 느끼며 자기도 모르는 사이에 인간을 대하듯 사랑을 느꼈던 바다였다.

마사크르는 여전히 불안한 상태로 지냈다. 도착한 날 밤부터 부엌 안 창문 밑에 자리를 잡은 뒤 움직이지 못했다. 하루종일 거의 꼼짝하지도 않고 이따금 가느다란 신음소리를 내면서 돌아누울 따름이었다. 그러나 밤이 되자마자 일어나 벽에 이리 저리 부딪치며 뜰의 문 쪽으로 몸을 끌고 가서 몇 분 동안 있다가 다시 들어와 따뜻한 난로 옆에 앉았다. 그러고는 주인이 침상으로 들어가기가 무섭게 짖어댔다.

개는 애처롭고 슬픈 목소리로 밤새도록 짖었다. 이따금 한 시간쯤 쉬었다가는 더한층 가슴을 에는 듯한 목소리로 다시 짖어댔다. 그래서 집에 있는 빈 통에다 잡아 가두었다. 그러자 이번에는 바깥쪽 창문 밑에서 빈 통에 들어앉아 짖어댔다.

얼마 안 가 개가 당장 죽을 것 같아 다시 부엌에 들여놓았다. 분명히 제 집이 아니라는 것을 알고 개의 본능으로 이 낯선 집의 방향을 알아보겠다는 듯, 쉴 새 없이 끙끙거리며 짖어대는 늙은 개의 몸부림치는 소리에 아무래도 잔은 진정할 수가 없었다.

개는 만물이 살아 움직이고 있을 대낮에는 먼눈과 병신이 된 의식이 행동을 제지하는 듯 움직이지 않고 잠만 자다가, 마치 만물을 장님으로 만드는 어둠 속에서만 살아 움직이는 듯, 해가 떨어지고 어둠이 다가오면 이리 저리 쉴 새 없이 헤매었다.

어느 날 아침에 보니 개는 죽어 있었다. 모두들 안도의 숨을 내쉬었다.

겨울이 다가왔다. 잔은 어쩔 수 없는 절망에 빠지는 것을 느꼈다. 그것은 마음을 쥐어뜯는 것 같은 날카로운 고통이 아니라 암담하고 침울한 슬픔이었다.

무엇 하나 마음을 풀어주는 것이 없었다. 아무도 그녀를 거들떠보는 사람이 없었다. 문 앞 큰길은 오른쪽을 보나 왼쪽을 보나 늘 인적없이 한적하게 멀리 뻗어 있었다.

이따금 이륜마차가 재빨리 달려갔다. 얼굴이 붉은 남자가 고삐를 잡고 있었는데, 그의 작업복은 달리는 바람에 부풀어 푸른 풍선처럼 보였다. 더러는 짐마차가 천천히 지나가기도 했다. 멀리서 두 농부가 걸어오는 모습이 보일 때도 있었다. 한 사람은 남자고 한 사람은 여자였는데, 지평선에 조그맣게 나타나서는 점점 커지다가 집 앞을 지나가 버리면 다시 작아지고 저 멀리 눈길 닿는 데까지 뻗어나간 흰 선의 맨 끝에 가서는 두 마리의 벌레만 한 크기로 땅의 부드러운 기복을 따라 올라갔다 내려갔다 했다.

풀이 나기 시작하면서 짧은 스커트를 입은 소녀가 매일 아침 길 옆의 개울을 따라가면서, 풀을 뜯는 비쩍 마른 소 두 마리를 끌고 울타리 앞을 지나갔다. 그 소녀는 저녁때가 되면 역시 아침처럼 졸린 듯한 걸음걸이로 10분에 한 발짝씩 옮겨 놓으면서 소의 뒤를 따랐다.

아직도 잔은 밤마다 레 푀플에 사는 것 같은 꿈을 꾸었다. 예전처럼 아버지, 어머니와 함께 있으며, 때로는 리종 이모와 같이 있을 때도 있었다. 그녀는 이미 잊힌 일을 되풀이하여 떠올리기도 하며, 가로수길을 걸어가는 어머니 아델라이드 부인을 부축하고 있는 듯 생각하기도 했다. 그리하여 눈을 뜰 때면 눈물이 솟아올랐다.

그녀는 언제나 폴을 생각하고 있었다. "그 애는 무엇을 하고 있을까? 지금은 어떻게 지내고 있을까? 이따금 나를 생각할 때도 있을까?" 하고 자신에게 물어보기도 했다.

농장 사이의 낮은 길을 천천히 걸어가면서 그녀는 자기를 괴롭히는 그런 생각들을 머릿속에 떠올려 보았다. 그러나 무엇보다도 고통스러운 것은 자기에게서 아들을 빼앗아 간 저 낯모를 여자에 대한 억누를 수 없는 원망의 질투심이었다.

이 증오가 그녀를 잡아묶어 아들을 찾아가지 못하게 하는 유일한 방해물이었다. 아들의 정부가 대문에 서서 자기를 보고 "무슨 일로 오셨지요, 부인?" 하고 묻는 모습이 눈에 보이는 듯했다. 어머니로서의 긍지는 그렇게 만날 가능성만으로도 심한 분노를 느끼게 했다.

순결하고 오만한 자만심과 티끌 하나 없는 잔은, 육체적인 사랑으로 마음까지 더럽혀진 남자의 온갖 행위가 더욱 분노를 자아내게 했다. 성의 더러운 비밀과 인간을 타락시키는 포옹과 불가분한 인연으로 맺어진 남녀 사이를 생각하면, 잔은 마땅히 있어야 하는 인간의 신비한 세계가 불결한 것으로 여겨졌다.

또다시 봄과 여름이 지나갔다. 지루한 비와 잿빛 하늘, 침침한 구름과 더불어 가을이 돌아왔을 때, 잔은 옛날처럼 폴레를 자기 것으로 만들기 위해서는 온갖 노력을 다 해 보겠다고 마음먹을 만큼 일상의 삶에 권태를 느끼기 시작했다. 그만하면 이제 젊은이의 정열도 식었을 것이다. 그녀는 눈물겨운 편지를 아들에게 보냈다.

사랑하는 내 아들아.

나는 네가 내 곁으로 돌아와 주기를 간곡히 부탁하겠다. 이 어미가 늙고 병들어 1년 내내 하녀와 단 둘이서 살아가고 있다는 것을 좀 생각해 보렴. 나는 큰길가의 작은 집에서 살고 있단다. 매우 서글픈 나날을 보내고 있지. 하지만 네가 내 곁으로 와 주기만 한다면 모든 것이 달라질 듯 싶구나. 이 세상에 가진 것이라고는 너밖에 없는데 7년 동안 너 없이 살아왔으니! 너 없이 이 어미가 얼마나 불행했는지, 얼마나 내 마음을 네게 의지해 왔는지, 너는 상상도 못할 것이다. 너는 나의 생명이요, 꿈이요, 유일한 희망이요, 유일한 사랑의 대상이었단다. 그런데 너는 나를 배반했고, 나를 버렸다. 오! 돌아와 다오. 나의 귀여운 폴레, 돌아와서 네 어미에게 키스해 다오. 마지막 소원으로 팔을 뻗치고 있는 이 늙은 어미에게로 돌아와다오.

잔

그는 며칠 뒤에 답장을 보내왔다.

사랑하는 어머님.

찾아가서 뵐 수만 있다면 얼마나 좋겠습니까? 그러나 나는 지금 한푼도 없습니다. 얼마쯤이라도 부쳐 주신다면 가겠습니다. 그렇지않아도 어머니가 바라시는 대로 할 계획을 말씀드리러 갈 참이었습니다. 내가 궁핍한 생활을 하는데도 나의 반려자인 여자가 내게 쏟는 사심 없는 애정은 여전히 무한합니다. 이처럼 충실한 애정과 헌신을 공적으로 인정하지 않고 더 이상 내버려둘 수는 없을 것입니다. 어머니께서 보시면 아시겠지만 예의범절도 바릅니다. 교양도 있고, 책도 많이 읽고 있습니다.

어쨌든 이 여자가 나에게 어떻게 했는가 하는 것은 어머니로서 생각도 못하실 겁니다. 만일 내가 그 여자에게 감사의 뜻을 표하지 않는다면 나는 짐승이나 다름없습니다. 그래서 나는 어머니가 결혼을 승낙해 주시기를 바라고 있습니다. 내가 집을 나갔던 일을 용서해 주시고 새 집에서 우리 셋이 함께 살도록 해주십시오. 어머니께서 그 여자를 아시기만 하면 곧 승낙해 주실 겁니다. 그 여자가 나무랄 데 없이 훌륭한 사람이라는 것은 내가 보증합니다. 어머니께서도 그 여자를 사랑하게 되시리라 나는 확신합니다. 나는 그 여자 없이는 혼자 살 수 없습니다. 나는 어머니의 답장을 초조한 마음으로 기다립니다. 우리는 진심으로 어머니에게 키스를 보내드립니다.

어머니의 아들인
자작 폴 드 라마르

잔은 낙심했다. 그녀는 무릎 위에 편지를 놓은 채 꼼짝 않고 앉아 있었다. 아들의 그 여자는 끈질기게 아들을 붙들어 놓고 한 번도 놓아주지 않으면서, 절망한 늙은 어머니가 자식을 껴안고 싶은 열망에 더 이상 참을 수 없어 마음이 약해지기를, 그래서 모든 것을 승낙할 때가 오기를 기다린 것이다. 잔은 이렇게 그 창부의 간계를 꿰뚫어 보았다.

그리고 그 여자를 향한 폴의 줄기찬 애정을 생각할 때 심한 고통이 그녀의 가슴을 쓰리게 했다. 그녀는 마음속으로 되풀이했다.

'나를 사랑하지 않는 것이다. 나를 사랑하지 않는 것이다.'

로잘리가 들어왔다. 잔은 더듬거렸다.

"그 애는 그 여자와 결혼하겠단다."

하녀는 펄쩍 뛰었다.

"원 당치도 않습니다! 마님은 절대로 허락하시면 안 됩니다. 폴 도련님이 그런 천한 창부를 집에 들여놓아서야 되겠습니까!"

잔도 이제는 힘이 모두 빠졌으나 악이 올라서 대답했다.

"절대로 허락하지 않을 테다. 그 애가 오지 않는다면 내가 가서 그 계집애하고 나하고 누가 이기나 결판내 보겠다."

그녀는 곧 폴에게 편지를 썼는데, 자기가 찾아가겠으며, 그 더러운 계집이 없는 다른 장소에서 만나자고 했다. 그녀는 답장이 오기를 기다리는 동안 떠날 차비를 차렸다. 로잘리는 주인의 옷이며 속옷 등을 트렁크 속에 챙겨넣었다.

낡은 외출복을 집어넣다가 로잘리가 외쳤다.

"원, 입고 갈 만한 옷이 한 벌도 없군요. 그래서야 어디 가시겠어요? 공연히 창피만 당하실 겁니다. 파리의 귀부인들이 보면 하녀라고 하겠어요."

잔은 로잘리가 하자는 대로 했다. 두 여자는 고데르빌르에 가서 녹색 바둑판 무늬의 천을 골라 마을 양장점에 맡겼다. 그러고는 해마다 2주일씩 파리로 여행하는 공증인 루셀 씨한테서 여러 가지 말을 들어보려고 들렀다. 잔은 28년 동안이나 파리에 가보지 못했던 것이다.

그는 마차를 피하는 방법이며 도둑을 맞지 않는 방법 등을 가르쳐 주었다. 그리고 돈을 옷 속에 꿰매 넣고 주머니 속에는 필요한 돈 말고는 넣어두지 말라고 충고도 해주었다.

값이 그다지 비싸지 않은 음식점에 대해 이야기하고, 그중에서도 주로 부인들이 많이 드나드는 집을 두서너 개 말해 준 다음, 자기가 늘 머무르는 정거장 옆의 노르망디 호텔도 일러주었다. 그의 소개로 왔다고 하면 된다고 말했다.

6년 전부터 어디서나 화젯거리가 되어오던 철로가 파리와 르아브르 사이를 달리고 있었다. 그러나 잔은 슬픔에 잠겨 이 지방을 떠들썩하게 하고 있는 그 증기기관차도 아직 본 적이 없었다.

폴에게서는 답장이 없었다. 1주일을 기다리고 다시 2주일을 기다렸다. 그녀는 매일 아침 큰길로 나가서 우체부를 만나 떨면서 물었다.

"말랑댕 영감, 내게 오는 것은 없소?"

그러면 그는 비바람에 시달린 쉰 목소리로 대답했다.

"이번에도 없습니다. 마님."

폴에게 답장하지 못하게 하는 것은 틀림없이 그 여자다!

그래서 잔은 곧 떠나기로 마음먹었다.

그녀는 로잘리와 함께 가기를 바랐으나 하녀는 여비가 더 든다고 하여 거절했다. 로잘리는 여주인이 3백 프랑 이상을 가져가지 못하게 했다.

"더 필요하신 경우엔 편지를 내시면 공증인한테 이야기하여 부쳐드리도록 하겠어요. 그 이상 더 가져가 봐야 폴 도련님이 가로채실 테니까."

12월의 어느 날 아침, 잔과 로잘리는 그들을 정거장까지 바래다주기로 한 드니 르콕의 이륜마차에 올라탔다. 그들은 우선 기차표 값을 알아보고 필요한 조치를 취한 뒤 짐을 등기로 부치기로 하고 철로 앞에서 기다렸다. 저런 것이 어떻게 움직일까 하는 그 신기한 것에만 정신이 팔려 그들은 서글픈 여행의 목적을 잃어버릴 정도였다.

이윽고 멀리서 기적 소리가 울려와 고개를 돌려보니 시커먼 기계가 점점 커지며 다가왔다. 그것은 굴러가는 작은 집들을 꽁무니에 달아매고 무서운 폭음을 울리며 그들 앞을 지나갔다. 기계가 멈추자 역부가 문을 열어 주어서 잔은 눈물을 흘리며 로잘리에게 키스하고 지정석으로 들어갔다.

로잘리는 울먹거리며 소리쳤다.

"안녕히 다녀오세요, 마님!"

"잘 있거라."

기적이 다시 울렸다. 줄줄이 달린 기차의 바퀴가 움직였다. 처음에는 천천히 그러더니 곧 빨라지면서 마지막에는 무서운 속력으로 달렸다. 잔이 탄 찻간에는 두 신사가 구석에 등을 기대고 잠들어 있었다.

잔은 들이며 나무며 농장이며 마을이 지나가는 것을 바라보자 이 엄청난 속력에 어리둥절해져서 이제는 자기 세계가 아닌, 저 평온한 소녀시절이나 단조로운 생활과는 다른 새로운 생활속으로 끌려들어가는 것을 느꼈다.

기차가 파리에 도착했을 때는 저녁이었다.

한 짐꾼이 잔의 짐을 들었다. 그녀는 떠들썩하게 움직이는 군중 속을 빠져나갔는데 겁에 질리고 서툴러서 떠다밀리며, 혹시 잃어 버릴까봐 뛰다시피 하며 그 남자를 뒤쫓아갔다.

호텔 사무실에 들어서자 그녀는 재빨리 말했다.

"루셀 씨 소개로 왔습니다."

책상 앞에 앉은 아주 의젓해 보이는 여자 주인이 물었다.

"루셀 씨가 누구지요?"

잔은 놀란 표정으로 말을 이었다.

"해마다 여기에 머무르는 고데르빌르의 공증인인데요."

뚱뚱한 여인은 말했다.

"그럴지도 모르지요. 하지만 나는 그 사람을 모르겠어요. 어쨌든 방이 필요하시지요?"

"네, 부인."

그러자 급사가 짐을 들고 앞장서서 2층으로 올라갔다.

그녀는 가슴이 죄어드는 것 같았다. 조그마한 식탁 앞에 앉아 수프와 영계의 날개고기를 갖다달라고 부탁했다. 그녀는 새벽부터 아무것도 먹지 않았다.

촛불 밑에서 저녁을 먹으며 잔은 신혼여행에서 돌아오는 길에 이 도시를

지났으며, 그 무렵 파리에 와서 줄리앙이 처음으로 본성을 드러냈던 일 등을 떠올렸다. 그러나 그 무렵에는 젊었었고 남을 의심할 줄 몰랐으며 원기가 팔팔했었다. 지금은 늙어 어리둥절하고 겁이 날 지경이며, 힘이 없고 대수롭지 않은 일에도 마음이 산란해지는 것을 느꼈다.

식사를 끝마치고 창가로 가서 사람들로 붐비는 거리를 내다보았다. 그녀는 외출하고 싶었으나 용기가 나지 않았다. 아무래도 길을 잃을 것만 같았다. 그래서 침대로 들어가 불을 껐다. 그러나 온갖 잡음과 낯선 도시에 있다는 기분과 여행의 피로로 잠을 이루지 못했다. 몇 시간이 지나갔다. 밖의 소음도 차차 가라앉았으나 도회지 특유의 완전히 조용해지지 않는 기척 때문에 신경이 들떠 여전히 잠을 잘 수 없었다.

사람이고 짐승이고 식물이고 모든 것을 집어삼키는 전원의 고독하고 깊은 잠에 길들어 있는 그녀는 지금 이같은 자기 주위에 대해 이상한 불안을 느꼈다. 들릴락말락한 목소리가 호텔의 벽을 타고 스며들어오는 듯했다. 때때로 마룻바닥이 울리고 문이 닫히고 초인종이 울리는 소리가 들려왔다.

새벽 2시쯤 겨우 잠들려고 할 때 별안간 옆방에서 여자의 비명이 들렸다. 잔은 벌떡 침대에서 일어나 앉았다. 그러자 곧이어 남자의 웃음소리가 들리는 듯했다.

날이 밝아옴에 따라 폴 생각이 나서 동트는 것을 보자마자 곧 옷을 입었다.

폴은 시테의 소바즈 거리에 살고 있었다. 돈을 절약하라는 로잘리의 말대로 그녀는 거기까지 걸어가려고 했다. 날씨는 맑게 개었으나 찬바람이 살을 에는 듯했다. 사람들은 재빠른 걸음으로 길을 걷고 있었다. 그녀는 가르쳐준 길을 따라 급히 걸었다. 그 길의 막다른 골목까지 가서는 오른쪽으로 꼬부라져 광장이 나오게 되면 다시 길을 물을 참이었다.

그러나 그 광장이 도무지 보이지 않아 어느 빵가게에서 물어보니 전혀 다른 길을 일러주었다. 그녀는 걸어가다가 길을 잃고 한참 헤매다가 다시 다른 사람의 말을 듣고 또 걷는 동안에 완전히 길을 잃고 말았다.

그녀는 정신없이 걸었다. 마부를 부르려고 했을 때 센 강이 눈에 띄었다. 그래서 강변을 따라 걸었다.

한 시간쯤 뒤에 소바즈 거리에 들어섰는데, 아주 침침한 뒷골목 같았다. 그녀는 문 앞에서 걸음을 멈춰섰다. 너무도 흥분하여 한 걸음도 옮겨 놓을 수가 없었던 것이다. 폴레가 여기 있다. 이 집 안에 있는 것이다.

무릎과 손이 떨렸다. 이윽고 그녀는 그 집 안으로 들어가 통로를 지나서 문지기의 집을 발견했다. 그녀는 은전을 한 닢 내밀고 말했다.

"미안하지만 폴 드 라마르 씨에게 그의 어머니 친구인 한 노파가 아래에서 기다리고 있다고 좀 전해 주십시오."

문지기는 대답했다.

"그 사람은 이제 여기서 살고 있지 않습니다, 부인."

심한 전율이 그녀의 몸을 흔들었다. 그녀는 떠듬거렸다.

"그럼, 어…… 어디…… 살고 있지요?"

"모르겠습니다."

그녀는 눈앞이 아찔해서 금방 쓰러질 것 같았다. 그대로 얼마 동안 아무 말도 하지 못하고 있었다. 이윽고 있는 힘을 다하여 정신을 가다듬고 중얼거렸다.

"언제 이 집을 나갔습니까?"

문지기는 자세히 일러 주었다.

"2주일쯤 됩니다. 그들은 어느 날 밤 나가서 그대로 돌아오지 않았습니다. 그들은 여러 곳에 빚을 져서 주소를 알려주지 않았지요."

잔은 눈에서 불이 났다. 마치 똑바로 그녀의 눈에 대고 총을 쏜 것 같았다. 그러나 오로지 하나의 생각이 그녀를 잡아세우고 그녀로 하여금 냉정을 잃지 않고 신중히 생각하게 했다. 그녀는 폴레가 있는 곳을 알아내어 찾아가고 싶었던 것이다.

"그럼, 가면서 아무 말도 안했습니까?"

"네, 한마디도 없었습니다. 돈을 못 갚아서 도망친 거지요. 그뿐입니다."

"하지만 여기로 온 편지라도 찾기 위해 사람을 보내오지 않겠어요?"

"그다지 편지도 오지 않는걸요. 1년에 열 통쯤이나 올까요. 떠나기 이틀 전에 한 통 올려다 주었어요."

그것은 틀림없이 그녀가 보낸 편지였을 것이다. 그녀는 재빨리 말했다.

"여보세요, 나는 그 애의 어머니오. 그 애를 찾으러 온 겁니다. 여기 10프랑이 있어요. 혹시 그 애의 소식을 들으면 르아브르 거리에 있는 노르망디 호텔로 연락해 주십시오. 그러면 충분히 사례를 하겠어요."

문지기는 대답했다.

"잘 알겠습니다. 부인."

그녀는 거기서 나왔다. 어디로 갈 것인지 생각하지도 않고 다시 걷기 시작했다. 무슨 중대한 용건이라도 있는 듯 빠르게 걸었다. 벽을 따라가면서 사람들과 부딪치기도 하고 마차가 오는 것도 모르고 길을 건너다 마부의 호통을 듣기도 했다. 제정신이 아니었기 때문에 보도의 경계 돌에 부딪쳐 비틀거리기도 했다. 그저 정신없이 앞으로 앞으로 걸어나갈 뿐이었다.

어느만큼 걷다가 주위를 돌아보니 공원이었다. 그녀는 피곤해서 벤치에 걸터앉았다. 눈에 띌 만큼 오랫동안 앉아서 자기도 모르게 울고 있었다. 지나가는 사람이 걸음을 멈추고 그녀를 쳐다보았다. 그러자 몹시 추워져서 그녀는 다시 걸으려고 일어섰다. 두 다리로 버티고 일어서는 것이 고작이었다. 그 정도로 기운이 없었다.

음식점으로 들어가 수프라도 마시고 싶었으나 자기로서도 뚜렷이 느낄 수 있는 자신의 슬픔에 대한 수치심으로, 어쩐지 부끄럽고 겁이 나서 들어갈 용기가 나지 않았다.

그녀는 문 앞에 서서 음식점 안을 잠깐 동안 들여다보다가 식탁에 다가앉아 먹고 있는 사람들이 눈에 띄자, 깜짝 놀라 뛰쳐나와서는 다음 집으로 가야겠다고 생각했다. 그러나 그 다음 집에도 역시 들어가지 못했다.

겨우 어떤 빵집에서 초승달 모양의 조그만 빵을 사서 걸어가며 먹었다. 몹시 목이 말랐지만 어디서 목을 축여야 할지 몰라 참았다. 아치 모양의 지붕 밑으로 들어가니 울타리로 둘러싸인 공원이 있었다. 그제야 그녀는 그것이 팔레 루아얄(王宮)이라는 것을 알았다.

햇볕을 쬐며 재빨리 걸어가노라니 좀 더운 것 같아 다시 공원에 한두 시간 앉아 쉬었다. 한 무리의 사람들이 들어왔다. 잡담하고 웃고 있는 한 무리의 사람들—여자는 아름답고 남자는 부유해 보이는, 오직 사치와 환락을 위해서만 사는 행복한 사람들이었다. 잔은 이러한 군중 속에 있다는 것에 당황하여 빠져나가려고 일어섰다.

그러나 문득 이곳에서 폴을 만날 수도 있으리라는 생각이 떠올랐다. 그래서 그녀는 종종걸음으로 공원의 이 끝에서 저 끝까지 쉴 새 없이 왔다 갔다 하며 사람들의 얼굴을 엿보았다. 돌아서서 그녀의 얼굴을 쳐다보는 사람도 있고 웃으며 손가락질하는 사람도 있었다. 그것을 보자 잔은 도망쳐 나와, 그들이 틀림없이 자기의 태도와 로잘리가 옷감을 골라 고데르빌르의 양장점에 그녀의 지시대로 맡긴 초록 바둑판 무늬 옷을 보고 웃는 것이라고 생각했다.

잔은 다시 지나가는 사람에게 길을 물을 용기조차 나지 않았다. 그러나 가까스로 용기를 내어 물어서 자기가 묵고 있는 호텔을 찾아갔다.

그날의 나머지 시간은 침대발치에 있는 의자 위에 꼼짝도 하지 않고 앉아서 보냈다. 저녁에는 그 전날처럼 얼마쯤의 수프와 고기를 좀 먹었다. 그러고는 침대에 누웠다.

그녀는 그러한 하나하나의 일을 그저 습관에 따라 기계적으로 해나갔다. 다음날은 아들을 찾기 위해 경찰서로 갔다. 그들은 약속할 수는 없지만 힘써 보겠다고 말했다.

그녀는 혹시 아들을 만날까 하는 희망으로 정처없이 거리를 방황했다. 황량한 들판에서 살 때보다 이 들끓는 군중속이 더 고독하고 버림받은 것처럼 비참하게 여겨졌다.

저녁때 호텔로 돌아와보니 폴의 일로 왔다는 한 남자가 찾아왔다가 다음날 다시 오겠다는 말을 남기고 갔다고 했다. 가슴이 뭉클하게 끓어올라 그날 밤은 뜬눈으로 샜다. 혹시 왔었다는 사람이 그 애가 아닐까? 그렇다, 비록 호텔 사람의 이야기가 얼마쯤 다른 데가 있긴 하지만 틀림없이 그 애일 것이다.

아침 9시경쯤에 누군가 문을 두드렸다. 그녀는 팔을 벌리고 달려들 태세를 취하며 소리쳤다.

"들어와요."

그러나 들어선 것은 낯선 남자였다. 그 남자는 방해해서 미안하다는 변명을 하고 자기 용건은 폴이 진 빚을 갚아달라는 것이며, 그 때문에 왔다고 설명했다. 잔은 그 남자에게 보이지 않으려고 해도 솟아나는 눈물이 눈가에 괼 때마다 손끝으로 닦았다.

그 남자는 소바즈 거리의 문지기에게서 잔이 왔다는 말을 듣고 마침 폴의 행방을 모르던 차라 어머니에게 달려온 것이었다. 그는 차용증서를 그녀에게 내밀었다. 그녀는 힘없이 받아 읽었다. 90프랑이라는 숫자가 적혀 있었다. 돈을 치렀다.

그날 잔은 외출하지 않았다. 이튿날은 다른 빚쟁이들이 몰려들었다. 그녀는 20프랑만 남기고 있는 돈을 다 물어주었다. 그리고 로잘리에게 자기의 처지를 설명하는 편지를 썼다.

하녀의 답장을 기다리는 동안 무엇을 해야 할지, 어떻게 우울한 시간을 보내야 할지 몰라 이리저리 헤매면서 날을 보냈다.

상냥히 말을 건네줄 사람도, 자기의 비참한 처지를 알아 줄 사람도 없었다. 이제는 떠나고 싶은 생각, 그저 쓸쓸한 길가에 있는 자기 집으로 돌아가고 싶은 생각에 가득차서 그녀는 정처없이 헤매었다.

며칠 전만 해도 슬픔에 짓눌려 집에서는 살 수 없을 것만 같았는데, 이제는 그 반대로 자기의 침울한 습관이 뿌리내린 듯한 그 집이 아니면 살 수 없다는 것을 뚜렷이 느끼고 있었다.

어느 날 저녁, 그녀는 한 통의 편지와 함께 2백 프랑의 돈을 받았다.

로잘리는 다음과 같이 썼다.

　　잔 마님, 곧 돌아오세요. 이제는 더 돈을 부쳐드릴 수 없습니다. 폴 도련님은 소식이 있는 대로 내가 모시러 가겠습니다. 그럼, 안녕히 계십시오.

마님의 하녀
로잘리

잔은 눈이 퍼붓는 몹시 추운 어느 날 아침 고데르빌르를 향해 다시 떠났다.

14

파리에서 돌아온 뒤부터 그녀는 외출도 하지 않고 전혀 꼼짝도 하지 않았다. 매일 아침 같은 시각에 일어나서 창밖으로 바깥 날씨를 살피고, 아래층으로 내려가 방 안 난로 앞에 앉아 있는 것이 고작이었다. 그녀는 하루종일 손끝 하나 까딱하지 않고 두 눈을 난롯불에 못박은 채 처량한 생각이 이끄는 대로 참담한 자기의 슬픈 일생을 돌이켜보곤 했다. 난로에 장작을 넣기 위해 몸을 움직이기 전에는 그 작은 방에 차츰 어둠이 스며들어도 일어나지 않았다.

그러면 로잘리가 등잔을 가지고 와서 소리쳤다.

"자아, 잔 마님, 좀 움직이세요. 그렇지 않으면 오늘 밤에도 좀처럼 시장기가 안 듭니다."

머릿속에서 떠나지 않는 고정관념에 쫓기고, 아주 사소한 일도 그녀의 병적인 머릿속에서는 아주 중대한 의미를 갖기 때문에 하찮은 일에도 시달림받을 때가 곧잘 있었다.

무엇보다도 그녀는 자기 생애의 어린시절이며 코르시카 섬으로 신혼여행을 떠났던 먼 지난날의 추억 속에서 살아가고 있었다. 이미 오래전에 잊혔던 그 섬의 풍경이 문득 그녀 앞의 난롯불 속에서 솟아날 때가 있었다.

그녀는 세세한 사물과 사건, 그리고 거기서 만났던 모든 사람들의 얼굴을 되살려냈다. 가끔은 안내인이었던 장 라볼리의 얼굴이 눈앞에서 사라지지 않았다. 그리고 어느 때는 그 목소리마저 들려오는 듯했다.

또 어느 때는 폴이 어렸을 때 즐거웠던 시절을 떠올렸다. 폴이 자기에게 샐러드 채소를 옮겨심게 했던 일과, 리종 이모와 나란히 비료를 준 땅에 무릎을 꿇고 둘이서 서로 어린 아이의 마음에 들려고 다투어가며 정성껏 가꾸던 일, 누가 더 능란한 솜씨로 묘목의 뿌리를 내리게 하고 누가 더 많은 식물을 키우나 경쟁했던 시절이었다.

그러고는 마치 그에게 말을 걸듯 낮은 목소리로 그녀는 입술을 움직여 소곤거렸다.

"폴레, 내 귀여운 폴레."

여기서 몽상은 끊어졌다. 때로는 몇 시간이나 이 이름을 구성하고 있는 글자를 손가락으로 공중에다 써보려고 애썼다. 불 앞에서 그 이름자를 보는 듯한 착각을 일으키면서 천천히 써보는 것이었다. 그러고는 틀렸다고 생각되면 피로에 떨리는 팔로 P자를 다시 써서 끝까지 마치려고 애썼다. 한 번 쓰고나면 또 다시 시작했다. 마침내 그녀는 계속하지 못하고 모든 것을 혼동하여 다른 글자들을 갖다 맞추는 등 정신착란을 일으켰다.

고독한 사람들이 갖는 온갖 편집광적인 징조가 그녀를 사로잡았다. 하찮은 물건의 위치가 바뀌어져도 화를 냈다. 때때로 로잘리가 억지로 걷게 하려고 길로 데리고 나갔지만, 20분도 채 못되어 "나는 더 못 걷겠다"고 하며 개울가에 주저앉아 버렸다.

얼마 뒤부터 잔은 손끝 하나 까딱하기가 싫어져서 되도록 늦게까지 침대에 누워 있었다. 어릴 적부터 오직 하나의 습관만이 변함없이 계속되었다. 그것은 밀크 커피를 마시고 나면 곧 자리를 박차고 일어나는 습관이었다. 더욱이 그녀는 이 밀크 커피에 대해서는 굉장한 애착을 가지고 있어서 이것을 빼앗긴다는 것은 다른 어느 것보다도 견딜 수 없는 일이었다.

그녀는 매일 아침 거의 관능적인 초조감으로 로잘리가 오기를 기다렸으며 가득한 찻잔이 테이블 위에 놓이기가 무섭게, 침대 위에 일어나 앉아 굶주린 듯이 들이마셨다. 그 뒤에야 이불을 걷어차고 옷을 입기 시작했다.

그런데 차츰 찻잔을 접시 위에 놓고나서 몇 분 뒤에 다시 줄곧 누워서 생각에 잠기는 버릇이 생겼다. 이 게으른 버릇은 하루하루 길어져서 마침내는 로잘리가 되돌아와 화를 내고 억지로 옷을 입힐 때까지 누워 있었다. 더욱이 이제는 의지마저 잃은 듯 로잘리가 의논을 청하거나 의견을 물을 때마다 똑같이 대답했다.

"좋을 대로 하려무나."

그녀는 자기가 지독한 불운에 쫓기고 있다고 굳게 믿었으며 마침내는 동양인처럼 숙명론자가 되어버렸다.

자기의 모든 꿈이 깨어지고 모든 희망이 허물어지는 것을 보아온 습관으로 이제는 아무것도 해보려고 하지도 않았다. 아무리 하찮은 일이라도 그것을 시도하기도 전에 자신은 늘 길을 잘못 들고 일도 엉망이 된다는 고정관념에 사로잡혀 며칠 동안이나 망설였다. 그녀는 늘 말했다.

"나는 이 세상에서 복이 없는 사람이야."

그러면 로잘리는 소리쳤다.

"아니, 그러면 마님이 먹을 것을 벌어야만 될 형편이라면 그때는 뭐라고 말씀하시려고요! 매일 새벽 6시에 일어나서 품팔이를 가셔야 될 지경이라면 뭐라고 말씀하시겠습니까? 할 수 없이 입에 풀칠하려고 일하는 사람들도 많답니다. 그러고도 늙어서는 비참하게 죽어 버리지요."

그러면 잔은 이렇게 대답했다.

"하지만 아들도 나를 버리고, 내가 이 세상에 혼자라는 것을 좀 생각해 봐."

로잘리는 버럭 화를 냈다.

"그런 걸 가지고 그러세요? 그럼, 군대에 나간 자식은 어떻게 하겠어요? 미국으로 이주해 간 자식은 어떻게 하겠어요?"

그녀에게 있어 미국이란, 거기에 가면 한 재산 만들기는 하지만 절대로 되돌아올 수 없는 막연한 나라였다.

로잘리는 다시 말을 이었다.

"언젠가는 헤어지지 않으면 안 될 때가 있을 거예요. 늙은이와 젊은이는 언제까지나 같이 살 수 없으니까요."

그러고는 난폭한 말투로 덧붙여 말했다.

"아니, 그러면 아드님이 돌아가시면 어쩌시겠습니까?"

그러면 잔은 더 이상 대답하지 못했다.

이른 봄이 되어 날씨가 풀리자 얼마쯤 기운을 차릴 수 있었으나, 그녀는 그처럼 회복된 기운을 더욱더 침울한 생각에 자신을 이끌어넣는 데에만 썼다.

어느 날 아침, 잔은 무엇인가 찾으려고 다락방으로 올라갔다가 우연히 묵은 달력이 가득 든 상자를 열었다. 시골사람들이 흔히 하는 버릇대로 그렇게 간직해 두었던 것이다. 그녀는 마치 자기의 지난 세월을 되찾은 듯한 기분이었다. 그리하여 이 네모난 달력 앞에서 마음이 이상하게 산란해져 우두커니 서 있었다.

그녀는 그것들을 식당으로 가지고 내려갔다. 크기가 다른 가지각색의 달력

들이었다. 그 달력을 식탁 위에 연대순으로 늘어놓기 시작했다. 그러다가 자기가 레 푀플로 가져갔던 가장 오래된 첫 번째 달력을 발견했다. 수녀원학교를 나와 루앙을 떠나던 그 아침, 자신이 지운 날짜가 그대로 남아 있는 그 달력을 한참동안 물끄러미 바라보았다.

그녀는 눈물을 흘렸다. 지금 이 식탁 위에 펼쳐진 지나간 비참했던 생애와 마주앉은 한 늙은 여인의 애절하고 느릿한 울음이었다. 그러자 하나의 생각이 그녀를 사로잡았고, 그것은 다시 지긋지긋한 고정관념으로 바뀌어 떠나지 않았다. 날마다 자기가 했던 일을 다시 기억해보고 싶은 생각이었다. 그리하여 그녀는 이 누렇게 빛바랜 달력을 벽이며 벽지 위에 한 장 한 장 핀으로 꽂아놓고, 그 하나하나 앞에서 걸음을 멈추며 "이 달에는 내게 무슨 일이 일어났었지?" 하고 스스로에게 물으면서 몇 시간을 보냈다.

그녀는 자기의 생애 가운데 기억할 만한 날짜에는 줄을 그어놓았기 때문에, 때로는 중요한 사건을 앞뒤로 한 작은 사건들을 서로 연결시키고, 분류하고, 다시 하나하나 쌓아올리며, 연, 월, 일, 전체를 돌이켜 볼 수도 있었다.

그녀는 끈질긴 주의력과 추억을 되살려내려는 노력과 의지를 집중시킨 결과 레 푀플에서 지낸 처음 2년 동안의 생애를 거의 완전하게 떠올릴 수 있었다. 자기 생애의 이 먼 추억이 돋을새김처럼 신기하리만큼 쉽게 머릿속에 되살아났다. 그러나 그 다음에 계속된 해들은 서로 섞이고 겹쳐져 안개 속으로 사라져버리는 듯했다.

이따금 머리를 달력에 대고 생각을 옛날로 달리면서 지난날에 정신을 집중해서 언제까지나 앉아 있을 때도 있었다. 마치 그리스도 수난의 연속 그림같이 지나간 날들에 대한 일들을 하나하나 보면서 그녀는 식당 주위를 이리저리 돌아보았다. 그러다가는 갑자기 한 개의 달력 앞에 의자를 끌어당겨 앉았다. 또 어떤 회상에 잠겨들기 시작한 것이었다. 뚫어지게 바라보며 그렇게 밤까지 꼼짝 않고 있었다.

어느덧 모든 수액이 태양의 열을 받아 깨어나고, 농작물이 밭에서 싹트고, 수목이 녹색으로 변하고, 들의 사과꽃이 장밋빛 구슬처럼 피어나 향기를 풍기게 되면 그녀는 심한 흥분에 사로잡혔다. 그럴 때면 그녀는 가만히 앉아 있지 못하고 하루에도 스무 번은 더 집 안팎을 들락거리며, 일종의 회한에 사로잡혀 흥분된 채 멀리 농장을 따라 헤매곤 했다. 무성한 숲에 묻혀 피어난 한 떨기 마거리트 잎사귀 사이로 새어들어가는 햇빛이며, 물구덩이 속에 비쳐든 푸른 하늘을 보아도 몽상에 잠기면서, 전원을 배회하던 소녀시절의 정서의 반향처럼 먼 감동이 일어나 마음이 뒤흔들리고 감동받고 뒤집혀지는 것 같았다.

그녀가 아직 미래를 꿈꾸던 소녀시절에도 이와 똑같은 격동에 몸을 떨면서 달콤한 기분과 포근한 세월의 꿈결 같은 도취를 맛본 일이 있었다.

미래가 닫혀진 지금에도 이것만은 옛날과 다름없는 행복한 느낌 속에 젖어 있었다. 그러나 그녀는 이 변함없는 전원을 마음속에 음미하면서도 한편으로는 가슴이 쓰라렸다. 마치 이 햇빛 아래 깨어난 세계의 영원한 기쁨이 그녀의 메마른 피부와 식어버린 피와 억눌린 영혼 속에 스며들자마자, 다만 약하고 고통스러운 매력이 되어버리는 듯했다. 또한 자기 주변이 무엇인가 조금씩 달라진 것 같은 생각이 들었다. 자기가 소녀였던 시절보다 태양의 열이 좀 식어진 듯했고 하늘빛도 훨씬 덜 푸르러 보였으며 풀빛도 좀 퇴색한 것 같았다. 뿐만 아니라 꽃도 빛도 향기를 잃은 채 옛날처럼 사람을 취하게 하지 못했다.

그러나 이따금 생의 행복감이 몸에 스며들어 또다시 몽상에 잠기며 희망을 품고 무엇인가를 막연히 기대하기도 했다. 운명이 아무리 잔혹하다 하더라도 맑은 날씨에 어떻게 희망을 걸어보지 않을 수 있을 것인가! 마치 흥분된 영혼이 그녀에게 채찍을 가하는 듯 그녀는 똑바로 앞을 향해 몇 시간을 걷고 또 걸었다. 때로는 갑자기 멈추어 길가에 앉아서 온갖 슬픈 일들을 생각해 보기도 했다. 어째서 자기는 다른 사람들처럼 사랑받아 보지 못했을까? 어째서 자기는 평화롭고 그저 단순한 생활의 행복을 미처 맛보지 못했을까?

때때로 그녀는 자기가 늙었으며, 그리고 자기의 미래는 슬프고 외로운 몇 년밖에 남지 않았다는 것을 잊었다. 마치 옛날 16살의 소녀시절처럼 달콤한 갖가지 계획도 세워 보고 즐거운 미래를 조각조각 맞추어보기도 했다. 그러고 나면 갑자기 무거운 현실 감각이 돌아와 그녀를 짓눌렀다. 그녀는 마치 허리뼈를 부러뜨릴 듯한 무거운 짐짝에 얻어맞은 듯, 겨우 일어나 집을 향해 천천히 걸음을 옮기며 중얼거렸다.

"미친 늙은이지! 내가 미친 늙은이야!"

요즘 들어 로잘리는 잔에게 자주 말했다.

"마님, 집에 좀 가만히 계십시오. 어째서 그렇게 마음을 가라앉히지 못하고 쏘다니시지요?"

그러면 잔은 슬픈 말투로 대답했다.

"너무 그러지 마라. 요즘 내가 죽기 전의 그 마사크르와 꼭 같아졌다."

어느 날 아침 로잘리가 여느 때보다 일찍 그녀의 침실로 들어와 테이블 위에 커피 잔을 놓으며 말했다.

"자, 빨리 마시세요. 드니가 문 밖에서 우리를 기다리고 있어요. 레 푀플에 볼일이 있으니 함께 가셔야겠어요."

잔은 마음에 너무나 큰 충격을 받아 정신을 잃을 것만 같았다. 자기의 그리운 옛집을 다시 본다는 생각에 가슴이 벅차오르고 기절할 듯이 감격한 그녀는 떨리는 손으로 옷을 입었다.

머리 위로 드넓은 하늘이 끝없이 펼쳐져 있었다. 말도 마음이 가벼운 듯 때때로 달리려고 했다. 마을로 들어서자 잔은 어찌나 가슴이 뛰는지 숨쉬기가 어려울 정도였다. 담의 벽돌기둥을 보자 그녀는 무슨 이상한 광경이라도 본 듯 자기도 모르게 두세 번 낮은 목소리로 외쳤다.

"오오! 오오! 오오!"

로잘리와 그의 아들이 퀴야르의 집에 말을 풀어놓고 일보러 간 사이에, 소작인들은 지금은 주인이 나가고 없으니 저택을 한 번 둘러보라고 열쇠를 잔에게 내주었다.

그녀는 혼자 걸었다. 그리고 바다로 잇닿은 낡은 저택 앞으로 와서 걸음을 멈추고 그것을 바라보았다. 겉으로는 아무것도 달라진 것이 없었다. 환한 햇살이 이 큰 잿빛 건물 덩어리의 빛바랜 벽 위를 비추고 있었다. 덧문은 모두 닫혀져 있었다.

작은 나뭇가지 하나가 그녀의 옷춤을 잡듯 떨어졌다. 눈을 들어 보니 플라타너스에서 떨어진 것이었다. 그녀는 잿빛 도는 평탄하고 굵은 나무기둥에 다가섰다. 마치 산짐승이라도 되는 듯 손으로 어루만졌다. 그녀의 발이 풀 속의 썩은 나무토막에 부딪쳤다. 그 나무토막은 옛날에 그녀가 식구들과 곧잘 앉았던 의자이며, 줄리앙이 처음으로 자기 집을 방문했을 때 갖다 놓았던 의자의 마지막 조각이었다.

그녀는 현관의 2층 문 앞으로 갔다. 녹슨 자물쇠가 돌아가지 않아 문을 여는 데 힘들었다. 가까스로 자물쇠가 단단한 용수철 소리를 내면서 열렸고, 안

문은 좀 뻑뻑하기는 했으나 한 번 밀자 안으로 열렸다.

잔은 거의 뛰다시피하여 옛날 자기 방으로 들어갔다. 방안은 그녀가 알아볼 수 없도록 깨끗이 도배되어 있었다.

창문을 열자 자기가 그토록 사랑하던 풍경, 관목숲과 느릅나무숲과 초원, 그리고 멀리 움직이지 않는 듯한 갈색 돛단배가 점점이 떠 있는 바다가 눈앞에 들어와 그녀는 살속까지 떨려오는 것을 느꼈다.

그녀는 텅 빈 이 큰 집을 돌아보기 시작했다. 눈에 익은 벽 위의 얼룩을 보았다. 그러다가 벽에 뚫린 작은 구멍 앞에서 걸음을 멈추었다. 그것은 남작이 그 앞을 지나갈 때마다 어린시절을 생각하며 이 벽에다 대고 지팡이로 검술을 했던 흔적이었다. 어머니 방에서는, 침대 곁의 침침한 구석 문 뒤에 꽂힌, 꼭지가 금으로 된 가느다란 핀을 찾아냈다.

그것은 옛날에 자기가 거기에 꽂아 놓았었는데, 바로 그 순간 그녀는 그 생각이 머릿속에 떠올랐다. 그 뒤 몇 해를 두고 찾다가 못 찾은 것이었다. 아무도 이제까지 그것을 발견하지 못했던 것이다.

그것은 그녀에게는 아주 귀중한 유물이어서 그 핀에 키스하고 나서 다시 방마다 들어가 보았다. 도배하지 않은 방에서는, 거의 눈에 띄지도 않는 사소한 흔적들이나 헝겊에 그려진 그림, 대리석, 오랜 세월에 더럽혀진 어둠침침한 천장에서 상상되는 이상한 형상들을 찾아냈다. 그녀는 마치 공동묘지에서 걸어가듯 그녀의 모든 삶이 매장되어 있는 넓고 고요한 이 저택 안을 홀로 소리 없이 걸었다.

그녀는 객실로 내려갔다.

덧문이 닫혀져서 어두웠기 때문에 얼마 동안은 아무것도 알아볼 수가 없었다. 차츰 눈이 방 안 어둠에 익숙해지면서 새들이 노니는 모습이 그려넣어진 벽걸이를 알아볼 수 있었다. 두 개의 안락의자가 지금 막 사람이 앉아 있다가 나간 듯이, 벽난로 앞에 나란히 놓여 있었다.

사람들은 저마다 자기만의 냄새를 지니고 있듯, 그녀가 언제나 기억하고 있는 그 방의 희미하지만 감지할 수 있는 연하고 감미롭게 풍기는 해묵은 냄새가 그녀의 뼛속까지 스며들어 추억으로 감싸주고, 그녀의 기억력을 불러일으켰다. 그녀는 안락의자에 두 눈을 고정시키고 과거의 공기를 호흡하며 숨을 헐떡였다.

그러자 그녀의 고정관념 속에서 생긴 급작스러운 착각으로, 옛날에 곧잘 그녀가 보아왔던 그대로 아버지와 어머니가 불에 발을 쬐고 있는 모습이 보였다. 그녀는 소스라치게 놀라 뒤로 물러서며 등이 문에 부딪쳤으나 쓰러지지 않으려고 그대로 기댄 채 여전히 안락의자를 주시하고 있었다.

환상은 다시 사라졌다. 그녀는 몇 분 동안 넋이 나간 채 우두커니 서 있다가 차츰 맑은 정신이 되살아나자, 다시 착시에 빠져버릴 것 같아 겁이 나서 그곳에서 뛰쳐나가려고 했다. 그 때 우연히 그녀의 눈길이 지금 기대서 있는 벽판으로 옮겨갔다. 폴레의 키를 쟀던 벽의 눈금이 눈에 띄었다.

페인트 칠 위에 고르지 않게 간격을 두고 수많은 희미한 줄들이 기어올라가고 있었다. 새로 표시한 숫자가 어린아이의 연 월 일과 성장을 나타내 주었다. 다른 것보다도 큰 남작의 글씨가 눈에 띄고 자신의 작은 글씨도 있었으며 조금 떨린 듯한 리종 이모의 글씨도 있었다. 문득 옛날 그 금발의 어린아이가 자기 앞에 서서 키를 재달라고 작은 이마를 벽에 착 붙이고 선 모습이 눈앞에 보이는 듯싶었다. 이어서 남작의 거칠고도 친근한 목소리가 들려왔다.

"잔! 이놈이 여섯 주일 동안에 1센티미터나 자랐구나."

그녀는 사랑에 겨워 벽판에 입을 맞추기 시작했다. 그때 밖에서 그녀를 부르는 소리가 들려왔다. 로잘리의 목소리였다.

"마님, 잔 마님, 모두들 점심식사를 하려고 마님을 기다리고 있습니다."

그녀는 정신없이 밖으로 나갔다. 그 뒤로는 사람들이 뭐라고 자기에게 말하는지 하나도 알아들을 수 없었다. 그저 주는 대로 먹고, 무슨 말인지 알아듣지도 못하면서도 그들의 이야기를 듣고, 소작인 부인들이 자기의 건강을 물으면 그들에게 대답하고 서로 키스도 주고받은 다음 마차에 올라탔다.

숲 사이로 보이던 저택의 높은 지붕이 사라져가자 그녀는 가슴이 미어지는 듯했다. 자기 집에 마지막 작별을 한 것 같은 기분이었다.

그들은 다시 바트빌르에 돌아왔다. 그녀가 자기의 새 집으로 들어가려는 순간 문 밑에 떨어져 있는 하얀 것을 보았다. 그녀가 없는 동안 우체부가 끼워 놓고 간 한 통의 편지였다.

그녀는 그 편지가 폴에게서 온 것임을 알고는 불안에 떨면서 겉봉을 뜯었다. 아들은 다음과 같이 써보냈다.

그리운 어머니.

이제까지 답장드리지 않은 것은 제 자신이 직접 어머니를 뵈러 가기 전에 어머니가 파리까지 쓸데없는 여행을 하시지 않도록 하기 위해서였습니다. 저는 지금 몹시 불행한 처지에 빠져 심한 고생을 하고 있습니다. 제 아내는 사흘 전에 여자아이를 낳고는 지금 죽어가고 있습니다. 그런데 저는 한푼도 없습니다. 어린것은 지금 문지기 아주머니가 우유로 기르고 있습니다만, 이 어린것을 어찌해야 좋을지 모르겠습니다. 혹시 죽지나 않을까 염려됩니다. 어린아이를 어머니가 좀 맡아 기르실 수 없을까요? 유모에게 맡길 돈도 없으니 어떻게 해야 좋을지 정말 모르겠습니다. 곧 답장해 주십시오.

어머니를 사랑하는 어머니의 아들

잔은 의자에 쓰러지듯 주저앉아 가까스로 로잘리를 불렀다. 하녀가 오자 둘은 다시 한 번 편지를 읽고 서로 얼굴만 바라본 채 오랫동안 말없이 앉아 있었다.

마침내 로잘리가 입을 열었다.

"제가 어린것을 데리러 가겠습니다. 아무래도 그대로 죽게 할 수는 없으니까요."

잔은 대답했다.

"그래, 가거라."

두 사람은 또다시 입을 다물었다.

하녀가 다시 말을 이었다.

"자아, 마님, 모자를 쓰시고 함께 고데르빌르의 공증인한테로 갑시다. 만약 그 여자가 죽는다면 앞으로 아기를 위해 폴 도련님은 새 여자를 구해 결혼하셔야만 됩니다."

그리하여 잔은 한마디 말도 않고 모자를 썼다. 그녀의 가슴은 무어라 말할 수 없는 끝없는 기쁨으로 가득 찼다. 그것은 어떻게든 다른 사람에게 감추고 싶은 배반적인 기쁨이며 얼굴을 붉힐 만큼 혐오스런 기쁨이었지만, 그녀로서는 영혼이 신비로운 비밀 속에서 미친 듯이 즐기는 기쁨이었다. 그것은 아들의 정부가 지금 죽어가고 있다는 사실이었다.

공증인은 하녀에게 자세한 지시를 했고, 로잘리는 몇 번이나 그것을 되풀이해 듣고 나서 실수할 염려가 없다고 확신하며 말했다.

"아무 염려 마세요. 이제는 모두 제게 맡겨두세요."

로잘리는 그날 밤으로 파리를 향해 떠났다. 잔은 이틀 동안 아무 생각도 정리하지 못한 채 정신적인 혼란 속에서 지냈다.

사흘째 되는 날 아침 로잘리로부터 간단한 편지가 왔는데, 그날 저녁에 도착한다는 내용이었다.

오후 3시쯤, 잔은 고데르빌르로 하녀를 마중나가기 위해 이웃집 마차에 말을 매달라고 부탁했다. 그녀는 플랫폼에 서서 멀리 지평선 끝으로 차츰 좁아지며 기계적 직선으로 뻗어 나간 철로를 바라보고 있었다.

때때로 그녀는 시계를 쳐다보았다. —10분 전—5분전—1분 전—도착 시간이 되었다. 저 멀리 철로 위에는 아직 아무것도 나타나지 않았다. 갑자기 흰 점이 나타났다. 연기였다. 그 밑에서 검은 점이 나타나는 것 같더니 점점 커지며 전속력으로 달려왔다.

드디어 그 큰 기계는 속도를 늦추고 증기를 뿜어내며 열심히 승강구를 쳐다보는 잔 앞을 지나갔다. 몇 개의 승강구가 열리더니 작업복을 입은 농부며 광주리를 든 시골 여자들이며 모자를 쓴 소시민들이 내려왔다.

그리고 옷보따리 같은 것을 안고 있는 로잘리가 나타났다.

그녀는 그리로 달려가고 싶었으나 두 다리의 힘이 있는 대로 빠져 쓰러질까봐 한 발자국도 움직이지 못했다. 하녀는 잔을 보자 침착한 표정으로 다가와서 말했다.

"그동안 안녕하셨지요, 마님. 저도 잘 다녀왔습니다. 결코 쉬운 일은 아니었답니다."

잔은 숨찬 목소리로 말했다.

"그래, 어떻게 된 거니?"

로잘리가 대답했다.

"그 여자는 어젯밤에 죽었어요. 결혼신고는 했다는군요. 이게 그 아기입니다."

로잘리는 천에 싸여 보이지 않는 어린아이를 그녀에게 내밀었다. 잔은 기계적으로 어린애를 받아 안고 둘은 역을 나가 마차에 올랐다. 로잘리가 다시 말을 꺼냈다.

"폴 도련님은 장례가 끝나는 대로 오실 겁니다. 아마 내일 바로 이 차로 오실 테지요."

잔은 "폴······" 하고 중얼거리고는 더 이상 말을 계속하지 못했다.

수평선으로 기울어가는 해가 황금빛 장다리꽃, 핏빛 양귀비꽃, 아롱진 초록색 들에게 강렬한 빛을 던져 주었다. 물이 오르는 평온한 대지에는 끝없는 정적이 내려앉고 있었다. 마차는 재빨리 달려갔다. 말의 걸음을 재촉하기 위해 마부가 계속해서 혀를 차며 몰아댔다.

잔은 눈앞의 허공을 똑바로 바라보았다. 제비가 곡선을 그리며 화살처럼 날아 하늘을 가르고 있었다. 그러자 갑자기 생명의 부드러운 온기가 옷을 통해 그녀의 다리와 피부에 조금씩 스며들었다.

그것은 그녀의 무릎에서 자고 있는 어린아이의 체온이었다. 순간 무한한 감동이 그녀의 가슴속으로 파고들었다. 그녀는 아직 자기가 보지도 못했던 어린아이의 얼굴을 덮고 있는 천을 와락 젖혔다. 자기 자식, 폴의 딸이었다. 이 연약한 생명이 강한 햇빛을 받아 입맛을 다시며 푸른 눈을 떴을 때, 잔은 갑자기 두 팔로 어린아이를 끌어안고 미친 듯이 입을 맞추었다.

그러나 만족해하면서도 또 한편으로는 시무룩해진 로잘리가 그녀의 팔을 잡고 말했다.

"자아, 마님, 이제 그만두세요, 이러다가는 울리시겠어요."

그러고는 자기 생각에 대답하듯 덧붙여 말했다.

"그러고 보면 인생이란, 사람들이 생각하듯 그렇게 행복하지도 불행하지도 않은 것인가 봐요."

Bel Ami
벨 아미

주요인물

조르주 뒤루아(벨아미) 노르망디의 시골에서 태어나 이름도 재산도 없이 마음에도 없는 철도국에 근무하는 주인공 청년. 우연히 거리에서 다시 만난 전우 포레스티에의 소개로 신문사 〈라 비 프랑세즈〉에 입사하게 되는데 빼어나게 아름다운 외모를 이용하여 저널리즘의 총아가 된다. 권세욕과 색욕에 빠진 냉혈한.

포레스티에(샤를) 신문사 정치부를 맡아보며 벨아미가 저널리즘에서 활약할 발판을 만들어 준 은인. 뒤에 폐병으로 요양하게 되는데 남 프랑스의 별장에서 죽는다.

마들렌 포레스티에 부인 머리가 명석하고 진취적인 여성. 보드렉 백작을 남몰래 사랑하나 남편이 죽자 벨아미와 결혼한다.

보드렉 백작 포레스티에 부인 집에 자유로이 드나드는 늙은 귀족. 부인에게 애정을 품고 있어 뒤에 자기 유산을 준다.

마렐 부인(클로틸드) 포레스티에 집안의 먼 친척뻘인 관능적인 여성. 변함없이 벨아미의 숨은 연인으로 등장한다.

로린 마렐 부인의 딸로 뒤루아에게 '벨아미'라는 별명을 붙인 소녀.

발테르 부인 사교계의 신망을 한 몸에 모은 정숙하기로 이름난 귀부인. 뒷날 벨아미의 강제적인 구애를 받아들이고 그를 사랑하지만 배신당한다.

수잔 발테르 부부의 작은 딸.

자크 리발 명민하기로 이름난 신문기자로 결투의 명수.

제1부

1

계산대 여자에게서 100수짜리 은화를 거슬러 받자 조르주 뒤루아는 식당을 나왔다.

그는 타고난 성품이 남자다우며, 예전에 하사관 근무를 했기 때문에 자세도 반듯하여 뒤로 몸을 젖히고 군인다운 익숙한 솜씨로 수염을 비틀어 올리며 뒤에 남은 손님들을 재빠르게 쭉 둘러보았다. 마치 괭이처럼 확 퍼지는 잘생긴 독신자 특유의 눈길이었다.

여자들이 그를 바라보며 고개를 들었다. 몸집이 조그마한 여자 직공 셋, 머리도 제대로 빗지 않고 몸차림도 단정치 않은, 언제나 먼지투성이의 모자를 쓰고 잘 손질하지 않은 옷을 입은 중년의 여자 음악 교사, 그리고 남편과 함께 온 부인, 이들은 모두 한 접시에 몇 푼밖에 하지 않는 이곳 싸구려 음식집의 단골손님이었다.

조르주 뒤루아는 거리로 나오자 잠시 발을 멈추고 이제부터 어떻게 할까 생각했다. 아직 6월 28일인데, 주머니에는 3프랑 40상팀밖에 남아 있지 않았다. 그 돈으로 월말까지 지내야 한다. 아침을 거르고 저녁을 이틀 먹든가, 저녁 식사를 포기하고 아침 식사를 이틀 먹든가 어느 쪽이든 하나만 선택해야 할 처지다. 그래서 그는 궁리했다. 아침 식사는 22수, 저녁 식사는 30수니까 아침 식사만으로 견디면 1프랑 20상팀이 남게 된다. 그 돈이면 빵과 소시지를 먹는 점심 식사를 두 번 할 수 있고 게다가 큰 거리에서 맥주를 두 잔 사서 마실 수 있다. 그 방법이 가장 돈이 적게 들면서 그가 날마다 맛볼 수 있는 저녁의 즐거움이었다. 그는 생각을 정하자 노트르담 드 로레트 거리 쪽으로 바삐 내려갔다.

그는 경기병 제복을 입었던 때와 같이 가슴을 쑥 내밀고 금세 말에서 내린 것처럼 양다리를 조금 벌린 채 앞으로 걸어갔다. 그러고 혼잡한 거리를 다른 사람의 어깨에 부딪치기도 하고 걸리적거리는 사람을 밀어젖히기도 하면서 성큼성큼 나아갔다. 꽤 낡은 실크모자를 가볍게 한쪽 귀 위로 비스듬히 기울여 쓰고 구두 뒤축으로 보도를 걷어찼다. 그러한 모습은 퇴역한 미남 병사의 버릇으로 언제나 길 가는 사람이나, 집들, 도시 전체의 누군가에게 싸움을 걸려는 것처럼 보였다.

한 벌에 60프랑을 주고 값싼 옷을 몸에 걸쳤을망정 그에게는 어딘지 사람의 눈길을 끄는 멋진 데가 있었다. 물론 누구나 흔히 부릴 수 있는 멋이었으나 그에게서만은 남들과 다름을 느낄 수 있었다. 큰 키와 좋은 풍채에 갈색 머리, 그것도 여러 빛깔이 조금씩 섞인 짙은 갈색이며 콧수염은 화난 듯이 입술 위에서 힘차게 뻗어 있고, 밝고 푸른 눈속으로는 조그마한 눈동자가 들여다보이고, 날 때부터 곱슬거리는 머리카락은 머리 한가운데에서 양쪽으로 나뉘어 흘러내렸다. 그런 모양새라 마치 통속 소설에 나오는 바람둥이 같았다.

때는 산들바람조차 불지 않는 파리의 여름 저녁나절이었다. 거리는 한증막 같은 무더위로 숨 막히는 밤 속에서 땀을 흘리는 그런 모습이었다. 화강암 하수구에서는 썩은 숨결을 토하고 지하의 조리장은 얕은 창문으로 접시를 씻은 물이며 상한 소스의 역겨운 냄새를 스멀스멀 내뿜고 있었다.

집집마다 문지기들은 웃옷을 벗고 짚의자에 걸터앉아 정문 아래에서 파이프 담배를 피우고 있었다. 지나가는 사람들은 모자를 벗어 손에 들고 이마를 드러낸 채 축 늘어진 걸음으로 마지 못해 걷고 있었다.

조르주 뒤루아는 큰길까지 오자, 어떻게 하면 좋을지 망설이며 다시 발을 멈추었다. 그는 샹젤리제에서 불로뉴 숲의 가로수길 나무 아래 앉아서 서늘한 바람을 좀 쏘일까, 생각했다. 그러나 그 어떤 욕망이 그의 마음에 달라붙어 있었다. 즉 세련되고 매력 있는 여자를 꼭 만나고 싶었던 것이다.

그 여자가 어떻게 나타날지 조금도 짐작할 수 없었지만 그는 석 달 전부터 밤이나 낮이나 기다렸다. 하지만 그는 때때로 예의 잘생긴 얼굴과 멋진 몸매 덕분에 대단치는 않지만 그런대로 여기저기서 사랑을 훔치기는 했다. 하지만 그는 언제나 좀 더 많은 것을, 또한 좀 더 나은 것을 바랐다.

빈털터리지만 피는 뜨겁게 끓는지라 그는 거리 모퉁이에서 손님을 꾀는 여자들이 "이봐요, 멋진 도련님, 저희 집으로 들어가시겠어요?" 말을 걸어 와도 가진 돈이 없어서 여자의 뒤를 따라나서지 못했다. 그래서 그는 그것과는 다른, 좀 더 품위 있는 키스를 기대했다.

그러나 그는 거리의 여자들이 우글거리는 장소나, 그녀들이 그물을 쳐놓은 무도장이나 카페나 거리가 매우 좋았다. 여자들과 슬쩍 스치며 지나가고, 농담을 하고, 다정한 투로 말을 걸고, 코를 찌르는 짙은 향수 냄새를 맡으며 그 곁에 붙어 있기를 좋아했다. 그들도 말하자면 여자, 사랑을 위한 여자다. 그는 그녀들에게 지체 높은 남자들이 갖는 타고난 경멸을 그다지 느끼지 않았다.

그는 마들렌 교회 쪽으로 꺾어서, 더위에 푹 쪄서 흘러가는 사람들 물결에 섞여들었다. 큰 카페에는 손님들로 가득 차서 인도에까지 넘치고 휘황하게 불을 밝힌 상점 앞의 눈부시고 강렬한 불빛 아래에서 술을 마시는 사람들을 비추고 있었다. 그들 앞에는 둥글거나 네모진 조그만 테이블이 있고 그 위에는 빨강 노랑 갈색의 온갖 술이 유리잔에 흘러 넘치고 물병 속에는 깨끗하고 맑은 물을 차갑게 하기 위해서 투명하고 둥근 길쭉한 통 모양의 얼음 덩어리가 빛나는 것이 보였다.

뒤루아는 걸음을 늦추었다. 술이 마시고 싶어 갈수록 더 목이 마르는 것 같았다.

타는 듯한 여름밤의 갈증이 그를 사로잡을수록 차디찬 음료가 입으로 흘러들어가는 그 쾌감이 자꾸만 상상되었다. 그러나 오늘 밤 단 두 잔일지라도 술을 마셔 버리면 내일의 보잘것없는 밤참은 사라져 버리고 말 것이다. 그리고 무엇보다 그는 월말의 굶주림에 시달리는 몇 시간을 너무나 잘 알고 있었다.

그는 이렇게 중얼거렸다. "10시까지 참자. 그리고 카페 아메리캥에서 한 잔 하자. 하지만 제기랄! 몹시도 목이 타는군. 어쨌든!"

그러면서 테이블 귀퉁이에 앉아서 술 마시는 사람들을 둘러보았다. 그들은 모두 실컷 마시면서 갈증을 푸는 것 같았다. 그는 기운 좋게 처마를 잇대고 늘어선 카페 앞을 걸어가면서 손님들의 얼굴 생김새며 몸차림으로 그들이 얼만큼의 돈을 주머니에 가지고 있는지 재빠르게 눈으로 가늠해 보았다. 그러자 갑자기 한가로이 식탁에 앉아 있는 사람들에게 몹시 화가 치밀어 왔다. 저들의 주머니를 뒤지면 금화며 은화며 잔돈들이 마구 쏟아져 나올 것이다. 평균해서 적어도 한 사람이 40프랑씩은 가지고 있으리라. 그런데 카페 한 집마다에 손님이 100명쯤은 들어가 있을 테니까 40에 100을 곱하면 4000프랑! 그는 멋지게 몸을 흔들면서 "돼지 새끼들!" 이렇게 중얼거렸다. 만약에 저 가운데 한 사람을 어느 한길 캄캄한 모퉁이에서 붙잡는다면, 정말 어떻게 해서든지 대기동(大機動) 연습 때에 농부의 닭을 잡듯이 모가지를 비틀어 줄 텐데!

그는 문득 아프리카에서 지낸 2년 동안의 생활을 떠올렸다. 남부의 작은 부대에서 곧잘 아라비아인들을 약탈했던 것이다. 그러자 잔혹하며, 매우 유쾌한 듯한 미소가 그의 입술을 스치고 지나갔다. 울레드 알란족*¹인 세 사나이의 생명을 빼앗고, 스무 마리의 암탉과 두 마리의 양과 꽤 많은 금을 자기와 동료들에게 가져다 준 그럴싸한 공훈의 추억이 떠오른 것이다. 그 뒤로 그 일은 여섯 달 동안이나 즐거운 웃음거리가 되었다.

범인은 끝내 찾아내지 못했거니와 처음부터 제대로 찾으려고도 하지 않았다. 본디 아라비아인이란 병사들에겐 자연에 방치되어 있는 먹이처럼 생각되었기 때문이다.

하지만 파리에서는 문제가 달랐다. 칼을 허리에 차고 권총을 들고 경찰의 손이 미치지 않는 데서 멋대로 편안하고 조용히 약탈할 수는 없었다. 그는 정복한 토지에서 마음대로 날뛰는 하사관의 온갖 본능이 가슴속에서 꿈틀거리는 것을 느꼈다. 그 사막에서 지낸 2년 동안의 날들이 그리워졌다. 그곳에 남지 않은 건 아무리 생각해도 화가 나는 일이었다. 그러나 할 수 없는 노릇이었다. 그땐 고향으로 돌아오면 좀더 좋은 일이 기다릴 것이라고 생각했었으니까. 그러나 이제 와서 보면…… 아아! 도무지 자신을 똑바로 바라볼 수가 없을 정도로 비참한 형편이 되어 버렸다. 지금은!

그는 낮은 소리로 가볍게 혀를 차고, 입안에서 혓바닥을 굴렸다. 마치 입천장이 마른 것을 확인하려는 듯이.

주위의 군중들은 지쳐서 느릿느릿한 걸음으로 그의 옆을 지나갔다. 그는 여전히, 이 못된 녀석들! 이 멍청한 녀석들은 조끼 속에 돈을 갖고 있을 거란 말이야! 생각했다. 그래서 일부러 경쾌한 휘파람을 불면서 지나가는 사람들의

---

*1 알제리 지방에 흩어진 아랍족의 토착민.

어깨에 부딪쳤다. 그러자 사나이들은 투덜거리면서 돌아보고, 여자들은 "어머나! 난폭해라" 소리 내어 말했다.

그는 보드빌르의 흥행장 앞을 지나가다가 카페 아메리캥의 정문에서 걸음을 멈추어 서서 한 잔 할까 말까 망설였다. 목이 타서 견딜 수가 없었다. 그러나 작정을 하기 전에 찻길 한복판에서 빛나는 큰 시계탑을 보았다. 9시 15분이었다. 그는 너무나 잘 알고 있었다. 넘칠 듯이 맥주가 가득 찬 잔이 그의 앞에 놓이면 곧 단숨에 들이켜 버릴 것임을. 그렇게 하면 그때부터 11시까지 대체 무엇을 한단 말인가?

그는 또 걷기 시작했다. 마들렌 교회까지 걸어 갔다가 천천히 돌아오자, 이렇게 맘먹은 것이다.

오페라 극장 앞의 광장 모퉁이에 왔을 때, 조르주는 뚱뚱한 젊은 사나이와 서로 스치며 지나갔다. 어디에선가 본 적이 있는 얼굴이라는 생각이 불현듯 들었다.

그래서 그는 기억을 더듬어 낮은 목소리로, "도대체 이자와 어디서 만났지?" 하고 중얼거리면서 그 뒤를 따라갔다. 아무리 머릿속을 뒤져 보아도 좀처럼 생각이 나지 않았다. 그러다가 갑자기 기억의 기묘한 조화로 오늘처럼 뚱뚱하지도 않고, 좀더 나이가 젊은 경기병의 제복을 입은 바로 그와 똑같은 사나이의 모습이 문득 머리에 떠올랐다. 그는 큰 소리로 외쳤다. "아, 포레스티에잖아!" 그러고는 성큼성큼 뒤쫓아가서 그 사나이의 어깨를 두드렸다. 상대는 돌아서서 조르주 뒤루아를 흘끗 바라보더니 말했다.

"왜 그러시죠?"

뒤루아는 소리 내어 웃기 시작했다.

"나를 모르겠나?"

"모르겠는데."

"경기병 제6연대의 조르주 뒤루아일세."

포레스티에는 불쑥 두 손을 내밀었다.

"아아, 자네였군! 그래 어떻게 지내나?"

"잘 있네. 자네는?"

"나 말인가? 그다지 신통치 않네. 지금 가슴이 종이 찰흙처럼 흐슬부슬해졌으니 말일세. 일 년의 반은 기침으로 지내는 형편일세. 파리로 돌아온 해에 부지방*²에서 걸린 기관지염이 시초가 돼서 벌써 햇수로 4년째 앓고 있다네."

"저런! 하지만 겉으론 건강해 보이는데."

그러자 포레스티에는 옛날 전우의 팔을 잡고 자신의 병세 이야기를 시작하고 의사의 진단이며 의견이라든가 충고를 말하고, 지금의 자기 처지로는 도저히 그대로 할 수가 없다고 하소연했다. 겨울엔 남프랑스에서 지내야 한다고 말하지만 그건 생각도 할 수 없는 처지라며 고개를 떨구었다. 그는 지금 결혼한 몸이며 신문 기자로서 더없이 좋은 지위를 차지하고 있었다.

"나는 〈라 비 프랑세즈〉지(紙) 정치 부장으로 〈르 살뤼〉에 상원에 대해 기사를 쓰고, 그리고 이따금 〈라 플라네트〉지(紙)에 문예 평론을 내며 지내고 있다네. 이제야 나도 겨우 자리를 잡았네."

뒤루아는 놀라서 그를 찬찬히 훑어 보았다. 전과는 완전히 변하고 당당한 풍채가 되었다. 태도며 말씨, 옷차림이 어울리고 자신에 넘쳐 있으며, 좋은 음식을 많이 먹은 모양으로 배도 나와 있었다. 예전의 그는 마르고 홀쭉했으며, 침착성이 없고 늘 부주의해서 접시를 자주 깨뜨렸다. 또 이야기를 할 때면 언제나 들떠서 떠들어 대며 거들먹거렸다. 그런데 3년 동안에 파리는 그를 완전히 다른 사람으로 만들어서 뚱뚱하고 성실하고 이제 겨우 27살밖에 되지 않았는데도 귀밑머리에 두서너 개의 희끗희끗한 머리칼조차 보였다. 포레스티에가 물었다.

"어디 가는 길인가?"

"목적지가 따로 없네. 그저 집으로 돌아가기 전에 한 바퀴 돌고 있는 걸세." 뒤루아가 대답했다.

"그렇다면 〈라 비 프랑세즈〉까지 함께 가지 않겠나? 교정볼 게 좀 있어. 그러고 나서 맥주나 한잔 하러 가세."

"그럼 그럴까?"

그들은 동창이나 같은 연대의 전우끼리의 그 허물없는 친밀감에서 서로 다정하게 팔을 끼고 걷기 시작했다.

"자네는 파리에서 무얼 하나?" 포레스티에가 물었다. 뒤루아는 말없이 어깨를 으쓱했다.

---

*2 베르사유 가까운 지방.

"한 마디로 말해서 굶어죽을 지경이야. 병역 만기가 된 뒤, 무언가 길을 터볼까 해서, 아니 그보다는 파리에서 지내고 싶어서 여기에 오긴 했는데, 고작 6개월 전부터 북부 철도국에 사무원 자릴 하나 얻어서 연봉 1500프랑을 받고 있네. 그것뿐일세."

"그것 참 안됐네 그려." 포레스티에가 중얼거렸다.

"정말 그렇다네. 하지만 어쩔 수가 없어. 어쨌든 난 일가친척 하나 없는 외톨이라서 아는 사람도 없고 누구에게 부탁할 수도 없다네. 어떻게 해보고 싶은 마음은 굴뚝같네만 좋은 방법이 없다네."

포레스티에는 뒤루아의 머리끝에서부터 발끝까지 아주 익숙한 태도로 면접이라도 보는 듯이 주의 깊게 바라보았다. 그러고 나서 자신 있는 말투로 말했다.

"자네, 이 세상에선 모든 일에서건 뻔뻔한 게 좋아. 조금이라도 교활한 놈이라면 과장이 되기보다는 장관되기가 더 쉽다네. 남에게 머리를 조아리고 부탁하는 게 아니라 당당히 밀고 나가야 한단 말일세. 그런데 북부 철도 사무원보다 좀 더 나은 자리가 없던가?" 그러자 뒤루아는 대답했다.

"여기저기 찾았지만 어디서도 구하지 못했네. 그런데 지금 한 가지 목표가 있네. 펠르랭 조련소의 마술 교관이 되지 않겠느냐고 하는데, 그렇게 되면 우리끼리 이야기지만 3000프랑은 받을 수 있겠지."

포레스티에는 걸음을 딱 멈추었다.

"그 따위 짓은 하지 말게. 만일 만 프랑을 받는다 해도 그건 어리석은 짓일세. 장래를 단번에 망치고 만다네. 사무소라면 적어도 남의 눈에 띄지 않고, 아무에게도 알려지지 않을 수가 있지. 그리고 능력만 있다면 그곳을 빠져나와서 출세할 수도 있다네. 그렇지만 한번 마술 교관이 되어 보게, 그것으로 마지막일세. 마치 온 파리에 사는 사람들이 식사하러 가는 식당의 웨이터장이 된거나 마찬가질세. 만약 사교계의 인간들이나 그들의 자식들에게 마술 교습을 시킨다면, 그들이 언제까지나 자네를 똑같은 인간으로 취급하지 않을 거라네."

포레스티에는 말을 끊고 잠깐 동안 생각하다가 물었다.

"자네는 대학 입학 자격시험에 합격했었나?"

"아니, 두 번 떨어졌네."

"그건 상관없어. 공부를 끝까지 했다면 말일세. 그런데 만약 키케로라든가 티베리우스라는 말을 들으면 그게 무슨 말인지 짐작은 할 수 있겠나?"

"응, 거의는."

"됐어. 누구나 다 그 정도일세. 다만 처세의 요령이라는 걸 모르는 20명쯤의 멍텅구리들은 별도지만 말일세. 아무튼 무엇이든 아는 체를 하는 것은 그리 어려운 일이 아닐세. 정말이야, 이 세상에서 살아가려면 무식하다는 꼬리를 잡히지 않도록 하는 것이 중요해. 할 수 있는 한 교묘하게 행동해서 어려운 일에 부딪치면 몸을 빼내고, 장애물은 피해서 돌아가고, 그 나머지 모르는 것은 사전을 이용해서 남의 눈을 속이는 걸세. 인간이란 이놈이나 저놈이나 모두 다 거위처럼 어리석고 잉어처럼 무식한 거야."

포레스티에는 제법 인생을 안다는 듯이 천천히 기분 좋게 이야기를 계속했다. 그러고는 주위의 군중들을 둘러 보며 미소를 띠었다. 그러더니 갑자기 기침을 시작하여 발작이 끝나기를 기다리기 위해 걸음을 멈추었다. 포레스티에는 맥이 풀린 말투로 말했다.

"지긋지긋하게도 이 기관지염이 좀처럼 나아지지 않아 탈이야. 한 여름에 이게 무슨 꼴인지 모르겠어. 올 겨울에는 망통*3에 가서 치료를 해야겠어. 귀찮지만 하는 수 없지. 건강이 무엇보다 소중하니까."

그들은 프와소니에르의 큰길로 나가서 커다란 유리문 앞에 섰다. 그 유리문 안에는 활짝 펴진 신문의 양면이 붙여져 있고 세 사람이 걸음을 멈추고 그 신문을 들여다보고 있었다.

문 위에는 마치 무슨 신호처럼 〈라 비 프랑세즈〉의 큰 글씨가 가스등의 불꽃으로 그려져 있었다.

눈부신 이 세 글자가 던지는 불빛 속을 지나가는 사람들은 마치 대낮과 같이 밝고 선명하게 비추는 빛을 돌연히 받다가 곧 다시 어둠 속으로 사라졌다.

포레스티에는 문을 밀고 먼저 들어 가며 말했다. "들어오게." 뒤루아는 뒤를 따라 들어가서 온 거리가 내다보이는 호화로우면서도 지저분한 계단을 올라가서 현관 홀로 들어갔다. 거기에 있던 웨이터 둘이 뒤루아에게 인사를 했다. 그러고 나서 응접실 같은 데로 들어갔다. 그곳은 먼지투성이의 매우 낡아 빠진 방으로 지린내가 몹시 풍겼다. 녹색의 인조 빌로드가 처져 있었는데 얼룩

---

*3 지중해 연안, 니스에서 가까운 마을.

투성이고 쥐가 갉아먹었는지 군데군데 구멍이 나 있었다.

"앉아 있게, 5분 뒤에 돌아올 테니까" 포레스티에가 말했다.

그러고는 그 방에 있는 세 개의 문 중에서 가운데 문으로 나갔다. 이상야릇한 냄새, 어떤 독특하고 무엇이라 형용할 수 없는 편집실 특유의 냄새가 그곳에 짙게 감돌고 있었다. 뒤루아는 놀라서라기보다는 몹시 질려서 가만히 앉아 있었다. 이따금 남자들이 이쪽 문으로 들어와서 미처 쳐다볼 사이도 없이 다른 쪽 문으로 허둥지둥 뛰어나갔다.

그들은 어린 소년들로, 어떤 때는 매우 바쁜 듯 뛰는 바람에 손에 든 종이가 팔랑거렸다. 또 때로는 식자공으로 잉크 얼룩이 묻은 작업복 밑에서 새하얀 와이셔츠 칼라와 사교계의 사람들이 입는 것과 같은 고급 옷감으로 만든 바지가 드러나 보였다. 그들은 인쇄한 신문 뭉치며, 갓 만들어져서 채 마르지도 않은 교정지를 소중하게 안고 있었다. 이따금 말쑥하게 차려 입은 한 사나이가 드나들었다. 보라는 듯이 눈에 띄는 멋진 옷차림을 하고 있었는데, 프록코트는 너무 몸에 꼭 끼고 바지는 넓적다리에 찰싹 달라붙었으며 끝이 뾰족한 구두는 발에 너무 꽉 끼는 것 같은 차림을 한 그는 야회의 가십거리를 갖고 온 사회 담당 기자였다.

또 다른 사람들도 그 뒤를 이어 들어왔다. 모두 점잔을 빼고 거만하고 챙이 납작한 모자를 썼는데, 마치 그러한 모양의 모자가 그들을 다른 사람들과 구별해 주는 것 같았다. 포레스티에가 깡마르고 키 큰 사나이의 팔을 잡고 돌아왔다.

그는 나이가 서른에서 마흔 정도이며, 검은 양복에 흰 넥타이를 매고 짙은 갈색 머리카락에 끝이 뾰족하게 말려 올라간 콧수염을 기르고 있었다. 매우 거만하고 자신만만해 보이는 남자였다.

포레스티에는 그 사나이에게 말했다.

"그럼 실례하겠습니다, 선생님."

그 사나이는 포레스티에의 손을 잡고 말했다.

"그럼 잘 있게, 자네."

사나이는 지팡이를 겨드랑이에 끼고 휘파람을 불면서 계단을 내려갔다. 뒤루아가 물었다.

"저 사람은 누군가?"

"자크 리발일세. 자네도 알다시피 유명한 기자인 동시에 결투의 명수지. 교정을 보러 온 거야. 가령, 몽텔과 더불어 파리에서 가장 총명한 민완 기자일세. 그는 우리 신문사에서 매주 기사를 두 번 쓰고 연 3만 프랑 받는다네."

그들은 막 나가려다가 머리가 길고 통통하며, 보기에 추하고 몸집이 작은 사나이가 숨을 헐떡이며 계단을 뛰어 올라오는 바람에 문에서 서로 부딪칠 듯 마주쳤다.

포레스티에는 허리를 굽히고 인사를 했다.

"시인인 노르베르 드 바렌일세. 〈죽은 태양〉의 작가이면서 엄청난 돈을 받고 있지. 단편을 하나 보내오면 300프랑인데 가장 긴 것이라도 200행이 안 된다네. 그건 그렇고 우리 〈나폴리맹〉으로 가세. 난 목이 타서 죽을 지경일세."

카페의 테이블 앞에 앉자 마자 포레스티에는 얼른 "맥주 두 잔!" 하고 소리쳤다. 포레스티에는 단숨에 술을 들이켰지만 뒤루아는 마치 귀중한 술이라도 음미하듯이 조금씩 맛을 보면서 아껴 마셨다.

포레스티에는 잠시 입을 다물고 무언가 생각하는 듯하더니 갑자기 큰소리로 말했다.

"자네는 어째서 신문 일을 해보려고 하지 않나?"

뒤루아는 놀라서 포레스티에를 지켜보았다. 그러고 나서 이렇게 대답했다.

"그렇지만…… 나는…… 아무것도 써본 일이 없는걸."

"뭘, 하다보면 차츰 쓰게 되지. 싫지 않다면 내 밑에서 일해 보게나. 취재며 심부름이며 탐방을 하는 걸세. 처음에는 250프랑과 교통비가 따르지. 사장에게 이야기해 볼까?"

"그보다 더 바랄 수 있겠나."

"그럼 이렇게 하세. 내일 우리 집에 와서 저녁을 먹게나. 손님은 겨우 대여섯 명뿐인데, 사장인 발테르 씨 부부하고, 아까 만난 자크 리발과 노르베르 드 바렌과, 그리고 내 아내 친구가 한 사람 올걸세. 어때, 좋겠지?"

뒤루아는 얼굴을 붉히며 당황해서 망설였다. 그러다가 마지못해 중얼거렸다.

"그런데 실은…… 내일 입을 만한 옷이 없다네."

포레스티에는 매우 놀랐다.

"옷이 없다고? 참, 그렇군! 아무튼 야회복이 없어선 안 되네. 파리에서는 야회복이 없는 것보다는 차라리 침대가 없는 편이 나아."

포레스티에는 서둘러 조끼 주머니를 뒤져 금화를 꺼내더니, 그 가운데 2루이(20프랑)를 집어 옛 전우 앞에 놓았다. 그러고는 다정스럽게 말했다.

"언제라도 형편이 좋아지면 돌려주게. 당장 필요한 옷을 빌리든가 할부로 사거나, 아무튼 선금을 내고 한 벌 마련하도록 하게. 그리고 내일 7시 반에 우리집으로 오게나. 퐁텐 거리 17번지일세."

뒤루아는 몹시 당황해서 돈을 받으며 중얼거렸다.

"참 미안하군. 정말 고맙네. 이 은혜는 잊지 않겠네……"

포레스티에는 뒤루아의 말을 자르며 말했다.

"자아, 그만 하게. 그런데 한 잔 더 어떻겠나?"

그러고는 "보이! 맥주 두 잔!" 외쳤다. 술을 다 마신 신문 기자가 물었다.

"한 시간쯤 걷지 않겠나?"

"좋지."

그들은 마들렌 교회 쪽으로 걷기 시작했다.

"어디로 가면 좋을까?" 포레스티에가 물었다. "파리를 서성거리는 사람들은 언제나 즐거운 것을 발견한다고 하지만 그건 거짓말일세. 난 밤에 산책을 하려면 언제나 어디로 가야 좋을지 모르겠더군. 숲을 한 바퀴 돌려고 해도 여자와 함께라면 재미가 나겠지만 여자가 일 년 내내 붙어 다니는 것도 아니고 말일세. 음악을 연주하는 카페는 약제사나 그 마누라라면 즐겁겠지만 난 도무지 즐겁지가 않아. 그럼 대체 무얼 하면 좋겠나, 이렇게 생각해 보면 아무것도 없네. 여기에도 몽소 공원 같은 여름 공원이 있어야 해. 밤에도 열려 있어서 나무 그늘 아래에서 시원한 음료를 마시면서 아름다운 음악이라도 들을 수 있게 말일세.

그곳은 환락의 장소가 아닌 그저 산책만 하는 그런 경치 좋은 곳이어야 하네. 그리고 아름다운 귀부인들만이 오도록 입장료를 아주 비싸게 받으면 좋을 걸세. 모래를 깔고 전등을 달아 길을 천천히 걷다가, 음악이 듣고 싶으면 아무데서나 앉을 수 있도록 벤치가 있으면 좋겠군. 옛날 뒤자르에 그와 비슷한 것을 만들었는데 너무 카바레 같은 분위기에 무도곡을 자주 틀었고, 게다가 장소는 아주 좁고 나무 그늘도 제대로 없고 어두운 곳이 적었지. 좀더 넓고 아름다운 정원이라야 하네. 그러면 참으로 멋질 걸세. 그런데 어디로 갈까?"

뒤루아는 난처해서 어떻게 대답해야 할지 몰라 하다 겨우 마음먹고 말했다.

"난 아직 폴리 베르제르*⁴를 못 가봤는데, 거길 꼭 가보고 싶네."

함께 가던 친구는 매우 놀라며 소리쳤다.

"폴리 베르제르라고? 아마 거긴 냄비 속처럼 폭폭 찔 걸세. 하지만 좋아, 그것도 재미있겠지."

그래서 그들은 오른쪽으로 발길을 돌려 포부르 몽마르트르로 갔다.

조명장치를 한 건물의 정면이 그 앞에서 엇갈리고 있는 네 갈래 길에 커다란 빛을 던지고 있었다. 역마차가 한 줄로 늘어서서 나오는 손님들을 기다리고 있었다.

포레스티에가 성큼성큼 들어가려고 하자, 뒤루아가 그의 팔을 붙들었다.

"표를 사야 하지 않겠나?"

포레스티에는 아무렇지도 않은 듯 대답했다.

"나하고 함께면 돈 낼 필요 없어."

입구로 가자 문지기 셋이 포레스티에에게 다정한 인사를 했다. 그리고 가운데 있던 사람이 그에게 손을 내밀었다. 신문 기자가 물었다.

"좋은 좌석이 있소?"

"있고말고요, 포레스티에 씨."

그는 내어준 표를 가지고 문을 밀고 안으로 들어갔다. 문은 두터운 천을 대고 가죽으로 테를 두른, 양옆으로 밀어 여는 문이었다.

담배 연기가 아주 엷은 안개처럼 무대와 좌석과 먼 뒤쪽까지 희미하게 감싸고 있었다. 게다가 그 넓은 실내에 가득한 안개는 많은 손님들이 입에 문 갖가지 질련이나 잎담배에서 끊임없이 하얀 줄기처럼 피어올라, 둥글고 넓은 천장 아래며 샹들리에의 주위며, 빈자리 없이 가득 메운 2층 관람석을 구름처럼 자욱하게 덮고 있었다.

관람석의 주위를 둘러싼 산책길로 통하는 입구의 넓은 복도에는 화려하게 차려 입은 한 무리의 처녀들이 수수하게 차린 남자들 틈에 서성거렸다. 또 음

---

*4 파리의 유명한 유원지.

료와 애교를 파는 여자 판매원 세 사람이 화장을 짙게 한 얼굴로 버티고 선 판매대 셋 가운데 하나 앞에서는, 한 떼의 여자들이 새로 올 손님을 기다리고 있었다.

여점원들 바로 뒤에는 높은 거울이 놓여 있어, 그녀들의 등과 지나가는 사람들의 모습을 비추고 있었다.

포레스티에는 제법 경의를 요구할 권리가 있는 사람처럼 혼잡한 사람들을 헤치고 성큼성큼 앞으로 걸어갔다.

그는 안내하는 여자에게 다가가서 물었다.

"17번 좌석은 어디지?"

"이쪽입니다."

두 사람은 천장이 없는 조그마한 나무 상자 같은 데로 들어갔다. 빨간 융단을 깔고 같은 빛깔의 의자가 네 개 놓여 있었는데, 그 사이가 너무 좁아 의자 옆을 지나가기가 쉽지 않았다. 의자에 앉고 보니 오른쪽도 왼쪽도 똑같은 의자가 길게 줄지어 있고 양끝이 무대에서 끝나 있었다. 그리고 그곳에는 모두 하나같이 머리와 가슴밖에 보이지 않는 관객들이 앉아 있었다.

무대 위에서는 몸에 착 달라붙는 타이츠를 입은 하나는 키가 크고, 다음은 보통이고, 끝에는 아주 작은, 세 젊은 사나이가 번갈아가면서 그네 위에서 재주를 부리고 있었다. 먼저 가장 큰 사나이가 웃으면서 종종걸음으로 재빨리 나와서 키스를 보내듯 손을 흔들어 인사했다.

타이츠 밖으로 팔과 다리의 근육이 그대로 드러나 보였다. 그들은 배가 불룩하게 많이 나온 것을 감추려고 가슴을 부풀렸다. 얼굴 생김새는 마치 그림 속 이발사처럼 생겼고, 머리는 이마에서 정수리까지 똑바로 가르마를 타 좌우로 반듯이 갈라 붙였다. 가장 큰 사나이는 멋진 동작으로 그네에 훌쩍 뛰어 올랐다. 그는 두 손으로 줄에 매달려서 멋대로 굴러가는 바퀴처럼 빙글빙글 구르기도 하고, 양 팔에 힘을 주어 뻗치고는 몸을 똑바로 가로뉘어서 수평으로 공중에 누워 움직이지 않았다. 그는 손목의 힘만으로 철봉에 매달려 있었다.

그러고 나서 마루 위에 뛰어내려 관객의 박수갈채를 받으면서 활짝 웃는 얼굴로 인사하고는 울끈불끈 다리의 근육을 내보이면서 뒤쪽 배경이 있는 데까지 되돌아갔다.

두 번째 남자는 좀 더 키가 작고 뚱뚱했는데 번갈아 나와서 같은 재주를 부렸다. 마지막에도 같은 재주를 되풀이했다. 관객들의 인기는 이 마지막에 쏠렸다.

한편 뒤루아는 무대에 그다지 관심이 없었다. 그래서 자꾸 뒤돌아서 사나이들과 거리의 여자들로 흘러넘치는 입석 자리를 바라보았다.

포레스티에가 그에게 말했다.

"저 관객들을 보게나. 구경 나온 사람들은 아내와 아이들을 데리고 온 가겟집 주인들뿐일세. 입을 벌리고 멍청하게 구경하러 오는 사람 좋은 얼간이들뿐이네. 그리고 앉아 있는 사람들은 번화한 거리의 건달패들과 예술가 나부랭이와 얼치기 같은 여자들뿐이야. 그런데 우리들 뒤에는 온 파리 인간들을 모두 뒤섞어 놓은 것 같군. 저 사나이들을 보게나. 모든 직업과 계급이 다 모여 있다네. 하지만 죄다 난봉쟁이들일세. 먼저 사무원들만 해도 은행원, 점원, 관청 직원, 거기다 신문 기자, 뚜쟁이, 평복의 군인, 야회복을 차려입은 멋쟁이들이라네. 카바레에서 식사를 하고 나온 사람도 있고 오페라 극장에서 나와 이제 카페 이탈리앙으로 가려는 사람도 있네. 아무튼 신분을 가릴 수 없는 사람들뿐이네. 또 여자는 어떤가 하면, 숫자만 많고 모두 다 쓸모없는 것들뿐이네. 카페 아메리캥에서 저녁 식사를 하고는 고작해야 1루이나 2루이가 적당한 몸값인데 5루이를 받아낼 수 있을 외국인을 노리고, 일이 없으면 단골손님에게 알리는 그런 계집들일세. 이들은 6년 전부터 눈에 띄던 패들로 일 년 내내 매일 밤 같은 장소에 널려 있다네. 다만 생 라자르*⁵나 루르신*⁶에 입원해 있을 때만은 예외지만 말일세."

그러나 뒤루아는 귀담아 듣지 않았다. 방금 이야기한 것과 같은 한 여자가 그들의 좌석에 팔꿈치를 짚고 그를 지켜보고 있었다. 몸집이 큰 갈색 머리의 여자로, 살결을 분으로 새하얗게 칠하고, 검은 눈은 연필로 줄을 그어 길게 보이게 하고, 더욱이 커다란 눈썹을 붙여 눈 밑이 그늘져 있었다. 그리고 마치 상처난 것처럼 새빨갛게 연지를 칠한 입술은 무언가 동물적인 느낌을 주면서 음탕하고 강렬한 욕정을 불 지를 듯했다.

그 여자는 옆을 지나가는 마찬가지로 뚱뚱하고 붉은 머리칼의 동료에게 고

---

*5 파리의 감옥
*6 파리의 공립 부인과 병원.

갯짓을 해보이고 들으란 듯이 큰 소리로 말했다.

"저기요, 멋쟁이시군요! 10루이로 나를 원하신다면 난 싫다고 하지 않겠어요."

포레스티에는 뒤를 돌아보고 웃으면서 뒤루아의 무릎을 툭 쳤다.

"자네보고 하는 말일세. 인기가 좋군그래. 축하하네."

퇴역 하사관은 낯을 붉혔다. 그는 기계적으로 손가락을 움직여 조끼 호주머니의 금화 2루이를 만져 보았다. 곧이어 막이 내리고 오케스트라가 왈츠를 연주하기 시작했다. 뒤루아가 말했다.

"복도를 한 바퀴 돌고 올까?"

"그게 좋겠군."

둘은 곧 자리에서 일어나자, 오고가는 사람들의 물결 속으로 휩쓸려 들어갔다. 그리고 붐비는 사람들 속에서 밀고 밀리며 걸어갔다. 눈앞은 모자의 홍수였다. 여자들은 둘씩 서로 팔짱을 끼고 남자들 틈 속에 섞여 있었다. 그리고 쉽게 그 속을 가로질러 팔꿈치나 가슴이나 등 사이를 미끄러져 빠져나갔다. 이 남자들의 물결 속에서도 여자들은 조금도 부끄러워하거나 망설이지 않고 자유자재로 돌아다니면서 마치 물속에서 헤엄치는 물고기들 같았다.

뒤루아는 넋을 잃고 밀리는 대로 자신을 맡기면서 담배 연기와 사람의 입김과 여자들의 향수 냄새로 구역질이 날 만큼 탁해진 공기를 취한 듯이 들이마셨다. 그러나 포레스티에는 땀을 흠뻑 흘리고 숨을 헐떡이면서 자꾸 심하게 기침을 했다.

"뜰로 나가세." 포레스티에가 말했다. 둘은 왼쪽으로 구부러져서 지붕이 있는 정원 같은 곳으로 나왔다. 볼품 없는 두 개의 분수가 서늘한 물을 뿜어내고 있었다. 분에 심은 주목과 측백나무 그늘에서 남자와 여자가 양철 테이블에 마주 앉아서 술을 마시고 있었다.

"또 맥주 하겠나?" 포레스티에가 물었다.

"응, 좋지."

그들은 마주 앉아서 사람들이 지나가는 것을 바라보았다. 이따금 지나가던 여자가 걸음을 멈추고 웃으면서 말했다.

"저기요, 마실 것 좀 사주세요."

그러자 포레스티에가 대뜸 말했다. "분수의 물을 한 잔 줄까?" 그러자 여자는 "쳇, 사람을 깔보고 있어!" 중얼거리면서 가버렸다.

그때 마침 두 사람의 의자 뒤에 기대섰던 그 뚱뚱한 갈색 머리의 여자가 마찬가지로 뚱뚱한 금발의 여자와 팔을 끼고 흔들거리며 다시 다가왔다. 참으로 잘 어울리는 어여쁜 한쌍이었다.

여자는 뒤루아를 보더니 방긋 웃었다. 마치 두 사람의 눈빛은 재빨리 서로의 은밀한 속삭임을 주고받는 듯했다. 드디어 여자는 의자를 끌어당겨 그들의 앞에 매우 태연하게 앉더니 자기의 친구도 앉게 하고는 밝은 목소리로 소리쳤다.

"이봐요, 여기 석류(石榴) 주스 두 잔 줘요."

포레스티에가 놀라서 말했다.

"당신은 조금도 부끄러워하지 않는군."

여자가 대답했다.

"난 당신 친구 분한테 완전히 반해 버렸는걸요. 정말 멋쟁이예요. 이분하고라면 그럴듯한 꿈을 꿀 수 있을 것 같아요."

뒤루아는 너무나 놀라서 아무 말도 못하고 그저 곱슬곱슬한 콧수염을 비틀며 얼빠진 모습으로 웃음을 띠고 있었다. 종업원이 음료를 가져오자 여자들은 단숨에 마셔 버리더니 벌떡 일어섰다. 그러고 나서 갈색 머리 여자는 다정스럽게 고개를 까딱하고 부채로 가볍게 뒤루아의 팔을 탁 치면서 말했다.

"고마워요, 귀여운 고양이. 당신은 입이 무거우시군요." 그녀들은 엉덩이를 흔들면서 가버렸다. 포레스티에는 갑자기 마구 웃어댔다.

"이봐, 자네는 정말 여자들에게 인기가 많군그래. 그 장점을 잘 이용해서 요령껏 해보게나. 그러면 잘될 걸세."

그는 잠깐 말을 끊었다가 마침내 생각한 것을 어렵게 입밖에 꺼내듯 더듬거리며 말했다.

"빨리 출세하는 데는 여자를 이용하는 게 으뜸이지."

하지만 뒤루아는 여전히 말을 않고 그저 미소만 짓고 있을 뿐이어서 포레스티에가 물었다.

"자네는 좀 더 있겠나? 난 돌아가려네. 이젠 싫증이 났어."

뒤루아가 중얼거리듯 말했다.

"응, 난 조금 더 있겠네. 아직 이르니까."

포레스티에는 일어섰다.

"그것도 좋겠지. 그럼 또 보세, 내일이네. 잊지 말게. 퐁텐 거리 17번지, 7시 반일세."

"알고 있네, 그럼 내일 만나세. 고맙네."

둘은 악수하고 신문 기자는 밖으로 나갔다. 그러자 뒤루아는 갑자기 무거운 짐을 내려놓은 듯 홀가분해져서 다시금 호주머니 속의 2루이를 생각하고 즐거운 마음으로 더듬었다. 그는 일어나자 혼잡한 사람들 속을 여기저기 둘러보면서 걷기 시작했다.

그는 얼마 가지 않아 좀 전에 만났던 금발과 갈색머리의 두 여자들을 찾아냈다. 여자들은 여전히 뻔뻔스러운 얼굴로 거지처럼 구걸하듯 어수선한 남자들의 틈바구니 속을 헤엄치듯 다니고 있었다.

뒤루아는 곧장 여자들 곁으로 다가갔지만, 막상 가까이 가서는 당황해서 어쩔 줄을 몰라 제대로 말을 하지 못했다. 갈색 머리의 여자가 그에게 말했다.

"당신 이제 입이 떨어졌나요?"

뒤루아는 여전히 "쳇!" 중얼거렸을 뿐 다른 말은 하지 못했다. 그들 세 사람이 선 채로 복도에 있었기 때문에 지나가는 사람들에게 방해가 되어서 주위를 시끄럽게 만들었다. 여자가 대뜸 물었다.

"이봐요, 우리 집에 안 가시겠어요?"

뒤루아는 심한 욕망에 몸을 떨면서 내뱉듯이 말했다.

"응, 가고는 싶지만 내 호주머니에는 1루이밖에 없는걸."

여자는 아무렇지도 않게 웃으며 말했다.

"상관없어요."

여자는 자기가 차지했다는 표시로 남자의 팔을 잡았다. 뒤루아는 여자와 함께 나가면서 나머지 20프랑으로 내일의 야회복쯤은 쉽게 빌릴 수 있으리라고 생각했다.

2

"저, 포레스티에 씨 댁은 어딘가요?"

"4층, 왼쪽 문입니다."

문지기는 상냥하게 대답했는데, 그 말투에는 분명히 세 든 사람을 존경하는 태도가 엿보였다. 조르주 뒤루아는 계단을 올라가기 시작했다.

그는 마음이 조금은 불편하고 흥분해서 얌전히 있지 못했다. 야회복을 입은 것은 태어나서 처음이었기 때문에 아무래도 옷이 몸에 딱 맞지 않았다. 여기도 저기도 모두 어울리지 않는 것처럼 느껴졌다. 그는 신발에는 매우 신경 쓰는 편이라 구두는 꽤 고급품이었지만 에나멜이 칠해져 있지 않은 편상화(編上靴)인 것이 불만이었고, 셔츠도 그날 아침 루브르 근처에서 4프랑 50수로 급하게 산 것으로 앞깃이 지나치게 얄팍해선지 벌써 주름이 잡혀 짜증스러웠다. 평소에 입던 셔츠가 몇 장 있지만 모두 낡고 조금씩 해진 데가 있어서 아무리 생각해봐도 외출복으로 입을 만한 것은 못 되었다.

바지는 폭이 넓어서 다리 모양이 종아리 주위에서 비틀린 것처럼 보여, 마치 얻어 입은 낡은 바지가 되는 대로 다리를 감싸고 있는 것 같은 꼴이었다. 다만 다행스럽게도 웃옷만은 그런대로 몸에 잘 맞았기 때문에 그리 보기 흉하지는 않았다.

그는 남들이 웃지나 않을까 하는 걱정이 앞서 가슴은 두근거렸고 마음은 바짝 졸아들었지만 천천히 계단을 올라갔다. 그는 곧바로 코앞에 정장을 점잖게 차려 입은 한 신사를 보았다. 그 신사는 주의깊게 그를 지켜보았다. 더구나 그들은 서로 맞닿을 만큼 가까이 있었기 때문에 뒤루아는 자기도 모르게 한 걸음 뒤로 물러섰다. 그런데 그는 곧 어리둥절했다. 그것은 발끝까지 비치는 커다란 전신 거울에 비쳐진 자신이었다. 2층의 층계참에 있는 긴 복도를 비추기 위해 걸어 놓은 거울에 모습이 비친 것이었다. 그는 솟아오르는 기쁨에 몸을 떨었다. 자신은 생각지도 못했을 만큼 훌륭하고 남자다운 모습이었기 때문이다.

그의 집에는 면도할 때 쓰는 조그마한 거울밖에 없기 때문에 그는 자기의 몸을 모두 비춰볼 수가 없었다. 그래서 빌려 입은 옷이 몹시 언짢게 보였으므로 어색한 곳을 과장해서 생각하고, 틀림없이 형편없어 보일 것이라고 여기며 불안해했던 것이다.

하지만 지금 뜻밖에도 거울 속에 비쳐진 자신의 모습을 보니 믿기 어려울 만큼 늠름해서, 누군가 다른 사교계의 신사임에 틀림없다고 생각할 정도였다. 첫눈에도 참으로 맵시 있는 훌륭하고 멋진 남자였다.

그래서 그는 다시 한 번 조심스럽게 거울 속을 들여다보았다. 확실히 자신의 모습은 조금도 나무랄 데가 없었다.

그는 배우가 자신이 맡은 배역의 역할을 배울 때처럼 여러 몸짓을 해보았다. 자신에게 웃어 보이기도 하고, 손을 뻗쳐 보기도 하고, 갖가지 몸짓을 하며 놀람, 기쁨, 인정 같은 감정을 표현해 보였다. 그러고 나서 부인들의 기분을 맞추고 상대를 찬미하고 희망하는 것을 나타내기 위해 미소와 눈의 표정을 연습했다.

그때 계단 아래에서 문 여는 소리가 들려왔다. 뒤루아는 누군가 자신의 모습을 본 것은 아닌가 싶어서 허둥지둥 계단을 뛰어 올라가기 시작했다. 이상한 몸짓을 하는 꼴을 어떤 친구나 손님에게 들킨 것은 아닐까 부끄러웠던 것이다. 3층에 오르자 또 다른 거울이 앞에 놓여 있었다. 그는 걸어가는 자기의 모습을 보려고 걸음을 늦추었다. 그의 태도는 매우 우아하게 보였다. 걸음걸이도 의젓했다. 그러자 넉살 좋은 자신감이 마음속에 솟아올랐다. 확실히 이와 같은 모습과 출세하고 싶은 열의와 결의, 그리고 임기응변 하는 자세로만 밀고 나간다면 틀림없이 성공할 것이다. 마지막 계단을 올라가면서는 달리고 싶고, 뛰어오르고 싶은 심정이 되었다. 그는 세 번째 거울 앞에서 걸음을 멈추고 언제나 그랬던 것처럼 콧수염을 꼬고, 모자를 벗어 머리를 다시 매만지고는 늘 하던 버릇대로 낮은 목소리로 중얼거렸다.

'정말 훌륭한 발견인걸!'

그러고 나서 손을 뻗쳐 초인종을 눌렀다. 곧 문이 열리고 눈앞에 검은 옷을 입은 하인이 서 있었다. 그는 단정했으며 깨끗이 면도를 했고, 태도며 말씨에 이르기까지 전혀 나무랄 데가 없었다. 뒤루아는 왠지 알 수 없는 울적한 마음에 다시 복잡한 심정이 되었다. 아마도 상대와 자신이 입은 옷을 무의식중에 비교했기 때문인지도 모른다. 에나멜 단화를 신은 하인은 뒤루아가 흠을 보이지 않으려고 팔에 걸친 외투를 받아들면서 물었다.

"누구신지요?"

그리고 발을 들치더니 안의 객실에 대고 손님의 이름을 댔다. 그래서 뒤루아는 어쩔 수 없이 들어가야만 했다. 그는 갑자기 침착성을 잃고 위축되어 몸이 움직이지 않는 듯했다. 그리고 당황스러움에 숨까지 가빠왔다. 오늘이야말로 오랫동안 그처럼 고대하며 꿈꾸던 생활로 첫걸음을 내디디려고 하는 것이다. 그는 겨우 앞으로 나갔다. 조명이 밝은 온실처럼 떨기나무를 가지런히 늘

제1부 271

어놓은 넓은 방에서 젊은 금발의 여인이 홀로 선 채 그를 기다리고 있었다.

뒤루아는 당황해서 걸음을 딱 멈추었다. 미소 짓는 이 부인은 대체 누구일까? 그러나 곧 포레스티에가 결혼했다는 사실을 생각해냈다. 그리고 이 우아한 금발 미인이 친구의 부인일 것이라 짐작되자 몹시 놀라고 말았다. 그는 갈피를 잡지 못하고 중얼거렸다.

"부인, 저는……" 그녀가 손을 내밀었다.

"알고 있어요. 어젯밤 샤를이 만나 뵈었다고 하더군요. 그리고 오늘 저희들 저녁 식사에 와주십사고 말씀드렸다는 말을 듣고 참 잘했다고 기뻐하고 있었어요."

뒤루아는 더 이상 무어라고 말해야 할지 몰라서 귀까지 새빨개졌다. 그리고 머리끝부터 발끝까지 조사와 검사와 관찰을 받고 평가받는 것처럼 느꼈다.

그는 자신의 옷에 대한 부족함을 설명하기 위해 이유를 찾아 변명하려고 했다. 그러나 아무것도 발견하지 못했다. 또한 그런 어려운 화제를 끌어내고 싶지 않았다.

그는 그녀가 권한 팔걸이의자에 앉았다. 그리고 고급스러운 의자에 몸이 깊숙이 파묻혀 안겼을 때, 자신이 새롭고 즐거운 생활에 들어가 매우 흡족한 물건을 차지한 것처럼 느껴졌다. 또 자신이 한 사람 몫을 할 어엿한 인물이 되어 마침내 구제된 것처럼 느껴졌다. 그리고 꼼짝도 않고 자신을 지켜보는 포레스티에 부인을 바라보았다.

그녀는 연푸른 캐시미어 옷을 입고 있었는데, 부드러운 몸매와 탄력 있는 앞가슴이 고스란히 드러나 있었다. 양팔과 목 언저리의 희고 부드러운 살결이 짧은 소매에 단 거품이 이는 듯한 흰 레이스 아래로 드러났다. 위로 올려 빗은 머리는 목덜미에 가볍게 몇 가닥 구불구불하게 늘어져 금빛 솜털 구름처럼 목 위로 퍼졌다.

뒤루아는 그녀의 눈길 아래에서 차츰 마음이 놓여 갔다. 그 시선은 뭔지 모르지만 어젯밤 폴리 베르제르에서 만난 여자의 눈길을 생각나게 했다. 눈은 잿빛의, 더욱이 얼굴 표정에 이상한 느낌을 주는 파르스름한 잿빛 눈으로 콧날이 오똑하고 입술은 꼭 다물고 볼은 약간 오동통했으며, 대체로 얼굴 생김이 단정하다고 할 수는 없지만 매혹적이고 정숙한 가운데서도 만만치 않은 성품이 느껴졌다. 그것은 하나하나의 선이 독특한 아름다움을 나타내고, 무언가 의미를 지닌 것처럼 보였다. 또 어떤 표정을 짓든지 모두 무언가를 말해 주는 듯했고, 또는 감추고 있는 듯한 느낌을 주는 그런 얼굴이었다. 잠시 말없던 그녀가 물었다.

"파리에는 오래 계셨나요?"

그는 조금씩 침착성을 되찾으면서 대답했다.

"아닙니다. 겨우 오륙 개월 전부터입니다. 지금은 철도 회사에 근무하고 있습니다. 하지만 포레스티에 군이 신문사에서 일할 수 있게 도와주겠답니다."

그녀는 조금 전보다 더욱 친절한 미소를 보였다. 그러고는 목소리를 낮추고 중얼거렸다.

"알고 있어요."

초인종이 또 울렸다. 하인이 말했다.

"드 마렐 부인이 오셨습니다."

그녀는 흔히 브뤼네트라고 부르는 몸집이 작은 갈색머리의 사랑스러운 여자였다.

그녀는 매우 가뿐한 걸음걸이로 들어왔다. 머리꼭대기부터 발끝까지 매우 간소하고 수수한 옷이 틀에 박힌 듯이 그녀의 몸매를 나타내고 있었다.

다만 머리에 꽂은 새빨간 장미가 강렬하게 시선을 끌었고, 여자의 얼굴을 돋보이게 하면서 개성을 뚜렷하게 했으며, 천성적으로 쾌활하고 성급한 여자의 성격을 매우 잘 드러내 주는 것 같았다. 곧이어 짧은 옷을 입은 소녀가 뒤따라 들어왔다. 포레스티에 부인은 서둘러 마중을 나갔다.

"어서 와요, 클로틸드."

"안녕하세요, 마들렌."

두 사람은 서로 다정하게 껴안았다. 그러고 나자 소녀는 마치 어른과 같은 차분한 태도로 이마를 내밀면서 말했다.

"안녕하세요, 아주머니."

포레스티에 부인은 그녀에게 키스하고는 뒤루아를 소개했다.

"조르주 뒤루아 씨, 샤를의 다정한 친구 분이에요."

"이분은 마렐 부인, 먼 친척이 되세요."

그녀는 다시 덧붙였다.

"저희 집에서는 체면이나 격식 같은 것은 모두 없애기로 했어요. 아시겠어요?"

청년은 머리를 끄덕여 보였다.

곧 문이 다시 열리고 조그맣고 뚱뚱한 신사가 들어왔다. 키가 작고 동글납
작한 사나이로, 자기보다도 훨씬 키가 크고 훨씬 젊고 태도며 말씨가 고상하
고 침착한, 몸집이 큰 아름다운 여자에게 팔을 맡기고 있었다. 그가 바로 대
의원 발테르 씨였다. 은행가이며, 금융과 사업을 하는—남프랑스 출신의 유대
인으로— 〈라 비 프랑세즈〉의 사장이었다. 그와 함께 온 여자는 그의 부인으
로 결혼 전 성이 바질 라발로였으며 같은 이름의 은행가의 딸이었다.

그 뒤로 잇달아서 훌륭한 옷차림의 자크 리발과 노르베르 드 바렌이 나타
났다. 바렌의 옷은 어깨까지 늘어뜨린 긴 머리에 스쳐서 야회복의 깃이 반들
반들 빛나고, 머리에는 흰 비듬이 여기저기 흩어져 있었다. 어색하게 매어진
넥타이는 처음 사용하는 것은 아닌 듯했다. 그는 나이 든 멋쟁이답게 우아한
몸짓으로 포레스티에 부인의 손을 살며시 잡고 손목에 키스했다. 몸을 앞으
로 굽히는 순간 긴 머리가 물결처럼 부인의 드러낸 팔에 쏟아졌다.

잠시 뒤 포레스티에가 늦은 이유를 변명 삼아 늘어놓으면서 들어왔다. 그는
모렐 사건 때문에 신문사에서 빠져나올 수가 없었다고 말했다. 급진파 대의원
인 모렐 씨가 알제리 개척을 위한 경비에 대해 내각에 질문서를 제출했던 것
이다.

하인이 외쳤다.

"마님, 식사 준비가 다 되었습니다."

그 말을 듣고 모두들 식당으로 들어갔다.

뒤루아는 마렐 부인과 그 딸 사이에 앉게 되었다. 그는 포크나 스푼이나 컵
을 다루다가 혹시 실수나 하지 않을까 걱정되어서 다시 마음이 불안해졌다.
유리컵 네 개가 놓여 있었는데 그 가운데 하나는 연푸른빛이었다. 이 컵으로
는 무엇을 마시는 걸까?

수프를 먹는 동안 아무도 말이 없었다. 노르베르 드 바렌이 물었다.

"저 〈고티에의 소송 사건〉을 읽어 보셨습니까? 참으로 묘한 일이더군요!"

그러자 사람들은 공갈 소동으로 뒤얽힌 간통 사건을 토론하기 시작했다.
그 이야기를 하는 동안 그들의 말투는 매우 조용하고 단조로웠다. 보통 가정
에서 신문에 발표된 사건을 이야기하듯 전혀 울분이 느껴지지 않았고, 의사

가 병을, 채소 장사가 채소를 말하듯 차분하게 가라앉은 말투였다. 사람들은 사건에 대해서 분개하지도 놀라지도 않고 그저 직업적인 호기심과 죄, 그 자체를 절대적인 무관심으로써 비밀의 원인에 깊이 파고들었다. 행위의 근원을 분명하게 이해하려고 들었고 비극을 빚어낸 심리 현상을, 즉 특수한 정신 상태의 과학적인 결과로 결론지으려고 애썼다. 여자들도 그러한 규명이나 노력에 열중했다. 그 밖에도 최근의 사건은 모두 규명되고 해석이 붙여지고, 모든 면마다 검토되어 낱낱의 가치가 비판되었다. 그리고 그 태도는 한 줄에 얼마로 인간 희극을 잘라 파는 뉴스 상인들의 그 실제적인 견식과 특별한 안목으로 이루어졌다. 마치 도매상에서 세상에 내다 팔 물건을 조사하고 뒤집어 보고, 저울에 올려놓아 달아 보거나 하는 것 같았다.

그 뒤에 이어진 화제는 결투였다. 자크 리발이 말하기 시작했다. 결투는 그의 전문이었고, 다른 사람은 아무도 그 문제를 다룰 수가 없었다.

뒤루아는 그들 대화에 한 마디도 끼어들 수가 없었기 때문에 따분해서 이따금 옆에 앉아 있는 부인을 바라보았다. 그 탄력 있는 앞가슴이 그의 호기심을 강하게 자극했다. 금줄에 박은 다이아몬드가 귀에 늘어져 있어서 마치 살결 위로 흘러내린 물방울 같았고 불빛을 받아 눈부시게 찬란했다. 때때로 그녀는 자기 의견을 똑부러지게 말했는데 그때마다 모든 사람들의 입술에 미소가 떠올랐다. 그녀는 좀 색다르고, 귀엽고 남이 생각지 못한 기지를 지녔다. 그것은 만사를 태평스럽게 보고 친절하고, 조금은 회의적인 눈으로 판단하는, 세파를 겪은 소녀와 같은 기지였다.

뒤루아는 그녀에게 몇 마디 칭찬의 말을 하려고 생각했으나 그럴듯한 말이 떠오르지 않았다. 그래서 주로 그녀의 딸을 상대로 마실 것을 따라주고 접시를 건네주고 음식을 덜어 주곤 했다. 그럴 때마다 어머니보다 무뚝뚝한 소녀는 진지한 목소리로 고맙다고 말하면서 가볍게 머리를 숙였다. "감사합니다."

그리고 제법 심각한 태도로 어른들의 이야기에 귀를 기울였다.

요리는 매우 맛이 있어서 모두 크게 만족해했다. 발테르 씨는 말도 없이 아귀처럼 먹어 대고는 눈앞에 내놓는 접시를 안경 아래로 곁눈질해 가면서 흘끔거렸다. 노르베르 드 바렌도 그에게 지지 않을 만큼 무척 잘 먹었는데, 이따금 셔츠 앞가슴에 소스를 흘렸다.

포레스티에는 벙글벙글 웃으면서도 진지한 표정으로 모든 일에 신경을 쓰고, 아내와 끊임없이 눈짓을 해가면서 어려운 일에 부딪히면 뜻하던대로 진행될 수 있게 함께 힘을 보태는 듯했다.

사람들의 얼굴은 차츰 붉게 상기되었고, 목소리도 높아졌다. 이따금 하인이 손님의 귀에 속삭이며 좋아하는 술을 물었다.

"코르동으로 하시렵니까, 샤토 로즈로 하시렵니까?"

뒤루아는 코르동이 입맛에 맞아서 하인이 물어볼 때마다 코르동을 따르게 했다. 그는 기분이 좋아져 차츰 마음이 들떠 갔다. 배로부터 얼굴로 올라가는 화끈한 쾌감이 팔다리를 돌고 온몸으로 퍼져 나갔다. 무어라 말할 수 없는 만족감이 생명과 육체와 정신을 온통 감쌌다.

그러자 뒤루아는 마음껏 지껄이고 싶은 욕망이 끓어올랐다. 자기에게 모두들 관심을 갖게 하고 자기 말에 귀를 기울이게 하고, 대단치 않은 낱말 하나하나까지 듣는 사람으로 하여금 깊이 생각해 보게 하는 저 말재주가 뛰어난 사나이들처럼 칭찬받고 싶었다.

그러나 이야깃거리는 계속 쏟아져 그들의 대화는 멈추지 않았다. 그리고 여러 사상이 얽혀서, 단 한 마디의 말이나 대수롭지도 않은 것이 동기가 되어 이리저리로 화제가 넓어져 잡다한 문제를 스치고 지나가면서 맞닥뜨린 온갖 사건을 한 바퀴 돌고 난 뒤, 다시금 알제리의 개척에 대한 모렐 씨의 중대한 비판으로 되돌아왔다.

발테르 씨는 요리 접시가 바뀌는 동안에 두서너 마디 농담을 했다. 그는 다소 비열하고 회의적인 성격을 갖고 있기 때문이었다. 포레스티에는 다음날 쓸 자기 기사에 대해서 이야기했다. 자크 리발은 군정을 주장하고, 30년 동안 식민지에 근무한 모든 장교에게 토지를 양도해야 한다고 역설했다.

"이런 방법을 취한다면 강력한 하나의 사회가 형성될 겁니다. 그들은 전부터 그 지방의 실정을 잘 알고 있을 뿐 아니라 애착을 느끼고 있지요. 또한 언어를 통해서 새로 이주해 오는 사람들이 반드시 부딪히게 되는 여러 가지 중요한 문제에도 매우 훤하답니다."

노르베르 드 바렌이 그의 말을 가로막았다.

"그렇죠…… 그들은 무엇이든 알고 있겠지만 농업에는 어둡죠. 아라비아어는 잘하겠지만 사탕무를 옮겨 심는 법이나 밀을 심는 방법은 모를 겁니다. 검술은 능숙하겠지만 비료에 대해선 아는 게 없겠지요. 하지만 사실은 그게 아닐 수도 있으므로 그 신천지를 널리 모든 사람에게 개방해야 합니다. 영리한 사람은 성공하고 그렇지 않은 사람은 실패하겠지만, 그것은 사회의 법칙입니다."

가벼운 침묵이 이어졌다. 모두들 잔잔한 미소를 띠고 있었다.

그쯤에서 조르주 뒤루아는 드디어 입을 열었다. 그리고 이제까지 자기가 말하는 소리를 들어본 적이 없는 것처럼, 자기 목소리에 깜짝깜짝 놀라면서 말했다.

"저쪽에서 가장 부족한 것은 기름진 땅입니다. 정말로 비옥한 토지는 프랑스만큼 값나가며, 파리의 부자들이 투자하는 셈치고 사들이고 있습니다. 그런데 진짜 이민자들, 즉 먹고 살 수가 없어 고국을 떠나온 가난한 사람들은 물이 없어서 아무것도 나지 않는 사막으로 쫓겨가고 있습니다."

모두들 그를 바라보았다. 그는 얼굴이 붉어짐을 느꼈다. 발테르 씨가 물었다.

"당신은 알제리를 아십니까?"

"네, 그럼요. 거기에 28개월 있으면서 세 지방에 머물렀었습니다."

그 순간, 노르베르 드 바렌은 모렐 문제를 다 잊고 어느 장교에게서 들은 알제리의 풍습을 꼬치꼬치 캐묻기 시작했다. 관심은 므잡*7에 대한 것이었다. 그것은 사하라 사막 한복판에 생긴 조그마한 공화국으로, 그 불타는 듯한 지방에서도 가장 건조한 지역에 위치했다.

뒤루아는 므잡에 두 번 가본 적이 있었으므로 이 기묘한 지방의 풍습에 대해서 그가 알고 있는 모든 것들을 이야기했다. 그곳에서는 물 한 방울이 황금만큼의 가치가 있고, 주민은 모두 사회 공공 사업에 봉사할 의무가 있으며, 상업적 도덕은 문명국의 사람들보다도 훨씬 발달되어 있었다.

뒤루아는 술이 몸에 돌자, 그 자리를 흥겹게 만들고 싶은 생각에서 한껏 열을 내어 허풍스럽게 이야기했다. 더불어 군대의 일화며 아라비아인의 생활, 전쟁의 모험 등을 실감나게 이야기했다. 때로는 강렬한 태양이 끊임없이 내리쬐는 누런 헐벗은 땅을 묘사하기 위해 색채가 풍부한 말까지 써 가며 설명했다. 부인들은 모두 뒤루아 쪽으로 눈길을 돌렸다. 발테르 부인은 작은 목소리

---

*7 북 사하라 사막의 오아시스에서 사는 토민의 집단.

로 말했다.

"당신이 그런 회고담을 쓰신다면 기막힌 읽을거리가 되겠군요."

그러자 발테르가 언제나 남의 얼굴을 자세히 볼 때에 하던 그 버릇으로 안경 너머로 청년을 지켜보았다. 하지만 요리 접시는 안경 아래로 보았다.

포레스티에는 냉큼 기회를 잡았다.

"사장님, 조금 전에도 말씀드린 대로 저는 정치 기사를 취재하는 일을 위해서 조르주 뒤루아 군을 제 밑에서 일하도록 허락해주셨으면 합니다. 마랑보가 사직한 뒤로는 긴급을 요하는 비밀 기사를 취재하러 현장에 보낼 만한 사람이 없어 신문사에서 매우 난처한 형편입니다."

발테르 사장은 진지한 표정으로 뒤루아를 정면에서 좀더 잘 보기 위해 안경을 완전히 위로 올려 버렸다. 그리고 나서 말했다.

"확실히 뒤루아 군은 독창적인 사고방식을 갖고 있소. 만약 나와 이야기하고 싶다면 내일 3시에 와주시오. 그때 상의합시다."

사장은 잠깐 입을 다물었다가 이번에는 완전히 청년 쪽으로 돌아앉더니 말을 이었다.

"그런데 알제리에 대해서 무언가 읽을거리 중심으로 몇 가지 기사를 곧 써주시지 않겠소? 그곳에서의 회고담을 말이오. 거기에 아까처럼 이민 문제를 적절하게 섞어 넣어 주시오. 어쨌든 시국에 알맞는, 아주 안성맞춤의 문제이니까 틀림없이 독자들의 흥미를 크게 끌 거요. 그러니 어서 서둘러 주시오! 독자를 끌기 위해선 의회에 문제가 되어 있는 동안에 첫 기사를 낼 필요가 있으니까요. 내일이나 모레, 아시겠소?"

발테르 부인은 진지하고 정숙한 말씨로 거들었는데, 사실 그 부인은 무슨 말을 할 때는 언제나 그런 말투로 자신의 말에 신중함을 곁들이고는 했다.

"표제는 〈아프리카 병사의 수기〉가 어떻겠어요? 멋진 제목이죠? 그렇죠, 노르베르?"

늙은 시인은 자신이 명성을 얻는 데에 늦었기 때문에 신인들을 미워하고 또 두려워했으므로 무뚝뚝한 어조로 말했다.

"네, 좋겠지요. 단, 잘 다듬어진 거라야 하겠지요. 그 점이 매우 어려우니까요. 올바르게 다듬어져야 한다는 건 음악에서 음조라고 합니다."

포레스티에 부인은 감싸는 듯한 미소를 머금은 눈길로 뒤루아를 바라보았다. 그것은 제법 사람을 보는 안목을 갖춘 눈길로 "당신은 출세할 거예요" 이렇게 말하고 싶은 눈치였다. 마렐 부인은 몇 번이나 그쪽을 돌아보았는데, 그럴 때마다 귀에 달린 다이아몬드가 쉴 새 없이 흔들려서 마치 맑고 고운 물방울이 당장에라도 굴러 떨어질 것 같았다.

소녀는 접시 위에 머리를 떨군 채 꼼짝도 하지 않고 진중한 태도로 앉아 있었다.

그동안 하인은 테이블 주위를 돌아다니면서 푸른 술잔에 요하네스버그 포도주를 따랐다. 포레스티에는 발테르 씨에게 가볍게 머리를 숙여 보이고 잔을 높이 들어 〈라 비 프랑세즈〉의 영원한 번영을!" 하고 건배했다.

모두들 사장을 향하여 머리를 숙였다. 사장은 미소짓고 뒤루아는 승리감에 도취하여 단숨에 술을 들이켰다. 한 통이라도 그렇게 들이켤 수 있을 것 같았다. 소를 한 마리 뜯어먹고, 사자를 목 졸라 죽일 수도 있을 것 같았다. 팔다리에 초인적인 힘과, 마음속에 굳은 결의와 무한한 희망을 느꼈다. 그는 이제야말로 이 사회 명사들 앞에서도 자기 집에서와 같은 편안함을 느꼈다. 이제 그는 지위를 차지하고 자리를 획득한 것이다. 그는 새롭게 자신감을 가지고 모두의 얼굴을 둘러보았다. 그리고 비로소 옆에 앉은 부인에게 말을 건넬 용기를 얻었다.

"부인, 부인께선 이제껏 제가 본 일이 없는 훌륭한 귀걸이를 달고 계시군요."

그녀는 미소를 띠면서 그를 돌아보았다.

"이렇게 가는 줄 끝에 깨끗하게 다이아몬드를 늘어뜨리는 것은 제 방식이에요. 마치 이슬방울 같죠?"

뒤루아는 자신의 당돌함에 당황해서 쓸데없는 말을 한다고 생각하지 않을까 겁내면서 중얼거렸다.

"참 아름답습니다…… 게다가 귀가 아름다우셔서 한결 돋보입니다."

그녀는 눈으로 고맙다는 인사를 했다. 뒤루아는 부인의 눈이 심장까지 스며들듯 맑다고 생각했다.

뒤루아가 고개를 돌렸을 때, 또 다시 포레스티에 부인의 눈과 마주쳤다. 그 눈은 여전히 친절에 가득 차 있으면서도 전보다도 힘찬 쾌활함으로 장난을 충동질하려는 듯한 표정이었다.

이제 남자들은 몸짓을 하면서 크게 소리를 지르고 떠들어 댔다. 수도 지하철의 대계획을 토론하고 있었던 것이다. 각자가 파리 교통 기관의 느긋함, 경편철도의 불편함, 합승 마차의 불쾌감, 역마차 마부의 야비함 등에 대해 할 이야기가 아주 많았다. 그래서 이야기는 디저트를 마칠 때까지도 끝나지 않았다. 그러다가 모두 커피를 마시려고 식당에서 나왔다. 뒤루아는 장난으로 소녀에게 팔을 내밀었다. 소녀는 의젓한 태도로 감사를 표시하고 옆자리에 앉은 남자의 팔에 손을 걸기 위해서 발돋움하여 키를 높였다.

객실로 들어가자 뒤루아는 다시금 온실에 들어가는 듯한 심정이 되었다. 커다란 종려나무가 곳곳으로 우아한 잎을 벌리고 천장까지 닿아서는 분수처럼 퍼져 있었다.

난로 양쪽에는 원주처럼 둥근 고무나무가 검푸른 빛의 긴 잎을 펼치고, 피아노 위에는 이름 모를 두 그루의 관목이 동그랗게 다듬어져서 한편은 새빨갛게, 다른 한편은 새하얗게 꽃에 싸여 있었다. 살아 있는 화초로 보기에는 너무나 아름답고 무언가 신기한 조화와 같은 모습이었다. 공기는 더없이 상쾌하고 무어라고 형용할 수 없는 부드러운 향기가 희미하게 감돌았다.

이제 완전히 침착해진 뒤루아는 주의 깊게 방안을 둘러보았다. 방은 그다지 넓지 않았고, 식물 말고는 달리 볼 만한 게 없었다. 눈에 뜨일 만한 선명한 색채도 없었다. 그러나 앉아 있으면 편안하고, 기분이 차분하게 가라앉아 모든 걱정을 내려 놓을 수가 있었다. 무언가 애무와도 비슷한 온화함이 몸 안에 퍼져서 기분 좋게 주위에 넘치고 있었다.

벽은 빛이 바랜 듯한 제비꽃 빛깔의 보랏빛 천으로 바르고, 거기에 파리만한 크기의 비단으로 만든 작고 노란 꽃들이 가득히 깔려 있었다.

문 앞에는 검푸른 빛 칸막이 커튼이 드리워 있었다. 그것은 군대의 모포와 같은 천인데 황금색 비단으로 패랭이꽃이 서너 개 수 놓여 있었다. 여러 형태의 의자가 질서 없이 군데군데 놓여 있었다. 긴 의자며, 뒤섞여 놓인 크고 작은 팔걸이의자며 모두 루이 16세 시대의 비단과 위트레흐트 벨벳으로 덮여 있었다. 그 위에는 크림색 바탕에 석류빛 꽃들이 수 놓여 있었다.

"커피 드시겠어요, 뒤루아 씨?"

포레스티에 부인이 물으며 늘 입가에서 사라지지 않는 친절한 미소를 띠면서 찻잔을 내밀었다.

"네, 감사합니다."

뒤루아가 찻잔을 받아들고, 어린 하녀가 받쳐 들고 있던 설탕 그릇에서 은 집게로 설탕을 하나 집으려고 어색한 동작으로 몸을 굽혔을 때였다. 포레스티에 부인은 낮은 목소리로 그에게 말했다.

"발테르 부인의 기분을 잘 맞춰 드리세요."

뒤루아가 미처 대답할 겨를도 없이 그녀는 저편으로 가버렸다.

그는 양탄자 위에 커피를 엎지를 것만 같아 서둘러 마셔 버렸다. 그러자 마음이 가벼워져서 뒤루아는 새 주인의 부인에게로 다가가 무슨 이야기를 하면 좋을까 고민하고 있었다.

그런데 문득, 발테르 부인이 손에 빈 찻잔을 들고 있는 것이 눈에 띄었다. 테이블이 멀리 있어서 찻잔을 어디에 놓으면 좋을지 몰라 쩔쩔매는 듯 보였다. 뒤루아는 재빨리 그녀 곁으로 달려갔다.

"실례합니다, 부인. 그 찻잔을 제게 주시지요."

"고마워요."

그는 찻잔을 테이블에 가져다 놓고 되돌아왔다.

"정말로 부인, 저쪽 사막에 있었을 때는, 〈라 비 프랑세즈〉 덕택으로 얼마나 즐거운 시간을 보냈는지 모릅니다. 프랑스를 떠나면 읽을 수 있는 신문은 오직 그것뿐입니다. 왜냐하면 그것은 다른 어떤 신문보다도 훨씬 문학적이고 기지에 차 있고 또한 단조롭지 않으니까요. 정말 무엇이든 담겨 있더군요."

그녀는 소탈하고 상냥스러운 미소를 띠고 의젓하게 말했다.

"그분은 새로운 요구에 응하는 신문을 만드는 데 무척 애를 쓰고 있지요."

그리고 나서 그들은 두서없는 세상 이야기를 시작했다. 그는 지루하지 않은 평범한 이야기를 할 수가 있었다. 그의 음성은 부드러웠고, 눈에는 애교가 넘치고, 무엇보다 콧수염은 매력적이었다. 그 콧수염은 구불구불 입술 위에서 가지런히 다듬어져 꼬부라진 갈색 섞인 금발로 끝이 꼿꼿이 서고 색이 좀 엷었다.

그들은 파리와 교외, 센 강변, 해수욕장, 여름의 즐거움 등 언제까지나 즐겁게 대화할 수 있는 흔해 빠진 화젯거리를 서로 이야기했다.

그때 노르베르 드 바렌 씨가 손에 술잔을 들고 다가와서 뒤루아는 점잖게 그 자리를 물러갔다.

포레스티에 부인과 이야기하던 마렐 부인이 그를 불렀다. 그리고 불쑥 물었다.

"이봐요, 당신 신문사 일을 해보실 작정인가요?"

그래서 그는 막연하지만 자신의 포부를 이야기하고, 그러고 나서 방금 발테르 부인과 한 이야기를 다시 하기 시작했다. 그러나 이번에는 화제를 명확히 잡고 있으므로 훨씬 능숙하게 이야기했고, 방금 듣고 온 이야기를 자신의 의견처럼 되풀이했다. 그리고 자기의 말에 깊은 의미를 지니도록 줄곧 상대의 눈을 응시했다.

부인도 여러 이야기를 꺼냈다. 그녀는 자신이 재치가 있음을 알고 있기에 언제나 사람을 웃기려는 여자의 빈틈없는 기지로 명랑하게 이야기를 이어나갔다. 그리고 둘은 점점 익숙해져서 그녀는 그의 팔에 손을 얹고 대수롭지도 않은 일에 목소리를 낮추어 마치 비밀 이야기라도 하는 것처럼 행동했다. 그는 자신에게 관심을 드러내는 이 젊은 여자와의 접촉으로 내심 기뻐서 어쩔 줄 몰랐다. 만약 어떠한 일이라도 일어나게 된다면 당장에라도 그녀에게 자신의 몸을 바치고 그녀를 보호해 자신의 참다운 가치를 드러내고 싶었다. 그녀에게 대답하는 말이 자꾸 늦어지는 것도 그의 마음속에서 불쑥불쑥 일어나는 그런 야릇한 생각 때문이었다.

그런데 갑자기 마렐 부인이 아무런 이유도 없이, "로린!" 하고 불렀다. 소녀가 다가왔다.

"거기에 앉아 있거라. 창문 옆에 있으면 감기 들 테니까."

뒤루아는 그 소녀에게 인사로 키스를 하고 싶어 견딜 수가 없었다. 마치 키스를 하면 그 일부가 소녀의 어머니에게 전해질 것 같았다. 그는 상냥한, 아버지다운 어조로 물었다. "아가씨, 키스해도 좋을까요?"

소녀는 깜짝 놀란 모습으로 그를 쳐다보았다. 마렐 부인이 웃으면서 말했다.

"이렇게 대답하렴. '오늘은 괜찮아요. 하지만 언제나 그렇게는 안 돼요'라고 말이다."

뒤루아는 곧 의자에 앉아서 로린을 무릎 위에 안아 올리고, 아이의 물결치는 아름다운 머리칼에 입술을 댔다. 어머니는 놀라서 "어머, 로린이 도망치지 않는구나. 이상하기도 하지. 이 애는 언제나 여자한테만 키스하게 하거든요. 당신은 정말 못 당해내겠어요, 뒤루아 씨."

그는 얼굴을 붉히고 아무 말도 하지 않았다. 그가 무릎 위의 아이를 가볍게 흔들었다. 포레스티에 부인이 그들 곁으로 다가오더니 놀라 소리를 질렀다.

"어머, 로린이 아주 낯이 익어 버렸군요. 정말 놀라운데요!"

자크 리발도 여송연을 입에 물고 가까이 다가왔다. 뒤루아는 돌아가기 위해 일어섰다. 어쩌다 여태까지 애써 해온 일을, 이제 겨우 시작한 유혹의 성과를 실언을 해서 망쳐 버릴 것이 두려웠던 것이다.

그는 작별의 인사를 했다. 그리고 여자들이 내민 조그마한 손은 가볍게 잡고 남자들의 손은 꽉 잡고 힘차게 흔들었다. 자크 리발의 손은 마르고 따뜻하게, 그의 악수에 다정하게 대답했다. 노르베르 드 바렌의 손은 촉촉하고 차갑게 손가락 사이를 미끄러져 빠져나갔다. 또 발테르 사장의 손은 차갑고 부드러워서 아무런 힘도 표정도 없고, 포레스티에의 손은 기름지고 미지근했다. 친구는 그에게 작은 목소리로 말했다.

"내일 3시일세, 잊지 말게."

"응, 걱정 말게."

계단으로 나오자 마구 뛰어 내려가고 싶은 충동이 일어났다. 그의 기쁨은 어떻게든 표현하고 싶을 만큼 매우 컸다. 그래서 계단을 두 개씩 건너뛰어 한 달음에 뛰어내려가다가 갑자기 3층의 거울 속에 성큼성큼 자기 쪽으로 바쁘게 달려오는 신사가 눈에 띄었다. 그는 무언가 나쁜 짓을 하다가 현장을 들킨 것만 같아 부끄러워 걸음을 멈추었다.

그러고는 자신이 그토록 잘생긴 남자인가 놀라서 한동안 그 모습을 넋을 잃고 바라보았다. 마침내 그는 상냥하게 거울 속의 자기에게 미소 지으며 이별을 하기 위해 마치 위대한 인물에게 하듯이 위엄 있는 태도를 갖추고 공손히 고개를 숙였다.

3

조르주 뒤루아는 거리로 나오자, 이제부터 어디로 갈까 망설여졌다.

장래를 꿈꾸고 밤의 상쾌한 공기를 들이마시면서 달리고 싶고, 공상에 잠기고 싶고, 발 닿는 대로 걸어 보고 싶은 생각이 자꾸만 들었다. 그러나 발테르 사장한테서 부탁받은 연재물의 기사가 마음에 걸려서 곧바로 집으로 돌아가 일을 시작하기로 했다.

그는 성큼성큼 되돌아와서는 외곽의 큰길로 나와서 자기가 사는 부르소 거리까지 걸었다. 그의 집은 6층 건물에 있었는데, 노동자며 장사꾼 등 조그맣고 보잘것없는 20세대가 모여 살고 있었다. 그는 종잇조각과 담배꽁초, 부엌의 쓰레기 등이 너절하게 흩어진 지저분한 계단을 초(蠟)성냥으로 비춰 가면서 올라가다 전에 없이 가슴이 메슥메슥해지는 불쾌감을 느끼고, 하루 빨리 이곳에서 벗어나서 양탄자를 깐 깨끗한 집에서 부자처럼 살고 싶은 생각이 들자 초조해졌다. 음식물 냄새와 변소 냄새, 사람 냄새가 뒤섞인 답답한 공기며, 아무리 바람을 통하게 해도 이 건물에서 쫓아버릴 수 없는 때와 낡은 벽에 배어 있는 냄새가 건물 위층에서부터 아래층까지 가득했다.

6층에 있는 그의 방은 마치 깊은 못을 바라보는 듯 서부 철도의 커다란 절벽을 내려다보고 있었다. 바티뇰 역(驛) 가까이, 터널의 출구 바로 위에 있었다. 뒤루아는 창문을 열고 녹슨 철 난간에 기댔다.

발밑 어두운 웅덩이 밑바닥에는 2개의 빨간 신호등이 꼼짝도 않고 서 있었는데 마치 동물의 커다란 눈 같았다. 그 빨간 신호등은 조금 떨어져서도 더 멀리에서도 훨씬 저편에서도 또렷하게 보였다. 끊임없이 기적 소리가 길게, 혹은 짧게 밤의 어둠을 뚫고 울렸다. 어떤 것은 아주 가깝게, 어떤 것은 아득히 먼 아니에르 쪽에서 들릴까 말까 한 정도로 희미하게 전해져 왔다. 마치 서로를 불러대는 사람의 목소리와 같은 높낮이를 지니고 있었다. 그 가운데 하나가 시시각각으로 높아지며 호소하는 듯한 큰 소리를 지르며 다가오더니, 얼마 가지 않아 노란 커다란 불빛이 나타나서 찢어지는 듯한 굉음과 함께 달려왔다. 뒤루아는 긴 염주 알처럼 이어진 객차가 터널로 빨려 들어가는 것을 보았다.

그러고 얼마 지나지 않아서 그는 "자아, 일을 시작하자!" 중얼거리고는 등잔불을 테이블 위에 올려 놓았다. 그러나 막상 글을 쓰려고 했을 때 집에는 편지지 한 장뿐, 다른 종이가 없음을 깨달았다.

"하는 수 없지, 종이를 활짝 펴서 써야겠군." 그는 펜을 잉크병에 담갔다가 꺼냈다. 첫머리는 되도록 아름다운 필체로 써야겠다고 그는 마음먹었다.

〈아프리카 병사의 수기〉

그러고 나서 첫 구절을 궁리했다.

뒤루아는 이마를 손으로 괴고, 앞에 펴놓은 하얗고 네모난 종이를 물끄러미 지켜보았다.

무슨 이야기를 할까? 그러나 아까 이야기했던 것은 이제 아무것도 떠오르지 않았다. 일화고 사실이고 모두다. 갑자기 그는 '출발하던 때부터 시작해야겠다' 마음먹고는 이렇게 썼다.

'1874년 5월 15일, 지칠 대로 지친 프랑스가 고난의 사건[*8]이 있었던 뒤의 휴식을 찾을 때……'

그러나 승선이라든가, 항해라든가, 최초의 감동이라든가, 그 뒤의 여러 일들을 어떻게 이어 나가면 좋을지 몰라 그는 몇 자 달리던 펜을 딱 멈추고 말았다.

한 10분쯤 생각한 끝에, 그는 맨 처음의 머리말은 내일 쓰기로 하고 바로 알제리를 묘사하는 글로 들어가기로 했다.

그래서 '알제리는 새하얀 도시다……' 종이에 썼으나, 그 뒤를 이어 댈 수가 없었다. 그의 머릿속에는 그 아름답고 밝은 도시가 산꼭대기로부터 바다 쪽으로 마치 납작한 집들의 폭포처럼 떨어져 내리는 것을 확실히 그려볼 수 있었지만, 눈으로 보고 마음에 느낀 것을 표현하려니까 도무지 한 구절도 글이 되어 나오지 않았다.

그는 고민고민 하다가 "주민의 일부는 아라비아인이다……" 덧붙였으나 더는 이어가지 못해 끝내 펜을 테이블 위에 던지고 화를 내며 일어나 버렸다.

자리가 깊게 푹 패인 조그마한 철 침대에 몸을 눕히자 그 위에는 평소에 입는 옷이 팽개쳐져 있었다. 낡고 꾸깃꾸깃해진 그 겉껍데기는 마치 모르그 거리의 변사체 공시소 바닥에 떨어진 헌옷 같아서 바라보기만 해도 불쾌했다. 그뿐 아니라 짚 의자 위에 던져진 실크 모자는 하나밖에 없는, 그에게는 나름대로 아끼는 물건이지만 마치 동냥을 기다리며 입을 벌리고 있는 것만 같았다.

벽에는 푸른 꽃무늬를 뿌린 잿빛 종이를 발랐는데 꽃의 수와 같은 정도로 얼룩이 있었다. 오래된, 무언지 모르는 얼룩이어서 무어라고 형용할 수도 없었다. 벌레를 눌러 터뜨린 자국, 기름방울이 튄 자국, 포마드가 묻은 손가락 자국, 또는 빨래할 때 대야에서 튄 물자국들이었다. 그것은 남부끄러운 가난한

[*8] 프랑스와 프러시아와의 전쟁을 말함.

파리의 가구 딸린 셋방살이의 비참한 모습이었다. 그러자 자신의 궁색한 생활에 화가 치밀어 바로 여기서 나가 버려야겠다, 이 구차한 생활과는 당장 내일이라도 인연을 끊어야겠다고 생각했다.

그러자 다시금 일에 대한 열의가 솟아서, 그는 또 다시 책상 앞에 앉았다. 그리고 알제리의 기묘하고 아름다운 모습을 선명하게 묘사하기 위한 문구를 찾기 시작했다. 유랑하는 아라비아인과 세상에 알려지지 않은 흑인들이 사는 아프리카. 아직껏 탐험되지 않은 매혹에 찬 아프리카. 이를테면 암탉이 터무니없이 커진 것 같은 타조, 신(神)의 양이라고 할 영양(羚羊), 말할 수 없이 기묘하게 생긴 기린, 진중하고 의젓한 낙타, 괴물 같은 하마며 몰골사나운 코뿔소며 인간의 무서운 형제인 고릴라 등, 이따금 공원의 구경거리로 나오는, 마치 동화 이야기를 위해서 만들어진 듯한 이상야릇한 동물들이 사는 저 깊고 신비로운 아프리카. 알제리는 바로 그 입구라고 할 수 있는 도시이다.

뒤루아는 온갖 생각이 걷잡을 수 없이 솟아오름을 느꼈다. 그것은 어쩌면 벌써 사람들에게 말해 버린 것인지도 모른다. 그러나 글로 써서 표현하려 하자 어쩌된 일인지 쉽게 손을 댈 수가 없었다. 그래서 그는 자신의 무력함에 매우 속이 상해서 다시 벌떡 일어났다. 손에 흠뻑 땀이 배어나고 관자놀이가 지끈지끈 쑤셨다.

때마침 그날 밤 문지기가 놓고 간 세탁소의 계산서가 얼핏 눈에 띄어, 그는 갑자기 심한 절망감에 사로잡혔다. 이제까지의 기쁨과 미래의 모든 희망이 한순간에 사라져 버렸다. 이제는 끝이다, 모든 게 사라진 것이다, 나는 아무 일도 하지 못할 테고 아무것도 되지 못할 것이다. 그는 자기 자신이 공허하고 무능하고 쓸모없는 밑바닥 인간처럼 생각되었다.

그래서 그는 철 난간에 기대려고 창문으로 다가갔다. 그때 마침 기차가 요란한 소리를 내면서 터널에서 달려 나왔다. 기차는 들을 지나고 산을 넘어 저 멀리 먼 바다로 나아갔다. 그러자 부모님이 갑자기 머릿속에 떠올랐다.

저 열차는 여기서 2, 30킬로밖에 떨어지지 않은 부모 곁을 지나가는 것이다. 그는 고향 집을 눈앞에 그려 보았다. 루앙과 센 강의 넓은 계곡이 내려다보이는 언덕 위 작은 집으로 캉틀뢰 마을 어귀에 있다.

아버지와 어머니는 조그만 술집을 경영하고 있다. 일요일마다 변두리의 가난한 사람들이 식사를 하러 오는 술집으로 '알 라벨로 뷔'라고 상호를 달았다.

그들은 아들을 훌륭한 신사로 만들려고 중학교에 넣었다. 그런데 학교를 마치고 대학 입학 자격시험에 실패하자 아들은 머지않은 장래에 장교가 되고 대령이 되고 장군이 되겠다는 야심을 갖고 군대에 들어갔다. 그러나 아들은 5년의 임기를 마치기도 전에 군대 생활에 싫증이 나서는 파리에 가서 성공하겠다는 몽상에 빠졌다.

병역을 마치자 그는 부모가 한사코 말리는 것도 물리치고 파리로 나왔다. 처음의 꿈이 깨지자 부모는 자꾸만 아들을 곁에 붙들어 두고 싶어 했다. 그러나 이번에는 아들 편에서 자신의 장래에 희망을 걸었다. 아직 마음속에서 확실하게 계획을 세우지는 못했지만 앞날을 기대하게 하고 그 희망을 이룰 수 있는 여러 방법을 써서 꼭 성공하겠다고 다짐했다.

군대에 있었을 때 그는 주둔지에서 자신의 지위를 잘 이용해서 쉽게 손에 넣은 여자들을 얼마든지 제 마음대로 할 수가 있었고, 또 한 발 나아가서 그보다 더 높은 상류 계급에 염문을 퍼뜨린 일도 있었다. 실제로 어떤 세무 관리의 딸은 모든 것을 팽개치고 그를 따르려 했고, 어느 변호사의 아내는 그에게서 버림받은 것을 비관해서 투신자살을 하려고까지 했다.

군대 동료들은 그를 평하여 "놈은 교활한 놈이야. 아주 영리해. 어떠한 경우에도 빠져나갈 수 있는 야심만만한 책략가야" 욕했다. 그래서 그는 그들 말대로 교활한 사람이나 영리한 꾀쟁이, 책략가가 되려고 결심했다.

그의 천성인 노르망디 기질은 병영 생활에서의 그날그날의 일과로 닦여지고 아프리카 주둔지에서의 약탈이나 부정한 이득, 수상한 속임수 같은 것들을 익혀서 의기양양해지고 군대에서 유행하는 공명심이나 애국적 정신이나 하사관들 사이에서의 자랑거리나 직업에서 오는 허영심에 자극되어서 무엇이든 없는 것이 없는, 바닥이 세 겹으로 된 만물 상자처럼 되어 버렸다.

그러나 무엇보다도 출세하고 싶다는 욕망이 그 속에서 가장 큰 비중을 차지했다.

그는 자신도 미처 깨닫지 못하는 사이에 날마다 밤이면 습관대로 이렇다 할 이유도 없이 공상에 빠져 들었다. 그리고 단번에 자신이 희망하는 것을 실현으로 이끌어 줄 수 있을 만한 굉장한 연애 사건을 상상했다. 은행가든가 대귀족의 딸을 거리에서 만나 첫눈에 정복하여 결혼한다는 그런 것이었다.

때마침 날카로운 기적 소리와 함께 기관차 한 대가 뒤에 객차를 달지 않고 터널에서 달려 나왔다. 차량 기지로 쉬러 가는 열차인지 선로 위를 전속력으로 미끄러져 갔다. 그 울림으로 뒤루아는 몽상에서 깨어났다.

그러자 늘 붙어 다니는 막연한 즐거운 희망에 다시 사로잡혀서 그는 무작정 밤의 어둠 속에 키스를 던졌다. 그가 애타게 기다리는 여인을 향한 사랑의 키스요, 갈망하는 행운에 대한 욕망의 키스였다. 그러고 나서 창문을 닫은 그는 중얼거리면서 옷을 벗기 시작했다.

"괜찮아, 내일 아침이면 기분도 좋아지겠지. 오늘 밤엔 도무지 마음이 편해지지 않는군. 게다가 술을 좀 지나치게 마셨는지도 모르겠는걸. 이런 상태로는 일이 잘될 수 없어."

그는 잠자리에 들어가서 등잔불을 불어 끄자 곧 잠이 들었다.

이튿 날 그는, 강한 희망이나 근심거리가 있는 날은 누구나 그렇듯이 일찍 눈을 떴다. 그는 침대에서 뛰어내렸다. 그러고는 그의 말에 따르면, 신선한 공기를 한껏 들이마시기 위해 창문을 열러 갔다.

아침 해가 찬란하게 비추어 산을 깎아 만든 넓은 철길 너머 정면으로 보이는 롬 거리의 집들은 마치 하얀 빛으로 칠한 것 같았다. 멀리 오른편으로 푸르스름하고 희미한 안개 속으로 아르장퇴유의 언덕이며 사느와의 고지며 오르즈몽의 풍차가 보였다. 아침 안개는 지평선에 작고 하늘거리는 투명한 베일을 던진 듯했다.

뒤루아는 잠시 동안 먼 들판을 바라보면서 중얼거렸다.

"이런 날에 저 곳은 참으로 좋겠군."

그는 이제 일을 해야겠다고 생각하고 곧바로 문지기 아들을 불러 10수를 쥐어 주며 사무소로 달려가 뒤루아는 아파서 오늘은 출근을 못한다는 말을 전해달라고 부탁했다.

그러고는 테이블 앞에 앉아서 펜을 잉크병에 담그고 손으로 이마를 짚고는 생각을 가다듬기 시작했다. 하지만 그것도 헛일이어서 아무런 생각도 떠오르지 않았다.

그래도 그는 실망하지 않았다.

"괜찮아. 나는 아직 익숙하지 않아서 그래. 이것도 다른 직업과 똑같이 배워야 돼. 맨 처음엔 도움을 받아야 하는 거야. 포레스티에를 만나러 가야겠군. 그러면 포레스티에는 재빠르게 기사를 만들어 주겠지. 아마 10분도 걸리지 않을 거야."

그는 서둘러 옷을 갈아입었다.

거리로 나온 뒤루아는 늦잠을 잘 친구를 찾아가기에는 좀 이른 시간이라고 여겼다. 그래서 외곽 큰길에 있는 가로수 아래를 천천히 거닐었다.

아직 9시도 되지 않았다. 물을 뿌려서 축축해진 상쾌한 몽소 공원으로 그는 들어갔다.

뒤루아는 벤치에 앉아서 다시금 공상에 잠겼다. 멋진 차림을 한 청년이 그의 앞을 왔다 갔다 했다. 아마도 여자를 기다리는 모양이었다.

이윽고 한 여자가 베일을 쓰고 잰 걸음으로 나타나 남자와 가볍게 악수를 나누더니 남자의 팔을 잡고 뒤루아의 눈앞에서 사라져 버렸다.

사랑을 얻고 싶다는 심한 욕구가 뒤루아의 마음을 마구 휘저었다. 그러나 어떻게하든 지체 높고 향기롭고 고상한 사랑이어야만 한다. 그는 벤치에서 일어나 포레스티에를 생각하면서 걷기 시작했다

"녀석은 정말 운이 좋은 놈이야!"

문 앞에 다다르자 포레스티에는 마침 막 나오는 참이었다.

"아니, 자네 웬일인가? 이런 시간에!"

뒤루아는 그가 나가려는 때에 만나게 돼서 당황해 하며 중얼거렸다.

"실은 그……용건이란……기사를 쓸 수가 없어서 왔네. 발테르 씨가 말한 알제리에 대한 기사 말일세. 사실 이제껏 기사라는 걸 써본 적이 없으니까 그다지 이상할 것은 없지만 말일세. 아무래도 다른 일처럼 이것도 연습해야 하는 모양이야. 난 틀림없이 익숙하게 되리라고 확신하네만, 처음엔 어떻게 써야 할지 도무지 모르겠네. 쓸 이야깃거리는 잔뜩 머릿속에 있네, 무엇이든지. 그런데 그걸 잘 표현할 수가 없단 말일세."

뒤루아는 조금 망설이면서 입을 다물었다. 포레스티에는 장난스러운 미소를 띠고 있었다.

"그건 알아."

뒤루아는 계속 말을 이어갔다.

"사실 그렇다네. 누구나 처음엔 마찬가지라고 생각하네. 그래서 난 그……자네 힘을 좀 빌릴까 하고, 실은 그래서 왔네. 자네라면 10분이면 내 기사를 쓸수 있을 테고, 어떻게 쓰면 되는지도 가르쳐 줄 수 있겠지. 그러면 문장에 대

한 기초를 배울 수 있겠고. 정말 자네가 도와주지 않으면 난 어떻게 해야 하는지 알 수가 없네."

상대는 여전히 기분 좋게 웃고 있었다. 그러다가 옛 동료의 팔을 툭툭 치며 말했다.

"올라가서 내 아내를 만나게나. 나와 똑같이 훌륭하게 처리해 줄 걸세. 그런 일쯤은 충분히 가르쳐 두었으니까. 난 오늘 아침엔 그럴 겨를이 없네. 바쁘지만 않다면 기꺼이 도와줄 테지만 말이야."

뒤루아는 갑자기 우물쭈물하며 망설였다. 포레스티에의 부인을 만나볼 용기가 도무지 없었다.

"그렇지만 이른 아침에 어떻게 부인을 만나보겠나?"

"괜찮아, 상관없네. 벌써 일어나 있네. 가보라고. 서재에서 내 대신 노트 정리를 하고 있을 걸세."

하지만 뒤루아는 얼른 올라가려 하지 않았다.

"아니……그럴 수가 있나……"

포레스티에는 그의 양어깨를 잡고 뒤로 돌려 세워서 계단 쪽으로 밀어 보냈다.

"괜찮으니까 가보래두. 수줍어할 게 뭐 있나? 내가 가라는 데야. 설마 나더러 다시 계단을 네 개씩이나 올라가게 해서 집사람을 소개하고 사정을 설명하라고는 않겠지?"

그쯤에서 뒤루아는 결심했다.

"고맙네, 그럼 가겠네. 그렇지만 자네가 억지로 가게 했다고 하겠네. 뭐래도 좋으니까 만나 보라고 했다고 말일세."

"좋아 좋아, 잡아먹지는 않을 테니 걱정하지 말게. 그러나 잊으면 안 되네, 3 시야."

"아, 염려 말게."

포레스티에는 바쁜 듯이 곧바로 가버렸다. 뒤루아는 부인에게 뭐라고 인사를 하면 좋을까 궁리하면서, 또 어떤 대우를 받을까 걱정스러워서 계단을 하나씩 하나씩 천천히 올라갔다. 하인이 문을 열러 나왔다. 푸른 앞치마를 두르고 손에는 비를 들고 있었다.

"주인어른께선 나가셨습니다."

그는 뒤루아의 말을 기다리지 않고 말했다. 그러나 뒤루아는 물러서지 않았다.

"부인께 만나 뵐 수 있나 여쭈어 주게. 그리고 방금 아래서 주인어른을 뵙고 가보라고 해서 왔노라고 덧붙여 주게."

그러고 나서 그는 기다렸다. 하인이 돌아와서 오른편 문을 열었다.

"부인께서 기다리고 계십니다."

그녀는 자그마한 방에서 사무용 책상의 팔걸이의자에 앉아 있었다. 그 방의 벽은 흑목(黑木)으로 만든 책장 위에 가지런히 놓여 있는 책들로 완전히 가려 있었다. 빨강, 노랑, 파랑, 보라, 초록 등 갖가지 색의 장정(裝幀)이 단조로운 서적 행렬에 색채와 밝음을 곁들이고 있었다.

그녀는 늘 그렇듯이 다정하게 미소 지으면서 그를 돌아보았다. 레이스가 달린 하얀 화장옷을 입고 있었다. 그리고 넓은 소맷부리로 드러난 맨팔을 보이면서 손을 내밀었다.

"어머, 무척 이른 시간에 오셨군요."

그녀는 이렇게 말하고 다시 덧붙였다.

"그렇다고 나무라는 건 아니에요. 그저 그렇게 여쭤 보는 거죠."

뒤루아는 주저하며 말했다.

"그러나 부인, 실은 이렇게 폐를 끼칠 생각은 조금도 없었습니다. 아래서 주인어른을 만났더니 기어이 올라가 보라고 하더군요. 찾아뵈러 온 용건은 좀 부끄러워서 말씀드리기가 난감합니다."

그녀는 의자를 가리켰다.

"자아, 앉아서 말씀하세요."

그녀는 깃털 펜을 손가락 사이에서 뱅글뱅글 돌리고 있었다. 그녀 앞에 펼쳐진 커다란 종이는 절반쯤 쓰다만 채 놓여 있었다. 급작스런 뒤루아의 방문으로 멈춘 것이다.

그녀가 그 사무용 책상 앞에 앉은 모습은 몸에 배어서 무척 잘 어울렸고, 객실에 있던 때와 마찬가지로 차분하고 매우 익숙한 일을 하는 듯이 보였다. 살풋한 향기가 화장옷에서 흘러나왔다. 이제 갓 화장한 향수 냄새였다. 뒤루아는 부드러운 천에 싸인 젊고 희고 통통하고 따뜻한 육체를 애써 상상하면서 그 모습을 눈앞에서 보듯 생각으로 맛보았다.

그녀는 뒤루아가 아무 말도 하지 않자 다시 물었다.

"자아, 말씀하세요. 뭐지요?"

그는 망설이다가 중얼거리듯 말했다.

"실은……저어…… 그렇지만 정말 말씀드리기 어려운 일이어서……전 발테르 씨께서 어제 말씀하신 알제리의 기사를 쓰기 위해서 어젯밤 늦게까지 써 보려고 노력해 보았고……오늘 아침에도 일찍부터 테이블에 앉았습니다만…… 도무지 잘써지지 않습니다.……쓴 건 마음에 들지 않아 모두 찢어 버렸습니다.……이런 일은 한 번도 해 본 적이 없거든요. 그래서 포레스티에 군에게 도와 달라고 왔던 겁니다.……이번만……"

그녀는 상대의 말을 가만히 듣고 있다가 갑자기 웃기 시작했다. 행복한 듯이, 즐거운 듯이, 또 기쁜 듯이.

"그래서 저희 주인께서 저를 만나라고 하신 거죠? 참 잘 생각했는데요."

"그렇습니다, 부인. 당신께서 더 잘 처리해 주실 거라고 하더군요. 그렇지만 저는 아무래도 용기가 나지 않아서 만나고 싶지 않았던 겁니다.……사실 그랬습니다."

그녀가 일어섰다.

"하지만 그렇게 해서 둘이 함께 기사를 만드는 것도 재미있겠군요. 멋진 생각인데요. 자, 제자리에 앉으세요. 신문사에서는 제 글씨체를 알거든요. 그럼 우리 둘이서 당신의 기사를 연구하도록 해요. 멋있게 성공할 만한 기사를 말이에요."

그는 자리에 앉아서 펜을 잡고 종이를 앞에 펴놓고 기다렸다. 포레스티에 부인은 선 채 그가 준비하는 것을 바라보았다. 그러다가 맨틀피스 위에 놓여 있는 담배를 집어서 불을 붙였다.

"전 담배를 피우지 않으면 일을 할 수가 없어요. 그럼 어떤 이야기를 하시겠어요?"

그는 놀라서 그녀 쪽으로 고개를 들었다.

"그렇지만 전 그걸 모르겠단 말입니다. 그래서 당신을 찾아 왔는걸요."

그녀가 말했다.

"네, 그것은 잘 처리해 드리겠어요. 그러나 소스는 제가 만들어 드리더라도 접시가 있어야잖겠어요?"

그는 당황했으나 이윽고 망설이면서 말했다.

"여행한 이야기를 처음부터 하려고 합니다만……"

그러자 그녀는 커다란 테이블 저편에 그와 마주 앉아서 상대의 눈을 가만히 바라보았다.

"그럼 먼저 저한테 그 이야기를 하세요. 천천히 하나도 빼놓지 말고요. 그러면 알맞은 걸 골라 드리겠어요."

그러나 그는 어디서부터 시작하면 좋을지 몰랐으므로 하는 수 없이 그녀가 고해실의 신부처럼 분명하게 문제의 초점을 정하고 그에게 질문하기 시작했다. 그래서 그는 잊었던 자질구레한 사건이며 만났던 사람들이며, 다만 얼핏 보고 지나쳤던 모습들을 생각해냈다.

그녀는 이렇게 15분 남짓하게 그에게 이야기를 시키더니 갑자기 힘주어 말했다.

"그럼 시작하죠. 우선 어떤 친구 분에게 인상 깊었던 이야기를 써 보내는 것으로 설정을 하도록 하죠. 그러면 얼마든지 탁 털어놓고 이야기할 수 있고 온갖 감상도 써넣을 수가 있어요. 잘하면 자연스럽고도 재미있는 작품이 될 거예요. 그럼 시작하기로 해요."

'그리운 앙리 군, 자네는 언젠가 알제리를 알고 싶다고 했지. 오늘 그 이야기를 주겠네. 나는 지금 진흙을 이겨 발라서 말린 허술한 작은 집에서 그다지 하는 일도 없으니, 날마다 그때그때 생활을 적은 일기 같은 것을 보내기로 하겠네. 때로는 약간 도가 지나치는 일도 있겠네만 하는 수 없네. 자네가 잘 아는 귀부인들에게 보일 필요는 없을 테니까 말일세.'

그녀는 꺼진 담배에 불을 붙이기 위해서 말을 끊었다. 그러자 곧 종이 위를 달리던 깃털 펜의 긁적거리는 소리도 멈추었다.

"자아, 계속 하지요." 그녀가 다시 말을 이었다.

'알제리는 사막이라든가, 사하라라든가, 중앙아프리카라든가, 그 밖에 여러 이름으로 불리는 미지의 광대한 나라들과 서로 맞닿아 있는 프랑스의 영토일세.

알제리는 바로 그 입구라네. 이 기괴한 대륙의 희고 아름다운 관문이라 할 수 있지.

하지만 먼저 거기까지 가는 일이 문제일세. 누구에게도 편안한 여행이라고는 할 수 없네. 나는 자네도 알다시피 말에 대해서는 명수일세. 아무튼 연대장의 말까지도 조련시키는 솜씨니까. 그런데 아무리 말 다루기 명수라도 바다에는 젬병인 친구가 있네. 내가 바로 그 좋은 예일세.

자네는 우리가 이페카(吐瀉藥)의사 선생이라고 부르던 저 생부르타 군의(軍醫)를 기억하겠지. 그때 우리는 너무 기진맥진해서 24시간 동안 병원에 입원해 있고 싶어 진찰을 받으러 갔지. 병실은 그야말로 천국이었으니까 말일세.

선생은 의자에 앉아 있었네. 빨간 바지를 입은 굵은 가랑이를 짝 벌리고 팔꿈치를 들어 올려 팔을 다리(橋)모양으로 버티고, 양손을 무릎 위에 올려놓곤 흰 콧수염을 씹으면서 로드*9의 말 같은 커다란 눈을 굴리고 있었지.

그 선생의 처방도 기억하겠지. 그가 말하기를 '이 병사는 위에 변화를 일으키고 있음. 나의 처방에 따라서 제3호 토사제(吐瀉劑)를 복용케 하고 12시간의 휴식을 요함. 반드시 회복할 것임'이라는 바로 그것 말이야. 그 토사제야말로 절대 군주였었네. 뭐라고 항거할 수 없는 절대 군주였지. 그래서 하는 수 없이 그 약을 삼켰네. 그렇지만 이페카 선생의 처방에 합격하면 정당한 권리로 12시간의 휴식을 누릴 수 있었지.

하지만 여보게, 아프리카로 건너가자면 40시간 동안 싫든 좋든 대서양 기선회사의 처방에 따른 토사제를 먹어야 한단 말일세.'

그녀는 자신의 착상에 완전히 흡족해서 두 손을 비볐다.

그러고 나서 다른 담배에 불을 붙이고는 벌떡 일어서서 걷기 시작했다. 그녀는 실낱같이 가느다란 담배 연기를 뿜어내면서 계속 이야기를 만들어서 뒤루아에게 들려주고는 그것을 종이에 받아쓰게 했다. 그녀가 내뿜는 담배 연기는 먼저 오므린 입술의 동그랗고 조그만 구멍에서 곧장 위로 뿜어져 나와서 차츰 넓게 퍼지고 공중에 군데군데 잿빛 줄을 남기고 스러져 갔다. 그 줄은 희미한 안개 같기도 하고 또 거미줄 같기도 했다. 그녀는 이따금 손을 흔들어 미처 사라지지 않은 가벼운 줄을 털어내거나, 또는 집게손가락으로 탁 퉁겨서 그것을 끊어 둘로 가르고 희미하게 남은 안개가 천천히 스러지는 것을 진지한 눈으로 지켜보았다.

뒤루아는 고개를 들어 그녀가 생각하는 것과는 전혀 관계없는 그런 무의미

---

*9 주사위놀이와 비슷한 놀이.

한 장난을 하는 몸짓이며 태도, 또한 몸과 얼굴의 움직임까지 자세하게 지켜보고 있었다.

그 다음 그녀는 여행 도중에 일어난 돌발사건을 상상하고, 여행의 길벗을 몇 사람 만들어 내서 그 인상을 묘사하고, 남편의 부임지를 찾아가는 보병 대위 아내와의 사랑 이야기를 그렸다.

그런 뒤 그녀는 뒤루아 옆에 앉아서 알제리의 지리에 대해서 그에게 물었다. 그녀는 지리를 전혀 알지 못했지만 10분쯤 듣고 나자 이야기를 꾸밀 수 있게 되었다. 그래서 간단한 식민지의 정치 지도에 대해서 썼다. 이것은 독자에게 대략적인 지식을 줌과 동시에 다음 기사에서 다룰 진지한 문제를 이해하는 데 있어서의 예비지식으로서도 필요한 장치였다.

그러고 나서 오랑 지방*¹⁰의 여행으로 펜을 다시 옮겼다. 이것은 공상적인 여행이어서 주로 무어라든가 유대라든가 스페인 여자에 대한 이야기를 썼다.

"독자를 끄는 데는 이 방법이 가장 좋아요." 그녀는 말했다.

기사 끝머리는, 높은 대지의 기슭에 있는 사이다에서 겪었던 체재 중에 하사관 조르주 뒤루아와 아인 엘 하자르 제지 공장의 스페인 여공과의 청순한 사랑 이야기로 끝맺었다. 풀도 나무도 없는 바위산에서의 밤의 밀회, 바위 그늘에서 승냥이며 하이에나며 아라비아 개가 짖어 대는 시간의 즐거운 만남을 그녀는 이야기했다.

부인은 즐거운 목소리로 "다음은 내일!" 소리치고는 일어서면서 말을 이었다.

"신문 기사는 이런 식으로 쓰는 거예요. 아시겠어요? 그럼 서명을 하세요."

그는 망설였다.

"자, 서명하세요."

그는 멋쩍게 웃으면서 페이지 아래 서명했다.

'조르주 뒤루아'

그녀는 여전히 담배를 피우면서 서성거렸다. 뒤루아는 뭐라고 감사의 말을 해야 할지 몰라 그녀를 지켜보고만 있었다. 그는 그녀 곁에 있는 것만으로도 더없이 기뻤고 마음은 감사로 가득 찼다. 게다가 이 새로운 우정에 관능적인

---

*10 북 알제리의 세 구획 가운데 하나.

쾌감조차 느꼈다. 그녀의 몸을 싸고 있는 모든 것이, 벽을 덮은 책에 이르기까지 모두가 그녀의 일부를 이루고 있는 듯 생각되었다. 의자도 가구도 담배 향기가 감도는 공기마저도 그녀에게서 오는 무언가 특별하고 상쾌하고 즐거운, 또한 평화로우며 아름다운 것을 지니고 있는 듯했다.

갑자기 그녀가 물었다.

"제 친구인 마렐 부인을 어떻게 생각하세요?"

그는 깜짝 놀라서 말을 더듬거렸다.

"물론……그……매우 매혹적인 분이라고 생각합니다."

"그렇죠?"

"네, 정말입니다."

그는 "그렇지만 당신만은 못합니다" 하고 덧붙이고 싶었으나 용기가 나지 않았다. 그녀가 말을 이었다.

"마렐 부인은 정말로 재미있고 개성적이고 영리한 사람이죠. 그녀는 보헤미안이지요. 정말 그래요. 그렇기 때문에 그녀의 남편이 그다지 좋아하지 않죠. 그 남편은 결점만을 밝히고 장점은 절대 알아주지 않아요."

뒤루아는 마렐 부인에게 남편이 있다는 말을 듣고 깜짝 놀랐다. 그러나 그건 물론 당연한 일이었다.

그가 물었다.

"아, 그분에게 남편이 계시군요. 그래 그분은 무얼 하십니까?"

포레스티에 부인은 이해할 수 없다는 의미의 몸짓으로 어깨와 눈썹을 동시에 살짝 올렸다.

"북부 철도의 검사관이랍니다. 그래서 매달 일주일씩 파리에서 지내죠. 부인은 그 일주일 동안을 '의무적인 봉사'라든가 '일주일간의 고역'이라든가 '성스러운 주간'이라든가 하고 부른답니다. 좀더 친해지면, 매우 섬세하고 얌전한 분임을 아시게 될 거예요. 언제 한번 찾아가 보세요."

뒤루아는 돌아갈 생각을 까마득히 잊고 있었다. 마치 언제까지라도 그곳에 있을 수 있는 자신의 집처럼 생각되었다.

그때 소리도 없이 문이 열리더니 키가 큰 신사가 안내도 받지 않은 채 안으로 들어왔다.

그는 손님이 있는 것을 보고 놀란 듯 우뚝 걸음을 멈추었다. 포레스티에 부인은 조금 난처한 표정을 지었으나 곧 장밋빛으로 살짝 물든 얼굴로 자연스럽게 말했다.

"들어오세요. 소개드리겠어요. 저희 집 양반의 절친한 군대 친구세요. 조르주 뒤루아 씨, 장래의 신문 기자시죠."

그러고 나서 음성을 바꾸어 말했다.

"이분은 저희들과 가장 다정하게 지내는 친구분, 보드렉 백작."

두 사나이는 서로 얼굴을 마주 보면서 반갑게 악수를 나누었다. 그리고 뒤루아는 그대로 작별인사를 했다.

포레스티에 부인이 붙들지도 않자 뒤루아는 두서너 마디 고맙다는 말을 중얼거리며 여자와 악수를 하고 다시 한 번 새로운 손님에게 고개를 숙였다. 그 사나이는 사교계 인간들 특유의 차갑고 교만한 표정을 짓고 있었다. 뒤루아는 무언가 실수라도 저지른 것처럼 당황해 하면서 바쁘게 방을 나왔다.

거리로 나오자 뒤루아는 어쩐지 서글프고 불쾌했고 이유를 알 수 없는 불안감에 암담한 심정에 잠겼다. 그는 어째서 이렇게 갑자기 우울해졌나 생각하면서 발길 닿는 대로 걸어갔다. 그런데 그의 머릿속에는 엉뚱하게도 이미 중년을 넘어선 머리가 반백인 자신만만한 대부호 특유의 침착하며 거만한 보드렉 백작의 오만한 얼굴이 자꾸만 되살아났다.

그리하여 그는 이 미지의 남자의 방문이, 어느새 그의 마음에 길들기 시작한 그녀와의 즐거운 만남을 방해하고, 마치 우연히 듣게 되는 슬픈 말이거나 아니면 어쩌다 슬쩍 엿본 비참함이거나 하잘것없는 일들이 우리 마음에 던지는 그 서글픈 절망감을 그의 가슴에 불어넣어 준 것을 깨달았다.

그런데 또 왠지 모르게 자기가 그 방에 있었다는 사실이 그 남자에게도 불쾌했을 거라고 생각되기도 했다.

3시까지는 아무것도 할 일이 없었다. 시간은 아직 12시도 되지 않았다. 그는 호주머니에 남아 있는 6프랑 50상팀을 움켜쥐고 뒤발이라는 싸구려 음식점으로 가서 점심을 먹었다. 그러고 나서 그는 큰 거리를 서성거리다가 3시가 울리자 〈라 비 프랑세즈〉의 광고 겸용의 계단을 올라갔다.

접수구의 직원들이 팔짱을 끼고 긴 의자에 앉아 있고, 대학교수의 교단을 조그맣게 만든 것 같은 단 앞에서 수위가 이제 막 배달된 우편물을 정리하고 있었다. 찾아오는 사람들을 위압하기에는 나무랄 데 없는 무대 장치였다.

모두가 큰 신문사의 현관에 어울리게 태도나 말씨가 훌륭하고 위엄이 있고 세련되었다.

뒤루아가 물었다.

"발테르 씨를 뵈러 왔는데요."

수위가 대답했다.

"사장님께선 지금 회의 중이니까 여기 앉아 잠깐 기다려 주십시오."

이미 많은 사람들이 기다리고 있는 대기실을 가리켰다.

거기에는 훈장을 달고 거드름을 피우는 당당한 신사도 있었고, 셔츠를 보이지 않기 위해 프록코트의 깃에까지 단추를 끼우고 그 앞가슴에 지도의 대륙이나 바다 모양을 연상케 하는 얼룩을 그린 옷차림이 그리 좋지 않은 사람도 있었다. 그런 남자들 틈에 여자가 셋 섞여 있었다. 한 여자는 아름답고 웃는 얼굴에 옷차림도 멋졌는데 아마도 직업여성인 듯했다. 그 옆의 여자는 우울한 낯으로 주름이 잡히고 낡고 수수한 옷을 입고 있었다. 오래된 늙은 여배우에게서 볼 수 있는 어딘지 지친 것 같고 부자연스러운 데가 있고, 쉬어 버린 애욕의 냄새처럼 이미 사라져 버린 젊음을 위장하려는 듯한 모습이었다.

셋째 번 여자는 상복을 입고, 한쪽 구석에서 슬픔에 잠긴 미망인 모습으로 앉아 있었다. 동정을 구하러 온 거겠지, 하고 뒤루아는 생각했다.

아무도 불려 들어간 사람 없이 20분 남짓 지나갔다.

그래서 뒤루아는 문득 생각나서 수위에게로 가 물었다.

"발테르 씨가 3시에 오라고 하셨는데, 아무튼 친구 포레스티에 군이 있는지 좀 알아봐 주시오."

그러자 뒤루아는 긴 복도를 지나 넓은 방으로 안내되었다. 방안에는 신사 넷이 녹색의 커다란 테이블에서 글을 쓰거나 무언가를 하고 있었다.

포레스티에는 난로 앞에 서서 담배를 피우면서 빌보케*11를 하고 있었다. 그는 그 놀이에 매우 익숙해서 할 때마다 커다란 회양목으로 만든 공을 가느다란 막대기 끝으로 꿰어냈다. 그리고 수를 셌다.

"22, 23, 24, 25."

뒤루아는 "26" 하고 크게 소리쳤다. 포레스티에는 규칙적인 팔의 동작을 멈

---

*11 일종의 공놀이.

추지 않고 눈을 들었다.

"여어, 왔군그래─어제는 계속해서 57까지 했다네. 이것으로 나보다 센 것은 생 보탱뿐이야. 사장 만나 봤나? 정말 저 늙어 빠진 노르베르 영감이 빌보케를 하는 걸 보고 있으면 정말 우습다네. 마치 공을 집어 삼킬 듯이 입을 벌린단 말일세."

편집인 한 사람이 그가 서 있는 쪽을 돌아보았다.

"여보게 포레스티에, 매우 훌륭한 빌보케를 팔 게 있다는데 어때? 서인도제도(諸島)에서 나는 나무로 만든 것인데, 사람들 말로는 스페인 여왕이 가졌던 물건이라더군. 60프랑인데 그렇게 비싼 것은 아냐."

포레스티에가 물었다.

"대체 그게 어디 있다는 거야?"

그리고 37회째를 실패했기 때문에 벽장문을 열었다. 뒤루아가 들여다보니 20개쯤의 멋진 빌보케 공이 애써 수집한 골동품처럼 하나하나 번호가 붙여져서 가지런하게 놓여 있었다.

그는 도구를 자리에 놓고, 되풀이했다.

"어디에 있다는 거야, 그 보물이?"

그 신문 기자는 대답했다.

"보드빌 관(館)의 표 파는 사람이 가지고 있네. 필요하다면 지금이라도 갖다주지."

"좋아, 그럼 부탁하네. 정말 좋은 물건이라면 사겠네. 빌보케는 아무리 많아도 좋으니까."

그러고 나서 뒤루아 쪽을 보고 말했다.

"따라오게나. 사장이 있는 곳으로 데려다 줄 테니, 그렇지 않으면 밤 7시까지 목이 빠지게 기다려야 한다네."

그들은 대기실을 가로질러 갔다. 그곳에는 아까 그 사람들이 같은 자리에 그때까지 앉아 기다리고 있었다. 포레스티에의 모습을 보자 젊은 여자와 나이든 여배우가 벌떡 일어나서 그에게로 왔다.

그는 그 여자들을 하나씩 불러 창가로 데리고 갔다. 그리고 딴 사람에게는 들리지 않도록 낮은 소리로 소곤거렸다. 그러나 뒤루아는 그가 두 여자에게 매우 친숙한 말투로 이야기하는 것을 들었다.

그러고 나서 방음문을 밀고 두 사람은 사장의 방으로 들어갔다.

한 시간 전부터 계속되고 있는 회의란, 뒤루아가 어제 만났던 실크모자를 쓴 몇몇 신사들과 카드로 승부를 겨루는 일이었다.

발테르 씨는 카드를 쥐고 주의를 집중하며 매우 조심스럽게 승부를 겨루고 있었다. 그러나 상대는 채색된 가벼운 카드를 너무나도 익숙한 도박꾼다운 솜씨로 볼품 있고 노련한 손놀림으로 멋지게 때리고, 줍고, 만지작거렸다. 노르베르 드 바렌은 사장 의자에 앉아서 기사를 쓰고 있었고, 자크 리발은 긴 의자에 벌렁 누워서 눈을 감은 채 뻐끔뻐끔 입을 벌려 가며 잎담배를 피우고 있었다.

실내에는 달아오른 방의 훈김과 가구의 가죽 냄새, 오래 묵은 담배 냄새, 인쇄물의 잉크 냄새가 뒤섞여 가득 차 있었다. 신문 기자라면 누구나 익숙한 편집실 특유의 냄새였다. 동(銅)장식을 한 통나무 테이블 위에는 엄청난 종이 뭉치가 수북이 쌓여 있었다. 편지, 카드, 신문, 잡지, 계산서, 온갖 인쇄물 등이다.

포레스티에는 카드놀이를 하는 사람들 뒤에 서서 그들과 악수를 나눈 뒤 말없이 승부를 지켜보고 있었다. 그러다가 이윽고 발테르 씨가 이기자, 얼른 기회를 잡아 뒤루아를 소개했다.

"친구 뒤루아를 데리고 왔습니다."

발테르 씨는 갑자기 안경 너머로 흘끗 청년을 쳐다보고는 대뜸 물었다.

"기사를 가지고 왔소? 오늘 모렐의 토론과 동시에 실리면 참 좋을 텐데."

뒤루아는 넷으로 접은 원고를 냉큼 호주머니에서 꺼냈다.

"여기 있습니다."

사장은 더할 수 없이 만족한 것 같았다. 그는 빙그레 웃으면서 말했다.

"좋소, 대단히 좋소. 자네는 약속을 지키는 사람이군. 포레스티에 군, 그걸 자네가 한번 훑어보아야겠지?"

"사장님, 그럴 필요 없습니다. 실은 일을 좀 가르치기 위해서 제가 함께 썼으니까요. 매우 좋습니다."

마침 그때 중앙당 좌파의 대의원인 여위고 키 큰 신사에게서 카드를 받은 사장은 벌써 무관심하게 한마디 덧붙였다.

"그렇다면 잘됐네."

포레스티에는 승부가 시작되기 전에 재빨리 그의 귀에 입을 가까이 대고 물었다.

"마랑보의 후임으로 뒤루아를 채용하겠다고 전에 말씀드렸는데, 같은 조건으로 채용해도 좋겠습니까?"

"응, 좋네."

신문 기자는 발테르 씨가 다시금 승부를 시작하자 친구의 팔을 잡고 밖으로 나왔다.

노르베르 드 바렌은 고개를 들지도 않았다. 그는, 뒤루아가 눈에 띄지도 않아 누구인지 모르고 또 본 기억도 없다는 듯한 태도였다. 그러나 자크 리발은 어쩌면 앞으로 힘이 될 수 있는 친구라는 것을 나타내려는 듯 힘주어 뒤루아의 손을 잡았다.

대기실을 지나칠 때 모두 한꺼번에 그들을 쳐다보자 포레스티에는 기다리고 있는 다른 사람에게도 들릴 만큼 큰 목소리로 가장 젊은 여자에게 말했다.

"사장님께서 곧 만나 주실 겁니다. 지금 예산 위원회의 두 분과 회의 중입니다."

그리고 몹시 바쁜 듯 재빠르게 지나갔다. 그 모습은 마치 매우 급하고 중대한 전보문이라도 치러 가는 사람 같았다.

편집실로 돌아오자 포레스티에는 곧 빌보케 공을 가지고 와서 다시 그것을 시작했다. 그리고 숫자를 세느라고 말을 띄엄띄엄하면서 뒤루아에게 말했다.

"자, 이것으로 정해졌네. 이제부터는 매일 3시에 이리로 오게나. 그러면 그날이나 그날 밤, 아니면 다음 날 아침에 할 일들과 찾아갈 곳을 일러 줄 테니까. 하나,—먼저 경시청의 제일 과장에게 소개장을 써주겠네. 둘,—그러면 그의 부하 직원 한 사람과 관계를 맺게 해줄 테니 그 남자와 잘 지내면서 중요한 뉴스를 무엇이든지 얻어오도록 하게. 셋,—경시청 관계의 공보(公報)라든가 그에 준한 모든 것들을 말일세. 물론 자세한 것은 생 보탱에게 물어 보게. 무엇이든지 알고 있을 테니. 넷,—생 보탱 하고 오늘 내일 안에 만나게 될 걸세. 특히 자네가 만나러 간 사람들한테서 교묘하게 내용이나 속셈을 끌어낼 요령을 익혀야 하네. 다섯,—그리고 문이 닫혀 있더라도 상관 말고 어디라도 들어가는 요령도 말일세. 여섯,—그 대신 매달 200프랑의 고정 급료와 자네가 취재해 온 재미있는 가십거리는 한 줄에 2수씩일세. 일곱,—그 밖에 여러 문제에 대해서 의뢰받은 기사 또한 한 줄에 2수씩 받게 되어 있네. 여덟,"

그러고 나서 그는 오로지 놀이에만 열중하면서 천천히 숫자를 세었다―아홉,―열, 열하나,―열둘,―열셋,―그는 열셋에서 실패했다. 그래서 고함을 쳤다. "제기랄, 열셋이란 놈! 언제나 이놈이 실수를 하게 한단 말이야. 나는 아마 13일에 죽을 게 틀림없어!"

일을 끝낸 편집자 한 사람이 벌떡 일어나 자기도 벽장에서 빌보케 공을 꺼냈다. 그는 서른다섯 살은 족히 됨직한데도 마치 어린아이처럼 키가 작은 남자였다. 그때 마침 다른 기자들이 네댓 들어와서 각각 자기의 빌보케 공을 가지러 갔다. 이윽고 여섯 사람이 저마다 벽에 등을 기대고 한 줄로 늘어서서 나무의 종류에 따라서 빨강이며 노랑, 까만 공들을 똑같이 규칙적인 동작으로 공중에 던지기 시작했다. 그것으로 어느새 경쟁이 되었으므로 그때까지 일을 하던 두 편집자가 일어서서 심판을 보았다.

포레스티에가 11점 이겼다. 그러자 앳돼 보이는 남자가 급사를 불러서 "맥주 아홉 잔" 하고 명령했다. 그리고 마실 것이 올 때까지 또다시 빌보케를 시작했다.

뒤루아는 새로운 동료들과 함께 맥주를 한 잔 마신 뒤 친구에게 물었다.

"뭐, 내가 할 일은 없나?"

친구는 대답했다.

"오늘은 그다지 부탁할 게 없네. 가고 싶으면 가도 좋아."

"그런데 우리……우리 기사는 오늘 저녁 신문에 실리는 건가?"

"응, 그렇지만 걱정할 거 없어. 내가 교정 볼 테니까. 내일치를 이어서 써가지고 오늘처럼 3시에 여기로 오게."

그래서 뒤루아는 이름도 알지 못하는 사람들과 반갑게 악수를 나누고는, 즐거운 마음과 솟구치는 용기로 한껏 기뻐하며 누군가 깨끗하게 닦아 놓은 계단을 성큼성큼 밟으며 내려갔다.

4

조르주 뒤루아는 그날 밤 좀처럼 잠을 이루지 못했다. 자신의 글이 활자가 되어 나오는 것을 보고 싶어서 한없이 들떠 있었다. 그는 날이 밝자 곧바로 일어나서 신문 배달이 시작되기 훨씬 전부터 거리에서 서성거렸다.

그는 〈라 비 프랑세즈〉가 자신이 사는 지역보다 먼저 배달되는 곳이 어디인지 잘 알고 있었으므로 생 라자르 정거장으로 달려 가보았다. 하지만 너무 일렀다. 그는 또다시 거리를 방황했다.

이윽고 신문 판매원이 가게의 유리문을 열자 뒤이어 반듯하게 접은 커다란 신문 뭉치를 머리에 얹고 다가오는 것을 보고 그는 달려갔다. 그러나 안타깝게도 배달된 것은 〈르 피가로〉〈르 질 블라스〉〈르 골루아〉〈레벤망〉 그 밖에 두서너 가지의 조간이었고 〈라 비 프랑세즈〉는 없었다.

그는 갑자기 걱정이 되었다.

〈아프리카 병사의 수기〉는 내일로 미뤄진 것일까, 아니면 마지막에 가서 발테르 영감의 마음에 안 든 것일까?

뒤루아가 매장 쪽으로 되돌아와 보니, 어느 틈에 가져다 놓았는지 〈라 비 프랑세즈〉를 팔고 있었다. 그는 냉큼 뛰어들어가서 3수를 던지고 신문을 펴서 첫쪽의 표제를 훑어보았다. 기사는 없었다! 심장이 마구 두근거렸다.

페이지를 들춰 보았다. 그러자 어떤 난(欄) 끝에 〈조르주 뒤루아〉라고 커다란 글씨로 인쇄되어 있는 것을 보고 흥분하여 두근거리는 가슴으로 신문을 읽었다.

"나왔구나! 잘됐어!"

그는 모자를 비스듬히 쓰고 신문을 손에 든 채 정신없이 걷기 시작했다. 지나가는 누구라도 붙잡고 "이 신문을 사라! 이 신문을 사라! 내 기사가 실려 있다"고 말해 주고 싶었다. 큰길에서 석간신문을 파는 판매원이 곧잘 하듯이 〈라 비 프랑세즈〉를 읽으십시오. 조르주 뒤루아 씨의 〈아프리카 병사의 수기〉이 실려 있습니다" 고함치고 싶었다. 그러자 갑자기 카페나 어디 눈에 띄기 쉬운 혼잡한 장소에서 신문을 크게 펼쳐 들고 자신이 쓴 그 기사를 읽어 보고 싶어졌다. 그래서 너무 이른 아침임을 알면서도 손님이 꽉 들어찬 가게를 찾아 나섰다. 그러기 위해서는 오래 걸어야만 했다. 마침내 벌써부터 대여섯 명의 손님이 들어앉은 간이 술집 같은 곳에 자리를 잡았다. 그리고 시간도 신경쓰지 않고 "압생트 한 잔" 말해야 할 것을 "럼 한 잔" 하고 주문했다. 그러고 나서 "웨이터, 〈라 비 프랑세즈〉를 가져다주게" 외쳤다.

흰 에이프런을 두른 사나이가 뛰어와서 말했다.

"대단히 죄송합니다만 저희들은 〈르 라펠〉과 〈르 시에클〉과 〈라 랑테른〉과,

〈르 프티 파리지앵〉밖에 보지 않습니다."

뒤루아는 화가 나서 참을 수가 없다는 듯한 말투로 힘주어 말했다.

"할 수 없군. 그럼, 사다 주게."

웨이터가 달려 나가서 사가지고 왔다. 뒤루아는 자신의 기사를 읽기 시작했다. 그는 주위 사람들의 주의를 끌게 해서 무슨 기사가 나와 있는가를 알도록 하기 위해서 몇 번이나 거듭 "좋은데, 읽을 만해!" 큰 소리로 말했다. 그는 그곳을 나올 때 일부러 신문을 테이블 위에 펼쳐 놓고 나왔다. 가게 주인이 그것을 보고 그를 불러 세웠다.

"여보세요, 여보세요, 신문을 잊으셨습니다."

뒤루아는 이렇게 대답했다.

"놓고 가겠소. 난 다 읽었으니까. 게다가 오늘은 참 흥미 있는 기사가 실려서 다른 사람도 읽어두면 좋겠군."

그는 그 흥미 있는 기사가 무엇인지 지적하지 않았다. 하지만 나가면서 슬쩍 곁눈질을 해보니 옆 사람이 그가 남겨 둔 테이블 위의 신문을 냉큼 집어드는 모습이 보였다.

그는 밖으로 나와 이제부터 무엇을 해야 하는지 생각했다. 그래서 철도 사무소에 가서 남은 월급을 받고, 사표를 내야겠다고 마음먹었다. 과장이며 동료들이 어떤 표정을 지을까? 생각하자 보기도 전에 유쾌해서 몸이 으쓱으쓱할 정도였다. 특히 과장이란 녀석이 놀랄 꼴을 생각하니 더욱 기뻤다.

회계과는 10시가 돼야 문을 열기 때문에 그는 9시 반 전에 도착하지 않도록 천천히 걸어갔다.

그의 사무실은 음산하고 휑하니 넓은 방이어서 겨울에는 거의 종일 가스등을 켜놓아야만 했다. 좁다란 가운데 뜰을 향해서 다른 여러 사무소와 마주보고 있었다. 그곳에서 일하는 사무원이 8명 있고, 그 밖에 칸막이 한편 구석에 계장이 있었다. 뒤루아는 먼저 118프랑 25상팀의 월급을 받으러 갔다. 월급은 노란 봉투에 넣어져 회계사원의 서랍 속에 들어 있었다. 그러고 나서 오랫동안 일했던 그 넓은 사무실로 의기양양하게 들어갔다.

그가 들어가자마자 계장인 포텔 씨가 고함쳤다.

"이봐, 자네 뒤루아 군, 과장이 벌써 몇 번이나 불렀다네. 의사의 진단서 없이 이틀 동안 계속 병결근해선 안 되는 걸세."

뒤루아는 더욱 효과적인 결과를 위해서 방 한가운데에 버티고 서서 커다란 소리로 말했다.

"제기랄! 그런 건 아무래도 좋소! 젠장."

사무원들은 깜짝 놀라서 웅성거리기 시작했다. 포텔 씨는 어이가 없어서 상자처럼 주위를 둘러친 칸막이에서 목을 내밀었다. 그는 류머티즘을 앓고 있었기 때문에 바람이 닿는 것을 피해서 거기에 틀어박혀 있었다. 또한 그는 부하 직원들을 감시하기 위해서 칸막이 종이에 아무도 몰래 구멍을 두 개 뚫어 놓았다.

사무실 안은 날아다니는 파리의 날갯짓 소리가 들릴 만큼 조용해졌다. 계장은 간신히 주저하면서 물었다.

"자네 지금 뭐라고 했나?"

"그런 것 아무래도 좋다고 했소. 난 오늘 사표를 내러 왔단 말이오. 〈라 비 프랑세즈〉에 편집 기자로 들어갔소. 월급이 500프랑에, 게다가 원고료까지 나오지요. 오늘 아침 신문에 벌써 내가 쓴 글이 나왔소."

그는 이러한 승리의 기쁨을 되도록 길게 끌려고 생각했었으나, 한꺼번에 모조리 쏟아놓고 싶은 충동을 억누를 수가 없었다.

어쨌든 효과는 백 퍼센트였다. 누구 한 사람도 꼼짝하지 않았다.

그러자 뒤루아는 또 큰 소리로 말했다.

"먼저 페르튜이 씨를 만나고 나서, 여러분들하고 작별 인사를 하세."

그리고 과장을 만나러 나갔다. 과장은 그를 보자 곧 소리를 질렀다.

"아, 자네인가! 자네는 알고 있을 테지. 내가 게으른 것을 싫어한다는 것쯤은……"

뒤루아는 그 말을 가로막으며 말했다.

"뭐 그렇게 역정 내실 건 없습니다."

닭볏처럼 새빨간 뚱뚱한 사나이인 페르튜이 씨는 어이가 없는 듯한 표정으로 말없이 있었다.

뒤루아는 말을 이었다.

"난 이제 여기가 싫증나서 오늘부터 신문사에 나가기로 했소. 더욱이 자리도 썩 좋은 자리죠. 그럼 안녕히 계십시오."

그는 그대로 나와 버렸다. 그것으로 후련하게 분풀이를 한 셈이다.

그리고 조금 전에 이야기했던 대로 옛 동료들에게 악수를 하러 갔으나 제대로 말을 건네는 사람이 없었다. 문이 열려 있어서 뒤루아와 과장 사이에 오고가는 말이 밖으로 들렸기 때문이었다. 동료들은 그와 아는 체를 했다가 과장에게 미움을 받게 될까봐 두려웠던 것이다.

뒤루아는 급료를 호주머니에 집어넣고 거리로 나오자 그 전부터 비교적 싸게 먹을 수 있는 것을 알고 있었던 어느 멋진 음식점에서 맛있는 점심을 마음껏 먹었다. 또 거기서도 〈라 비 프랑세즈〉를 사서 식사를 했던 테이블에 남겨놓고 나왔다. 그러고는 여기저기 가게에 들어가서 자질구레한 물건들을 잔뜩 샀다. 그러나 그건 오직 자기 집으로 배달하게 하기 위해서, 〈조르주 뒤루아〉의 이름을 대는 것이 목적이었다. 게다가 "〈라 비 프랑세즈〉의 기자일세" 이렇게 일부러 덧붙였다.

그리고 주소를 알려주면서, "문지기한테 맡겨 두게" 하고 다짐을 했다.

아직 시간이 넉넉히 있었으므로 통행인이 보는 앞에서 재빨리 명함을 박아주는 석판 인쇄소에 들러서 이름 아래 새로운 신분을 박아 넣은 것 백 장을 그 자리에서 찍도록 했다.

그런 다음 신문사로 향했다.

포레스티에는 자기 부하 직원을 대하듯 거만하게 그를 맞았다.

"아 왔군, 마침 잘됐네. 자네에게 부탁할 일이 잔뜩 있네. 10분만 기다리게나. 먼저 할 일을 해치울 테니까."

그러고는 쓰다 만 편지를 계속해서 쓰기 시작했다.

커다란 테이블 너머에서 몹시 작은 사나이가 심한 근시안인지 코를 종이에 바싹 대고 무언가 열심히 쓰고 있었다. 낯빛이 창백하고, 통통하게 살이 쪘으며 얼굴에는 개기름이 번지르르하고 벗어진 머리는 하얗게 빛났다.

포레스티에가 그에게 물었다.

"여보게, 생 보탱, 자네 몇 시에 인터뷰하러 가나?"

"4시."

"그럼, 여기 뒤루아라는 새로 들어온 친구를 데리고 함께 가게나. 그리고 일하는 요령을 가르쳐 주게."

"알겠네."

그리고 나서 친구 쪽을 보며 덧붙였다.

"알제리의 그 다음 회를 가져왔나? 오늘 아침의 1회분은 매우 평이 좋던걸."

뒤루아는 당황해서 중얼거렸다.

"아니……오후에 글을 쓸 틈이 있으리라 생각했네……일들이 좀 있어서……아직 못 썼네."

상대는 조금 언짢은 듯이 어깨를 추켜올렸다.

"좀더 분명히 해야지. 어물거리다간 장래를 망쳐 버리네. 발테르 영감은 자네의 원고를 기대하고 있네. 내일로 미루었다고 말해 두겠네. 우물쭈물하면서 돈을 받을 수 있다고 생각한다면 그건 큰 잘못일세."

그러고 나서 잠깐 입을 다물었다가 물었다.

"무슨 일이든 기회라는 게 있으니까. 알겠나?"

생 보탱이 일어섰다.

"지금 나가겠네."

그러자 포레스티에는 의자에 벌렁 몸을 뒤로 젖히고 앉아서 제법 의젓한 태도로 지시를 했다. 그리고 뒤루아를 돌아보고 말을 계속했다.

"실은 이틀 전부터 중국의 리 텡 화오 장군하고 인도의 왕족 타포사입 라마데라로 팔리가 파리에 와서 콩티낭탈 호텔과 브리스톨 호텔에 머물고 있네. 그 두 사람한테 가서 그들의 대담을 듣고 취재해 오는 걸세."

그러고 나서 생 보탱에게 말했다.

"아까 말한 요점을 잊지 않도록. 특히 영국의 극동에서의 간책(奸策)과 그들의 식민 정책, 그리고 지배 방법에 대한 의견, 극동 문제에 대한 유럽, 특히 프랑스의 간섭에 관한 그들의 희망을 장군과 왕족에게 자세히 물어 보고 오게나."

그는 잠시 입을 다물고 있다가, 무대 위에서의 대사를 외우듯이 줄줄이 말을 이어갔다.

"독자에게 흥미진진한 것이 될 걸세. 현재 여론을 뒤끓게 하고 있는 문제에 대해서 중국과 인도의 의견을 동시에 들을 수 있다는 건 말일세."

그는 뒤루아에게 말을 더 보탰다.

"생 보탱이 어떻게 하는지, 잘 보게. 이 사람은 기막힌 탐방 기자니까 말일세. 그리고 상대가 단 5분 동안에 무엇이든지 다 털어 놓게 만드는 요령을 잘 배우도록 하게."

그러고 나서 그는 의젓한 태도로 다시 글을 쓰기 시작했다. 그 태도에는 옛 친구와의 사이에 거리를 두고, 새로운 부하로서의 지위를 알게 하려는 의도가 확실히 엿보였다.

밖으로 나오자, 생 보탱은 웃으면서 뒤루아에게 말했다.

"참으로 잘난 체하네! 인터뷰하러 가는 우리들한테까지 저런 태도를 취하니 말이야. 정말 우리를 독자나 무언가로 잘못 아는 모양이야."

그리고 큰길로 내려가자 생 보탱이 물었다.

"뭣 좀 마실까?"

"좋지, 몹시 덥긴 하네."

둘은 어느 카페에 들어가서 시원한 음료를 마셨다. 그때부터 생 보탱은 계속 지껄이기 시작했다. 신문사에 있는 사람들이며 신문에 대해, 그가 아는 것들을 놀랄 만큼 자세하게 끝도 없이 털어 놓았다.

"사장? 그 인간은 정말 유대인이야. 이보라구, 유대인이란 아무리 많은 세월이 지나도 언제까지 변하지 않아. 대체 무슨 종족인지!"

생 보탱은 이스라엘의 자손들이 지닌 특유한 그 인색하기 이를 데 없는 여러 가지를 늘어놓았다. 10상팀일망정 내기를 아까워 하고 하녀들처럼 물건 값을 깎고 염치도 체면도 없이 흥정을 하는 등, 마치 고리 대금 업자나 전당포 업자처럼 비열하다고 말했다. 그는 또 덧붙였다.

"게다가 전혀 신앙이라는 것이 없고 태연히 남을 속일 수 있는 녀석이거든. 놈의 신문은 여당도, 가톨릭 당도, 자유당도, 또한 공화당도 되는, 마치 한약의 감초나 싸구려 물건을 파는 잡화상 같은 거지만, 사실은 녀석이 하는 주식 투기나 잡화상처럼 벌려 놓은 기업의 버팀목으로 쓰기 위해 시작한 걸세. 그런 점에서는 사장은 만만치 않아서 자본이 4수도 되지 않는 회사에서 몇 백만을 벌어낸다네."

그는 다정하게 뒤루아를 자네, 하고 부르면서 이야기를 이었다.

"정말 저 욕심쟁이 영감의 문구에는 발자크도 두 손 바짝 들 걸세. 요전에도 나는 저 노르베르 늙은이하고 돈키호테인 리발과 함께 그 방에 있었다네. 그러자 거기에 지배인인 몽트롤랭이 찾아왔어. 파리에서 모르는 사람이 없는 저 유명한 모로코가죽의 가방을 끼고 말일세. 발테르가 얼굴을 번쩍 들고 묻더군. "뭔가?" 그러자 몽트롤랭이 아무런 생각 없이 말했지. "지물상에 빚진 1

만 6000프랑을 지불했습니다." 그러자 사장은 펄쩍 뛰었네. 모두 깜짝 놀랄 정도였어.

"뭐라고?"

"프리바 씨에게 돈을 지불했습니다."

"아니 자네 미쳤나?"

"왜 그러십니까?"

"왜라니? 어째서라니? 어째서라고?"

사장은 안경을 벗어서 여러 번 닦더군. 그리고 빙그레 웃는 거야. 남을 골릴 때나 심한 말을 할 때면 언제나 살찐 볼따귀를 일그러뜨리고 야릇한 웃음을 웃는다네. 그리고 비웃는 것처럼, 더욱 확신에 찬 말투로 이러더란 말일세— "왜라니? 4, 5000프랑은 깎을 수 있었으니까 말일세." 그러자 몽트롤랭이 깜짝 놀라 대답하더군. "그렇지만 청구서는 규정대로였고 제가 검사를 하고 사장님의 결재도 받은 건데요……" 그러자 사장은 정색을 하면서 이러더란 말일세. "자네만큼 순진한 사람도 없군. 부채를 깎으려면 잔뜩 빚을 쌓아 올리는 수밖엔 없는 걸세."

생 보탱은 모든 것을 다 안다는 표정으로 고개를 끄덕였다. "어때? 발자크 작품 뺨치지 않겠어? 사장은 말이야."

뒤루아는 발자크 소설은 읽지 않았지만 자신 있게 대답했다.

"정말 그렇군."

그러고 나서 탐방 기자는 발테르 부인을 몹시 얼빠진 여자라고 말하고 노르베르 드 바렌은 실패한 늙은이이며, 리발은 페르바크*12의 재판이라고 헐뜯었다. 이러저러한 이야기 뒤에 포레스티에에 대한 이야기가 나왔다.

"녀석은 아내를 잘 만났어. 그저 그뿐이야."

뒤루아는 물었다.

"그 부인은 대체 어떤 여잔가?"

생 보탱은 기쁜 듯이 손을 비볐다.

"아 참! 세상일 다 겪은 약삭빠른 여자지. 늙은 난봉꾼 보드렉 백작의 정부인데 그 늙은이가 지참금까지 붙여서 결혼시켰다네……"

---

*12 17세기 프랑스의 장군.

뒤루아는 그 말을 듣자 갑자기 으스스해지고 신경이 바짝 오그라지는 것처럼 느껴져서 곧바로 그에게 달려가 욕을 해주고 때려 주고 싶은 충동을 느꼈다. 그러나 오직 그의 말만 가로막고 이렇게 물을 따름이었다.

"생 보탱이란 진짜 자네 이름인가?"

상대는 망설임 없이 대뜸 말했다.

"아닐세. 본명은 토마라고 하는데 신문사에서 생 보탱이라는 별명을 붙여준 걸세"*13 뒤루아는 계산을 치르고서 말했다.

"늦어진 것 같군. 명사를 두 분 방문하려면."

생 보탱은 웃었다.

"아직 순진하군, 자네. 그래 자네는 내가 저 중국인이나 인도인에게 영국에 대한 감상을 물으러 갈 거라고 생각하나? 그 〈라 비 프랑세즈〉의 독자를 위해서 어떤 것을 생각하는지 마치 그들이 나보다도 더 잘 알고 있는 것 같군그래? 이래봬도 나는 저런 중국인이나 페르시아인이나 인도인이나 칠레인이나 일본인이나, 그 밖의 사람들과 이미 500번 넘도록 인터뷰했네. 내가 보기에 그들의 대답은 모두 비슷비슷해. 그러니까 최근에 만난 사람의 기사를 가지고 그냥 옮겨 놓으면 되는 걸세. 그저 바꿀 것은 그들의 얼굴 생김새와 이름, 칭호(稱號)와 나이, 수행원뿐이네. 이것만은 적당히 할 수가 없지. 〈르 피가로〉나 〈르 골루아〉한테 단단히 얻어맞을 테니까. 그렇지만 그런 것은 브리스톨이나 콩티낭탈 호텔의 웨이터들에게 물으면 단 5분만으로 모든 걸 다 알 수 있는 걸세. 담배라도 피우면서 거기까지 걸어가세. 발품을 판 값으로 합계 100수의 교통비를 청구할 수 있네. 이것이 경험자의 방식이라는 걸세."

뒤루아가 물었다.

"그런 식으로 해도 좋다면 탐방 기자란 꽤 생기는 게 있겠군."

신문 기자는 내막이 있다는 듯이 대답했다.

"그렇지. 하지만 사회면 가십 기사에는 못 당해. 광고에서 슬그머니 뜯어낼 수 있으니까."

그들은 카페에서 나와 큰 길을 따라 마들렌 교회 쪽으로 걸어갔다. 그런데 조금 걷다가 갑자기 생 보탱이 뒤루아에게 말했다.

---

*13 생 보탱은 聖著 가십이란 뜻이 된다.

"그런데 여보게, 볼일이 있으면 돌아가도 좋네."

뒤루아는 잘됐다고 생각하며 얼른 악수를 나누고 헤어졌다.

뒤루아는 그날 밤으로 써야 할 기사가 마음에 걸려서 곧 그것을 궁리하기 시작했다. 그래서 걸으면서 여러 가지 사상이라든가 고안이라든가 판단이나 삽화를 머릿속으로 구상하면서 샹젤리제까지 올라갔다. 파리는 이렇게 무더운 날엔 텅 비게 마련이어서 산책하는 사람 모습도 그다지 눈에 띄지 않았다.

에투알 광장의 개선문 가까이에 있는 술집에서 저녁을 먹은 뒤루아는 외곽의 큰길을 천천히 걸어서 집으로 돌아갔다. 그리고 일을 하기 위해 책상 앞에 앉았다.

그러나 희고 커다란 종이를 눈앞에 놓자마자 머릿속에 쌓아 두었던 그 많던 글감들이 모두 송두리째 어디론가 날아가 버렸다. 그는 뭔가 기억의 단편들을 붙들어 서로 얽어매려고 애를 써보았으나 마음처럼 쉽지 않았다. 그것들은 붙잡는 족족 어느틈에 사라져 버리거나 뒤죽박죽으로 앞뒤 없이 몰려들어서 어떻게 표현하고 재미있게 얽어야 좋을지 도무지 몰랐고, 또 어디서부터 시작해야 할지 아무리 생각해도 알 수가 없었다.

그는 한 시간 동안 노력을 거듭하고 두서없는 첫머리 문구로 다섯 장쯤 썼다가 찢어버린 뒤 혼잣말로 중얼거렸다.

"나는 아직 이 일에 익숙하지 못한 거야. 한 번 더 지도를 받고 와야겠군."

그렇게 생각하자 요전날 포레스티에 부인과 함께 일을 했던 아침 일이 떠오르고 그 친절하고 다정한 감미로운 대화를 바라는 마음이 그의 정감을 마구 부채질했다. 그래서 다시 일을 시작해서 단숨에 해치우는 것이 오히려 아까운 듯해서 그는 일찍이 잠자리에 들어갔다.

이튿날 아침 잠자리에서 그녀를 찾아갈 생각에 마음 설레며 그 기쁨을 은밀히 맛보면서 뒤루아는 여느 때보다 훨씬 늦게서야 침대에서 일어났다.

친구네 집 초인종을 눌렀을 때는 10시였다.

하인은 이렇게 대답했다.

"주인어른께선 지금 일하시는 중입니다."

뒤루아는 남편이 집에 있으리라고는 생각지도 않아 조금은 놀랐지만 그래도 마음을 단단히 먹고 용기를 내어 말했다.

"그럼 주인어른께 급한 볼일이 있어서 왔다고 전해주시오."

5분쯤 기다린 뒤, 이루 말할 수 없이 즐거운 아침을 보냈던 그 서재로 안내되었다.

전에 그가 앉았던 자리에 포레스티에가 앉아서 실내옷을 입고 슬리퍼를 신고 영국식 조그마한 차양 없는 모자를 쓰고는 무언가 쓰고 있었다. 그의 아내는 어제와 같은 화장옷을 입고 벽난로에 팔꿈치를 짚고 담배를 피우며 문장을 불러 주고 있었다.

뒤루아는 문앞에 서서 중얼거렸다.

"이거 미안한데, 방해가 되지 않겠나?"

그러자 친구는 화가 치미는 듯한 얼굴을 돌리고 언짢은 목소리로 중얼거렸다.

"무슨 일인가, 또. 빨리 말하게, 바쁘니까."

뒤루아는 자신의 예상이 어긋났음을 알고 더듬거리며 말했다.

"아니, 아무것도 아닐세. 미안하군."

그러자 포레스티에는 화를 벌컥 내며 말했다.

"뭔가, 꾸물거리지 말게나. 설마 자네가 그저 아침 인사를 하려고 찾아온 건 아닐 테지?"

그 말에 뒤루아는 몹시 당황해 하면서 마음을 가다듬고 말했다.

"아니……실은……저어……또 기사가 써지지 않아서……지난번에 자네 부인께서 무척 친절하게 해주셨기에……염치없이 또 왔네……"

포레스티에는 그의 말을 가로막았다.

"농담도 적당히 하게나. 그럼 자네는 나한테 일을 시키고 월말이 되면 월급은 자네가 타러 가면 된다고 생각하나? 그건 너무하지 않은가, 자네."

그의 아내는 말없이 빙그레 웃으면서 담배만 피웠다. 그 미소는 마음속의 야유를 감추는 상냥한 가면 같아 보였다.

그래서 뒤루아는 낯을 붉히며 중얼거렸다.

"정말 미안하네……그만 그……믿고서……"

그러고 나서 갑자기 또렷한 목소리로 말했다.

"거듭 사과드립니다, 부인. 그리고 어제는 참으로 훌륭한 기사를 써주셔서 진심으로 감사드립니다."

그리고 머리를 숙이고 샤를에게 말했다.

"3시에 신문사에 들르겠네." 그러고는 그 집에서 나왔다.

그는 성큼성큼 집으로 돌아가면서 불쾌해서 중얼거렸다.

"좋아, 그런 것쯤 나 혼자서 훌륭하게 써 보일 테니까. 두고 봐라."

집으로 돌아온 그는 곧 분노에 복받쳐서 바쁘게 글을 쓰기 시작했다.

그는 포레스티에 부인에게서 시작된 사랑이야기의 다음을 이어가기 시작했다. 그는 생각나는 대로 앞뒤 헤아림 없이 대중 소설의 디테일한 이야기 줄거리와 예상치 못한 사건, 과장된 경치 묘사 등을 중학생과도 같은 서투른 문장과 하사관 수준의 표현으로 아무렇게나 더덕더덕 얽어 놓았다. 이렇게 해서 한 시간 만에 혼돈된, 마치 미친 사람이 쓴 듯한 기사를 써서 자신 만만하게 〈라 비 프랑세즈〉로 가지고 갔다.

거기에서 가장 먼저 만난 것은 생 보탱이었다. 그는 친근하게 동료를 대하듯이 힘있게 뒤루아와 악수하고 물었다.

"내가 쓴 중국인과 인도인의 회견기를 읽었나? 꽤 재미있지. 온 파리 사람들에게 배를 움켜쥐고 웃게 했어. 그런데 나는 그들의 코끝도 보지 않았거든."

뒤루아는 아직 읽어 보지 않았기 때문에 서둘러 신문을 가져다가 〈인도와 중국〉이라는 표제의 긴 기사를 읽었다. 생 보탱이 옆에 있다가 가장 재미있는 곳을 알려주며 해설을 덧붙였다

그때 마침 포레스티에가 숨을 헐떡이며 당황해서 뛰어 들어왔다.

"아아! 마침 잘됐군. 자네들에게 부탁하고 싶은 게 있어."

포레스티에는 그날 밤에 취재해야 할 정치상의 정보를 몇 가지 지시했다.

뒤루아는 그에게 기사를 내밀었다.

"알제리의 계속일세."

"좋아, 이리 주게나. 사장에게 전하지."

그것뿐이었다.

생 보탱은 새로운 동료를 데리고 복도로 나가자 대뜸 물었다.

"회계과에 갔었나?"

"아니, 왜?"

"왜라니 돈을 받아야지. 여보게, 늘 한 달치 급료는 미리 타두는 걸세. 앞으로 어떻게 될지 모르니까 말일세."

"아……그럴 수만 있다면 더 이상 바랄 수 없이 좋을 텐데."

"그럼 회계과에 가서 소개해 주지. 어렵다는 말은 하지 않을 거야. 여기는 지불이 잘되니까."

그래서 뒤루아는 200프랑과 어제 기사의 고료 28프랑을 받았다. 거기에 철도 사무소 월급의 나머지를 합하니까 호주머니의 돈은 모두 340프랑이었다.

그는 여태까지 그렇게 많은 돈을 가져 본 적이 없었기 때문에 벌써부터 기한없는 부자가 된 기분이었다.

그러고 얼마 지나지 않아 생 보탱은 그를 데리고 경쟁 상대인 몇 군데 신문사로 잡담을 하러 갔다. 만약 자신이 취재하게 되어 있는 뉴스를 다른 신문사에서 취재했다면, 이야기를 나누는 동안에 교묘하게 유도해서 실토하게 만들려는 속셈이었다.

저녁때가 되자 뒤루아는 할 일이 없어 폴리 베르제르에 가보려고 생각했다. 그래서 배짱을 부리고 매표구에 가서 큰 소리로 말했다.

"난 〈라 비 프랑세즈〉 기자 조르주 뒤루아라고 하오. 지난 번에 포레스티에 군과 함께 왔을 때 나도 무료로 들어가게 해주겠다고 했는데, 이쪽에 이야기가 되어 있는지 모르겠소."

담당자가 명부를 조사했으나 그의 이름은 없었다. 그러나 매표구의 사나이는 매우 친절하게 그에게 이렇게 말했다.

"아무튼 들어오십시오. 그리고 지배인에게 직접 말씀해 주십시오. 틀림없이 잘될 겁니다."

뒤루아가 안으로 들어가자, 그와 거의 동시에 첫날밤에 만났던 여자인 라셀을 만났다.

그녀는 곁으로 다가와서 말을 걸었다.

"어머, 어서 오세요, 고양이. 여전하신가요?"

"응, 당신은?"

"저도 나쁘진 않아요. 그 뒤로 난 두 번이나 당신 꿈을 꾸었다오."

뒤루아는 기분이 좋아서 싱긋 웃었다.

"웬일로?"

"당신에게 반했다는 거죠. 아주 숫보기군요. 그러니까 생각나시면 오시라는 거예요."

"뭣하면 오늘 밤도 좋아."

"그래요? 정말 좋아."

"하지만 말이야."

그는 말을 잠시 멈추었다. 그러고서 조금 머쓱해져서 덧붙여 말했다.

"실은 말이야, 오늘 밤엔 빈털터리야. 지금 클럽에 들렀다 오는 길인데 다 털려 버렸거든."

그녀는 남자의 교활한 흥정에 익숙한 거리 여인다운 본능과 경험으로 남자가 거짓말을 한다는 것을 알아차렸고 상대의 눈을 가만히 들여다보았다. 그리고 말했다.

"어머 싫어! 나한테 그런 말을 하다니 너무하군요."

그는 열없이 웃으면서 말했다.

"10프랑으로 좋다면, 그 정도는 남아 있어."

그녀는 거리 여인들이 마음이 들떴을 때의 타산을 떠난 어조로 중얼거렸다.

"아무래도 좋아요, 그런 건. 난 당신만이 필요하니까."

그리고 청년의 콧수염을 넋을 잃고 쳐다보며 그의 팔을 잡고 사랑스러운 듯이 달라붙었다.

"먼저 석류 시럽을 한 잔 마시고 그 다음에 한 바퀴 돌기로 해요. 난 이렇게 당신하고 오페라를 보러 가고 싶어요. 모두에게 당신을 자랑하러 말이에요. 그리고 일찌감치 집으로 돌아가도록 해요."

그는 그 여자의 집에서 늦도록 잤다. 밖으로 나왔을 때는 한낮이었다. 곧 〈라 비 프랑세즈〉를 사야겠다고 생각했다. 그리고 초조한 손길로 신문을 폈다. 그러나 그의 글은 실려 있지 않았다. 그는 보도에 버티고 서서 어딘가에 찾는 것이 발견되지 않을까 하고 신문을 샅샅이 불안스럽게 훑어보았다.

무언가 답답한 것이 갑자기 그의 심장을 찍어 눌렀다. 사랑의 하룻밤이 지난 뒤의 지친 몸에 급작스레 떨어진 이 타격은 엄청난 재난과도 같은 무게를 지녔다.

그는 자기 방으로 올라가서 옷도 벗지 않고 다시 침대 속으로 들어갔다.

네댓 시간 뒤 〈라 비 프랑세즈〉 편집실로 들어가자 그는 곧 발테르 씨에게 면회를 청했다.

"사장님, 오늘 아침에는 제가 쓴 알제리 기사가 나와 있지 않아서 매우 놀 랐습니다."

사장은 고개를 들고 무뚝뚝한 목소리로 말했다.

"그걸 자네 친구 포레스티에에게 주어서 읽어 보라고 했더니 그다지 좋지 않다고 하더군. 다시 써주게나."

뒤루아는 화가 잔뜩 나서 대답도 하지 않고 나와서 거칠게 친구의 방으로 들어가서 따지듯이 물었다.

"왜 내가 쓴 기사를 내지 않았나?"

포레스티에는 안락의자에 등을 기대고 발을 책상 위에 올려놓은 채, 구두 뒤꿈치를 쓰다 만 기사에 비벼 대면서 담배를 피웠다. 그는 굴 속에서 말하는 듯한 축 늘어진 아득한 목소리로 조용하게 대답했다.

"사장께 보였더니 신통치 않다면서 자네한테 다시 쓰게 하라고 주더군. 보 게, 거기 있어."

그렇게 말하고 서진(書鎭) 아래 접어놓은 종이를 손가락으로 가리켰다.

뒤루아가 어리둥절해 하며 아무 말도 못하고 호주머니에 원고를 꾸겨 넣었 을 때, 포레스티에가 다시 말을 이었다.

"오늘은 먼저 경시청에 가주게."

그러고 그는 끝내야 할 일의 내용과 취재해 와야 할 새 소식에 대해서 자세 하게 지시했다. 뒤루아는 상대에게 내뱉을 모진 말이 없는지 떠올려보았으나 마땅한 말이 생각나지 않아 그대로 밖으로 나왔다.

뒤루아는 이튿날도 원고를 가지고 신문사를 찾아갔지만 또 퇴짜를 맞았다. 그것을 다시 손보아서 보냈지만 그것도 거절당했다. 마침내 그는 자신이 공을 세우는 일에 너무 서두르고 있다는 것과, 포레스티에의 도움을 받지 않고서 는 도저히 할 수 없음을 깨달았다.

그래서 다시는 〈아프리카 병사의 수기〉는 말을 꺼내지 않기로 했다. 아무 래도 그렇게 하지 않으면 안 되는 이상, 한결같이 빈틈없이 요령껏 처세하리 라, 그리고 운이 트일 때까지 열심히 탐방 기자로서의 일을 하리라, 하고 결심 했다.

그리하여 차츰 뒤루아는 연극이나 정치의 내막을 알고, 정치가와 하원의 복도나 대기실도 알게 되고, 관저에 딸린 관리들의 잘난 체하는 낯짝과 졸고 있는 수위들의 찡그린 얼굴과도 차츰 낯이 익어 갔다.

그는 장관과 문지기와 장군, 경관, 공작과 매음굴의 뚜쟁이와 거리의 여자와 대사(大使)와 사교(司敎)와 접대부와 사기꾼, 그리고 사교계의 신사와 그리스인과 역마차의 마부와 카페의 웨이터와 그 밖의 온갖 사람들과 끊임없이 만나며 관계를 맺었다. 그래서 때로는 그러한 사람들에겐 제 멋대로이고 냉담한 친구도 되고, 그들을 존중할 때도 차별을 두지 않고 누구나 다 같은 잣대로 재고, 똑같이 편견 없는 마음으로 평가하게 되었다. 그렇게 된 것도 날마다 밤마다 기분 전환할 틈도 없이 그들을 만나고, 그들 모두와 직업상 일 년 내내 같은 사건을 이야기하지 않으면 안 되었기 때문이다. 그는 자기 자신을 술꾼과 비유해서 날마다 다른 종류의 술을 한 잔씩 마신 탓에 끝내는 샤토 마고와 아르장퇴유를 구별할 수 없게 된 사나이로 여겼다.

이리하여 뒤루아는 얼마 지나지 않아 곧 우수한 탐방 기자가 되었다. 그는 자기 정보에 확신을 갖고, 교활하고 기민하고 요령 좋고, 신문 기자에 대한 감식안이 있는 발테르 영감의 말을 빌린다면, 신문계에서 더없이 소중한 존재가 되었다.

그러나 200프랑의 고정 급료에 한 줄에 10상팀밖에 받지 않는 보수로, 번화가의 카페와 레스토랑에 끊임없이 드나드는 생활은 버는 것보다 돈이 많이 들었기 때문에 언제나 무일푼이었고 가난에 쪼들렸다.

뒤루아는 몇몇 동료들이 호주머니에 금화를 넣고 있는 것을 보고는 그렇게 되려면 무언가 특별히 터득해야 할 요령이 있을 거라고 생각했다. 그러나 그렇게 넉넉해지려면 어떻게 해야 하는지 도무지 짐작이 가지 않았다. 반드시 남이 알지 못하는 부정한 방법이나 신문을 미끼로 한 수수료나, 서로 기분이 통한 비밀 거래를 하는 것이 틀림없다고 부러운 심정으로 상상했다. 그러나 그렇게 하자면 자신이 모르고 있는 비밀을 캐내고 암묵 가운데서 맺어진 동료들과 함께 어울리고, 자기를 젖혀놓고 이익을 서로 나누고 있는 동료들 사이에 깊이 파고들어가지 않으면 안 되었다.

그래서 그는 밤이 되면 자주 창문으로 기차가 지나가는 것을 내다보면서 어떤 방법을 써야 옳을까, 하고 생각에 잠겼다.

그로부터 두 달이 지나서 9월이 되었다. 그러나 행운은 뒤루아가 바라는 것처럼 달리는 말과 같은 기세로 빨리 다가오지 않았다. 특히 그가 마음을 졸인 것은 자신의 지위에 대한 심리적인 위축감이었다. 어떻게 해야 존경받고 돈이 쌓이는 저 높은 곳에 올라갈 수 있는지 도저히 짐작할 수 없었다. 또한 자신은 탐방 기자라는 보잘것없는 일에 갇혀서 여기저기를 단단히 둘러싼 벽으로부터 도무지 빠져나갈 수 없을지도 모른다고 생각했다. 사람들은 그를 존경했지만, 그것은 신분에 맞는 정도의 존경에 지나지 않았다. 포레스티에까지도 여러 가지 힘을 써주었음에도 이제 와서는 만찬에도 초대하지 않았고, 친구로서 허물없이 말을 주고받으면서도 무엇이든 일에 관련해서는 부하 직원 다루듯이 했다.

어쨌든 뒤루아는 기회를 잡아서 신문 한쪽 구석에 짤막한 문장을 실었다. 가십 기사를 직접 다룬 덕택으로 알제리의 두 번째 기사를 썼을 때에는 알지 못했던 부드러운 필치와 쓰는 요령을 터득했기 때문에 써낸 시평(時評)을 퇴짜 맞는 그런 굴욕적인 처지는 당하지 않았다. 그러나 그의 글은 독자적인 판단으로 써내려간 그런 글들과는 크게 차이가 있었다. 즉 마부로서 불로뉴 숲으로 마차를 모는 것과, 마차의 주인으로서 그 안에 앉아 있는 것과의 차이와 같았다. 무엇보다 화가 나서 견딜 수 없는 점은 사교계의 문이 닫혀서 동등하게 대해 주는 교제가 없고, 귀부인들과 가깝게 지낼 수 있는 기회도 없다는 것이다. 다만 두서너 명의 이름 있는 여배우가 어쩌다 한 번씩 타산적인 우정에서 불러주는 것밖에는 없었다.

그렇지만 뒤루아는 귀부인이거나 시시한 여배우이거나 모두가 첫눈에 자신에게 호의를 보이고 묘하게 관심을 보이는 사실은 알고 있었다. 그리하여 그는 장래에 출세의 실마리가 될 만한 여자와 빨리 사귀지 못하고 있는 자신이 마치 말뚝에 매인 말처럼 초조하게 느껴졌다.

뒤루아는 포레스티에 부인을 방문해 볼까, 생각한 일도 몇 번 있었다. 그러나 전에 찾아갔을 때의 일을 생각하면, 화가 치밀어서 선뜻 발길이 향하지 않았다. 게다가 포레스티에가 초대하기를 기다리자는 마음도 있었다. 그러는 동안 드 마렐 부인의 일이 언뜻 떠올랐고, 한번 찾아가 보라던 포레스티에 부인 말이 기억났다. 어느 날 오후 뒤루아는 한가한 틈을 타서 그녀를 찾아갔다.

"3시까지는 언제나 집에 있어요" 하던 그녀의 말을 떠올리며 뒤루아는 2시 반에 초인종을 눌렀다.

그녀는 베르뇌 거리에 있는 건물 5층에 살았다. 초인종 소리를 듣고 하녀가 문을 열었다. 머리도 제대로 빗지 않은 몸집이 작은 여자로 서둘러 모자 끈을 매면서 말했다.

"네, 부인께선 계십니다만 아직 주무시는지도 모르겠어요."

하녀는 조금 열려 있는 객실의 문을 밀었다. 뒤루아는 안으로 들어갔다. 방 안은 제법 넓었으나, 가구도 별로 없고 방안 정리도 잘되어 있지 않았다. 빛 바랜 낡은 안락의자가 볼썽사납게 벽 쪽으로 나란히 놓여져 있었다. 자기 집을 아끼는 여자의 알뜰한 마음씨는 좀처럼 찾아볼 수가 없었다. 강 위의 보트와 바다 위를 달리는 배, 들 가운데 서 있는 풍차, 숲에서 나무를 베는 나무꾼을 그린 네 개의 볼품없는 액자들이 사방의 판자벽 한가운데에 긴 끈으로 걸려 있었는데, 하나같이 옆으로 비스듬히 기울어 있었다. 주인 여자의 무관심한 눈길 아래 꽤 오랫동안 이렇게 비뚤어진 채 걸려 있었을 거라고 금세 알 수 있었다.

뒤루아는 의자에 앉아서 기다렸다. 오랜 시간이 흐른 듯했다. 잠시 뒤 문이 열리고 드 마렐 부인이 종종걸음으로 뛰어들어왔다. 장밋빛 비단 바탕에 금실로 풍경과 파란 꽃 흰 새를 수놓은 일본식 가운을 입고 있었다.

"어머나! 저는 여태껏 자고 있었어요. 정말 잘 와주셨어요! 이미 까맣게 잊어버리신 줄로만 생각했어요."

그녀는 이렇게 외치면서 매우 기쁜 듯이 두 손을 내밀었다. 뒤루아는 지저분한 방안 때문에 어쩐지 마음이 가벼워져서 그녀의 손을 덥석 잡았다. 그러고는 전에 본 노르베르 드 바렌이 하던 것을 흉내 내어 한쪽 손에 키스했다.

부인은 그를 의자에 앉게 하더니 발끝부터 머리끝까지 유심히 바라보았다.

"정말 많이 변하셨군요. 몰라보게 근사해지셨어요. 파리가 잘 맞나보군요. 자아, 그 뒤의 일을 말씀해 주세요."

그들은 마치 10년이나 사귀던 친구인 양 곧 허물없이 이야기하기 시작했다.

둘 사이에는 어느새 다정한 마음이 솟았고, 같은 성격, 같은 종류의 인간을 5분 동안에 친구로 만드는, 그 신뢰와 친애, 애정의 흐름이 서로의 사이를 흐르는 것처럼 느꼈다. 갑자기 젊은 여자는 이야기를 멈추고 매우 놀란 듯 말했다.

"참 이상하군요, 당신과 이야기 나누고 있으니까 마치 10년 전부터 알던 분 같아요. 틀림없이 좋은 친구가 될 거예요, 그렇죠?"

그는 깊은 의미를 담고 미소 지으면서 대답했다.

"고맙군요."

뒤루아는 부인이 몹시 매혹적이라 생각했다. 화려하고 부드러운 가운을 입은 부인은 하얀 가운을 입고 있던 포레스티에 부인에 비해 고상하고 사랑스럽고 화사한 느낌은 적었지만, 그 대신 훨씬 자극적이고 얼굴은 더 아름다웠다.

포레스티에 부인 옆에 있으면, 움직임 없는 상냥한 미소가 동시에 그를 잡아당기기도 하고 밀어내기도 해서 "당신이 좋아요"라고도, 또 "점잖게 하세요"라고도 말하는 것 같아서 도무지 속마음을 알 수가 없었다. 그래서 그는 발밑에 꿇어 엎드리고 싶기도 하고, 또 동시에 웃옷의 엷은 레이스에 키스하고 젖가슴 사이에서 흘러나올 따뜻하고 향긋한 체취를 천천히 마시고 싶었다. 그러나 드 마렐 부인에게서는 좀더 난폭하고 뚜렷한 욕망이 솟아났다. 그것은 엷은 비단을 들춰 올린 자태 앞에서 저절로 두 손이 떨리는 욕정이었다.

그녀는 이야기를 계속했다. 말끝마다 언제나 하는 버릇대로 거리낌 없는 재치가 넘쳐났다. 마치 교묘한 직공이 어렵다는 평판이 난 일을 쉽게 해치워서 사람들을 놀라게 하는 요령을 알고 있는 듯한 그런 것이었다. 그는 이야기를 들으면서 이렇게 생각했다.

'이건 알아 둬도 손해가 아니겠는걸. 이 여자에게 시사 문제를 지껄이게 하면 멋진 파리의 사회 기사를 쓸 수 있겠어.'

때마침 그녀가 들어왔던 문을 조용히, 아주 조용히 두드리는 소리가 났다. 그녀는 대답했다.

"들어와도 좋아, 애야."

그러자 소녀가 나타나서 곧바로 뒤루아에게로 와서 손을 내밀었다.

어머니는 놀라서 중얼거렸다.

"어머, 아주 낯이 익어 버렸구나. 예전 같지 않은데요."

뒤루아는 소녀에게 키스하고 옆에 앉히더니 전에 만난 뒤로 무엇을 했느냐고 진지한 얼굴로 다정스럽게 물었다. 소녀는 피리 소리 같은 가냘픈 목소리로 어른의 모습을 흉내내며 대답했다.

벽시계가 3시를 알렸다. 뒤루아는 일어섰다.

"가끔 놀러 오세요. 오늘처럼 잡담이나 해요. 참 즐겁군요. 하지만 어째서 포레스티에 씨 댁에서는 뵐 수 없을까요?"

"별것 아닙니다. 일이 너무 많아서죠. 그러나 이제 곧 그 댁에서 뵙게 되리라 생각합니다."

그리고 그는 왠지 모르게 희망으로 가슴이 부푸는 것을 느끼면서 집을 나섰다.

그는 이 방문의 추억을 언제까지나 마음에 지니고 있었다. 추억이라기보다는 그 여자의 환영이 마음에 달라붙어서 좀처럼 떨어지지 않았다. 마치 그녀의 무언가를, 눈속에 남은 육체의 형태며 마음속에 남은 정신적인 맛 같은 것을 차지한 듯한 기분이었다. 누군가와 즐거운 몇 시간을 지내고 난 뒤처럼 끊임없이 그 모습이 따라다녔다. 그녀가 지닌 신비롭고 독특한 분위기 때문에 기묘하게 그립고, 막연하게 걷잡을 수 없는, 몹시 감미로운 무언가에 사로잡혀 있는 것 같았다.

뒤루아는 며칠이 지나자 또 다시 드 마렐 부인을 찾아갔다.

하녀에게 안내되어 객실로 들어가자 로린이 곧 나왔다. 그녀는 이번에는 손이 아니라 이마를 내밀면서 말했다.

"엄마가 잠깐만 기다려 주시래요. 아직 옷을 갈아입지 않았기 때문에 십오 분쯤 걸릴 거예요. 그동안 제가 상대해드리겠어요."

뒤루아는 예의를 갖추려는 소녀의 응대가 재미있어서 말했다.

"감사합니다, 아가씨. 15분 동안 함께 지낼 수 있다니 참으로 기쁩니다. 그러나 나는 잠시도 얌전하게 있지 못하는 성질이어서 줄곧 장난을 친답니다. 그래서 술래잡기를 하고 싶은데, 어떠신가요?"

소녀는 깜짝 놀라서 한동안 대답하지 않고 있다가는 너무나 엉뚱한 말에 조금 기분이 상한 듯 어른스럽게 미소 지으며 말했다.

"방안은 장난하는 데가 아니에요."

그가 말을 이었다.

"그런 게 무슨 상관입니까. 난 어디서라도 장난을 합니다. 자아, 잡아 보십시오."

그리고 자기를 쫓아오도록 그녀를 꾀면서 테이블 주위를 돌았다. 그녀는 하는 수 없다는 듯 소리 없이 웃으면서 그의 뒤를 따라왔다. 그리고 이따금 그를 잡으려고 손을 뻗쳤지만 뛸 정도로 열중하지는 않았다.

그는 멈춰 서서 몸을 낮게 굽히고 있다가 소녀가 망설이면서 다가오면 장난감 상자 속에 들어 있는 악마처럼 펄쩍 뛰어올랐다. 그리고 한달음에 방 저편 구석으로 뛰어갔다. 소녀는 그것이 우스워서 끝내 크게 웃음을 터뜨리고 차츰 흥분해서 종종걸음으로 그를 뒤쫓기 시작했다. 그리고 그를 잡았다고 생각하자 겁을 내면서도 기쁜 듯이 낮은 탄성을 내질렀다. 그는 의자를 움직여서 방해물을 만들고, 잠깐 동안 같은 의자 주위를 돌게 하고는 훌쩍 몸을 돌려 다른 의자를 잡았다. 로린은 이 새로운 장난에 완전히 빠져들어 진짜로 뛰어 돌아다녔다. 얼굴이 장밋빛이 되어서 상대가 달아나거나 계략을 걸거나 속임수를 쓸 적마다 어린아이답게 열중해서 힘차게 달려들었다.

갑자기 소녀가 따라 잡았다고 생각한 순간, 그는 소녀를 두 손으로 붙잡아 천장까지 들어 올리면서 크게 외쳤다.

"야아, 키가 크네, 커!"

소녀는 좋아서, 달아나려고 두 다리를 버둥거리며 명랑하게 웃어 댔다.

그때 드 마렐 부인이 들어와 그 광경을 보고 어리둥절했다.

"어머나! 로린이 장난을 치다니……정말 당신은 마법사군요."

그는 소녀를 내려놓고, 어머니의 손에 키스하고 소녀를 사이에 두고 나란히 앉았다. 둘이 이야기를 하려고 했지만 로린이 술에 취한 듯 되어서, 평소에 그토록 말이 없던 아이가 잠시도 쉬지 않고 재잘거렸다. 그래서 하는 수 없이 드 마렐 부인은 소녀를 자기 방으로 쫓아 보내야만 했다.

소녀는 아무 말 없이 하라는 대로 했다. 하지만 두 눈에는 눈물이 그렁했다.

둘이 남게 되자 드 마렐 부인은 목소리를 낮추고 말했다.

"제가 좀 큰 계획을 하나 세웠는데, 그에 대해서 당신께 부탁드리고 싶어요. 사실은 제가 매주 포레스티에 씨 댁 만찬에 초대되거든요. 그래서 가끔씩 포레스티에 부부를 음식점으로 초대해 답례를 하곤 해요. 전 집에 손님이 오는 걸 싫어하고, 또 그렇게 사교적인 성격도 아니거든요. 게다가 전 집안일이라든가, 요리 같은 것을 조금도 할 줄 몰라요. 그저 전 평범한 생활이 좋아요. 그래서 가끔 그 두 분을 음식점으로 청합니다만 세 사람만으론 재미가 없어요.

다른 분을 초대하고 싶어도 제가 아는 분들은 그 사람들과 이야기가 잘 맞을 것 같지도 않거든요. 이렇게 갑자기 말씀드리는 것은 실은 좀 색다른 초대에 대해서 설명하기 위해서예요. 아시겠지요? 토요일 7시 반에, 카페 리슈에 오셔서 상대를 좀 해 주셨으면 해요. 그 집 아시나요?"

뒤루아는 기꺼이 승낙했다. 그녀는 다시 계속해서 말했다.

"오직 우리 넷뿐이에요. 정말 이런 모임은 우리 여자들에게는 좀처럼 없는 일이니까요."

그녀는 몸에 꼭 끼는 짙은 밤색 옷을 입었기에 허리와 옆구리, 가슴과 팔이 도발적으로 요염하게 보였다. 뒤루아는 이 빈틈없이 세련된 아름다움과 방 안의 노골적인 무관심함과의 부조화에 막연한 놀라움보다는 어떤 이유 모를 곤혹감을 느꼈다.

그녀는 자신의 몸에 두르는 것이나 살갗에 직접 닿는 것은 화려하고 고상하게 꾸몄으나, 주위를 둘러싼 것들은 아무래도 좋았던 것이다.

그는 작별하고 나왔지만, 전과 비슷한 관능의 환각 같은 것이 계속 남아서 언제까지나 그녀가 눈앞에 있는 듯했다. 그리고 시간이 지날수록 만찬의 날을 기다리기가 어려워졌다.

그는 주머니 형편이 아직은 야회복을 살 만큼 넉넉하지 못해서 예복을 빌려 입고, 가장 먼저 약속된 시간보다 이르게 그 모임 장소로 갔다.

그는 3층으로 올라가서 붉은 융단이 깔리고, 단 하나의 창문이 큰길 쪽으로 열린 고급 식당의 작은 방으로 안내되었다.

네모진 식탁에 네 사람분의 식기가 놓여 있고, 마치 니스 칠을 한 듯 빛나는 새하얀 식탁보가 덮여 있었다. 유리컵과 은그릇과 화로 등이 두 개의 높은 가지 달린 촛대에 켜진 열두 개의 촛불 아래에서 밝게 빛나고 있었다.

밖을 내다보니 특별석의 강한 불빛에 비추어진 가로수 잎이 커다랗고 밝은 초록빛 얼룩처럼 흔들리고 있었다.

벽지와 똑같이 붉은 천을 씌운 나지막하고 긴 의자에 앉은 뒤루아는 의자 속 낡은 용수철이 몸무게로 축 늘어져서 마치 땅밑으로 떨어지는 듯한 느낌이 들었다. 넓은 건물 안에서는 온갖 소리들이 소용돌이치고 있었다. 접시며 은그릇이 부딪히는 소리, 복도에 깔린 융단을 밟으며 바쁘게 움직이는 웨이터들의 부드러운 발소리, 어디선가 방문이 딸깍 열리고 손님이 가득 찬 좁은 방마다에서 한꺼번에 쏟아져 나오는 이야기 소리 등, 큰 요릿집 특유의 소리였다. 포레스티에가 들어와서 뒤루아를 보고는 〈라 비 프랑세즈〉 사무실에서는 한 번도 보인 적이 없는 다정스럽고 친밀한 태도로 그의 손을 잡았다. 그리고 말했다.

"부인들은 나중에 함께 올 걸세. 이런 식사는 매우 즐거워."

그리고 나서 그는 식탁을 바라보면서 밤새 켜놓는 등불처럼 희미하게 켜진 가스등을 완전히 끄고, 바람이 들어온다면서 유리 창문을 절반 닫고 밤바람이 닿지 않는 곳에 자리를 잡고 앉아 이렇게 말했다.

"여간 조심하지 않으면 안 돼. 지난 한 달 동안은 꽤 괜찮았는데 며칠 전부터 또 좋지 않아. 화요일에 연극을 보러 갔다 오는 길에 다시 감기가 든 모양이야."

문이 열리고 두 젊은 부인이 지배인에게 안내되어 들어왔다. 둘 다 베일로 얼굴을 가리고 조금 고개를 다소곳이 수그리고, 언제 누구를 만나게 될지 모르는 이런 장소에서 여자들이 곧잘 하는, 그 아름답고 조심성 있는 태도를 지니고 있었다.

뒤루아가 먼저 인사를 하자, 포레스티에 부인은 그동안 그가 찾아오지 않는 것을 나무랐다. 그러고는 드 마렐 부인에게로 웃는 얼굴을 돌리면서 장난스럽게 덧붙였다.

"알고 있어요. 마렐 부인이 더 좋으신 거죠. 그분한테 가실 겨를은 있으니까요."

모두들 자리에 앉자, 지배인이 포레스티에에게 술 이름이 적힌 메뉴를 내보였다. 그러자 드 마렐 부인이 말을 걸었다.

"남자분들이 좋아하시는 것을 드리세요. 우리는 얼음에 채운 샴페인이 좋겠어요. 가장 마시기 순한 걸로요. 그러면 족해요."

지배인이 나가자 그녀는 들뜬 웃음소리를 내면서 말했다.

"저 오늘 밤에는 취하고 싶어요. 마음껏 즐기기로 해요. 마시고 노래하고 실컷 떠들어 봅시다."

포레스티에는 그 말을 듣고 있지 않았는지 이렇게 물었다.

"창문을 닫으면 안될까요? 며칠 전부터 가슴이 조금 좋지 않군요."

"네, 괜찮아요. 그렇게 하세요."

포레스티에는 반쯤 열어 놓았던 창문을 닫고는 그제야 마음이 놓인 듯 웃으며 자기 자리로 돌아왔다.

그의 아내는 아무 말도 하지 않았다. 그러고는 생각에 잠긴 듯 앉아 식탁에 놓인 유리컵에 눈길을 돌리고는 알 수 없는 미소를 짓고 있었다. 늘 무언가 약속하면서도 결코 그것을 지킬 생각이 없는 듯한 그런 불안감을 주는 미소였다.

오스탕드 산(産)의 굴이 나왔다. 조개껍질 속에 넣은 조그마한 귀처럼 생긴 굴은 입에 넣으면 혓바닥 위에서 짭짤한 봉봉과자처럼 녹았다.

그런 뒤에 수프가 나오고, 젊은 처녀의 살결 같은 분홍빛 연어가 나오자 조금씩 이야기가 시작되었다.

먼저 거리의 이야깃거리가 되고 있는 어떤 염문이 화제에 올랐다. 사교계의 한 부인이 외국 왕족과 밀실에서 식사하는 것을 남편 친구에게 들켰다는 이야기였다.

포레스티에는 그 사건을 이야기하며 크게 웃어 댔다. 두 여자는 그런 말을 함부로 퍼뜨리고 돌아다니는 사람은 야비하고 비열한 인간이라고 화를 냈다. 뒤루아는 여인들 의견에 동감하면서 그런 종류의 사건은 만일 자신의 일이든, 남에게 들은 이야기이든, 또한 직접 본 일이든 어쨌거나 남자라면 무덤에 갈 때까지 침묵을 지킬 의무가 있다고 강력히 주장했다. 그리고 이렇게 덧붙였다.

"만약 서로 끝까지 비밀을 지킬 수 있다고 기대할 수 있다면, 인생은 얼마나 즐거운 일이 많을까요. 여자를 망설이게 하는 것은 많은 경우, 아니 거의 모두가 비밀이 탄로 나지나 않을까 하는 근심 때문이지요."

그는 잠시 말을 멈추었다가는 다시 웃으면서 말했다.

"그렇지 않습니까? 만약 한때의 덧없는 행복을 돌이킬 수 없는 추문이나 쓰라린 눈물로 보상해야 할지도 모른다는 근심만 없다면, 수많은 여자들이 한순간의 욕망이나 갑자기 들이닥친 격렬한 마음, 또는 연정으로 들뜬 마음에 쉽게 몸을 맡기게 되겠지요."

그는 마치 어떤 특정 사건이라기보다 오히려 자신의 사건을 변호하는 것처럼 듣는 사람의 마음을 끌어들이는 확신을 갖고는 "그런 위험도 나하고라면 아무 걱정도 없어요. 한번 시험 삼아 해보시지요" 하고 말하듯 계속 지껄여 댔다.

두 여자는 물끄러미 그를 지켜보면서 눈으로 그 말에 찬성하고, 그가 참으로 정당하게 조리에 맞는 말을 한다고 감탄했다. 그녀들의 우호적인 침묵은 만일 비밀이 지켜질 확신만 있다면 파리 여자의 견고한 정조도 오래 지탱하지 못할 것이라는 고백과 다름없었다.

포레스티에는 긴 의자 위에 거의 눕다시피 하여 한쪽 다리를 꺾고, 옷을 더럽히지 않도록 냅킨을 조끼 속에 접어 넣고 있었는데, 갑자기 설복당한 회의론자와 같은 어색한 웃음소리를 내면서 말했다.

"그건 자네 말대로일세. 만약에 틀림없이 비밀이 지켜진다면 여자들은 제멋대로 잘못을 저지르고 말걸세. 어처구니없지. 불쌍한 건 남편들뿐이야."

그러고 나서 대화는 연애 이야기로 옮겨졌다. 뒤루아는 연애를 영원한 거라곤 생각지 않지만, 긴밀한 관계나 다정한 우정이나 믿음을 상상하고 꽤 오래 계속될 수 있으리라고 생각했다. 육체의 결합은 마음의 결합을 보증하는 것이다. 그러나 헤어지게 될 때 언제나 붙어 다니게 마련인, 저 귀찮은 질투와 하소연과 싸움질과 비참한 꼴은 지긋지긋하다고 말했다.

그 말을 이어 드 마렐 부인이 한숨 섞인 목소리로 말했다.

"그래요, 세상에서 즐거운 것은 연애뿐이에요. 그런데도 우리는 가당치 않는 조건 때문에 그것을 망쳐 버리는 일이 많아요."

나이프를 장난삼아 만지작거리던 포레스티에 부인이 그 뒤를 이어 말했다.

"그래요……정말이에요……사랑받는다는 건 기쁜 일이에요."

그녀는 그녀만이 아는 더욱 먼 곳으로 생각을 내달려 입 밖에 낼 수 없는 여러 일들을 몽상하는 듯싶었다.

수프가 나온 뒤 중간 요리가 좀처럼 나오지 않자 모두 샴페인을 한 모금씩 마시고는 둥글고 작은 빵의 등껍질을 뜯어서 먹었다. 사람을 사로잡는 그 사랑에 대한 상념이 서서히 모두의 마음에 스며들어서, 마치 투명한 술이 한 방울씩 목구멍에 떨어져서 피를 덥게 하고 머리를 흐리게 하듯이 차츰 그들의 넋을 취하게 했다.

드디어 어린 양의 커틀릿*14이 들어왔다. 잘게 썰어 놓은 아스파라거스가 푸짐하게 깔린 접시 위에 사뿐히 얹은 커틀릿은 보기에도 먹음직스러웠다.

---

*14 얇게 썬 소·양·돼지 등의 고기에 빵가루를 묻혀서 기름에 튀긴 서양 요리.

"이거 참 맛있는걸!" 커틀릿을 한 조각 썰어 입에 넣고 우물거리던 포레스티에가 외쳤다.

모두 연한 고기와 크림처럼 기름진 채소를 천천히 맛있게 먹었다.

뒤루아가 말을 이었다.

"나는 누군가를 사랑할 때는 그 여자 주위에 있는 모든 것들이 모조리 사라져 버리고 맙니다."

그는 식탁에서 맛보는 맛있는 요리의 즐거움에서 사랑의 즐거움을 상상하고 더욱 흥분하면서 확신을 가지고 이렇게 말했다.

포레스티에 부인은 짐짓 점잔 빼는 얼굴로 중얼거렸다.

"맨 처음 서로 손을 잡을 때만큼 행복한 순간은 없어요. 여자가 '사랑하나요?' 물으면, 상대편이 '네, 진정으로' 이렇게 대답할 때요."

드 마렐 부인은 가느다란 유리잔을 들어 단숨에 샴페인을 마시고는 잔을 식탁에 내려놓으면서 즐거운 듯 말했다.

"전 그렇게 플라토닉하지 못해요."

그러자 모두 눈을 반짝이며 그 말에 동의하듯 소리 내어 웃기 시작했다.

포레스티에는 긴 의자에 비스듬히 누워서 두 팔을 벌려 쿠션을 붙잡으면서 진지한 말투로 말했다.

"그런 솔직함이 당신의 좋은 점이고, 당신이 실제적인 분이라는 것을 증명합니다. 그러나 마렐 씨의 의견은 어떠실까요?"

그녀는 천천히 어깨를 추켜올리고 한없고 끝없는 경멸을 드러내면서 말했다.

"저희 집 양반은 이런 일에는 전혀 의견이라는 걸 가지고 있지 않아요. 그저 금욕(禁慾), 금욕이에요."

이쯤에서 이야기는 애정에 대한 고상한 이론에서 묘미 있는 음란한 이야기로 방향이 바뀌면서 꽃을 피웠다.

그리고 교묘한 암시에 대한 응수가 벌어지고 스커트를 들치듯이 짧은 말로 살짝 아슬아슬한 곳을 엿보이게 하기도 하고, 멋진 표현으로 대담한 말을 은근히 능란하게 해치우기도 하고, 의젓하게 음탕한 공상을 달리게 하고, 점잖은 말로 옷을 송두리째 벗겨버리기도 했다. 그러한 유희는 모두 입으로는 말할 수 없는 한순간의 환상을 떠오르게 해서, 사교계 사람들에게 미묘하고 신비로운 연애를 맛보게 한다. 이른바 마치 포옹과도 같이 안타까운 육감적인 연상을 달려서 마음과 마음의 불순한 접촉이나 남몰래 바라는 애무를 즐기는 것이었다.

그쯤에서 불고기가 들어왔다. 메추리를 곁들인 구운 자고새 고기, 완두콩, 다음에는 깊은 칼집을 내서 샐러드를 곁들인 기름진 푸아그라. 양푼 같은 모양의 커다란 샐러드 그릇에는 녹색 거품처럼 샐러드가 가득 채워져 있었다. 그들은 이야기에 정신이 팔려서, 이른바 사랑의 욕조에 잠겨서 요리를 음미하지도 않고 뭐가 뭔지도 모르고 다 먹어 버렸다.

두 부인은 이제는 무척 아슬아슬한 이야기까지도 거침없이 지껄였다. 드 마렐 부인은 타고난 대담성에서 도발하는 듯한 말을 했지만, 포레스티에 부인은 그 말투나 음성에도, 또 미소에도 모든 태도에 매혹적인 조심성과 수줍어하는 데가 있었다. 그리고 그것은 그녀의 입에서 나오는 대담한 말을 부드럽게 만드는 듯하면서도 오히려 강조하는 결과가 되었다.

포레스티에는 아예 쿠션 위에 드러누워서 줄곧 웃고 마시고 먹었다. 하지만 이따금씩 지나치게 노골적인 말을 했기 때문에 여자들은 기분이 상해서 잠깐씩 난처해 하기도 했다. 그는 무언가 매우 음란한 말을 하고는 반드시 그 뒤에 이렇게 덧붙였다.

"이거 정말 이야기가 우습게 됐군. 이런 말만 자꾸 하다간 끝내 어리석은 짓을 하겠는걸."

디저트가 나오고 뒤이어 커피가 나왔다. 식후에 마시는 술 리큐어는 흥분한 머리에 더욱 뜨겁고 묵직한 혼란을 부어 주었다.

드 마렐 부인은 식탁에 앉을 때 예상했던 것처럼 흠뻑 취해 버렸다. 그러나 자신도 그 사실을 알고, 여자가 곧잘 실제로는 조금 취할 듯 말 듯 한 정도이면서도 좌흥을 돋우기 위해서 일부러 과장할 때처럼 계속 들떠 지껄여댔다.

포레스티에 부인은 아마 조심해서 그러는지 이제는 입을 다물었다. 뒤루아는 성적으로 매우 흥분된 상태여서, 무슨 실수나 저지르지 않을까 약삭빠르게 조심하고 있었다.

모두 담배에 불을 붙였다. 그러자 갑자기 포레스티에가 기침을 하기 시작했다.

목구멍이 찢어질 듯한 심한 발작이었다. 그는 얼굴이 시뻘게지더니 구슬 같은 땀을 흘리면서 냅킨으로 입을 눌렀다. 잠시 뒤 발작이 가라앉자 화가 난다는 듯 그가 중얼거렸다.

"모처럼의 즐거움도 이래서야 아무 쓸모도 없지. 빌어먹을!"

그의 흐뭇한 기분은 갑자기 몰려온 병에 대한 공포가 마음을 뒤덮어서 어디론가 사라져 버리고 말았다.

"이제 슬슬 돌아가지." 포레스티에가 말했다.

드 마렐 부인은 벨을 울려서 계산서를 달라고 했다. 곧 계산서를 받아든 그녀는 그것을 읽으려고 했으나 숫자가 눈앞에서 뱅글뱅글 돌았다. 그래서 뒤루아에게 종이를 건넸다.

"부탁이에요, 저 대신 지불해 주세요. 너무 취해서 아무것도 보이지 않아요."

그리고 동시에 그의 손에 돈지갑을 던졌다. 합계는 130프랑이었다. 뒤루아는 계산서를 잘 살피고 나서 지폐를 두 장 주고 거스름돈을 받을 때 조그만 목소리로 물었다.

"팁은 얼마나 줄까요?"

"좋도록 알아서 하세요. 전 모르겠어요."

그는 접시 위에 5프랑을 올려놓고 젊은 부인에게 돈 지갑을 돌려주면서 말했다.

"댁까지 모셔다 드릴까요?"

"네, 부탁해요. 집 주소도 생각나지 않는걸요."

뒤루아는 포레스티에 부부와 악수를 나눈 마렐 부인과 둘이서 마차에 올라탔다.

그는 새까만 상자 속에 갇혀진 여인의 몸이 자신의 몸 가까이에 바싹 다가앉아 있는 것을 느꼈다. 순간 길거리의 가스등이 갑자기 그 어둠을 비췄다. 여인의 옷소매를 통해 어깨의 따뜻함이 전해져 왔다. 그는 여인을 끌어안고 싶은 심한 욕망으로 머리가 마비되어 이야기할 말이 아무것도 생각나지 않았다.

'만일 내가 대담하게 행동한다면 이 부인은 어떻게 할까?' 그는 계속 그 생각만 했다.

식사하는 동안에 서로 속삭이던 음란한 이야기가 그의 용기를 북돋아 주었으나, 동시에 이상한 소문이라도 날까 해서 망설였다.

그녀도 한쪽 구석에 도사리고 앉은 채, 꼼짝도 하지 않고 아무 말 없이 있었다. 불빛이 마차 안으로 비쳐들 때마다 그녀의 눈이 빛나는 것이 보였다. 그 것을 못 보았다면 잠들었다고 생각될 수밖에 없었다.

'무슨 생각을 하고 있을까?'

말을 해선 안 된다는 것을 잘 알고 있었다. 단 한 마디라도 침묵을 깨뜨리면 모처럼의 기회가 사라져 버린다. 그러나 그에게는 용기가, 느닷없이 거친 행위로 옮길 정도로 용기가 없었다.

돌연, 그는 그녀의 발이 움직이는 것을 느꼈다. 짜증이 나고 지루한 듯한 동작이었다. 어쩌면 슬쩍 건드려 본 것인지도 모른다. 거의 느낄 수 없을 정도의 그 동작은 머리끝서부터 발끝까지 그의 피부에 걷잡을 수 없는 전율을 느끼게 했다. 그는 몸을 홱 돌려 여인에게 달려들면서 입술로는 입을, 손으로는 피부를 더듬었다.

그녀는 외마디 소리를, 낮은 외침을 내고 일어서려고 하면서 몸부림을 치고 그를 밀어냈다. 그러나 곧 그 이상 저항할 힘이 사라진 듯이 몸을 맡겼다.

그러나 마차가 얼마 가지 않아서 그녀가 사는 집 앞에 섰다. 뒤루아는 깜짝 놀라서, 정열적인 말을 찾아내어 그녀에게 감사와 축복을 말하고 사랑을 얻을 수 있었던 기쁨을 나타낼 겨를이 없었다. 그녀 또한 지금 있었던 일에 정신이 아득해져서 일어서지도 못하고 꼼짝할 수도 없었다. 그래서 그는 마부가 이상하게 생각하지는 않을까 해서 먼저 마차에서 내려 젊은 부인에게 손을 내밀었다.

그녀는 비틀거리면서 아무 말도 하지 않고 겨우 마차에서 내렸다. 그는 초인종을 눌렀다. 그리고 문이 열리자 그는 몸을 떨면서 물었다.

"언제 또 만나 뵐 수 있을까요?"

그녀는 가까스로 들릴 정도의 낮은 목소리로 중얼거렸다.

"내일 점심 때 와주세요."

그러고는 무거운 문을 밀어 열고 현관의 어둠 속으로 모습을 감추었다. 문은 대포 소리처럼 크게 울리면서 닫혔다.

그는 마부에게 100수를 집어주고 무작정 걷기 시작했다. 성큼성큼 승리에 찬 발걸음으로. 그의 마음은 기쁨으로 넘쳐났다.

'드디어 한 여자를, 견실한 남의 아내를 차지했다! 그녀는 사교계의 여자다! 그것도 틀림없는 파리 사교계 여자다! 더욱이 어쩌면 그렇게 손쉽게, 뜻밖에

차지할 수 있었단 말인가!'

그때까지도 그는 오랜동안의 바람이던 사교계의 여인에게 접근해서 정복하려면 말할 수 없는 걱정과 끝도 없는 기대와 아첨과 사랑의 말이나 한숨과 선물 등으로 교묘하게 공격해야 될 걸로만 생각했었다. 그런데 근심했던 것과는 달리 은밀히 점찍어 놓은 첫 번째 여자가 슬쩍 건드려 본 것만으로 어이없을 만큼 손쉽게 몸을 맡겨 버린 것이다.

'취했기 때문일 거야. 내일은 그렇게는 안 될 거야. 눈물을 흘리겠지.'

그는 이렇게 생각했다. 그리고 조금 걱정되기도 했으나 곧 이렇게 중얼거렸다.

"뭘, 어떻게 되겠지. 한 번 차지한 이상 그렇게 쉽게 포기할 수는 없어."

그래서 그는 위대한 성공과 명성, 재산과 사랑 등의 희망이 소용돌이치는 막연한 환상 속에 갑자기 나타난 아름답고 유복하고 세력 있는 여자들의 행렬이, 마치 무대의 피날레에서 죽 늘어선 무희들이 생긋이 웃으며 차례차례로 지나가듯이 그의 몽상은 금빛 구름저편으로 사라져 갔다.

그날 밤, 그의 꿈에는 여러 환상이 오락가락했다.

다음 날, 그는 드 마렐 부인의 집 계단을 오르면서 조금 가슴이 벅차 오르는 것을 느꼈다. 그 여자는 어떻게 나를 맞아 줄까? 만나지 않겠다고 하지는 않을까? 방에 들어오지 못하게 하지는 않을까? 혹시 만일 남에게 이야기해 버렸다면…… 아니, 그렇지는 않을 것이다. 한 마디라도 비치기만 하면 모든 것을 눈치채고 말 것이다. 그러니까 모든 것은 이미 내게 달려 있다.

조그만 하녀가 문을 열러 나왔다. 그 표정은 여느 때와 똑같았다. 그는 그 하녀의 어수선한 표정을 생각했다가 그렇지 않아서 적이 마음을 놓았다.

"부인께선 안녕하신가?" 그가 물었다.

"네, 별일 없으십니다."

하녀는 그렇게 말하고 그를 객실로 안내했다.

그는 머리와 옷매무새를 살피기 위해서 곧장 벽난로가 있는 곳으로 갔다. 그리고 거울 앞에서 넥타이를 바로 잡고 있는데, 젊은 여자가 방문턱에 서서 물끄러미 자기를 지켜보는 것을 거울 속에서 보았다.

그는 그것을 못 본 체했다. 그래서 두 사람은 거울 속에서 몇 초 동안 서로 얼굴을 마주 보기 전에 상대의 모습을 엿보았다.

그는 돌아보았다. 그녀는 꼼짝도 하지 않고 그를 기다리는 듯했다. 그는 "이 것 참!" 하면서 그녀 쪽으로 달려갔다. 그녀는 두 팔을 벌리고 그의 팔에 안 겼다.

그들은 얼굴을 들고 오랫동안 키스했다.

그는 생각했다. 서로의 입술이 떨어지자 그는 눈에 무한한 애정을 담도록 애쓰면서 미소 지었다.

'생각보다 쉽군. 성공이야.'

그녀도 생긋 웃었다. 그것은 여자가 몸을 맡기려는 욕망과 동의와 의지를 나타낼 때의 미소였다. 그리고 속삭였다.

"오늘은 당신과 둘뿐이에요. 로린은 친구한테 함께 식사하라고 보냈으니 까요."

그는 그녀의 손목에 키스하면서 한숨지었다.

"감사합니다. 사랑스러운 당신!"

그녀는 마치 남편을 대하듯이 그의 팔을 잡고 긴 의자가 있는 데로 가서 나란히 앉았다.

그는 무언가 재치 있고 여자의 마음을 끌어당길 만한 이야기를 시작하려 했으나 뜻한 대로 말이 떠오르지 않아서 주저하며 말했다.

"그럼 나 때문에 화나신 건 아니군요."

그녀는 그의 입에 손을 대고 말을 막았다.

"아무 말씀도 하지 마세요."

그들은 타는 듯한 뜨거운 손가락을 걸어 잡고 서로 눈과 눈을 마주 바라보 면서 잠자코 앉아 있었다.

"얼마나 당신을 원했는지!" 그가 말했다.

그녀가 다시 되풀이했다.

"잠자코 계시라니까요!"

하녀가 벽 저편 식당에서 접시를 늘어놓는 소리가 들렸다. 그는 불쑥 일어 섰다.

"도저히 당신 곁에 앉아 있을 수가 없습니다. 무슨 짓을 할지 몰라서요."

그 순간 문이 열렸다.

"마님, 식사 준비가 다 되었어요."

그는 의젓하게 부인에게 팔을 내밀었다.

그들은 다정하게 마주 앉아서 식사를 했다. 끊임없이 서로 얼굴을 마주 보고 미소 짓고, 다른 것은 아무것도 생각지 않고 맨 처음 사랑을 시작할 때 느끼는 달콤한 기쁨에 빠져서 무엇을 먹고 있는지도 모르고 먹었다. 그는 그녀의 발이, 그 조그마한 발이 식탁 밑에서 헤매고 있는 것을 느꼈다. 그래서 그는 그것을 두 발 사이에 끼고 힘껏 죄어 주면서 언제까지나 놓지 않았다.

하녀는 아무것도 눈치채지 못한 듯이 무심한 태도로 접시를 들고 왔다갔다 하면서 시중을 들었다.

식사가 끝나자 그들은 객실로 돌아와서 긴 의자 위에 나란히 앉았다.

그는 조금씩 몸을 가까이 해서 그녀를 껴안으려고 했다. 그러나 그녀는 그를 살며시 밀어냈다.

"조심하세요. 그 애가 들어올지도 몰라요."

그는 소곤거렸다.

"언제쯤이면 우리 둘이서만 만날 수 있겠습니까? 제가 얼마나 사랑하고 있는지 말씀드리고 싶습니다만."

그녀는 그의 귀에 입을 가까이 대고 아주 낮은 목소리로 말했다.

"며칠 안으로 잠깐 당신 집에 들르겠어요."

그는 낯이 화끈 달아 오르는 걸 느꼈다.

"그러나 저의 집은……매우……누추해서요."

그녀는 생긋 웃으며 말했다.

"그게 무슨 상관이에요? 당신을 보러 가는 거지, 방을 보러 가는 게 아닌걸요."

그는 마음이 들떠서 언제 와주겠느냐고 졸랐다. 그녀는 그가 생각했던 것보다 훨씬 먼 다음 주의 어느 날을 정했다. 그는 눈을 반짝이면서 그녀의 손을 꼭 움켜쥐고 마주 앉아, 심한 욕정으로 타오르는 듯 발그레한 볼로 좀더 빨리 와달라고 더듬거리는 말로 애원했다.

그녀는 그가 그토록 열을 올려 가며 부탁하는 모습이 재미있어서 하루씩 날짜를 당겨 갔다. 그러자 그는 "내일, 네? 내일 와 주세요" 하면서 자꾸만 재촉했다.

그리하여 그녀는 마침내 못이기는 척 허락했다.

"좋아요, 그럼 내일 5시로 하겠어요."

그는 너무나 기뻐서 긴 한숨을 내쉬었다. 그러고 나서 그들은 마치 20년쯤 알고 지낸 친구처럼 마음을 터놓고 조용조용 이야기를 주고받았다.

갑자기 초인종 소리가 그들을 놀라게 했다. 두 사람은 퉁겨나가듯 서로 몸을 떼고 떨어져 앉았다.

"아마 로린일 거예요." 그녀가 중얼거렸다.

아이는 들어오자 깜짝 놀라서 멈춰서더니, 손님이 바로 뒤루아라는 사실을 알자 너무나 기뻐서 손뼉을 치면서 뛰어왔다. 그러고는 크게 외쳤다.

"어머! 벨아미!*15

드 마렐 부인이 활짝 웃으며 즐거워했다.

"어머나! 벨아미라고! 로린이 멋진 별명을 지어 드렸구나! 당신에게 아주 잘 어울리는 별명이에요. 저도 앞으론 벨아미라고 부르겠어요."

그는 소녀를 무릎 위에 안아 올리고 그동안 가르쳐 준 여러 가지 유희를 하나도 빠짐없이 되풀이해야만 했다.

3시 20분 전이 되자 그는 신문사에 출근하기 위해서 일어섰다. 계단으로 나온 그는 닫으려는 문 틈 사이로 다시 한 번 작은 목소리로 속삭였다.

"내일, 5시입니다."

그녀는 "네." 짧게 대답하고 웃으며 모습을 감추었다.

그는 신문사 일을 마치자 곧 생각에 잠겼다. 드디어 애인이 오게 됐으니 될 수 있는 대로 누추한 방을 보기 좋게 감추어야겠다고 마음먹었다. 하지만 어떻게 하면 좋을지 막막했다.

그래서 일본제의 자질구레한 장식품을 벽에 핀으로 꽂아야겠다고 마음먹고 5프랑을 들여 주름진 종이와 조그마한 부채와 병풍을 샀다. 그러고는 그것으로 벽지에 얼룩진 부분들을 가렸다. 창문 유리에는 강 위에 떠 있는 배와 저녁노을이 붉게 물든 하늘을 나는 새, 그리고 발코니에 기대선 매우 정밀하고 화려한 빛깔로 그린 귀부인과 눈 덮인 들판을 걸어가는 검고 조그만 인형의 행렬 등을 표현한 투명한 그림 종이를 붙였다.

좁아서 겨우 누울 자리와 앉을 자리밖에 없는 그의 집은 이윽고 그림을 그

---

*15 아름다운 벗이라는 뜻.

린 초롱속처럼 되었다. 그는 그런 장식에 매우 만족했다. 그날 밤 그는 남은 색종이에서 오려낸 새를 천장에 붙이며 날을 지새웠다.

그러고 나서 기차의 기적 소리에 흔들리면서 잠이 들었다.

그 다음 날은 식료품점에서 산 마데르산(産) 포도주와 과자 꾸러미를 안고 일찌감치 집으로 돌아왔다. 그러나 접시와 컵을 두 개씩 사기 위해서 다시 나가야만 했다. 그는 사온 물건들을 테이블 위에 올려놓았다. 테이블의 지저분한 나무판은 상보로 가리고, 대야와 물병은 그 아래로 밀어 넣었다.

그리고 기다렸다.

5시 15분쯤 되자 드 마렐 부인이 왔다. 그녀는 눈이 부실 정도로 장식한 색색가지 그림에 마음이 사로잡혀서 말했다.

"어머나, 어쩜, 아주 아름다운 방이군요. 하지만 계단에는 사람들이 무척 많더군요."

그는 그녀를 끌어안았다. 그러고선 베일 위로, 이마와 모자 사이의 머리칼에 정신없이 키스했다.

한 시간 반 뒤, 그는 롬 거리의 역마차 정류장까지 드 마렐 부인을 바래다 주었다. 그리고 그녀가 마차에 올라타자 그는 속삭였다.

"그럼 화요일, 같은 시간입니다."

그녀는 "네, 화요일이에요" 하며 대답하다가 주위가 매우 어두웠기 때문에 재빨리 그의 목을 문 쪽으로 끌어당겨서 입술에 키스했다. 그리고 나서 마부가 말에 채찍질을 하자 "안녕, 벨아미!" 외쳤다. 흰 말의 지친 발버둥에 끌려서 낡은 마차는 멀어져 갔다.

3주일 동안, 뒤루아는 이틀, 또는 사흘마다 드 마렐 부인을 맞았다. 시간은 아침일 때도 있고 저녁일 때도 있었다.

어느 날 오후, 그녀를 기다리고 있는데 계단에서 큰소리가 들려왔다. 그가 궁금해서 문밖으로 나가 보았다. 어린아이가 목을 놓아 울어 대고 화가 잔뜩 난 남자의 목소리가 고함을 쳤다.

"이 자식은 어째서 이렇게 울어 대는 거야!"

드높은 여자의 목소리가 격분해서 말했다.

"위의 신문장이한테 오는 그 매춘부가 니콜라를 층계참에서 넘어뜨렸지 뭐예요. 무지하기 짝이 없군요. 그 매춘부 년은 계단에 아이가 있거나 말거나 함부로 걸어 다닌다니까요."

뒤루아는 깜짝 놀라서 뒷걸음질 쳐 방안으로 들어갔다. 아래 계단을 다급하게 올라오는 발소리와 치맛자락이 계단을 스치며 내는 분주한 소리가 들려왔기 때문이었다.

곧이어 이제 막 닫은 방문을 두드리는 소리가 들렸다. 문이 열리자, 드 마렐 부인이 숨을 헐떡이면서 어지러운 모습으로 방안으로 뛰어들어왔다.

"들렸죠?"

그는 아무것도 모르는 체했다.

"아뇨, 무슨 일입니까?"

"저한테 욕을 퍼붓지 뭐예요."

"누가요?"

"아래에 사는 가난한 사람들 말이에요."

"아니, 도대체 무슨 일이죠? 말씀해 보십시오."

그녀는 한 마디도 못하고 흐느껴 울었다. 그는 끈을 풀어서 모자를 벗기고 침대에 누인 뒤 젖은 수건으로 이마를 찜질해 주어야 했다. 그녀는 숨이 막힐 것 같다며 잠시 누워 있었다. 그러고 나서 흥분이 조금 가라앉은 그녀는 갑자기 누를 수 없는 분노가 한꺼번에 폭발한 듯 마구 소리쳤다.

그녀는 그에게 당장 아래로 내려가서 상대와 결투하고 모두 죽여 달라고 졸랐다.

그는 이렇게 되풀이했다.

"그렇지만 그들은 노동자들이고 거친 사람들입니다. 경찰에라도 가게 되면 당신의 신분도 폭로될 테고 감금될지도 모릅니다. 그렇게 되면 끝입니다. 저런 녀석들과 상대한다는 건 어리석은 일입니다."

그러자 그녀는 다른 데로 생각을 돌렸다.

"그럼 앞으로 어떡하지요? 나는 이제 다시는 여기에 올 수 없잖아요."

그가 대답했다.

"아무 문제없습니다. 내가 이사할 테니까요."

"그렇군요. 하지만 시간이 걸리겠군요."

그러더니 갑자기 무슨 좋은 생각이 났는지 그녀가 명랑해져서 말했다.

"아니, 좋아요, 생각났어요. 저한테 맡겨 두세요. 아무런 걱정도 할 필요 없어요. 내일 아침 프티 블뢰를 보내겠어요.”

그녀는 파리 시내의 속달 봉함엽서를 〈프티 블뢰〉라고 불렀다.

그녀는 그 생각을 밝히려고 하지 않았지만, 아무튼 그것으로 완전히 기분이 좋아져서 생글거리고 웃기 시작했다. 그리고 어이 없을 만큼 사랑의 말들을 쏟아냈다.

그러나 다시 계단을 내려갈 때에는 몹시 겁을 먹었다. 다리가 후들거리는 듯 그녀는 연인의 팔에 단단히 매달렸다.

다행히 아무도 맞닥뜨리지 않았다.

이튿날 그는 늦잠을 잤기 때문에 아직 잠자리에 있을 때였다. 오전 11시쯤에 우편배달부가 약속된 프티 블뢰를 가지고 왔다.

그 내용은 이러했다.

오늘 오후 5시, 콩스탕티노플 거리 127번지로 오시기 바람. 뒤루아 부인 이름으로 빌려 놓은 방을 열게 하십시오.

키스와 함께 클로로부터

5시 정각에 그는 가구가 딸린 큰 아파트의 관리인의 방으로 들어가서 물었다.

“뒤루아 부인이 방을 빌린 곳은 여기입니까?”

“그렇습니다.”

“미안하지만 안내를 해주시오.”

그 사나이는 매우 조심스럽게 그의 눈을 유심히 바라보더니 이윽고 긴 열쇠 다발을 뒤적거리면서 말했다.

“당신은 분명히 뒤루아 씨죠?”

“그렇소, 틀림없소.”

그러자 관리인은 아래층으로 뒤루아를 데리고 가서 자기 방 맞은편에 있는 조그만 방이 두 칸 이어진 방을 열고 들어갔다.

새로운 꽃무늬의 벽지가 발라져 있는 객실은 노란 무늬가 있는 푸르스름한 렙스 천을 덮은 마호가니 의자가 늘어서 있고, 바닥에는 딱딱한 마루의 감촉을 느낄 수 있을 만큼 얇은 꽃무늬의 빈약한 융단이 깔려 있었다.

침실은 몹시 좁아서 침대가 사분의 삼을 차지했다. 침대는 방 안쪽으로 밀어 붙여 있었는데 좌우의 벽에 닿을 만큼 커다란 셋방용 침대이고, 같은 렙스천의 푸르고 묵직한 커튼 뒤에 얼룩이 묻어 있는 빨간 비단의 깃털 이불이 있었다.

뒤루아는 불안하고 못마땅해서 이런저런 생각에 잠겨 들었다.

'이런 방은 엄청난 비용이 들겠는걸. 또 빚을 져야겠구나. 주책없는 짓을 하는군, 그 여자는.'

그때 마침 문이 열렸다. 클로틸드가 옷자락 스치는 소리를 요란스럽게 내면서 양팔을 벌리고 바람처럼 뛰어들었다. 그러자 그는 매우 기분이 좋아졌다.

"좋지요? 네, 좋지요? 계단을 올라가지 않아도 되고, 바로 거리 옆인걸요, 1층이니까요. 관리인에게 들키지 않도록 창문으로도 출입할 수 있어요. 여기라면 거리낌없이 마음껏 사랑을 나눌 수 있을 거예요!"

그는 목구멍까지 나오던 말을 물어볼 용기가 없어서 그저 냉담하게 키스했다.

그녀는 방 한가운데에 있는 둥근 테이블 위에 커다란 꾸러미를 놓았다. 그리고 그것을 끄르고 비누와 뤼뱅 수(水)와 스펀지와 머리핀 상자와 병마개 빼기와 머리 손질하는 조그마한 아이론까지 꺼냈다. 이마에 늘어뜨리는 머리가 언제나 풀어지므로 그것을 손질하기 위해서였다.

그리고 그녀는 몹시 들떠 떠들어 대면서 하나하나 물건 놓을 자리를 찾아서 기쁜 듯이 늘어놓았다.

그녀는 화장대 서랍을 열면서 말했다.

"속옷도 몇 가지 가져다 두어야겠어요. 때에 따라 갈아입을 수 있도록 말예요. 참 편리할 거예요, 틀림없이. 만약 볼일이 있어서 나왔다가 소나기라도 만나면 여기서 말릴 수 있으니까요. 서로 열쇠를 하나씩 갖도록 해요. 그리고 잃어버렸을 때를 생각해서 관리인에게도 하나 맡겨 둬야겠어요. 전 물론 당신 이름으로 석 달 빌리기로 했어요. 왜냐하면 내 이름으로는 할 수 없으니까요."

그래서 그는 물었다.

"집세는 언제 내죠?"

그녀는 대수롭지 않게 대답했다.

"벌써 다 냈어요."

"그럼 당신한테 빚진 셈이군."

"아네요, 그런 건 당신, 아무런 걱정도 하지 마세요. 전 제 자신의 즐거움으로 했는걸요."

그는 화난 듯한 표정을 지었다.

"아니, 절대로 난 그렇게는 할 수 없소."

그녀는 옆으로 다가와서 두 손을 그의 어깨에 얹고 애원하듯 말했다.

"부탁이에요. 조르주, 전 참으로 기뻐요. 여기는 저에게 맡겨 주세요. 전 이곳을 우리의 보금자리로 만든 게 얼마나 기쁜지 몰라요! 그렇게 화내실 것 없잖아요? 이곳을 우리 사랑을 위해 바치고 싶을 뿐예요. 괜찮죠? 귀여운 제오, 괜찮다고 말해주세요."

그녀는 눈으로, 입술로, 몸 전체로 애원했다.

그는 화난 표정으로 그녀를 뿌리치고, 몇 번이나 다시 애원을 되풀이하도록 한 뒤에야 겨우 승낙했다. 하지만 그는 이미 마음속으로는 백번도 더 마땅한 일이라고 생각했다.

그녀가 돌아가고 나자 그는 손을 비비면서 혼잣말로 중얼거렸다.

"어쨌든 그녀는 귀여워." 그러나 마음속 어딘가에서 그런 생각이 들었는지는 곰곰이 헤아려 보려고 하지 않았다.

그리고 며칠 뒤, 그는 또 프티 블뢰를 받았다. 거기에는 이렇게 씌어 있었다.

오늘 밤 주인이 6주일 동안의 시찰을 마치고 돌아와요. 그러니까 일주일 동안은 못 만나 뵙겠어요. 정말 지긋지긋하군요.

당신의 클로

뒤루아는 깜짝 놀랐다. 그동안 그녀에게 남편이 있다는 사실을 까맣게 잊고 있었던 것이다. 한 번이라도 좋으니까 어떤 사나이인지 얼굴을 알아두기 위해서 만나 보았으면 싶었다.

그러나 그는 꾹 참고 그녀의 남편이 출발하기를 기다렸다. 그리고 이틀 밤을 폴리 베르제르로 가서 결국 라셸과 어울렸다.

드디어 어느 날 아침, '오후 5시에—클로'라고만 쓴 새로운 속달이 왔다.

그들은 두 사람 모두 정한 시간보다도 서둘러 밀회장소로 갔다. 그녀는 정말로 그리운 듯이 그의 품안으로 뛰어들어 정신없이 온 얼굴 여기저기에 키스했다. 그리고 이렇게 말했다.

"만약 별 어려움이 없으시면 나중에 어디라도 좋으니 함께 식사하러 가시지 않으시겠어요? 집에는 일러 놓고 왔으니까요."

마침 월초였다. 그는 월급을 훨씬 전에 미리 당겨쓰고 여기저기서 긁어모은 돈으로 그날그날을 지내곤 했는데, 그날은 우연히도 돈을 꽤 가지고 있었다. 그래서 여자를 위해 돈을 쓸 기회를 얻은 것을 매우 흐뭇하게 여겼다.

"아, 좋소. 당신이 좋아하는 데로 갑시다." 그는 대답했다.

그들은 7시쯤 밖으로 나와서 큰길 쪽으로 갔다. 그녀는 그에게 바싹 붙어서서 귀에 대고 소곤거렸다.

"이렇게 당신 팔에 매달려서 밖에 나가는 게 무척 즐거워요. 전 언제나 당신께 기대있는 게 좋아요."

"라퇴르 영감한테로 갈까?"

"어머, 안 돼요. 거기는 너무 고상해요. 좀더 색다른 수수한 데가 좋아요. 이를테면 월급쟁이나 노동자들이 가는 그런 데 말예요. 전 허름한 식당에서 노는 게 참 좋아요. 정말, 시골에 갈 수 있으면 좋겠어요!"

그는 그 근처에서 그런 음식점이 어디에 있는지 몰랐으므로 한참 동안 길을 헤매고 다녔다. 그러다가 별실이 마련된 어느 술집을 발견하고 그곳으로 들어갔다. 가게의 문 너머로 모자도 쓰지 않은 거리의 여자 둘이 저마다 군인과 식탁에 마주 앉아 있는 것이 보였다.

좁고 긴 방 안쪽에서 역마차 마부 셋이 식사를 하고 있었다. 또 어떤 계급인지 알 수 없는 한 사나이가 두 다리를 길게 뻗은 채 손을 바지 혁대에 끼우고는 머리를 의자 등받이에 대고 누워서 담뱃대를 물고 있었다. 윗도리는 얼룩 투성이고, 배처럼 불룩 튀어나온 주머니에는 병 주둥이와 빵 조각과 신문지에 싼 것들이 보이고 끄나풀이 한 가닥 늘어져 있었다. 머리는 숱이 많은 곱슬머리인데 헝클어져서 먼지로 잿빛이 되어 있었다. 그의 모자는 의자 밑바닥에 떨어져 있었다.

클로틸드가 들어가자 그녀의 멋진 옷차림에 모두 눈이 동그래졌다. 두 쌍의 남녀는 밀담을 그치고 세 마부는 토론을 접었다. 담배를 피우던 사나이는 담뱃대를 입에서 떼고는 바닥에 칵, 소리를 내고 침을 뱉었다. 그러고는 고개를 비스듬히 돌리고 바라보았다. 드 마렐 부인이 속삭였다.

"멋있군요! 참 재미있겠어요. 요담엔 여공 차림을 하고 오겠어요."

드 마렐 부인은 음식물 기름이 번지르르하게 묻고, 쏟아진 음료를 웨이터가 되는 대로 걸레질만 한 식탁 앞에, 조금도 싫어하는 표정 없이 태연히 걸터앉았다. 뒤루아는 조금은 난처하고 부끄럽기도 해서 실크모자를 걸어둘 만한 곳을 찾았다. 하지만 어디에도 보이지 않아서 그냥 의자 위에 놓았다.

둘은 양의 스튜와 양의 넓적다리 구운 고기와 샐러드를 먹었다.

"전 이런 곳이 참 좋아요. 취미는 조금 천하지만요. 카페 앙글레보다도 여기가 더 재미있어요." 클로틸드는 다시 되풀이해서 말했다.

그러고 나서 다시 말을 이었다.

"만약 저를 아주 기쁘게 해주시려면 카바레로 데려다 주세요. 이 근처에 라렌 블랑슈(하얀 공주)라는 아주 재미있는 데가 있어요."

뒤루아는 놀라서 물었다.

"도대체 누가 당신을 그런 곳에 데려다 주었소?"

그는 그녀의 얼굴을 쳐다보며 말했다. 그녀는 이 급작스러운 질문에 어떤 추억이 일깨워진 듯 조금 당황해 하며 얼굴을 붉혔다. 그러나 웬만큼 주의를 기울이지 않으면 알 수 없는 그 여자 특유의 매우 짧은 주저가 있은 뒤에 대답했다.

"친구예요."

그녀는 잠시 말없이 있다가 불쑥 덧붙였다.

"벌써 죽고 말았어요."

그러고는 생각에 잠겨 있던 그대로의 슬픈 얼굴로 눈을 내리깔았다.

뒤루아는 비로소 이 여자의 과거를 자신은 전혀 모르고 있다는 사실을 깨닫고 생각에 잠겼다. 물론 많은 애인이 있었겠지만 어떤 종류의, 어떤 계급의 사나이였을까? 그러자 걷잡을 수 없는 질투가, 적의와도 같은 질투가 여자에게 불현듯 일어났다. 이 여자의 마음이나 생활 속에 있는, 자신이 알지 못하는 일이며 자신에게 관계되지 않는 모든 것에 대한 적의였다. 그는 그녀를 말없이 바라보았다. 우두커니 앉아 있는 귀여운 머릿속에는 비밀이 감추어져 있겠지. 그리고 아마 지금 이 순간에도 다른 남자를, 많은 남자들을 미련이 남아 단념하기 어려운 심정으로 떠올리겠지, 하고 여겨지자 갑자기 화가 불쑥 치밀어 올랐다. 그는 그녀의 추억 속을 깊이 들여다보고, 마구 휘젓고, 모조리 알고 싶어서 견딜 수가 없었다. 그녀는 되풀이해서 말했다.

"라 렌 블랑슈에 데려다 주세요. 정말 축제 때처럼 재미있을 거예요."

그녀가 재촉하자 그는 '뭘! 과거 같은 거야 아무려면 어때. 그런 일에 신경을 쓰는 것은 어리석기 짝이 없는 일이야.' 대담하게 생각했다. 그리고 미소 지으면서 대답했다.

"물론 데리고 가고말고."

거리로 나서자 그녀는 속마음을 털어놓을 때의 그 의미 있는 듯한 말투로 이야기했다.

"전 말이에요, 여태까지 당신에게 이런 부탁을 할 용기가 나지 않았었어요. 하지만 전, 여자들이 갈 수 없는 그런 장소에서 남자들처럼 법석을 떨고 노는 게 참 좋아요. 이번 사육제에는 학생처럼 차릴려고 해요. 학생 차림이 잘 어울릴 거예요."

무도장으로 들어가자, 클로틸드는 갑자기 겁이 나서 그에게 바짝 붙어 섰지만 그래도 창부와 손님이 뒤끓는 모습을 바라보고는 매우 즐거워했다. 그리고 이따금 어떤 위험이 일어날지도 모른다는 근심을 누르는 듯 헌병이 의젓이 부동자세를 취하고 있는 것에 눈길을 주고는, "정말 튼튼하게 생긴 헌병이군요" 했다. 그러나 15분쯤 지나자 그녀는 이쯤으로 만족한다 말하자 그는 그녀를 집까지 바래다주었다.

그날 뒤부터 그들은 서민들이 흥청대는 환락가에 아무 때나 마음내키는 대로 찾아갔다. 뒤루아는 그의 정부가 신분의 차별 없이 예의를 벗어나서 사람이 우글거리는 술집을 찾아 방탕한 학생처럼 법석을 떨고 노는 모습을 보고 어처구니없어 했다.

늘 오는 밀회장소에도 그녀는 리넨으로 지은 옷을 입고 하녀가, 그것도 희극에 나오는 하녀가 쓰는 것 같은 모자를 쓰고 오곤 했다. 그런데 그녀는 일부러 신경을 써서 조촐하게 차려입으면서도 반지며 팔찌며 다이아몬드 귀걸이 등 화려한 장신구는 그대로 지니고 다녔다. 그래서 뒤루아가 그런 것은 제발 떼어 놓고 다니라고 부탁하면 그녀는 이렇게 변명했다.

"괜찮아요! 남들은 색깔 있는 수정(水晶)쯤으로밖에는 생각하지 않을 거예요."

이렇듯 그녀는 훌륭하게 변장했다고 여기고, 실제로는 타조처럼 머리만 감추고 궁둥이는 감추지 않은 꼴로 매우 평판이 좋지 않은 술집에도 마구 드나들었다.

그리고 그녀는 뒤루아에게도 노동자와 같은 몸차림을 하라고 졸랐지만, 그는 절대로 받아들이지 않았다. 그는 변함없이 일류신사의 단정한 모습으로 실크모자를 다른 것으로 바꾸어 쓰려고도 하지 않았다.

그녀는 그의 고집에 그럴 만한 이유를 나름대로 생각해보고는 결국 포기했다. '아마도 나를 사교계의 청년 신사에게 귀여움받는 시녀쯤으로 생각할 거야.' 그리고 그런 희극도 매우 재치 있다고 생각했다.

그들은 이렇게 서민들이 사는 거리의 식당에 들어가서 더러워진 조그만 방 구석의 삐걱거리는 의자에 걸터앉아 낡은 나무 식탁을 앞에 두고 얼굴을 마주보았다. 저녁식사 때의 생선 튀김 냄새가 떠도는 매운 연기가 구름처럼 온 방안에 자욱하고, 작업복을 입은 남자들이 조그마한 술잔을 들어 술을 마시면서 알지 못할 고함을 질러댔다. 그 소리에 놀란 웨이터가 브랜디에 담근 버찌를 들고 멈칫하다가는 드 마렐 부인 앞 식탁에 내려 놓으며 이상한 한 쌍을 유심히 바라보았다.

그녀는 엉겁결에 조마조마하여 오들오들 떨면서도 그래도 즐거운 듯 버찌의 빨간 주스를 조금씩 마시기 시작하고, 불안스러운 눈빛으로 주위를 둘러보았다. 입에 넣은 버찌 하나하나가 무언가 나쁜 짓을 저지르는 듯한 기분을 느끼게 하고, 입에 대고 홀짝홀짝 마시는 톡톡 쏘는 주스가 목구멍을 넘어갈 때마다, 씁쓸한 쾌락이 옳지 못한 금단의 향락처럼 온몸에 기쁨을 불어넣어 주었다.

그러고 나서 그녀는 낮은 목소리로 "돌아가요" 말했다. 그들은 자리에서 일어났다. 그녀는 고개를 수그리고 무대에서 물러나는 여배우와 같은 발걸음으로 식탁에 팔꿈치를 대고 술을 마시는 남자들 사이를 종종걸음으로 재빠르게 빠져나왔다. 그 남자들은 불쾌한 표정으로 어딘가 수상하다는 듯, 그녀가 옆을 지나 밖으로 나가는 것을 바라보았다.

문 밖으로 나오자 그녀는 무서운 위험에서 빠져나온 것처럼 크게 한숨을 쉬었다. 이따금 그녀는 몸을 부르르 떨면서 뒤루아에게 물었다.

"만약 저런 장소에서 제게 못되게 구는 남자가 있다면 당신은 어쩌시겠어요?"

그는 단호하게 대답했다.

"물론 당신을 지키기 위해서 싸워야지. 그래야 마땅하지."

그러자 그녀는 행복한 듯 그의 팔을 끌어안았다. 그러고는 마음속으로 누군가 자신을 모욕해서 뒤루아가 화를 내고, 가장 사랑하는 애인이 죽을 힘을 다해 싸우는 것을 보았으면 하고 은근히 바라는 듯했다.

그런데 이런 산책이 매주 두서너 번씩 되풀이되자 마침내 뒤루아는 조금씩 지치기 시작했다. 게다가 그는 얼마 전부터 차비와 음식 값으로 나가는 반 루이를 얻는 데도 무척 애를 먹었다.

지금 그의 생활은 몹시 옹색했다. 북부 철도에 근무할 때보다도 훨씬 쪼들렸다. 왜냐하면 신문사에 갓 들어갔던 두서너 달은 금방이라도 엄청난 돈이 굴러들어올 것 같아서 계산도 하지 않고 마구 써버렸기 때문이었다. 이제는 저축한 돈도 톡톡 털어 썼고 돈을 빌려쓸 길조차 막혀 버렸다.

신문사 회계과에서 빌리는 것이 가장 손쉬운 방법이었지만 그마저도 얼마 안 가서 바닥이 나고, 넉 달치의 월급과 원고료 600프랑을 이미 가불로 써버린 터였다. 그 밖에 포레스티에에게 100프랑, 호기 있게 돈을 잘 쓰는 자크 리발에게 300프랑의 빚이 있고, 또 20프랑이라든가, 100수라든가, 남에게 말할 수도 없는 자질구레한 빚더미 때문에 쪼들렸다.

생 보탱은 대단한 책략가였으므로 100프랑만 더 만들어낼 방법은 없겠는가 하고 의논했지만 별도리가 없었다. 뒤루아는 옛날보다도 훨씬 돈이 많이 필요했던 만큼 가난의 고통이 한결 뼈저리게 느껴지기 시작했고, 이제는 이런 구차한 생활을 짜증스러워했다. 그래서 사회 전체에 대한 무언의 분노가 마음속에서 차츰 높아지고 끊임없는 격분이 온종일 하찮은 이유를 계기로 말끝마다 튀어나왔다.

그는 다달이 평균 1000프랑의 돈을 썼는데, 그다지 사치도 방탕도 하지 않아서 무엇에 써버렸을까, 스스로도 이상스럽게 여겼다. 그러나 점심 식사에 8프랑, 큰 거리의 훌륭한 카페에서의 저녁 식사에 12프랑을 더하면 당장에 벌써 1루이고, 게다가 어디다 썼는지 알지도 못할 용돈을 10프랑쯤 넣으면 합계 30프랑이 된다. 그러니까 하루 30프랑이면 월말에는 900프랑이 되는 셈이다. 더욱이 거기에는 의복과 구두와 속옷과 세탁비 등 대수롭지 않게 드는 비용은 전혀 포함돼 있지 않은 것이다.

이렇게 해서 12월 14일에는 호주머니에 1수도 없게 되었고 돈을 만들 방법이 도무지 머리에 떠오르지 않아 끝내는 궁지에 몰리게 되었다.

그래서 예전에도 곧잘 그랬듯이 점심 식사를 생략하고, 오후에는 신문사에서 마구 화를 내면서 바쁘게 일을 하며 지냈다.

4시경 프티 블뢰로부터 '어디 가서 함께 저녁 식사하고 그런 다음 놀러 가지 않겠어요?'라는 전갈을 받았다.

그는 곧, '저녁 식사는 안 되겠소' 회답을 썼는데, 모처럼 그녀가 즐거운 시간을 보내게 해주겠다는 데 거절하는 것도 바보 같다고 여겨져, '그렇지만 9시에, 그 집에서 기다리겠소' 덧붙였다.

그리고 속달료를 아끼기 위해서 사환에게 편지를 전하게 하고, 저녁 식사를 어디서 얻어먹을 방법은 없을까 궁리했다.

7시가 되어도 아직 아무런 생각도 나지 않고 심한 허기가 배를 쥐어뜯었다. 그래서 마지막 수단을 계획하기로 하고 동료들이 차례로 돌아가는 것을 보고 있다가 혼자 남게 되자 요란하게 초인종을 울렸다. 그러자 숙직이었던 사장실 수위가 왔다.

뒤루아는 선 채 초조하게 주머니 속을 뒤지며 무뚝뚝한 목소리로 말했다.

"여보게, 프카르 군, 지갑을 집에 두고 왔는데, 지금 뤽상부르로 식사하러 가야겠어. 미안하지만 차비를 50수 빌려 주지 않겠나?"

"뒤루아 씨, 그것으로 되겠어요?"

그 사나이는 이렇게 물으면서 조끼 호주머니에서 3프랑을 꺼냈다.

"응, 그거면 돼. 고맙네."

그는 은화를 손에 쥐자마자 계단을 뛰어내려서 돈이 없었을 무렵 단골이었던 싼 음식점으로 달려갔다.

그리고 9시에는 그 조그마한 객실에서 벽난로에 발을 올려놓고 정부를 기다리고 있었다.

그녀는 거리의 찬바람을 맞고 몹시 흥분하고 즐거워하면서 들어왔다.

"좋으시다면 먼저 한 바퀴 돌고 11시에 여기로 돌아와요. 산책하기에는 아주 좋은 날씨예요."

그는 퉁명스럽게 대답했다.

"나갈 것 없어. 여기가 훨씬 기분이 좋은데."

그녀는 모자도 벗지 않은 채 다시 재촉했다.

"하지만 아주 멋진 달밤이에요. 이런 밤에 산책하면 정말 즐거울 거예요."

"그래도 난 산책하고 싶지 않소."

그가 무척 화난 듯 말했기 때문에 그녀는 깜짝 놀라며 언짢아져서 물었다.

"아니, 왜 그러시죠? 어째서 그렇게 퉁명스럽게 말씀하시는 거예요. 전 그저 한 바퀴 돌고 왔으면 좋겠다고 했을 뿐이에요. 그걸로 화내실 건 없잖아요?"

그는 몹시 화가 나서 일어섰다.

"화낸 게 아냐. 그저 바보 같아서 그러는 거요. 정말이지!"

그녀는 자기 생각대로 되지 않으면 발끈하고, 무례한 말을 들으면 격렬하게 화를 내는 여자였다.

그래서 차디찬 분노를 담고 매우 경멸하듯이 말했다.

"전 이제까지 그런 말을 들어 본 적이 없어요. 그럼 혼자 갈 테니, 좋아요!"

그는 사태가 심상치 않음을 깨닫고 그제야 얼른 그녀 옆으로 달려가서 두 손을 잡고, 키스하면서 떨리는 목소리로 말했다.

"용서해요. 부탁이오. 오늘 밤에는 몹시 신경이 예민하고 초조해서 그러오. 신문사에 여러 가지 귀찮고 불쾌한 일이 있어서 말이오."

그 말에 그녀는 조금 마음이 누그러졌지만 아직 완전히 화가 가라앉지 않은 목소리로 대답했다.

"그런 건 난 몰라요. 그리고 당신이 기분 나쁠 때마다 덩달아서 나까지 당할 순 없어요."

그는 그녀를 품안에 껴안고 긴 의자에까지 끌고 왔다.

"이봐요, 당신한테 분풀이를 하려고 한 건 아니오. 그저 생각 없이 그랬을 뿐이오."

그는 그녀를 억지로 주저앉히고 그 앞에 꿇어 앉았다.

"용서하오. 용서한다고 해주구려."

그녀는 쌀쌀맞은 목소리로 중얼거렸다.

"좋아요. 하지만 다시는 그래선 안 돼요."

그리고 일어서면서 덧붙였다.

"그럼 한 바퀴 돌고 와요."

그는 꿇어앉은 채, 그녀의 허리를 두 팔로 안고 중얼거렸다.

"제발 부탁이니 여기 그대로 있읍시다. 제발 내 말을 들어 주구려. 난 오늘 밤 이 난롯불 옆에서 당신을 독차지하고 싶소. '응'이라고 말해 줘요. 제발 부탁이니 '응', 그래 주오."

그녀는 여지없이 딱 잘라 말했다.

"아뇨, 전 나가고 싶어요. 당신의 변덕스러운 말을 듣고 있을 순 없어요."

그래도 그는 부탁했다.

"부탁이오. 까닭이 있소. 아주 중대한 까닭이……"

그녀는 그의 말을 귀담아 듣지 않고 되풀이해서 요구했다.

"아녜요, 저하고 함께 나가시기가 싫다면 전 돌아가겠어요, 안녕."

그녀는 남자를 떨쳐 버리고 재빠르게 문 쪽으로 갔다. 그는 그 뒤를 쫓아가서 두 팔로 안아 들었다.

"여봐요, 클로. 귀여운 클로. 내가 하는 말을 들어봐요."

그녀는 대답하지 않고 고개를 가로저으면서 그의 키스를 피하고 휘감겨 오는 팔에서 빠져나가려고 몸부림쳤다.

"클로, 귀여운 클로, 그럴 만한 이유가 있소." 그는 떠듬거리면서 말했다.

그녀는 버둥거림을 멈추고 똑바로 그를 쳐다보면서 말했다.

"거짓말이에요.……그래 어떤 이유죠?"

그는 어떻게 이야기해야 할지 몰라서 얼굴을 붉혔다. 그러자 그녀는 화가 발끈 나서 말했다.

"거 보세요, 거짓말이지 뭐예요. 미워 죽겠어……"

그리고 화가 난다는 듯 눈물을 글썽거리면서 남자를 뿌리쳤다.

그는 다시 한 번 그녀 어깨를 누르고 구멍에라도 들어가고 싶은 심정으로 이런 일로 그녀와 헤어지기 보다는 차라리 모든 것을 고백해 버려야겠다고 마음먹고, 잔뜩 풀이 죽어서 말했다.

"실은……한 푼도 없어서 그러는 거요……정말로."

그녀는 우뚝 멈추어 서서 그 말이 사실인지 확인하기 위해서 그의 눈속을 가만히 지켜보며 물었다.

"뭐라고요?"

그는 머리끝까지 빨개졌다.

"내 주머니에 1수도 없소. 알겠소? 단돈 20수도 10수도 없단 말이요. 이제부터 카페에 가서 카시스 주(酒) 한 잔을 살 돈도 없소. 창피해서 이런 말은 하지 않으려 했지만 어쩔 수 없구려. 그러나 나는 당신하고 함께 나가서 식탁에 마주 앉아 마실 것이 두 잔 우리 앞에 나왔을 때, 그 값을 내지 못하겠다고 태연하게 말할 수는 도저히 없었소."

그녀는 여전히 그를 똑바로 지켜보고 있었다.

"그럼 정말이군요…… 그 말은."

그는 1초 동안에 바지며 조끼며 윗도리의 모든 호주머니를 뒤집어 보였다.

"자아……이제는 후련하겠구려……어떻소?"

그녀는 갑자기 두 팔을 벌리고 정신없이 그의 목에 매어달리면서 더듬거리며 말했다.

"어머, 가엾어라……딱해라……좀더 빨리 말씀해 주셨으면 좋았을걸! 도대체 어쩌다 그렇게 되었어요?"

그녀는 그를 앉히고 자기도 그의 무릎 위에 앉아서 목을 꽉 껴안고 쉴 새 없이 수염이며 입이며 눈에 키스하면서, 어째서 이런 불운에 부딪혔느냐며 그 사정을 자세히 이야기 해달라고 졸랐다.

그는 눈물겨운 이야기를 꾸며 댔다. 아버지가 몹시 곤경에 빠졌기 때문에 어쩔 수 없이 도와주지 않으면 안 될 처지여서 저금뿐 아니라 엄청난 빚까지도 짊어지게 되었다고 했다. 그리고 이렇게 덧붙였다.

"앞으로 반 년쯤은 거의 굶다시피 해야 하오. 어쨌든 돈이 나올 구멍이 완전히 막혀 버렸으니 말이요. 그러나 하는 수 없지. 살자면 별 고생이 다 있는 법이니까. 돈이란 요컨대 남들이 떠들어 대는 것만큼의 가치는 없어."

그녀가 그의 귀에 대고 소곤거렸다.

"제가 빌려 드릴까요?"

그는 딱 잘라 말했다.

"친절은 고맙지만 두 번 다시 그런 말은 하지 마오. 기분이 언짢소."

그녀는 입을 다물었다. 그러고 나서 그를 힘껏 끌어안고 부드럽게 속삭였다.

"정말 당신은 귀여운 분이에요."

그날 밤은 그들이 사랑을 시작한 이래 가장 즐거운 밤이었다.

그녀는 돌아갈 때 방그레 웃으면서 말했다.

"당신 같은 처지가 되면 옷 꿰맨 솔기 속으로 기어 들어간 돈이라든가, 호주머니 속에 넣고 잊었던 돈이 불쑥 튀어나온다면 참 좋겠지요?"

그는 확신을 갖고 대답했다.

"만약 그런 일이 벌어진다면 물론 기쁘겠지."

그녀는 달이 볼 만하다는 구실로 걸어서 돌아가겠다고 했다. 그리고 달을 바라보며 매우 황홀해 했다.

초겨울의 싸늘하고 상쾌한 밤이었다. 길을 가는 사람이나 말은 얼어붙은 달빛을 받으면서 바삐 지나갔다. 구두 소리가 보도 위에서 높게 울렸다.

헤어질 때 그녀가 물었다.

"모레 만날 수 있을까요?"

"응, 만나지."

"오늘과 같은 시간에?"

"그게 좋겠지."

"그럼 안녕."

그들은 진심어린 포옹을 했다.

그는 이 곤경을 넘기기 위해서 내일은 어떤 방법을 쓸 것인가 고민하면서 방문을 열고 안으로 들어섰다. 성냥을 찾으려고 호주머니를 뒤적거리던 그는 무엇인가 둥그런 게 하나 손 끝에 만져지는 것을 느끼고 어리둥절했다.

불을 켜고 곧바로 그것을 살펴보려고 꺼냈다. 20프랑짜리 금화였다.

그는 자신의 눈이 이상한 게 아닌가 생각했다.

그리고 금화를 뒤집어 보고 젖혀 보고 하면서 어떤 기적으로 이 돈이 호주머니 속에 들어 있었을까, 곰곰이 생각했다. 하늘에서 돈이 주머니 속으로 떨어졌을 리는 없으니까. 그러고 나자 갑자기 짐작이 가서 화가 치밀어 올랐다. 그 여자는 옷솔기로 굴러 들어간 돈을 곤궁할 때 발견하는 이야기를 하지 않았던가. 그녀가 이 돈을 나에게 던져준 것이다. 이 무슨 창피란 말인가!

그는 큰 소리로 고함을 쳤다.

"좋아, 모레 보자, 혼내줄 테니까."

그리고 분노와 굴욕으로 가슴을 쥐어뜯으면서 잠자리에 들었다.

이튿날은 꽤 늦잠을 잤다. 배가 고팠다. 그는 다시 한잠 더 자고 2시가 될 때까지 일어나지 않으리라 마음먹었다. 그러나 곧 이렇게 혼잣말로 중얼거렸다.

"이러고 있어야 소용없지. 아무튼 돈을 마련할 궁리를 해야지."

그는 걷다 보면 좋은 생각이 떠오르겠지, 생각하며 밖으로 나왔다.

하지만 그런 것은 아무 때나 떠오르는 게 아니었다. 음식점 앞을 지나치자 심한 식욕이 돋아 군침이 입안을 가득 채웠다. 낮 12시가 되어도 아직 아무런 생각도 떠오르지 않기 때문에 그는 갑자기 결심했다.

'아무렴 어때! 클로틸드가 준 20프랑으로 점심 식사나 하자. 내일 갚으면 되니까.'

그래서 그는 어떤 비어홀로 들어가서 2프랑 10수로 점심을 먹었다. 그러고 나서 신문사에 가자, 또 3프랑을 꺼내서 수위에게 꾼 돈을 갚았다.

"여보게, 프카르 군, 어제 차비로 꾼 돈일세."

그는 7시까지 일하고 저녁 식사를 하러 가서 주머니에 남아 있던 돈에서 3프랑을 써버렸다. 그날 밤에 마신 맥주 두 잔까지 합하면 하루에 쓴 돈이 모두 9프랑 30상팀이 되었다.

그러나 24시간 동안에 돈도 빌리지 못했고, 돈이 나올 구멍도 마련하지 못했으므로 다음 날도 그날 밤에 돌려 줄 작정이었던 20프랑 속에서 다시 6프랑 50상팀을 쓰고 말았다. 따라서 약속한 밀회 장소에 갔을 때는 주머니에 4프랑 20상팀밖에 남아 있지 않았다.

그는 미친개처럼 노기가 등등했다. 그래서 당장 깨끗이 '결말'을 지으리라고 결심했다. 그리고 정부에게는 이렇게 말해 주려고 생각했다. '요전에 당신이 내 호주머니에 넣고 간 20프랑은 분명히 받았소. 그러나 내 사정이 변하지 않았고, 돈 때문에 뛰어다닐 틈도 없어 오늘은 못 갚소. 하지만 다음번에 만날 때는 틀림없이 갚겠소.'

그녀는 무척 상냥하게 허리를 굽히고 들어왔다. 남자가 어떤 태도로 나올지 꽤 염려스러워 하는 것 같았다. 그리고 처음부터 변명 같은 이야기가 나올 것을 회피해서 그저 키스만 했다.

그는 그대로 이렇게 생각했다.

'어차피 곧 이야기할 겨를이 생기겠지. 무언가 실마리를 찾아야겠는데.'

그러나 그 실마리는 좀처럼 잡히지 않았다. 게다가 그 미묘한 문제를 꺼내려 하자 첫마디에 말이 막혀 버려서 끝내 아무 변명도 하지 못했다.

그녀는 밖으로 나가자고도 하지 않고 줄곧 상냥하게 행동했다.

그들은 밤중에 헤어졌다. 다음 밀회는 드 마렐 부인이 계속 만찬에 초대되어 있어서 다음주 수요일로 정했다.

다음 날 아침 식사 값을 치를 때였다. 분명히 네 개 남아 있어야 할 돈이 호주머니를 뒤지자 5개가 나왔다. 그런데 그 가운데 한 개가 금화였다.

처음엔 어젯밤 누군가가 잘못으로 20프랑짜리 금화를 거스름돈으로 주었나 보다 생각했다가 곧 깨달았다. 그리고 그토록 고집스럽게 동냥받는 데 대한 굴욕감으로 가슴이 떨렸다.

그는 어젯밤 그녀에게 아무 말도 하지 않은 것이 너무 화가 났다. 분명히 말해 두었더라면 이렇게는 되지 않았을 것을, 가슴을 치며 후회했지만 소용없었다.

나흘 동안 그는 5루이의 돈을 마련하기 위해 이리저리 바삐 뛰어다니고, 할 수 있는 데까지 노력했지만 헛수고였다. 그래서 클로틸드가 준 두 번째 금화도 이렇게 저렇게 다 써버렸다.

그 뒤 두 사람이 만났을 때, 뒤루아는 화난 목소리로 "알겠소? 이제 돈 장난은 그만 둬. 자꾸 그러면 나도 화를 낼 테니까." 목소리를 높이며 말했다. 하지만 그녀는 교묘하게 틈을 노려서 바지 호주머니에 또 20프랑을 집어넣고 갔다.

그는 그것을 깨닫자마자, "제기랄!" 크게 소리쳤지만 때마침 주머니에 한 푼도 없었기 때문에 용돈에 쓰려고 조끼주머니에 밀어 넣었다.

그리고 이런 구실을 붙여서 양심을 속였다. '한꺼번에 모아서 갚으면 돼. 이건 요컨대 빌린 돈에 불과하니까.'

신문사의 회계과에서는, 그의 필사적인 부탁에 못이겨서 매일 5프랑씩 가불해 주기로 약속했다. 그러나 그것은 겨우 식비밖에 안 되는 돈이어서 60프랑의 빚을 갚기에는 모자랐다.

그런데 클로틸드는 또다시 온 파리의 이상한 장소를 가리지 않고 밤마다 나다니고 싶은 심한 충동에 사로잡히기 시작했다. 그래서 그는 술에 취한 듯이 그녀와 함께 산책한 뒤에 어느 주머니 속이나 구두 속, 혹은 시계 뚜껑 밑 등 그날그날에 따라 여기저기에서 금화를 하나씩 발견하더라도 이제는 전처럼 심하게 화를 내지 않았다.

그 여자는 지금 현재 내 힘으로는 채워 줄 수 없는 욕망을 가지고 있으니까 그녀가 그것을 단념하려고 하지 않는 한, 그녀 자신이 돈을 지불하는 것도 마땅하지 않겠는가.

어쨌든 그는 뒷날 그녀에게 갚기 위해서 그동안 받은 돈을 모조리 계산해 두었다.

어느 날 밤 그녀는 말했다.

"거짓말 같지만 전 아직 폴리 베르제르에 가본 일이 없어요. 데리고 가주시겠어요?"

그는 라셀을 마주치지 않을까 하고 걱정스러워서 잠시 대답을 망설였으나 곧 이렇게 생각했다.

'뭘, 나는 그녀와 결혼한 몸이 아니니까. 만약 나를 만나더라도 그녀는 사정을 알아차리고 말을 걸지는 않겠지. 게다가 우리는 박스에 들어갈 테니까.'

또 하나 그가 가기로 결심한 이유가 있었다. 이 기회에 드 마렐 부인에게 공짜로 극장의 박스 자리에 앉게 해줄 수 있는 점이 기뻤던 것이다. 그것은 말하자면 속죄와도 같았다.

그는 표를 공짜로 받는 것을 그녀에게 보이지 않도록, 클로틸드를 마차 안에 있게 하고 표를 받으러 갔다. 그런 다음 그녀를 불러서는 수표원에게 표 반쪽을 떼주고 인사를 받으면서 안으로 들어갔다.

복도는 사람으로 가득 차 있었다. 두 사람은 남자와 여자들로 혼잡한 틈 속을 지나가는 데 매우 애를 먹었다. 그리고 겨우 정해진 박스석까지 가서 제대로 몸을 움직일 수도 없는 일반석과 서로 비비적대는 복도 사이에 갇혀서 자리에 앉았다.

그러나 부인은 무대는 거의 보지 않고 등 뒤에서 어정거리는 거리의 여자들에게만 마음이 쏠렸다. 그리고 끊임없이 뒤를 돌아보고, 그녀들이 어떻게 생겼는지 알고 싶어서 허리며 뺨이며 머리며 몸 전체를 만져 보고 싶다고까지 생각하는 것 같았다.

갑자기 그녀는 이렇게 말했다.

"줄곧 우리 쪽만 보고 있는 갈색 머리의 살찐 여자가 있네요. 아까는 무언가 우리에게 말을 걸려는 것 같았어요. 알고 있어요?"

"아니, 잘못 본 거겠지." 그는 거침없이 말했다.

그러나 실은 훨씬 전부터 눈치채고 있었다. 라셸이 눈에 노여움을 가득 담고, 입술엔 거친 말을 품고 그들 주위를 뱅뱅 돌고 있었던 것이다.

뒤루아는 아까 사람들의 혼잡 속을 뚫고 지나올 때, 그녀를 스쳤다. 그녀는 매우 낮은 목소리로 "안녕" 말을 건네며 '재미 보시는군요' 하는 듯 윙크를 해 보였다. 그러나 드 마렐 부인이 눈치채면 안 되겠다고 생각하여 그런 상냥한 인사에 대답도 하지 않고 시치미를 떼고서, 잔뜩 경멸을 담은 표정으로 쌀쌀하게 지나쳐 버렸다. 그래서 여자는 벌써 무의식적인 질투심에 가득차서 되돌아 다시 그의 옆을 지나치면서 전보다 더 높은 목소리로 "안녕하세요, 조르주 씨" 했다.

그는 그 말에도 대답하지 않았다. 그래서 그녀는 어떻게 하든지 자기를 알려서 인사를 하게 하려고 심통이 나서는 끊임없이 박스 뒤에 와서 알맞은 기회를 노리고 있었던 것이다.

그런 참에 드 마렐 부인이 자기를 알아보았다고 생각되자, 곧 손가락 끝을 뒤루아의 어깨에 대고, "안녕하세요, 잘 지내세요?" 하면서 말을 걸었다.

그러나 뒤루아는 끝까지 라셸을 돌아다보지 않았다.

그녀는 다시 이어서 짓궂게 말했다.

"어머나, 지난번 목요일부터 귀머거리가 되셨나요?"

그는 단 한 마디라도 매춘부 따위와 말을 해서 체면을 구기는 일은 바라지 않는다는 듯한 비웃는 태도로 라셸의 말에 아무런 대꾸도 하지 않았다.

그녀는 노기등등한 목소리로 웃기 시작했다.

"아니, 벙어리가 됐나 보군요? 이 부인한테 아마 혓바닥을 물린 모양이지."

그는 격분한 몸짓을 하고 날카로운 목소리로 외쳤다.

"무슨 권리가 있어서 그렇게 이러쿵저러쿵 지껄이는 거요? 저리 가시오. 그러지 않으면 경찰을 부를 거요."

그러자 그녀는 눈을 부릅뜨고 숨을 깊숙이 들이 마시고는 사납게 악을 썼다.

"이봐! 무슨 말이야! 이 나쁜 놈! 함께 한 침대에서 밤을 보낸 여자에겐 아는척 하는 게 예의야. 딴 여자를 데리고 있다고 오늘 싹 모른 체하는 얌체가 어딨어. 아까 옆을 지나갈 때 눈짓이라도 한 번 했으면 나도 눈감아 줄 생각이었어. 그런데 꼴사납게 으스대다니! 꼴 좋다! 단단히 인사를 치러 줄 테니까.

그렇고말고! 만났을 때 '안녕' 한 마디만 했어도……"

그녀는 언제까지나 악을 썼을 것이다. 그러나 드 마렐 부인이 박스의 문을 열고 뛰어나가 혼잡한 사람들 속을 헤치고 미친 듯이 출구 쪽으로 나갔다.

뒤루아도 그 뒤를 쫓아 뛰어나가서 그녀를 붙잡으려고 필사적인 노력을 했다.

라셸은 그들이 달아나는 것을 보고 기고만장해서 외쳐댔다.

"그 여자를 붙들어 줘요! 붙들라니까요! 내 사내를 훔쳤단 말이에요!"

왁자하게 웃어 대는 소리가 군중 속에서 터져 나왔다. 두 신사가 장난삼아 달아나는 드 마렐 부인의 어깨를 잡아 부둥켜안고 돌려 세우려고도 했다. 그러나 뒤루아가 따라가서 그녀를 사납게 떼내서 거리로 데리고 나갔다.

그녀는 극장 앞에 서 있던 빈 마차에 뛰어들었다. 그도 따라 올라탔고 마부가 "어디로 갈까요?" 묻자, "아무 데라도 좋소" 대답했다.

마차는 울퉁불퉁한 길을 흔들리면서 천천히 달리기 시작했다. 클로틸드는 신경발작에 사로잡혀서 두 손으로 얼굴을 가리고 거의 숨도 쉬지 못하고 흐느꼈다. 뒤루아는 어떻게 하면 좋을지, 뭐라고 하면 좋을지 도무지 알 수가 없었다. 그러나 문득 그녀 울음 소리를 듣고 머뭇거리면서 말했다.

"이봐요, 클로, 귀여운 클로, 내가 말을 들어 줘. 내가 나쁜 게 아니오. 저 여자와는 예전에……파리에 갓 왔을 때……알게 된 거요……"

그녀는 갑자기 얼굴을 들었다. 그리고 사랑을 배신당한 여자의 분노로 몸부림치면서 그 분노 때문에 겨우 입이 열리자, 숨을 헐떡이며 재빠르게 띄엄띄엄 중얼거렸다.

"아아……너무해요……너무하단 말이에요……어쩌면 그런 추잡한 짓을 할 수가 있어요?……잘도 그런 짓을……아아!……내게 창피를 주고 정말로……말할 수 없는 모욕을……"

그리고 나서 차츰 머릿속이 또렷해지고 쉽게 말을 할 수 있게 되자 점점 더 흥분해서 말을 이었다.

"내 돈으로 그 여자를 샀군요. 나는 그 매춘부한테 돈을 준 셈이군요……아아……어쩜 그럴 수가 있어요!"

그녀는 잠깐 입을 다물었다 좀더 심한 말을 찾는 것 같았으나 떠오르지 않아서 끝내는 침이라도 뱉는 것처럼 말했다. "아아……나쁜 놈……악당……악당……내 돈으로 저런 갈보를 사다니……악당……사람도 아냐……" 그녀는 고래고래 소리를 질렀다.

그녀는 이미 다른 말은 아무것도 생각나지 않아서, "나쁜 놈……나쁜 놈……"을 되풀이했다.

갑자기 그녀는 마차 밖으로 몸을 내밀어 마부의 옷소매를 잡아당기고 소리를 질렀다.

"세워 주세요!" 마차가 멈추자, 그녀는 재빨리 문을 열고 거리로 뛰어내렸다.

조르주도 뒤쫓으려 했으나, "내리지 마세요!" 그녀가 소리쳤다.

그 목소리가 너무나 높았기 때문에 지나가던 사람들이 그 주위로 몰려들었다. 뒤루아는 소문이라도 날까 두려워서 꼼짝도 않고 있었다.

그녀는 주머니에서 돈 지갑을 꺼내어 등불 아래서 잔돈을 찾았다. 이윽고 2프랑 50상팀을 집어낸 그녀는 그것을 마부의 손 위에 올려놓으면서 떨리는 목소리로 말했다.

"그럼……자아……이거 마차삯이에요……모두 드릴 테니까……저 난봉꾼을 바티뇰의 부르소 거리까지 데려다 주세요."

주위를 둘러쌌던 군중들 사이에서 웃음소리가 일어났다. 한 신사가 "잘한다, 멋쟁이!" 하고 고함쳤다. 마차 옆에 서 있던 조금 껄렁한 젊은이가 열어젖힌 문 안으로 불쑥 목을 들이밀고 "여어, 난봉쟁이!" 하고 매우 큰 소리로 야유했다.

마차는 떠들썩한 웃음소리를 뒤로 하고는 달리기 시작했다.

6

다음 날 조르주 뒤루아는 비참한 기분으로 눈을 떴다.

그는 천천히 옷을 주워 입고 창문 앞에 앉아서 생각하기 시작했다. 온몸이 몽둥이로 두드려 맞은 것처럼 찌뿌드드하고 몹시 피곤했다.

그러나 가까스로 일어서자 돈을 마련해야 했기에 쫓기듯이 포레스티에를 찾아 갔다.

친구는 서재에서 난로에 발을 뻗은 채 그를 맞았다.

"꽤 일찍 일어났군그래. 무슨 볼일이라도 있나?"

"중대한 사건일세. 명예와 관련된 빚 때문일세."

"노름인가?"

그는 조금 망설이다가 가까스로 말했다.

"응, 그렇다네."

"큰돈인가?"

"500프랑."

사실을 말하자면 빚은 280프랑이었다.

포레스티에는 의심스러운 듯이 물었다.

"상대가 누군가?"

뒤루아는 곧바로 말할 수가 없었다.

"그게……그……드 카를르빌이라는 사람일세."

"그런가? 그래 어디서 사나? 그 남자 말일세."

"사는 데는……그……저……"

포레스티에는 웃기 시작했다.

"아, 됐네, 그렇게 난처해 할 게 뭔가. 그런 사나이쯤은 나도 알고 있네. 하지만 20프랑이라도 좋다면 한 번 더 돌려주겠네만 그 이상은 안 되겠는걸."

뒤루아는 금화 한 닢을 받았다.

그는 여기저기 아는 사람의 집은 모조리 돌아다닌 뒤 드디어 5시쯤에는 80프랑의 돈을 끌어모을 수 있었다.

그러나 아직 200프랑이 더 필요했으므로 그는 굳은 결심을 하고 긁어모은 돈은 소중히 갖고 있기로 했다. 그리고 이렇게 중얼거렸다. "뭐 괜찮아. 그따위 못된 여자 때문에 안절부절할 건 없어. 마련되었을 때 갚으면 되겠지."

뒤루아는 두 주일 동안은 굳은 결심으로 긴장해서 돈을 낭비하지 않고 규칙적이며 바르고 정결한 생활을 했다. 그러나 얼마 가지 않아서 견딜 수 없이 여자가 그리워졌다. 벌써 몇 년이나 여자를 안아 본 일이 없는 것 같았다. 그래서 육지를 보고 미쳐 버리는 선원처럼 길에서 만나는 모든 여자들의 치마가 그를 부르르 떨게 했다.

그래서 어느 날 밤, 라셀을 만날 수 있으리라 생각하고 그는 또다시 폴리 베로제르로 갔다. 안으로 들어가자 곧 그녀의 모습이 눈에 띄었다. 그녀는 일 년 내내 그 극장을 본거지로 삼고 있었기 때문이다.

그는 웃음을 짓고 손을 내밀면서 여자 쪽으로 다가갔다. 그러자 그녀는 그를 머리끝에서부터 발끝까지 훑어보았다.

"무슨 볼일이 있나요?"

그는 억지로 웃어 보이려고 애쓰면서 말했다.

"그렇게 딱딱하게 굴지 마."

"난 말이에요, 그런 기둥서방 같은 남자 따윈 상대하지 않아요."

그녀는 그렇게 말하고 홱 발길을 돌렸다. 마음속으론 좀더 심한 욕설을 했으리라. 그는 얼굴이 화끈 달아오르는 것을 느꼈다. 그리고 풀이 죽어서 집으로 돌아왔다.

포레스티에는 병세가 더욱 악화되어 바짝 여위고 기침이 심해졌고, 신문사에서는 뒤루아를 들볶았다. 그리고 어떻게 하면 그에게 힘든 일을 맡길까 매우 애쓰는 듯싶었다. 어느 날인가 포레스티에는 심한 기침 발작을 오랫동안 계속했다. 그래서 신경이 매우 날카로워진 그는 부탁한 보고를 뒤루아가 빨리 가져오지 않자 몹시 화를 냈다.

"참 자네는 생각했던 것보다 훨씬 바보로군그래" 이렇게 비웃는 말까지 했다.

뒤루아는 따귀를 한 대 먹여 줄까 생각했지만 참고 물러나면서 "나쁜 자식! 이 보복은 꼭 할 테다" 중얼거렸다. 그러다 문득 어떤 생각이 마음에 떠올라서, "좋아, 네놈의 여편네를 가로채 줄 테니까" 중얼거렸다. 그리고 이 계획에 흐뭇해져서는 손을 비비면서 밖으로 나갔다.

그 다음날, 그는 당장에 계획을 실천하리라 마음먹고 먼저 시험 삼아 찾아가 보기로 했다.

뒤루아가 안으로 들어서자 그녀는 긴 의자에 누워서 책을 읽고 있었다.

그러고는 그저 고개만 살짝 돌린 채 일어나지도 않고 손을 내밀었다.

"어서 오세요, 벨아미."

그는 뺨을 한 대 세게 얻어맞은 것 같았다.

"왜 그렇게 부르십니까?"

그녀는 생글생글 웃으면서 대답했다.

"지난주에 마렐 부인을 만났어요. 그분 댁에서는 당신을 그렇게 부른다고 하더군요."

그는 젊은 부인의 상냥한 태도에 마음을 놓았다. 그러나 사실 아무것도 걱정할 필요는 없었다.

그녀는 계속해서 말을 이었다.

"당신은 그분에게는 꽤 다정하신 것 같군요. 저의 집에는 마음이 내키지 않아서 좀처럼 오시지 않잖아요."

그는 의자에 앉아서 새로운 호기심으로 그녀를 바라보았다. 진귀한 물건을 찾는 풍류객 같은 호기심이었다. 그녀는 용모도 아름답고 머리는 부드러운 금발이라 마치 사랑받기 위해 태어난 것 같았다. '틀림없이 이 여자가 더 나은데' 그는 생각했다. 그리고 성공을 조금도 의심치 않았다. 손을 내밀기만 하면 과일을 따듯 쉽게 손 안의 자기 물건이 될 것 같았다.

그래서 대담하게 말했다.

"찾아뵙지 않은 것은 그편이 더 좋겠다고 여겼기 때문입니다."

그녀는 그 의미가 이해되지 않아서 물었다.

"어머나, 어째서 그렇죠?"

"어째서라니요, 그걸 모르시겠습니까?"

"네, 조금도."

"실은 당신을 사랑하기 때문입니다······물론 아주 조금이지만······어쩌다가 정말로 사랑하기라도 하면 큰일이라고 생각해서죠······"

그녀는 그다지 놀란 것 같지 않았다. 그렇다고 화를 내는 것 같지도, 또 기뻐하는 것 같지도 않았다. 여전히 무관심한 미소를 띠면서 침착하게 말했다.

"어머! 그렇더라도 오시는 것은 괜찮아요. 저는 어떤 분도 오랫동안 사랑하지 못하는걸요."

그는 그러한 그녀의 말보다도 말투에 놀라서 물었다.

"왜죠?"

"아무 소용도 없는 일이고, 또 얼마 안 가서 그렇다는 것을 알게 해주기 때문이죠. 당신만 해도 좀더 빨리 걱정하시는 점을 내게 이야기해 주셨다면 마음 놓도록 해드렸을 거예요. 오히려 될 수 있는 대로 자주 오시도록 부탁드렸을 텐데."

그는 비통한 심정으로 외쳤다.

"그렇게 말씀하신다고 사람 감정이 마음대로 될까요?"

그녀는 그에게로 몸을 돌리고 길게 설명을 늘어놓았다.

"그렇다면 말씀드릴까요? 제게는 저를 사랑해 준다는 남자는 사람 축에도 들지 않아요. 그런 사람을 저는 저능한 사람이라거나 아니, 저능할 뿐 아니라 위험한 사람이라고 여기죠. 그래서 저는 저를 사랑하는 남자라거나, 입끝으로 그렇게 말하는 사람과는 완전히 친근한 관계를 끊고 말아요. 왜냐하면 첫째 귀찮고 또 언제 발작을 일으킬지 모를 미친개처럼, 마음이 놓이질 않으니까요. 그래서 저는 그런 남자를 멀리하고 병이 낫기를 기다리는 거예요. 이 점을 잊지 않도록 하세요. 전 잘 알아요. 당신들에게 연애는 식욕 같은 것에 지나지 않지만, 제게는 반대로 이른바……영혼의 일치인 거예요. 하지만 그런 일은 남자들은 도저히 알 수 없는 일이거든요. 당신네들은 글자를 늘어놓는 것밖에는 모르지만, 전 그 의미에 중점을 두니까요. 아무튼 제 얼굴을 똑바로 잘 보세요……"

그녀는 이제 미소짓지 않았다. 침착하고 차디찬 얼굴로 한 마디 한 마디에 힘을 주면서 말했다.

"저는 결코, 결코 당신의 애인이 되지 않아요. 아시겠어요? 그러니까 끈질기게 달라붙는 것은 전혀 소용없는 일이고, 당신을 위해서도 좋지 않아요……그럼 이제 다 끝났으니까 이제부터는 친구로, 다정하고 좋은 친구로, 아무런 사심 없는 진정한 친구가 되는 게 어떻겠어요?"

그는 이런 항소의 여지도 없는 선고 앞에서 무슨 계획을 세워봤자 헛일임을 깨달았다. 그래서 그 자리에서 깨끗이 계획을 단념하고 살아가는 동안에 이런 자기편이 생긴 것을 기뻐하며 두 손을 내밀었다.

"말씀대로 따르겠습니다, 부인. 부디 좋으실 대로 하십시오."

그녀는 그 목소리에 담긴 마음의 진지함을 알아내고 두 손을 내밀었다.

그는 그 손에 하나하나 키스하고는 얼굴을 들면서 솔직하게 말했다.

"정말 당신 같은 여자를 만나서 결혼을 할 수 있다면 얼마나 행복할까!"

어떤 여자라도 자신의 마음을 건드리는 찬사에는 지고 말듯이, 그녀도 이번에는 그 말에 감동해서 무척 기분이 좋아졌다. 그리고 바라보는 누구든 포로로 만들어 버릴 듯한 그 재빠른 감사의 눈길을 흘긋 그에게 던졌다.

그녀는 그가 이야기를 이을 실마리를 잃고 우물거리는 모습을 보고 그의 팔에 손가락을 대면서 다정한 목소리로 말했다.

"그럼 당장 친구로서의 일을 시작하기로 해요. 당신은 일하는 방법이 서투르

군요……"

그녀는 조금 망설이더니 물었다.

"거리낌 없이 말씀드려도 될까요?"

"네."

"탁 터놓고 다 해도요?"

"네, 괜찮습니다."

"그렇다면 말씀드리겠는데, 가서 발테르 부인을 만나세요. 당신을 매우 칭찬하고 계시니까요. 그분 마음에 들도록 하세요. 그분께는 찬사를 드릴 만한 보람이 있을 거예요. 물론 그분은 정숙한 분이니까. 아시겠죠? 정말 정숙한 분이니까 그분을 욕되게 할 생각 같은 건 아예 하면 안 돼요. 하지만 그분이 당신을 좋게 생각하시면 그보다 훨씬 이로운 일이 있을 거예요. 당신의 신문사에서의 지위가 아직 낮다는 것은 저도 알고 있지만 그런 점은 걱정할 것 없어요. 사장댁 사람들은 어떤 기자라도 똑같이 친절히 대하니까요. 꼭 가세요. 제 말을 들으세요."

그는 웃으면서 말했다.

"감사합니다. 당신은 천삽니다……저를 지켜 주시는 천사이십니다."

그런 뒤에 그들은 이런저런 이야기를 나누었다. 그는 그녀 곁에 있는 게 얼마나 즐거운가를 나타내기 위해서 꽤 오랜 시간을 그녀 곁에서 보냈다. 그리고 돌아갈 때 한 번 더 물었다.

"그럼, 허락하신 겁니다. 친구가 되어 주신 거죠?"

"물론이죠."

그는 아까 칭찬의 효과를 확인했기 때문에 한 번 더 덧붙였다.

"그리고 만일 당신이 미망인이 되는 일이 생긴다면 저도 후보자의 한 사람으로 나서겠습니다."

그런 뒤에 상대에게 화를 낼 틈을 주지 않으려고 황급히 뛰어나왔다.

예고도 없이 발테르 부인을 찾아가는 일은 조금 멋쩍었다. 와도 좋다는 승낙을 받지 않았기 때문이었다. 그러나 사장은 평소에 그에게 호의를 보였고, 그의 근무 태도를 인정하여 일부러 어려운 일을 명령하곤 했으므로 그 집을 찾아가는 데 사장의 그런 은혜로운 보살핌을 이용하기로 마음먹었다.

그래서 어느 날, 일찍 일어나서 경매 시간에 시장에 나가 큰맘 먹고 10프랑으로 좋은 배를 20개쯤 샀다. 그리고 먼 데서 온 것처럼 보이기 위해서 과일 바구니에 담아 정성들여 끈을 매서는 명함과 함께 사장 집의 문지기에게 가지고 갔다. 명함에는 이렇게 썼다.

조르주 뒤루아
발테르 씨 부인께. 오늘 아침 노르망디에서 가져온 과일입니다. 모쪼록 받아 주시기 바랍니다.

그는 다음 날, 신문사의 자기 우편함 속에 발테르 부인의 명함이 담긴 봉투를 발견했다. 명함에는 다음과 같은 답장이 씌어 있었다.

조르주 뒤루아 씨, 어제는 매우 감사했습니다. 저는 토요일에는 언제나 집에 있습니다.

그래서 다음 토요일, 그는 부인을 찾아갔다.

발테르 씨는 말제르브 큰 거리의 두 채가 한데 붙은 집에 살고 있었는데, 그 일부는 현실적인 사람답게 세를 주고 있었다. 문지기 한 사람이 두 개의 문 사이에 살면서 집주인과 세든 사람의 양쪽 초인종 줄을 잡아당겼다. 문지기는 굵은 종아리에 흰 양말을 올려 신고 새빨간 깃이 달린, 금단추 옷을 입어서 마치 성당지기처럼 훌륭한 차림새라 양쪽 집 문 앞은 제법 부잣집 저택다운 품격을 갖추고 있었다. 몇 개의 응접실은 2층에 있었다. 먼저 태피스트리가 걸려 있는 대기실에 들어갔다. 하인 둘이 의자에 앉아서 졸고 있었다. 그 가운데 한 사람이 일어나더니 뒤루아의 외투를 벗기고 나머지 한 사람이 지팡이를 맡고 문을 열더니 서너 걸음 손님을 앞서서 걸어갔다. 그리고 몸을 비켜 손님을 지나가게 하고는 아무도 없는 방에 대고 그의 이름을 불렀다.

그는 어리둥절해서 여기저기를 두리번거렸다. 문득 커다란 거울 속에 사람들이 앉아 있는 모습이 보였는데, 매우 먼 곳처럼 여겨졌다. 맨 처음 그는 거울에 눈이 착각을 일으켜서 방향을 잘못 알았으나, 곧 알아차리고는 사람이 없는 응접실 두 개를 가로질렀다. 그러고는 금빛 물방울무늬의 푸른 비단을 둘러친 조그마한 부인용 침실 비슷한 방으로 들어섰다. 거기에는 귀부인 넷이

홍차 잔을 올려놓은 식탁 주위에 앉아서 낮은 목소리로 이야기하고 있었다.

그는 파리에서의 오랜 생활과, 특히 신문기자라는 직업 때문에 끊임없이 훌륭한 사람들과 만나왔으므로 상당한 자신이 있었으나, 현관이 너무나 어마어마하게 화려했고 텅 빈 응접실을 두 개나 가로질렀기 때문에 조금 기가 죽었다.

"부인, 이렇게 찾아뵈어서······"

그러나 그는 우물우물 말을 하면서도 눈으로는 이 집의 안주인을 관찰했다.

발테르 부인은 천천히 손을 내밀었다. 그는 허리를 굽히고 그 손을 힘주어 잡았다.

"잘 오셨어요."

그녀가 의자를 가리켰는데, 그는 거기에 앉으려다가 엉덩방아를 찧었다. 의자가 생각한 것보다 낮았기 때문이었다.

잠시 말이 끊겼다. 그러나 곧 한 부인이 조금 전 하던 이야기를 계속했다. 추위가 심해졌지만 아직은 티푸스의 유행도 그치지 않았고, 스케이트를 탈 정도로 춥지는 않다는 것이었다. 저마다 파리에 닥쳐올 첫추위에 대해서 제 나름의 의견을 말하고, 그런 뒤에 마치 방안에 떠다니는 먼지처럼 사람들의 마음속에 흩어져 있는 온갖 평범한 이유를 들어 어느 계절이 가장 마음에 드는가를 서로 이야기했다.

그때 조심스럽게 문이 열리는 소리가 들렸으므로 뒤루아는 뒤를 돌아다보았다. 두 장의 유리문 너머로 뚱뚱한 부인이 들어오는 것이 보였다. 그 부인이 침실에 들어오자, 한 손님이 일어서서 모든 사람들과 손을 잡으며 인사를 나누고는 밖으로 나갔다. 뒤루아는 검은 구슬이 반짝이는 그 부인의 검은 뒷모습이 두 개의 응접실을 지나가는 것을 물끄러미 지켜보았다.

드나드는 손님의 움직임이 가라앉자 이야기는 자연히 두서없이 모로코 문제며, 근동의 전쟁 이야기에서부터 다시 아프리카 벽지에서의 영국의 난처한 처지에 대한 이야기로 옮겨져 갔다.

그 부인들은 그러한 기억할 만한 사건을 마치 평소에 되풀이하고 있는 사교계의 점잖은 대사를 외우듯 막힘없이 술술 이야기했다.

또 새로운 손님이 들어왔다. 곱슬거리는 금발에 몸집이 작은 여자였다. 그리고 이와 엇갈려서 여위고 키가 늘씬한 중년 부인이 나갔다.

이번에는 리네 씨가 어쩌면 아카데미에 들어갈지도 모른다는 이야기가 시작되었다. 그러나 새로 온 부인은, 리네 씨는 카바농 르바 씨에게 질 거라고 확신하고 있었다. 그는 〈돈키호테〉를 상연할 수 있도록 훌륭하게 프랑스어 운문으로 번안(翻案)한 사람이다.

"그 작품이 올겨울에 오데옹 극장에서 상연된답니다."

"아아, 그래요? 그런 문학적인 시도는 꼭 보러가고 싶군요."

발테르 부인은 차분하지만 그다지 열중하지 않고 그저 상냥하게 응대하고 있었다. 그러나 자신이 말할 일에 대해서는 절대로 주저하지 않았다. 어떤 문제라도 자기 의견이 준비되어 있었다.

그러나 그녀는 끊임없이 흐르는 잡담을 들으면서도 날이 저물어 가고 있음을 깨닫고 램프를 가져오도록 초인종을 누르면서 곧 열 예정인 만찬회의 초대장을 인쇄소에 부탁하러 갈 것을 잊었다는 생각을 하고 있었다.

그녀는 꽤 살집이 있었다. 아직은 아름다웠으나 그 자태가 한꺼번에 허물어지는 것도 머지않은 위험한 나이였다. 그래서 이런저런 손질도 하고 조심도 하며 위생이나 화장품에 유의하여 아름다움을 유지하고 있었다. 그녀는 모든 일에 현명하고 온화하고 생각이 깊고, 이른바 프랑스 정원처럼 가지런히 정리된 정신을 가진 여자였다. 프랑스식 정원은 전혀 의외성은 없지만, 어떤 종류의 특별한 매력을 느끼면서 산책할 수 있는 곳이다. 그리고 그녀는 독창성을 대신할 수 있는 고상하고 조심성 있고 분명한 이성을 지니고 있어서, 그것이 제멋대로인 공상을 대신하고 더욱이 친절하여 남의 일에 헌신적이고 모든 사람의 일에 인색하지 않고 차분한 마음씨를 나타냈다.

그녀는 뒤루아가 아직 한 마디도 하지 않고, 다른 사람도 말을 시키지 않아서 조금 따분한 듯한 그의 태도를 알아챘다. 그러나 부인들이 아카데미 문제라는, 언제나 길게 이야기하기 좋아하는 화제를 좀처럼 그만두려고 하지 않는 것을 보고 그에게 이렇게 물었다.

"그런데 뒤루아 씨, 당신은 누구보다도 사정을 잘 아실 텐데 어느 분을 뽑으시겠어요?"

뒤루아는 서슴지 않고 말했다.

"부인, 저는 이 문제에 대해서는 절대로 후보자의 가치를 무시합니다. 그런 것은 누구에 대해서도 어떠한 이론(異論)은 있는 법이니까요. 제가 문제 삼는 것은 그들의 나이나 건강입니다. 자격은 문제 삼지 않더라도 먼저 병의 여부를 조사합니다. 로페 데 베가의 작품을 얼마나 운을 잘 맞춰 번역을 했는지 하는 것보다도 간장이나 심장이나 신장이나 척수의 상태를 세밀히 검토합니다. 병이 골수에 밴 비대증이나 당뇨병이나, 특히 운동 실조 증상이 시작됐는지 이런 것들이 야만인의 시가(詩歌)에서 애국 사상에 대한 쓸모없는 횡설수설을 40권 쓴 것보다 백배 가치가 있습니다."

모두들 이 엄청난 의견에 놀라서 입을 다물어 버리고 말았다.

발테르 부인이 웃으면서 말했다.

"그건 어째서지요?"

그는 이렇게 말했다.

"즉 저는 무슨 일이든 부인들께 줄 흥미만을 생각하기 때문입니다. 그러나 부인, 아카데미가 여러분들께 진정한 흥미를 주는 것은 회원 가운데 누군가가 죽었을 때뿐입니다. 그러니까 아카데미 회원 가운데 죽는 사람이 많으면 많을수록 여러분의 즐거움도 느는 셈입니다. 그러니 그들을 빨리 죽게 하려면 나이 많고 병든 사람을 지명해야 합니다."

모두들 다소 어이없는 표정이었으므로 그는 다시 덧붙였다.

"게다가 저는 여러분들과 마찬가지로 파리 가십란에서 아카데미 회원의 사망 기사를 읽는 것을 가장 좋아합니다. 그래서 곧 '누가 후계자가 될까?' 생각하고 저 나름의 명단을 작성해 봅니다. 하찮은 장난이지만 매우 재미난 장난입니다. 후세에까지도 남을 만한 인물이 죽을 때마다 파리의 그 어느 객실에서도 하게 마련입니다. 즉 〈죽음과 40명의 노인과의 내기〉입니다."

귀부인들은 그때까지도 여전히 어리둥절한 표정을 짓다가 마침내 웃기 시작했다. 그의 말이 과연 급소를 정확하게 찔렀기 때문이다.

그는 일어서면서 이렇게 말을 맺었다.

"여러분, 아카데미 회원을 지명하는 것은 여러분들입니다. 더욱이 그들의 죽음을 보시게 될 즐거움만으로 지명하시는 겁니다. 그러니까 노인 가운데서도 아주 늙은 노인을 고르십시오. 다른 것은 절대로 생각하실 필요가 없습니다."

그러고 나서 그는 더할 나위없이 고상하게 작별 인사를 하고 나갔다.

그가 돌아가자 한 부인이 말했다.

"재미있는 분이군요. 지금 그분 누구죠?"

발테르 부인이 대답했다.

"저희 신문사의 기자예요. 지금은 하잘것없는 일밖에 못 하고 있지만 곧 출세하리라고 생각해요."

뒤루아는 말제르브 큰 거리를 신이 나서 춤을 추듯 성큼성큼 걸어갔다. 자신이 생각해도 참으로 멋진 퇴장이었다. 그는 "운이 좋았다!" 이렇게 중얼거렸다.

그날 밤 그는 라셀과 화해를 했다.

다음 주에 그에게 두 가지 사건이 일어났다. 사회 부장으로 임명되었고 발테르 부인의 만찬회에 초대를 받은 것이다. 그는 이 두 소식의 관련성을 곧 짐작했다.

〈라 비 프랑세즈〉는 사장이 돈을 숭배하는 인간이었기 때문에 무엇보다도 돈벌이를 첫째로 하는 신문이었다. 사장에게는 신문도 대의원도 지렛대 역할을 하는 데 지나지 않았다. 그는 선량함을 유일한 무기로 삼고 언제나 의리 있는 듯한 미소의 가면을 쓰고 일을 해왔지만, 이를테면 어떤 일이든 자신의 일에 쓸 사람은 충분히 알아보고 시험해 보고 그 인물을 탐지해서 여간한 수단꾼이 아닌 담대하고 융통성 있는 사람밖에는 채용하지 않았다. 뒤루아는 사회 부장으로서 참으로 믿음직스럽게 여길 만한 인물이라고 사장에게 인정받은 것이다.

이 일은 그때까지 편집장인 부아르나르가 맡아 보았는데, 그는 나이든 기자로 사무원처럼 정확하고 빈틈없이 꼼꼼하고 세심한 사나이였다. 30년 전부터 11개의 신문사 편집장을 지낸 그는, 자신의 방법이나 견해를 전혀 바꾸지 않았다. 마치 음식점을 바꾸듯이 편집실을 떠돌았지만, 음식 맛이 한결같지 않다는 것을 알아차리지 못하는 모양이었다. 정치며 종교상의 의견에 전혀 바뀌지 않았다. 그러나 그는 어떤 신문에도 열성이었고 일에 능란했으며 경험이 풍부했다. 게다가 일에 한번 빠지면 장님처럼 아무것도 보지 않고 귀머거리처럼 아무것도 듣지 않고, 벙어리처럼 아무 말도 없이 오로지 일만 했다. 하지만 너무 고집이 세어서 직업에 충실하고 자신의 일의 전문적인 관점에서, 옳고 조리에 맞고 위험성이 없고 틀림없는 일이라고 생각하지 않으면 절대로 남의 의견에 귀를 기울이지 않았다.

발테르 씨는 그의 가치를 충분히 평가하고는 있었지만, 그의 말에 따르면 사회면이야말로 신문의 핵심이므로 누군가 다른 사람에게 시켜 보고 싶다고 전부터 이따금 생각하고 있었다. 사회기사야말로 뉴스를 퍼뜨리고 소문을 뿌리고 대중에게 호소하여 공채(公債)의 시세를 변동시킬 원동력이었다. 사교계의 모임 기사 사이에 넌지시 중대한 기사를 끼어 넣는 수단을 알아야 한다. 드러내놓고 말하는 게 아니라 슬며시 암시하는 것이다. 그렇게 암시한 바로써 원하는 것을 사람들이 알아차리게 하는 것이 중요하다. 부정하면 소문은 굳어질 터이고 긍정하면 아무도 그 소문을 믿지 않는다. 그리고 사회면기사에는 독자 하나하나가 재미있다고 생각하는 것을 적어도 매일 한 줄씩은 넣어야 한다. 그렇게 하면 모든 사람이 그것을 읽게 된다. 기사는 사람과 사건의 모든 일에 걸쳐, 모든 사람, 모든 직업, 파리와 지방, 군대와 화가, 성직자와 공교육기관, 법조계, 창부의 세계 등 온갖 곳까지 골고루 미치게 해야 한다.

따라서 사회면을 지배하고 탐방 기자의 투쟁을 이끌어 가려면 언제나 정신이 깨어있어야 하고 경계를 게을리하지 않으며, 의심 많고, 앞을 내다볼 줄 알아야 한다. 또 교활하고 민첩하고 융통성 있고, 갖은 계책을 몸에 지니고, 틀림없는 후각을 가지고 한눈에 거짓 보도를 분별하고, 할 말과 감출 말을 판단하여 무엇이 독자의 지지를 받는가를 꿰뚫어 볼 수 있어야 한다. 더욱이 그렇게 얻은 소식으로 널리 효과를 미칠 수 있는 방법을 발견해야 하는 것이다.

부아르나르 씨는 오랜 경험을 몸에 지니고 있지만, 솜씨 있게 취사선택을 하고 교묘하면서도 알맞게 배열하는 능력이 부족했다. 그에게는 무엇보다 사장의 남모르는 착상을 그날그날 간파하는 타고 난 요령과 재치가 없었다.

뒤루아라면 이 일을 완전히 해치우고 노르베르 드 바렌의 말을 빌리면, '국가의 재정과 정계의 이면을 능숙하게 삿대로 저어 나가는' 이 신문의 편집을 훌륭하게 수행할 것이다.

〈라 비 프랑세즈〉의 기사에 영향력을 주는 진정한 편집자는 사장이 계획하고, 또는 지지하는 투기사업에 이해관계가 깊은 여섯 명의 대의원인데 의회에서는 '발테르 일파'라는 별명으로 불리면서 모두의 부러움을 받고 있었다. 그들이 발테르 씨와 함께, 또 그의 후원으로 돈을 벌고 있음이 틀림없었기 때문이었다.

정치 부장인 포레스티에는 그 사업가들의 허수아비였고, 그들이 지시하는 일의 집행자에 불과했다. 그는 그들에게서 사설(社說)을 귀띔 받으면 조용한 곳에서 정리하기 위해 언제나 자기 집에 가서 썼다.

그러나 신문에 문학적이고 파리적인 체제를 갖추기 위해서 저마다 다른 분야에서 저명한 두 사람의 작가를 덧붙였다. 시사 문제 기자로는 자크 리발, 시인이고 수필가이며 새로운 유파에 속하는 작가이기도 한 노르베르 드 바렌이다.

그리고 미술, 희화, 음악, 연극 등의 평론이며 형사 문제나 경마 기사 같은 것의 필자는 돈만 주면 무엇이든 다 해내는 방대한 예비부대 가운데서 싼 값으로 데려왔다. 또 '장밋빛 가면', '흰 손'이라고 필명을 쓰는 두 상류층 부인이 사교계의 소문이나 유행 문제, 고상한 생활, 에티켓, 처세술 등의 요령을 써왔고 귀부인의 소행에 대해서 이따금 예의에 벗어나는 기사를 매우 흥미롭게 쓰곤 했다.

〈라 비 프랑세즈〉는 여러 부류의 사람들의 손으로 조종되어서 '재정과 흑막 위를 항해하고' 있었던 것이다.

뒤루아가 사회면 부장에 임명되어서 좋아 어쩔 줄 모르고 기뻐할 때, 인쇄된 자그마한 카드가 그에게 배달되었다. 거기에는 이렇게 씌어 있었다.

조촐한 만찬을 베풀겠으니 모쪼록 1월 20일 목요일 밤, 오셔서 즐거이 지내 주시기를 바랍니다.

조르주 뒤루아 씨 귀하
발테르 부부

잇달아 날아 드는 이 새로운 은총으로 그는 환희의 절정으로 올라갔다. 그는 연애 편지에 키스하듯이 그 초대장에 입을 맞추었다. 그리고 나서 자금과 관련한 큰 문제를 의논하기 위해서 회계과로 갔다.

보통 사회 부장에게는 자신의 예산이 주어졌다. 부하 기자가 마치 새로 나온 과일만 골라 상점으로 과일을 가지고 가는 농부처럼 여기저기에서 가지고 오는 기사에 옥석을 가려 원고료를 내주기로 되어 있었다.

처음에는 한 달에 1200프랑씩 뒤루아에게 주어질 예정이었는데, 그는 거기서 한몫 단단히 챙길 작정이었다.

회계과는 그의 끈질긴 청구에 못 이겨서 드디어 400프랑을 선불해 주었다. 돈을 움켜쥐자 곧 그는 드 마렐 부인에게서 빌린 280프랑을 돌려보내 버리려고 단단히 결심했다. 그러나 금방 손에 남게 되는 것은 120프랑밖에 되지 않았고, 그것만으로는 새로운 임무를 정해진 방식대로 운행하기에는 매우 부족하다고 생각되어서 빚을 갚는 것을 또 미루어 버렸다.

이틀 동안 그는 새로운 자리로 옮기느라고 몹시 바빴다. 전임자에게서 전용 책상과 우편함을 인계받았기 때문이었는데, 그것은 편집원 모두가 공동으로 쓰는 넓은 방에 있었다. 그는 그 방 한 구석을 차지했는데, 다른 한쪽 끝에는 부아르나르가 나이에 어울리지 않는 새카만 머리를 드리우고 언제나 종이쪽지 위에 몸을 구부리고 있었다.

가운데 긴 테이블은 외근 기자용으로 되어 있지만 거의 의자 대신으로 쓰여서 옆으로 발을 늘어뜨리고 걸터앉는 사람도 있고, 복판에 털썩 주저앉는 사람도 있었다. 때로는 대여섯이나 그 위에 올라앉아서 중국 인형과 비슷한 모양으로 열심히 빌보케를 하고 있었다.

뒤루아도 차츰 그 놀이에 흥미를 느껴 생 보탱의 지도와 충고를 받아 시작했고 곧 잘하게 되었다.

포레스티에는 갈수록 병세가 더 심해져서 최근에 산 서인도제도의 나무로 만든 훌륭한 빌보케 공을 조금 무겁다는 이유로 뒤루아에게 물려주었다. 뒤루아는 끈 끝에 단 커다란 검은 공을 늠름한 팔로 자유자재로 다루며 입속으로 낮게 "1-2-3-4-5-6" 수를 셌다.

마침 그날은 발테르 부인의 만찬회에 가는 날이었다. 그는 처음으로 스물까지 계속할 수 있었다. 그래서, '오늘은 아주 운이 좋은데, 모든 일이 잘될 것 같다' 하고 생각했다. 〈라 비 프랑세즈〉의 사무실에서는 빌보케 솜씨가 하나의 우월감을 느끼게 해 주었기 때문이다.

뒤루아는 옷을 갈아 입을 시간을 계산하고 조금 일찍 편집실을 나와서 롱드르 거리로 올라갔다. 그러나 그때 그의 눈앞에서 드 마렐 부인과 비슷한 자그마한 여자가 종종걸음으로 걸어가는 것을 보았다. 그는 얼굴이 달아오르고 심장이 두근거리기 시작했다. 그래서 그 여자의 옆얼굴을 보기 위해서 반대쪽으로 갔다. 여자는 길을 가로지르기 위해서 발을 멈추었다. 그러나 드 마렐 부인은 아니었다. 그는 안도의 숨을 내쉬었다.

뒤루아는 만일 부인과 길에서 마주치면 어떤 태도를 취할까 몇 번이나 생각해보았다. 인사를 할까, 모르는 체할까.

그러다가 그는 '못 본 체하자' 결심했다.

추운 날이었다. 도랑의 물은 얼어붙어서 얼음 덩어리를 이루고 있었다. 보도는 메말라서 가스등 아래에서 잿빛으로 보였다.

그는 집으로 돌아오자 '집을 바꾸어야겠다. 현재의 내 신분에 어울리지 않아' 하고 생각했다. 그러자 마음이 들뜨고 신이 나서 지붕 위라도 뛰어다닐 것 같은 기분이었다. 침대에서 창문 쪽으로 가면서 큰 소리로 중얼댔다.

"운이 돌아온 거야. 훌륭한 행운이다! 아버지에게 알려 드려야지."

그는 이따금 아버지에게 편지를 쓰곤 했다. 그 편지는 루앙 시와 센의 넓은 골짜기를 내려다보는 높은 언덕의 길가에 있는 노르망디식 조그마한 선술집에 언제나 큰 기쁨을 가져다주곤 했다.

그는 또 이따금 큼직하고 떨리는 글씨로 겉봉을 쓴 파란봉투를 받았다. 아버지의 편지에는 언제나 첫머리에 다음과 같은 똑같은 글귀가 적혀 있었다.

그리운 아들아, 네 어머니나 나는 둘 다 아주 잘 있단다. 고향에도 그다지 달라진 것은 없단다. 하지만 너를 위해 자주 소식을 알려 주마……

그는 사실 마을 일이며 이웃 사람들 소식이며, 밭이나 농작물의 상태 등에 늘 신경을 쓰고 있었다.

그는 벽에 걸린 작은 거울 앞에서 흰 넥타이를 매면서 아까 한 말을 되풀이했다. "내일이라도 아버지에게 편지를 쓰자. 만약 내가 오늘 저녁 그 저택에 초대받아 가는 것을 아버지가 아시면 아마 놀라서 기절하시고 말거야! 어쨌든 이제부터 아버지는 한번도 먹어 보지 못한 만찬을 먹으러 가는 거란 말이야."

그러자 갑자기 그의 눈앞에 시골의 텅 빈 술집 안의 검게 그을린 부엌이 떠올랐다. 벽에는 누런빛이 나는 프라이팬이 쭉 걸려 있고, 난로 옆에는 고양이가 잔뜩 웅크린 모습으로 괴물처럼 납작 엎드려 있고, 나무 식탁은 엎지른 술과 세월에 찌들어 번들번들하고, 실내 한가운데 놓인 난로 위에서는 수프 냄비가 김을 뿜고, 식탁에 놓인 접시 사이에는 촛불이 켜 있었다. 그리고 두 남녀, 아버지와 어머니, 그 늙은 농사꾼 부부가 매우 느린 동작으로 수프를 홀짝거리며 먹고 있는 모습이 보였다. 그는 그들의 나이든 얼굴에 진 잔주름이며, 팔이나 목의 매우 조그마한 움직임까지 모두 기억했다. 또 두 사람은 저녁이면 늘 마주 앉아 식사를 함께 하면서 이야기를 주고받는 것까지도 알고 있었다.

그는 언제고 한 번은 만나뵈러 가야겠군, 생각했다. 몸치장이 다 되었기 때문에 불을 끄고 아래로 내려갔다.

변두리 큰길을 걸어가려니까 거리 여자들이 끈덕지게 달라붙었다. 그는 외투 주머니에서 손을 꺼내서 세차게 휘두르며 "귀찮아, 저리 가!" 소리쳤다. 마치 자기가 잘못 보여 모욕을 당한 것처럼 심한 경멸의 눈빛으로 그 여자들을 쏘아보았다. '나를 누구라고 생각하는 거야. 저 매춘부들은 남자를 분간할 줄도 모르는군!' 부자이면서 유명한 권력가 집의 만찬에 초대되어 야회복을 입고 있어서인지 왠지 새로운 인물이 된 듯한 감정을, 완전히 사람이 변해서 사교계의, 진짜 상류 사회의 한 사람이 된 듯한 느낌이 들었다.

그는 높은 청동 촛대로 밝혀진 응접실로 침착하게 걸어 들어가서 가까이 다가온 하인 둘에게 아주 자연스러운 태도로 지팡이와 외투를 맡겼다.

객실은 모두 휘황하게 불이 밝혀져 있었다. 발테르 부인은 가장 큰 두 번째 객실에서 손님을 맞고 있었는데, 그가 들어가자 상냥하게 웃는 얼굴로 맞아 주었다. 그녀는 그보다도 먼저 온 남자 둘과 악수를 나누었다. 피르맹 씨와 라로슈 마티유 씨. 모두 대의원인 그들은 〈라 비 프랑세즈〉의 익명(匿名)의 편집자였다. 라로슈 마티유 씨는 의회에서 큰 권력을 가지고 있었기 때문에 신문사에서도 특별한 힘을 발휘하고 있었다. 마티유 씨가 앞으로 장관이 되리라는 사실은 누구도 의심치 않았다.

조금 지나자 포레스티에 부부가 들어왔다. 부인은 분홍빛 드레스를 입었는데 그 모습이 황홀할 만큼 아름다웠다. 뒤루아는 그녀가 두 대의원들과 가까운 것을 보고 놀랐다. 그녀는 난로 옆에서 라로슈 마티유 씨와 5분도 넘게 다정하게 이야기를 나누었다. 샤를은 몹시 초췌했다. 한 달 전과 비교하면 몰라볼 만큼 여위어서 "올 겨울에는 미디*[16]로 가서 요양을 하지 않으면 안 되겠어

---

*16 프랑스 남부 지방.

요" 거듭 말하면서 쉼 없이 기침을 했다.

노르베르 드 바렌과 자크 리발이 함께 들어왔다. 그리고 안쪽 문이 열리면서 발테르 씨가 몸집이 큰 두 딸과 함께 들어왔다. 나이는 열여섯과 열여덟인데, 그 가운데 하나는 못생겼지만 다른 하나는 아름다웠다. 뒤루아는 사장에게 딸이 있다는 사실은 알았지만 막상 그들을 보자 몹시 놀랐다. 사장의 딸이란 영원히 볼 수 없는 먼 나라의 존재로만 생각하고 있었다. 게다가 그 딸들은 아주 어린아이라고 상상했었는데, 오늘 눈앞에 나타난 아이들은 이미 훌륭하게 자란 여인들이었다. 그는 왠지 모르게 당황해서 현기증마저 일었다.

두 딸은 소개를 받자 차례로 그에게 손을 내밀었다. 그런 다음에 자신들에게 마련된 듯싶은 조그마한 테이블 앞에 앉아서 작은 바구니에 그득히 담겨 있는 비단 실 뭉치를 만지작거리기 시작했다.

아직 손님들이 다 모이지 않은 것 같았다. 아무도 말을 하는 사람이 없었다. 종일 저마다 다른 일들을 하다 와서, 아직은 서로를 알지 못해 친근한 기분에 젖어 들지 못하는 사람들 사이에 끼여 있는 느낌이었다. 만찬이 시작되기 전에 곧잘 일어나는 그 거북스러운 분위기가 사람들 사이에 떠돌았다.

뒤루아가 무료해서 벽으로 눈을 돌리자 발테르 씨가 멀리서 자신의 재산을 자랑하고 싶은 마음을 노골적으로 드러내면서 말했다. "내 그림을 보고 있군." '내'라는 말이 강하게 울렸다. "그럼 보여 드려야지" 하면서 그림의 구석구석까지 똑똑히 볼 수 있도록 등불을 비춰 주었다.

"이건 풍경화일세." 그가 자랑스럽게 말했다.

벽 한가운데에 커다란 기메의 그림이 걸려 있었다. 폭풍이 휘몰아치는 하늘 아래 노르망디 해변이었다. 그 밑에는 아르피니의 〈숲〉, 그리고 기메의 〈알제리의 평원〉. 지평선에서 있는 낙타 한 마리는 마치 기묘한 기념비처럼 다리가 매우 길고 몸집이 컸다.

발테르 씨는 다음 벽으로 옮겨서 마치 궁전의 의전관(儀典官)과 같은 의젓한 말투로 말했다.

"훌륭한 그림들이네."

모두 네 작품으로 앙리 제르벡스의 〈병원 위문〉, 바스티앙 르파주의 〈밀 베는 여인〉, 부그로의 〈미망인〉, 장 폴 로랑의 〈사형 집행〉이었다. 마지막 작품에는 방데 지방의 한 성직자가 교회 벽 앞에서 블뢰(共和軍)의 한 분대에게 총살되는 장면이 그려져 있었다.

다음 벽면을 가리키면서 사장의 위엄 있는 얼굴에 미소가 스치고 지나
갔다.

"이건 상상화지."

먼저 눈에 띈 것은 장 베로의 소품으로 〈위와 아래〉라는 제목이 붙어 있었
다. 한 아름다운 파리 여인이 달리는 전차의 계단을 올라가고 있었다. 얼굴은
2층의 좌석 높이에 가 있었다. 2층에 앉은 신사들은 올라오는 그 귀여운 여인
의 얼굴을 매우 즐거운 표정으로 뚫어지게 바라보고 있다. 그러나 아래층의
차장대에 서 있는 사나이들은 젊은 여인의 다리만 약삭빠르게 훔쳐 보며 은
밀하게 욕정을 불태우면서도 전혀 아닌 것처럼 시침을 떼고 있다.

발테르 씨는, 등불을 쓱 그림 가까이 들이대면서 어린아이처럼 장난스러운
웃음소리를 내며 말했다.

"어때, 아주 재미있지?"

그러고 나서 그는 랑베르의 〈구출〉을 비추었다.

식기를 내가고 나자 식탁 위로 새끼 고양이 한 마리가 냉큼 올라가 앉았다.
고양이는 파리 한 마리가 컵 속에 빠져서 허우적거리는 것을 신기한 모양으
로 지켜보았다. 그러다가 새끼 고양이는 재빠르게 앞발을 쳐들더니 파리를 건
져내려는 듯 움찔하다가는 그대로 멈추고 망설인다. 어쩔 셈일까?

다음으로 사장은 드타유의 작품 〈수업〉을 보여주었다. 병영에서 한 병사가
삽살개에게 북 치는 방법을 가르치는 그림이다.

"매우 재치 있지 않소."

뒤루아는 아첨하는 웃음소릴 내면서 감탄해 보였다.

"참 좋은데요. 아주 대단한 작품입니다. 대단……"

그는 갑자기 입을 다물었다. 등 뒤에서 이제 막 들어온 듯한 드 마렐 부인
의 목소리가 들렸기 때문이었다.

사장은 여전히 그림을 하나씩 비추면서 설명을 계속했다.

이번에는 모리스 를르와르의 수채화 〈길을 막는 사람〉을 감상했다. 건장해
보이는 천한 남자 둘이 헤라클레스처럼 맞붙어 싸우고 있는 바람에 길이 막
혀서 마차가 선 채 움직이지 못하고 있다. 그런데 아리따운 여자가 마차 창문
으로 얼굴을 내밀고 두 난폭자의 싸움을 초조한 표정이나 두려움도 없이 오

히려 감탄하는 얼굴로 물끄러미 넋을 놓고 바라보고 있다.

발테르 씨는 계속해서 말했다.

"저 앞방에도 아직 많이 있지만 그리 이름나지 않은 풋내기들의 그림들뿐일세. 여기가 나의 가장 오붓한 진열실인 셈이지. 나는 지금 매우 젊은 친구들의 그림을 사서 별실에 걸어 놓았네. 머지않아 유명해질 테니까."

그러고 나서 목소리를 낮추어 말했다.

"그리고 요즘이 그림을 사기에 가장 좋은 때일세. 그림쟁이들이 모두 배를 곯고 있으니까. 그자들은 단 돈 한 푼도 없거든. 단 돈 한 푼도……"

그러나 뒤루아는 아무것도 눈에 들어오지 않았고 어떤 말도 귀에 들어오지 않았다. 드 마렐 부인이 바로 등 뒤에 와 있었던 것이다. 어떻게 하면 좋을까. 만약 이쪽에서 먼저 인사를 하면 외면을 해버리거나 싫은 소리라도 하지 않을까? 그렇다고 전혀 곁에 가지도 않는다면 남들은 무어라고 생각할까.

그래서 '아무튼 시간을 끌 수 있는 데까지 끌어 보자' 생각했다. 그는 한편으로 너무 당황해서 한때는, 갑자기 기분이 언짢아진 체할까도 생각했다. 그렇게 하면 돌아갈 수도 있다.

그림을 한 바퀴 돌아보고 나서 사장은 등불을 제자리에 내려놓더니 가장 마지막으로 온 손님에게 인사했다.

그동안에 뒤루아는 아무리 보아도 싫증이 나지 않는다는 듯 다시 홀로 그림을 돌아보기 시작했다.

그는 어찌할 바를 몰랐다. 어찌해야 좋을까? 사람들의 목소리가 하나하나 귀에 들어오고 대화도 또렷하게 분간할 수 있었다. 포레스티에 부인이 그를 불렀다.

"뒤루아 씨, 잠시 시간 좀 내주세요."

그는 그쪽으로 서둘러 갔다. 부인의 친구가 모임을 열겠다는데, 그것을 〈라 비 프랑세즈〉의 사회면에 써달라고 한다면서 그 친구를 소개해 주었다.

"좋습니다, 부인. 좋습니다." 그는 머뭇거리면서 말했다.

드 마렐 부인이 바로 옆에 있었다. 이제는 몸을 돌려 다른 자리로 갈수도 없었다.

그는 갑자기 자기 자신이 돌아버린 게 아닌가 하고 생각했다. 그녀가 큰 소리로 이렇게 말했던 것이다.

"안녕하세요, 벨아미? 벌써 저를 잊으셨나요?"

그는 휙 돌아섰다. 그녀는 생글생글 웃으면서 밝은 눈빛으로 애정을 띠면서 앞에 서 있었다. 그리고 손을 내밀었다.

그는 떨면서 그 손을 잡았다. 그러면서도 속으로는 드 마렐 부인의 행동에 어떤 책략과 꿍꿍이가 있지나 않나 하고 겁을 먹었다.

"어찌된 일이시죠? 좀처럼 뵐 수가 없으니."

그는 불안한 마음으로 머뭇거리며 말했다.

"매우 바빴습니다, 부인. 눈코 뜰 새 없이 바빴답니다. 발테르 씨께서 새로운 일을 맡겨 주셔서, 그 일이 무척 시간을 잡아먹어서요."

그녀는 똑바로 그를 노려보면서 말했다.

"그건 알고 있어요. 하지만 일 때문에 친구를 잊어버리는 법은 없지요."

그는 그녀의 눈을 깊이 들여다보았다. 하지만 친절한 마음씨 말고는 아무것도 발견할 수 없었다.

두 사람은 때마침 들어온 어느 부인으로 하여 서로 사이가 벌어졌다. 커다랗게 옷깃을 도려낸 예복을 차려입은 뚱뚱한 부인으로 팔도 뺨도 빨갛고, 옷도 모자도 유난히 눈에 띄었다. 그녀는 매우 무거운 걸음걸이로 다가왔는데 그 모습을 보고 있으면 넓적다리의 무게와 굵기가 직접 느껴지는 것 같았다.

그곳에 모인 사람들이 그 부인에게 매우 공손했으므로 뒤루아는 포레스티에 부인에게 물어 보았다.

"누굽니까?"

"페르스뮈르 자작 부인인데, '흰 손'이라는 펜네임을 가진 분이셔요."

그는 어이가 없어서 웃음보를 터뜨리지 않을 수가 없었다.

"흰 손! 흰 손이라! 저는 당신처럼 젊은 부인을 상상했었는데요! 저분이 흰 손이라니! 참 재미있군요, 재미있는데요!"

그때 한 하인이 문께에 나타나서 알렸다.

"부인, 식사 준비가 다 되었습니다."

만찬회는 별다른 일 없이 활기를 띠었다. 많은 말들이 오고갔지만 아무 말도 하지 않은 것과 같은 그런 만찬회였다. 뒤루아는 사장의 맏딸인 못생긴 로즈 양과 드 마렐 부인 사이에 앉게 되었다. 부인은 매우 기분이 좋은지 여느 때처럼 재치 있게 이야기했으나 그는 그녀의 옆자리가 꽤나 불편했다. 그래서 처음에는 음조를 놓쳐버린 음악가처럼 마음이 어수선해서 아무 말도 못하고 머뭇거리며 주저주저했다. 그러나 차츰 차분한 마음으로 되돌아오면서 두 사람의 눈은 자주 마주쳤고 서로 묻기도 하고 예전처럼 아주 친밀해져서 거의 관능적인 시선을 주고받았다.

갑자기 그는 테이블 아래에서 무언가 가볍게 그의 발에 닿는 것을 느꼈다. 그래서 살그머니 발을 내밀어 보았더니, 그것은 드 마렐 부인의 발이었다. 그러나 부인은 뒤루아의 발이 닿아도 발을 피하지 않았다. 그때, 그들은 저마다 반대쪽 사람에게 얼굴을 돌리고 있었고 서로 말을 주고받지 않았다.

뒤루아는 두근거리는 가슴으로 무릎을 조금 앞으로 밀어내 보았다. 그러자 가벼운 압박이 그에 대답했다. 그래서 두 사람 사이의 서먹했던 감정은 사라지고 다시 하나가 된 것을 깨달았다.

그러고 나서 그들은 무슨 이야기를 했을까? 별다른 이야기는 하지 않았다. 그러나 눈이 마주칠 때마다 서로의 입술이 떨렸다.

그는 그래도 사장 딸에게 상냥하게 할 것을 잊지 않고 이따금 이야기를 걸었다. 그 딸은 어머니와 마찬가지로 이야기할 것은 절대로 망설이지 않고 또렷하게 말했다.

발테르 씨의 오른쪽에서 페르스뮈르 자작 부인이 마치 왕비 전하처럼 행동하고 있었다. 뒤루아는 그 모습을 보고 웃으면서 작은 목소리로 드 마렐 부인에게 물었다.

"또 한 분 '장밋빛 가면'이라는 펜네임을 쓰는 분도 아시나요?"

"네, 잘 알고 있어요. 드 리발 남작 부인이죠."

"저런 타입입니까?"

"아뇨, 하지만 마찬가지로 우스워요. 키가 크고 바싹 마른 부인인데, 나이는 육십. 머리카락은 곱슬곱슬하게 만든 인조 가발에 영국식 틀니를 하고 왕정복고 시대의 사고방식에 몸차림도 그대로입니다."

"동화에나 나올법한 그런 괴물을 어디서 찾아낸 거죠?"

"몰락한 귀족은 언제나 출세한 평민에게 구제를 받는 법이니까요."

"그 밖에는 아무 이유도 없습니까?"

"네, 아무것도."

그러고 나서 사장과 두 대의원, 노르베르 드 바렌과 리발과의 사이에 정치

론이 벌어졌고 디저트가 나올 때까지 그 이야기는 이어졌다.

객실로 돌아왔을 때, 그는 다시 드 마렐 부인 곁에 가서 그녀의 눈을 찬찬히 들여다보면서 물었다.

"오늘 밤 바래다 드릴까요?"

"아뇨."

"어째서죠?"

"라로슈 마티유 씨가 이웃이라 여기서 저녁 식사를 할 때에는 언제나 바래다주기로 돼 있어요."

"그럼 언제 뵈올 수 있을까요?"

"내일, 점심때 와주세요."

그들은 그 이상 아무 말도 하지 않고 헤어졌다.

뒤루아는 만찬회가 재미없었기 때문에 오래 있지 않았다. 계단을 내려가자 마찬가지로 돌아가려던 노르베르 드 바렌과 마주쳤다. 노시인은 그의 팔을 잡았다. 회사에서는 두 사람의 일이 전혀 다른 종류가 되어서 이미 서로 경쟁 상대로서 두려워할 필요가 없어졌으므로 그는 오늘 이 젊은이에게 연장자와 같은 호의를 보이고 있었다.

"어떻소? 저기까지 바래다주지 않겠소?" 그가 말했다.

"기꺼이 모시고 가겠습니다, 선생님."

그들은 말제르브 거리로 내려가서 천천히 걷기 시작했다. 그날 밤 파리에는 사람들의 왕래가 거의 없었다. 추운 밤이었다. 주위가 여느 때보다는 훨씬 넓어진 것 같았다. 별이 매우 높이 떠 있었고, 얼어붙은 바람이 별의 세계보다도 훨씬 먼 곳에서 무언가를 불어 보내 주는 것처럼 여겨졌다.

두 사나이는 한동안 아무 말도 하지 않았다. 이윽고 뒤루아가 이야기의 실마리를 찾기 위해 입을 열었다.

"저 라로슈 마티유라는 분은 무척 총명하고 학식도 상당한 모양이던데요."

노시인은 중얼거렸다.

"그렇게 생각하오?"

청년은 놀라서 대답을 망설였다.

"어쩐지 그런 생각이 드는데요. 게다가 하원에서는 가장 유능한 인물의 하나라고 하지 않습니까?"

"그럴지도 모르지요. 장님 세상에선 애꾸눈이 왕일 테니까요. 그러나 그 사람들은, 이봐요, 모두 어리석은 자들이요. 어쨌든 마음이 두 개의 벽 사이에, 즉 돈과 정략 사이에 갇혀 있으니까요. 그 사람들은 출세하는 학문을 방편으로 삼는 패들이어서 우리가 좋아하는 일에 대해서는 무엇 하나 함께 이야기 나눌 수가 없어요. 그들의 머릿속은 온통 진흙 밭이오. 아니 오히려 쓰레기장이라고 부르는 게 맞을 거요. 아니에르 근처의 센 강처럼 말이오. 정말 여유 있는 생각을 지닌 사람을 찾기란 참으로 어렵군요. 탁 트인 저편 바다에서 불어오는 바람과 같은 느낌을 주는 사나이 말이오. 난 그런 남자들을 네댓 사람 알았었는데 안타깝게도 이제는 모두 죽어 버렸소."

노르베르 드 바렌은 맑은 목소리로 이야기했으나 자신의 감정을 억누르는 말투였다. 만일 그가 감정 그대로 이야기했다면 밤의 적막 속에서 구슬프게 울려 퍼졌을 것이다. 그는 매우 흥분했고, 견딜 수 없을 만큼 슬퍼보였다. 그것은 이따금 사람의 넋 위에 떨어져서 얼어붙은 대지처럼 떨리게 하는 비애였다.

그는 계속해서 말했다.

"그러나 얼마 안 되는 재주가 많거나 적거나 그것이 무슨 소용 있겠소. 결국은 모든 것이 끝나고 마는 거니까 말이요!"

그러고서 입을 다물었다. 뒤루아는 그날 밤 기분이 유쾌해서 웃으면서 말했다.

"선생님, 오늘은 매우 기분이 언짢으시군요."

시인은 대답했다.

"아닐세, 여보게, 난 언제나 이렇다오. 자네도 5, 6년 지내다 보면 나처럼 될 거요. 인생이란 마치 산길과 다름없소. 올라가는 동안은 꼭대기가 보이니까 행복을 느끼지요. 그러나 다 올라가면 갑자기 내리막길이 눈앞에 나타나고, 더욱이 그 끝은 죽음이오. 올라갈 때는 천천히 올라가지만 내려갈 때는 빠르단 말이요. 자네 나이에는 즐거운 일만 많아서 온갖 희망을, 결코 실현하지 못할 희망도 가슴에 품지만 내 나이가 되면 이제는 아무것도 기대할 것이 없고 그저 기다리는 것은 죽음뿐이라오."

뒤루아는 저도 모르게 소리 내어 웃기 시작했다.

"이거 정말 말씀만 들어도 등골이 오싹해집니다."

노르베르 드 바렌은 다시 말을 이었다.

"아니, 자네는 지금 내 말을 이해 못하고 있네. 하지만 나중에는 오늘 내가 무슨 이야기를 했는지 반드시 알게 될 거요.

언젠가는 여보게, 세상 말을 빌리면 웃을 일이 아닌 날이, 더욱이 많은 사람들에게 매우 빠르게 다가오게 되네. 눈에 보이는 모든 것 뒤에 죽음이 어른거리게 되니까 말이요.

아아, 자네는 이 죽음이라는 말의 의미마저도 모를 거요. 자네 나이에는 의미가 없는 말이지. 그러나 내 나이에는 참으로 두려운 거요.

그렇소. 사람은 갑자기 그것을 알게 되는 거요. 왠지, 또 무엇이 계기가 되는지도 전혀 모르게. 그리고 그렇게 되면 인생에 대한 모든 것이 한꺼번에 변하고 마는 거요. 나는 15년 전부터 마치 세균을 몸속에 기르는 것처럼, 죽음이 조금씩, 한 달마다, 한 시간마다, 마치 집이 붕괴해 들어가는 것처럼 나를 좀먹어 가는 것을 느껴 왔소. 그리고 이제는 내 자신 스스로를 알아보지 못할 만큼 인상이 변하고 말았소. 이제 내게는 나 같은 것은 아무것도 없소. 서른 살 무렵의 그 쾌활하고 기운차고 힘이 넘치던 나는 이제 아무 곳에도 없소. 죽음이란 놈은 내 검은 머리를 하얗게 물들이고 말았소만, 그 교묘하고 교활하고 완만함이란! 단단하고 팽팽했던 피부도, 근육도, 이도, 옛날의 육체를 모두 빼앗기고 남아 있는 것은 절망에 시달리는 넋뿐이지만 그마저도 곧 뺏기고 말 거요.

그렇소. 그놈은, 그 망할 놈은 나를 좀먹어 왔소. 천천히, 더욱이 무참하게 일 초 일 초, 오랜 시간 걸려서 내 육체를 조금씩 무너뜨려 왔소. 그리고 이제는 하는 일마다 죽음을 느끼고 있소. 한 걸음 한 걸음 나를 죽음에 다가가게 하고 하나하나의 동작에도 들이마시고 내뱉는 숨에 이르기까지도 죽음이 미워할 일을 서두르지요. 숨을 쉬고, 자고, 마시고, 먹고, 꿈을 꾸고 하는, 우리가 하는 모든 것은, 즉 죽는 일이오. 요컨대 산다는 것은 죽어가는 일이오!

오오, 자네도 머지않아 알게 될 거요! 내가 무슨 말을 하고 있는지. 그저 15분만 골똘히 생각하면 죽음이 눈앞에 보일 거요!

당신은 무엇을 기대하오? 연애요? 그러나 키스를 즐기는 것도 한순간이고 곧 할 수 없게 될 거요.

그리고 그 밖엔? 돈인가요? 무엇 때문에? 여자에게 주기 위해선가요. 그것

참 엄청난 행복이지요! 그보다도 실컷 먹고 피둥피둥 살이 쪄서 마지막엔 날마다 관절염에 시달리며 신음하기 위해선가요?

그것 말고 또 있나요? 명예요? 그렇다면 사랑이라는 형태로 받아들여지지 않는 한 명예 따위가 무슨 소용이 있겠소.

그럼 그 다음엔? 늘 마지막엔 죽음이 있을 뿐이오.

나는 지금 죽음이 바로 옆에 있는 것이 보이기 때문에 손을 뻗쳐서 떨쳐 버리고 싶을 정도요. 죽음은 대지를 덮고, 허공을 채우고 있소. 나는 곳곳에서 죽음의 모습을 느끼오. 길에서 짓밟힌 조그만 동물이나 시들어 떨어지는 나뭇잎이나, 친구의 수염 가운데서 발견한 흰 터럭은 내 마음을 쥐어뜯고, '보라, 거기에 죽음이 있다!' 나에게 외친다오.

죽음 때문에 하는 일이나 보는 일이나 마시는 일이나 사랑하는 것도 모두, 또 달빛도 떠오르는 아침 해도 망망한 바다도 아름다운 강도 들이마시는 밤공기도 모두 망쳐 버리고 맙니다!"

그는 남이 듣고 있는 것도 잊은 듯 조금씩 숨을 헐떡이면서 목소리를 높여 몽상을 이야기하면서 천천히 걸어갔다.

그리고 다시금 말을 이었다.

"더욱이 죽은 사람은 절대로 다시 돌아오지 않소. 절대로……초상(肖像)이라면 주형(鑄型)을 간직했다가 언제든지 같은 걸 만들어낼 수가 있소. 그러나 내 육체는 이 세상에 다시 살아날 수가 없소. 물론 몇 제곱센티미터의 얼굴 속에 나와 비슷한 코나 눈이나 뺨이나 입술을 가지고, 또 나와 똑같은 혼을 가진 사람은 몇 백만 몇 천만이라도 생겨나겠지요. 그러나 나는 결코 되살아날 수가 없고, 또 내 것이라고 분간할 수 있는 것도 무엇 하나 그 뛰어난 인간 속에 되살아오지 않소. 모두 거의 같아 보여도 어딘지 모르게 다른, 무한히 다른 존재이니까 말이오. 무엇에 의지하면 좋겠소? 누구에게 이 비탄의 외침을 던지고 무엇을 믿으면 좋단 말이오?

종교는 유치한 도덕과 이기적인 터무니없는 하찮은 약속으로 해서 모두 어리석은 거요. 확실한 것은 죽음뿐이오."

그는 걸음을 멈추고 뒤루아의 외투 양쪽 깃 끝을 붙잡고 온화한 목소리로 말했다.

"이런 걸 생각해 보오, 젊은이. 며칠이고 몇 달이고 몇 해고 충분히 잘 생각해 보오. 그러면 당신은 인생을 다르게 볼 거요. 시험 삼아 당신을 둘러싼 모든 것으로부터 빠져나와 보오. 살아 있으면서 당신의 육체나 이익이나 사상이나 또 온갖 인간성에서 벗어난다는, 저 초인간적인 노력을 하고 거기서 밖을 바라보오. 그러면 낭만주의와 자연주의와의 다툼이라든가, 예산의 논의라든가 하는 것이 얼마나 무가치한지 알게 될 거요."

그는 빠른 걸음으로 걷기 시작했다.

"그러나 동시에 당신은 절망에 잠기는 일의 무서운 비탄을 느낄 것이오. 당신은 불안 속에 빠져서 정신없이 몸부림을 치겠죠. 여기저기에 대고 '살려 주시오!' 고함을 치겠지요. 그러나 아무도 대답하는 사람은 없을 거요. 두 손을 뻗치고 도움을, 사랑을, 위로를, 구원을 외칠 거요. 그러나 분명한 사실은 아무도 와주지 않는다는 거요.

그런데 어째서 우리들은 그런 괴로움에 시달리는 걸까요? 그건 틀림없이 우리가 정신보다도 물질에 따라서 살도록 태어났기 때문일 거요. 그러나 우리 지식인은 생각하고 또 생각한 결과로서 드넓은 지성의 상태와 생활의 변함없는 조건과의 사이에 부조화를 초래한 거요.

범속한 사람들을 보시오. 크나큰 재난이라도 닥쳐오지 않는 한, 인류 공동의 불행 따위는 아랑곳하지 않고 매우 만족해서 살아나가지 않소. 동물도 마찬가지로 그러한 불행을 느끼지 않소."

그는 걸음을 멈추고 잠시 생각하다가 피곤하고 체념한 모습으로 천천히 말했다.

"나는 이미 틀렸소. 나에게는 아버지도 어머니도 형제도 자매도 아내도 자식도 신도 없소."

그리고 잠시 침묵한 뒤 덧붙였다.

"내겐 오로지 시(詩)가 있을 뿐이오."

그리고 나서 창백한 얼굴로 둥근 달을 빛나는 밤하늘을 우러러보며 이렇게 읊었다.

나는 찾는다, 이 풀 수 없는 수수께끼의 말을
창백한 달이 떠도는 어둡고 허무한 하늘에서.

그들은 콩코르드 다리로 와서 말없이 다리를 건너고 부르봉 궁(宮)을 따라 걸었다. 노르베르 드 바렌은 다시 이야기하기 시작했다.

"여보게, 꼭 결혼하시오. 내 나이에 홀로 산다는 것이 얼마나 쓸쓸한지 당신은 도저히 모를 거요. 고독은 지금 내 마음을 무서운 고뇌로 채우고 있소. 밤에 집에 돌아가도 난로 옆에는 아무도 없소. 그러면 나는 이 지구상에 나 혼자다, 아무도 돌보아 줄 사람이 없다, 더욱이 내 주위에는 정체 모를 위험이, 알지 못하는 무서운 것이 우글거린다고 생각되어서 견딜 수가 없소. 나와 전혀 낯모르는 이웃 사람들로 가로막힌 벽은, 창문으로 쳐다보는 별처럼 그 이웃 사람을 먼 곳으로 밀어 버리고 마오. 일종의 열이, 고뇌와 공포의 열이 내 몸 속으로 스며들고, 벽의 침묵이 나를 괴롭힙니다. 혼자 사는 방의 침묵은 그토록 깊고 슬픈 거요. 그것은 이미 몸 주위의 침묵뿐만이 아니라, 넋을 싸고도는 침묵이오. 그래서 가구라도 삐걱거리면 심장까지도 떨리오. 어쨌든 음산한 집안에서는 여느 때 아무런 소리도 들리지 않으니까요."

그는 다시 한 번 입을 다물고 있다가 잠깐 뒤에 덧붙였다.

"나이를 먹으면 아이들이 있는 게 좋겠더군요."

그들은 부르고뉴 거리의 중간쯤까지 왔다. 시인은 높다란 집 앞에 걸음을 멈추고 초인종을 누르고 뒤루아의 팔을 잡으면서 말했다.

"늙은이가 주책없는 말을 무척 많이 했소만, 모두 잊으시오. 그리고 당신 나이에 어울리게 사시오. 잘 가오."

그리고 그는 어두운 복도 안으로 사라져 갔다.

뒤루아는 가슴이 죄어드는 듯한 기분으로 걷기 시작했다. 마치 해골이 가득 찬 구멍을, 언젠가는 떨어져 들어가지 않으면 안 될, 피하려야 피할 수 없는 구멍을 본 것 같았다. 그래서 중얼거렸다.

"아니, 저 영감의 집은 틀림없이 음산할 거야. 영감의 생각의 행렬을 구경하기 위해서 발코니에 자리를 잡고 앉은 꼴이군. 제기랄!"

그런데 마침 그때, 그는 마차에서 내려서 집 안으로 들어가려던 향수 냄새가 강하게 나는 여인에게 길을 비켜주기 위해 발을 멈추었다. 그러고는 그 여인이 주위에 뿌린 베로베느[마편초]와 창포(菖蒲) 향기를 주린 듯이 깊게 들이마셨다. 그러자 갑자기 그의 폐와 심장이 희망과 환희에 심하게 물결치는 것을 느꼈다. 그리고 내일 만나게 될 드 마렐 부인의 생각이 온몸에 따뜻하게 전해져 왔다.

모든 것이 그에게 미소 짓고 있었다. 인생은 상냥하게 그를 맞이하고 있었다. 평소의 희망이 이토록 가지런히 한꺼번에 실현되다니, 참으로 즐거울 따름이다!

그는 도취 속에서 잠들고 이튿날 아침 일찍 일어나서 밀회하러 가기 전에, 브와 드 불로뉴 숲의 가로수길을 걸어서 한 바퀴 돌았다.

밤사이에 바람이 바뀌어서 기온이 누그러져 있었다. 마치 사월처럼 따뜻하게 태양이 빛났다. 그날 아침, 숲에는 늘 찾아오는 단골들이 밝고 온화한 하늘에 이끌려서 모두 나와 있었다.

뒤루아는 천천히 걸으면서 봄맛을 머금은 가볍고 상쾌한 공기를 들이마셨다. 에투알 광장의 개선문을 지나 커다란 가로수길로 들어가서 마차길 반대쪽으로 걸어갔다. 남자고 여자고 사교계의 큰 부자들이, 말을 느리게 하거나 또는 빨리 달리고 있었다. 그러나 지금은 그들을 부러워하는 마음도 일어나지 않았다. 그는 그들 모두에 대해 이름과 재산 액수, 그리고 생활상의 비밀까지도 다 알고 있었다. 그들은 직무상 파리의 유명한 사람들이며 그 추문에 연감(年鑑)과도 같은 인간이 되어 있었기 때문이다.

말을 탄 여자들이 지나갔다. 스타일이 좋은 날씬한 몸, 화사한 몸에 잘 어울리는 단정한 옷을 입은 말에 탄 여자들은 거의 그렇듯이 어딘지 거만하고 접근하기 어려운 모습으로 지나갔다. 뒤루아는 장난삼아 그 여자들의 정부며 소문나 있는 남자들의 이름이며 신분이며 성격을, 마치 교회에서 기도문을 외듯이 낮은 목소리로 암송했다. 그리고 때로는 "탕클레 남작, 드 라 투르 앙그랑 공작"이라고 하는 대신 "동성애로는 보드빌의 루이즈 마쇼, 오페라 극장의 로즈 마르오탱" 하고 외었다.

이 장난은 그에게는 꽤 재미있었다. 근엄한 겉모습 아래, 인간의 영원한 뿌리 깊은 추행을 폭로하는 것 같아서 그 사실이 그를 즐겁게 하고 흥분시키고 위로했다.

그러고 나서 "위선자들의 산더미다!" 크게 소리 내어 중얼거리고 말 탄 남자들 가운데에서 소문이 가장 많이 난 사람을 찾았다.

도박에서 사기를 친다고 의심받는 사람들도 많았다. 그들은 클럽이 유지되기 위한 재원(財源)의 대부분을, 오히려 전부를 차지했는데, 물론 수상한 재원이었다.

또 매우 유명한 사람들이면서도 아내의 재산 수입만으로 지내는 사람도 있었는데, 이는 모두가 아는 사실이었다. 그 가운데에는 정부의 재산 수입으로 먹고 있는 사람도 있었으며, 그것은 누구라도 단언하는 바였다. 대부분은 빚을 갚는 데도(그것은 훌륭한 행위지만), 필요한 돈이 어디서 나왔는지 짐작도 할 수 없었다(그것은 지극히 수상한 비밀이다). 게다가 몇몇 은행가인 친구들은 사기 절도를 밑천 삼아서 막대한 재산을 모으고, 아주 상류 가정에만 드나드는 사람이 있고, 또 길에서 만나는 소시민들이 모자를 벗고 인사를 할 만큼 세상 모든 사람들의 존경을 받고 있으면서 국가의 대사업을 이용해 철면피한 사기 행각을 하는 사람도 있었다. 이 모든 것은 사회의 이면을 아는 사람에게는 공공연한 비밀이었다.

그러나 그들은 모두가 구레나룻과 콧수염을 기르면서 거드름을 피우고 입술을 자랑스럽게 내밀고 안하무인격의 눈초리를 했다.

뒤루아는 "하찮은 놈들이다. 난봉꾼에다 악당들의 무더기다!" 되풀이하면서 언제까지나 웃고 있었다.

그런데 마침 그때, 지붕 덮개를 내린 낮은 차체의 멋진 마차가 두 마리의 날씬한 백마에 끌려서 지나갔다. 말은 갈깃머리와 꼬리를 바람에 날리면서 곧장 달렸다. 그 말을 부리던 금발의 몸집이 작은 젊은 여자는 이름이 널리 알려진 창부로서 산뜻하게 차린 하인을 둘 마차 뒤에 앉히고 있었다.

뒤루아는 이 정사의 세계에서 출세한 여자에게 인사하고 갈채를 보내고 싶은 심정으로 걸음을 멈추었다. 그 여자가 일부러 귀족적인 위선자들이 많이 모이는 시간을 노려서, 침대 위에서 얻은 호사스러운 사치를 대담하게도 산책길에 자랑삼아 끌고 나온 것은 매우 가관이었다. 아마도 그는 그 여자와 자기와의 사이에는 무언가 공통점이, 이른바 자연의 연줄이 있음을 느꼈다. 두 사람은 같은 족속이며 같은 영혼을 지녔다는 것을 깨닫고, 자신의 성공도 그 여자와 같은 대담한 수법을 필요로 한다는 것을 막연하게 느꼈다.

그리고 만족감에 뿌듯한 마음으로 느긋하게 집으로 되돌아와 약속된 시간보다 조금 빠르게 정부의 집 앞에 이르렀다. 그녀는 둘의 사이가 잠시 벌어졌던 일 같은 것은 전혀 모른다는 듯이 입술을 내밀면서 그를 맞았다. 그뿐 아니라 한동안은 자택에선 서로 애무하지 않기로 했던 조심성도 잊었다. 그의 곱슬거리는 콧수염 끝에 키스하면서 말했다.

"이봐요, 난처한 일이 생겼어요. 전 밀월의 즐거움을 기대했는데 뜻하지 않게 남편이 돌아와서 앞으로 여섯 주나 있게 됐어요. 휴가를 받았대요. 하지만 난 여섯 주 동안이나 당신을 안 만날 수는 없어요. 특히 그런 거북한 일이 있은 뒤인걸요. 그래서 이렇게 하기로 했어요. 월요일에 당신을 저녁 식사에 초대하고 싶어요. 당신에 대한 이야기는 이미 남편에게 말했으니까 소개하겠어요."

뒤루아는 대답이 궁해서 망설였다. 그는 아직 자기 아내를 가로채인 바로 그 남편과 얼굴을 마주쳐 본 적이 없었다. 그래서 어쩐지 어색한 기분이라든가, 눈짓이라든가, 무언가 하찮은 일로 상대에게 눈치채이지는 않을까 걱정스러웠다.

"난 당신 남편과 만나고 싶지 않아."

그녀는 깜짝 놀라 그의 앞에 서서 천진스런 눈을 커다랗게 뜨고 따져들었다.

"어머, 어째서죠? 뭐 이상할 것 조금도 없잖아요. 늘 그럴 것도 아니고 말이에요. 당신이 그런 숫보기인 줄은 몰랐어요."

그는 조금 화가 나서 말했다.

"그럼 좋아, 월요일 점심 때 오지."

그녀는 다시금 덧붙였다.

"저 말이죠, 이상하게 보이지 않기 위해서 포레스티에 씨 부부도 초대하려고 해요. 집에서 손님을 초대하는 건 좋아하지 않지만."

월요일 아침까지도 뒤루아는 이 만남을 거의 생각지 않았다. 그런데 막상 드 마렐 부인 집 계단을 올라가기 시작하자 마음이 위축되는 것을 느꼈다. 그녀 남편의 손을 잡고, 그 남자가 건네는 술을 마시고, 빵을 먹는 것이 싫은 게 아니라 왠지 모를 불안감이 가슴속을 어지럽게 맴돌았다.

그는 다른 때와 마찬가지로 객실에 안내되어 그 주인 남자를 기다렸다. 이윽고 문이 열리고 몸집이 커다란 남자가 나타났다. 수염이 희고 가슴에는 훈장을 단 매우 의젓하고 몸가짐이 단정한 남자였다. 그 남자는 공손한 태도로 그의 앞에 다가와서 말했다.

"아내에게서 말씀은 가끔 들었습니다. 이렇게 만나 뵙게 돼서 매우 기쁩니다."

뒤루아는 부드러운 표정을 지으려고 애쓰면서 그의 앞으로 한 발 다가갔다. 그리고 과장된 몸짓으로 힘을 주어 주인이 내미는 손을 잡았다. 그리고 나서 자리에 앉자, 아무 말도 생각나지 않았다.

드 마렐 씨는 난로에 장작을 더 지피고 나더니 물었다.

"신문사에 종사하신 지 오래 되셨습니까?"

"아뇨, 겨우 대여섯 달 됩니다."

"그렇다면 무척 승진이 빠르시군요."

"글쎄요, 빠른 편이겠죠."

그리고 나서 뒤루아는 자신의 말을 깊게 생각하지도 않고 처음 대하는 사람들 사이에서 흔히 주고받는 이야기들을 죽 늘어놓으면서 떠들어 대기 시작했다. 그러자 조금씩 마음도 놓이고, 그러한 자신의 처지가 매우 재미나게 생각되기 시작했다. 그리고 드 마렐 씨의 건실하고 점잖은 얼굴을 바라보면서 '이봐, 자네 마누라를 내가 가로챘네. 자네 마누라를 말일세' 생각하면서 비웃어 주고 싶은 심정이 되었다. 그러자 남모르는 악의에 찬 만족감이 가슴에 솟아올랐다. 감쪽같이 보기 좋게 훔쳐서 아무에게도 의심받지 않는 도둑과 같은 기쁨이, 악랄하고 형용할 수 없는 즐거움이 가슴에 넘쳤다. 그리고 갑자기 이 남자의 친구가 되어 그에게 신뢰를 얻고 그에게 온갖 비밀을 털어놓게 하고 싶은 생각까지 들었다. 그때 드 마렐 부인이 갑자기 들어왔다. 그녀는 생글거리는, 진의를 알 수 없는 눈길로 흘끗 두 사람을 바라보고 나서 뒤루아 곁으로 왔다. 그러나 그는 남편 앞에서는 언제나 그랬던 것처럼 그 손에 키스할 용기가 나지 않았다.

그녀는 마치 온갖 세상일을 다 겪은 여자처럼 침착하고 쾌활하게 행동했다. 천성이 거리낌 없는 그녀의 간특한 피로 보면, 이 초대도 매우 자연스럽고 흔해 빠진 일로밖에는 생각되지 않았다. 이윽고 로린도 나왔는데, 여느 때보다 얌전하게 조르주에게 이마를 내밀었다. 아버지가 계시기 때문에 몹시 수줍어했다.

어머니가 딸에게 말했다.

"어머, 넌 이제 벨아미라고 부르지 않니, 오늘은?"

소녀는 얼굴이 새빨개졌다. 마치 무언가 천하고 버릇없는 짓을 했다든가, 입 밖에 내서는 안 될 말을 들었든가, 또는 마음속에 담아두었던 옳지 못한 비밀이 폭로된 것 같았다.

잠시 뒤 포레스티에 부부가 오자, 모두 샤를의 모습을 보고 깜짝 놀랐다. 그는 일주일 동안에 무서울 만큼 여위었고, 창백해진데다 끊임없이 기침을 했다. 그는 다음 목요일에 의사의 엄중한 명령으로 칸으로 간다고 했다.

그들은 식사가 끝나자 곧 돌아갔다. 뒤루아는 고개를 흔들면서 말했다.

"무척 병세가 나빠진 것 같네요. 저러다간 오래 살지 못하겠는데요."

드 마렐 부인은 아무렇지도 않은 듯이 잘라 말했다.

"이젠 틀렸어요. 하지만 저런 부인을 만난 것은 다행이었어요."

"그렇게 많이 돕습니까?"

"돕는 정도가 아니라 부인이 모두 혼자서 했죠. 세상일에 밝고, 사람을 만나는 것 같지도 않은데도 어떤 사람이든 다 알고 있고, 필요하다고 생각되는 것은 마음대로 언제라도 손에 넣거든요. 정말 부인만큼 영리하고 교묘하고 책략에 능한 여자는 없을 거예요. 출세를 바라는 남자에게는 완전 보물이죠."

조르주가 거듭 물었다.

"틀림없이 곧 재혼하겠지요?"

드 마렐 부인이 대답했다.

"그렇겠죠. 지금부터 어느 분께 점을 찍어 놓고 있다 해도 저는 놀라지 않아요……대의원쯤 말이죠……저편에서 싫다고 하지만 않는다면……왜냐하면 여러 가지 큰 지장이 있을 테니까요……도덕상의……하지만 사실은 저로서는 아무것도 몰라요."

드 마렐 씨가 오랫동안 참다못해 꾸짖었다.

"당신은 늘 이상하게 남을 의심하고 마음대로 추측해서 말하는데, 나는 그런 점이 매우 싫소. 남의 일에는 참견하지 말아요. 다만 자신의 양심이 허락하는 대로 따르면 족한 거요. 그것이 모든 사람이 지켜야 할 규칙이어야 하오."

뒤루아는 어쩐지 머릿속이 어수선해지고 걷잡을 수 없는 계획으로 마음이 산란해져서 작별 인사를 했다.

다음날, 그는 포레스티에 부부를 방문했다. 그들은 거의 짐을 다 꾸려가고 있었다. 샤를은 긴 의자에 비스듬히 누워서 숨쉬기가 몹시 힘들다며 자신의 고통을 과장해서 하소연했다.

"한 달 전에 떠났어야 했어." 그 말만 되풀이했다.

그는 신문에 대해서 뒤루아에게 이것저것 주의를 주었다. 하지만 뒤루아는 그 문제는 이미 발테르 씨와 모든 협의를 끝낸 상태였다.

조르주는 돌아갈 때 친구의 손을 꼭 잡고 위로의 말을 건넸다.

"그럼 자네, 빨리 나아서 돌아오게."

그때 부인이 문까지 배웅 나왔으므로 그는 재빠르게 말했다.

"전에 했던 약속을 잊지는 않으셨겠죠. 우리는 친구이고 서로 돕기로 했습니다. 그러니까 만일 제가 필요하시다면 어떤 일이고 사양하실 것 없습니다. 전보나 편지를 주시면 곧바로 달려 갈 테니까요."

부인이 조용조용 말했다.

"감사합니다. 부디 부탁드리겠어요."

그녀의 눈은 말보다도 더 깊은 생각을 담고 '감사합니다.' 말하는 것 같았다.

뒤루아는 계단을 내려가다가 전에 한 번쯤 부인의 방에서 만났던 드 보드렉 씨가 천천히 올라오는 것을 보았다. 그들은 계단에서 부딪쳤다. 백작은 아마도 부인이 떠날 것을 알기 때문인지 매우 슬퍼보였다.

신문 기자는 사교계 사람임을 드러내 보이려고 공손하게 인사를 했다.

상대도 점잖게 답례를 보냈으나 조금은 거만한 태도였다. 그리고 며칠 뒤 어느 목요일 밤, 포레스티에 부부는 칸으로 떠났다.

7

샤를이 떠나자 뒤루아는 〈라 비 프랑세즈〉의 편집에 대해서 한결 더 위세를 떨치게 되었다. 그는 사회면 기사에 서명하는 한편, 가끔 사설에도 서명했다. 왜냐하면 각자가 원고에 책임을 지라는 것이 사장의 바라는 바였기 때문이다. 뒤루아는 몇 번인가 논쟁을 일으켰지만 그것도 솜씨 좋게 결말을 지었다. 정치가들과 끊임없이 접촉하는 동안에 교묘하고 슬기롭고 민첩한 정치 기자가 될 소양을 조금씩 쌓아올려 갔다.

그러나 그의 앞길에는 조그마한 구름이 한 조각 떠돌고 있었다. 어느 작은 신문사가 끊임없이 그를 공격했다. 즉 그의 이름으로 〈라 비 프랑세즈〉의 사회부 편집장을 공격하는 것이다. 〈라 플룀〉이라는 신문의 익명 기자에 따르면 뒤루아야말로 발테르가 발표하게 하는 터무니없는 사회 기사를 쓰는 장본인이라는 것이었다. 날마다 노골적인 비방과 신랄한 야유와 온갖 중상이 퍼부어졌다. 자크 리발이 어느 날 뒤루아에게 말했다.

"자네도 어지간히 참을성이 많군."

"그런데 하는 수 없어. 직접 공격해 오는 게 아니니까." 뒤루아가 말했다.

그러던 어느 날 오후, 편집실로 들어가자 부아르나르가 그에게 〈라 플륌〉을 한 장 내밀었다.

"여보게, 또 자네한테 매우 불쾌한 기사가 실려 있네."

"그래? 무슨 건(件)이야?"

"하찮은 일이지. 오베르라는 여자가 풍기 단속반 순경에게 체포된 사건일세."

뒤루아는 내밀어진 신문을 받아 읽었다. 〈뒤루아의 장난〉이라는 표제 아래 다음과 같은 기사가 실려 있었다.

오늘, 〈라 비 프랑세즈〉의 한 저명한 기자는 우리 신문사가 일전에 상서롭지 못한 풍기 단속반의 어느 순경에게 붙잡힌 사실을 보도한 바 있는 오베르라는 부인이 단순히 우리가 날조한 인물에 지나지 않는다고 발표했다. 그러나 문제의 부인은 현재 몽마르트르의 에퀴레이유 거리 18번지에 살고 있다. 본디 발테르 은행의 행원들이 그 영업을 묵인하는 치안국 앞잡이들을 지지함으로써 얼마나 엄청난 이익을 올리고 있는가는 우리가 잘 아는 바이다. 문제의 기자에 대해서는 우리는 그만이 비결을 알고 있는 선풍적인 기사를 우리들에게 이따금 제공할 것을 바라 마지않는다. 즉 다음 날 취소하는 사망 통지, 있지도 않았던 전투의 보도, 실제는 아무 말도 한 일이 없는 각국 군주들의 중대한 발언, 요컨대 '발테르의 이익'을 만들어내는 온갖 보도, 또는 이익이 되게 하기 위해서 하는 사교 부인의 파티에서의 망신, 또는 우리 동업자의 어떤 사람에게 많은 수입을 가져다주는 어느 제품의 우수성에 대한 선전 등등.

뒤루아는 아무 말도 할 수가 없었다. 그는 화를 내기보다는 오히려 어이가 없어서 그냥 서 있었다. 알고 있는 것은 다만 자신에 대해 매우 불쾌한 기사가 실려 있다는 사실뿐이었다.

부아르나르가 거듭 물었다.

"누가 이 기사를 갖고 왔나?"

뒤루아는 생각나지 않아서 곰곰이 생각했다. 그러다가 갑자기 기억이 되살아났다.

"아, 그래. 생 보탱이야."

그러고 나서 다시 〈라 플륌〉의 한 구절을 읽어 보고는 매수의 혐의를 받고 있는 데에 매우 화가 치밀어서 갑자기 얼굴을 붉히며 크게 소리 외쳤다.

"뭐라구! 내가 돈으로 매수되어 있다니……"

부아르나르가 가로막으면서 말했다.

"바로 그거야. 자네에겐 매우 난처한 이야길세. 사장은 이런 일에는 매우 신경질적이니까 말일세. 사회면기사에는 흔한 이야기지만……"

마침 그때 생 보탱이 들어왔다. 뒤루아는 재빨리 그쪽으로 달려갔다.

"자네 〈라 플륌〉기사를 읽었나?"

"읽었지. 그래서 지금 오베르라는 여자한테 갔다 오는 길일세. 진짜 실재 인물이더군. 그러나 체포된 일은 전혀 없다는 거야. 그러니까 사실 무근이지."

그래서 뒤루아는 사장에게로 달려갔다. 사장은 귀찮은 듯한 눈초리로 조금 냉랭한 태도를 나타냈다. 그리고 사정을 다 듣고 나자 이렇게 말했다.

"자네가 직접 그 여자에게로 가서 다시는 그런 기사가 씌어지지 않도록 담판을 짓고 오게나. 왜냐하면 끝 부분의 문구인데, 그런 것은 신문에게나 나나 자네에게나 매우 난처하네. 시저의 아내는 아니지만 신문 기자는 조금이라도 의심을 받아서는 안 돼."

뒤루아는 생 보탱을 안내원 삼아 마차에 올라타자 "몽마르트르의 에퀴레이유 거리 18번지!" 마부에게 크게 소리쳤다.

마차가 닿은 곳은 엄청나게 큰 집이어서 층계를 여섯 개나 올라가야 했다. 노파가 모직 내의를 입은 채 문을 열었다. 그리고 생 보탱을 보자 이상한 표정으로 물었다.

"또 무슨 일이 남았소?"

"이분을 모시고 왔어요. 치안국의 감찰관인데 댁의 사건을 자세히 알고 싶다고 하시는군요."

그래서 그녀는 그들을 방으로 안내하면서 말했다.

"그 뒤에 신문사에서 왔다면서 두 사람이나 또 왔었어요. 무슨 신문사인지는 기억이 나지 않지만."

그러고 나서 뒤루아를 바라보며 물었다.

"그래, 댁이 자세히 알고 싶으신 건가요?"

"네, 당신은 풍기 단속반에게 붙잡힌 일이 있습니까?"

그녀는 두 팔을 쳐들었다.

"천만에요. 평생 그런 일은 없어요. 사실 이야기는 이래요. 내가 늘 고기를 사는 푸줏간은 서비스는 좋은데 저울눈을 속이곤 했죠. 나는 몇 번이나 눈치 챘지만 잠자코 있었어요. 그런데 얼마전에 딸하고 사위가 온다기에 양갈비 고기를 두 파운드 사러 갔더니 뼈다귀 부스러기까지 모조리 넣어서 달더군요. 그야 갈비 고기를 발라낸 뼈다귀이겠지만 그런 것은 싫었어요, 스튜로 쓸 수는 있겠지만. 글쎄, 양갈비 고기를 달라는데 다른 손님이 사고 난 뼈 부스러기를 몽땅 담아 준다는 건 너무 하잖아요. 그래서 나는 그런 건 싫다고 했어요. 그랬더니 나더러 늙어빠진 시궁창 쥐라는 거예요. 그래서 나도 화가 나서, 늙은 도둑놈이라고 소리쳤죠. 결국 이러쿵저러쿵 한바탕 싸우고 있으려니까 가게 앞에 백 명 남짓한 사람들이 모여서 모두 깔깔대고 웃지 않겠어요. 괘씸하고 정말 뭐라고 해야 할지를 몰라서 마침내 경찰을 불렀고, 경찰서에 가서 시비를 가리기로 하고 둘이 함께 갔어요. 그런데 양쪽 다 잘못이 없는 것으로 끝나게 된 거죠. 그때부터 나는 다른 가게에서 고기를 사기로 마음 먹었지요. 그러고는 그 가게 앞을 지나지 않도록 조심하고 있어요. 또다시 소동을 일으키면 안 되니까요."

그녀는 이렇게 말하고 입을 다물었다. 그래서 뒤루아가 물었다.

"그것뿐입니까?"

"그것뿐이에요. 참말입니다, 나리."

그렇게 말한 노파는 과실주를 한 잔 권했지만 뒤루아는 싫다고 거절했다. 노파는 그 보고서에 고기 장수가 저울눈을 속인 것을 덧붙여 주기 바란다고 끈덕지게 부탁했다.

신문사로 돌아오자 그는 즉시 반박문을 썼다.

〈라 플룀〉의 풋내기 익명기자가 그 깃털*¹⁷을 한 개 뽑아서 어떤 노파에

---

*17 플룀은 깃이라는 뜻.

대한 일로 나에게 싸움을 걸어 왔다. 그는 그 노파가 풍기 단속반의 경찰에게 체포되었다고 주장하나, 나는 그것을 부정한다. 나는 그 오베르라는 부인을 직접 만났는데, 나이는 적어도 예순이 넘었다. 그녀의 자세한 이야기에 따르면 양갈비 고기의 저울눈 때문에 고기 장수와 다툰 결과 경찰서장에게 사정을 진술하러 갔을 뿐이다.

사건의 진상은 이상이 전부이다.

또한 〈라 플륌〉의 기자가 말한 다른 여러 사건에 대해서 나는 모두 무시한다. 더욱이 그와 같은 일이 익명으로 써진 경우 응수하지 않는 것은 마땅한 일이다.

조르주 뒤루아

그때 막 들어 온 발테르 씨와 자크 리발이 이 문장으로 충분하다고 했기때문에 그날 안으로 사회면기사 끝에 신기로 결정했다.

뒤루아는 조금은 흥분하고 불안해하면서 일찍 집으로 돌아왔다. 상대는 무어라고 대답할까? 도대체 어떤 녀석인데 무엇 때문에 나에게 그런 난폭한 공격을 해오는 것일까? 신문 기자들은 보통 성격이 거칠어 이런 하찮은 사건이어떤 결과를 불러올지 몰랐다. 그는 잠을 잘 이루지 못했다.

이튿날 신문에 실린 자신의 문장을 다시 읽어 보니 원고로 읽었을 때보다인쇄로 된 편이 훨씬 도전적이었다. 문구를 좀더 부드럽게 했더라면 좋았겠다는 생각이 들었다.

그는 종일 안절부절못하고 그날 밤도 잠을 푹 못잤다. 이튿날 틀림없이 반박문이 실렸으리라 생각하고 새벽부터 일어나서 〈라 플륌〉을 사러 나섰다.

날씨가 다시 추워져서 거리는 꽁꽁 얼어붙었다. 길옆 도랑은 흐르던 채로얼어서 한길 양쪽으로 두 줄의 얼음 리본이 만들어졌다.

신문은 아직 가게에 도착하지 않았다. 뒤루아는 문득 자신의 맨 처음 기사인 〈아프리카 병사의 수기〉가 나온 날을 떠올렸다. 손발이 꽁꽁 얼어서, 특히손가락 끝이 저리고 아팠다. 그래서 유리를 긴 매점 주위를 뛰기 시작했다. 매점 안에는 여점원이 조그만 화로 옆에 바짝 달라붙어서, 모직으로 만든 머플러를 뒤집어 쓰고 있는데 얼굴 밖으로 빨간 빰과 코끝만 조그만 창문으로 보였다.

다행히 얼마 지나지 않아 신문 배달원이 달려와서 기다리던 신문 뭉치를 네모진 창 유리문으로 던지고 갔다. 친절한 여자는 〈라 플륌〉을 펼친 채로 내주었다.

그는 서둘러 자신의 이름을 찾았으나 기사가 쉽게 눈에 띄지 않아 마음이 몹시 불안했다. 그러나 그 순간, 앞뒤로 횡선을 그은 다음 기사가 눈에 띄었다.

〈라 비 프랑세즈〉의 뒤루아 씨는 우리의 기사를 부정했으나 그의 부정은 또다시 거짓이다. 그는 오베르라는 부인이 현재 살아 있고 더욱이 경찰에 의하여 경찰서에 연행되었던 사실을 인정하고 있다. 따라서 남겨진 문제는 다만 경찰이라는 말 위에 풍기 단속반이라는 글자를 첨가하기만 하면 된다.

그러나 신문 기자의 양심은 가끔 그 재능과 수준을 같이 하는 법이다.

본인도 여기에 서명한다.

루이 랑그르몽

이 기사를 읽고 뒤루아의 심장은 심하게 고동치기 시작했다. 그리고 어떻게 하면 좋을지 몰라서 옷을 갈아입으러 집으로 돌아왔다. 마침내 모욕을 받고 말았다. 이미 망설일 여지가 없다! 더욱이 그 동기란 참으로 하찮은 일이다. 고작 고기 장수와 싸움을 한 늙은 노파 때문인 것이다.

그는 서둘러 옷을 입고 아직 8시밖에 되지 않았는데도 발테르 씨의 집으로 갔다.

발테르 씨는 벌써 일어나서 〈라 플륌〉을 읽고 있었다. 그는 뒤루아를 보자 심각한 얼굴로 말했다.

"이렇게 된 이상 자네는 이제 물러서려야 물러설 수 없네."

그는 대답하지 않았다. 사장은 말을 이었다.

"곧 리발을 만나러 가게. 그가 알아서 잘해 줄 걸세."

뒤루아는 알아들을 수 없는 말을 두어 마디 중얼거리고 사장 댁을 나와 리발에게로 달려갔다. 리발은 그때까지 자고 있다가 초인종 소리에 깜짝 놀라 침대에서 재빨리 뛰어내려 문을 열어주었다. 리발은 그 기사를 읽더니 소리 쳤다.

"제기랄! 이건 안할 수도 없겠는걸. 또 한 사람의 입회인으로 자넨 누구를 지목하고 있나?"

"아니, 모르겠네, 난."

"부아르나르는……어떻겠나?"

"응, 그거 좋지."

"자네 검술에 능한가?"

"전혀 못하네."

"그건 난처하군. 그럼 피스톨은?"

"조금은 쏘지."

"됐네, 그럼 내가 모든 준비를 하고 올 때까지 연습을 하고 있게. 잠깐만 기다리게."

그는 세면실로 들어간 지 얼마 되지 않아 얼굴을 씻고 수염을 깎고, 말쑥하게 꾸미고 나왔다.

"자아, 따라오게."

리발은 조그만 호텔의 한 모퉁이에서 살았는데, 뒤루아를 지하실로 데리고 갔다. 그곳은 커다란 지하실로 거리로 향한 창문을 모조리 막아 검술과 사격 연습장으로 사용하고 있었다.

인접한 조그마한 지하실까지 한 줄로 늘어선 가스등에 모두 불을 켜자, 안쪽에 파랑과 빨강으로 칠한 철제 인형이 보였다. 리발은 뒤로 총알을 재는 신식 피스톨을 두 자루 테이블 위에 놓고, 마치 결투장에나 있는 것처럼 짧고 또렷또렷한 목소리로 명령했다.

"준비는 됐는가?"

"발사!―하나, 둘, 셋."

뒤루아는 몹시 놀라서 명령하는 대로 팔을 들고 겨누어 쏘았다. 뒤루아는 어린 시절 가끔 아버지의 구식 승마용 피스톨로 뜰의 비둘기를 쏜 일이 있었기 때문에 몇 번이나 인형의 배 한가운데를 명중시켰다. 자크 리발은 만족해서 외쳤다.

"좋네, 매우 좋아. 나무랄 데가 없군 그래. 잘될 거야, 잘될 거야."

그러고 나서 그는 이렇게 말하며 나갔다.

"정오 때까지 그렇게 쏘고 있게. 총알은 여기 있네. 모두 다 쏴 버려도 괜찮네. 점심 때 부르러 올 테니까, 그때 결과를 알리지."

혼자 남은 뒤루아는 대여섯 발 더 쏘았으나 이윽고 앉아서 생각에 잠겼다. 아무튼 이 무슨 맹랑한 짓이란 말인가! 도대체 이런 짓을 해서 무얼 하겠다는 건가. 사기꾼이 결투를 했다고 해서 사기꾼이 안 될 리도 없고, 모욕당한 진실한 남자가 비열한 인간 때문에 목숨을 걸어서 무슨 이득이 된단 말인가. 이렇게 음울한 상념을 좇는 동안에 문득 노르베르 드 바렌이 인간 정신의 빈곤함이며 사상의 범속함이며 관심의 어리석음이며 도덕의 하찮음을 이야기한 것이 떠올랐다.

뒤루아는 크게 한숨을 내쉬고는 소리 높여 말했다.

"참으로 그 말대로군. 그렇군!"

뒤루아는 몹시 목이 말랐다. 뒤쪽에서 물방울 떨어지는 소리가 나서 그곳으로 가보니 샤워 장치가 되어 있었다. 그는 수도꼭지에 입을 대고 물을 마신 뒤 다시 생각에 잠겼다. 그가 있는 지하실은 음습했다. 마치 무덤 속에 있는 것처럼 음침한 기운이 맴돌았다. 멀리서 굴러가는 마차의 둔한 소리가 어쩐지 아주 먼 곳에서 울리는 천둥소리와도 같았다. 도대체 몇 시쯤이나 됐을까. 그 지하실은 마치 감옥 같아서 간수가 식사를 날라 올 때 말고는 때를 알 수 없는 곳처럼 시간을 도무지 알 수 없었다. 뒤루아는 아주 오랫동안 리발을 기다렸다.

그러다가 갑자기 발소리와 말소리가 들리더니 자크 리발이 부아르나르를 데리고 들어왔다. 리발은 뒤루아를 보자 곧 외쳤다.

"결정됐네!"

뒤루아는 사과문이나 무언가로 이야기가 된 줄 알고 가슴을 두근거리면서 중얼거렸다.

"아아! 고맙네."

리발이 다시 말했다.

"그 랑그르몽이라는 녀석, 제법 분명한 놈이더군. 그래서 우리 조건을 모두 승낙했네. 간격은 스물다섯 걸음, 신호와 함께 피스톨을 높이 겨누고 한 발씩 쏜다. 그렇게 하면 얕게 잡는 것보다도 훨씬 조준이 정확하네. 여보게, 부아르나르, 보게나, 내가 말한 대로니까."

리발은 무기를 들고 사격을 시작해서 팔을 높이 쳐드는 편이 얼마나 조준이 정확한가를 증명해 보였다.

그러고 나서 말했다.

"자아, 우리 점심 식사를 하러 가세. 벌써 12시가 지났네."

그들은 근처의 레스토랑으로 들어갔다. 뒤루아는 이제는 거의 말을 하지 않았다. 그러나 공포를 느끼는 것처럼 보이지 않기 위해서 억지로 먹었다. 그러고 나서 오후에는 부아르나르와 함께 신문사에 가서 대충 기계적으로 일을 했다. 그래서 남들은 그를 매우 용기 있는 사람으로 보았다.

자크 리발이 오후에 와서 그의 손을 잡았다. 그리고 입회인 두 사람이 다음 날 오전 7시에 마차를 몰고 뒤루아를 데리러 집으로 가서 결투가 있을 베지네 숲으로 안내하기로 결정했다.

이러한 모든 일이 자기도 모르는 사이에 그의 의견과는 전혀 상관없이 진행되었다. 그는 한 마디도 하지 못하고 의견도 말하지 않았다. 승낙도 거절도 할 틈도 없이 일은 재빠르게 모두 결정되어 버렸다. 그는 너무 당황해서 어쩔 줄 몰라 우두커니 서 있었다.

뒤루아는 부아르나르와 저녁 식사를 하고 9시쯤 집으로 돌아왔다. 부아르나르는 충실하게도 온종일 뒤루아의 곁을 떠나지 않았다.

마침내 홀로 있게 되자, 뒤루아는 한동안 성큼성큼 방안을 걸어 다녔다. 마음이 너무나 산란해서 아무것도 생각나지 않았다. 오직 하나, '내일 결투한다'는 생각만이 마음을 가득 채웠다. 그러나 그렇게 생각해도 막연하고 강렬한 느낌 말고는 아무것도 느껴지지 않았다. 그는 병사로서 아라비아인을 쏜 일은 있었으나 그것은 사냥하러 가서 산돼지를 쏘는 것과 같았었다.

요컨대 나는 해야 할 일을 했고 취할 태도도 잘못되지 않았다. 세상은 그것을 이야기하고, 시인하고 칭찬해 줄 것이다. 그는 누구나가 혼자서 생각하기 어려울 때 곧잘 하듯이 큰 소리로 외쳤다. "그 녀석은 어쩌면 그리도 뻔뻔스러울까!"

뒤루아는 앉아서 생각하기 시작했다. 조그마한 책상 위에 리발이 주소를 알아 두라며 건네 준 상대의 명함이 내팽개쳐져 있었다. 그는 낮에 몇 번씩이나 읽은 명함을 읽고 읽었다.

'루이 랑그르몽, 몽마르트르 거리 176번지', 오직 그것밖에는 씌어 있지 않았다.

그는 이 글자들의 집합이 무언가 기묘하고 어쩐지 기분 나쁜 의미로만 가득 채워진 것처럼 뚫어져라 쳐다보았다. '루이 랑그르몽'이란 과연 어떤 인간일까. 나이는? 키는? 얼굴은?

도대체 얼굴도 모르는 남이 아무런 이유도 없이 단순한 일시적 기분에서, 고기 장수와 싸운 보잘것없는 노파 때문에 느닷없이 남의 생활을 뒤엎으려 하다니, 이 얼마나 어이없는 일인가!

그는 다시 한 번 "어쩌면 그렇게 뻔뻔하단 말인가!" 되풀이했다.

그러고는 언제까지나 명함을 노려보면서 생각에 잠겨 꼼짝도 하지 않았다. 이윽고 그 한 장의 종잇조각에 대해서 말할 수 없는 분노가 치밀어 왔다. 깊은 증오감을 담은 분노였지만 무언가 이상한 불쾌감이 섞여 있었다. '이 무슨 너절한 사건이란 말인가!' 그는 손톱 깎는 가위를 가져다가 마치 누군가를 찌르듯이 인쇄한 이름 한복판을 푹 찔렀다.

그렇다면 나는 드디어 결투한단 말인가, 더욱이 피스톨로. 어째서 칼을 선택하지 않았을까. 칼이라면 손이나 팔을 조금 찔릴 뿐 생명에는 지장이 없을 텐데. 피스톨이라면 어떤 결과가 나올지 짐작할 수 있지 않은가.

그는 말했다.

"자아, 의연해지자!"

자신의 목소리가 그를 몸서리치게 해서 그는 불현듯 주위를 둘러보았다. 그리고 몹시 신경이 곤두선 자신을 깨닫고는 물을 한 모금 마시고 잠자리에 들었다.

불을 끄고 잠자리에 들자마자 눈을 감았다.

방안은 무척 추웠는데도 이불 속은 몹시 더웠다. 그러나 그는 쉽게 잠을 이루지 못했다. 그리고 줄곧 뒤치락거렸다. 겨우 5분 동안쯤 똑바로 누웠다가 왼쪽을 밑으로 하고, 다시 오른쪽으로 굴러갔다.

또 목이 탔다. 그래서 다시 일어나 물을 마셨는데 갑자기 두려움이 밀려왔다. '나는 마지막 중요한 때에 가서 쏘지 못하고 떨기만 하는 건 아닐까?' 그는 불안감에 사로잡혔다.

방안에서 무슨 소리가 날 때마다 왜 이렇게 심장이 마구 뛰는 걸까? 언제나 익히 들어온 소리인데 말이다. 뻐꾹시계가 때를 알리려고 태엽이 풀리는 소리가 나자 그는 기겁을 하며 펄쩍 뛰어 올랐다. 가슴이 죄어지는 것처럼 답답해서 한동안은 입을 벌리고 숨을 쉬어야 했다.

그는 되도록 이성을 찾아서 '나는 떨지는 않을까?' 하는 불안감에 대한 가능성을 생각해 보았다.

아니, 마지막까지 해치울 결심을 하고 있고 훌륭하게 결투하며 절대로 떨거나 하지 않겠다는 굳은 의지를 갖고 있는 만큼 결코 두려워하지 않을 것이다. 그러나 그는 마음속으로 몹시 흥분하고 있음을 깨닫고 '자신의 의지와 관계없이 두려워하는 일도 있을까?' 생각해 보았다. 그러자 그러한 의혹이 마음에 스며들어 불안과 초조에 시달렸다. 만일 자신의 의지보다도 훨씬 더 강하고 압도적인, 반항할 수도 없는 힘에 지배 당한다면 어떻게 될 것인가? 정말 어떤 일이 벌어질 것인가.

분명히 자신에게는 결투할 의지가 있기 때문에 결투를 하기는 할 것이다. 그러나 만일 떨기 시작한다면? 그래서 의식을 잃기라도 한다면? 그리고 그는 자신의 지위며 평판이며 미래를 생각했다.

그러자 갑자기 일어나서 얼굴을 거울에 비춰 보고 싶은 충동이 일어나 촛불을 켰다. 매끄러운 유리에 얼굴을 비춰 보았을 때, 그는 그것이 자신의 얼굴이라고는 도저히 믿어지지 않았다. 이제까지 한 번도 본 일이 없는 얼굴처럼 보였다. 눈이 터무니없이 크고 얼굴은 물론 창백했다. 전혀 핏기가 없는 안색이었다.

느닷없이 '내일 이때쯤이면 나는 아마 죽어 있을 것이다' 이런 생각이 총알처럼 가슴을 꿰뚫고 지나갔다. 그러자 다시금 심장이 세차게 뛰기 시작했다.

그는 다시 침대 쪽으로 되돌아갔으나 일어났던 그 이불 속에 자신이 반듯이 누워 있는 모습을 똑똑히 보았다. 죽은 사람처럼 양쪽 볼이 움푹 파인 얼굴에 손은 벌써 싸늘하고 움직이지 않았으며 새하얗게 변해 있었다.

그래서 그는 침대가 두려워져서 침대를 보지 않으려고 창문을 열고 밖을 내다보았다.

얼음 조각처럼 차가운 바람이 머리 꼭대기에서부터 발끝까지 살을 에었다. 그는 숨을 헐떡이며 뒤로 물러섰다.

그래서 난로에 불을 피우려고 생각했다. 그는 뒤를 돌아보지 않고 천천히 불씨를 부채질했다. 무엇에 닿을 때마다 두 손이 신경질적인 전율로 부들부들 떨렸다. 머릿속이 멍해져서 토막토막의 생각이 소용돌이치고 마치 안개처럼 희미해서 괴로울 뿐이었다. 술을 지나치게 마신 것처럼 머리가 마비되어 갔다.

그는 끊임없이 "어떻게 하지? 어떻게 되는 걸까?" 자신에게 계속 물었다.

그리고 "정신을 차려야 한다. 정신을 차려야 해." 그는 기계적으로 되풀이하면서 쉬지 않고 걸었다.

그러고는 "만약의 경우를 생각해서 부모님께 편지를 써두자." 혼잣말로 중얼거렸다.

그는 의자에 앉자 편지지에 '그리운 아버님, 그리운 어머님……' 이렇게 썼다.

그러나 이와 같은 비극적인 경우에 이런 말은 너무나 부드럽다고 생각하고는 곧 종이를 찢어버리고 다시 썼다.

"존경하는 아버님, 어머님, 저는 내일 날이 밝아오면 결투를 하게 됩니다. 그런데 만약 만에 하나라도……"

그러나 그 뒤를 이을 수가 없어서 벌떡 일어섰다. 그는 자신의 일을 제삼자로서 생각해 보았다. 한 대 세게 얻어맞고 쓰러지는 느낌이었다.

'그는 결투에 나서려고 했다. 그것은 이미 피할 수 없는 일이었다. 과연 그는 무엇을 생각했을까? 그는 싸우려고 생각했고, 견고한 의지와 결심을 지니고 있었다. 그러나 그의 의지와 모든 노력에도, 그는 결투장으로 가기 위해 필요한 작은 힘조차 지니고 있지 못했다.'

이따금 굳어진 그의 입술에서는 조그만 소리가 나왔고 입안에서는 이가 마주 부딪치며 딱딱 소리를 내었다. 그는 이렇게도 생각해 보았다.

'상대는 이미 전에도 결투를 한 일이 있을까? 사격장에는 자주 드나들었을까? 그 방면에는 이름이 알려진 용사일까?'

그는 상대의 이름을 들은 적이 없다. 그러나 만약 그 사나이가 피스톨 사격에 뛰어난 솜씨를 갖고 있지 않다면, 그렇게 조금도 망설임 없이 위험한 무기를 사용하는 결투 승낙을 하지는 않았을 것이다.

그래서 뒤루아는 결투 현장을 상상하고 자신의 태도와 상대의 모습을 떠올려 보았다. 그리고 싸움에서 일어날 수 있는 아주 작은 일까지도 자세하게 머리에 그려보려고 했다. 그러자 갑자기 눈앞에 금방이라도 총알이 튀어나올 듯한 총신(銃身)의 그 작고 깊은 구멍이 까맣게 보였다.

그는 그 순간 심한 절망감에 사로잡혔다. 온몸에 오싹 소름이 끼치고 와들와들 떨렸다. 외침 소리를 내지 않으려고 이를 악물고 마룻바닥을 구르고 무언가 닥치는 대로 찢어 버리고 물어뜯고 싶은 광적인 충동에 사로잡혔다. 그러다가 그는 난로 위에 컵이 있는 것을 보고는 거의 마시지 않은 브랜디를 한 병 벽장에 넣어 둔 것을 떠올렸다. 그는 지금도 매일 아침 치미는 울화를 가라앉히기 위해 군대에서의 습관을 반복하고 있었다.[18]

그는 병을 들고 숨도 쉬지 않고 갈증을 풀 듯 꿀꺽꿀꺽 술을 들이켰다. 그리고 숨을 쉴 수 없게 되어서야 겨우 병을 놓았다. 술병의 삼분의 일은 비었다.

곧 뱃속이 타는 듯 뜨거워졌다. 그리고 그 열기가 손발에 퍼지고 취기가 도는 것과 함께 마음이 든든해졌다.

"이젠 됐다."

그는 이렇게 혼잣말을 하고는 몸이 타는 듯이 뜨거워 창문을 열었다.

고요히 얼어붙었던 밤이 지나고 이제 아침이 조금씩 밝아오고 있었다. 저 멀리 희뿌연 어둠 속에서 별이 금세라도 꺼질 듯이 깜빡거리고, 산을 깎아 만든 철도가 끊어지는 길에서는 초록과 빨강, 노란 신호등이 빛을 잃어 가고 있었다.

시발 기관차가 여러 대 차고에서 나와 기적을 울리면서 열차에 꼬리를 물러 달려갔다. 다른 기관차들은 멀리서 몇 번이고 되풀이해서 날카로운 외침 소리를 울렸다. 시골에서 수탉이 우는 것처럼 잠에서 깨어나는 시간을 알리는 외침이다.

뒤루아는 '이런 경치도 이제는 두 번 다시 볼 수 없겠지.' 생각했다. 그러나 또다시 자신을 허무하게 생각하여 마음이 울적해지는 것 같아서 마음을 다잡고 용기를 내었다. '자아, 이제 결투 때까지 아무것도 생각지 않으리라. 용기가 꺾이지 않도록 하기 위해서는 다른 도리가 없다.'

그는 몸치장을 시작했다. 그러나 수염을 깎으면서, 자기의 얼굴을 보는 것도 이것이 마지막이라고 생각하니 또다시 맥이 풀렸다.

그래서 다시 한 번 브랜디를 들이켜고, 겨우 몸치장을 끝냈다.

그리고 나니 이제 남은 시간을 보내는 데 힘이 들었다. 결국 방안을 서성거리면서 자꾸만 흥분하는 마음을 가라앉히려고 했다. 얼마 뒤에 문을 두드리

---

[18] 프랑스에서는 아침술은 속을 가라앉힌다고 믿고 있다.

는 소리가 들렸다. 그 소리에 그는 하마터면 뒤로 나자빠질 만큼 심한 충격을 받았다. 입회할 사람들이었다.

'벌써 왔구나!'

그들은 모피 외투를 입고 있었다. 리발은 대범하게 그의 손을 잡고 말했다.

"밖은 시베리아 추월세."

그러고 나서 물었다.

"어떤가, 상태는?"

"괜찮네."

"침착한가?"

"태연하네."

"그럼 됐네. 뭣 좀 먹었나?"

"아니, 아무것도 생각 없네."

부아르나르는 제법 격식을 차려서 녹색과 황색의 묘한 훈장을 달고 있었다. 뒤루아는 여태까지 그가 그런 훈장을 단 것을 본 적이 없었다.

셋이 거리로 나가자 한 신사가 마차 속에서 기다리고 있었다. 리발이 소개했다. "르 브뤼망 박사일세." 뒤루아는 "수고하십니다" 차분한 목소리로 인사하면서 그 손을 잡았다. 그러고 나서 앞좌석에 앉으려던 그는 무언가 딱딱한 것 위에 걸터앉았다가 용수철이라도 튀어 오르듯 펄쩍 뛰었다. 피스톨 상자였다. 리발이 다시 말했다.

"아닐세, 뒷자리일세. 의사와 결투자는 뒷자리일세."

뒤루아는 그제야 겨우 그 의미를 깨닫고 의사 옆에 털썩 주저앉았다.

두 입회인도 뒤를 따라 올라타고 마부가 마차를 몰았다. 그는 이미 가는 곳이 어디인지 알고 있었다.

그러나 피스톨 상자가 방해가 되었다. 특히 뒤루아는 되도록 그것을 보지 않으려고 했다. 그래서 등 뒤에 놓았으나 허리가 아파서 견딜 수 없어 그것을 리발과 부아르나르 사이에 세워 놓았더니 또 자꾸만 쓰러졌다. 그래서 할 수 없이 발밑으로 밀어 넣어 버렸다.

의사가 여러 일화를 들려주었으나 대화는 도무지 활기를 띠지 않았다. 대답을 하는 것은 리발뿐이었다. 뒤루아는 마음의 평정을 보이려고 애썼으나 마음대로 되지 않았다. 게다가 이야기의 갈피를 잡지 못해 마음의 혼란이 알려

질까 두려웠다. 또 한편으로는 몸을 떨게 될지도 모를 자신의 모습 때문에 공포가 달라붙어 좀처럼 떨어지지 않았다.

마차는 얼마 안 가서 들판으로 나왔다. 9시경이었다. 자연의 모든 것이 수정처럼 반짝반짝 빛나고 단단하게 얼어붙어서, 조금만 건드려도 깨질 것 같은 그런 몹시 추운 겨울 아침이었다. 나무들은 온통 눈에 덮여서 얼음 땀을 흘리는 듯 보였다. 대지가 말발굽 밑에서 높이 울리고 건조한 공기의 희미한 소리까지 멀리 전달했다. 푸른 하늘은 거울처럼 빛나는 듯이 환하게 비치고 하늘을 건너는 태양은 눈부시게 빛났지만, 이미 열이 식어버린 듯 얼어붙은 지상에 힘없는 빛을 던지고 있었다.

리발이 뒤루아에게 말했다.

"피스톨은 가스티느 르네티네 가게에서 사왔네. 탄환도 그 사람이 손수 쟀다네. 상자는 봉인이 되어 있네. 그러나 이걸 쓰게 될지 저쪽 것을 쓰게 될지는 제비를 뽑아서 결정하게 되네."

뒤루아는 기계적으로 대답했다.

"수고를 끼쳐서 미안하이."

그리고 나서 리발은 주의사항을 자세하게 이야기했다. 그는 자신이 입회하는 쪽의 친구에게 실수하지 않도록 하라며 똑같은 말을 몇 번씩이나 거듭해서 말했다.

"'모두 준비가 되었습니까?' 물으면 힘 있는 목소리로 '좋소!' 대답해야 하네."

"그리고 '발사!' 하면 기운차게 팔을 쳐들고 셋, 까지 세면 쏘는 걸세."

뒤루아는 마음속에서 되풀이했다.

"발사! 하면 팔을 들어야 한다. 발사! 하면 팔을 들어야 한다."

그는 이 말을 어린아이가 무언가를 욀 때처럼 머릿속에 잘 간직하기 위해서 몇 번이고 부지런히 중얼거렸다.

"발사! 하면 팔을 들어야 한다."

마차는 숲속으로 들어가서 가로수길을 오른쪽으로 꼬부라져서 다시 왼쪽으로 접어 들어갔다. 리발은 갑자기 문을 열고 마부에게 말했다.

"거기 그 좁은 길로 들어가야 해."

마차는 마차 바퀴 자국이 난 샛길로 들어갔다. 길 양쪽 숲에는 얼음으로 갓을 두른 것 같은 가랑잎이 떨리고 있었다.

뒤루아는 여전히 "발사! 하면 팔을 들어야 해" 중얼댔다. 그리고 마차가 사고라도 일으키면 모든 것이 끝날 텐데, 하고 생각했다. '아아, 마차가 뒤집힌다면 얼마나 좋을까! 그래서 운좋게 다리 한쪽만 부러지고 만다면!' 그러나 숲 빈터 끝에 마차가 한 대 서 있고 네 신사가 발을 녹이기 위해 제자리걸음을 하고 있는 것이 보였다. 그것을 본 그는 숨이 막히는 것 같아서 입을 벌리지 않을 수가 없었다.

입회인이 먼저 내리고 그 다음에 의사, 그러고서 결투자가 내렸다. 리발은 피스톨 상자를 안고 부아르나르와 함께 이쪽으로 걸어오고 있는 낯선 두 신사 쪽으로 다가갔다. 뒤루아가 바라보니, 그들은 의식적인 인사를 나누고 그러고 나서 마치 떨어뜨린 것이나 날아가 버린 거라도 찾는 듯 땅바닥을 내려다보기도 하고 나무들을 올려다보기도 하면서 함께 빈터 안을 돌아다녔다. 얼마 뒤에 그들은 걸음 수를 세고는 언 땅에 힘겹게 지팡이를 두 개 꽂았다. 그러고 나서 한데 모여 서서 아이들이 하듯이 금화를 하나 던져서 앞인지 뒤인지를 가렸다.

르 브뤼망 박사가 뒤루아에게 물었다.

"기분은 어떠시오? 필요한 건 없나요?"

"네, 아무것도. 감사합니다."

그는 마치 미쳤든가, 잠을 자든가, 꿈이라도 꾸는 것 같았다. 무엇인가 초자연적인 것이 갑자기 내려와서 자신의 온몸을 감싸고 있는 것 같았다.

겁먹은 것일까? 그런지도 모른다. 그러나 그는 알 수 없었다. 주위의 것이 모두 변해 버린 것 같았다.

자크 리발이 되돌아와서 만족스러운 듯이 낮은 목소리로 말했다.

"이젠 준비가 다 되었네. 피스톨은 운 좋게 우리 것을 쓰게 되었네."

그런 것은 뒤루아에겐 아무래도 좋았다.

사람들이 뒤루아의 외투를 벗겼다. 그는 그들이 하는 대로 내버려두었다. 그들은 다시 윗도리의 호주머니를 더듬어서 탄환을 피할 서류나 지갑이 들어 있지 않은지를 확인했다.

그는 마음속으로 끝없이 중얼거렸다.

"발사! 하고 명령하면 팔을 들어야 한다."

그들은 뒤루아를 땅에 지팡이를 꽂은 곳까지 데리고 가서 피스톨을 건네주었다. 그때 바로 코앞에 키가 작은 남자가 서 있는 것이 보였다. 배가 나오고 머리가 벗겨지고 안경을 쓰고 있었다. 그 키 작은 남자가 뒤루아의 결투 상대였다.

그는 그 모습을 똑똑히 보면서도, "발사! 하는 동시에 팔을 들고 쏘아야 한다."는 것 말고는 아무것도 생각하지 않았다.

고요한 주위의 정적을 깨고 사람의 소리가 울렸다. 아득히 먼 곳에서 들려오는 것같이 생각되었다. 그 목소리는 이렇게 물었다.

"모든 준비는 되었습니까?"

뒤루아는 소리쳤다.

"네, 그렇소!"

그러자 그 목소리가 명령했다.

"발사!"

그는 그 소리말고는 아무것도 귀에 들리지 않고 아무것도 눈에 띄지 않고, 또한 아무것도 알지 못했다. 다만 팔을 들고 방아쇠를 힘껏 움켜쥔 것밖에는 의식하지 못했다. 다른 소리는 전혀 들리지 않았다.

그러나 곧 자신의 피스톨 총구에서 연기가 조금 뿜어 나오는 것을 보았다. 그리고 눈앞에 있는 남자가 처음과 같은 자세로 서있고, 그의 머리 위에도 조그만 흰 연기가 스러지는 것이 보였다.

둘이 다 피스톨을 발사한 것이다. 결투는 이미 끝났다.

입회인과 의사가 그를 만져 보기도 하고 두드려 보기도 하고 단추를 풀어 옷을 벗기고 근심스러운 듯이 물었다.

"다치진 않았나?"

그는 나오는 대로 대꾸했다.

"응, 아무렇지도 않은 것 같네."

랑그르몽도 그 적수와 마찬가지로 전혀 다치지 않았다. 그러자 자크 리발은 못마땅한 듯한 말투로 중얼댔다.

"이 망할 피스톨이란 놈은 언제나 이렇단 말이야. 꼭 불발이든가, 아니면 죽여 버리고 말거든. 참 더러운 무기야!"

뒤루아는 놀라움과 기쁨으로 넋을 잃고 꼼짝도 하지 않았다. "아아, 이제 끝났구나!" 그는 언제까지나 피스톨을 움켜쥐고 있었기 때문에 억지로 손에서 빼내야만 했다. 그는 온 세계와 싸운 것 같은 기분이었다. 하지만 이제 모든 게 끝났다. 아아, 잘됐다! 그는 갑자기 누구에게나 도전할 수 있다는 용기가 샘솟는 듯했다.

양쪽의 입회인은 잠깐 동안 이야기를 주고받고, 보고서를 쓰기 위해서 그날 안으로 만날 약속을 하고 서로 마차에 올라탔다. 앉은 자리에서 히쭉히쭉 웃던 마부는 말에 채찍을 울리고 마차를 몰았다.

그런 뒤에 네 사람은 큰 거리에 있는 음식점에서 아침 식사를 하면서 조금 전 있었던 사건을 이야기했다. 뒤루아는 자신의 기분을 털어놓았다.

"나는 아무렇지도 않았네. 전혀 마음이 꺾이지 않았어. 그야 자네들도 보고 있었으니까 알겠지."

리발이 대답했다.

"응, 자네 태도는 참으로 훌륭했어."

보고서가 작성되자 사회면기사에 넣도록 뒤루아에게 주었다. 거기엔 놀랍게도 루이 랑그르몽 씨와 탄환을 두 발 쏜 것으로 되어 있었다. 뒤루아는 놀라서 리발에게 물었다.

"그렇지만 우리는 서로 다 한 발밖엔 쏘지 않았네."

그러자 뒤발은 빙그레 웃으며 말했다.

"응, 한 발이지……그러나 각각 한 발씩이니까 합하면 두 발 아니겠나!"

뒤루아는 그 설명이 그럴듯하게 여겨져서 더는 캐묻지 않았다. 발테르 영감은 반가운 표정으로 그를 품에 안았다.

"잘했네, 잘했어. 자네는 〈라 비 프랑세즈〉의 기백을 지켜 주었네. 정말 훌륭해."

조르주는 그날 밤, 큰 신문과 큰 거리의 주요한 카페에 얼굴을 보였다. 가는 길에 상대인 당사자도 똑같이 얼굴을 드러내 놓고 다니는 것을 두 번 만났다.

그러나 그들은 서로 인사하지 않았다. 만약 한 편이 다쳤다면 굳게 손을 잡았을 것이다. 그러나 양쪽이 다 상대의 탄환이 날아오는 소리를 들었다고 확신을 가지고 단언했다.

그 다음날, 아침 11시경, 그는 프티 블뢰(전보)를 받았다.

아아, 정말 놀랐어요. 곧 콩스탕티노플 거리로 와주세요. 키스하고 싶어요. 나의 사랑, 당신은 정말 용감하시군요—전 지금 정신이 하나도 없어요.

클로

그는 밀회하러 갔다.

뒤루아는 약속 장소에 갔다. 그녀는 그를 보자마자 품속에 뛰어들어 오더니 아무데나 가리지 않고 마구 키스를 해댔다.

"아아, 당신, 오늘 아침 신문을 읽고 얼마나 가슴이 뛰었는지! 자아, 이야기해 주세요. 무슨 말이든 들려주세요."

그는 자초지종을 자세하게 이야기하지 않으면 안 되었다. 그녀는 물었다.

"결투하기 전날 밤, 얼마나 괴로우셨을까!"

"아니, 아주 푹 잤어."

"저였다면 한잠도 못 잤을 거예요. 그럼 결투장에서는 어땠어요?"

그는 연극의 한 장면처럼 이야기를 했다.

"서로 스무 걸음 떨어져서 마주 서자—스무 걸음이라면 이 방 길이의 네 곱밖에 안 되는데—자크가 준비는 되었느냐고 묻고 나서 '발사!' 하고 명령했지. 나는 곧 팔을 쳐들고 똑바로 상대에게 겨누었지만 머리를 겨눈 것이 실수였어. 내게 준 피스톨이 방아쇠가 너무 뻑뻑했어. 바로 그게 문제였다니까. 왜냐하면 나는 언제나 부드러운 것에만 익숙해서 방아쇠의 반동으로 탄환이 위로 빗나간 거지. 그렇지만 그다지 멀리 벗어난 건 아니야. 상대인 악당도 피스톨의 능수였으니까. 그 탄환이 내 관자놀이를 살짝 스쳤어. 바람을 쌩 소리가 나게 가르고 날아오는 것을 느꼈으니까 말이야. 한순간 오싹했지."

그녀는 그의 무릎 위에 앉아서, 위험을 함께 나누려는 것처럼 그를 껴안았다.

그리고 종알댔다.

"어머, 위험했군요. 정말 위험했어."

그리고 나서 그의 이야기가 끝나자 그녀가 말했다.

"내 사랑, 난 이제 진짜 당신 없이는 못 살아요! 날마다 만나고 싶어서 견딜수가 없어요. 하지만 남편이 파리에 있어서 아무래도 형편이 좋지 않아요. 하지만 아침마다 당신이 일어나기 전에 한 시간쯤 기회를 마련해서 키스하러올 수 있지만, 당신 집은 무서워서 다시는 갈 생각이 나질 않아요. 어떡하면 좋죠?"

그는 문득 어떤 일을 생각하고 물었다.

"여기는 얼마나 내고 있지?"

"한 달에 100프랑이에요."

"그럼 여기 방값을 내가 내기로 하고 앞으로 내가 여기에서 살기로 하지. 지금 살고 있는 방은 이젠 내 새로운 지위에는 어울리지 않으니까."

그녀는 잠깐 생각하더니 대답했다.

"그건 싫어요."

그는 놀라서 물었다.

"어째서?"

"어째서라뇨……"

"당신이 싫어할 이유가 없지 않소? 이 방은 내게 꼭 알맞으니까 아무래도 여기에서 살아야겠소."

그는 웃으면서 덧붙였다.

"게다가 내 명의인걸."

그러나 그녀는 여전히 승낙하지 않았다.

"싫어, 싫어요, 전 절대 안 돼요."

"도대체 왜 그래?"

그러자 그녀는 낮은 소리로 다정하게 그의 귀에 대고 소곤거렸다.

"여기에 다른 여자들을 데려오겠죠? 그래서 싫어요."

그는 마구 화를 내며 말했다.

"천만에, 그게 무슨 소리요? 내 맹세하지."

"아뇨, 그렇게 말씀하시지만 아무래도 데려오실 거예요."

"맹세하겠어."

"진짜?"

"그럼 진짜지. 내 명예를 걸고 약속하지. 여기는 우리 둘만의 집이오, 우리만의."

그녀는 너무나 사랑스러워서 그를 꼭 껴안고 말했다.

"그럼 좋아요. 하지만 잘 알아 두세요. 한 번이라도, 단 한 번이라도 약속을 어기면 그땐 우리 사이는 마지막이에요. 영원히 끝나는 거예요."

그는 다시 한 번 굳게 맹세하고 약속했다. 그리고 그녀가 문 앞을 지나치게 될 때에는 언제라도 만날 수 있도록 그날 안으로 이사하기로 했다.

잠시 뒤에 그녀가 말했다.

"그건 그렇고, 일요일에 저녁 식사하러 오세요. 남편은 당신을 무척 칭찬하더군요."

"아, 그래?"

"네, 당신이 우리 집 양반을 완전히 녹여 버렸어요. 그리고 당신, 시골 저택에서 자랐다고 언젠가 말씀하셨죠?"

"응, 그런데?"

"그럼 식물 재배에 관한 것도 조금은 아시겠군요?"

"알지."

"그럼 우리 집 양반에게 원예나 농작물 이야기를 하세요. 그런 걸 아주 좋아하니까요."

"그럼 잊지 말고 이야기해야겠군."

그녀는 끝없이 키스를 퍼붓고 돌아갔다. 결투가 애정을 부채질한 셈이었다.

뒤루아는 신문사로 나가면서 생각했다. '정말 이상한 여자야! 전혀 엉터리란 말이야. 뭐가 좋고, 뭘 바라는지 도무지 짐작을 할 수가 있어야지. 그건 그렇다 해도 참으로 이상야릇한 부부란 말이야! 도대체 어떤 운명이 그 늙은이를 희롱해서 저런 멍청이를 떠맡겼을까. 어떤 이유로 그 감찰관은 저런 아이 같은 여자를 얻을 생각을 했을까? 아무리 생각해도 모르겠는걸. 어쩌면 저것도 사랑이라는 걸까?'

그러고 나서 그는 이렇게 결론지었다. '하지만 어쨌든 정부로선 나무랄 데가 없다. 저런 여자를 놓친다면 정말 얼빠진 놈이지!'

8

결투는 뒤루아를 〈라 비 프랑세즈〉의 사설 기자의 한 사람으로 밀어 올렸으나, 그는 새로운 사상을 생각해내는 일에는 부족했기 때문에 주로 풍기 문란이라든가, 인격의 저하라든가, 애국심의 쇠퇴라든가, 프랑스적 명예심의 부진이라든가에 대해서 일가견을 늘어놓았다(그는 이 부진이라는 말을 발견해내고 매우 우쭐댔다).

그리고 드 마렐 부인이 파리 기질이라고 부르는, 빈정거리기 좋아하고 의심 많고 더욱이 속단하는 성질에서 그가 길게 늘어놓는 이야기를 비웃고 기분 좋게 긁어 주면 그는 빙그레 웃으면서 말했다.

"웬걸, 이게 나중에 가서는 대단한 인기를 끌게 되는 거야."

지금 그는 콩스탕티노플 거리에 살고 있었다. 그곳에 그는 트렁크와 칫솔과 비누를 가져 왔다. 이사는 그것으로 끝났다. 일주일에 두서너 번, 젊은 여인은 그가 아직 일어나기도 전에 와서 순식간에 옷을 벗고는 밖의 추위에 오들오들 떨면서 잠자리 속으로 파고 들어왔다.

뒤루아는 그 대신 매주 목요일마다 드 마렐네 집에서 저녁 식사를 하고 농사 이야기를 해서 그녀 남편의 환심을 샀다. 그 또한 식물 재배 이야기를 좋아했으므로 때로는 서로 이야기에 열중해서 그들 공동의 아내가 긴 의자에서 졸고 있는 것조차 잊고 말았다.

로린도 때로는 아버지 무릎에서, 때로는 벨아미의 무릎에서 깊이 잠들었다. 신문 기자가 돌아가면 드 마렐 씨는 늘 이렇게 말했다. "저 젊은이는 참으로 기분이 좋아. 매우 교양이 풍부해." 그는 어떤 사소한 일에도 늘 하던 버릇처럼 점잖은 말투로 말했다.

2월도 끝나고 있었다. 아침에 거리에서 꽃 파는 여자가 지나칠 때면 끌고 가는 손수레에서 퍼지는 오랑캐꽃 향기를 맡을 수 있었다.

뒤루아는 구름 한 점 없는 맑고 청명한 나날을 보냈다.

그런데 어느 날 밤 집에 돌아오자, 문 밑에 편지 한 통이 끼어 있었다. 소인 (消印)을 보니 '칸'이었다. 그는 서둘러 겉봉을 뜯었다.

칸 졸리 별장에서

그리운 벗, 뒤루아 씨에게

요전에 무슨 일이든 부탁하고 싶은 일이 생기면 말하라고 하셨지요? 그래서 그 말씀을 믿고 무척 귀찮은 일을 부탁드리려고 해요. 실은 부디 이곳으로 오셔서 저를 도와주셨으면 합니다. 샤를의 병세가 끝내 절망적이어서 만약의 경우를 당하게 되면 저 혼자서 어찌해야 좋을지 모르겠습니다. 이젠 두 주도 도저히 견디지 못할 것 같다는 생각이 듭니다. 아직은 숨을 쉬지만 의사가 그렇게 말했어요.

저는 이제 밤이나 낮이나 그의 고통을 바라보는 일이 너무나 힘들고 용기마저 잃었답니다. 그래서 가까이 닥친 임종을 생각하면 말할 수 없이 무섭습니다. 이런 일로 부탁드릴 수 있는 분은 당신밖에 없군요. 남편에겐 친척이 없으니까요. 게다가 당신은 남편의 전우였고, 남편은 당신을 신문사에 추천했어요. 제발 부탁이니 와주세요. 당신말고는 아무도 부를 사람이 없답니다.

그럼 모쪼록 도와주세요. 부탁드립니다.

당신의 충실한 벗

마들렌 포레스티에

기묘한 감정이 바람처럼 뒤루아의 마음에 불어 닥쳤다. 마치 해방된 듯한 넓은 공간이 그의 앞길에 확 펼쳐진 것 같은 기분이었다. 그래서 그는 중얼거렸다.

"물론 가야지. 불쌍한 녀석! 그러나 그것이 인생 아니겠니!"

사장에게 포레스티에 부인의 편지를 보였더니 투덜거리면서도 허가를 내주었다. 그리고 덧붙였다.

"그러나 빨리 돌아와 주게. 자네가 없으면 안 되니까."

뒤루아는 다음날, 아침 7시 급행으로 칸으로 떠났다. 드 마렐 부부에게는 출발하기에 앞서 전보를 쳐두었다. 이튿날, 오후 4시쯤 칸에 도착했다. 심부름꾼이 졸리 별장으로 안내해 주었다. 졸리 별장은 칸에서 주앙 만(灣)으로 이어지고 전나무 숲속 주위에 하얀 집들이 여기저기 흩어진 산 중턱에 있었다.

별장은 조그마하고 낮은 이탈리아식으로 나무 숲 사이를 꼬불꼬불 오르는 길가에 있었다. 길은 한 바퀴 돌 때마다 아름다운 풍경이 펼쳐졌다. 하인이 문을 열면서 외쳤다.

"아아! 어서 오십시오. 부인께서 무척 기다리고 계십니다."

뒤루아가 물었다.

"주인께선 좀 어떠신가?"

"좋지 않으십니다. 오래 사시지 못하실 겁니다."

젊은이가 안내된 객실에는 푸른 무늬를 배합한 장밋빛 페르시아 사라사가 쳐 있었다. 높고 넓은 창문은 마을과 바다를 바라보고 있었다.

뒤루아는 중얼거렸다.

"이거 아주 멋진 별장인데. 도대체 어디서 이런 돈을 마련했을까?"

옷자락이 바닥에 스치는 소리가 나서 그는 뒤를 돌아다보았다.

포레스티에 부인이 방으로 들어와서 조용히 두 손을 내밀었다.

"정말 미안해요. 친절하시게도 곧바로 와주셨군요."

그러고는 느닷없이 그에게 키스했다. 그들은 얼굴을 마주보았다.

그녀는 조금 안색이 좋지 않고 전보다 여위었지만 여전히 싱싱하고 늘씬한 모습이 한결 더 아름다워 보였다. 그녀는 말했다.

"요즘 많이 무서워요. 남편도 이젠 오래 못 산다는 걸 알고 있어서 무엇이든 마구 짜증을 낸답니다. 당신이 온다는 말을 미리 해두었어요. 그건 그렇고, 짐은 어떻게 했어요?"

뒤루아가 말했다.

"역에 맡겨 두고 왔습니다. 어느 호텔에 들어야 당신이 가장 편리한지 알려주세요."

그녀는 조금 머뭇거리다가 말했다.

"여기 이 별장에 묵도록 하세요. 방도 이미 마련해 놓았어요. 게다가 남편이 언제 어느 때 눈을 감을지도 모르고, 만약 밤중이라면 저 혼자서 어떻게 하겠어요? 짐은 찾아오라고 사람을 보낼게요."

뒤루아는 고개를 끄덕였다.

"그렇게 하지요."

"자, 위로 올라가요."

그는 부인의 뒤를 따라갔다. 그녀는 2층의 한 방문을 열었다. 뒤루아는 창문 옆에 시체 같은 사람이 담요에 싸여서 안락의자에 앉아 있는 것을 보았다. 그는 새빨간 저녁 노을 아래에서 창백한 얼굴로 이쪽을 물끄러미 바라보았다. 누군지 모습을 거의 알아볼 수도 없었다. 뒤루아는 그가 포레스티에임을 겨우 짐작으로 알 수 있었다.

그 방안에는 열기와 탕약(湯藥)과 에테르와 소독약 등의 냄새로 가득 차 있었다. 폐병 환자가 숨을 쉬고 있는 방 특유의 형용할 수 없는 답답한 냄새였다.

포레스티에는 괴로운 듯이 천천히 손을 들며 말했다.

"아, 자넨가. 내가 죽는 것을 보러 와주었군. 고맙네."

뒤루아는 애써 웃는 얼굴을 지으며 말했다.

"자네가 죽는 걸 보러 오다니! 그건 그리 재미있는 일도 아니라네. 모처럼 칸에 오는 데 그런 기회를 잡지는 않지. 그저 자네 문안도 할 겸 조금 쉬러 왔네."

상대는 낮게 중얼거렸다.

"앉게."

그리고 무언가 절망적인 것을 깊이 생각하는 듯 고개를 떨구었다.

포레스티에는 이따금 가쁘게 숨을 헐떡이면서 자신의 병이 얼마나 위중한가를 곁의 사람에게 알리려는 듯 이상한 신음 소리를 냈다.

뒤루아가 말없이 있는 것을 보고 포레스티에 부인은 창가로 다가와 기대서서 지평선 쪽을 턱으로 가리켜 보이면서 말했다.

"봐요, 아름답지요?"

눈앞에는 별장이 드문드문 보이는 언덕이 해안을 따라 반원형으로 가로누운 마을까지 내려가 있었다. 마을 오른편의 이른바 머리 부분은 낡은 종루(鐘樓)가 우뚝 솟은 옛 시가가 아래의 방파제까지 뻗치고, 왼편 부분은 레랭의 섬들과 마주 대하고 크르와제트 곶(岬)에서 끝나고 있었다. 그 섬들은 새파란 물속에 마치 초록빛 얼룩이 두 개 늘어선 것처럼 보였다. 또 커다란 나뭇잎을 두 잎 띄운 것처럼 위가 편편해 보였다.

그리고 훨씬 멀리 만의 출구의 지평선을 막고, 방파제와 종루 위에 푸른빛을 띤 긴 산맥이 눈부신 하늘에 산봉우리들의 기묘하고 아름다운 선을 그려내고 있었다. 그 봉우리들은, 어떤 것은 둥글고 또 어떤 것은 갈고랑이처럼 구부러지고 또는 뾰족해서 그 끝은 발을 바다 속에 집어넣은 피라미드형의 커다란 산에서 끝나 있었다.

포레스티에 부인이 그 산을 가리키면서 말했다.

"에스트렐 산이에요."

그림 같은 산봉우리들 뒤의 하늘은 피처럼 붉고 금빛으로 반짝거려서 도저히 눈을 뜨고 바라볼 수가 없었다.

뒤루아는 자기도 모르게 이 해저무는 장엄한 풍경에 감동했다.

그리고 그 감동을 충분히 나타내는 실감나는 말이 떠오르지 않아, 그저 중얼거렸다.

"아아! 정말 멋있는데요!"

포레스티에가 아내 쪽으로 고개를 쳐들고 말했다.

"바람 좀 쐬게 해주구려."

그녀는 대답했다.

"안 돼요, 벌써 늦었어요. 해가 저물어서 또 감기드시면 어쩌려고요. 게다가 지금 상태로는 그렇게 한대도 소용없다는 걸 잘 알잖아요?"

그는 주먹으로 때리려는 듯이 열에 뜬 허약한 몸짓으로 오른손을 움직이고 분노로 얼굴을 찡그리면서 사정했다.

"숨이 막힐 것 같아서 그래. 내가 죽는 게 하루 빠르든 늦든 당신에겐 아무일도 아니잖아. 어차피 죽을 테니까……"

죽어 가는 병자의 찡그린 얼굴 위에 꿈틀대는 입술과 움푹 파인 뺨과 두드러진 광대뼈가 그대로 드러났다. 부인은 마지못해 창문을 활짝 열어 젖혔다.

불어온 바람은 마치 애무를 하듯 세 사람의 얼굴을 쓰다듬었다. 부드럽고 따뜻하고 감촉이 좋은 미풍이었다. 언덕에서 자라고 있는 관목 내음과 취할 것 같은 꽃들의 향기를 품은 바람이었다. 강한 송진 냄새와 유칼리나무의 혀를 찌르는 듯한 맛이 분명히 느껴졌다.

포레스티에는 짧게 헐떡이듯이 그 공기를 마셨다. 그리고 부들부들 떨리는 두 손으로 안락의자의 팔걸이를 힘겹게 잡으면서 낮고 쉰 노기에 찬 목소리로 말했다.

"닫아 줘. 기분이 안 좋아. 차라리 지하실 속에서 거꾸러져 버리는 편이 나아."

아내는 천천히 창문을 닫고 나서 이마를 유리문에 대고 먼 곳을 바라보고 있었다.

뒤루아는 그 분위기가 너무 불편해서 병자와 이야기라도 나누어서 그의 화를 가라앉혀 주고 싶다고 생각했다.

그러나 그를 격려할 만한 말이 도대체 생각나지 않았다. 그래서 이렇게 중얼댔다.

"그럼, 여기 와서도 그다지 좋아지지 않았군그래."

상대는 매우 지친 듯 초조한 눈빛으로 어깨를 움츠렸다.

"보다시피 이 꼴일세."

그러고는 다시 고개를 떨어뜨렸다.

뒤루아가 천천히 말을 이었다.

"하지만 여기는 파리에다 대면 무척 기분이 좋은 곳인데. 거기는 아직 한겨울이라네. 눈은 늘 오지, 싸라기도 자주 쏟아지지, 게다가 비까지 오는 날도 많다네. 그리고 오후 3시만 되면 벌써 불을 켜야 할 만큼 어둡다네."

포레스티에가 물었다.

"신문사에는 변한 게 뭐 없나?"

"여전해. 자네 대신으로 〈볼테르〉사에서 꼬마 라크랭이 와 있지만 아직 풋내기더군. 이제 자네가 돌아와 주어야겠어."

병자가 혼잣말처럼 말했다.

"나 말인가? 땅 밑에 들어 가면 긴 기사라도 쓰겠네. 어쩔 수 있나?"

고정 관념이 무슨 일에고 종이 울리듯이 되살아나서 하나하나의 생각이나 말끝마다 달라 붙었다.

오랜 침묵이 이어졌다. 괴롭고 깊은 침묵이었다. 노을은 어느새 넓어지고 산마루도 저물어 가는 빨간 하늘 아래 어두운 빛을 던지고 있었다. 붉게 물든 어둠은 사라져 가는 태양의 잔광을 섞은 밤의 빛이 되어 방안으로 뻗어 들어왔다. 그 빛은 가구와 벽과 벽지와 방의 구석구석을 온통 검고 붉은 빛으로 물들였다. 난로의 거울은 먼 지평선을 마치 피가 괸 것처럼 반사하여 비추고 있었다.

포레스티에 부인은 여전히 선 채로 방을 등지고 유리문에 얼굴을 가까이 대고 꼼짝도 하지 않았다.

그러자 포레스티에가 힘겹게 숨을 헐떡거리며 창자를 쥐어뜯기는 듯한 고통스러운 목소리로 말하기 시작했다.

"이제 몇 번이나 노을을 볼 수 있겠는지……여덟이나 열……열다섯이나 스물……어쩌면 서른……그 정도겠지. ……자네들에게는 앞으로 희망이 있지만……자네들에게는, 그러나 나는 이제 그만이야……그리고 내가 죽은 뒤에도……아직 살아 있는 것처럼……세상은 이어져 가는 거야……"

그는 한동안 잠자코 있다가 또 계속했다.

"난 무엇을 보든 이제 며칠만 지나면 그것을 다시는 못 보게 되리라는 생각이 든다네……무서운 일일세……이젠 아무것도……이 세상에 있는 것은……아무것도 보지 못하게 되는 걸세……손으로 만지작거릴 수 있는 아주 조그만 것도……컵도……접시도……편안하게 누울 수 있는 침대도……마차도……그 모든 걸 말이야. 저녁에 마차로 산책할 때면 기분이 좋았네……나는 무엇이고 다 좋아했네."

뒤루아는 불현듯 노르베르 드 바렌이 몇 주일 전에 했던 말을 떠올렸다.

"난 지금 죽음이라는 놈이 바로 옆에 와 있는 것이 보여서 손을 내밀어 팽개쳐 버리고 싶을 정도요……나는 여기저기에서 죽음의 모습을 보고 있소. 길에서 짓밟힌 조그만 동물이나 시들어 떨어지는 나뭇잎이나, 친구들의 수염 가운데에서 눈에 띄는 흰 터럭은 내 마음을 잡아 뜯고, '바로 저기에 죽음이 있다!'고 내게 외치고 있소."

뒤루아는 이 말의 의미를 그날은 깨닫지 못했다. 하지만 오늘 포레스티에의 모습을 보자 조금은 이해가 되었다. 그러자 여태까지 알지 못했던 참을 수 없는 고통이 가슴속으로 밀려들었다. 바로 옆에 친구가 고통스럽게 숨을 쉬며 안락의자에서 무서운 죽음의 신과 힘겹게 싸우고 있는 모습이 손에 잡힐 듯이 보였다. 그는 일어나서 밖으로 뛰어나가 그 길로 곧바로 파리로 돌아가 버리고 싶었다. 아아! 이럴 줄 알았다면 오지 말걸 그랬군!

밤은 지금 이 빈사 상태에 있는 병자 위에, 아직 죽기도 전에 수의(壽衣)가 내려온 듯 온 방안에 퍼졌다. 다만, 창문만이 아직 보여서 희미하게 밝은 네모 속에 부인이 서 있는 모습을 그대로 그려냈다.

포레스티에가 초초한 목소리로 말했다.

"여보, 오늘은 여태 등불을 가져오지 않는군. 이게 병자의 간호라는 게요?"

창문 유리에 떠올라 있던 사람의 그림자가 사라지고 고요한 집안에 초인종 소리가 울려 퍼졌다.

이윽고 하인이 들어와서 등불을 난로 위에 놓았다. 포레스티에 부인이 남편에게 물었다.

"이대로 쉬겠어요, 아니면 아래 내려가서 식사하겠어요?"

그는 중얼거렸다.

"내려가지."

식사가 준비될 때까지 셋은 거의 한 시간 동안 꼼짝도 하지 않고 기다리고 있었다. 다만 이따금 한 마디, 소용도 없는 하찮은 말한 마디를 서로 주고받았을 뿐이었다. 마치 침묵을 너무 길게 끄는 것이, 죽음의 신이 떠돌고 있는 방안의 공기를 말없이 그대로 괴어 있게 하는 것이, 어떤 위험을, 까닭 모를 위험을 가져오기라도 하는 것처럼.

마침내 식사가 준비됐음을 알려 왔다. 기다리는 동안의 한 시간이 뒤루아에게는 영원히 지나가지 않을 것처럼 길게 느껴졌다. 세 사람은 아무 말도 하지 않고, 소리도 내지 않고 음식을 먹었다. 그들은 조용히 손가락 끝으로 빵을 뜯었다. 하인은 발소리도 내지 않고 시중을 들면서 왔다갔다 돌아다녔다. 구두 소리가 샤를의 신경에 거슬리기 때문에 뒤꿈치 없는 슬리퍼를 신고 있었다. 오직 나무로 만든 시계의 똑딱 소리가 기계적으로 규칙적인 소리를 내면서 방안의 고요함을 깨뜨릴 뿐이었다.

식사가 끝나자 뒤루아는 피곤하다면서 포레스티에 부인이 마련해 준 방으로 들어갔다. 그는 창문 턱에 팔꿈치를 짚고 하늘 가운데 높이 뜬 보름달을 바라보았다. 달은 커다란 등잔의 둥근 갓같이 별장 흰 벽의 여기저기에 희미하게 빛을 던지고, 바다 위로는 은빛 비늘을 듬뿍 뿌리며 부드럽게 빛나고 있었다. 그는 빨리 돌아갈 구실을 찾으려고 여러 계책을 생각하다가, 발테르 씨에게 부탁해서 돌아오라는 전보를 쳐달랄까 하고도 생각했다.

그러나 다음날 눈을 뜨자, 도망갈 결심을 실행하기가 더욱 어려워졌음을 깨닫게 되었다. 포레스티에 부인이 그렇게 쉽게 그의 계책을 곧이들을 리가 없을 테고, 쓸데없이 엉뚱한 짓을 한다면 모처럼 애쓰고 마음을 써준 것이 물거품으로 돌아가게 될 것이다. 그래서 그는 중얼거렸다. "이거 참, 야단났는걸! 하지만 어쩔 수 없지. 인생에는 이런 귀찮은 때도 있는 법이지. 그리고 그다지 길지도 않을 거야."

푸르고 맑게 갠, 좋은 날씨였다. 사람의 마음을 기쁨으로 가득 채우는 남프랑스의 푸른 하늘이었다. 뒤루아는 포레스티에를 문병하는 것은 오후라도 늦지 않으리라 생각하고 바닷가로 산책을 나섰다. 점심때 돌아오니 하인이 그에게 말했다.

"나리께서 벌써 두서너 번이나 찾으셨습니다. 방으로 들어가 보십시오."

2층으로 올라가 보니, 포레스티에는 안락의자 속에서 깊이 잠들어 있는 듯이 보였다. 부인은 긴 의자에 비스듬히 누워서 무언가를 읽고 있었다.

곧 병자가 얼굴을 들었으므로 뒤루아가 물었다.

"좀 어떤가? 오늘 아침엔 기운이 나는 모양인데?"

상대는 낮은 목소리로 대답했다.

"응, 기분이 좋네. 힘이 좀 생긴 것 같아. 빨리 마들렌과 점심 식사를 하게. 난 마차로 한 바퀴 돌고 올 테니까."

단 둘이 마주 앉자 곧 부인이 말했다.

"저 사람 말이에요, 오늘은 살 것처럼 생각하고 있어요. 아침부터 온갖 계획을 세우고 있어요. 지금부터 곧 주앙 만에 가서 파리의 집에 장식할 도기(陶器)를 사오겠다는 거예요. 무슨 일이 있어도 가겠다고 우기는데, 전 가는 길에 무슨 일이 일어나지 않을까 너무 걱정돼요. 마차가 조금만 움직여도 못 견딜 테니까요."

마차가 오자 포레스티에는 하인의 부축을 받으면서 한 걸음 한 걸음 계단을 내려갔다. 그리고 마차를 보자 지붕 덮개를 벗기라고 했다.

아내는 강하게 반대했다.

"감기 들어요. 말도 안 돼요."

그러나 그는 듣지 않았다.

"괜찮아, 오늘은 아주 상태가 좋으니까. 내 몸은 내가 더 잘 알아."

처음에는 나무 그늘진 길을 달렸다. 뜰과 뜰 사이를 지나가는 그 길고 긴 길은, 칸이 아닌 마치 영국의 공원처럼 생각케 했다. 마차는 다시 해안을 따라 앙티브 가도로 나갔다.

포레스티에는 그 지방의 지리를 설명했다. 먼저 드 파리 백작의 별장을 가리키고, 그리고 다른 별장도 가르쳐 주었다. 그는 쾌활했지만, 그것은 운명이 이미 정해진 인간이 일부러 꾸민 겉으로만 보이는 힘없는 쾌활함이었다. 그는 팔을 뻗칠 힘이 없어 손가락만을 들어 가리켰다.

"저기 보게, 저것이 생트 마그리트 섬일세. 바젠*¹⁹이 탈출한 성도 보이지? 그 사건으로 해서 성 이름을 외게 됐지!"

그리고 그는 군대시절도 떠올리고는 기억에 남는 일화의 주인공인 장교들의 이름을 들었다. 그러자 갑자기 길이 구부러져서 주앙 만의 전경이 눈앞에

＊19 프랑스의 원수. 1811~88.

나타났다. 만 안쪽에는 흰 마을이 여기저기 흩어졌고 그 반대쪽에는 앙티브 곶이 뻗쳐 있었다.

포레스티에는 갑자기 어린아이 같은 기쁨에 사로잡혀서 매우 힘없는 목소리로 외쳤다.

"아아! 군함이다! 여보게, 군함이 보이네!"

정말로 너른 만 한가운데에 숲에 덮인 바위 산 같은 커다란 군함 여섯 척이 늘어서 있었다. 여기저기에 탑이 있고 탑마다 망루가 달려 있었다. 또 바다 속에 뿌리를 뻗은 듯 충각(衝角)을 물속에 꽂고 있는데, 모두가 기이하며 거대했다.

그것이 움직이거나 앞으로 나아간다고는 도저히 생각할 수 없을 만큼 무겁고 바다 밑바닥에 고정되어 있는 듯이 보였다. 그리고 천문대처럼 둥글고 높게 만들어진 유동포대(遊動砲臺)는 마치 암초 위에 세워진 등대 같았다.

돛을 세 개 단 큰 배가 매우 즐거운 듯 새하얀 돛을 활짝 펴고, 함대 곁을 지나 넓은 바다로 나가고 있었다. 그 모습은 추악한 괴물이 물 위에 웅크리고 앉아 있는 듯한 무쇠만으로 된 전쟁 괴물에 비하면 참으로 우아하고 깨끗했다.

포레스티에는 군함을 하나하나 구별하면서 〈콜베르〉, 〈쉬프랑〉, 〈아미랄 뒤 페레〉, 〈루드타블〉 〈데바스타시옹〉 하나씩 하나씩 이름을 불렀다. 그러고는 "아냐, 틀렸어. 데바스타시옹은 이쪽 거야"라고도 했다.

얼마 뒤에 그들은 커다란 정자 같은 건물 앞에 이르렀다. 간판에는 주앙 만 미술 도기 진열관이라고 씌어 있었다. 마차는 잔디밭 주위를 돌아 문 앞에서 멈췄다.

포레스티에는 서가 위에 놓을 꽃병을 두 개 사고 싶다고 했다. 그러나 마차에서 내려갈 수가 없었으므로 견본을 몇 개 가져 오도록 했다. 그것을 하나씩 아내와 뒤루아에게 의논해서 정해야 했으므로 오랜 시간이 걸렸다.

"여보게, 서재 안쪽의 서가 위에 놓으려는 거네. 의자에 앉으면 언제나 눈에 잘 띄도록 말일세. 모양은 고풍스러운 그리스제가 좋겠어."

그는 여러 견본들을 하나씩 자세히 훑어보고 다른 것을 가져오게 했다가 다시 먼저 것을 가져오게 했다. 마침내 어렵게 결정을 하고 돈을 치르면서 곧 배달해 달라고 요구했다. 그러고는 "2, 3일 안에 파리로 돌아가니까" 하면서 이유를 덧붙였다.

그들이 만을 따라 돌아가는 길을 달리고 있을 때였다. 어느 골짜기 사이로 들어가는 찬바람이 갑자기 세차게 불어와 그들의 얼굴을 때렸다. 병자는 곧 기침을 하기 시작했다.

처음에는 아무것도 아닌, 대수롭지 않은 발작에 지나지 않았으나, 갈수록 심해져서 걷잡을 수 없을 정도로 기침을 하고 곧이어 딸꾹질을 시작하면서 목구멍이 그렁그렁 울렸다.

포레스티에는 숨이 막히는지 몹시 몸부림을 쳤다. 숨을 쉬려고 하면 가슴 속에서부터 기침이 치밀어서 목을 쥐어뜯었다. 그 기침은 어떤 방법으로도 가라앉힐 수가 없었다. 집에 도착해서도 마차에서 방까지 여럿이 들어 옮겨야만 했다. 그의 발을 들고 있던 뒤루아는 폐가 경련할 때마다 두 다리가 흔들리는 것을 느꼈다.

침상의 따뜻한 온기도 발작을 멈추게 할 수가 없었고, 죽음의 고통은 한밤까지 계속되었다. 그러다가 겨우 마취제가 들어가자 기침의 치명적인 경련이 겨우 가라앉았다. 병자는 아침까지 눈을 뜬 채 침대에 앉아 있었다.

날이 새자, 맨 처음 그가 한 말은 이발사를 불러달라는 것이었다. 아침마다 수염을 깎지 않으면 꺼림칙했기 때문이다. 그런 뒤 몸차림을 하기 위해서 일어났다. 그러나 곧 도로 누워야 했다. 숨소리가 몹시 짧고 빨랐으며 매우 괴로운 듯해서 부인은 막 잠자리에 들어간 뒤루아에게 사람을 보내어 의사를 불러다 달라고 부탁했다.

뒤루아는 곧바로 가부오 박사를 데리고 왔다. 의사는 물약 처방을 쓰고 몇 가지 주의를 주었다. 그러나 그가 배웅하며 상태를 묻자 이렇게 말했다.

"이제 남은 건 마지막 고통입니다. 내일 아침쯤이면 임종할 겁니다. 불쌍한 젊은 부인께 알려 드려서 신부님을 불러오도록 하십시오. 저는 이제 어쩔 도리가 없습니다. 하지만 볼일이 있으시다면 언제든지 오겠습니다."

뒤루아는 부인을 불러서 말했다.

"이제 오래 견디지 못한다는군요. 의사는 신부님을 모셔오라고 하는데 어떻게 하시겠습니까?"

그녀는 오랫동안 망설이면서 이리저리 생각한 끝에 띄엄띄엄 말을 이었다.

"그렇군요. 그편이 좋겠군요……여러 가지 점으로 보아서……먼저 듣기 좋게 말을 꾸며 보도록 해야겠어요. 신부님이 만나고 싶어 한다든가 어떻게……당장 생각나는 것도 없지만. 그럼 죄송하지만 누구든 신부님을 찾아서 알맞은 분을 모셔다 주세요. 너무 거만하지 않은 분이 좋겠어요. 그리고 참회만으로 끝내고 다른 것은 귀찮게 말씀하지 않도록 부탁해 주세요."

뒤루아는 인상이 꽤 좋은 늙은 신부를 데리고 왔다. 이쪽에서 부탁하는 것을 기꺼이 승낙해 주었다. 그가 죽어 가는 병자 방으로 들어가자, 부인은 곧바로 나와서 뒤루아와 함께 옆방에 들어가 앉았다.

"저이는 매우 혼란스러워 했어요. 신부 이야기를 꺼내니까 두려워하며 표정이 갑자기 달라져서 마치……무엇에 얻어 맞은 사람처럼 보였어요. 남편은 이제 겨우 틀렸다는 걸 안 것 같아요. 이제 얼마 남지 않았다는 걸……"

그녀는 창백한 얼굴로 계속 말했다.

"그 얼굴 표정은 한평생 잊을 수 없을 거예요. 아마 틀림없이 그 순간 죽음의 신을 본 거예요. 눈앞에 역력히……"

신부는 귀가 잘 들리지 않아서 조금 큰소리로 이야기하는 것이 들렸다.

"아니죠, 아니에요. 그렇게 상태가 나쁜 건 아닙니다. 병중이긴 하지만 절대로 위험하지는 않습니다. 지금 나는 이웃에 사는 사람으로 잠시 문안차 들렀을 뿐이니까요."

포레스티에가 어떤 대꾸를 했는지는 들리지 않았지만 신부가 말을 이었다.

"아뇨, 성체배수(聖體拜受) 미사를 드릴 생각은 조금도 없습니다. 그건 좀더 회복이 되신 뒤에 의논하기로 합시다. 다만 제가 이렇게 찾아온 기회에 참회라도 하실 생각이시라면 저로서는 무척 다행이겠습니다. 본디 저는 사람을 인도하는 것이 직업인지라 좋은 기회를 잡아서 어린 양을 인도하고 싶습니다."

오랜 침묵이 흘렀다. 포레스티에가 몹시 숨을 헐떡이며 뚜렷하지 않은 목소리로 뭔가 이야기하는 모양이었다.

그러다가 갑자기 신부의 목소리가 들렸는데, 그 목소리는 아까와는 사뭇 달라져서 성단에서 미사를 드리는 말투였다.

"신의 자비는 무한합니다. 자, 나의 아들이여, 콩피테오르(참회 기도문)를 욉시다. 아마 잊었을 테니까 도와드리겠습니다. 나를 따라 외십시오. Confiteor Deo omnipotenti……Beatae Mariae semper virgini(참회하나이다. 전능하신 하느님께 영원히 깨끗하신 지복의 성모에게)……"

그는 죽어 가는 병자가 뒤를 따라올 수 있도록 이따금 문구를 끊었다. 그러고 나서 권했다.

"그럼 참회하십시오."

부인과 뒤루아는 꼼짝도 하지 않고 야릇한 심정에 사로잡혀서 불안한 기대에 시달렸다.

병자가 무언가 중얼거렸다. 신부는 그 말을 거듭했다.

"죄 많은 쾌락을 추구했다고요……어떤 종류의 쾌락이지요?"

부인은 일어서서 아무런 거리낌 없이 말했다.

"잠깐 정원으로 나갑시다. 남편의 비밀을 듣는 것은 좋지 않으니까요."

그들은 문 앞으로 나와서 벤치에 걸터앉았다. 머리 위에는 활짝 핀 장미가 늘어져 있고 앞에는 석죽(石竹) 화단이 있어 맑은 공기에 강렬하고 달콤한 향기를 풍겼다. 뒤루아는 잠시 말없이 있다가 물었다.

"이곳에서 오래 계시다가 파리로 오시겠습니까?"

"아뇨, 일이 끝나는 대로 돌아가겠어요."

"그럼 열흘쯤?"

"글쎄요, 늦어도 그때까지는."

그는 다시 말을 건넸다.

"샤를은 친척이 한 사람도 없다고요?"

"네, 사촌 형제만 두서넛 있을 뿐이에요. 부모님은 저이가 어렸을 때 돌아가셨어요."

그들은 석죽꽃 꿀을 빠는 나비를 바라보았다. 나비는 꽃에서 꽃으로 날개를 펄럭이면서 날아다니고, 꽃에 앉아서도 여전히 날개를 팔락거렸다. 그들은 오랫동안 잠자코 있었다.

이윽고 하인이 나와서 "신부님께서 임무를 끝내셨습니다" 알렸다. 그들은 함께 2층으로 올라갔다.

포레스티에는 어제보다 훨씬 여위어 보였다.

신부는 그의 손을 잡고 있었다.

"그럼 안녕히 계십시오. 내일 아침 또 뵙겠습니다."

신부가 밖으로 나갔다.

신부가 나가자 곧 괴로운 듯이 숨을 헐떡이고 있던 병자는 두 손을 가까스로 아내에게 뻗치면서 떠듬떠듬 말했다.

"나를 살려 줘……살려 주구려……나는 죽고 싶지 않소……죽기 싫어……아아! 살려 줘……어떻게 하면 좋은지 알려 주구려……의사를 불러 줘……어떤 약이라도 마시라는 것은 다 마시겠소……싫어……싫어……"

그는 울고 있었다. 굵은 눈물방울이 눈에서 넘쳐 나와서 움푹 꺼진 뺨 위로 흘러내렸다. 여윈 입매가 서러워 우는 아이처럼 주름이 잡혀 있었다.

침대 위에 축 늘어진 그의 두 팔이 마치 이불 위에 있는 무언가를 잡으려는 듯 천천히 규칙적으로 움직이기 시작했다.

그의 아내도 울면서 띄엄띄엄 말했다.

"아뇨, 아무것도 아니에요. 대수롭지 않은 발작인걸요. 내일은 훨씬 좋아지실 거예요. 산책으로 좀 피로했을 뿐이에요."

포레스티에의 숨결은 마구 달려온 개보다도 빠르고, 도저히 셀 수 없을 정도로 급하고, 또 겨우 들릴까말까 할 만큼 희미했다.

그는 다시금 되풀이했다.

"죽고 싶지 않아……아아! 신이시여……신이시여……난 어떻게 되는 걸까……이젠 아무것도……아무것도……영원히 보이지 않게 되는 거다……아아! 신이시여!"

눈앞에 무언가 다른 사람에게는 보이지 않는 무서운 것이 보이는 듯 그는 뚫어지게 쏘아보았다. 움직이지 않는 눈동자에는 역력히 공포의 빛이 떠올랐다.

그는 곁에서 보기에도 느껴질 정도로 온몸에 심한 경련을 일으키면서 덜덜 떨었다. 그러다가 갑자기 띄엄띄엄 말했다.

"무덤이야……나는……신이시여!"

그러고는 더 이상 아무 말도 하지 않았다. 그저 꼼짝도 하지 않고 눈길을 한 곳에 둔 채 헐떡였다.

시간이 흘러갔다. 가까운 수도원에서 종을 열두 번 쳤다. 뒤루아는 가볍게 식사를 하려고 방에서 나왔다. 그리고 한 시간쯤 지나서 되돌아왔다. 부인은 아무것도 먹고 싶지 않다고 했다. 병자는 아까부터 움직임을 멈추었다. 병자의 바싹 여윈 손가락은 이불을 움켜 쥔 채 굳어버렸다. 젊은 여인은 침대 발치의 팔걸이의자에 앉아 있었다. 뒤루아는 여인의 바로 옆 의자에 앉았다. 둘은 말없이 기다렸다.

의사가 보낸 간호사가 와서 창문께에서 졸고 있었다.

뒤루아도 막 졸음이 밀려 오는가 했는데 문득 갑작스러운 일이 생긴 것 같아서 눈을 번쩍 떴다. 바로 그때, 그는 보았다. 불이 꺼지듯이 포레스티에의 두 눈이 감기고 있었다. 희미한 딸국질이 지금 막 죽어 가는 남자의 목구멍을 움직이고 가느다란 두 줄기 피가 입가에서 나와서 셔츠 위로 흘러내렸다. 두 손도 불길한 동작을 멈췄다. 그는 숨을 거두었다.

아내는 그것을 깨닫자 외마디 소리를 치면서 맥없이 무릎을 꿇더니 이불에 얼굴을 파묻고 울었다. 조르주는 놀라움과 두려움에 당황하여 자기도 모르게 성호를 그었다. 간호사는 화들짝 놀라 잠에서 깨어 침대 곁으로 갔다. "임종입니다." 잠시 뒤 겨우 침착함을 되찾은 뒤루아는 해방감을 느끼고 긴 한숨을 쉬면서 "생각했던 것만큼 오래 걸리지 않았군" 조그만 소리로 중얼거렸다.

처음의 놀라움이 사라지고 한 차례 눈물을 흘리고 나자, 사람이 죽었을 때에 따르는 온갖 일들로 뒤루아는 매우 바빴다. 그는 저녁 늦게까지 뛰어다녔다.

초상집으로 돌아왔을 때 뒤루아는 배가 몹시 고팠다. 부인도 뒤루아와 함께 음식을 조금 먹었다. 그런 다음 두 사람은 유해를 안치한 방에 가서 밤샘을 하기 위해 의자에 앉았다.

침대 옆 탁자 위에서는 두 개의 촛불이 타오르고 그 옆 조그마한 접시에 물을 조금 담아서 미모사 가지를 담가 놓았다. 격식에 맞는 회양목 가지가 없었기 때문이었다.

이제는 고인(故人)이 된 남편 옆에 젊은 남자와 여자가 단 둘이 앉아 있었다. 두 사람은 저마다 상념에 젖어서 이따금 고인의 얼굴을 쳐다보았다.

그러나 조르주는 유해 주위를 떠도는 어두움이 무서워서 집요하게 유해를 바라보았다. 뒤루아의 눈과 마음은 흔들리는 불빛으로 한결 더 움푹 패어 보이는 바짝 마른 고인의 얼굴에 정신없이 이끌려서 가만히 그 모습을 들여다보았다. 이것이 어제까지 말을 하던 친구 샤를 포레스티에란 말인가? 인간의 마지막이란 참으로 이상하고 무서운 것이다. 아아! 뒤루아는 지금 죽음의 공포에 위협을 받고 있는 노르베르 드 바렌의 말이 문득 생각났다. '인간은 두 번 다시 돌아오지 못한다.' 똑같은 눈과 코와 입과 두뇌를 가지고, 그 머릿속에서 사물을 생각하는 인간이 몇 백만, 몇 천만 명 태어날 것이다. 그러나 이 침대 속에 누워 있는 사나이는 결코 두 번 다시 살아오지 않을 것이다.

몇 년 동안, 이 사나이는 모든 사람들과 마찬가지로 살고 먹고 웃고 사랑하고 희망했다. 그러나 이제는 모두 끝났다. 그는 영원히 끝난 것이다. 인간의 생애란 매우 짧은 날들에 지나지 않는다. 그리고 그 뒤는 무(無)다! 사람은 태어나고, 성장하고, 행복을 맛보고, 기대하고, 그리고 죽는다. 안녕! 남자도 여자도. 그대들은 두 번 다시 이 세상에 돌아올 수 없다! 그러나 그럼에도 제각기 마음속으로는 영원을 바란다. 열렬하게 실현하기 어려운 염원을 품고 있다. 인간은 우주 속에서 저마다 자기 나름대로의 우주를 이루고 있다. 그것은 얼마 안 가서 완전히 사라져서 새로운 싹이 트기 위한 비료가 되는 것이다. 식물도, 동물도, 인간도, 별도, 세계도, 모든 것이 일시적인 생명은 지니지만, 그리 머지 않은 날에 죽어서 형태를 바꾼다. 그리고 곤충도 인간도 천체도 절대로 다시 살아오지 못하는 것이다!

막연한 공포가 뒤루아의 영혼을 무겁게 누르며 덮쳐 왔다. 모든 존재를 이토록 신속하게 또 처참하게 끝없이 파괴하는, 그 한없는, 피할 수 없는 허무의 공포. 그는 그 위협 앞에 벌써 머리를 수그렸다. 그리고 생각했다. 몇 시간밖에 살지 못하는 파리와 며칠밖에 살지 못하는 동물과 몇 해를 사는 인간과 몇 세기를 사는 천체를 생각해 보았다. 그들 사이에 무슨 차이가 있으랴? 오직 새벽 여명을 더 볼 수 있을 뿐이다. 다만 그것뿐이다.

그는 유해를 보지 않으려고 눈을 돌렸다.

그녀는 고개를 떨어뜨리고 마찬가지로 비통한 생각에 잠겨 있는 듯했다. 그 슬픈 듯한 얼굴에 늘어진 금발이 한결 더 아름다웠다. 희망의 손으로 부드럽게 쓰다듬은 듯한 감미로운 마음이 뒤루아의 마음을 스쳤다. 아직도 미래가 많이 남아 있는데 어째서 이렇게 슬퍼할 필요가 있단 말인가?

그래서 그는 부인을 뚫어지게 바라보기 시작했다. 그러나 부인은 골똘한 생각에 잠겨 있어서 그것을 깨닫지 못했다. 그는 생각했다. '어쨌든 인생의 즐거움이란 이것뿐이다. 연애! 사랑하는 여자를 품에 안는 것! 그것이 인간의 행복의 극치다!'

포레스티에가 이렇게 영리하고 아름다운 여자를 만났던 것은 참으로 운 좋은 일이었다, 이 죽은 친구에겐. 그들은 어떤 기회에 알게 되고, 어떻게 이 여자가 재능도 돈도 없는 남자의 아내가 될 것을 승낙했을까? 그리고 이 남자를 어떤 방법으로 어엿한 인간으로 만들어냈을까?

뒤루아는 사람들의 생활에 숨어 있는 온갖 비밀이 갑자기 궁금해지기 시작했다. 그리고 이 여자에게 지참금을 주어서 결혼시켰다고 하는 보드렉 백작의 소문을 떠올렸다.

앞으로 이 여자는 어떻게 할까? 과연 누구와 결혼할 것인가? 드 마렐 부인이 생각하고 있듯 대의원일까, 그렇지 않으면 포레스티에를 능가할 전도유망한 청년일까? 이미 무슨 계획이나 작정이나 정해진 상대가 있을까? 꼭 그것을 알고 싶다. 그런데 어째서 나는 그녀의 장래 따위에 마음을 쓰는 것일까? 그는 자신에게 물어 보고 그러한 신경 쓰임이 어떠한 막연한 비밀스런 속마음에서 나온 것임을 알았다. 그것은 자신에게도 은밀히 감추고 있어, 마음의 밑바닥을 깊이 뒤져 보지 않으면 발견할 수 없는 야심이었다.

그렇다, 어째서 나는 이 여자를 차지하기 위해서 적극적인 노력을 하지 않는가? 이 여자와 함께라면 나는 얼마든지 강력하고 무서운 존재가 될 수 있을 텐데! 그리고 단박에 엄청난 출세를 할 것이다. 그것은 의심할 여지가 없다!

이 여자라면 성공하지 못할 리가 없다! 그 여자가 자기를 좋아하고, 동정 이상의 것을 품고 있는 것을 그는 알고 있었다. 그것은 비슷한 성격의 두 남녀가 서로 끌어당기고 또 말없는 가운데 서로 이해하는 그런 애정이었다. 이 여자는 그가 영리하고 담대하고 완강한 의지를 가지고 있음을 알고 있었다. 어쩌면 나를 믿고 있는지도 모른다.

이와 같은 중대한 일에 자기를 부르지 않았던가? 어째서 자기를 부른 것일까? 그것은 이른바 하나의 선택이요, 고백이요, 지명이라고 보면 안 되는 것일까? 바로 지금 미망인이 되려고 하는 이때에 자기를 생각한 것은 어쩌면 새로운 배우자로서, 또 그녀 편으로서 나를 마음에 그렸기 때문이 아닐까?

이렇게 생각하자 그는 그녀에게 진심을 물어 마음을 확실히 알고 싶어 견딜 수 없었다. 언제까지나 이 집에 젊은 미망인과 마주 앉아 있을 수는 없다. 모레는 돌아가지 않으면 안 된다. 그렇다면 서둘러야 했다. 파리에 돌아가기 전에 교묘한 방법으로 은근히 그녀의 심중을 떠보아 파리에 돌아가서 다른 남자의 구애를 받아들여 돌이킬 수 없는 약속을 하지 않도록 먼저 손을 쓰지 않으면 안 되었다.

방안은 정적이 흘렀다. 시계추가 벽난로 위에서 규칙적인 금속성의 똑딱 소리를 내는 것밖에는 들리지 않았다. 그는 중얼거렸다.

"무척 피곤하겠습니다."

"네, 게다가 완전히 맥이 풀려 버렸어요." 그녀는 말했다.

그들은 자기 목소리가 음침한 방안에서 묘하게 드높게 울려서 깜짝 놀랐다. 그래서 갑자기 죽은 사람의 얼굴을 들여다보았다. 그가 다시 움직여 몇 시간 전처럼 말을 걸어 올 것 같았기 때문이다.

뒤루아는 말을 이었다.

"정말 당신께는 큰 아픔입니다. 이제는 당신의 인생이 하루 아침에 모두 바뀌겠지요. 마음뿐이 아니라 생활 전체가 완전히 달라질 테니까요."

그녀는 아무 대답도 하지 않고 언제까지나 긴 한숨을 쉬고 있었다.

그는 다시 말을 이었다.

"앞으로 젊은 나이에 혼자 지내시려면 무척 쓸쓸하시겠습니다."

그는 그렇게 말하고 잠시 입을 다물었다. 그러나 여자가 아무 말도 하지 않자 다시 이렇게 중얼거렸다.

"아무튼 먼저 한 약속은 기억하시겠죠. 부탁하실 일이 있으시면 무어라도 사양치 마시고 말씀해주십쇼. 기꺼이 할 테니까요."

그녀는 손을 내밀면서, 남자의 뼈 속까지 흔드는 듯한 애처롭고 상냥한 눈길로 그를 지켜보았다.

"감사해요. 당신은 정말 친절하신 분이에요. 저도 만일 무언가 도움이 필요하실 때면 '제게 말씀하세요' 말씀드리고 싶어요."

그는 내밀어 준 손을 잡았다. 그는 키스하고 싶은 심정을 강렬히 느끼고는 손을 꽉 쥐었다. 이윽고 그는 마음을 굳게 먹고 그녀의 손을 가만히 입으로 가져가서 매끄럽고 열이 느껴지는 향기 그윽한 피부를 오랫동안 입술에 대고 있었다.

그러나 마침내 친구로서의 애무가 지나치게 오래 계속되는 것을 깨닫고는 조그마한 손을 내려놓았다. 그 손은 느릿하게 부인의 무릎 위로 돌아가고, 그녀는 차분한 목소리로 말했다.

"그래요, 정말 나 혼자 남게 되겠지만 되도록 힘을 내겠어요."

그는, 그녀를 자기 아내로 삼을 수 있다면 얼마나 행복할까 하고 자신이 생각하고 있음을 어떻게 그녀에게 이해시킬 수 있을지 알지 못했다. 물론 그런 말을 지금 이 자리에서, 유해를 앞에 놓고 말할 수는 없었다. 그러나 무언가 애매하고 평범하고도 복잡한 문장이 있을 법하다고 생각했다. 말 뒤에 감추어진 의미를 지니고 있으며 일부러 빠뜨린 말에서 오히려 진심을 뚜렷하게 나타낼 것 같은 알맞은 말을 찾아내려고 했다.

그러나 유해가 방해되었다. 뻣뻣하게 굳어서 눈앞에 누워 있는 유해가 두 사람 사이에 딱 버티고 있는 것 같았다. 게다가 얼마 전부터 방안에 가득 차 있는 공기 속에 언짢은 냄새가 섞여 있는 것처럼 생각되었다. 썩기 시작한 저 가슴에서 나오는 퀴퀴한 냄새였다. 침대에 누워 있는 불쌍한 죽은 사람들이 밤샘을 하는 친척들에게 주는 주검의 최초의 숨결인 것이다. 그것은 머지않아 관(棺)의 공허한 구석구석을 채울 무서운 입김이었다.

뒤루아가 물었다.

"창문을 열어도 좋겠습니까? 공기가 탁한 것 같습니다."

"그렇군요, 저도 느꼈어요."

그는 일어나서 창문을 열었다. 상쾌하고 향기로운 밤기운이 한꺼번에 흘러들어와서 침대 옆에 켜 놓은 두 개의 촛불을 흔들었다. 달이 전날 밤처럼 별장의 흰 벽과 번쩍이는 넓은 바다 위에 교교하고 조용한 빛을 뿌리고 있었다. 뒤루아는 가슴 가득히 숨을 들이마시면서 갑자기 짜릿한 행복감에 온몸이 뒤흔들린 듯 희망이 용솟음쳐 오르는 것을 느꼈다.

그래서 돌아다보고 말을 걸었다.

"잠깐 이리로 와서 이 신선한 바람을 쐬십시오. 아름다운 달밤입니다."

그녀는 조용하게 일어나 창가로 다가가서 그의 옆에 팔꿈치를 괴었다.

그러자 그는 조그만 소리로 소곤거렸다.

"잠깐 드릴 말씀이 있습니다만, 제가 말씀드리는 것을 잘 이해해 주시기 바랍니다. 무엇보다 이런 때 이런 말씀을 드린다는 데 대해서 화내시지 말아주십시오. 어쨌든 저는 모레는 떠나야만 하고 당신이 파리에 돌아오신 뒤에는 아마 늦을지도 모르니까요……저는 아시다시피 재산도 없고 지위도 이제부터 쌓아 올라가야만 하는 보잘것없는 남자입니다. 그러나 강한 의지가 있고, 제 자랑 같습니다만 얼마쯤 재간도 있는 남자입니다. 게다가 장래의 전망도 그만

하면 희망이 있습니다. 이미 출세해 버린 남자라면 갈 길이 분명하겠지만, 전 이제 막 걷기 시작한 남자이기에 어디까지 갈지 모릅니다. 모두 장단점이 있겠죠. 아무튼 언젠가 댁에서 제가 진정으로 바라는 꿈은 당신과 같은 분을 아내로 맞는 일이라고 말씀드린 적이 있지요. 그 희망을 오늘도 되풀이해서 말씀드리고 싶습니다. 대답은 하지 마시고 제 말씀만 들어 주십시오. 저는 지금 당신에게 부탁을 드리는 건 아닙니다. 그저 한 마디로 당신은 저를 행복하게 해주실 수 있다는 걸 잊지 말아 주셨으면 하는 마음뿐입니다. 당신께서 마음먹기에 따라서 저를 형제나 다름없는 친구로 하든 남편으로 정하시든 자유입니다. 아무튼 제 마음과 몸을 당신께 드립니다. 그러나 이 자리에서 대답을 듣고 싶지는 않고, 여기에서 또 이런 이야기를 하고 싶지도 않습니다. 파리로 돌아오셔서 만나 뵐 때 어떻게 결정하셨는가를 들려주시면 좋겠습니다. 그때까지는 이 문제에 대해서 한 마디도 이야기하지 않기로 합시다.”

그는 마치 눈앞의 어두움 속에 말을 뿌리듯이 한 번도 부인의 얼굴을 보지 않고 이야기를 늘어놓았다. 부인도 그가 하는 말이 귀에 들어오지 않는 듯 꼼짝도 하지 않고 시선을 앞으로 고정하고는 넋놓고 달빛이 비치는 막막한 풍경을 바라보았다.

그들은 오랫동안 팔꿈치가 서로 닿을 만큼 가깝게 나란히 서서 말없이 생각에 잠겨 있었다.

잠시 뒤 그녀는 “조금 춥군요” 중얼거리며 돌아서서 침대 쪽으로 갔다. 그도 그 뒤를 따랐다. 그는 침대 옆으로 가자 포레스티에 시체가 정말 악취를 풍기기 시작했음을 깨달았다. 그래서 팔걸이의자를 조금 뒤로 물렸다. 그 부패한 악취를 오래 참아낼 것 같지 않았기 때문이었다. 그가 말했다.

“아침이 되면 곧 입관을 해야겠군요.”

그녀는 대답했다.

“네, 그래요. 준비는 돼 있어요. 8시에 시신을 가지러 올 거예요.”

그래서 뒤루아가 “불쌍한 친구!” 하고 한숨을 쉬자 그녀도 슬픈 듯 체념어린 한숨을 길게 내쉬었다.

그들은 죽음이라는 생각에 벌써 익숙해져서 그 뒤로는 그다지 자주 유해 쪽에 눈길을 보내지 않게 되었다. 자신들도 죽음의 운명을 짊어지고 있기 때문에, 그의 죽음이 바로 조금 전까지도 아무래도 받아들이기 어려워서 반발도 하고 화도 냈었지만, 마음속에는 벌써 체념하는 마음이 깃들기 시작하고 있었다.

그래서 이제 그들은 제대로 말도 하지 않고, 자지도 않고 격식대로 밤샘을 계속했다. 그러나 밤이 깊자 뒤루아가 먼저 잠들어 버렸다. 그가 깨어 보니 부인도 자고 있었다. 그래서 잠자기 편한 자세를 잡고 다시 눈을 감으면서 "아아, 역시 이불 속이 편하군" 중얼거렸다.

별안간 무슨 소리가 나서 그는 깜짝 놀라 일어났다. 간호사가 들어온 것이다. 이미 아침이었다. 부인도 맞은편 팔걸이의자에서 몸을 일으키더니 마찬가지로 깜짝 놀란 듯했다. 그녀는 조금 창백하기는 했으나 의자 위에서 하룻밤을 새웠으면서도 아름답고 싱싱하고 고상했다.

그때 문득 유해를 흘끗 쳐다본 뒤루아가 기겁을 해서 외쳤다.

"아, 수염이!"

수염은 썩어 가는 육체 위에서 살아 있는 남자의 얼굴이라면 대엿새는 족히 걸려야 할 정도의 길이로 여러 시간 사이에 자라 있었다. 그들은 시체 위에서 수염이 계속 자라는 것을 보고 망연자실했다. 마치 무서운 불가사의나 초자연적인 소생(蘇生)의 위협이나 지성을 뒤엎고 혼란케 하는 이상하고도 두려운 사실을 목격한 것 같았다.

그들은 저마다 자기 방으로 돌아가서 11시까지 쉬었다. 그리고 드디어 샤를을 입관시킨 다음에야 어깨에 짊어진 짐을 한꺼번에 내려놓은 듯이 기분이 상쾌해졌다. 그리고 마주 앉아 점심을 들자, 이제 죽음과의 접촉은 끊어졌으니 무언가 좀더 밝고 마음을 위로할 수 있는 말을 이야기해서 이 세상의 생활로 돌아가고 싶은 기분이 들었다.

활짝 열어젖힌 창문으로부터 봄의 부드러운 기운이 흘러 들어와서 문 앞에 피어 있는 석죽꽃 화단의 향기로운 숨결을 풍겼다.

부인이 정원을 한 바퀴 돌고 오자고 권했으므로 그들은 전나무와 유칼리의 향기를 담뿍 풍기는 훈훈한 공기를 달게 들이마시면서 조그마한 잔디밭 주위를 천천히 걷기 시작했다. 걸으면서 그녀는 갑자기 어젯밤 그가 2층에서 했듯이 상대편에게 얼굴을 돌리지 않고 이야기를 꺼냈다. 그리고 낮고 진지한 목소리로 한 마디 한 마디 천천히 이야기했다.

"저어, 뒤루아 씨. 전……벌써……당신이 말씀하신 것을 잘 생각해 보았어요.

그래서 대답을 들려 드리지 않고 당신을 떠나 버리게 하고 싶지 않아요. 하지만 지금은 좋다고도 싫다고도 하지 않겠어요. 좀더 시간을 두고 천천히 생각하고 서로 더욱 잘 알아가도록 해요. 당신도 충분히 생각해 주세요. 너무 경솔하게 한때의 감정에 지배되어서는 안 돼요. 하지만 가엾은 샤를이 아직 무덤 속에 묻히기도 전에 이런 말씀을 드리는 것은, 그런 말씀을 당신한테서 들은 이상 제가 어떤 여자인지 알고 계셔야 하기 때문이에요. 만약 당신이 저를 이해하고 참아 주실 수 있는 그……성격이 아니라면, 당신께서 말씀하신 것 같은 마음을 언제까지고 품고 계시게 할 수는 없는 노릇이니까요.

제 말씀을 잘 들어 주세요. 저에겐 결혼은 속박이 아니라 공동생활입니다. 이렇게 말씀드리는 것은, 저는 무엇을 하든 어디에 가 있든 완전한 자유로 살고 싶어요. 제 일에 일일이 지시를 한다거나 질투하거나 잔소리를 한다면 전 참을 수가 없어요. 물론 남편으로 정한 분의 명예를 훼손한다거나 세상의 웃음거리가 되거나 수치스러운 일을 하는 일은 절대 없도록 할 테니까요. 하지만 남편도 저를 자신과 대등한, 동맹 관계를 맺은 여자라고 생각하고 자기보다도 열등한 여자니 순종하는 얌전한 아내니 이렇게 생각지 않는다고 약속해 주셔야겠어요. 제 생각이 세상 일반 여자들의 생각과는 전혀 다르다는 것을 저도 잘 알고 있어요. 하지만 저는 결코 이런 생각을 바꿀 마음은 없어요. 말씀드리고 싶은 건 이것뿐이에요."

"저도 덧붙이겠는데 지금은 대답하지 마십시오. 그런 건 소용없는 일이고 시기도 알맞지 않으니까요. 언젠가 또 뵙고 모든 것을 이야기할 수 있게 되겠지요."

"그럼, 산책하고 오세요. 전 그 사람 곁으로 가겠어요. 그럼 저녁에 또."

그는 오랫동안 그 손에 키스하고 아무 말도 하지 않고 그 자리를 떠났다.

그날 밤, 그들은 저녁 식사 때까지 만나지 않았다. 그리고 저녁 식사가 끝나자 녹초가 되도록 피곤했기 때문에 각각 자기 방으로 올라갔다.

샤를 포레스티에는 그 다음 날, 화려한 장례식도 치르지 않고 칸 묘지에 묻혔다. 그래서 조르주 뒤루아는 1시 30분에 칸을 지나가는 파리 행 급행을 타기로 했다.

부인은 그를 역까지 배웅했다. 출발 시간을 기다리는 동안 그들은 플랫폼을 조용히 걸으면서 끝없이 이야기를 나누었다.

기차가 도착했다. 몹시 짧은, 말 그대로의 급행이어서 객차가 다섯 칸밖에 달려 있지 않았다.

뒤루아는 자리를 정하고 나서 다시 내려와 잠깐 동안 그녀와 이야기하다가 갑자기 서글픈 마음이 들고, 마치 영원히 그녀를 잃을 듯한 생각이 들어 그녀와 헤어지는 것이 안타까워 견딜 수가 없었다.

차장이 "마르세유, 리용, 파리 방면에 가실 분은 승차하시기 바랍니다" 외쳤다. 뒤루아는 차에 올라탔으나 다시 승강구의 창가에 팔꿈치를 짚고 그녀와 두서너 마디 말을 주고받았다. 기차가 기적을 울리자 열차는 조용히 움직이기 시작했다.

뒤루아는 창문 밖으로 몸을 내밀고 플랫폼에 꼼짝 않고 서 있는 포레스티에 부인을 지켜보았다.

그리고 그 모습이 보이지 않을 만큼 되었을 때 갑자기 양손에 키스를 하더니 그 손에 든 애정의 표시를 그녀 쪽을 향해서 던졌다.

그녀는 조심스럽게 망설이는 듯한 몸짓으로 살그머니 허공에 대고 입맞춤했다.

제2부

1

조르주 뒤루아는 다시 예전 생활로 되돌아왔다.

이제는 콩스탕티노플 거리의 1층 조그마한 방에 사는 것에도 익숙해져서 새로운 생활을 준비하는 남자처럼 얌전하게 지내고 있었다. 드 마렐 부인과의 관계는 마치 완전한 부부 사이처럼 되어서 가까운 장래에 닥쳐올 일을 미리 연습하는 것 같았다. 그녀는 그들의 밀회가 이젠 완전히 틀에 박혀서 안정된 데 놀라며 곧잘 웃으면서 말했다.

"당신은 우리 집 사람보다 훨씬 살림꾼다워졌어요. 이렇다면 애써 상대를 바꿀 필요도 없겠군요."

포레스티에 부인은 좀처럼 돌아오지 않고 어물대며 계속 칸에 머물고 있었다. 그러더니 마침내 그에게 편지를 보내 사월 중순께 돌아오겠다고만 했다. 그 편지에는 헤어질 때 했던 이야기는 한 마디도 언급하지 않았다. 그는 기다렸다. 만약 지금에 와서 자기와의 결혼을 망설인다면 어떤 수단이라도 써야겠다고 굳게 결심하고 있었다. 그는 자신의 행운을 믿었다. 어떤 여자라도 자신을 거역할 수 없을 거라는 막연하지만 매혹적인 자신의 능력을 믿고 있었다.

이윽고 짤막한 편지가 드디어 결정적인 시간이 다가왔음을 알렸다.

파리로 돌아왔습니다. 와주십시오.

마들렌 포레스티에

내용은 단지 그것뿐이었다. 그는 이 편지를 아침 9시 배달 편에 받고 그날 오후 3시에 부인을 찾아갔다. 부인은 여전히 아름답고 상냥한 미소를 띠면서 그에게 두 손을 내밀었다. 그들은 한동안 서로 깊이 상대편의 눈을 응시했다.

그런 다음 그녀가 나지막한 목소리로 말했다.

"이렇게 먼 곳까지 와주셔서 정말 고마워요."

그는 대답했다.

"명령이시라면 어떤 일이고 하겠습니다."

그러고 나서 그들은 앉았다. 그녀는 발테르와 신문사 동료의 그 뒤의 소식에 대해서 여러 가지를 물었다. 그녀는 신문에 관한 것은 언제나 잊지 않았던 것이다.

"신문과 인연이 끊어지고 만 것이 너무 섭섭해서 못 견디겠어요. 전 뼛속까지 신문 기자가 돼버려서요. 당신도 알다시피 전 그 일이 아주 맘에 들었거든요."

그런 뒤 그녀는 입을 다물었다. 그는 그녀의 미소와 목소리의 음조와 말 속에 어딘지 모르게 자신의 마음이 끌리는 것을 느꼈다. 그래서 너무 성급한 태도는 취하지 않겠다고 결심했으면서도 머뭇머뭇한 어조로 말했다.

"그렇다면……어째서……어째서……그 일을……다시 시작하시지 않습니까……뒤루아의 이름으로 말입니다."

그녀는 그 순간 진지한 표정으로 돌아와서 그의 팔에 손을 올려 놓으면서 중얼거렸다.

"그 이야기는 지금은 하지 않기로 해요."

그러나 그는 그녀가 마음속으로 승낙하고 있음을 알아차리고 재빠르게 무릎을 꿇고는 열정적으로 그녀의 두 손에 키스하면서 떠듬거렸다.

"고맙습니다, 정말 고맙습니다. 얼마나 당신을 사랑하는지 모릅니다!"

그녀가 벌떡 일어섰기 때문에 그도 함께 몸을 일으켰으나 그녀의 낯이 창백해졌음을 깨달았다. 그래서 그는 그녀가 훨씬 전부터 자기를 좋아하고 있었다는 것을 알았다. 때마침 그들은 서로 마주 보고 있었으므로 그는 그녀를 껴안고 이마에 언제까지나 애정이 깃든 진정어린 키스를 했다.

그녀는 조금 뒤에 그의 품에서 빠져나가자 다시 정색을 하고는 말했다.

"저어 뒤루아 씨, 전 아직 아무것도 결정하지 않았어요. 그러나 아마 승낙하게 되리라 생각하지만, 그래도 제가 좋다고 알려 드릴 때까지는 절대로 비밀로 해주세요."

그는 그것을 굳게 약속하고 기쁨으로 가득찬 마음으로 돌아갔다.

그 뒤부터 그는 그녀를 방문하는 데도 매우 신중을 기하고, 좀더 분명한 답을 요구하려고도 하지 않았다. 왜냐하면 그녀가 충분히 마음을 주고 장래에 대해서 이야기하기도 하고, '좀더 나중에'라고 말하기도 했으며 둘의 생활을 함께 할 때의 계획을 세우기도 했기 때문이며, 그것은 정식으로 승낙한 것보다도 훨씬 명확하고 깊은 의미를 담고 끊임없이 그의 의혹에 대답하고 있었다.

뒤루아는 열심히 일하며 헛되이 돈을 낭비하지 않고, 결혼할 때 무일푼이 되지 않도록 부지런히 돈을 모았다. 그래서 예전의 낭비가였던 때와는 딴판으로 구두쇠가 되었다.

여름이 지나고 또 가을이 지났다. 그러나 그들은 그리 자주 만나지 않았고, 만나더라도 무척 자연스럽게 행동했기 때문에 누구도 그들 사이를 의심하지 않았다.

어느 날 밤, 마들렌이 그를 지긋이 응시하더니 말했다.

"아직 우리 계획을 드 마렐 부인에게 알리지 않으셨나요?"

"네, 당신께 비밀을 지킨다는 약속을 해서 아직 아무에게도 말하지 않았습니다."

"그래요? 그럼 이젠 그녀에게 알려도 좋아요. 전 발테르 씨 쪽을 맡을 테니까, 이번 주 안에 말하도록 하죠. 어떠세요?"

그는 얼굴이 빨개졌다.

"네, 그럼 내일이라도."

그녀는 그가 당황하는 모습을 보지 않으려는 듯이 살짝 시선을 돌렸다.

"만일 괜찮다면 5월 초에 식을 올리도록 해요. 그러는 편이 좋을 것 같군요."

"무엇이라도 기꺼이 따르겠습니다."

"전 5월 10일이 토요일인데 그날이 좋다고 생각해요. 제 생일이기도 하니까요."

"좋습니다. 5월 10일로 합시다."

"부모님께선 루앙 근처에 사신댔죠? 언젠가 그렇게 들은 것 같아요."

"네, 루앙 근처 캉틀뢰입니다."

"무엇을 하시나요?"

"저어……대단치 않은 연금 생활을 하십니다."

"그래요? 꼭 가깝게 지내고 싶어요."

그는 매우 난처해서 망설였다.

"그게……저어, 부모님은……"

그러나 곧 의지가 강한 남자답게 굳게 결심하고 말했다.

"실은 제 부모님은 농민이시지만 선술집을 하고 계십니다. 저를 공부시키시느라고 무척 고생하셨지요. 저는 절대로 아버지와 어머니를 부끄럽게 생각지 않습니다. 그렇지만 누추한 모습의 시골 사람이기 때문에 당신께서 난처해 할까봐……"

그녀는 상냥한 표정으로 얼굴을 빛내면서 활짝 웃었다.

"아뇨, 틀림없이 마음에 들 거예요. 언제 한번 뵈러 가요. 꼭 가고 싶어요. 나중에 의논하기로 해요. 저도 마찬가지로 지체가 낮은 사람의 딸이에요……부모님께선 벌써 돌아가셨지만 지금은 아무도 이 세상에 의지할 사람이 없어요……"

그러고 나서 그녀는 그에게로 손을 내밀면서 덧붙였다.

"당신밖에는."

그는 감동과 충격으로 여태까지 어떤 여자에게서도 느껴 본 적이 없을 만큼 끌려들었다.

"전 좀 생각한 게 있지만 어쩐지 말씀드리기가 거북해요."

"어떤 일입니까?"

"그럼 말씀드리겠어요. 저도 다른 여자들처럼 여러 약점이나 쓸데없는 허영심이 있어서 빛나는 것이라든가 울리는 것이 좋아요. 그래서 귀족다운 이름을 쓸 수 있으면 얼마나 좋을까 하고 생각해요. 저어, 저희들의 결혼을 계기로, 당신에게도……귀족 같은 이름을 붙이면 어떨까요?"

그녀는 실례되는 말이라도 꺼낸 듯 얼굴을 붉혔다. 그러나 그는 아무렇지도 않게 생각하는 듯이 대답했다.

"나도 그런 점은 생각해 보았습니다만, 그렇게 간단하지 않은가 보더군요."

"어째서요?"

그는 웃기 시작했다.

"세상의 웃음거리가 될 것 같아서요."

그녀는 어깨를 으쓱했다.

"어머, 천만에요. 그렇지 않아요. 세상 사람들이 곧잘 하는 일이고 아무도 웃지 않을 거예요. 이름을 둘로 갈라서 뒤*¹ 루아(Du Roy)라고 하세요. 훌륭해요."

그는 문제를 잘 알고 있는 듯이 곧 대답했다.

"아니, 그건 안 됩니다. 너무 손쉽고 평범하고 속이 빤히 들여다보이는 방법입니다. 나는 처음에 고향의 지명을 필명(筆名)으로 하려고 했습니다. 그러고 다시 본명을 거기에 붙이려고도 생각했었고, 나중에는 지금 말씀대로 이름을 둘로 나눌 것도 생각해 봤습니다."

그녀는 물었다.

"고향은 캉틀뢰라고 하셨죠?"

"네."

그러나 그녀는 주저했다.

"하지만 끝음절이 좋지 않군요. 저어, 그 이름을 바꿀 수 없을까요?……캉틀뢰였죠?"

그녀는 책상 위에서 펜을 들고 여러 가지 이름을 써놓고 글자의 모양이나 배열을 궁리하더니 갑자기 소리쳤다.

"아아, 이게 좋겠어요, 됐어요."

그녀는 종이쪽지를 그에게 내보였다. 보니 거기에는 '뒤 루아 드 캉텔 부인'이라고 씌어 있었다.

그는 잠시 동안 생각하더니 점잖게 말했다.

"아, 그것 참 좋군요."

그녀는 매우 기뻐하며 되풀이했다.

"뒤 루아 드 캉텔, 뒤 루아 드 캉텔, 뒤 루아 드 캉텔 부인. 멋져요, 훌륭해요."

그리고 제법 자신 있는 듯한 투로 덧붙였다.

"이 이름을 세상에 널리 쓰게 하는 것은 문제없어요. 하지만 재치 있게 기회를 잡아야 해요. 때를 놓치면 아무것도 안 돼요. 자아, 내일부터 사설을 쓸 때는 D. 드 캉텔이라고 서명하고, 사회면에는 그저 뒤루아라고 쓰시도록 하세요.

---

*1 '뒤'는 귀족의 표시가 된다.

이런 일은 신문에서는 흔히 있는 일이니까, 당신이 멋진 필명을 쓰셨다고 해서 아무도 이상하게 생각하지는 않을 거예요. 그리고 결혼 때 또 조금 바꾸어도 돼요. 친구들한테는 전부터 자격은 있었지만 일부러 '드'를 생략해 두었다고 하면 되고 또 아무 말 하지 않아도 상관없어요. 아버님 이름은 뭐라고 하나요?"

"알렉상드르."

그녀는 두서너 번 계속해서 "알렉상드르, 알렉상드르" 중얼거리면서 하나하나의 철자의 음(音)에 귀를 기울이다가 곧 새하얀 종이에 이렇게 썼다.

이번에 제 아들 조르주 뒤 루아 드 캉텔이 마들렌 포레스티에 부인과 결혼하게 되었기에 알려 드립니다.

알렉상드르 뒤 루아

드 캉텔 부부

그녀는 뒤로 물러나 자신의 글씨체를 바라보더니 그 성과에 만족해서 말했다.

"조금만 궁리하면 무엇이든지 훌륭하게 돼요."

그는 이제부터 뒤 루아, 또는 뒤 루아 드 캉텔이라고 해야겠다고 굳게 마음먹고 거리로 나오자 갑자기 자신이 위대해진 것 같았다. 그래서 고개를 높이 쳐들고 수염을 쭉 뻗치고 제법 귀족인 체하고 어깨로 바람을 가르면서 걸었다. 너무 기뻐서 가슴이 부풀어 지나가는 사람 아무에게나, "나는 뒤 루아 드 캉텔이라는 사람이다" 떠들어대고 싶어서 견딜 수가 없었다.

그러나 집에 돌아가자 갑자기 드 마렐 부인의 일이 생각나 불안해졌다. 그래서 그녀에게 내일 와 달라고 곧 편지를 썼다.

'틀림없이 애를 먹을 거야. 제 일급 폭풍우를 각오해야 할 게다.'

그러나 그는 천성이 매우 대범하여 생활상 어떤 불쾌한 일이 있더라도 그다지 마음 쓰지 않는 성미이므로 그런 폭풍우 같은 것도 쉽게 생각했다. 그리고 정부가 예산 균형을 확보하기 위해서 세우려고 하는 새로운 세제(稅制)에 대해서 엉뚱한 기사를 쓰고, 귀족의 성(姓)에 붙이는 '드'라는 칭호에는 일 년에 100프랑, 남작부터 공작에 이르기까지의 칭호에는 500프랑에서 1000프랑의 세금을 부과하라고 역설했다.

그리고 'D. 드 캉텔'이라고 서명했다.

이튿날, 그녀로부터 오후 1시에 가겠다는 전보를 받았다.

그는 불안한 마음으로 초조해 하며 그녀를 기다렸다. 하여간 이야기를 서둘러 진행시켜서 처음부터 모든 것을 다 털어 놓아야겠다고 마음먹었다. 그리고 맨 처음의 심한 폭풍우가 끝나면 차분하게 이야기를 시작해서, 언제까지나 독신으로 지낼 수는 없고, 그리고 드 마렐 씨가 쉽게 죽지도 않으므로 합법적인 배우자로서 다른 여자를 생각하지 않을 수가 없었음을 알아듣도록 설명하리라 마음먹었다.

그러나 그의 마음은 좀처럼 가라앉지 않았다. 그러다 초인종이 울리자 심장이 요동치며 세차게 뛰기 시작했다.

"안녕? 벨아미."

그러나 드 마렐 부인은 곧 그의 포옹이 어쩐지 어색한 것을 느끼고 말끄러미 뒤루아의 표정을 지켜보면서 물었다.

"왜 그러죠?"

"자아, 앉아요. 당신에게 중대한 이야기가 있소."

그녀는 베일을 이마 위에까지 올리기만 하고 모자도 벗지 않고 앉았다. 그리고 그가 말을 꺼내기를 기다렸다.

그는 눈을 내리깔고 맨 처음 말을 생각했다. 그리고 천천히 이야기를 시작했다.

"내 사랑, 나는 당신도 알겠지만 지금부터 고백하려고 하는 일에 대해서 몹시 민망해서 난처해하고 있소. 어떻게 말하면 좋을지 도무지 짐작할 수조차 없고. 난 당신을 몹시 사랑하오. 정말 진정으로 사랑하오. 그래서 당신을 괴롭히지나 않을까 하는 근심이 이제부터 말하려는 그것보다도 더욱 나를 슬프게 하는구려."

그녀는 몸이 부르르 떨리는 것 같더니 곧 창백해진 얼굴로 중얼거렸다.

"뭔데요? 빨리 말씀하세요."

그는 슬픈 듯이, 그러나 분명한 어조로 말했다. 상대에게는 불행이지만 자신에게는 기쁜 일을 알릴 때의 그 일부러 꾸민 비통한 어조였다.

"말하자면, 난 결혼하게 됐소."

그녀는 여자가 당장에 기절할 때의 그 가슴 깊은 곳에서 나오는 비통한 한숨을 쉬었다. 그러고는 목이 메어서 아무 말도 못하고 다만 괴로운 듯 헐떡이기만 했다.

그녀가 아무 말도 않는 것을 보고 그는 말을 계속했다.

"내가 이런 결심을 하기까지에는 얼마나 괴로워했는지 아마 당신은 상상도 할 수 없을게요. 그러나 내게는 지위도 돈도 없소. 이 넓은 파리에 오로지 나 혼자요. 내게는 옆에서 충고도 해주고 위로도 하고 힘이 되어 줄 사람이 필요하오. 이른바 함께 일하고 내 편이 되어 줄 사람 말이요. 그런 사람을 찾고 있었는데 이번에 겨우 발견한 거요."

그는 상대가 뭐라고 대답할까 생각하고 입을 다물었다. 마음속으로는 여자의 무서운 분노와 거친 행동이나 심한 욕지거리를 각오하고 있었다.

그러나 그녀는 심장의 심한 고동을 억누르려는 듯 손을 가슴에 대고 괴로운 듯이 숨을 헐떡였다. 그러자 젖가슴이 부풀어 오르고 고개가 흔들렸다.

그는 안락의자의 팔걸이에 올려놓은 그녀의 한쪽 손을 잡았다. 그러나 그녀는 차갑게 뿌리쳤다. 그리고 정신이 없어진 듯 중얼댔다.

"아아! 어쩌나……"

그는 그녀 앞에 무릎을 꿇었으나 그 무릎에 손을 댈 용기는 없었다. 그리고 홧김에 고함치는 것보다도 더한 깊은 침묵에 한결 더 마음이 무거워서 주저하며 말했다.

"클로, 귀여운 클로, 내 처지를 이해해 주구려. 내 신분을 생각해 주오. 아아! 만약 당신과 결혼할 수 있다면 얼마나 기쁘겠소? 그러나 당신에게는 남편이 있소. 난 어떡하면 좋겠소? 당신, 생각해 보오, 이 점을 잘 생각해 주오. 나는 이 세상에 내 자신을 훌륭하게 밀고 나가고 싶소. 그러나 가정을 갖지 않으면 그것이 불가능하오. 솔직히 말해……아예 당신의 남편을 죽여 버리고 싶다고 몇 번이나 생각했는지 모르오……"

그는 타고난, 마음을 사로잡는 듯한 부드러운 목소리로 계속 이야기했다. 음악처럼 귓속으로 흘러들어가는 아름다운 목소리였다.

그가 보니 그녀의 정지된 눈속에 눈물이 한 방울 천천히 괴더니 이윽고 뺨을 따라 흐르고, 눈썹 가장자리에는 이미 눈물이 괴어 있었다. 그는 중얼거렸다.

"울지 마오, 클로, 울지 말아요, 부탁이니. 그렇게 울면 난 가슴이 찢어질 것 같구려."

그녀는 억지로 기운을 차려서 꿋꿋하고 의젓한 태도를 취하려고 애쓰면서도 여자가 울기 시작하기 직전의 그 울먹울먹한 떨리는 목소리로 물었다.

"어떤 분인가요?"

그는 조금 망설였으나 어차피 말하지 않을 수도 없다고 생각했다.

"마들렌 포레스티에요."

순간, 드 마렐 부인은 온몸을 부들부들 떨었다. 그러고는 입을 꽉 다물고 그가 발밑에 있다는 것도 잊은 듯 무언가 깊은 생각에 잠겼다.

그러는 동안에도 눈에서는 맑은 눈물이 쉴 새 없이 눈에 괴었다가는 떨어지고 또 괴었다가는 흘러 떨어졌다.

그녀는 곧 일어섰다. 뒤루아는 그녀가 한 마디도 하지 않고 용서도 하지 않고 잠자코 나가려 하는 것으로 짐작했다. 그러자 마음이 몹시 언짢고 모욕당한 듯이 여겨졌다. 그래서 그녀를 붙들어 놓기 위해서 팔을 벌리고 옷자락을 붙잡고 오동통한 두 다리를 끌어안았다. 그 다리는 저항하는 것처럼 굳게 버티고 서 있었다.

그는 애원했다.

"부탁이니 그렇게 그냥 가버리지 마오."

그러자 그녀는 그를 아래위로 훑어보았다. 그 절망과 눈물에 젖은 눈은, 여인의 괴로운 마음을 여실히 나타내고 있었으며 그 모습은 무어라고도 말할 수 없이 사랑스럽고도 슬픈 듯 보였다. 그녀는 띄엄띄엄 말했다.

"내겐……내겐, 아무것도 할 말이 없고……또……또 어쩔 수도 없어요……당신의……당신도 무리는 아니에요……자신에게……자신에게……필요한 사람을 잘 고르신 걸요……"

그러고는 뒤로 몸을 빼고 나갔다. 그는 이젠 그녀를 붙잡으려 하지도 않았다.

홀로 남게 되자 그는 머리를 호되게 얻어맞은 것처럼 정신이 아득해져서 가까스로 일어섰다. 그러나 곧 정신을 차렸다. 그리고 중얼거렸다.

"아 참, 혼났지만 잘됐다. 아무튼 잘됐어……대단한 소동도 벌어지지 않아서 천만 다행이야."

그는 무거운 짐을 내려놓은 것에 마음이 놓이고 갑자기 자유롭게 해방된 몸이 되어, 생각한 대로 새로운 생활을 향하여 활개칠 수 있을 것 같았다. 그리고 운명과 싸워 이긴 듯이 자신의 성공과 힘에 취해서 벽에다 대고 크게 주먹을 휘둘렀다.

포레스티에 부인이 물었다.

"드 마렐 부인께 말씀하셨나요?"

그는 태연하게 말했다.

"그럼요, 이야기했죠."

그녀는 맑은 눈길로 그의 모습을 살폈다.

"화내지 않던가요?"

"아뇨, 조금도. 오히려 참 잘되었다고 하더군요."

그들의 소문은 얼마 안 가서 널리 퍼졌다. 어떤 사람은 놀라고, 다른 사람은 벌써 전부터 알았다고 하고, 또 도무지 별반 이상할 것 없다는 식으로 빙글거리며 웃는 사람도 있었다.

뒤루아는 지금은 사설에 D. 드 캉텔, 사회면에는 뒤루아, 또 이따금 쓰게 된 정치 기사에는 뒤 루아라고 서명했다. 그리고 틈만 있으면 언제나 약혼녀의 집을 찾아갔다. 그녀는 형제 같은 다정함으로 그를 맞이했지만 그녀의 마음속에는 은밀한 애정과 수줍기 잘하는 욕망이 담겨 있었다. 그러나 그녀는 그것이 마치 약점이 되는 듯 남모르게 감추었다. 그녀는 두서너 사람의 증인만을 부르고 극히 비밀로 결혼식을 올리고, 그날 밤으로 곧장 루앙으로 떠나자고 했다. 그리고 그 이튿날 남편의 연로하신 부모님께 인사하러 가고 4~5일 동안 함께 지내기로 계획했다.

뒤루아는 이 계획을 단념시키려고 애썼지만 그녀가 아무래도 듣지 않았으므로 끝내 체념하고 말았다.

그래서 5월 10일이 되자, 아무도 초대하지 않을 바에는 종교 의식도 굳이 할 것 없다고 하고 잠깐 시청에 들러서 수속을 끝내고는 그대로 집으로 돌아와서 짐을 꾸렸다. 그리고 생 라자르의 정거장에서 오후 6시 기차로 노르망디로 떠났다.

기차 안에서 둘만 있게 될 때까지 그들은 거의 이야기하지 않았다. 마침내 기차가 달리기 시작하자 그때서야 얼굴을 마주 보고 웃었다. 서로 조금 쑥스러웠지만 그것을 상대편에게 보이지 않으려고 했던 것이다.

기차는 속력을 늦추고 바티뇰의 긴 정거장을 지나서 요새(要塞)와 센 강 사이의 곰팡이가 핀 것 같은 평야를 달려갔다.

뒤루아와 아내는 이따금 두서너 마디 부질없는 말을 주고받았으나 곧 또 승강구 창문 쪽으로 고개를 돌렸다.

기차가 아니에르의 철교를 건넜을 때, 강 위에 많은 배가 뜨고 어부와 뱃사공들이 무리를 짓는 것을 보고 그들은 갑자기 즐거워졌다. 태양은 5월의 강한 햇살을 배와 강 위에 비스듬히 던지고 있었고, 강은 석양의 열과 빛 아래 무겁게 가라앉아서 강을 흐르는 것 같지도 않았고 물결도 멈춘 듯 움직임 없이 고요했다. 강 한가운데 떠 있는 한 척의 돛단배는 희미한 미풍일지라도 놓치지 않으려는 듯 양쪽 뱃전에 희고 큰 세모 돛을 달고 있었다. 그것은 마치 커다란 새가 당장에라도 날아가려고 하는 것처럼 보였다.

뒤루아가 중얼거렸다.

"난 파리 주변이 무척 좋아요. 언젠가 먹은 생선 튀김 맛도 내 생애 가장 즐거운 추억입니다."

그녀는 말했다.

"그리고 보트요! 해질 무렵 물위를 미끄러져 가는 것을 보면 정말 기분 좋아요."

그들은 그 말만 하고는 입을 다물었는데 마치 그 이상 과거의 생활에 대한 감회를 계속하는 것을 피하는 듯했다. 그리고 벌써 회한의 시정(詩淸)을 맛보면서 언제까지나 말없이 있었다.

뒤루아는 아내의 맞은편에 앉아서 그 손을 잡고 천천히 키스했다.

"돌아오면 이따금 샤투에 저녁 식사하러 갑시다."

그녀는 중얼거렸다.

"하지만 할 일이 너무 많아요."

그 어조는 마치 '쾌락 같은 건 참다운 이익을 위해서 희생해야 한다' 말하는 듯했다.

그는 여전히 그녀의 손을 잡고 어떻게 하면 애무로 끌고 갈 수 있을까, 초조하게 생각했다. 아무것도 모르는 어린 처녀 앞이라면 이렇게 마음 쓰지 않으리라. 그러나 마들렌은 아주 총명하고 눈치가 빠르고 쉽게 넘길 수 없을 것 같아서 함부로 덤빌 수가 없었다. 그는 수줍고 둔하다든가, 또는 난폭하고 성급하다든가, 어느 쪽의 인상을 주어서 바보 취급을 받지나 않을까 걱정스러웠다.

그래서 그 손에 조금 힘을 주어 쥐어 보았지만 아무런 반응이 없었다. 그는 어색해진 자신의 감정을 추스르고 말을 시작했다.

"당신이 내 아내라고 생각하니 무척 이상한 기분이 드는군요."

그녀는 깜짝 놀란 것 같았다.

"어째서요?"

"나도 잘 모르겠습니다만 아무래도 이상해요. 난 당신한테 키스하고 싶어 못 견디겠는데, 생각해 보면 그 권리는 내게 있는 셈인데도 오히려 그 사실에 놀라고 있습니다."

그녀는 침착하게 뺨을 내밀었다. 그는 누이동생에게 입 맞추듯이 키스했다.

그는 계속해서 말했다.

"당신을 처음 만났을 때, 기억하시겠지요? 포레스티에 군이 초대해 준 만찬회 때였어요. 난 '나도 이런 부인을 만날 수 있다면' 이렇게 생각했지요. 그런데 그 생각대로 나는 이렇게 당신을 차지했지요."

그녀는 낮은 목소리로 중얼거렸다.

"기쁘군요."

그리고 언제나의 미소를 머금은 눈길로 똑바로 유심히 그를 바라보았다.

'나는 너무 조심성이 많아. 바보 같잖아? 좀더 적극적으로 해야겠다' 그는 이렇게 생각했다. 그리고 물었다.

"포레스티에 군과는 어떻게 해서 알게 되었습니까?"

그녀는 도전하듯이 심술궂게 대답했다.

"우린 그 사람 이야기를 하기 위해서 루앙으로 가는 건가요?"

그는 얼굴을 붉히며 변명했다.

"난 아무래도 눈치가 없군. 당신 앞에서는 언제나 쩔쩔매고 말아요."

그녀는 기쁜 듯이 말했다.

"어머! 그럴 리가 있어요? 어째서일까요?"

그는 아내 옆자리로 자리를 옮겨서 바싹 붙어 앉았다. 그러자 그녀가 갑자기 외쳤다.

"어머! 사슴이에요!"

기차는 생 제르맹 숲을 지나고 있었다. 그녀는 한 마리 암사슴이 놀라서 가로수길을 한달음에 달려가는 것을 본 것이었다.

뒤루아는 그녀가 창문을 연 출입구로 밖을 내다보는 틈에 자기 몸을 기울여 그녀의 목덜미에 연인들이 하는 긴 키스를 했다.

그녀는 잠시 가만히 있더니 곧 고개를 돌리고 말했다.

"간지러워요, 그만두세요."

그러나 그는 멈추려 하지 않고 하얀 살결에 곱슬곱슬한 콧수염을 조용히 미끄러지게 하면서 황홀한 듯 애무를 언제까지나 계속했다.

그녀는 고개를 흔들었다.

"그만두시래도요."

그는 오른손을 뒤로 살그머니 넣어서 그녀의 머리를 껴안고 자기 쪽으로 돌렸다. 그리고 독수리가 자신의 수확물에 덤벼들 듯이 그 입에 달라붙었다.

그녀는 필사적으로 몸부림을 치며 밀어젖히고 떨쳐 버리려고 했다. 그리고 겨우 그의 품안에서 빠져나오자, 다시 한 번 말했다.

"그만두시라니까요."

그러나 그는 그 말은 듣지도 않고 그녀를 끌어안고 주린 듯한 떨리는 입술로 키스했다. 그리고 그녀를 의자 위에 넘어뜨리려고 힘을 주었다.

그녀는 온 힘을 다해 그의 팔에서 빠져나와서는 별안간 벌떡 일어섰다.

"어머! 정말로 조르주 씨! 이제 그만두세요. 우린 아이들이 아니니까 루앙에 도착할 때까지 기다려도 좋지 않겠어요?"

그는 새빨개진 얼굴로 그대로 앉아 있었다. 그녀의 이성적인 말에 감정이 얼어붙는 듯한 느낌이었다. 그러고 나서 어느 정도 침착성을 되찾고 흥분한 목소리로 말했다.

"좋소, 기다립시다. 하지만 그곳에 도착할 때까지 내겐 그다지 할 이야기가 없습니다. 이제 겨우 푸아시를 지나고 있거든요."

"그럼 제가 이야기하죠."

그녀는 조용히 그의 옆에 와서 앉았다.

그리고 파리에 돌아가서 해야 할 일들을 하나씩 또렷하게 이야기 해 나갔다. 그들은 그녀가 전 남편과 살던 아파트에 그대로 살기로 하고, 뒤루아는

〈라 비 프랑세즈〉에서의 포레스티에의 직무와 봉급을 이어받을 예정이었다. 더욱이 그녀는 결혼 전에 마치 실무가와도 같이 꼼꼼하게 부부의 재산상의 세세한 점까지 빈틈없이 정리해 놓았다.

둘의 결혼은 재산 분리제(財産分離制)에 따라서 죽음, 이혼, 그리고 하나 또는 여러 아이의 태어남 등 일어날 수 있는 이런저런 경우를 예상하고 있었다. 신랑이 가지고 있는 돈은 본인이 말하는 바로는 4000프랑이나 그 가운데서 1500프랑은 빚이고, 그 밖의 것은 최근 일 년 동안에 결혼을 예상하고 저축한 돈이었다. 신부는 포레스티에의 유산인 4만 프랑을 가지고 있었다.

그녀는 이번에는 자기 스스로 포레스티에 이야기를 시작하고 그의 본받을 점을 말했다.

"그 사람은 절약가이고 꼼꼼하고 대단한 일꾼이었어요. 그렇게 일찍 죽지 않았다면 머지않아 한 밑천 잡았을 거예요."

뒤루아는 다른 생각에 정신을 빼앗겨서 이미 듣고 있지 않았다.

그녀는 이따금 무언가 마음속 생각을 쫓아내려는 듯 입을 다물곤 하면서 계속했다.

"앞으로 3~4년 지나면 당신도 일 년에 3~4만 프랑의 수입은 될 거예요. 샤를도 살아 있었다면 그쯤은 받을 수 있었을 거예요."

조르주는 긴 훈계에 싫증이 나서 말했다.

"우리는 그의 이야기를 하려고 루앙으로 가는 건 아닌 걸로 생각되는데요."

그녀는 그의 뺨을 가볍게 두드리고,

"그렇군요, 제가 잘못했어요."

그리고 웃었다.

그는 얌전한 아이처럼 일부러 두 손을 무릎 위에 올려놓았다.

"그런 모습을 하고 계시면 얼간이 같아요."

"그러나 그건 내 역할이오. 당신도 아까 그러시지 않았습니까? 그러니까 결코 그만두지 않습니다."

"왜요?" 그녀가 물었다.

"왜라니, 집안일이나 또 내 처신까지 모두 당신이 지휘하게 될 테니까요. 사실 그것은 당신이 도맡아 하실 일이죠. 미망인으로서 말입니다."

그녀는 깜짝 놀라며 물었다.

"명확하게 말하면 그건 어떤 뜻이죠?"

"당신은 경험이 풍부하니까 아무것도 모르는 나를 여러 가지로 깨우쳐줄 테고, 결혼 생활의 실제 경험도 있으니까 나 같은 얼빠진 독신자를 채찍질해 줄 거라는 말입니다."

"어머! 너무 심하시군요!" 그녀는 외쳤다.

그는 대답했다.

"그렇습니다. 난 여자를 잘 알지 못합니다……그런데 당신은 남자를 잘 알지요. 왜냐하면 미망인이니까요……그렇죠?……그러니까 모든 것을 당신에게 교육 받아야지요……오늘 밤도—만일 괜찮다면 지금 당장이라도 좋습니다."

그녀는 매우 기분이 좋아져서 외쳤다.

"어머! 참 그런 것까지 저한테 의지하시다니!"

그는 학과 공부를 중얼중얼 외우는 중학생 같은 목소리로 말했다.

"물론입니다……의지하고말고요. 철저한 교육을……20회로……완성해 주리라고 생각합니다……10회는 기초 과목……해독(解讀)과 문법……그리고 나머지 10회는……마지막 완성과 수사학을 말입니다……나란 사람은 전혀 아무것도 모르니까요."

그녀는 몹시 우스운 듯이 외쳤다.

"바보예요, 당신은!"

그는 얼른 말했다.

"당신이 이제야 허물없는 말을 하게 되었으니 나도 당장 따라하는데 말이요. 실토를 한다면, 점점 매초마다 당신이 좋아져서 루앙이 내게는 아득하게 여겨지는군!"

그는 마치 배우와도 같은 어조로 얼굴에 우스꽝스런 표정들을 띠면서 이야기했다. 그런 모습은 문인들의 몹시 쾌활하고 호탕한 태도와 농담에 익숙한 젊은 여인을 무척 흥겹게 했다.

그녀는 그를 가까이 바라보면서 정말로 매력적이라 생각하고 나무에 열린 과일처럼 물어뜯고 싶은 욕망을 느꼈다. 그러면서도 알맞은 때가 올 때까지 참을성있게 기다렸다가 제때 먹는 것이 좋다고 충고하는 이성의 목소리에 망설이는 것이었다.

그래서 그녀는 마음속에 일어난 이런 생각에 낯을 조금 붉히면서 말했다.

"이봐요, 귀여운 학생. 제 경험을 믿으세요. 제 풍부한 경험을 말예요. 기차 안에서 그러는 건 아무 짝에도 소용없어요. 그저 기분만 나빠질 따름이에요."

그러고 나서 더욱 얼굴을 붉히면서 중얼거렸다.

"밀은 파랄 때 베는 게 아니에요."

그는 아름다운 입술에서 은근히 비치는 암시를 깨닫고 흥분하면서 알았다는 얼굴로 빙그레 웃었다. 그리고 기도문이라도 외우듯이 무언가를 입속으로 중얼거리면서 성호를 긋고 이렇게 선언했다.

"자아, 이제 나는 유혹의 수호신, 성(聖) 앙투안의 가호를 받았다. 이렇게 되면 이제 나는 돌부처다."

밤이 조용히 내려와 오른편에 펼쳐진 넓은 평야가 가벼운 비단 망사라도 친 것처럼 투명한 어둠으로 덮였다. 기차는 센 강을 따라서 달렸다. 선로 연변으로 폭넓은 잘 닦은 금속 리본처럼 강이 꾸불꾸불 휘어진 채 흘렀다. 하늘에는 석양이 불처럼 새빨간 얼룩을 문질러 놓고 갔다. 젊은 그들은 그 얼룩의 붉은 빛이 반사되어 강물 위에 흔들리는 것을 가만히 바라보고 있었다. 그러나 그 빛도 차츰 옅어져서 거무스름한 빛이 되고 슬픔을 머금고 저물어 갔다. 그리고 평야는 언제나 황혼이 지상을 두려움에 떨게 하는 그 불길한 죽음의 전율을 감돌게 하며 어둠 속에 잠겼다.

이 저녁의 애수가 열어 놓은 창문으로 들어와서 조금 전까지도 그토록 재잘거리던 젊은 부부의 마음에 스며들어 그들은 입을 다물어 버렸다.

그리고 서로 바싹 붙어 앉아서 오월의 밝고 아름다운 하루가 사라져 가는 주변의 풍광을 지켜보았다.

망트까지 오자 조그마한 석유 등잔에 불이 켜졌다. 등잔의 노란색이 회색 쿠션 위에 빛을 퍼뜨렸다.

뒤루아는 아내의 몸을 힘주어 껴안았다. 조금 전의 격렬한 욕정은 조용한 애정으로, 온화한 애정으로 변했다. 마치 어린아이를 흔드는 애무와도 같이 세심한 동작으로 쓰다듬어 주고 싶은 포근한 소망이었다. 그는 낮게 속삭였다.

"흠뻑 사랑해 줄게, 귀여운 마드."

상냥한 음성이 젊은 여인을 감동케 하여, 온몸에 짜르르 전율이 흐르게 했다. 그녀는 허리를 구부리고 그에게 입을 내밀었다. 그가 따뜻한 가슴에 뺨을 대고 있었기 때문이다.

길고 말없는 깊은 키스였다. 그리고 나서 그들은 갑자기 벌떡 일어나서 거칠고 열광적으로 껴안더니 더욱 숨가쁜 몸놀림으로 광폭하며 서투른 첫 관계를 맺었다. 두 사람은 조금 실망하고 몹시 지쳤으면서도 아직 황홀한 기분으로, 기적 소리가 다음 역이 가까웠음을 알려올 때까지 서로 꼭 껴안고 있었다.

그녀는 관자놀이에 흐트러진 머리를 손끝으로 가볍게 두드리면서 말했다.

"정말 바보군요. 마치 어린아이 같아요, 우린."

그러나 그는 그 양손을 붙잡고 열에 뜬 듯이 차례차례 번갈아 가면서 키스하며 대답했다.

"귀여운, 귀여운 마드."

루앙에 도착하기까지 그들은 거의 움직이지 않고 뺨과 뺨을 맞대고 이따금 마을의 불빛이 번쩍 하고 스치고 지나가는 창밖의 어둠을 바라보고 있었다. 그리고 서로 흐뭇하게 붙어 앉아서 좀더 정답고 자유로운 포옹을 고대하면서 황홀한 생각에 잠겨 있었다.

그날 밤은 강변으로 창문이 가지런히 나 있는 호텔에 투숙했다. 그리고 밤참을 조금 먹고 잠자리에 들었다. 이튿날 아침 8시가 울렸을 때, 하녀가 깨우러 왔다.

침대 옆 탁자 위에 놓인 홍차를 마시고 나자, 뒤루아는 감탄하듯이 물끄러미 아내를 보다가 갑자기 보물을 발견한 행복한 사나이 같은 환희의 정열에 쫓겨서 그녀를 양팔에 껴안고 조그맣게 말했다.

"귀여운 마드. 난 무척……무척……무척 당신이 귀여워."

그녀는 그 말을 믿는 듯이 만족스러운 미소를 띠고 웃으며 키스를 되돌려 주면서 소곤거렸다.

"저도 그런 것 같아요."

그러나 그는 이제부터 부모를 찾아갈 일이 아무래도 걱정스러웠다. 그는 미리 몇 번이고 아내에게 일러 주어 각오하도록 타일렀다. 그러나 다시 한 번 더 이야기하지 않을 수 없는 심정이었다.

"알겠소? 농부란 말이요. 아주 시골 농부요. 희가극(喜歌劇)에 나오는 그런 인물하고는 다르단 말이요."

그녀는 웃었다.

"알아요. 몇 번이나 들었으니까요. 자아, 일어나세요. 제가 일어날 수 없잖아요?"

그는 침대에서 내려와서 슬리퍼를 신으면서 덧붙였다.

"집은 몹시 불편할 거요, 틀림없이. 내 방에는 낡은 짚 침대가 하나밖엔 없소. 캉트뢰에선 제대로 된 침대같은 건 모르니까."

그녀는 몹시 즐거운 듯했다.

"그편이 좋아요. 당신의⋯⋯당신의 곁이라면⋯⋯밤에 잠을 잘 못 자도 좋아요. 그리고 아침엔 수탉 우는 소리로 잠을 깨는 거예요."

그녀는 가운을 입었다. 흰 플란넬의 풍성한 가운으로 뒤루아가 언젠가 본 적이 있는 옷이었다. 그는 그것을 보고 마음이 언짢았다. 어째서일까? 그녀는 가운을 열두 벌쯤 가지고 있다는 것을 그는 알고 있었다. 사실 그것을 모두 내버리고 새것을 사는 것은 무리겠지. 하지만 그녀의 실내복이며 애무할 때의 속옷이 먼저 남편 때와 같은 것이라면 불쾌한 일이다. 그 부드럽고 따뜻한 옷 감에 포레스티에와 접촉했던 흔적이 남아 있는 것처럼 생각되었다.

그래서 그는 담배에 불을 붙이고 창가로 가버렸다.

날씬한 마스트를 세운 범선이며 기중기가 큰 소리를 내면서 짐을 올리고 있는, 육중한 기선들이 가득 들어찬 항구며 넓은 강의 경치는 눈에 익은 풍경이었으나 새삼 그의 흥을 돋우었다.

"야아, 참 장관인데!" 그는 외쳤다.

마들렌은 달려와서 남편의 한쪽 어깨 위에 두 손을 올려놓고 정답게 기대면서 황홀하게 바라보았다.

"참 멋있군요! 참 멋있어요! 전 이렇게 배가 있을 줄은 몰랐어요!" 그녀는 계속해서 말했다.

그들은 1시간쯤 있다가 출발했다. 4~5일 전부터 미리 알려 두었으므로 부모님과 함께 점심 식사를 할 예정이었다. 지붕 덮개도 없는 녹슨 마차가 주물을 긁어 대는 듯한 소리를 내면서 그들을 싣고 갔다. 기다랗고 지저분한 큰 길에서 나가자 시냇물 흐르는 목장을 가로지르고 그러고 나서 언덕을 오르기 시작했다.

마들렌은 너무 피곤했으므로, 낡은 마차 속에서 태양의 스며드는 듯한 애무에 몸을 쬐면서 졸고 있었다. 그 모습은 마치 부드러운 빛과 전원의 공기 속에 누워서 훈훈하게 목욕을 하는 듯했다.

　　남편이 그녀를 흔들어 깨웠다.

　　"저것 좀 봐요."

　　마차는 산 중턱 삼분의 이쯤 되는 곳에 서 있었다. 전망이 좋기로 이름난 장소로 여행하는 사람이라면 누구나 이곳으로 데리고 오는 것이다.

　　눈 아래에는 커다란 골짜기가 넓게 펼쳐졌고, 그 사이를 밝게 빛나는 강이 이 끝에서 저 끝으로 커다랗게 굽이치면서 흘렀다. 강은 아득히 먼 곳에서부터 콩알처럼 수없이 많은 섬 사이를 지나서 루앙을 가로지르기 전에 커다란 원을 그리며 구부러져 있었다. 그리고 오른쪽 강가의 아침 안개에 마을이 뿌옇게 가라앉아서 지붕은 햇빛으로 반짝였다. 또 무수한 종각은 가벼워 보이는 것도, 날카롭게 뾰족한 것도, 굵고 육중한 것도, 모두 커다란 보석처럼 세공이 되어 있어 몹시 물러 보였다. 또 문장(紋章)을 박은 관(冠)을 올려놓은 네모나 둥근 탑, 누각, 작은 종각 등이 모두 아침 해에 빛나고 있었다. 그리고 그러한 고딕 건축의 교회의 꼭대기 위에 의연히 대사원의 날카로운 뾰족탑이 우뚝 솟아 있었다. 보기에 흉하고 괴이하고 엄청나게 큰 놀랄 만한 청동의 뾰족탑, 그것은 세계에서 가장 높은 탑이었다.

　　그러나 정면 저편 기슭에는 넓은 생 스베 교외의 공장들이 떼 지어 있고 끝이 부푼 둥글고 뾰족한 굴뚝이 마치 나무숲처럼 솟아 있었다.

　　그 굴뚝은 맞은편 기슭의 종각보다도 많았고, 아득히 먼 논밭 가운데까지 벽돌의 긴 원주가 이어졌고 시커먼 석탄의 입김을 푸른 하늘에 계속 내뱉고 있었다.

　　그 가운데서 가장 높은 것은 쉐옵스의 피라미드와 같은 높이로 사람의 힘으로 만들어낸 것 중에 둘째 자리를 차지하고, 그 이웃에서 자랑스럽게 우뚝 솟은 대사원의 뾰족탑과 어깨를 겨루고 있다. 그건 라 푸드르 제철의 대용광로로 검은 연기를 내뿜으면서 활동하는 공장의 여왕인 듯이 신성한 사원들 무리의 여왕인 대 뾰족탑과 좋은 한 쌍을 이루고 있었다.

　　저편, 공업 지구 뒤로는 전나무 숲이 넓게 퍼져 있었다. 센 강은 이 두 개의 도시 사이를 뚫고 흐르며 군데군데 흰 바위를 보이고 있었다. 그리고 꼭대기가 숲으로 덮인 언덕의 기슭을 돌고, 다시 또 커다랗게 반원을 그리며 지평선으로 사라졌다. 파리만 한 크기의 맹렬한 연기를 토하는 증기선에 끌려서 배가 몇 척씩이나 강을 오르내렸다. 물 위에 즐비하게 뜬 섬들은 서로 등을 맞대고 있는 것도 있고 넓게 간격을 둔 것도 있어 마치 고르지 못한 녹색의 묵주와도 같았다.

마차의 마부는 여행자가 충분히 경치를 감상하기를 기다렸다. 그는 경험에 따라서 어떤 손님이든 구경하는 데 소요되는 시간을 알고 있었다.

그러나 마차가 달리기 시작하자, 얼마 안 가서 갑자기 뒤루아는 이삼백 미터 저편에서 두 노인이 걸어오는 것을 보았다. 그러자 마차에서 뛰어내리더니 외쳤다.

"아, 저기 오는군. 틀림없어."

농부 차림의 남자와 여자가 규칙적이지 못한 걸음걸이로 이따금 어깨를 부딪치면서 흔들흔들 걸어오고 있었다. 남자는 작달막하며 얼굴이 불그레하고 조금 배가 불룩했지만 나이에 비해 건강해 보였다. 여자는 키가 크고 여위고, 허리가 굽고, 침울한 낯이었다. 어렸을 적부터 일만 해온 말그대로의 농사꾼 여인으로, 남편이 손님과 술을 마시며 농담을 지껄여도 한 번도 웃는 일이 없는 그런 노파였다.

마들렌도 마차에서 내려서 궁상스러워 보이는 부부가 가까이 오는 것을 바라보았다. 그녀는 어딘지 가슴이 죄어 오고 이제까지 생각해 본 적이 없는 슬픔이 치밀어 올랐다. 그들은 그 훌륭한 신사가 자기 아들이라고는 깨닫지 못했다. 하물며 화려한 몸치장을 한 귀부인이 며느리일 줄은 꿈에도 생각지 않았으리라.

그래서 아무 말도 하지 않고 기다리는 아들 앞을 그대로 지나가려고 했다. 마차를 뒤에 기다리게 하고 있는 훌륭한 도회인들을 거들떠보지도 않았다.

그들이 지나치려고 할 때, 뒤루아가 웃으면서 말을 걸었다.

"안녕하세요, 아버지!"

그들은 걸음을 돌연 멈추었다. 처음에는 어리둥절했으나 곧 깜짝 놀라서 얼이 빠졌다. 그러나 노파가 먼저 정신을 차리고 우두커니 선 채 중얼거렸다.

"네가 우리 아들이냐?"

"그럼요, 저예요, 제가 뒤루아예요."

젊은이는 그렇게 대답하면서 어머니 곁으로 다가가 두 뺨에 제법 아들답게 점잖은 키스를 했다. 그러고 나서 모자를 벗어들은 아버지 뺨에도 볼을 비볐다. 그 모자는 루앙에서 유행했던 검은 비단으로 만든 운두 높은 모자로 소장수가 쓰면 어울릴 것 같은 그런 모자였다.

그런 다음에 조르주가 소개했다.

"이 사람이 제 아냅니다."

그래서 두 시골 늙은이는 마들렌을 보았다. 마치 무슨 구경거리라도 보는 듯이 불안스럽게 주저하면서 쳐다보았다. 아버지는 마치 성공했구나 싶은 흐뭇한 빛을 띠고, 어머니는 질투 섞인 적의를 엿보였다.

천성이 명랑했던 아버지는 연한 사과주와 알코올이 몸에 스며서 기분이 좋았으므로 눈꼬리에 장난스러운 주름을 지으면서 용기를 내서 물었다.

"며느리에게 키스해도 좋을까?"

아들은 대답했다.

"그야 물론이죠. 그런 걸 물으시다니요."

그래서 마들렌은 싫은 것을 참고 양 볼을 내밀었다. 농부는 그 뺨에 커다란 소리를 내며 키스하고 나서 입술을 손등으로 닦았다.

어머니도 적의를 품은 채로 며느리에게 키스했다. 아니다, 이건 아들의 며느리로 생각했던 여자가 아니다. 내 아들의 며느리는 뚱뚱하고 싱싱하고 뺨이 사과처럼 빨갛고 좋은 씨를 받을 암말처럼 오동통한 농사꾼 여자여야 한다. 그런데 이 여자는 몹시 멋을 부리고 사향 냄새를 풍기고, 어쩐지 게으른 여자 같지 않은가? 왜냐하면 이 노파에게 향수는 모두 사향처럼 생각되었기 때문이다.

모두들 신랑 신부의 짐을 실은 마차 뒤를 따라서 걷기 시작했다.

아버지는 아들의 팔을 잡고 뒤따라 걸으면서 이해타산에 밝은 눈치로 물었다.

"어떠냐? 일은 잘되어 가니?"

"네, 썩 잘돼 가요."

"그것 참 좋은 일이구나! 그런데 네 아내는 돈푼이나 있냐?"

"4만 프랑" 조르주가 대답했다.

아버지는 놀라서 가벼운 숨을 내쉬며 "그래애?"라는 말밖에 하지 못했다. 너무 엄청난 금액에 얼이 빠졌던 것이다. 그러고 나서 정말로 진심으로 굳게 믿는 것처럼,

"아아! 좋은 여자구나!" 그렇게 덧붙였다. 왜냐하면 마들렌이 그의 취향에 꼭 들어맞기 때문이다. 그도 젊었을 시절에는 제법 그 방면에 남들처럼 볼 줄 아는 사람으로 알려졌다.

마들렌과 어머니는 나란히 걷고 있었으나 한 마디도 하지 않았다. 그러는 동안에 남자들이 따라왔다.

이윽고 마을에 도착했다. 가로 연변에 있는 조그마한 마을로 양쪽에는 열 집 정도씩 가게와 농가가 늘어서 있고, 벽돌집 또는, 진흙을 바른 집도 있고, 지붕을 짚으로 이은 것이며 석반석(石盤石)을 얇게 깎아서 이은 것들도 섞여 있었다. 뒤루아 영감의 선술집 '아라벨뷔'는 마을의 가장 첫머리 왼쪽에 있었 는데 1층과 곳간밖에 없는 오두막집이었다. 옛날부터의 관습에 따라서 문 앞 에 소나무 가지를 꽂아 놓고 술을 파는 집임을 표시했다.

술집 안에는 식탁을 두 개 맞대 놓고 식탁보를 씌운 곳에 식사 준비가 되어 있었다. 이웃 여자들이 일을 도우러 왔다가 몹시 아름다운 귀부인이 들어오 는 것을 보고 공손하게 인사를 했다. 그런 뒤에 조르주를 알아보고 외쳤다.

"맙소사! 자네가 그 꼬맹이란 말인가?"

그는 쾌활하게 대답했다.

"그래요, 나예요. 브뤼랭 아주머니!"

그리고 곧 어머니에게 한 것처럼 키스했다.

그러고 나서 아내를 돌아다보고 말했다.

"방에 들어가서 모자라도 벗지."

그는 오른편 문을 통해서 아내를 옆방으로 들어가게 했다. 판기와를 깔고 벽을 하얗게 회로 바른 썰렁한 방이었다. 침대에는 면직 커튼이 걸려 있었다. 이 말쑥하고 살풍경한 방을 장식하는 것이라곤 성수반(聖水盤) 위에 걸어놓 은 십자가와 파란 종려나무 그늘에 폴과 비르지니 그림과 갈색 말에 올라 탄 나폴레옹 1세를 그린 채색화 두 장뿐이었다. 단 둘이 있게 되자, 그는 마들렌 을 껴안고 말했다.

"미안해, 마드. 난 노인들을 만나니 마음이 놓여. 파리에 있을 땐 저분들 생 각을 전혀 하지 않았지만 만나니까 역시 기쁘군."

그때 아버지가 칸막이 벽을 두드리며 고함을 쳤다.

"이봐, 애야, 수프가 다 됐다."

그래서 그들은 식탁에 앉아야만 했다.

농사꾼들의 점심은 오랫동안 이어졌다. 배합이 전혀 어울리지 않은 접시가 차례차례로 나왔다. 구운 양고기 뒤에 돼지 소시지, 그 다음에 오믈렛이 나오는 형편이었다. 뒤루아 영감은 사과주와 두어 잔의 포도주로 기분이 좋아져서 큰일 치를 때를 위해 간직해 두었던 가장 훌륭한 농담 주머니의 끈을 풀어 놓고, 친구들에게 들었던 너절하고 추잡한 이야기를 모두 꺼내 놓았다. 조르주는 그런 이야기를 다 알고 있었으나 고향 분위기에 취해 재미있다는 듯이 웃었다. 그는 자신이 태어난 고장이며 어렸을 때 정든 고장에 대한 본능적인 애정에 마음을 빼앗기고 또 오래간만에 느껴 보는 이런저런 감동이나 추억, 또는 옛날의 여러 가지 일, 이를테면 문짝에 그은 자국이라든가, 예전의 조그마한 사건을 회상하게 하는 절름발이 의자라든가, 이웃 숲에서 불어오는 송진 냄새나 나무들의 향기서린 큰 입김이라든가, 집과 시냇물과 비료의 냄새라든가, 하는 하잘것없는 자질구레한 일에까지 완전히 감동했다.

뒤루아 노파는 여전히 침울하고 무뚝뚝한 표정을 짓고 전혀 말을 하지 않았다. 그리고 마음속에 증오를 품고 며느리를 계속 곁눈질했다. 그 증오심은, 괴로운 노동을 해와서 손가락이 닳고 손발도 흉하게 거칠어진 일만 아는 농사꾼 시골 노파가, 도회지 여성에 품는 그런 증오심이었다. 그녀에게는 이 여자가 신의 저주를 받고 버림받은 부끄러움을 모르는 여자처럼, 또 타락해서 생활이 방종하고 죄 때문에 만들어진 부정한 여자처럼 생각되어서 혐오감을 느끼기까지 했다.

그녀는 쉴 새 없이 일어나서 접시를 나르고 물병에 든 노랗고 시큼한 음료를 잔에 따르고, 또는 거품이 이는 달콤한 갈색 사과주의 병을 따거나 했다. 사과주 병의 마개를 딸 때에는 레모네이드처럼 병마개가 퐁 튀었다.

마들렌은 좀처럼 먹지도 않고, 말도 하지 않고, 도무지 기운이 없었다. 입술에는 언제나처럼 미소가 감돌고 있었으나 도무지 생기가 없는 체념의 미소였다. 마음속으로는 자신이 품었던 기대와는 달라서 실망하고 있었던 것이다. 어째서일까? 이곳에 오자고 한 것도 그녀였고, 그들이 농사꾼 중에서도 아주 궁상스러운 농사꾼이라는 사실도 잘 알고 있다. 그렇다면 평소에 공상이라곤 하지 않는 그녀가 도대체 어떤 사람들을 공상했었을까.

그것은 그녀 자신도 알지 못했던 일일 것이다. 여자란 언제나 있지도 않은 것을 기대하는 것은 아닐까? 이 늙은이들을 멀리서 바라보고 좀더 시적(詩的)으로 상상했었는지도 모른다. 아니, 그렇지는 않을 것이다. 그러나 보다 문학적이고 고상하고 애정이 두텁고, 장식적인 것으로 생각했는지도 모른다. 그렇다고는 해도 그들이 소설에 나오는 농사꾼들처럼 어느 정도의 품위가 있기를 희망한 것은 아니다. 그렇다면 어째서 이 늙은이들의 눈에 잘 띄지 않는 극히 자잘한 일에, 어디가 어떻고 말도 할 수 없는 버릇없는 태도에 자신의 기분을 해치는 것일까? 시골 사람 그대로의 성질이며 이야기며 몸짓이며 흥청대는 기분이 어째서 그토록 그녀에게 불쾌감을 줬을까?

그녀는 자신의 어머니를 생각해 보았다. 여태까지 누구에게도 이야기한 일은 없지만 어머니는 생 드니의 여학교를 나온 초등학교 선생이었다. 남자에게 속아서 그녀를 낳고, 그녀가 열두 살 때 가난과 슬픔을 못견디고 죽고 말았다. 그러자 누군지 낯모르는 남자가 어린 계집애인 그녀를 데려다 키웠다. 아마 아버지였을 것이다. 누구였을까. 그러나 그녀는 어렴풋이 짐작은 갔지만 분명한 것은 몰랐다.

점심 식사는 좀처럼 끝나지 않았다. 그러는 동안에 손님이 들어와서 뒤루아 영감과 악수하고 아들을 보고 경탄하고, 그리고 젊은 여인을 곁눈질해 보고 익살스럽게 눈짓을 했다. 그것은 "아니! 아주 멋쟁인걸, 조르주 뒤루아의 색시는!" 그런 뜻이었다.

그다지 다정하지 않은 사람들은 나무 테이블에 앉아서 주문했다.

"리트르 한 병—맥주 한 잔—브랜디 두 잔—라스파유 한 잔—" 그리고 도미노 놀이를 시작하고 흑백 카드를 요란스럽게 테이블에 내리쳤다.

그렇게 되자 뒤루아 노파는 쉴 새 없이 가게 안을 돌아다니면서 여전히 언짢은 얼굴로 손님 시중을 들기도 하고 돈을 받기도 하고, 푸른 앞치마 한 끝으로 식탁을 닦기도 했다.

흙으로 구워 만든 파이프와 싸구려 잎담배 연기가 방안에 가득 찼다. 마들렌은 기침을 시작하며 남편에게 물었다.

"밖으로 나가지 않겠어요? 전 이제는 참을 수가 없어요."

그러나 식사가 아직 끝나지 않았기 때문에 아버지가 불만스러운 표정을 지었다. 그래서 그녀는 일어나서 거리로 향한 문간의 의자에 앉아서 시아버지와 남편이 커피를 마시고 술잔을 비우기를 기다리고 있었다. 이윽고 조르주가 곁에 와서 말했다.

"센 강까지 내려가 보지 않겠소?"

그녀는 기뻐하며 바로 승낙했다.

"아, 좋아요. 갑시다."

그들은 산을 내려가서 크르와세에서 보트를 빌려 타고 일몰 때까지 어떤 섬에 둘러싸여 있는 버드나무 그늘 밑에서 꾸벅꾸벅 졸면서 보냈다. 봄의 화창한 온기 속에서 강물의 잔잔한 물결에 흔들리면서. 그러고 나서 두 사람은 해질 무렵에 산을 올라 돌아왔다.

촛불 밑에서의 저녁 식사는 마들렌으로서는 점심 때보다도 더욱 괴로웠다. 술에 만취한 시아버지는 이제 말도 제대로 하지 못했고, 시어머니는 여전히 퉁명스러운 표정을 짓고 있었다. 희미한 불빛은 곳곳의 회색 벽에 커다란 코를 붙인 얼굴과 커다란 몸짓의 그림자를 비쳤다. 누군가가 잠깐 몸을 돌이켜서 흔들리는 노란 불꽃에 옆얼굴을 갖다 대면 괴물처럼 쩍 벌린 입에 쇠스랑 같은 포크를 들어 올리는 거인의 손이 비쳤다.

저녁 식사가 끝나자 마들렌은 곧 남편을 밖으로 끌어냈다. 그 방에는 낡은 파이프의 진과 엎질러진 술로 코를 찌르는 듯한 냄새가 떠돌고 있어서 더 이상 참고 앉아 있을 수 없었던 것이다. 밖으로 나가자 그가 말했다.

"벌써 싫증이 났구먼."

그녀는 변명을 하려고 했지만 그는 그것을 가로막고 먼저 말했다.

"아냐, 잘 알고 있어. 만약 돌아가고 싶다면 내일이라도 돌아갑시다."

그녀는 중얼거렸다.

"그럼 그럴까요?"

그들은 천천히 걸었다. 포근한 밤이었다. 촉촉하고 깊은 어둠은 가벼운 소리와 나뭇잎 스치는 소리와 생물들의 숨소리로 가득 채워져 있는 것 같았다. 이윽고 높게 자란 나무들이 무성한 좁은 오솔길로 들어갔다. 양쪽은 좀처럼 들어갈 수 없을 정도로 숲이 우거져 있었다. 그녀가 물었다.

"여기는 어디죠?"

"숲속이오." 그가 대답했다.

"큰 숲인가요?"

"아주 크지. 프랑스에서 가장 큰 숲 중의 하날 걸."

흙과 나무와 이끼의 냄새가, 새싹의 수액과 시들어 썩은 숲의 풀에서 나는 밀림의 저 산뜻하고도 오래 묵은 냄새가 그 오솔길에서 잠자고 있는 듯싶었다. 눈을 들자 나무의 우듬지 사이에서 별이 반짝였다. 가지를 흔들 만큼의 잔바람도 없는데 자신을 둘러싼 나뭇잎들이 푸른 바다의 파도처럼 소리를 내는 듯 느꼈다.

이상한 전율이 그녀의 머리를 스치고 지나가자 오싹 소름이 끼쳤다. 돌연 걷잡을 수 없는 불안이 마음을 죄었다. 어째서일까? 그녀는 알 수가 없었다. 그러나 자신이 마치 길을 잃었든가, 물에 빠졌든가, 위험에 휩싸였든가, 또는 모든 사람들로부터 버림받고 이 세상에 혼자 남아 머리 위에서 움직이는 관뚜껑 밑을 걷는 것처럼 느껴졌다. 그래서 자기도 모르게 중얼거렸다.

"무서워요. 돌아가기로 해요."

"그럼 돌아갑시다."

"그럼……내일 파리로 돌아가시겠어요?"

"응, 가지."

"아침나절에."

"그럼, 그렇게 합시다."

그들은 집으로 돌아왔다. 노인들은 이미 자고 있었다. 그녀는 귀에 익숙하지 않은 시골의 갖가지 소리에 자주 잠이 깨어서 제대로 잘 수 없었다. 부엉이가 울고 벽에 붙은 우리에서 기르고 있는 돼지가 꿀꿀거리고 밤중인데도 수탉이 새벽을 알렸다.

먼동이 트기 시작하자 곧 그녀는 일어나서 떠날 채비를 서둘렀다.

조르주가 이제 곧 떠나겠다고 알리자, 부모는 모두 뜻밖의 일에 어안이 벙벙해 하다가 곧 누가 그런 말을 먼저 꺼냈는가를 깨달았다.

그러나 아버지는 아무렇지도 않게 물었다.

"곧 또 만나게 되겠지?"

"물론이죠, 올 여름에 오겠어요."

"그럼, 좋아."

어머니는 기분이 언짢은 듯이 중얼거렸다.

"네가 저런 여편네를 얻고 후회하지 않으면 좋으련만."

그는 부모의 불평을 달래기 위해 선물로 200프랑을 놓았다. 근처 어린아이에게 부르러 보낸 마차가 10시쯤에 왔다. 신랑 신부는 늙은 농사꾼 부부에게 키스하고 길을 떠났다.

마차가 언덕을 내려가기 시작하자, 뒤루아가 갑자기 웃기 시작했다.

"그것 봐요, 전부터 내가 말한 대로잖아. 나의 부모, 뒤 루아 드 캉텔 부부에게는 역시 당신을 소개하지 않을 걸 그랬소."

그녀도 웃으면서 대답했다.

"하지만 지금 전 기뻐하고 있어요. 선량한 분들이어서 전 무척 좋아졌어요. 파리에 돌아가면 뭐 맛있는 것을 보내 드리도록 해요."

그녀는 그러고 나서 중얼거렸다.

"뒤 루아 드 캉텔……두고 보세요. 아무도 우리들의 결혼 통지를 이상하게 여기지 않을 테니까요. 당신의 부모님 댁에 일주일 동안 머무르다 왔다고 이야기 합시다."

그리고 그에게로 다가붙으며 그의 콧수염 끝에 가볍게 키스했다.

"축하해요, 조!"

"축하해, 마드."

그는 그녀의 허리에 팔을 돌리면서 대답했다.

멀리 골짜기 밑으로 넓은 강물이 아침 햇빛을 받아서 은빛 리본처럼 굽이치고, 또 석탄 구름을 하늘로 뿜어내고 있는 공장의 굴뚝과 옛 시가지 위에 솟아 있는 뾰족한 종각이 한눈 아래 보였다.

2

뒤루아 부부가 파리로 돌아온 지 이틀째 되는 날 신문 기자는 다시 이전의 일을 시작했지만, 머지않아 사회부 담당을 그만두고 포레스티에가 맡았던 직무를 모조리 인계받고 정치 방면에 전념할 예정이었다.

그날 밤, 그는 이제 자기 집이 된 아내의 전남편 집으로 가슴을 두근거리면서 식사를 하러 돌아갔다. 조금이라도 빨리 아내에게 키스하고 싶었다. 그는 이미 그녀의 육체적인 매력과 미묘한 지배력에 완전히 빠져 버렸던 것이다. 노트르담 로렛 거리를 내려가는 곳에서 어느 꽃집 앞을 지나치게 됐다. 그래서 그는 마들렌에게 꽃을 사다 줘야겠다는 생각이 문득 들어, 갓 피기 시작한 장미를 큰 꽃다발로 샀다. 아직 꽃봉오리인데도 매우 향기가 진한 꽃다발이었다.

새로운 집의 계단을 한 층 두 층 올라갈 때마다, 그는 큰 거울에 비치는 자신의 모습을 즐거운 듯이 바라보았다. 이 집에 처음 왔을 때의 일이 자꾸 떠올랐다.

열쇠를 잊었기 때문에 초인종을 누르자, 전에 있던 그 하인이 문을 열었다. 그는 아내의 의견을 따라 그 하인을 그대로 고용하기로 했던 것이다.

"마님은 돌아오셨나?" 조르주가 물었다.

"네, 나리."

그러나 식당을 지날 때 식기가 삼 인분 준비되어 있는 것을 보고 깜짝 놀랐다. 게다가 객실의 휘장을 걷어 올린 저편에서는 마들렌이 자기가 사온 것과 똑같은 장미 꽃다발을 벽난로 위의 화병에 꽂고 있는 것이 보였다. 그는 모처럼의 생각과 마음 쓰임과 기대했던 기쁨을 모조리 도둑맞은 것 같아 어이없고 못마땅했다.

그는 객실에 들어서자마자 물었다.

"손님을 초대했소?"

그녀는 돌아다보지도 않고 꽃을 꽂는 손을 멈추지도 않은 채 대답했다.

"초대한 것은 아니에요. 오랜 친구 보드렉 백작이에요. 그분은 월요일마다 여기에 와서 식사를 하시곤 하는데, 오늘도 오실 뿐이에요."

조르주는 중얼댔다.

"아아, 그래?"

그는 꽃다발을 손에 든 채로 그녀 뒤에 서 있었다. 꽃다발을 어디에 감추든가 버리든가 그러고 싶었다. 그러나 그래도 이렇게 말했다.

"여보, 장미꽃을 사 왔소."

그녀는 얼른 돌아보고 넘쳐흐르더니 미소를 지어 보이면서 외쳤다.

"어쩜! 어떻게 그런 데까지 마음을 쓰셨어요!"

그리고 진정 기쁜 듯이 두 팔을 벌리고 입술을 내밀었다. 그는 그것으로 기분이 풀렸다.

그녀는 꽃을 받아들자, 깊게 그 향기를 들이마시고 기뻐하며 어린아이처럼 재빠른 솜씨로 먼저 것과 나란히 놓여 있던 빈 화병에 꽂았다. 그리고 그 모양을 보면서 중얼거렸다.

"참 잘됐군요! 이제 벽난로 위가 화려해졌어요."

그러고 나서 곧 확신하는 듯이 덧붙였다.

"여보, 아주 좋은 분예요. 보드렉 씨 말이에요! 당신도 곧 친해질 거예요."

초인종이 울리면서 백작이 온 것을 알렸다. 그는 조용하게 침착한 태도로 마치 자기 집처럼 들어왔다. 그리고 젊은 여자의 손가락에 멋진 몸짓으로 키스하고 남편 쪽으로 돌아서서 정다운 태도로 손을 내밀면서 말했다.

"안녕하시오, 뒤 루아 씨."

이미 예전처럼 딱딱하고 거만스러운 태도는 없고, 매우 친숙한 태도여서 두 사람의 관계가 전과는 완전히 달라졌음을 나타내고 있었다. 신문 기자는 어리둥절하면서도 상대의 그러한 태도에 응하기 위해서 되도록 상냥하게 대했다. 5분쯤 지나자, 마치 10년 동안이나 사귀어 온 사이 같았다. 그러자 마들렌은 얼굴을 빛내면서 말했다.

"잠깐 실례하겠어요. 요리 좀 보고 와야겠어요."

그리고 두 남자의 눈길을 받으면서 나갔다.

그녀가 돌아왔을 때, 그들은 어떤 새로운 희곡에서 연극 이야기로 옮겨 가고 있었다. 더욱이 그들의 의견은 아주 똑같았다. 그래서 서로의 눈속에는 그와 같은 사상의 완전한 일치를 발견한 데 대해서 벌써 우정과도 비슷한 것이 엿보였다.

만찬은 기분 좋게 흉금을 터놓고 화기애애한 가운데 끝났다. 백작은 그 집의 새로운 부부의 진정어린 대접에 매우 흐뭇해하며 늦도록 이야기를 했다.

그가 돌아가자 마들렌이 곧 남편에게 말했다.

"여보, 나무랄 데 없는 분이죠? 세상에 널리 알려진 유력한 분이에요. 정말 믿을 수 있는 근실하고 충실한, 좋은 친구예요. 아아, 만약에 그분이 계시지 않았다면……"

그녀가 생각하는 것을 다 말하기도 전에 조르주가 대답했다.

"응, 참 기분 좋은 분인데. 마음이 잘 맞는 친구가 될 것 같아."

그러나 그녀는 곧 말을 이었다.

"그건 그렇고. 오늘 밤엔 자기 전에 먼저 할 일이 있어요. 보드렉 씨가 바로 와서 식사 전에 이야기할 기회가 없었는데, 아까 중대한 뉴스가 들어왔어요. 모로코 문제에 대해서 말이에요. 대의원인 라로슈 마티유 씨 말이에요. 앞으로 장관이 될 거라는, 바로 그분이 말씀해 주신 거예요. 이제부터 우리 둘이서 훌륭한 기사를, 크게 선풍을 일으킬 기사를 쓰기로 해요. 사실이나 숫자는 제가 다 알고 있으니까 지금 곧 시작합시다. 미안하지만 램프를 가져다주세요."

그는 램프를 들고, 그들은 서재로 들어갔다.

서가에는 예전과 같은 책이 꽂혀 있고 그 위에 포레스티에가 죽기 전날 주앙 만에서 산, 세 개의 화병이 놓여 있었다. 발치에는 고인의 털 실내화가 뒤루아의 발을 기다리고 있었다. 뒤루아는 자리에 앉자 포레스티에가 조금 이로 깨물어 놓은 상아 펜대를 집어 들었다.

마들렌은 벽난로에 팔꿈치를 짚고 담배에 불을 붙이고 뉴스를 자세하게 이야기하고 자기의 의견이며 생각하고 있는 기사의 계획을 설명했다.

그는 주의 깊게 그 이야기를 들으면서 대강 기록했는데 그것이 끝나자 여러 가지 이론을 펴고 다시 문제를 검토하고 확대해서, 단순한 기사의 계획으로 그치지 않고 현 내각 공격의 작전 계획을 세웠다. 그리고 이 기사를 그 첫 번째 것으로 하자고 했다. 아내는 담배를 피우는 것도 그만두었다. 남편의 생각을 따라가면서 새로운 흥미가 솟고 시야가 넓어지고 멀리 뚫려진 것이었다.

그리고 이따금 중얼거렸다.

"그렇군요……그래요……참 좋아요……멋져요……틀림없이 큰 반향이 있을 거예요."

그리고 남편이 말을 끝내자 다시 말을 이었다.

"그럼 쓰기 시작해요."

그러나 그는 언제나 그랬듯이 처음 구절이 힘이 들어 알맞은 말을 찾기에 골몰했다. 그래서 그녀는 다정하게 남편의 어깨에 기대면서 조그맣게 문구를 그의 귀에 불어 넣었다.

이따금 그녀는 망설이며 물었다.

"당신이 하고 싶은 말, 이걸로 됐어요?"

"응, 나무랄 데 없소" 그는 중얼거렸다.

그녀의 문장에는 총리를 공격하기에 충분한 매우 날카로운 필치와 여자다운 독기가 서려 있었다. 그리고 그녀는 총리의 정책을 비웃고 얼굴 생김새까지도 험담을 했는데, 그것이 하도 우스꽝스럽고 익살스러워서 독자를 웃김과 동시에 관찰의 정확성에 탄복하지 않을 수 없었다.

뒤루아는 이따금 두서너 줄 더 보태 써 넣어서 공격의 효과를 한결 더 깊고 격렬하게 만들었다. 그뿐만 아니라 그는 사회 기사에 흥미를 돋우기 위해서 곧잘 쓰는 악랄한 암시의 수법을 알고 있었다. 그래서 마들렌이 확실한 것이라고 해서 내걸고 있는 사실이 조금 의심스럽고 후환이 있을 염려가 있다고 생각될 때에는 그것을 독자에게 짐작케 하도록 꾸며서, 단정하는 이상으로 강력한 인상을 주는 수완이 능란했다.

기사가 다 되자 조르주는 낭독하듯이 억양을 붙여서 큰 소리로 다시 읽어 보았다. 그들은 똑같이 그것을 훌륭하다고 생각하고 서로 처음으로 상대의 진가를 확인한 듯 기뻐하고 또한 놀라면서 서로 마주 보고 웃었다. 그리고 경탄과 감동으로 마음이 뒤흔들려서 눈과 눈을 지긋이 응시하고, 정신에서 육체로 전해진 애욕의 정열에 이끌려 서로 달려들 듯이 껴안았다.

뒤루아는 다시 램프를 들고, 눈을 빛내면서 말했다.

"자아, 그럼 자도록 합시다."

"자아, 앞장서세요, 선생님. 길을 비추는 것은 당신이니까요"

그가 앞장을 서자 그녀는 뒤를 따라 침실로 들어오면서 남자를 재촉하기 위해서 웃옷의 깃과 머리카락 사이를 손가락 끝으로 간질였다. 그는 이 애무에 너무 약했다.

기사는 조르주 뒤 루아 드 캉텔이라는 서명으로 발표되고 매우 평판이 좋았다. 의회에서도 상당한 파문을 일으켰다. 발테르 영감도 필자의 공적을 높이 평가해서 〈라 비 프랑세즈〉의 정치면을 모두 그에게 맡겼다. 사회 부장 자리는 다시금 부아르나르에게로 돌아갔다.

그래서 신문에서는 시국을 담당하는 내각에 능란하고도 격렬한 공격을 시작했다. 그 공격은 언제나 교묘하고 충분한 자료를 쥐고 있었고, 어떤 때는 야유로, 또 어떤 때는 진지하게, 또 때에 따라서는 독설을 농(弄)하면서 적확하고 끈질기게 공격했으므로 세상 사람들 모두가 놀라서 눈이 휘둥그레졌다. 다른 신문은 끊임없이 〈라 비 프랑세즈〉를 인용하고 때때로 전문을 게재하기도 했다. 정부 측에서는 이 무명의 집요한 적에게 재갈을 물릴 방법은 없을까 하고 당국자와 의논했다.

뒤루아는 정치 단체 사이에서 차츰 이름이 알려지게 되고, 사람들의 힘찬 악수와 정중하게 모자를 벗는 태도로 자신의 세력이 커졌음을 느꼈다. 한편 아내의 명석한 두뇌와 정보를 수집하는 능란함이며, 아는 사람들이 많은 데에는 경탄과 칭찬을 아니할 수가 없었다.

언제나 집에 돌아가면 상원 의원이나 대의원이나 법관이나 장군이 객실에 와 있지 않을 때가 없었다. 그들은 마들렌을 오랜 친구로서 성실한 친밀함으로 대했다. 그녀는 그런 사람들과 어디서 다 알게 된 것일까? 그녀의 말로는 사교계라고 했지만, 어떻게 그들의 신뢰와 애정을 차지할 수 있었을까? 그는 전혀 알 수가 없었다.

'외교관이 됐다면 굉장했을 거야' 그는 이따금 생각했다.

그녀는 자주 저녁 식사 시간에 늦을 숨을 헐떡이며 얼굴이 빨갛게 상기된 채 흥분에 몸을 떨면서 돌아오곤 했다. 그리고 베일도 벗기 전에 말했다.

"오늘은 특종감을 가져왔어요. 법무장관이 말이죠, 합동 위원회에서 법관을 둘이나 임명했다는군요. 우리 흠씬 두들겨 줍시다. 본을 보이기 위해서."

그래서 그 장관은 형편없이 두들겨 맞았는데 그것도 한 번뿐이 아니라 다음 날도, 또 그 다음 날도 계속되었다. 대의원인 라로슈 마티유 씨는 월요일에 오는 보드렉 백작의 뒤를 이어 매주 화요일에 퐁텐가의 만찬에 오곤 했는데, 그는 매우 기뻐하는 과장된 동작으로 부부의 손을 잡고 끊임없이 이렇게 되풀이했다.

"참으로 멋진 공격이더군요. 이러고도 성공하지 않을 리는 없습니다."

사실 그는 오래전부터 노리고 있는 외무 장관 자리를 어떻게든 차지하려고 성공의 기회를 엿보고 있었다.

그는 주관도 확고하지 않은 정치인의 한 사람으로 확실한 신념도 없고 대단한 수완도, 용기도, 착실한 지식도 없는 시골 변호사 출신으로서 도청 소재지의 지명인사에 불과했다. 양극단의 당파 사이를 요령 있게 헤엄쳐 다니는 공화주의의 위선자나, 수상한 자유주의의 버섯으로 보통 선거라는 민중의 퇴비 속에서 몇 백 개씩 생겨나는 그러한 부류의 사람이었다.

무지한 촌에서 익혀 온 권모술수는 그를 동료들의 패거리, 즉 대의원이 되는 따위의 무뢰한이나 부랑자 사이에서 제법 대단한 인물인 것처럼 생각하게 했다. 더욱이 그는 몸치장에 신경을 쓰고, 꼼꼼하고 붙임성 있고 상냥했기 때문에 용케 성공할 수 있었다. 사교계에서의 평판도 그리 나쁘지 않았다. 하기야 그 사교계는 현재의 정계에서 제법 판을 치고 있는, 옥석이 뒤섞인 매우 애매한 그다지 점잖지 못한 사교계였다.

어디서든지 그를 일컬어 "라로슈는 장관이 될 거야" 했고 그 자신도 "라로슈는 장관이 되겠지" 하면서 어느 누구보다도 굳게 믿고 있었다.

그는 발테르 영감의 신문사의 주요한 출자자의 한 사람이고 재정 방면의 일로도 동료였고 한패였다.

뒤루아는 그를 믿고 장래에 대한 막연한 희망을 걸고 그를 지지했다. 그러나 그는 포레스티에가 시작했던 일을 계속해서 하고 있는 데 지나지 않았다. 라로슈 마티유는 만약 자기가 승리하는 날이 오면 훈장을 주겠다고 포레스티에에게 약속했는데, 그 훈장이 마들렌의 새로운 남편 가슴에 달려진다는 것뿐이고 전체적으로 볼 때는 아무것도 달라질 것은 없었다.

물론 그것은 누구나가 뚜렷하게 느끼고 있는 사실이었고 뒤루아의 동료들은 저마다 그를 놀려대고, 그것 때문에 그는 화를 내기 시작했다.

사람들은 이미 그를 포레스티에라고밖에 부르지 않게 되었다.

그가 신문사에 나가면 곧 누군가가 소리쳤다.

"여보게, 포레스티에!"

그는 못 들은 체하고, 편지함 속에서 자기에게 온 편지를 찾았다. 그러나 같은 목소리가 좀더 힘 있게 되풀이했다.

"여보게, 포레스티에!"

그러면 억지로 눌러 참은 듯 웃음소리가 여기저기서 들려왔다.

그리고 뒤루아가 사장실로 들어가려고 하자 방금 그를 부른 친구가 말을 건넸다.

"여어, 미안하네! 할 이야기가 있었네. 난 언제나 자네하고 그 불쌍한 샤를을 혼동하곤 하네. 어쨌든 자네 기사가 그 사람과 아주 흡사하거든. 누구라도 착각할 걸세."

뒤루아는 아무 대꾸도 하지 않았지만 속으로는 화가 났다. 그리고 죽은 친구에게 자신도 모르게 분노가 치밀었다.

발테르 영감 자신도 누군가가 정치면 기사를 쓰는 문장이라든가 사상이라든가, 새 정치 부장과 전 정치 부장과의 기사 사이에 몹시 닮은 데가 있다고 놀라면서 이야기했을 때 이렇게 말했었다.

"그래, 포레스티에하고 똑같아. 그러나 이번 포레스티에가 훨씬 충실하고 힘차고 남성적이지."

또 어느 때인가 뒤루아가 우연히 빌보케 공이 들어 있는 벽장문을 열자, 전주인의 빌보케 공 손잡이에 상장(喪章)이 매어져 있고, 그가 생 보탱에게 배우며 연습할 때 사용했던 것에는 분홍빛 비단 리본이 매어져 있었다. 그리고 모든 빌보케 공이 같은 벽장 안에 크고 작은 순서로 한 줄로 진열되어 있으며 마치 박물관의 전시장처럼 다음과 같은 표가 붙어 있었다.

옛 포레스티에 상회 수집품. 후계자 포레스티에에 뒤 루아. 상표 S·G·D·G. 본품은 마멸됨이 없고, 또 어떠한 경우라도 만일 여행중이라 할지라도 사용할 수 있음.

그는 조용히 벽장문을 닫고, 들으란 듯이 제법 큰 소리로 말했다.

"어디라도 어리석은 놈이나 시기하는 놈은 있는 법이야."

그러나 그는 자존심에 깊은 상처를 입고 허영심마저 완전히 상했다. 글 쓰는 사람 특유의 저 그릇된 추측을 잘하는 자존심과 허영심, 그것은 탐방 기자와 천재 시인을 불문하고 언제나 경계하기를 게을리하지 않는 신경질적인 감수성을 자아내는 것이다. 이 〈포레스티에〉라는 말은 그의 귀를 마구 찢었다. 그는 그 말을 듣기를 두려워하고, 그 말을 들으면 얼굴이 화끈 달아오르곤 했다.

이 이름은 그에게는 신랄한 조소였다. 아니 조소 이상인 거의 모욕에 가까웠다. 그것은 그에게 이렇게 외쳤다.

'네 일은 네 여편네가 하는 거야. 전 남편의 일을 해오듯이 말일세. 너는 여편네만 없으면 아무것도 아니란 말이야.'

만약 마들렌이 없다면 포레스티에는 아무것도 아니었으리라는 것에는 그도 아무런 이론이 없었다. 그러나 자신에게는 어림없는 소리다!

그런 뒤에는 집에 돌아와서도 똑같은 생각이 머리에 달라붙어서 떨어지지 않았다. 지금에 와서는 집 전체가, 가구도 장식품도 손에 닿는 모든 것이 친구를 떠올리게 했다. 처음에는 그런 것은 생각도 해보지 않았지만, 동료들의 약삭빠른 농담으로 마음이 상한 뒤로는 여태까지 깨닫지 못했던 자질구레한 일까지 마음에 걸렸다.

이제는 무엇을 잡아 보아도 곧 그 위에 놓여진 샤를의 손이 보이는 것 같은 생각이 들었다. 보는 것, 만지는 것이 모두 전에 샤를이 쓰던 것이고, 샤를이 샀고, 그가 사랑하고 소유했던 것이 아닌 게 없었다. 그래서 조르주는 포레스티에와 자기 아내와의 그전의 관계를 생각하기만 해도 화가 났다.

그는 때때로 자신으로도 이해할 수 없는 그런 분개에 놀라서 이렇게 생각하는 것이다. '도대체 어찌된 판인가? 나는 마들렌에게 어떤 남자 친구가 있건 전혀 질투하지 않는다. 그녀가 무슨 짓을 하건 상관 않는다. 그녀는 제멋대로 아무 때나 들락날락한다. 그런데 저 샤를 놈을 생각하기만 하면 이렇게 화가 나다니!'

그리고 마음속으로 덧붙였다. '사실 그놈은 바보였어. 정말 그것이 나를 이렇게 화나게 하는 거야. 마들렌이 그런 바보 같은 놈을 남편으로 삼았다는 그 자체가 못마땅한 거야!'

그리고 끊임없이 이렇게 되풀이했다. '도대체 그녀는 왜 그런 동물에게 일시 적이나마 빠졌었을까?'

그의 분노는 마치 바늘로 찔리는 것처럼 하찮은 일로 날마다 높아져 갔다. 마들렌이나 하인이나 하녀의 말끝마다 늘 포레스티에를 생각나게 했다.

어느 날 밤, 단 것을 좋아하는 뒤루아가 물었다.

"어째서 앙트르메*²를 내놓지 않는 거요? 당신은 한 번도 준 적이 없어."

아내는 명랑한 음성으로 말했다.

"그렇군요. 미처 생각 못했어요. 샤를이 싫어했기 때문에……"

그러자 그는 참을 수 없는 분노가 치밀어서 그 말을 가로챘다.

"아아! 또야? 난 이젠 샤를은 지긋지긋해. 저기를 가도 샤를, 여길와도 샤를, 일 년 내내 샤를 천지란 말이요. 샤를은 저걸 좋아했다느니, 샤를은 이걸 좋아했다느니. 그러나 샤를은 이미 죽어버렸으니 그대로 덮어두는 게 어떻소?"

마들렌은 어째서 남편이 갑자기 화가 났는지 짐작을 못하고 멍하니 상대의 얼굴만 쳐다보았다. 그러나 본디 영리한 여자였으므로 곧 남편의 심정이 어느 정도 짐작되었다. 모든 것이 전남편을 생각나게 했기 때문에 그것이 차츰 그

---

*2 달콤한 디저트.

의 마음에 작용해서 죽은 남편에 대한 질투심이 조금씩 높아져 가고 있음을 알아차린 것이다.

아마도 그녀는 그러한 질투를 유치하다고 생각했던 모양인지 왠지 어색한 기분이어서 아무 대답도 하지 않았다.

그는 또 그대로 그 분노를 감추지 못한 것이 화가 났다. 그런데 그날 밤 식사를 마친 뒤, 내일 기사를 둘이 쓰고 있을 때, 그가 신은 털 실내화가 거북했다. 방향을 돌리려고 했지만 그것도 잘되지 않았다. 그래서 그는 그것을 차던지고 웃으면서 물었다.

"샤를은 일 년 내내 발이 시렸던가?"

그녀도 웃으면서 대답했다.

"그래요, 언제나 감기 들지 않을까 맘 졸이고 지냈어요. 가슴이 약했기 때문이지요."

뒤루아는 통쾌한 듯이 말을 이었다.

"그래서 그것을 몸소 증명한 셈이군그래."

그리고 나서 우쭐해서 덧붙였다.

"내게는 오히려 다행이었지만."

그리고 나서 아내의 손에 키스했다. 그러나 잠자리에 들어서도 그는 여전히 같은 생각에 사로잡혀서 다시금 물었다.

"샤를 녀석은 귀에 바람이 들어가지 않도록 목면의 나이트캡을 쓰고 잤겠군."

그녀도 그 농담에 끌려서 대답했다.

"아뇨, 마드라스 천으로 이마를 동여매곤 했어요."

조르주는 어깨를 으쓱해 보이고, 자못 상대편을 무시하는 태도로 내뱉었다.

"마치 갓난애 같았군!"

그런 뒤로 그에게 있어서 샤를은 아내와 이야기할 때는 언제나 예사로운 화제가 되었다. 그리고 무슨 일에고 샤를의 이야기를 끄집어내고 그때마다 불쌍해서 견딜 수가 없다는 듯이 '그 가엾은 샤를' 이렇게 부르는 것이었다.

그리고 신문사에서 두어 번 포레스티에라고 부르는 것을 듣고 돌아왔을 때에는 옛 친구에 대해 증오에 찬 조소로 무덤 속까지 쫓아가서 복수했다. 그의 결점이나 우스꽝스러웠던 점이나 그의 소심했던 점을 상기하고 재미있다는 듯이 주워 올려서는 마치 두려운 경쟁자의 세력을 아내의 마음속으로부터 쫓아내려는 듯 그것을 늘어놓기도 하고 과장하기도 했다.

그는 곧잘 이런 말을 되풀이했다.

"여보, 마드, 기억하오? 포레스티에 바보 녀석이 언젠가 뚱뚱한 남자가 여윈 남자보다도 정력이 강하다는 것을 증명해 주겠다고 했지 않소?"

그리고 고인에 대한 세세한 부부간의 비밀을 모두 알고 싶어 했다. 아내는 언짢아서 대답하려 하지 않았다. 그러나 그는 좀처럼 그만두지 않고 짓궂게 물었다.

"여보, 이야기하구려. 녀석은 그럴 때 무척 우스웠겠지."

그녀는 겨우 웃으면서 중얼거렸다.

"여보, 그이에 대한 것은 이제 그냥 덮어두기로 해요."

그러자 그는 더욱 재촉했다.

"아냐 괜찮아, 말해 보구려. 그 짐승은 잠자리에서는 틀림없이 우스꽝스러웠 겠지."

그리고 언제나 마지막에는 이렇게 내뱉듯이 말했다.

"참, 얼간이야! 그 녀석은."

6월 끝 무렵 어느 날 밤, 그는 창가에서 담배를 피우고 있다가 너무 더웠으 므로 산책할 생각을 했다.

그래서 부인에게 물었다.

"여보, 마드 숲까지 산책하지 않겠소?"

"좋아요, 가요."

그래서 그들은 덮개 없는 마차를 빌려 타고 샹젤리제에서 브와 드 불로뉴 숲의 가로수길로 들어갔다. 바람 한 점 없고 후끈한 파리의 공기가 마치 화덕 속의 더운 김처럼 가슴속까지 덥혀 와서 마치 한증막에 들어앉은 것 같은 밤 이었다. 연인들을 태운 마차들이 떼를 지어 나무 그늘을 달리고 있었다. 차례 차례로 그런 마차가 끊임없이 지나갔다.

조르주와 마들렌은 마차 안에서 껴안고 가는 남자와 여자를 바라보고 흥 겨워했다. 여자들은 모두 화려한 옷을 입고 남자는 검은 예복이었다. 타는 듯 한 뜨거운 별이 빛나는 파리의 하늘 아래를 그러한 차림의 연인들이 거대한 강을 이루고 숲 쪽으로 흘러들어갔다. 들리는 것은 땅 위를 굴러가는 마차 바퀴의 둔탁한 소리뿐이었다. 하나하나의 마차에 두 남녀가 좌석에 길게 기대서, 말없이 굳게 껴안고 욕정의 환영에 취하여 가까워 오는 육체의 결합을 기대하면서 끝없이 지나갔다. 뜨거운 어둠은 키스로 가득 찬 듯싶었다. 주위에 가득히 떠도는 애정과 넘치는 동물적 욕망과의 느낌으로 숨이 콱 막히는 듯 공기를 한층 더 답답하게 했다. 같은 생각과 같은 정열에 취해서 서로 껴안고 있는 모든 남녀들은 어떤 열기를 주위에 흘러넘치게 했다. 애욕을 태우고 애무의 소용돌이를 휘날리며 달리는 마차는 지나간 뒤에도 은근히 사람의 마음을 뒤흔드는 관능적 숨결을 풍겼다. 조르주와 마들렌도 그들의 그러한 격렬한 애정에 차츰 동화되어 갔다. 그리고 답답한 공기와 마음에 스며드는 정념에 축 늘어져서 아무 말도 하지 않고 다정스레 손을 맞잡고 있었다.

그리고 성채의 막바지 길목까지 오자, 두 사람은 자기도 모르게 서로 껴안고 말았다. 그녀는 조금 겸연쩍은 듯이 중얼거렸다.

"루앙에 갔을 때처럼 또 아이들이 돼버렸군요."

마차의 많은 행렬은 숲 입구에서 둘로 갈라졌다. 그들이 들어간 호수로 가는 길은 마차의 수가 뜸했다. 그러나 나무 그늘의 짙은 어둠과 나뭇잎들이 우거진 곳과 뒤얽힌 나뭇가지 밑에 물소리가 들리는 시냇물의 습기로 생기를 되찾은 밤기운과 별을 흩뿌린 넓은 밤하늘의 상쾌함은 마차 속 남녀의 키스에 한결 더 깊은 매력과 신비로운 그늘을 던져 주었다.

조르주는 "아아! 귀여운 마드" 낮게 속삭이면서 아내를 와락 끌어안았다. 그녀는 말했다.

"여보, 당신 고향의 숲은 무척 음침했었죠? 어쩐지 무서운 짐승이 잔뜩 있고 가도 가도 끝이 없는 것 같았어요. 거기에 비하면 여기는 참 기분이 좋아요. 바람은 살결을 쓰다듬는 듯하고, 숲 저편이 세브르라는 것도 알고 있고요."

그는 대답했다.

"그렇군, 우리 집 숲에는 사슴이나 여우나 노루나 산돼지밖에 없고 군데군데 포레스티에[숲지기]의 오두막이 있을 뿐이야."

이 포레스티에라는 말, 즉 전남편의 이름이 나오자 그는 마치 누군가가 우거진 숲속에서 그 이름을 외친 것처럼 가슴이 철렁했다. 그리고 얼마 전부터 그의 생활을 어지럽히고 있는 그 까닭 모를 집요한 불쾌감이나, 가슴을 깨무는 억누를 수 없는 질투에 다시금 사로잡혀서 갑자기 입을 다물어 버렸다.

그러나 1분쯤 지나자 그는 물었다.

"때로는 이렇게 밤에 포레스티에와 여기 온 적이 있었소?"

"네, 가끔 왔어요."

그러자 갑자기 그는 집으로 돌아가고 싶어졌다. 마치 심장이 죄어드는 듯 초조해졌다. 포레스티에의 환영이 되살아 와서 그에게 매달리며 달라 붙었다. 그는 이미 포레스티에에 대한 일 말고는 아무것도 생각할 수도 없었다.

그는 심술궂게 물었다.

"여보, 마드 말해주구려."

"무엇을요?"

"당신은 그 불쌍한 샤를을 속이고 다른 남자를 사랑한 일이 있소?"

그녀는 경멸하듯 중얼거렸다.

"또 그 이야기예요? 늘 똑같은 소리만 하시는군요."

그러나 그는 단념하지 않았다.

"여보, 귀여운 마드. 털어놓고 말해 봐요. 딴 남자를 사랑한 일이 있겠지. 있다고 털어봐."

그녀는 그런 말을 들으면 어떤 여자라도 마찬가지이겠지만 화를 내고 입을 다물어 버렸다.

그는 계속해서 추근댔다.

"아아 참, 만일 여편네를 뺏길 것 같은 녀석이 있다면 바로 그 녀석 따위일 거요. 그럴 게 뻔해, 정말 그래. 포레스티에가 여편네를 뺏겼다면 난 좋아서 어쩔 줄 모를 거야! 흥, 바보 같은 얼굴을 하고, 볼 만할걸!"

그는 그녀가 어떤 추억이 떠올라서 살짝 웃었다고 생각하고 다시금 물었다.

"자아, 말해 봐요. 아무것도 아니잖소? 그 녀석을 속여 주었다고 내게, 바로 내게 고백하는 것은 오히려 재미있지 않소?"

사실 그는 샤를이, 지긋지긋한 샤를이, 밉살스러운 전남편이, 아무리 미워해도 다 미워할 수 없을 고인이 그러한 우스꽝스러운 창피를 당했다는 것을 알고 싶어서 몸이 떨릴 지경이었다. 그러나……또 다른, 좀더 막연한 생각이 그의 호기심을 부추겼다.

그래서 되풀이해서 말했다.

"마드, 귀여운 마드. 부탁이니 말해 봐. 녀석에겐 그게 마땅해. 만약 당신이 놀라고 나를 당황하게 해주지 않았다면 굉장한 잘못이야. 자아, 마드, 털어놓으래도"

그녀는 이제 그의 짓궂은 고집을 재미있어 하는 듯 드문드문 짤막한 웃음소리를 내면서 쿡쿡 웃었다.

그는 아내 귀에 입을 대고 속삭이듯 말했다.

"여보……여보……솔직히 말해 봐."

그녀는 홱 몸을 빼고 퉁명스럽게 말했다.

"당신도 참 바보군요. 그런 걸 묻는다고 어느 여자가 대답을 하겠어요?"

그녀는 그 말을 야릇한 어조로 말했기 때문에 남편은 혈관 속으로 차디찬 전율이 일어나는 것 같았다. 그리고 그는 깜짝 놀라 아무 말도 하지 못하고 심하게 충격을 받은 듯 얼떨떨하고 놀라서 조금 숨을 헐떡였다.

마차는 바야흐로 호숫가를 달리고 있었다. 물위엔 마치 별을 흩뿌린 듯했다. 백조 두 마리가 천천히 헤엄치는 것이 어둠 속에서 희미하게 보였다.

조르주는 마부에게 "돌아갑시다" 외쳤다. 마차는 방향을 돌리고 느린 걸음으로 다가오는 다른 마차의 커다란 랜턴이 숲속의 어둠의 눈처럼 빛났다.

아내의 대답은 참으로 이상한 말투였다! 뒤루아는 '그건 고백이었을까?' 하고 생각해 보았다. 그리고 그녀가 전남편을 속인 것은 거의 의심할 여지가 없는 사실이라 생각되자, 이번에는 공연히 화가 치밀었다. 마음껏 때려 주고 목을 조르고 머리를 쥐어뜯어 주고 싶었다.

아아, 만약 그녀가 "하지만 여보, 그이를 아무래도 속이지 않을 수 없었다면 상대는 물론 당신이었을 거예요" 대답했다면, 얼마나 정신없이 끌어안고 키스하고, 사랑스럽게 생각했을까!

그는 까딱하지 않고 팔짱을 끼고 하늘을 쳐다보았다. 마음이 천 갈래 만 갈래로 흐트러져서 아무것도 생각할 수가 없었다. 다만 여자의 변덕스러운 욕정 앞에서 모든 남자들이 느끼는 분노가 끓어올라 노기가 높아져 가는 것을 깨달을 뿐이었다. 처음으로 그는 의심에 사로잡힌 남편의 걷잡을 수 없는 번민을 느꼈다. 결국 그는 전남편을 위해서, 포레스티에를 위해서 질투하고 있었던 것이다.

더욱이 기괴한, 가슴을 찌르는 듯한 비통한 질투. 거기에 갑자기 마들렌에 대한 증오가 끼어들었다. 전남편을 속였다면 난들 어떻게 이 여자를 믿을 수 있겠는가!

그러고 나서 차차 마음이 진정되자 그는 고통을 억누르고 생각했다. '여자란 모두 매춘부다. 써먹는 것만이라면 상관없지만 진짜로 마음을 주어선 안 된다.'

마음속의 고민이 경멸과 혐오의 말이 되어서 입술에 올라왔다. 그러나 그 것을 입 밖에 내지 않고, 가슴속에서 이렇게 되풀이했다. '세상은 강한 자의 것이다. 강해져야 한다. 모든 것을 극복하지 않으면 안 된다!'

마차는 속력을 올리고 달렸다. 다시 요새 옆을 지나쳤다. 뒤루아는 눈앞의 하늘에 비치는 거대한 용광로의 반사(反射)와 같은 불그스름한 빛을 보았다. 그리고 무수한 갖가지 다른 소리가 섞인 요란하고 끝없는, 또 잠시도 끊이지 않는 소리를 들었다. 가깝게 또 멀리, 은은히 울리는 그 소리는 망막하고 거대한 생명의 고동소리이며, 파리가 이 여름밤에 기진맥진한 거인처럼 숨 쉬는 숨결이었다.

조르주는 생각했다. '이런 일로 화를 낸다는 건 쓸데없는 일이다. 각자가 자기 일만 생각하면 된다. 승리는 대담한 자에게 떨어지는 법이다. 모든 것이 이기주의에 지나지 않는다. 더욱이 야심과 부귀를 노리는 이기주의는 여자와 사랑을 뒤쫓는 이기주의보다는 낫다.'

에투알 광장의 개선문이 거인처럼 기괴한 두 다리를 버티고 도시 입구에 우뚝 선 모습을 드러냈다. 마치 그것은 눈앞에 열린 커다란 가로수길을 내려가기 위해 당장에라도 걷기 시작할 것 같은 모습이었다.

조르주와 마들렌은 말없이 얼싸안은 영원한 남녀를 그들의 집으로, 기다리고 있는 잠자리로 싣고 가는 마차의 행렬에 다시금 휩쓸렸다. 마치 온 인류가 환희와 쾌락과 행복에 취해서 한 옆을 미끄러져 가는 것처럼 생각되었다.

아내는 남편의 마음속에 무슨 일이 일어났음을 눈치채고 상냥한 목소리로 물었다.

"무얼 생각하나요? 30분 전부터 한 마디도 안하는군요."

그는 쓸쓰레하게 웃으면서 대답했다.

"저렇게 껴안고 있는 바보 같은 놈들을 생각하는 거요. 그리고 사실대로 말하면 세상에는 저런 일 말고도 할 일이 따로 있다고 생각하오."

그녀는 중얼거렸다.

"글쎄요······하지만 저런 것도 때로는 즐거워요."

"그야 즐겁지······즐겁고말고······그밖에 아무것도 할 일이 없을 때는 말이지."

조르주의 생각은 오로지 악의에 찬 분노에 가득 차서 인생에서 시(詩)의 옷을 벗겨내면서 앞으로 나갔다. '나도 얼마 전부터 해오고 있듯이 사양한다든가, 양보한다든가, 망설인다든가, 초조하거나 해서 나 스스로 내 마음을 괴롭히는 것은 참으로 어리석은 일이다.'

이윽고 포레스티에의 환영이 다시금 떠올랐지만 이젠 아무런 반감도 일어나지 않았다. 두 사람은 서로 화해하고 예전처럼 친구가 된 듯했다. 오히려 "여보게, 잘 왔군" 말해 주고 싶은 심정이었다.

마들렌은 그가 말이 없자 따분해져서 물었다. "여보, 돌아가기 전에 토르토니 카페에 가서 아이스크림이라도 들지 않겠어요?"

그는 곁눈질로 그녀를 보았다. 금발의 우아한 옆얼굴이 음악을 들으면서 흥을 돋우는 카페의 가스등 장식의 화려한 불빛 아래 뚜렷하게 비쳐졌다.

그래서 그는 생각했다. '이 여자는 아름답다. 다행한 일이다. 상대에게 부족한 점은 없다. 그러나 만일 북극이 열대가 된다 해도 앞으로 나는 너 때문에 마음이 초조해져서 안절부절못하는 일은 없을 게다.'

그러고 나서 이렇게 대답했다.

"응, 그것 좋겠군."

그리고 상대에게는 아무 눈치도 알아채게 하지 않도록 키스해 주었다.

젊은 여인에게는 남편의 입술이 얼음처럼 차갑게 느껴졌다.

그러나 그는 카페의 계단 앞에서 마차를 내릴 때, 아내에게 손을 내밀면서 여느 때처럼 웃고 있었다.

3

이튿날 신문사에 출근하자 뒤루아는 곧 부아르나르의 곁으로 갔다.

"자네에게 좀 부탁할 게 있어. 모두들 얼마 전부터 나를 놀려 대느라고 포레스티에라고 부르는데, 난 그게 화가 나서 견딜 수 없어. 그러니까 만약에 앞으로 그런 농담을 하는 놈이 있다면 뺨을 후려치겠다고, 자네가 좋도록 이야기해 주게나. 그런 농담을 하면 칼침 맞을 것을 미리 각오하라고 말일세. 자네에게 이런 부탁을 하는 것도 자네가 불상사를 미리 방지할 수 있는 냉철한 남자이고, 또 내가 결투할 때 입회인이 되어 주었기 때문일세."

부아르나르는 그의 부탁을 받아들였다.

뒤루아는 그 길로 볼일을 보러 나갔다가 1시간쯤 지나서 돌아왔다. 그러나 아무도 그를 포레스티에라고 부르지 않았다.

집으로 돌아오자 객실에서 부인들의 목소리가 들렸다. "누구야?" 묻자 하인이 "발테르 부인과 드 마렐 부인입니다" 대답했다.

그는 잠깐 가슴이 두근거렸다. 그러나 이윽고 '뭐 어떻게 되겠지' 생각하고는 문을 열었다.

클로틸드는 창문에서 들어오는 햇빛을 받으며 벽난로 구석에 앉아 있었다. 조르주는 그녀가 자기를 보았을 때 조금 창백해진 것처럼 생각되었다. 처음에 발테르 부인과 어머니의 양옆에 보초처럼 앉아 있는 두 딸에게 인사하고 나서, 그는 이전의 연인에게로 향했다. 그녀가 손을 내밀었다. 그는 그 손을 잡고 "나는 언제까지나 당신을 사랑하오"라고나 하는 듯 힘주어 움켜쥐었다. 그녀도 그에 답해서 마주 쥐었다.

그는 물었다.

"오랫동안 뵙지 못한 것 같은데 내내 안녕하셨습니까?"

그녀는 서슴지 않고 대답했다.

"네, 잘 있었어요, 그래, 당신은, 벨아미?"

그러고 나서 마들렌 쪽을 돌아보고 덧붙였다.

"벨아미라고 불러도 괜찮을까요?"

"네, 좋고말고요. 좋으실 대로."

그 말에는 야유하는 듯한 어조가 숨겨진 것 같았다.

발테르 부인은 자크 리발이 독신 생활을 하고 있는 자기 집에서 성대한 검술 시합을 열 예정인데, 사교계의 부인들도 초대된다고 이야기하면서 덧붙였다.

"무척 재미있을 것 같은데 전 큰일 났어요. 저의 집 양반은 그때쯤에는 집에 계시지 않게 되기 때문에 데려다 달라고 할 분이 없어 걱정이에요."

뒤루아가 곧 안내역을 맡겠다고 했다. 부인은 매우 기뻐하며 말했다.

"그렇게 부탁드릴 수 있다면 참 고맙겠어요. 저나 이 애들이나."

그는 발테르의 딸 중, 어린 쪽을 바라보면서 '이 수잔이란 아이는 나쁘지 않은걸, 제법 쓸 만해' 생각했다. 그녀는 아주 조그마한, 그러나 고상한 갈색 인형 같고, 몸매가 날씬하고 허리와 가슴이 우아한 곡선을 이루고 세밀화처럼 정돈된 얼굴에 화필로 그린 청회색의 칠보(七寶)와도 같은 눈이 오밀조밀하여 마치 상상력이 풍부한 화가의 손으로 그려진 듯했다. 살결은 지나칠 만큼 희고 매끄러우며 윤이 흐르고 주름도 티도 없고 불그스름하지도 않았다. 흐트러진 곱슬곱슬한 머리는 일부러 만든 풀숲이나 아름다운 구름 같고, 계집애들이 곧잘 자기 키보다도 큰 인형을 안고 걸어 다니는 그 사치스런 아름다운 인형의 머리와 비슷했다.

그러나 언니 로즈는 못 생겼고 볼품도 없고 이렇다 할 만한 것도 없었다. 남의 눈에 띄지 않고, 말도 걸어 주지 않고, 이야깃거리에 오르지도 못하는 그런 부류의 처녀였다.

발테르 부인은 일어나서 조르주 쪽으로 돌아서면서 말했다.

"그럼 다음 주 목요일 2시에 기다리겠어요."

"네, 알겠습니다, 부인."

그녀가 돌아가자 드 마렐 부인도 일어섰다.

"안녕히 계세요, 벨아미."

이번에는 그녀가 힘을 주어서 오랫동안 그의 손을 잡았다. 그는 이 무언의 고백에 마음이 뒤흔들려서, 아마 진실로 자기를 사랑하는지도 모르는 이 사람 좋은 바람난 유부녀가 갑자기 또 그리워졌다.

'내일 만나러 가보자' 그는 생각했다.

손님이 가버리고 아내와 마주 앉자마자, 마들렌은 숨김없는 명랑한 목소리로 웃기 시작했다. 그리고 남편을 똑바로 보면서 말했다.

"여보, 당신 발테르 부인을 정신 못 차리게 만들어 버렸더군요."

그는 그 말이 믿어지지 않아서 대답했다.

"무슨 소릴 하는 거요?"

"정말이에요. 보증하겠어요. 몹시 흥분해서 당신 이야기를 하더군요. 그분에겐 매우 신기한 일이에요! 당신 같은 남편감을 두 딸에게 찾아 주고 싶다나요?……다행히 그분에 대해선 문제없지만."

그는 그 말의 의미를 알 수 없었다.

"무슨 말이요? 문제없다는 건."

그녀는 자신의 판단에 자신있는 여자답게 또렷한 어조로 말했다.

"그분은 말이에요, 여태까지 한 번도 이상한 소문이 난 일이 없는 여자예요. 당신도 아시겠지만 전혀 그런 일이 없었어요. 어디를 보나 나무랄 데 없어요. 바깥어른은 당신도 아시다시피 아주 딴판이에요. 그야 유대인을 남편으로 삼고 있다는 사실을 무척 괴로워하기는 하지만, 끝내 정조를 지킨 분이에요. 굳센 여자예요."

뒤루아는 깜짝 놀란 듯 말했다.

"난 그분도 유대인인가 했었어."

"그분요? 천만에요. 마들렌 교회에서 하는 자선 사업은 뭐든지 앞장서서 하세요. 결혼도 정식으로 교회에서 식을 올린걸요. 하기야 사장이 세례 받는 흉내를 냈는지, 교회에서 눈을 감고 모르는 체했는지 그야 알 수 없지만요."

조르주는 중얼거렸다.

"아참!……그렇다면……그분은……내게 반했다는 말인가?"

"그럼요, 정신 못 차릴 만큼 반했다니까요. 만일 당신이 독신이었다면, 글쎄요……수잔에게 결혼을 신청해 보라고 권할 텐데요.……아마 로즈는 싫겠죠?"

그는 콧수염을 만지작거리면서 대답했다.

"그러나 그 어머니도 아직은 꽤 쓸 만해."

그러나 마들렌이 지루한 듯이 말했다.

"당신도 정말, 어머니야 당신 재주 나름이겠지만, 전 하나도 걱정하지 않아요. 그 나이에 처음 바람을 피우다니, 당치도 않아요. 좀더 일찍 시작했어야지요."

조르주는 생각했다. '그러면 나도 어쩌면 수잔을 차지할 수 있었을지도 모르겠군……'

그러고는 어깨를 으쓱 추켜올리고 중얼거렸다. '어리석긴……당치않은 소리!……영감이 그러라고 할 턱이 없지.'

그러나 그는 이제부터 발테르 부인이 자기를 대하는 태도를 좀더 주의해 보리라 결심했다. 그렇기는 하지만 어떠한 이익을 끌어낼 수 있을지 어쩐지는 아직 짐작이 가지 않았다.

밤새도록 클로틸드와의 사랑의 추억이 머리에서 맴돌았다. 세세한 애정의, 또 짜릿한 관능의 추억이었다. 그 여자의 어처구니없는 짓이라든가 귀여운 짓이라든가 주책없는 산책 같은 것이 그리웠다. 그래서 마음속에서 되풀이했다. '참 귀여운 여자야, 그래, 내일 만나러 가자.'

그 말대로 이튿날 점심 식사를 마치자 곧 베르뇌유 거리로 갔다. 이전의 하녀가 문을 열면서 중류 가정에서 흔히 보듯이 다정하게 물었다.

"안녕하십니까?"

그는 대답했다.

"응, 별일 없어."

객실로 들어가자 서투른 피아노 소리가 들렸다. 로린이었다. 그는 그녀가 달려와 목에 매달리려니 생각했다. 그러나 그녀는 조용히 일어서자 어른처럼 공손하게 인사를 하고 말없이 나갔다.

그 태도가 마치 모욕 받은 여자와 같았으므로 그는 깜짝 놀랐다. 곧 어머니가 들어왔다. 그는 그 손을 잡고 키스했다.

"당신 생각을 얼마나 많이 했는지 모르겠소." 그가 말했다.

"저도 그래요." 그녀도 대답했다.

그들은 자리에 앉아 서로 눈과 눈을 가만히 들여다보면서 미소 지었다. 키스하고 싶은 생각이 입술을 간질였다.

"귀여운 클로, 난 당신 생각을 잊을 수가 없소."

"저도 마찬가지예요."

"그럼……그럼……그다지 나를 원망하지 않소?"

"그렇기도 하고, 아니기도 해요……전 무척 괴로웠어요. 하지만 그러는 동안에 당신도 무리는 아니라는 생각이 들었고, 뭐! 언젠가는 내게로 돌아올 거야, 그렇게 생각했어요."

"그러나 내게는 돌아올 용기가 없었소. 당신이 어떤 표정을 할지 걱정되어서, 그래서 우물거렸지만 만나고 싶어서 견딜 수 없었소. 그건 그렇고, 로린은 웬일이오? 제대로 인사도 않고 화가 나서 나가 버렸으니."

"모르겠어요. 하지만 당신이 결혼하신 뒤로는 그 애에게 당신 이야기를 할수가 없었어요. 아마 질투하는가 봐요."

"설마."

"아뇨, 그래요. 당신을 이제는 벨아미라고 하지 않고 포레스티에 씨라고 부르던걸요."

뒤루아는 얼굴이 빨개졌다. 그는 여자 곁으로 다가갔다.

"키스하고 싶소."

그녀는 입술을 내밀었다.

"이제부턴 어디서 만날까?" 그가 말했다.

"어디라뇨……물론 콩스탕티노플 거리죠."

"아!……그럼 그 방을 아직 갖고 있었소?"

"네……제가 줄곧 갖고 있었어요."

"당신이 빌리고 있었다니."

"네, 당신이 돌아오실 걸로 생각하고."

갑자기 오만한 기쁨이 돌풍처럼 그의 가슴을 부풀렸다. 그렇다면 이 여자는 깊은 사랑으로 언제나 변함없이 나를 사랑하고 있는 것이다.

그는 중얼거렸다.

"사랑하오."

그러고 나서 이렇게 물었다.

"주인어른께선 안녕하시오?"

"네, 잘 있어요. 한 달쯤 있다가 그저께 떠나셨어요."

뒤루아는 웃지 않을 수가 없었다.

"그럼 마침 잘됐군."

그녀는 솔직하게 말했다.

"네, 그래요. 마침 잘됐어요. 하지만 집에 계신대도 그리 방해되지 않아요. 잘 아시면서."

"그건 그래. 아무튼 좋은 분이야."

"그래 당신은 어때요? 새 생활의 재미가."

"좋지도 나쁘지도 않소. 내 아내는 친구나 일의 협조자 같은 거니까."

"그것뿐예요?"

"그것뿐이지……애정은 어떠냐 하면……"

"그건 알아요. 하지만, 그 사람은 좋은 사람이에요."

"응, 하지만 나를 꼼짝 못하게 해주진 못 해."

그는 클로틸드 옆으로 다가가서 속삭였다.

"언제 만날 수 있을까?"

"언제라뇨……내일이라도……당신만 좋으시다면."

"그럼, 내일 2시에, 알겠소?"

"네."

그는 돌아가려고 일어서면서 조금 말하기 어려운 듯 망설이면서 말했다.

"저어, 이번엔 내가 콩스탕티노플 거리의 방을 빌리려 하는데, 어떻소? 꼭 그렇게 해주구려. 이젠 당신이 방세를 내지 않아도 되니까."

이번에는 그녀가 사랑스러운 듯 그의 두 손에 키스하고 이렇게 중얼거렸다.

"좋으실 대로 하세요. 전 당신을 다시 뵐 수 있도록 그곳을 빌려 두었을 뿐이니까."

뒤루아는 흐뭇한 마음으로 돌아갔다.

어떤 사진관 진열장 앞을 지나치면서 눈이 큼직하고, 몸집이 큰 여자의 사진을 보고 그는 발테르 부인을 떠올렸다. '아무튼 그 여자도 아직 나쁘지는 않을 거야. 어째서 나는 전부터 그것을 깨닫지 못했을까? 목요일에 어떤 표정으로 나를 대하는지 보고 싶군.'

그는 들뜨는 마음을 억누르지 못해 걸으면서 두 손을 비볐다. 그것은 여러 가지 형태로 나타나는 성공의 기쁨이요, 여자의 애정으로 허영심이 만족되고 육감이 충족된 녹아들 듯한 기쁨이었다.

목요일이 되자 그는 마들렌에게 말했다.

"리발네 경기회에 안 가겠소?"

"네, 안 가겠어요. 전 흥미도 없고, 게다가 오늘은 하원(下院)에 가야 하니까요."

날씨가 아주 좋았기 때문에 그는 지붕이 없는 마차를 타고 발테르 부인을 맞으러 갔다.

그는 부인의 모습을 보고 깜짝 놀랐다. 매우 젊고 아름답게 보였던 것이다. 그녀는 화려한 몸단장을 하고 조금 깃고대가 넓게 패인 웃옷 가슴에서 연한 갈색 레이스 아래로 탄력 있는 가슴의 형태가 엿보였다. 여태까지 그 여자가 이렇게 싱싱하게 보인 적이 없었다. 정말 탐나는 여자라고 그는 생각했다. 그러나 그녀는 여느 때처럼 진중하고 조심스러운 모습을 하고 차분한 어머니다운 태도로 행동하므로 호기심 많은 남자들의 눈에 거의 띄지 않았다. 게다가 그녀는 누구나가 다 아는 틀에 박힌 공손한 말밖에는 하지 않았다. 생각하는 방법이 영리하고 이치에 닿고, 조리에 어긋남이 없어서 결코 극단적인 행동을 하지 않았기 때문이다.

그녀의 딸인 수잔은 전신을 장밋빛 옷으로 감싸고 있어, 방금 니스 칠을 끝낸 와토의 그림과 같았다. 그런데 언니 쪽은, 이 아름다운 인형과 같은 아가씨를 모시게 된 가정교사처럼 보였다.

리발의 집 문 앞에는 마차가 줄을 이루고 서 있었다. 뒤루아는 발테르 부인에게 팔을 내밀고 함께 들어갔다.

검술 대회는 파리 제6구의 고아 구제 사업을 위해 열린 것으로 〈라 비 프랑세즈〉에 관계하는 상원 및 하원의원들의 부인들이 모두 후원했다.

발테르 부인은 후원자로서 이름을 내는 것은 거절했지만 딸들을 데리고 구경온다고 약속했다. 부인은 본디 종교 단체가 주최하는 사업 말고는 이름을 내놓지 않았다. 그것은 각별히 신심이 두터웠기 때문이 아니라, 유대인과의 결혼으로 어느 정도 종교적인 관심을 나타낼 필요가 있다고 생각했기 때문이다. 그러나 신문 기자가 베푸는 이런 모임에는 하나의 공화적인 의미가 있고 더욱 반종교적으로 보일 가능성이 있었던 것이다.

삼 주일 전부터 온갖 신문에 다음과 같은 기사가 실렸다.

저명한 기자 자크 리발 씨는 파리 제6구의 고아 구제를 위해서 온정에 가득한 명안을 생각해내고, 그 독신 아파트에 딸린 훌륭한 무도장에서 일대 검술 대회를 열기로 했다.

라루아뉴, 르몽텔, 리솔랭 등의 상원 의원 부인 및 라로슈 마티외, 페르스롤, 피르맹 등의 하원 의원 부인이 발기인으로서 초대장을 보냈다. 경기의 휴게 시간에 기부금을 거둘 예정이고, 모아진 금액은 곧 제6구 구장이나 또는 구장 대리에게 전달할 예정이다.

이것은 자크 리발이 교묘하게 자신을 널리 알리기 위해서 생각해낸 멋진 광고였다.

자크 리발은 현관 앞에 서서 손님을 맞았다. 주거지에는 간이식당의 설비가 돼 있었는데 그 비용은 기부금에서 공제하기로 되어 있었다.

그는 검술과 사격을 할 수 있는 지하실로 내려가는 계단을 상냥한 몸짓으로 가리키며 말했다.

"자, 부인 아래로 내려가십시오. 경기는 지하실에서 하겠습니다."

그는 사장 부인 앞으로 급히 달려가서 뒤루아와 악수를 하고는 깜짝 놀라서 물었다.

"아, 잘 와주었네, 벨아미."

"누구에게 들었나? 그런……"

리발은 끝까지 말하게 하지 않았다.

"여기 계신 발테르 부인께서 별명이 매우 좋다고 하시더군."

발테르 부인은 얼굴을 붉혔다.

"네, 그래요. 전부터 좀더 가깝게 지냈다면 로린처럼 저도 벨아미라고 부르겠지만 말예요. 당신에겐 잘 어울리는 이름이에요."

뒤루아는 웃으면서 말했다.

"그럼 아무쪼록 부인께서도 앞으로 그렇게 불러주십시오."

그러자 그녀는 눈을 내리깔고 말했다.

"아니에요, 아직 그만큼 친하게 지내고 있지는 않으니까요."

"그럼 앞으로 차츰 그렇게 되도록 해주시렵니까?" 그는 중얼대듯 말했다.

"네, 언젠가는 그렇게 되겠죠." 그녀가 말했다.

그는 가스등으로 비추어진 좁은 계단 입구에서 몸을 돌려 부인들을 지나가게 했다. 대낮의 바깥 빛이 노란 등불 빛 속으로 갑자기 들어왔으므로 어쩐지 주위가 음침해 보였다. 그 나선형 계단에서 지하실 특유의 냄새가 올라왔다. 가슴이 콱 막힐 정도의 습기며, 갑자기 응급수단으로 더러운 것을 닦아낸 습기찬 벽의 냄새, 교회 의식을 연상케 하는 안식향 냄새, 그리고 뤼뱅이며 버베나며 창포며 제비꽃 등 여자들의 향수 냄새였다.

좁은 계단 입구에서 떠들썩한 사람들의 목소리며 들뜬 군중들의 요란한 소음이 들려왔다.

지하실은 온통 꽃 장식의 띠처럼, 가스등과 베니스식 초롱으로 구석구석까지 비쳐지고 있었다. 그 빛은 초석(硝石)의 벽을 덮은 나뭇잎 장식 그늘에 가려져서 뒤얽힌 가지밖에는 아무것도 보이지 않았다. 천장은 양치식물로 꾸미고 바닥은 잎과 꽃이 가득히 뒤덮여 있었다.

사람들은 그것을 멋진 기발한 생각이라고 했다. 안쪽의 작은 지하실에는 무술을 겨룰 사람들을 위해서 무대가 마련되어 있고 양쪽으로는 심판관들의 의자들이 놓여 있었다.

그리고 지하실은 구석구석에까지 벤치가 좌우로 열 개씩 늘어놓여져 있고, 거의 200명 정도는 수용할 수 있었다. 이번에 그들이 초청한 인원은 400명이었다.

무대 앞에는 검도복을 입은 손발이 긴 화사한 청년들이 뒤로 몸을 젖히고 콧수염을 비틀면서 벌써 관객에게 그럴듯한 모습을 보이고 있었다. 사람들은 그 이름을 서로 부르며 모두 검술에 이름을 날리고 있는 전문가와 아마추어들을 손가락질했다. 그 주위에는 프록코트를 입은 젊은이며 나이 든 사람 여러 신사들이 모여 이야기를 하면서 유니폼을 입은 사람들과 가족처럼 다정함을 보이고 있었다. 그들도 또 관객의 눈길을 끌고 인정받고 자신의 이름이 불리기를 바라는 것처럼 보였다. 그들은 평상복을 입었으나 검술의 대가였고 그 방면의 권위자들이었다.

거의 모든 벤치에는 여자들로 메워지고 서로 옷자락을 스치는 소리가 들리고 소곤거리는 소리들로 소란했다. 푸른 잎으로 덮인 그 지하실은 벌써 한증막처럼 더웠기 때문에 여자들은 모두 연극을 볼 때처럼 부채질을 했다. 익살스러운 사람이 이따금 "보리차에 레몬 수(水)에 맥주!" 그러면서 소리를 질러 댔다.

발테르 부인과 딸들은 미리 마련된 맨 앞줄 자리에 앉았다. 뒤루아는 그녀들을 앉히고 그 자리를 떠나면서 낮은 소리로 말했다.

"그럼 실례하겠습니다. 남자가 벤치를 차지하고 있을 수도 없으니까요."

그러자 부인이 망설이면서 말했다.

"그래도 곁에 계셔 주시지 않겠어요? 시합에 나오는 사람들의 이름을 가르쳐 주셨으면 해요. 벤치 옆에 서 계셨으면 좋겠어요. 그곳에 서 계시면 아무에게도 방해되지 않을 거예요."

그녀는 커다랗고 상냥한 눈으로 그를 쳐다보았다. 그러고는 더욱 졸라댔다.

"그렇게 하세요, 곁에 계셔 주세요. 벨아미 씨, 꼭 그래 주세요."

그는 대답했다.

"네, 알겠습니다, 부인……기꺼이."

여기저기서 참석자들이 한 마디씩 하는 소리가 들려왔다.

"좀 색다른데요, 이 지하실, 꽤 멋있는데요."

조르주는 이 둥근 천장의 방을 잘 알고 있었다. 결투하기 전날, 여기서 지냈던 아침의 일은 결코 잊을 수가 없다. 크고 무서운 눈처럼, 저 건너 지하실 안쪽에서 자기를 지켜보는 희고 조그만 표적과 마주 보고 홀로 지냈던 아침의 일이.

자크 리발의 목소리가 계단 쪽에서 울려 왔다.

"여러분, 이제부터 시작하겠습니다."

그러자 앞가슴을 한결 더 두드러지게 보이기 위해서 몸에 딱 맞는 옷을 입은 여섯 명의 신사가 무대 위로 올라가서 심판관 자리에 앉았다.

그들의 이름이 입에서 입으로 전해졌다.

커다란 콧수염을 기른 키가 작달막한 남자는 심판장인 드레날디 장군, 턱수염이 길고 머리가 벗겨진 몸집 큰 남자는 화가인 조세팽 루제, 멋진 옷차림을 한 청년 세 사람은 마테오 드 위자르, 시몽 라몽셀, 피에르 드 카르뱅, 나머지 한 사람은 사범인 가스파르 메를르롱이었다.

조그만 지하실 양쪽에 두 개의 패가 걸렸다. 오른편에는 크레브쾨르 씨 왼쪽엔 플뤼모 씨라고 씌어 있었다.

두 사람 모두 프로로 이류 정도였지만 훌륭한 검사였다. 무대에 올라온 그들은 둘 다 근육이 단단하고 군대식 태도에 몸가짐이 딱딱했다. 자동인형 같은 동작으로 두 사람이 검으로 인사를 나누자 곧 시합을 시작했다. 아마(亞麻)와 흰 가죽 옷을 입은 모습은 마치 병사로 분장한 광대가 장난으로 싸우는 것 같았다.

이따금 "자아, 받아랏!" 하는 목소리가 들렸다. 그러자 여섯 심판관은 제법 그 방면의 전문가답게 고개를 앞으로 내밀었다. 관중들에게는 살아 있는 두 인형들이 팔을 뻗치고 움직이는 것만 보일 뿐 내용은 잘 모르지만 즐거워하고 있었다. 그렇다 하더라도 두 인형은 그리 움직임이 활발하지 못하고 어쩐지 우스꽝스럽게 보였다. 마치 한겨울에 번화가에서 파는 나무로 만든 검투사 인형 같았다.

맨 처음의 두 검객에 뒤이어서 플랑통 씨와 카라팽 씨가 나왔다. 한편은 도장 사범이었고 다른 편은 군대 사범이었다. 플랑통 씨는 매우 작고, 카라팽 씨는 뚱뚱했다. 검의 일격으로 그 풍선은 가죽으로 만든 코끼리처럼 푹 꺼져 버릴 거라고 여겨져서 모두 낄낄 웃어 댔다. 플랑통 씨는 원숭이처럼 뛰며 돌았다. 그러나 카라팽 씨는 팔밖에는 움직이지 않고 다른 부분은 너무 뚱뚱해서 잘 움직일 수가 없었다. 그는 5분마다 앞으로 발을 내디뎠으나, 그것이 너무 무겁고 힘들어 보여서 평생 처음 필사적인 결심을 한 듯 보였다. 그러고 나서 다시 몸을 일으키는 것은 엄청난 고통이었다.

전문가들은 그의 솜씨가 매우 건실하고 빈틈이 없다고 했다. 관중들은 그 말을 믿고 그를 높이 평가했다.

그러고 나서 포리옹 씨와 라팔름 씨가 나타났다. 한 사람은 프로이고 다른 한 사람은 아마추어였지만, 맹렬한 체조를 시작하고 무서운 힘으로 달라붙어서 심판관이 의자를 들고 도망칠 정도였다. 무대 끝에서 끝까지 밀고 나가고 발을 구르고, 보기에도 매우 우스꽝스럽게 서로 쫓고 쫓기고 했다. 그들이 깡충깡충 뒤로 뛰며 물러갈 때면, 부인들은 재미있어 하면서 웃었으나 앞으로 홱 뛰쳐나올 때는 그다지 감흥을 느끼지 못했다. 이 체조와도 비슷한 시합을 보고 어떤 애송이가 재치있는 말을 한마디 했다. "지쳐서 쓰러질라, 이젠 그만 둬라!" 자리에 앉은 사람들은 이 몰상식한 말에 기분이 상해서 "쉿!" 말렸다. 전문가들의 비평이 들려왔다. 양쪽 다 매우 힘들여 시합을 했지만 때때로 사용하는 임기응변 기술이 부족했다는 것이었다.

제1부는 자크 리발과 유명한 벨기에의 사범 르베그와의 그럴듯한 시합으로 막을 내렸다. 리발은 부인들에게 인기가 좋았다. 사실 그는 잘생겼으며 체격이 좋고 몸놀림이 부드럽고 재빨라 그때까지 무대에 나온 어느 누구보다도 뛰어났다. 그는 물러나서 막을 때나 나가서 공격할 때에도 상류 사회 사람다운 기품이 있어서, 상대편의 날카롭고 날쌘 동작이나 어딘가 야비해 보이는 태도와 한결 큰 대조를 보여서 사람들을 몹시 기쁘게 했다.

"교양 있는 분 같군요." 사람들은 서로 소곤거렸다.

그는 훌륭하게 이겨서 박수갈채를 받았다.

그러나 조금 전부터 위쪽에서 이상한 소리가 들려서 관객들을 궁금하게 했다. 그 소란은 많은 사람들이 왁자지껄 웃으면서 발버둥치는 소리였다. 아마도 지하실로 내려올 수 없었던 200명의 손님들이 멋대로 울분을 터뜨리고 있음이 분명했다. 조그마한 나선 계단에는 50명쯤의 남자가 몰려 있었다. 아래서는 더위가 심해져서 여기저기서 "바람을 넣어라!" "마실 것을 달라!" 그러면서 고함을 질렀다. 조금 전의 그 익살꾸러기가 사람들의 웅성거리는 소리를 누를 만큼의 드높은 목소리로 외쳤다. "보리차에 레몬수에 맥주!"

리발이 유니폼을 입은 채 붉게 상기된 얼굴로 나왔다. 그러고는 말했다. "뭐든지 시원한 것을 가져오라 해야겠군." 그는 계단 쪽으로 달려갔다.

그러나 1층으로 올라가는 길은 꽉 막혀 있었다. 계단에 들어찬 사람을 헤치고 가는 것보다 오히려 천장에 구멍을 뚫는 편이 쉬울 것 같았다.

"부인들께 아이스크림을 보내."

50명의 목소리가 한꺼번에 외쳤다. "아이스크림을 보내!"

겨우 쟁반이 하나 들어왔는데, 그 위에 놓여 있는 것은 빈 접시뿐이고 알맹이는 도중에서 빼앗겨 버렸다.

누군가가 큰 소리로 고함을 쳤다.

"숨 막히겠어! 빨리 끝내고 갑시다!"

다른 목소리가 대꾸했다.

"기부다!"

그러자 관중들은 더위에 녹초가 되면서도 다시 떠들어 대기 시작하고, "기부다! 기부다! 기부다!" 외쳤다.

그래서 6명의 부인들이 벤치 사이를 돌기 시작했다. 지갑 속에 떨어지는 돈소리가 조그맣게 들렸다.

뒤루아는 저명한 남자들의 이름을 발테르 부인에게 가르쳐 주었다. 먼저 사교계의 명사들, 그리고 대신문이나 전통 있는 신문사의 기자들, 그들은 경험에서 조금 사양은 하고 있지만 〈라 비 프랑세즈〉를 깔보고 있었다. 그것도 수상한 계획 아래 창간된 정치 경제 신문이 한 내각의 붕괴에 휩쓸려서 어이없이 죽어 가는 것을 수없이 보아 왔기 때문이다. 그리고 저편에는 화가와 조각가들이 눈에 띄는데 그들은 일반적으로 스포츠에 취미를 가진 사람들이었다. 또 아카데미 회원인 시인도 있어서 사람들이 그 이름을 입 밖으로 내며 쑤군대고 있었다. 그리고 음악가 두 사람과 많은 외국 귀족들. 뒤루아는 그러한 외국 귀족의 이름을 속삭일 때마다 '라스타'라는 말을 곁들였다.[3] 그의 말

---

[3] 라스타는 라스타쿠웨에르(Rastaquouière), 즉 '수상한 외국인'이라는 뜻이다.

에 따르면 영국 사람이 명함에 에스크(Esq)(씨)라고 붙이는 것을 본떴다는 것이다.

누군가가 그에게 말을 걸었다.

"아, 안녕하시오!"

그것은 보드렉 백작이었다. 뒤루아는 부인들께 양해를 구하고 악수하러 갔다. 그리고 돌아와서 이렇게 말했다.

"좋은 분입니다, 보드렉은. 보기에도 귀족이에요."

발테르 부인은 아무런 대답도 하지 않았다. 조금 지친 듯 가슴이 숨을 쉴 때마다 괴로운 듯이 부풀었다. 뒤루아가 거기에 눈이 끌려서 유심히 보고 있었으므로 이따금 사장부인과 시선이 마주쳤다. 그것은 불안스러운 듯 무언가 망설이는 눈이었고, 흘끔 그를 보고는 곧 피하듯이 다른 쪽을 보았다. 그래서 뒤루아는 "아아……정말……이 여자도 내게 반한 모양이군" 중얼거렸다.

기부금을 모으는 부인들이 앞을 지나갔다. 모금 지갑은 은화와 금화로 가득찼다.

이윽고 새로운 패가 무대에 걸렸다. 거기에는 '엄청나게 놀랄 대시합'이라고 씌어 있었다. 심판관의 얼굴들이 제자리에 돌아왔다. 사람들은 물을 끼얹은 듯이 조용하게 기다리고 있었다.

두 여자가 나타났다. 저마다 손에 검을 들고 유니폼을 입고 있었다. 검은 셔츠에 허벅다리 중간까지 오는 짧은 스커트, 그리고 가슴에 댄 것이 너무 부풀어 있어서 고개를 아래로 숙일 수 없을 정도였다. 둘 다 젊고 아름다웠다. 그녀들은 관객석을 바라보며 인사하면서 방긋 웃었다. 한동안 박수소리가 그치질 않았다.

그녀들은 멋들어진 야유와 소곤거리는 농담 속에서 서로 겨뤘다.

심판관은 줄곧 입술에 싱글벙글 미소를 띠면서 멋지게 일격이 들어갈 때마다, 조그만 목소리로 "브라보" 했다.

관중들은 이 시합을 매우 재미있어 하고 그녀들에게 성원을 아끼지 않았다. 남자들은 욕정을 일으켰고 여자들은 조금 말괄량이 같은 귀염성이나 저속한 멋이라든가 별나게 눈에 띄는 아름다움이나 요염함 등, 이를테면 카페의 가수나 오페레트의 노래에 대한 파리 사람의 타고난 취향을 자극받았다.

여자 검사 하나가 발을 선뜻 내디디면서 일격을 가할 때마다 관중들 사이로 환희의 전율이 일었다. 또 어느 쪽인가가 관객석에 통통한 등을 보이면 모두 입이 쩍 벌어지고 눈도 휘둥그레졌다. 손목 동작 같은 것은 눈에 들어오지도 않았다.

시합이 끝나자 사람들은 다시 열광적인 박수를 보냈다.

다음엔 장검(長劍) 시합이 시작되었는데 이미 아무도 보지 않았다. 윗 계단에서 들려 오는 소리에 완전히 정신을 빼앗겨 버렸던 것이다. 마치 이삿짐을 나르듯 가구를 여기저기 움직이기도 하고 마루 위를 잡아끌거나 하는 소리가 한동안 들려왔다. 그리고 갑자기 피아노 소리가 천장을 뚫고 내려오고, 박자를 맞추어서 발을 놀리는 율동적인 소리도 들렸다. 위에 있는 사람들이 시합을 보지 못하는 분풀이로 춤추기 시작한 것이다.

그 소리를 듣자 지하실의 관객들은 한꺼번에 웃음을 터뜨렸으나 여자들은 춤추고 싶어져서 무대 위의 시합 따위는 거들떠보지도 않고 큰 소리로 떠들어 대기 시작했다.

늦게 온 사람들이 춤을 추기 시작한 것은 묘안이라고 생각했다. 그렇다면 지루하지도 않을 것이다. 모두들 차라리 위에 있었으면 좋았을 텐데 하고 생각했다.

그러나 새로운 검사가 나와서 인사를 나누었다. 그리고 서로 겨루었는데 그 태도가 너무나 위풍당당했기 때문에 모든 사람들의 눈길이 그 동작에 쏠렸다.

그들은 찌를 때나 물러날 때나 매우 탄력적인 아름다움을 보이고, 온몸에 발랄한 힘이 넘치며 자신의 힘을 확신하고 동작에 무리가 없었고 움직임도 정확했고 기술에도 절도가 있었다. 아무것도 모르는 군중조차 이에 감탄해서 넋을 잃고 바라보았다.

그 냉철한 민첩성이나 자유로운 기량이나 느리게 보일 만큼 충분히 상황을 판단하는 재빠른 동작은 완벽한 매력으로 관중들의 눈을 사로잡아 버렸다. 관중들은 지금 세상에서는 드문 아름다운 것을 보고 있음을, 위대한 그 분야의 대가들의 가장 뛰어난 시합을 보이고 있음을, 두 명수가 발휘할 수 있는 최대의 기량과 책략, 신중한 지식과 육체의 연마를 나타내고 있음을 느꼈다.

이제는 아무도 입을 열지 않고 눈을 집중해서 그들을 지켜보고 있었다. 그러고 나서 마지막 일격이 끝나 두 사람이 손을 굳게 잡자, 일제히 환성을 지르고 칭찬하는 소리가 왁자하게 일어났다. 사람들은 발을 구르고 목청껏 외쳤다. 그들의 이름을 모르는 사람은 한 사람도 없었다. 세르장과 라비냐크였다.

사람들은 완전히 흥분해서 자칫하면 싸울 분위기에 휩싸였다. 남자들은 서로 붙잡고 한바탕 싸움이라도 해보고 싶은 기분으로 옆 사람을 흘끔흘끔 쳐다보았다. 상대편이 웃기만 해도 트집을 잡아서 싸움질을 시작할 만큼 흥분상태였다. 한 번도 검을 쥐어 본 적이 없는 사람까지도 단장으로 공격과 방비의 흉내를 냈다.

그러나 군중은 차츰 조그만 계단을 올라가기 시작했다. 가까스로 무엇을 좀 마시러 갈 수 있게 되었다. 그러나 춤추는 사람들이 간이식당을 다 털어버린 것을 보고 모두 분개했다. 그리고 처음부터 다 들어갈 수 없다는 것을 알면서도 200명이나 무리하게 초대한 것은 실례라고 투덜대면서 돌아갔다.

과자 한 개, 샴페인, 맥주 한 방울도 남지 않았고 봉봉도 과일도 송두리째 사라지고 없었다. 깡그리 약탈한 듯 모조리 먹어치운 것이다.

그래서 하인들에게 자세한 상황을 물으니 그들은 웃음을 참고 안됐다는 듯한 표정을 지으면서 대답했다.

"부인들께서 더 심하셨습니다. 어쨌든 탈이 날 정도로 먹고 마시고 하셨으니까요."

마치 프러시아 군의 침입으로 모든 것을 빼앗겨버린 도시에서 겨우 살아남은 사람의 이야기를 듣는 듯했다.

이렇게 된 이상 이제는 물러가는 수밖에 도리가 없었다. 신사들 중에는 기부한 20프랑을 아까워하는 사람도 있었다. 위에 있던 사람들은 한 푼도 내지 않고 잔뜩 먹고 갔다고 분개했다.

발기인의 수중에 모인 돈은 3000프랑이 넘었다. 그러나 모든 비용을 빼고 나니 제6구의 고아들에게 보낼 돈은 고작 220프랑이었다.

뒤루아는 발테르 모녀 옆에 붙어 서서 마차를 기다리고 있었다. 그러고 나서 집까지 바래다주려고 부인과 마주 앉아 돌아오는 길에, 또다시 자신을 그리워하면서도 피하는 겁먹은 듯한 시선과 부딪혔다.

'아니! 정말 반한 모양이군!' 그는 자기가 여자들에게 정말 인기가 있는 것을 새삼스레 깨닫고 싱글벙글 웃었다. 왜냐하면 드 마렐 부인과의 사이가 예전과 같아지고부터는 부인이 미친 듯이 그를 사랑했기 때문이었다.

그는 발걸음도 즐겁게 집으로 돌아왔다. 마들렌이 객실에서 그를 기다리고 있었다.

"뉴스가 있어요. 모로코 사건이 시끄러워졌어요. 프랑스는 이삼 개월 안에 그곳으로 출병할지도 몰라요. 아무튼 이 사건을 교묘하게 다루어서 내각을 허물어뜨리는 거예요. 라로슈 씨가 이 기회를 잘 이용하면 외무 장관 자리를 차지할 수 있을 거예요."

뒤루아는 아내를 놀리기 위해서 그런 것은 믿지 않는 체했다. 당국도 튀니스에서의 어리석은 실패를 되풀이할 정도로 어리석지 않을 것이라고 했다.

그러자 아내는 답답하다는 듯이 어깨를 추켜올렸다.

"정말이에요! 정말이라니까요! 그들에게는 중대한 돈벌이 문제라는 걸 모르는군요. 오늘날에는 정치상의 계획이 '여자를 찾아라'가 아닌 '이권을 찾아라' 하는 거예요."

그는 그녀를 흥분시키기 위해서 일부러 경멸하는 태도로 비웃듯이 말했다.

"무슨 소릴 하는 거요"

그녀는 화를 내며 말했다.

"어머, 당신은 포레스티에에 못지않은 호인이군요."

남편의 마음을 상하게 하려고 일부러 한 말이었기 때문에, 그녀는 뒤루아가 틀림없이 화를 낼 것이라고 기대했다.

그러나 그는 빙그레 웃으면서 말했다.

"아내를 뺏긴 포레스티에에 말이요?"

그녀는 깜짝 놀라서 중얼거렸다.

"어머! 조르주!"

그는 조금도 그만두려 하지 않고 비웃는 듯 대답했다.

"그렇지 않은가 말이야. 요 전날 밤, 포레스티에를 속였다고 고백했잖소?"

그리고 다시금 측은하다는 듯이 덧붙였다.

"가엾은 놈이야."

마들렌은 대답을 하는 것도 화가 난다는 듯이 등을 홱 돌리더니 얼마 뒤 다시 말을 이었다.

"화요일에 손님을 초대할 생각이에요. 라로슈 마티유 부인이 페르스르 자작 부인과 함께 만찬에 올 예정이에요. 그러니까 당신도 리발 씨하고 노르베르드 바렌 씨를 모셔오세요. 전 내일 발테르 부인과 드 마렐 부인한테 갔다 오겠어요. 리솔랭 부인도 부를까 생각해요."

얼마 전부터 그녀는 남편의 정치적 세력을 이용해서, 여기저기 아는 사람을 만들고 〈라 비 프랑세즈〉의 지지를 필요로 하는 상원이나 하원의 의원 부인들을 억지로 자기 집에 불러 대곤 했다.

뒤루아는 대답했다.

"그것 좋구려. 리발과 노르베르는 내가 맡지."

그는 만족해서 손을 비볐다. 아내를 귀찮게 만들고, 숲속으로의 산책 이래 마음에 깃들기 시작한 정체 모를 반감과 어디에 풀어 버릴 수 없는 심한 질투를 풀 수 있는 좋은 트집거리를 찾았기 때문이다. 이제부터 포레스티에 이야기를 할 때에는 반드시 '아내를 뺏긴'이라는 형용사를 붙이리라. 그렇게 하면 제아무리 마들렌이라도 끝내 화를 낼 거라고 생각했다. 그래서 그날 밤은 열 번이나 기회를 잡아서 야유 섞인 동정의 어조로 '아내를 뺏긴 포레스티에'를 되풀이했다.

포레스티에에 대한 분노는 사라지고 이제는 다만 고인을 위해서 복수하는 것이다.

아내는 못 들은 체하고 생글생글 웃으면서 마음에 두지도 않았다.

이튿날 그녀가 발테르 부인을 초대하러 가기로 되어 있으므로 그는 그녀를 앞질러 찾아가서, 사장 부인이 홀로 있는 틈을 타 정말로 자기에게 마음이 있는가 어떤가를 알아보려고 생각했다. 사실 그것이 그에게는 재미있기도 했고 흥겹기도 했다. 어째서 나쁘단 말인가……만일 어쩌다가……

그래서 그는 2시에 벌써 말제르브 큰 거리를 찾아가서 객실에 안내되어 기다리고 있었다.

발테르 부인이 허둥지둥 기쁜 듯이 손을 내밀면서 들어왔다.

"어머나, 어서 오세요. 무슨 바람이 불었을까요?"

"아무 바람도 아닙니다. 뵙고 싶어 견딜 수가 없었습니다. 저 자신도 그 이유를 알 수는 없습니다만, 어떤 알 수 없는 힘이 댁으로 끌어당기는 것 같습니다. 그래서 염치 불구하고 찾아뵙게 된 겁니다. 그러나 이렇게 이른 시간에 찾아와서 숨김없이 말씀드리는 무례함을 부디 용서하십시오."

그는 이 말을 정색을 하고 매우 익살맞은 어조로 말했다. 입술에는 미소를 띠고 음성은 진지했다.

그녀는 깜짝 놀라서 조금 낯을 붉히면서 띄엄띄엄 말했다.

"어머……무슨 말씀을……무슨 뜻인지 전 잘 모르겠어요……너무 뜻밖의 이야기라……"

그는 덧붙였다.

"실은 사랑을 고백하는 겁니다. 당신께서 겁내시지나 않을까 해서 유쾌한 어조로 말씀드렸습니다."

"어머나, 사랑 고백을요?……진정으로?"

"그렇고말고요. 실은 훨씬 전부터 말씀드리려고 했습니다만 그럴 용기가 없었습니다. 남들의 말로는 무척 엄격하시고 강직하기 짝이 없는 분이라고 들었기 때문에."

부인은 겨우 침착성을 되찾고 말했다.

"그럼 왜 하필 오늘 하시나요?"

"모르겠습니다."

그러고 나서 목소리를 낮추어서 말했다.

"그렇게 말씀드리는 것보다 어제부터 당신 생각만 줄곧 했기 때문이겠지요."

그 여자는 갑자기 창백해져서 중얼거렸다.

"아녜요. 어린아이 같은 이야긴 그만하세요. 우리 다른 이야기를 해요."

그러나 그 순간, 그가 느닷없이 무릎을 꿇었기 때문에 그녀는 너무나 놀라서 일어서려 했다. 그러나 그는 그녀의 허리를 양팔로 단단히 끌어안고 의자에서 떨어지지 않도록 하며 들뜬 목소리로 되풀이했다.

"그렇습니다. 정말로 저는 훨씬 전부터 당신을 미칠 듯이 사모했습니다. 대답은 하지 말아 주십시오. 할 수 없습니다. 전 미친 사람이니까요! 당신이 그리워서 견딜 수가 없습니다……아아, 얼마나 사모하는지 알아주신다면!"

그녀는 숨이 막히고 괴로운 듯 목을 울리면서 무언가 이야기를 하려고 했으나 한 마디도 하지 못했다. 그의 입이 자기의 입으로 다가오는 것을 멈추게 하기 위해서 그의 머리카락을 붙잡고 두 손으로 밀어냈다. 그리고 그를 보지 않으려고 눈을 감고 이리저리로 재빠르게 고개를 흔들었다.

그는 옷 위로 그녀의 몸을 만지며 쓰다듬기도 하고 문지르기도 했다. 그녀는 그 난폭하고도 격렬한 애무에 맥이 탁 풀리고 정신이 아득해지는 것 같았다. 그는 몸을 벌떡 일으키자 그녀를 껴안으려고 했다. 그러나 그녀는 순간적인 틈을 엿보아 뒤로 물러서자 다시 팔걸이의자를 짚고 달아났다.

그는 따라가는 게 쑥스럽다고 생각되어 의자에 털썩 주저앉아, 두 손으로 얼굴을 가리고 흐느껴 우는 시늉을 했다.

그러고 나서 다시금 일어서자 "안녕, 안녕히 계십시오!" 하면서 도망쳐 나왔다.

그는 현관에서 태연하게 단장을 받아들고 거리로 나서면서 생각했다.

'제기랄! 우선 이쯤 해둬도 좋겠지!'

그러고 나서 전보국에 가서 이튿날의 밀회를 위해서 클로틸드에게 전보를 보냈다.

여느 때와 같이 집에 돌아오자, 그는 아내에게 물었다.

"어떻소, 만찬에는 예정한 손님들이 모두 오게 되오?"

그녀가 말했다.

"네, 하지만 발테르 부인만은 아직 형편을 모르겠어요. 왜 그런지 우물쭈물하면서 약속이 어떻다느니 기분이 어떻다느니 하고 알 수 없는 말을 하더군요. 어쩐지 좀 이상했어요. 하지만 결국 오실 거예요."

그는 어깨를 가볍게 들어올렸다.

"뭘 괜찮겠지, 오실 거요."

그러나 그는 확신할 수 없었다. 그리고 만찬회 날까지 마음이 놓이지 않았다.

그날 아침, 마들렌은 사장 부인에게서 짧은 전갈을 받았다. '겨우 형편이 닿게 돼서 찾아뵙게 되었어요. 하지만 바깥양반은 함께 갈 수가 없습니다.'

뒤루아는 생각했다. '그 뒤에 가지 않기를 잘했어. 이제야 겨우 마음이 가라앉은 모양이군. 조심해야겠는걸.'

그러나 그는 조금은 마음을 졸이면서 부인이 오기를 기다렸다. 그녀는 태연하게 다소 냉랭하고 거만한 태도로 들어왔다. 그는 완전히 움츠려져서 조심스럽게 행동했다.

라로슈 마티유 부인과 리솔랭 부인은 남편과 함께 왔다. 페르스뮈르 부인은 상류 사교계의 소문을 이야기했다. 드 마렐 부인은 이상하게 디자인한 옷을 입어서 자꾸 눈길을 끌었다. 그것은 노란색과 까만색을 배합한 스페인 식 옷으로, 아름다운 몸매와 가슴과 오동통한 팔을 있는 대로 드러내고 조그마한 새 같은 얼굴을 한결 더 야무지게 보이게 했다. 뒤루아는 자기 오른쪽에 발테르 부인을 앉게 했지만 식사하는 동안 내내, 과장된 존경을 표하면서 진지한 이야기밖에는 하지 않았다. 그리고 이따금 클로틸드를 보고 '저쪽이 훨씬 아름답고 젊다' 생각했다. 그러고 나서 아내 쪽으로 눈길을 돌렸는데, 남모르게 끈질긴 악의에 찬 분노를 품으면서도 내 아내도 나쁘지는 않다고 생각했다.

그러나 사장 부인은 쉽게 정복하기 어려운 점과 늘 남자의 마음을 끄는 새로운 맛으로 그의 정욕을 부추겼다.

그녀는 일찍 돌아가려 했다.

"바래다 드리겠습니다." 그가 말했다.

그녀는 사양했지만 그는 굽히지 않았다.

"어째서 안 됩니까? 그러면 제 체면이 서지 않습니다. 절대로 저를 용서해 주시지 않을 것만 같습니다. 보시다시피 저는 이렇게 차분합니다."

그녀는 말했다.

"하지만 다른 손님들을 내버려둘 수는 없지 않겠어요?"

그는 빙긋 웃으며 말했다.

"뭘요, 20분 있으면 돌아올 테니까요. 아무도 모를 겁니다. 만약 끝까지 거절하신다면 저는 마음속 깊이 비관하고 말 겁니다."

그녀는 중얼거렸다.

"그럼 바래다주세요."

그러나 마차에 올라타자, 그는 그녀의 손을 잡고 열정적으로 키스했다.

"사모하고 있습니다. 진정 사모합니다. 부디 제 말씀을 들어 주십시오. 전 손가락 하나 건드리지 않겠습니다. 다만 사모한다고만 말씀드리고 싶습니다."

그녀는 중얼거렸다.

"어머! 그런 약속을 하시고서도……안 돼요……안 된다니까요……"

그는 조급해지는 마음을 필사적으로 진정하는 것처럼 보이면서, 목소리를 낮추며 계속했다.

"보십시오, 이렇게 마음을 가라앉혔습니다. 그러나……사모하고 있다는 말만은 하게 해 주십시오……날마다 댁을 찾아가서 5분 동안만 부인의 발밑에 무릎을 꿇고 그리운 얼굴을 바라보면서 이 몇 마디만 할 수 있도록 해주십시오."

그녀는 상대에게 손을 내맡기고 숨을 헐떡이면서 말했다.

"아뇨, 안 돼요, 안 됩니다. 세상의 소문이나 하인들이나 딸들을 생각해 주세요. 아뇨, 아뇨, 안 될 말씀이에요."

그는 계속해서 말했다.

"전 이제 부인을 만나지 않고는 살 수 없습니다. 댁이건 다른 곳이건 매일 1분씩이라도 만나 뵙고 부인의 손을 만져 보고, 부인의 옷이 휘저어 놓은 공기를 마시고 부인의 몸매와 저를 미치게 하는 아름답고 큰 눈을 바라보지 않고는 견딜 수가 없습니다."

그녀는 판에 박은 듯한 이 달콤한 말을 몸을 떨면서 듣고 있었다. 그리고 떠듬거리면서 말을 이었다.

"아뇨……아뇨……안 돼요. 이젠 아무 말씀도 하지 마세요."

그는 단순한 이 여자를 차지하기 위해서는 조급하게 굴지 말고 조금씩 밀고 나가야겠다, 먼저 어디든 상대가 좋다는 곳에서 밀회할 약속을 하도록 결심하게 하면 그 뒤는 내가 마음먹은 대로 되는 것이리라 생각하고, 한층 더 목소리를 낮추어 귓가에 대고 소곤거렸다.

"저어……저는, 무슨 일이 있어도……뵙지 않을 수가 없습니다. 거지처럼……댁의 문 앞에서 기다리겠습니다……만일 내려오시지 않으시면 제가 올라가겠습니다……아무튼 뵈러 가겠습니다……꼭 가겠습니다……내일."

그녀는 되풀이했다.

"아뇨, 안 돼요, 오시면 안 돼요. 절대로 만나지 않겠어요. 딸들의 생각을 해 주세요."

"그럼 어디서 만나 뵐 수 있을지 말씀해 주십쇼……거리에서나……어디서나 좋습니다……시간도 형편이 좋으실 대로 하십시오……그저 만나 뵐 수만 있으면 됩니다……그저 인사를 드리고……'사모합니다' 이렇게 말씀드리고 가겠습니다."

그녀는 넋을 잃고 망설였다. 그러나 마차가 자기 집 현관문 앞에 이르자 재빠르게 말했다.

"그럼, 내일 3시 반에 트리니테 교회로 가겠어요."

그러고 나서 마차에서 내리고 마부에게 명령했다.

"뒤루아 씨를 댁까지 모셔다 드려요."

집으로 돌아오자 아내가 물었다.

"어디 갔다 오세요?"

"급한 전보를 치러 전신국에 갔다 왔소."

드 마렐 부인이 곁에 와서 말을 건넸다.

"바래다주세요, 벨아미. 그렇지 않으면 이렇게 먼 데까지 오지 않았을 거예요."

그러고 나서 마들렌을 돌아보고 말했다.

"질투하시지는 않으시겠죠?"

뒤루아 부인은 천천히 대답했다.

"네, 별로."

손님들이 모두 돌아갔다. 라로슈 마티유 부인은 시골 하녀 같았다. 그녀는 공증인의 딸로 라로슈가 아직 풋내기 변호사였던 시절에 결혼했었다. 리솔랭 부인은 제법 고상한 체하는 노파로 마치 도서관에 다니면서 공부한 산파 출신 같아 보였다. 페르스뮈르 백작 부인은 그들을 얕보고 있었다. 그 '하얀 손'은 평민의 손이 닿는 것을 싫어하는 듯싶었다.

클로틸드는 온통 레이스로 몸을 휘감고 계단으로 향한 문을 나서면서 마들렌에게 말했다.

"정말 훌륭했어요, 당신 댁의 만찬회는 이제 조금만 있으면 파리에서 으뜸가는 정치적 살롱이 될 거예요."

그녀는 조르주와 단 둘만 있게 되자 그를 껴안으면서 말했다.

"아아! 귀여운 벨아미. 전 하루하루 당신이 좋아져요.

그들을 싣고 가는 마차는 배처럼 흔들렸다.

"역시 우리들 방이 좋죠?" 그녀가 말했다.

"그야 여부가 있나." 그는 대답은 했지만 마음속으로는 발테르 부인을 떠올렸다.

4

7월의 눈부신 태양이 내려쬐는 트리니테 교회의 광장은 거의 인기척이 없었다. 파리는 숨이 막힐 정도의 더위에 시달렸다. 마치 타는 듯한 열기가 온 도시에 내려붓듯이 푹푹 찌는 공기가 가슴을 답답하게 했다.

교회 앞에는 분수가 권태롭게 물이 떨어지고 있었다. 마치 물줄기들이 뿜어 나오기에 지친 듯 무겁게 축 늘어져 있었다. 낙엽과 종잇조각이 떠 있는 연못의 물은 조금 녹색 기운이 돌고 흐리터분하게 괴어 있었다.

개 한 마리가 돌 테두리를 뛰어넘어서 그 불결한 물속에서 헤엄치고 있었다. 네댓 사람이 정면 현관 앞의 둥그렇고 작은 정원 벤치에 걸터앉아서 그 개를 부러운 듯이 바라보고 있었다.

뒤루아는 회중시계를 꺼내 보았다. 아직 3시였다. 30분이나 일찍 온 것이다.

그는 이 밀회를 생각하고 웃었다. 그리고 중얼거렸다.

'그 여자에게 교회란 여러 모로 유용하군. 유대인을 남편으로 삼은 것도 위로해 주고, 정계에서는 정의파인 체하는 태도를 취하게도 해주고, 상류 사회에서는 훌륭한 몸가짐을 갖게 하고, 연인과 몰래 만날 장소도 제공해 주고. 맑은 날이나 비 오는 날 모두 쓸 수 있는 우산처럼 교회를 이용하는 습관이 되어 버렸어. 날씨가 좋은 날에는 단장이 되고, 햇빛이 강하면 양산이 되고, 비가 오면 우산이 되고, 외출하지 않을 때는 현관에 처박아 둔다. 이렇게 마음이 너그러운 하느님을 우습게 여기는 여자들이 몇 백 명 있을 지도 모르지. 그들은 하느님의 흉을 보고 화를 내면서도 때와 경우에 따라서는 정사의 중매 노릇까지 시키니 말이야. 가구가 딸린 방으로 가자고 하면 매우 추잡한 일이라고 펄쩍 뛰면서도 제단 앞에서 사랑의 불장난을 하는 것은 아무렇지도 않게 생각하니.'

그는 연못 주위를 천천히 걸었다. 그리고 종각의 큰 시계로 다시 한 번 시간을 보았다. 큰 시계는 그의 시계보다도 2분이나 더 빨라서 3시 5분을 가리키고 있었다.

그는 교회 안에서 기다리는 편이 더 낫겠다고 생각하고 안으로 들어갔다.

지하실과도 같은 시원함이 살결에 스며들었다. 그는 가슴이 열리는 듯 마음속으로 깊게 숨을 들이쉬고 장소를 잘 알아 두기 위해 신자들이 앉는 자리를 한 바퀴 돌았다.

넓은 건물 안쪽으로부터 높고 둥근 천장 아래로 울리는 그의 발소리에 대답이라도 하듯 또 다른 규칙바른 발소리가 이따금 끊어졌다가는 다시 들려왔다. 그는 그 발소리의 주인을 알고 싶은 호기심에서 둘러보았다. 그 사람은 뒷짐을 진 채 모자를 들고 천장을 올려다보며 걷고 있는 머리가 벗겨진 뚱뚱한 신사였다.

군데군데 나이 먹은 여자들이 무릎을 꿇고 얼굴을 두 손으로 가리고 기도하고 있었다.

고독과 적막과 휴식이 그의 마음을 사로잡았다. 색유리를 통해 들어와 부드러워진 햇볕이 눈을 시원하게 해주었다.

뒤루아는 '교회 안은 무척 기분이 좋은 곳이군' 생각했다.

그는 입구로 되돌아와서 다시 한 번 시계를 보았다. 아직 3시 15분밖에 되지 않았다. 그래서 담배를 피울 수 없음을 유감스럽게 생각하면서 중앙 통로의 가장 입구 앞 의자에 앉았다. 교회 안의 저쪽 끝 제단 근처에서 먼저의 그 뚱뚱한 신사의 느릿느릿한 발소리가 여전히 들려 왔다.

그때 누군가가 들어왔다. 뒤루아는 깜짝 놀라서 뒤돌아보았다. 그녀는 서민층의 여자로 모직 스커트를 입고 초라한 옷차림을 했는데 입구 의자에 쓰러지듯이 꿇어앉자, 양쪽 손가락을 깍지 끼고 위를 올려다보며 꼼짝도 하지 않았다. 기도에 혼을 빼앗긴 듯한 모습이었다.

뒤루아는 그 여자에게 흥미를 느끼고 어떤 슬픔과 괴로움, 또는 절망이 그녀의 비참한 마음을 깨뜨리는가 생각하면서 그 모습을 바라보았다. 가난의 밑바닥에서 허덕이는 것을 단박에 알 수 있었다. 그러나 가난뿐만이 아니라 아마도 그녀를 죽을 만큼 때리는 남편이나 당장 죽어 가는 아이라도 있을 것이다.

그는 마음속으로 중얼거렸다.

'가엾은 사람들이군! 하지만 이렇게 고통받는 사람들은 많아!'

그리하여 무자비한 자연에 분노가 치밀어 올랐다. 그리고 이 거지와 마찬가지의 사람들은 적어도 저 세상에서 누군가가 자기네들을 걱정해 주고 자신들의 호적부가 대차대조표와 함께 하늘의 장부에 기록되어 있으리라고 믿는 것이다, 라고 생각됐다.

"저 세상? 도대체 그곳은 어떤 곳일까?"

뒤루아는 교회의 고요함 속에 밀려서 한없는 공상을 하고 창조에 대해서 이것저것 생각해 보다가 "쓸데없는 일이야, 정말." 이렇게 중얼거렸다.

순간 옷자락 스치는 소리가 그를 멈칫하게 했다. 그녀였다.

그는 일어나서 재빨리 그녀 곁으로 갔다. 그러나 발테르 부인은 손도 내밀지 않고 조그맣게 소곤거렸다.

"시간이 없어요. 곧 돌아가야 해요. 남의 눈에 띄지 않도록 제 옆에 꿇어앉아 주세요."

그리고 제법 내부를 익숙하게 잘 안다는 듯이 편하고 안전한 장소를 찾아서 넓은 신자석 안쪽으로 나갔다. 그녀는 얼굴을 두꺼운 베일로 가리고 거의 아무도 알아차리지 못할 정도로 발소리를 죽이고 걸었다.

내당 가까이로 가자, 그녀는 뒤를 돌아보고 교회 안에서 모두가 엄수하듯이 조용한 어조로 중얼거렸다.

"옆쪽이 좋겠어요. 여기는 너무 남의 눈에 띄어요."

그녀는 주제단(主祭壇)의 성합(聖盒)을 향하여 과장된 몸짓으로 머리를 숙이고 다시금 가볍게 절하고 나더니 오른쪽으로 돌아서서 조금 입구 쪽으로 되돌아왔는데, 곧 결심한 듯 기도석 앞으로 가서 무릎을 꿇었다.

조르주는 그 옆 기도석에 자리를 잡았다. 그들이 기도하는 자세로 가만히 자리를 잡자 그는 말했다.

"고맙습니다. 정말 고맙습니다. 전 부인이 그리워서 참을 수가 없습니다. 될 수만 있다면 언제까지고 이렇게 말씀드리고 있고 싶습니다. 그리고 어떻게 부인을 사랑하게 되었는지, 처음 뵈었을 때부터 얼마나 부인께 마음이 끌렸는지를 말씀드리고 싶습니다……언제쯤이나 마음속을 모조리 털어놓고 모든 것을 이야기할 것을 허락해 주실 수 있겠습니까?"

그녀는 아무것도 귀에 들어오지 않는다는 듯 깊은 생각에 잠긴 모습으로 듣고 있었다. 그리고 손가락 틈새로 말했다.

"그런 말씀을 잠자코 듣고 있다니 저도 정말 제정신이 아니에요. 첫째 여기에 온 것도 이런 짓을 하는 것도, 당신에게 오늘의……이런 일이 계속될 것처럼 생각하게 하는 것도 모두 미친 짓이에요. 제발, 다 잊으시고 두 번 다시 제게 말씀하시지 말아 주세요."

그녀는 상대의 말을 기다렸다. 그는 무언가 대답을, 단 한 마디로 상대를 꼼짝 못하게 할 정도의 정열적인 말을 찾았다.

그러나 말에 몸짓을 보탤 수가 없었으므로 어떻게도 움직일 수가 없었다.

그래서 이렇게 말했다.

"전 아무것도 기대하지 않고……바라지도 않습니다. 다만 당신이 그리운 겁니다. 당신이 어떻게 하시든 전 힘과 열의를 담아서 몇 번이라도 되풀이해서 이렇게 말씀드립니다. 그러면 언젠가는 알아주시겠지요. 전 제 애정을 한 마디씩 매일 매시간 부인의 마음속에 스며들게 하고 그 마음에 부어 드리고 싶습니다. 나중에는 한 방울씩 목구멍에 떨어지는 술처럼 부인의 가슴을 채우고 마음을 부드럽게 하고 기분을 달래고 뒷날 '저도 당신을 사랑해요' 이렇게 대답하지 않을 수 없게 만들고 싶습니다."

그는 자기에게 기댄 그녀의 어깨가 가볍게 떨리고 가슴이 요동치는 것을 느꼈다. 그녀는 단숨에 내뱉었다.

"저 역시 당신을 사랑해요."

그는 머리 위에 벼락이라도 떨어진 듯 펄쩍 뛰었다. 그리고 한숨처럼 중얼거렸다.

"아아! 하느님!"

그녀는 헐떡이는 목소리로 계속 말했다.

"이런 말씀을 입밖에 내도 될지 모르겠어요. 저는 죄 많고 보잘것없는 여자예요……제 짓이……딸이 둘씩이나 있으면서……하지만 어쩔 수가 없어요……어쩔 수가……이렇게 되리라곤……꿈에도 생각지 못했어요……생각조차도 못했어요……하지만 아무리 해도 소용없어요……제 힘으론 누를 수가 없어요. 저어……사실을 말씀 드리면……전……당신밖에는 여태까지 누구도 사랑한 적이 없어요……맹세하겠어요. 그리고 1년 전부터 남몰래 마음 깊이 당신만을 사랑해 왔어요. 아아! 얼마나 괴로워하면서 싸워왔는지. 하지만 이제는 어떻게도 할 수 없어요. 당신이 그리워서……"

그녀는 깍지 낀 손가락을 얼굴에 대고 울고 있었다. 몸 전체가 흥분으로 심하게 떨렸다.

조르주가 소곤거렸다.

"손을 주십시오. 제 손에 넣고 꼬옥 쥐고 싶습니다."

그녀는 천천히 얼굴에서 손을 뗐다. 얼굴은 온통 젖었고 눈썹 끝에 눈물이 한 방울 당장에라도 떨어질 듯 떨리고 있었다.

그는 그 손을 잡아서 꼬옥 쥐었다.

"아아! 당신의 눈물을 마시게 해주십시오!"

그녀는 신음하듯이 낮고 띄엄띄엄 끊어지는 목소리로 말했다.

"그렇게 마구 덤비지 마세요……전 이제는 파멸이에요."

그는 웃고 싶어졌다. 이런 데서 어떻게 마구 덤빌 수가 있겠는가? 그는 잡았던 손을 자기 심장에 대고 이렇게 물었다.

"이 고동을 느끼시지요?"

이제는 정열적인 문구가 바닥이 나 버린 것이다.

그러나 조금 전부터 아까 그 신사의 규칙적인 발소리가 그들에게로 다가왔다. 그는 제단을 한 바퀴 돌고 적어도 두 번째이지만 다시 오른편 좁은 신자석으로 내려왔던 것이다. 발테르 부인은 몸을 숨기고 있는 기둥 가까이에서 그 발소리를 듣자, 조르주에게 잡힌 손을 잡아당겨서 다시 자신의 얼굴을 가렸다.

그리고 두 사람은 꿇어앉은 채 꼼짝도 하지 않고 함께 열렬한 기도를 하늘에 바치고 있는 시늉을 했다. 뚱뚱한 신사는 그들 옆을 지나가면서 무관심한 눈길을 흘끗 주었을 뿐, 여전히 모자를 손에 들고 교회당 아래쪽으로 멀어져 갔다.

그러나 뒤루아는 트리니테 교회가 아닌 다른 곳에서 밀회를 즐기고 싶었다.

"내일은 어디서 뵐 수 있을까요?"

그녀는 대답하지 않았다. 완전히 풀이 죽어서 기도하는 조각상이 돼버린 듯했다.

그래서 그는 다짐하듯이 물었다.

"내일, 몽소 공원에서 뵐까요?"

그녀는 다시금 얼굴에서 손을 떼고, 심한 고통에 일그러진 창백한 얼굴을 그에게 돌리고 띄엄띄엄 말했다.

"그대로 내버려두세요……이젠 제게는 상관하지 말아 주세요……저리로 가세요……제발 가세요……단 5분 동안이라도 좋으니까요……당신이 곁에 계시면……괴로워서 못 견디겠어요……기도를 드리고 싶은데……도무지 되지 않아요……어디로든지 가주세요……기도하게 해 주세요……5분만……도저히 안 돼요……제발 하느님께 용서를 구하도록……저를 구해 주시도록……기도하게 해 주세요……저를 혼자 놔두세요……5분 동안만……"

그녀의 표정이 너무나도 혼란스러운 것 같아서 그는 한마디도 하지 않고 일어서서, 잠깐 망설이다가 물었다.

"곧 돌아와도 좋겠습니까?"

그녀가 '네 좋아요' 하는 듯 고개를 끄덕였기 때문에 그는 내당 쪽으로 걸어 갔다.

그 여자는 기도를 드리려고 했다. 인간의 힘으로 할 수 있는 모든 노력을 다하여 하느님을 부르고 몸을 떨면서 열광적인 정성을 담아 하느님을 향하여 "자비를!" 하고 부르짖었다.

그녀는 이제 막 사라져 간 사나이의 모습을 보지 않으려고 필사적으로 눈을 감았다! 그리고 그 모습을 눈앞에서 쫓아 버리려고 몸부림쳤다. 그러나 그 절박한 마음에 기다리고 있는 하느님의 모습은 나타나지도 않고 오로지 청년의 곱슬거리는 콧수염만이 언제까지나 눈앞에 어른거리며 사라지지 않았다.

1년 전부터 그녀는 낮이나 밤이나 차츰 커져가는 망상과 싸워 왔다. 끊임없이 꿈에 나타나고 육체에 달라붙고 밤마다 잠을 뒤흔들어 놓는 이 청년의 모습과 싸워 왔다.

그녀는 이 남자의 입술과 수염과 눈빛만으로도 쉽게 무너져서 마치 그물에 걸려든 동물처럼 그 양팔 속에 휘감겨 들고 내던져져서 움짝달싹 못하게 돼버린 것 같았다.

더욱이 지금 그녀는 이 교회 안에서 하느님 바로 옆에 있으면서도 자기 집에 있는 것보다도 한결 더 약하고 의지할 곳 없이, 파멸로 떨어지고 만 것처럼 느꼈다. 이미 기도도 드릴 수가 없고 다만 그에 대한 일 말고는 아무것도 생각할 수 없었다. 그러나 죽을힘을 다해 싸웠다. 넋의 온 힘으로 몸을 지키고 하느님의 도움을 구했다. 여태까지 한 번도 잘못을 저지른 적이 없는 그녀는 이렇게 타락하는 것보다 차라리 죽는 편이 훨씬 나을 거라고 생각되었다. 그래서 정신없이 기도문을 중얼거렸지만 귀는 둥근 천장 아래 저편으로 멀어져 가는 조르주의 발소리를 쫓고 있었다.

그녀는 이제는 마지막이다, 아무리 저항해도 소용없음을 느꼈다. 그러나 그대로 맥없이 지고 싶지는 않았다. 그래서 곧잘 여자들이 온몸을 떨고 울부짖으면서 땅바닥에 몸부림치는 저 절망적인 발작에 사로잡혔다. 그리고 자신이 날카로운 비명을 지르면서 마룻바닥에 쓰러져서 의자 사이를 뒹굴 것 같아서 자기도 모르게 손발이 떨렸다.

누군가가 빠른 걸음으로 다가왔다. 돌아보니 신부였다. 그녀는 순간적으로 일어서자 두 손을 합장한 채 앞으로 내밀면서 그쪽으로 달려갔다. 그리고 떠듬거리면서 말했다.

"제발 도와주십시오! 도와주세요!"

신부는 갑작스러운 일에 놀라서 걸음을 멈추었다.

"무슨 일입니까, 부인?"

"도와주십사 하는 겁니다. 부디 저를 불쌍하게 생각해 주세요. 제게 힘을 빌려주시지 않으면 제 일생은 파멸하고 맙니다."

그는 미친 것은 아닌가 하고 그녀를 유심히 보다가 이윽고 말을 이었다.

"그럼 제가 어떡하면 되겠습니까?"

그는 몸집이 크고 조금 뚱뚱한 청년으로 뺨이 팽팽하게 아래로 처지고, 정성스럽게 깎은 수염 자국이 시커멓게 물들어 있었다. 유복한 동네에서, 부유한 여자들인 이들 고해자를 다루는 데 익숙한 도회지에 어울리는 부사제였다.

"참회를 들어주셨으면 해요. 그리고 충고 말씀도 해주시고, 저에게 힘을 빌려주세요. 그리고 어찌 하면 좋은가를 말해 주시기를 바랍니다."

그는 대답했다.

"참회는 매주 토요일 3시부터 6시까지 듣기로 되어 있습니다."

그녀는 그 팔에 매달려 세게 움켜쥐면서 이렇게 되풀이했다.

"아뇨, 아뇨, 아니에요! 지금 곧, 당장 부탁드리고 싶어요! 제발 그렇게 해주세요! 그분이 저기에, 이 교회당 안에 있어요! 저를 기다리고 있어요!"

신부는 물었다.

"누가 기다립니까?"

"남자예요……저를 파멸시키려는 남자예요……만일 신부님께서 구해 주시지 않으시면 저는 그 남자에게 붙잡히고 말아요……이제는 달아날 길이 없어요……저는 너무나 약해요……너무 약해요……정말 어떻게 할 수가 없어요."

그녀는 신부의 무릎 앞에 쓰러져서 흐느껴 울며 애원했다.

"아아! 불쌍히 여겨 주세요. 신부님! 구해 주세요, 하느님의 이름으로 구해 주세요!"

그녀는 상대가 빠져나가지 않도록 검은 색 법의를 단단히 붙잡았다. 신부는 누군가 악의 있는 사람이나 완고한 신자의 눈이 자기의 발밑에 쓰러진 여자의 모습을 보고 있지는 않나 하여 불안스럽게 주위를 둘러보았다.

그러나 아무래도 이 여자에게서 빠져나갈 방법이 없음을 가까스로 깨닫고 말했다.

"일어서십시오, 마침 고해소의 열쇠를 가지고 있습니다."

그러고는 주머니를 뒤져서 열쇠가 잔뜩 달린 고리를 꺼내어 그중의 하나를 고르자, 잰 걸음으로 자그마한 통나무집이 늘어선 쪽으로 향했다. 그곳은 신자가 죄를 고하러 오는 마치 영혼의 쓰레기통과 같은 곳이다.

그는 한 중간문으로 들어가서 곧 문을 닫았다. 발테르 부인은 자그마한 칸막이 안으로 뛰어들어와 격렬한 희망으로 숨을 헐떡이면서 열심히 중얼거렸다.

"축복을 내려주십시오, 신부님. 저는 죄를 저지른 사람입니다."

뒤루아는 제단을 한 바퀴 돌고 나서 왼편 신자석으로 내려왔다. 가운데까지 오자, 여전히 조용한 발걸음으로 걷고 있는 아까 그 대머리의 뚱뚱한 신사와 만났다.

'도대체 이 남자는 여기서 무엇을 하는 것일까?'

그는 그 신사가 수상쩍게 생각되었다.

그도 걸음을 늦추고 자못 이야기를 걸고 싶은 듯 조르주를 보았다. 그리고 옆에 오자, 인사를 하고 매우 정중하게 물었다.

"당돌하게 이런 말씀을 여쭈어서 실례입니다만, 이 교회가 언제쯤 만들어졌는지 가르쳐 주실 수 없을까요?"

뒤루아는 대답했다.

"잘 모르겠지만 20년이나 25년 전이라고 생각합니다. 실은 여기에 들어와 본 것은 오늘이 처음이니까요."

"나도 그렇습니다. 한 번도 와본 일이 없습니다."

신문 기자는 흥미를 느끼고 물었다.

"매우 자세하게 구경하시는데 어떤 것을 조사하십니까?"

상대는 단념한 듯한 태도로 대답했다.

"아니, 구경이 아닙니다. 실은 아내가 여기서 만나자고 해서 기다리는 중입니다만 좀처럼 오지 않는군요."

그러고 나서 입을 다물었다가 잠시 뒤에 다시 말을 이었다.

"밖은 지독히 더운데요."

뒤루아는 그의 얼굴을 보며 매우 호인답다고 생각하다가 문득 포레스티에를 닮은 것처럼 여겨졌다. 그래서 물었다.

"시골서 오셨습니까?"

"네, 렌에서 왔습니다. 그런데 당신도 구경하러 이 교회에 들어오셨나요?"

"아뇨, 저 또한 여자를 기다리는 겁니다."

신문 기자는 가볍게 인사를 하고 입술에 미소를 띠면서 그곳을 떠났다.

정문 현관으로 오자 예의 가난한 여자가 여전히 꿇어앉아서 기도를 드리고 있었다. 그는 생각했다.

'정말! 끈질기게 빌고 있구나.'

이제는 조금의 감동도 동정도 느끼지 않았다.

그는 그 여자 옆을 지나쳐서 천천히 오른편 신자석으로 되돌아가, 발테르 부인이 있는 곳으로 가려고 했다. 그런데 부인을 남겨 놓고 온 근처를 멀리서 살펴보았으나 부인의 모습이 보이지 않아 깜짝 놀랐다. 기둥을 잘못 보았나, 하고 마지막 기둥까지 갔다가 다시 되돌아왔다. 그럼 돌아가 버리고 말았구나! 그는 놀라움과 노여움을 동시에 느꼈다. 그러나 곧 부인도 자기를 찾고 있을지 모른다고 생각하고 다시 한 번 교회당 안을 돌아보았다. 그러나 상대의 모습이 보이지 않아 그녀가 앉았던 의자에 다시 와서 앉아 그녀가 돌아오기를 기다렸다.

그러자 소곤소곤 속삭이는 목소리가 그의 주의를 끌었다. 그러나 근처에는 사람의 그림자도 보이지 않았으므로 그는 그 속삭임이 어디서 나는 것일까, 이상하게 여겨 일어나서 보니 옆에 있는 고해소의 문이 눈에 띄었다. 그 중 한 곳에서 여자의 옷자락이 나와 돌을 깔아 놓은 바닥에 끌려 있었다. 어떤 여자일까, 다가가 보니 바로 부인이었다. 참회하고 있구나!

그는 화가 치밀어 올라와서 부인의 어깨를 움켜쥐고 그곳에서 끌어내고 싶었으나 곧 '뭘! 오늘은 신부 차지지만 내일은 내 차례인걸!' 다시 생각했다. 그리고 고해소의 작은 창문 앞에 조용히 앉아서 자기의 시간이 오기를 기다렸다. 그러나 우습게 되어 가는 일에 자기도 모르게 멋쩍게 웃음 지었다.

그는 오랫동안 기다렸다. 마침내 발테르 부인은 일어서서 몸을 뒤로 돌려 그를 보자 곁으로 왔다. 차갑고 험악한 얼굴이었다.

"제발 함께 오시거나 뒤에 따라 오시거나 하지 말아 주세요. 그리고 앞으로는 혼자서 저희 집에 오시지 않도록 부탁드리겠어요, 절대로 만나 뵙지 않을 테니까요. 안녕히!"

그러고는 의젓한 걸음으로 교회에서 나갔다.

그는 그대로 그녀를 돌아가게 했다. 어떤 일이라도 무리하지 않는다는 것이 그의 신념이었기 때문이다. 그리고 예의 그 신부가 조금 흥분한 표정으로 고해소에서 나왔으므로 그는 성큼성큼 다가가서 상대편 눈을 노려보면서 거침없이 고함을 쳤다.

"당신이 그런 기다란 옷을 입지만 않았다면 그 바보 같은 낯짝에 마음껏 따귀를 먹일 텐데."

그러고 나서 홱 돌아서서 휘파람을 불면서 교회를 나갔다.

정면 현관께에서 그 뚱뚱한 신사가 모자를 쓰고 양팔을 뒤로 돌려 뒷짐을 지고 기다리다 지친 듯이, 널따란 광장이며 그곳으로 통하는 길들을 바라보고 있었다.

뒤루아가 옆을 지나치자 그는 인사했다.

그는 할일도 없어졌기 때문에 〈라 비 프랑세즈〉쪽으로 내려갔다. 문을 들어서자 웨이터들이 어수선하게 떠들고 있었으므로 무언가 심상치 않은 일이 일어났음을 직감했다. 그는 황급히 사장실로 뛰어들어 갔다.

발테르 영감은 선 채, 초조한 모습으로 어떤 기사를 토막토막 잘린 말로 필기하게 하고 매듭이 지어질 때마다 주위를 둘러싼 탐방 기자들에게 일을 명령하고, 부아르나르에게 방침을 일러 주고 편지를 뜯어보곤 했다.

뒤루아가 들어가자 사장은 기쁜 듯이 외쳤다.

"아아! 마침 잘됐군. 벨아미가 왔군."

그러나 조금 겸연쩍은 듯이 딱 입을 다물고 변명했다.

"아니, 이렇게 불러서 미안하네. 아무튼 중대 사건 때문에 어리둥절했던 판이라. 게다가 아내나 딸들이 아침부터 밤까지 자네를 '벨아미'라고 부르는 것을 듣는 바람에 나까지도 그런 습관이 들어 버렸다네. 언짢게 생각하진 않겠지."

조르주는 웃었다.

"괜찮습니다. 그 별명은 저도 그다지 불쾌하지 않습니다."

발테르 영감은 대답했다.

"좋아. 그럼 나도 이제부터 남들처럼 벨아미라고 부르겠네. 그런데 여보게, 굉장한 사건이 생겼네. 내각이 310 표 대 102 표로 쓰러졌네. 우리들의 휴가는 연기일세. 더욱이 무기 연길세. 7월 28일인데 말일세. 스페인이 모로코 문제로 몹시 분개해서, 결국은 뒤랑 드 레에느와 그 일당이 내팽개쳐진 셈이지. 뭐, 뒤죽박죽 대혼란이야. 마로가 후계(後繼) 내각을 조직할 것을 위촉받았네. 그는 부탱 당크르 장군을 국방 장관으로, 내 친구인 라로슈 마티유를 외무 장관으로 앉히고, 총리와 내무 장관 자리는 자신이 겸임하는 모양일세. 우리 신문은 앞으로 정부 기관지가 되는 걸세. 그래서 지금 나는 사설을 쓰는 중일세. 각 장관들에게 그들이 나아가야 할 길을 나타내는 간단명료한 원칙의 선언을 말일세."

이 호인 영감은 싱글싱글 웃으면서 말을 이었다.

"물론 그들이 나아가려는 길 말일세. 그러나 모로코 문제에 대해서 무언가 재미있는 기사가 필요해. 대번에 일대 선풍을 일으킬 만한 시국에 알맞은 그런 것 말일세. 자네 찾아 주지 않겠나? 좋은 걸 말일세."

뒤루아는 잠깐 생각하고 나서 곧 이렇게 대답했다.

"알겠습니다. 아프리카에서의 우리나라 식민지 전체의 정치적 상황을 연구하겠습니다. 왼쪽은 튀니스, 한 가운데는 알제리, 오른쪽은 모로코라는 식으로 시야를 넓혀서 말입니다. 이 드넓은 지역에 사는 민족의 역사를 엮어 넣고, 더욱이 모로코의 국경을 피기그(figuig)의 대오아시스까지 답파(踏破)하는 기행문을 곁들이기로 하죠. 이 대오아시스는 여태까지 유럽 사람이 한 사람도 가본 일이 없는 곳이고 이번 분쟁의 원인도 거기에 있으니까요. 어떻겠습니까?"

발테르 영감은 외쳤다.

"아주 훌륭해! 그래서 제목은?"

"튀니스로부터 탕헤르(Tanger)로!"

"훌륭해!"

그래서 뒤루아는 〈라 비 프랑세즈〉의 기사철을 들춰서 그가 맨 처음에 쓴 기사 〈아프리카 병사의 수기〉를 되찾아냈다. 제목을 바꾸고 다시 손질을 해서 새롭게 꾸미기만 하면 고스란히 그대로 훌륭한 기사가 되는 것이었다. 어쨌든 식민지의 정치나 알제리 주민들의 문제를 논하고 오랑 지방의 기행문을 덧붙인 것이었으니까.

그는 고작 45분 동안에 그 기사를 싹 뜯어 고쳤다. 현 시국에 잘 들어맞도록 하고 당면한 현실 문제도 덧붙이고 새로운 내각에 대한 찬사를 끼어 넣는 등 일은 솜씨 좋게 끝났다.

사장은 그 기사를 읽자 자기도 모르게 외쳤다.

"아주 잘됐는데, 나무랄 데 없네. 자네는 참으로 쓸모 있는 남자야. 진심으로 고맙네."

그래서 뒤루아는 그날의 일에 기분이 좋아져서 저녁 식사를 하러 집으로 돌아갔다. 트리니테 교회에서는 실패했지만 그리 마음에 걸리지는 않았다. 결국에는 이길 것이라고 굳게 믿고 있었으니까.

아내는 매우 초조하게 그를 기다리고 있었다. 그래서 그를 보자마자 말했다.

"여보, 라로슈 씨가 외무 장관이 됐어요."

"알고 있어. 지금 그 일로 방금 알제리에 관한 기사를 쓰고 오는 길이야."

"어떤 기사죠?"

"당신도 아는 거지. 그 왜 둘이서 함께 썼던 그 처음 기사 말이요. 〈아프리카 병사의 수기〉. 그걸 현 사태에 맞추어 다시 손질해서 새로 썼지."

그녀는 빙긋 웃었다.

"어머, 그래요! 그거라면 썩 좋아요."

그리고 나서 한동안 생각하다가 말했다.

"전 가끔 생각하지만 당신이 그때 쓰려고 하다 도중에서……그만둔 그 연재물 말이에요. 그걸 우리 둘이 다시 시작해 보면 어떨까요? 현 시국에 잘 맞는 재미있는 읽을거리가 될 거예요."

그는 수프 앞에 앉으면서 대답했다.

"좋지. 아내를 뺏긴 포레스티에가 죽은 이제는 방해할 사람도 없을 테니까."

그녀는 비위에 거슬린 무뚝뚝한 어조로 곧 반박했다.

"그런 농담은 이젠 쓸모가 없어졌어요. 그 정도로 그만두는 게 어때요? 꽤 오래됐잖아요?"

그는 무언가 야유 섞인 말로 응수하려 했다. 그러나 바로 그때 속달이 배달되었다. 서명 없이 다음과 같은 말만 적혀 있었다.

전 머리가 돌았었나 봐요. 용서하세요. 그리고 내일 4시에 몽소 공원으로 와주세요.

그는 그 글의 뜻을 알아차렸다. 그리고 갑자기 즐거워져서 파란 종이를 주머니에 꾸겨 넣으면서 아내에게 말했다.

"이젠 그런 말 하지 않겠어. 쑥스러우니까. 나도 알고 있어."

그리고 식사를 했다.

먹으면서도 그는 '전 돌았었나 봐요. 용서하세요. 그리고 내일 4시에 몽소 공원으로 와주세요' 이 짧은 말을 마음속으로 천천히 되풀이했다. 그렇다면 그 여자도 끝내 항복한 것이다. 속달은 "저는 졌습니다. 언제라도, 어디에라도, 말씀하시는 대로 당신의 것이 되겠습니다" 하는 의미였다.

그래 자기도 모르게 웃었으므로 마들렌이 물었다.

"왜 웃으세요?"

"아니 하찮은 일이오. 아까 만났던 신부를 생각한 거요. 아주 우스꽝스런 얼굴이었거든."

뒤루아는 그 이튿날 약속한 바로 그 시간에 맞춰 밀회 장소로 갔다. 공원의 벤치란 벤치는 더위에 시달린 동네 사람들과 아이를 보는 한가한 여자들로 꽉 차 있었다. 아이 보는 여자들은 아이들이 길바닥의 모래 위에서 뒹굴고 있는데도 꿈을 꾸고 있는 듯이 꾸벅꾸벅 졸고 있었다.

발테르 부인은 샘물이 흐르고 있는 옛 모습을 조그맣게 옮겨 놓은 폐허 속에 있었다. 그리고 화사한 원주에 둘러싸인 좁은 원형 경기장 주위를 쓸쓸하고 불안한 모습으로 걷고 있었다.

그가 인사를 하자 곧 이렇게 말했다.

"이 공원엔 꽤 사람이 많군요."

그는 얼른 말했다.

"네, 정말. 어디 다른 데로 갈까요?"

"어디요?"

"아무 데나 상관없지요. 이를테면 마차 안이라도. 부인이 앉으신 쪽의 커튼만 내려 버리면 안전하죠."

"네, 그게 낫겠어요. 여기서는 불안해서 죽을 지경이에요."

"그럼 5분쯤 지나서 외곽 큰길로 향한 문으로 와주십시오. 마차를 불러 올 테니까요."

그는 뛰기 시작했다. 그녀는 그가 불러온 마차에 올라타고 자기 쪽 유리창 커튼을 완전히 내리자 이렇게 물었다.

"마부에게 어디로 갈지 말씀하셨나요?"

조르주는 대답했다.

"그런 건 염려 마십시오, 잘 알고 있으니까요."

그는 콩스탕티노플 거리의 자기 방을 마부에게 가르쳐 주었던 것이다.

그녀는 이야기를 계속했다.

"제가 당신 때문에 얼마나 괴로워했는지 아마 상상도 못하실 거예요. 정말 가슴이 갈기갈기 찢기고 생가죽을 벗기는 듯한 고통이었어요. 어제 교회에서 그토록 매정한 건 어떻게 해서든지 당신 곁에서 달아나고 싶었기 때문이었어요, 당신과 둘만 있는 것이 두려워서요. 저를 용서해 주시겠어요?"

그는 그녀의 손을 굳게 잡았다.

"용서를 하고 않고가 어디 있겠습니까? 이렇게 사모하는 걸요. 어떤 일이라도 용서하고말고요."

그녀는 애원하는 듯 그를 지켜보았다.

"저어, 부탁이에요, 제 마음을 존중해 주시겠다고……이상한……이상한 짓은 않겠다고 약속해 주세요. 그렇지 않으면 이제는 뵐 수 없으니까요."

그는 그 자리에서 대답하지 않고 콧수염 밑으로 여자의 마음을 휘젓는 미소를 띠었다. 그러고 나서 마지막에 중얼거렸다.

"무슨 말씀이든 따르겠습니다."

그러자 부인은 그가 마들렌 포레스티에와 결혼한다고 들었을 때, 비로소 그를 사랑하고 있음을 깨달았다고 말했다. 그리고 세세하게 자질구레한 날짜며 생각나는 일들을 늘어놓았다.

갑자기 그녀는 입을 다물었다. 마차가 선 것이다. 뒤루아는 문을 열었다.

"어디예요?" 그녀가 물었다.

그는 대답했다.

"내려서 이 집으로 들어오십시오. 그편이 훨씬 조용할 테니까요."

"하지만 어디예요?"

"제집입니다. 혼자 지낼 때 살던 집인데 우리 둘을 위해서……며칠동안…… 빌리기로 했습니다."

그녀는 단 둘이서 마주 앉을 것을 생각하고 겁이 나서 마차 의자에 달라붙었다. 그리고 작은 목소리로 말했다.

"아녜요. 싫어요. 싫어요! 싫어요!"

그는 목소리에 힘을 주어 말했다.

"부인의 기분을 존중하겠다고 맹세하겠습니다. 자아, 어서 오십시오. 남들이 보고 있지 않습니까? 이제 곧 시끄러운 사람들이 모여들 겁니다. 빨리……빨리……내리시라니까요."

그리고 되풀이해서 말했다.

"부인의 기분을 존중한다고 맹세할 테니까요."

술집 주인이 문 앞에 서서 재미있다는 듯이 그들을 보고 있었다. 그녀는 허둥지둥 뛰어들어 갔다.

그리고 계단을 올라가려고 했기 때문에 그는 그녀의 팔을 잡아당겼다.

"이쪽입니다. 1층이에요."

그는 이렇게 말하면서 그녀를 방안으로 밀어 넣었다.

문을 닫자 마자 그는 먹이에 달려드는 맹수처럼 그녀를 부둥켜안았다. 그녀는 "아아! 어쩌면 좋아! 아아! 난 몰라!" 중얼대면서 몸부림을 치고 저항했다.

그는 미친 듯이 목덜미며 눈이며 입술에 키스했다. 그녀는 그의 거의 광란하는 듯한 애무를 더는 피할 수가 없었다. 그리하여 상대를 밀쳐내고 입술을 피하면서 자신도 모르게 키스를 되돌려 주는 것이었다.

갑자기 그녀는 몸부림치기를 멈추었다. 그리고 완전히 항복하고 체념한 채 옷을 벗기게 했다. 그는 길들은 하녀처럼 다루는 솜씨도 가볍게 한 가지 한 가지씩 능란하고도 재빠르게 그녀가 몸에 걸친 옷들을 벗겨 나갔다.

그녀는 그에게서 웃옷을 낚아채서 그것으로 얼굴을 가리고 발밑에 흩어진 옷 사이에서 새하얀 알몸으로 서 있었다.

그는 구두만 신긴 채 그녀를 두 팔에 안고 침대로 옮겼다. 그러자 그녀는 띄엄띄엄 끊어지는 목소리로 그의 귀에 대고 소곤거렸다.

"맹세하겠어요……맹세하겠어요……전 여태까지 한 번도 연인을 만들어 본 일이 없어요."

마치 어린 처녀가 "저 맹세하겠어요. 정말 처녀예요" 하는 것 같았다.

그러나 그는 이렇게 생각했다.

'그런 건 아무래도 좋아, 정말로.'

5

가을이 되었다. 뒤루아 부부는 여름 내내 파리에서 지내고, 하원의 짧은 휴가 중에도 〈라 비 프랑세즈〉의 지면에 새로운 내각의 옹호를 위해 강력한 논전을 벌였다.

아직 10월 초순이었으나 의회가 열리려 하고 있었다. 모로코 문제가 예사롭지 않았기 때문이다. 아무도 속으로는 탕헤르 출병을 믿지 않았다.

하기는 의회가 휴회하기 전날 우파(右派)의 대의원인 랑베에르 사라쟁 백작은 중앙당에서까지 박수를 받은 재기 발랄한 연설 가운데서, 새 내각은 전 내각의 정책을 그대로 따르고 마치 벽난로 위에 꽃병을 두 개 늘어놓듯이 단순히 균형상으로 튀니스 출병의 짝으로 탕헤르에 군대를 보낼 것이라고 했다. 그는 여기에 옛날 인도의 어떤 유명한 부왕이 그랬듯이 총리의 수염에 자신의 수염을 걸어서 내기를 걸어도 좋다고 했다. 그리고 덧붙였다.

"아프리카 땅은 실제로 프랑스의 벽난로입니다. 여러분, 우리나라의 가장 좋은 장작을 태우는 벽난로입니다. 국립 은행의 지폐를 태워 버리는 매우 통풍이 잘되는 벽난로입니다.

먼저 여러분들은 예술적인 공상에서 왼쪽 한 모퉁이를 아주 비싼 튀니스의 꽃병으로 장식했습니다만, 마로 씨는 분명히 전임자의 취향을 본떠서 오른쪽한 모퉁이마저 모로코의 꽃병으로 꾸미게 될 겁니다."

이 연설은 나중까지도 유명해진 것인데, 뒤루아는 이것을 재료로 알제리 식민지에 대해서 열 편의 기사를 쓰고 신문사에 입사하자마자 중단했던 연속물을 완성했다. 그리고 결코 그런 일은 생기지 않으리라고 확신하면서도 군대

파견설을 지지하고 대대적으로 애국열을 부채질해서 이해가 엇갈리는 다른 국민에 대해 흔히 쓰이는 저 욕지거리라는 무기를 총동원하여 마구 스페인을 공격했다.

〈라 비 프랑세즈〉는 권력층과의 밀접한 관계가 세상에 알려져서 대단한 세력을 얻게 되었다. 다른 건실한 신문보다 앞서서 정치상의 뉴스를 전하기도 하고 은근히 흉허물 없이 가까운 장관의 의향을 전하기도 했다. 그래서 파리나 지방 할 것 없이 모든 신문이 〈라 비 프랑세즈〉에서 정보를 알아갔다. 그리고 그 기사는 인용되고 두려워하고 또 존경하게 되기까지 했다. 이제는 정치적 사기꾼들의 기관지가 아니라 공공연한 내각의 기관지가 되었다. 라로슈 마티유는 사회 중심인물이었고 뒤루아는 그의 대변인이었다. 발테르 영감은 말이 없는 대의원인 동시에 교활한 사장으로서 교묘하게 모습을 감추고, 사람들의 말로는 은밀히 모로코의 동산(銅山)을 미끼로 크게 농간을 부려 이익을 챙기고 있다는 것이다.

마들렌네 객실은 대단한 세력을 떨치게 되었고 매주 각료 몇 명이 모였다. 총리까지도 두 차례나 그녀가 베푸는 만찬에 참석했다. 예전에는 그녀의 집 문턱을 넘기조차 꺼려했던 정치가의 부인들도 이제는 그녀의 친구임을 자랑하고 그녀가 찾아가기보다는 훨씬 더 자주 찾아오게 되었다.

부인의 집에서는 외무 장관이 거의 그 집 주인인 것처럼 행동했다. 그는 때를 가리지 않고 찾아와서 전보라든가 정보라든가 여러 보고를 가져와서, 마치 자기의 비서인 양 그때그때의 형편에 따라 남편이나 아내에게 필기하게 했다.

뒤루아는 장관이 가고 나서 마들렌과 단둘이 마주 앉게 되면, 그 목소리에 노기를 띠고 더할 수 없을 정도로 정의감에 넘쳐서는 그 돼먹지 않은 벼락치기 벼슬아치의 행동에 욕을 해댔다.

그러나 그녀는 남편을 경멸하듯 어깨를 올리면서 언제나 이렇게 말했다.

"당신도 그분처럼 해요. 그리고 장관이 되는 거예요. 그렇게 하면 얼마든지 뽐낼 수 있잖아요. 그렇게 될 때까지는 잠자코 있어요."

그는 곁눈으로 아내를 보면서 콧수염을 비틀었다.

"내게 어떤 능력이 있는지 남들은 모르겠지만 곧 보여 주겠소."

그녀는 차분한 어조로 대답했다.

"어디, 천천히 지켜볼게요."

의회가 다시 열리는 날 아침, 마들렌은 아직 잠자리에 누운 채 라로슈 마티유 씨 집으로 점심을 먹으러 갈 채비를 하고 있는 남편에게 끊임없이 주의를 주었다. 뒤루아는 이튿날, 〈라 비 프랑세즈〉에 실릴 정치 기사에 대해서 개회 전에 외무 장관의 지시를 받으러 가기로 되어 있었다. 그 기사는 내각이 실행 하려는 정책의 비공식 성명이 될 예정이었다.

마들렌은 말했다.

"무엇보다도 전부터 문제가 되는 벨롱클 장군이 오랑에 파견되었는지 어떤 지 묻는 것을 잊으면 안 돼요. 매우 중요한 의미가 있으니까요."

조르주는 비위에 거슬려 대답했다.

"나도 내가 해야 할 일쯤 알고 있어. 잔소리는 그쯤 해둬."

그녀는 침착하게 말을 계속했다.

"하지만 언제나 장관께 전해야 할 말을 절반은 잊어버리고 오잖아요?"

그는 고함을 질렀다.

"언제나 장관, 장관하고. 당신의 장관은 이젠 지긋지긋해. 그깟 놈, 얼간이!"

그녀는 그래도 상관하지 않고 말을 이었다.

"그렇다고 내 장관, 당신 장관, 할 것까지는 없어요. 오히려 저보다는 당신에 게 더 쓸모가 있을걸요."

그러자 그는 엷은 웃음을 띠면서 살짝 아내 쪽으로 고개를 돌리고 말했다.

"하지만 내 기분을 맞춰주지는 않던걸."

그녀는 천천히 말했다.

"제게도 그래요. 하지만 우리를 출세시켜 주거든요."

그는 입을 다물었지만 얼마 있다가 다시 말했다.

"난 당신을 숭배하는 사람 중에서 그 늙은 보드렉이 가장 좋더군. 그런데 그 늙은이는 어쩐 일일까? 일주일 내내 보이지 않으니."

그녀는 그다지 걱정스러운 빛도 없이 대답했다.

"아프대요. 신경통으로 누워 있다면서 편지를 보내왔어요. 오는 길에 들러서 형편이 어떤지 보고 와요. 그분, 당신을 정말로 좋아하니까 틀림없이 기뻐할 거예요."

조르주는 대답했다.

"그래, 그렇게 하지. 오후에라도 들러 보겠어."

그는 몸단장을 끝내자 모자를 쓰고 옷차림에 소홀한 곳은 없나 하고 생각했다. 그러나 아무것도 생각나지 않아 침대 곁으로 가서 아내의 이마에 키스했다.

"그럼 다녀오겠어. 아무리 빠르더라도 7시 전에는 돌아오지 못할 거요."

그리고 그는 나섰다. 라로슈 마티유 씨는 그를 기다리고 있었다. 각료 회의는 정오부터 열리기 때문에 그날은 10시에 미리 점심 식사를 하기로 했기 때문이다.

라로슈 마티유 부인은 식사 시간이 바뀌는 것을 바라지 않았기 때문에 식탁에는 장관의 개인 비서까지 단 세 사람만 마주 앉아 있었다. 뒤루아는 곧 사설 이야기를 꺼내고 명함에 갈겨 쓴 메모를 참고하면서 그 방침을 설명했다. 그리고 그것이 끝나자 조르주가 물었다.

"어떻습니까? 어디 고칠 곳은 없을까요, 각하?"

"별로 없군그래. 다만 모로코 문제에 조금 지나치게 단정적인 것 같군. 파병은 마땅히 해야 할 일같이 쓰고, 그러나 거의 그렇게 되지 않을 걸세. 자네도 전혀 믿지 않는 것처럼 은근히 정보를 흘려주게. 우리가 굳이 그런 모험에 끼어들 생각은 없다는 것을 독자들이 신문을 읽으면서 느끼도록 해줄 수 없겠나?"

"지당하십니다. 알겠습니다. 잘 느낄 수 있도록 해보겠습니다. 이 점은 아내로부터 벨롱클 장군이 오랑에 파견되었는가 어떤가를 알아봐 달라는 부탁이었는데, 말씀하시는 것으로 봐선 그런 일은 없다고 생각해도 좋겠습니까?"

"없네." 그 정치가는 단호하게 말했다.

그러고 나서 바야흐로 열리려고 하는 의회 이야기가 나왔다. 라로슈 마티유는 몇 시간 뒤에 의회에서 발표하려는 연설을 연습하기 위해서 서투른 긴 이야기를 연설조로 시작했다. 그는 때로는 포크를, 때로는 나이프를, 또 때로는 한입 크기의 빵을 공중으로 쳐들면서 오른팔을 휘둘렀다. 그리고 상대의 얼굴을 보지 않고, 보이지 않는 청중을 향해서 풋내기가 하는 것처럼 몹시 거드름을 피우면서 웅변을 토했다. 비틀어 올린 아주 조그마한 콧수염은, 입술 위에서 전갈 꼬리처럼 양쪽으로 뻗쳐오르고 기름을 바른 머리는 이마 한가운데에서 둘로 갈라져, 관자놀이 위에 시골 멋쟁이처럼 둥그렇게 뭉쳐져 있었다.

그는 아직 젊었음에도 조금 비곗살이 쪄서 뚱뚱하고 배가 조끼를 불룩하게 밀어내고 있었다.

개인 비서는 그러한 능변을 듣는 데에 익숙해진 듯 태연하게 마시고 먹고 했다. 그러나 뒤루아는 그가 차지한 성공에 질투의 불길을 태우며 마음속으로 생각했다.

'뭐야, 이 얼간이 녀석! 정치가란 누구나 다 바보 같은 족속들 아닌가!'

그리고 자신과 그 장관과의 가치를 비교하고 그가 뽐내며 마구 지껄여 대는 말을 생각하고 혼잣말로 중얼거렸다. "제기랄! 만일 나한테 단 10만 프랑이란 돈만 있으면 내 아름다운 고향 루앙에서 입후보하고, 약삭빠르고도 어리석기 짝이 없는 저 사랑스러운 노르망디인을 비열한 욕심으로 농락할 수만 있다면 나는 더없이 훌륭한 정치가가 될 수 있을 텐데. 그렇게 된다면 이런 앞도 내다보지 못하는 녀석 따위는 거들떠보지도 않겠어."

커피가 나올 때까지 라로슈 마티유 씨는 계속 떠들어댔다. 그런 다음 시간이 늦어졌음을 깨닫자, 초인종을 울려 마차를 준비하게 했다. 그리고 뒤루아에게 손을 내밀며 말했다.

"그럼, 잘 알았겠지?"

"네, 각하, 모든 걸 믿으십시오."

뒤루아는 사설을 쓰기 위해 천천히 신문사 쪽으로 걸어갔다. 4시까지는 할 일이 없었기 때문이다. 4시에는 콩스탕티노플 거리에서 드 마렐 부인과 만날 예정이었다. 매주 두 번, 월요일과 금요일에 늘 정해 놓고 만나기로 했던 것이다.

그러나 편집실에 들어가자 속달이 와 있었다. 발테르 부인으로부터 온 것으로 이렇게 씌어 있었다.

　　꼭 오늘 만나고 싶어요. 아주 중대한 일이에요. 2시에 콩스탕티노플 거리에서 기다려 주세요. 무척 도움이 될 일이라고 생각해요.

　　　　　　　　　　　　　　　　죽을 때까지 당신을 사랑하는
　　　　　　　　　　　　　　　　　　　비르지니

그는 화가 나서 중얼거렸다.

"아아참! 지독하게 끈질긴 여자로군!"

그리고 갑자기 기분이 나빠져서 곧 밖으로 나왔다.

6주일 전부터 그는 부인과의 관계를 끊으려고 무척 애를 썼지만 그 집요한 집착을 꺾을 수가 없었다.

그녀는 잘못을 저지르고 나서는 심한 후회의 발작에 사로잡혀서, 그 뒤 세 번 잇따른 밀회에서는 연인을 비난과 저주로 괴롭혔다. 그는 그러한 발작에 싫증을 느끼고 또 너무나도 연극적이며 한참 무르익은 중년 여인에 벌써 진력이 나서 슬그머니 한 발짝 물러나 있었다. 되도록 만나지 않으면 이 장난도 끝나리라 생각했던 것이다. 그러나 그렇게 되자 여자가 오히려 정신없이 달라붙어서, 마치 목에 돌을 매달고 물에 뛰어들듯이 이 사랑에 몸을 던졌다. 그는 약한 마음과 동정심과 교제상의 의리에서 어쩔 수 없이 다시 가까이 지냈으나 그녀는 미친 듯한, 진절머리 나는 정열 속에 그를 가두어 넣고, 그 애정으로 녹초가 될 때까지 그를 못 살게 굴었다.

그녀는 그를 날마다 만나고 싶어 하고, 쉴 새 없이 속달을 보내서 거리 모퉁이나 백화점이나 공원 같은 데서의 덧없는 밀회를 요구했다.

그리고 그때마다, 언제나 똑같은 짤막한 말로 얼마나 그를 사랑하고 얼마나 우상처럼 숭배하는가를 여러 번 되풀이하고, "만나서 기뻐요" 하고 돌아가는 것이었다.

그녀는 그가 상상했던 것과는 전혀 딴판이어서 만날 때마다 몹시 유치하게 교태를 부리기도 하고, 나이에 도무지 어울리지 않는 어린아이 같은 색정으로 그를 홀리려 들었다. 그녀는 그를 만나기 전까지는 오로지 건실하게만 살아 왔고, 마음은 처녀와 다름없고 어떤 감정에도 귀를 막고, 관능적인 쾌락은 전혀 알지 못했다. 그래서 여름 뒤에 선선하고 창백한 가을이 오듯이 조용한 사십 고개를 맞이한 이 얌전한 여자에게 뒤루아에 대한 사랑은 참으로 마른 하늘에 날벼락과 같은 뜻밖의 것이었다. 이른바 철을 지나 버린 조그마한 꽃이면서 제대로 자라지 못한 새싹들만의 비참한 봄과도 비슷한 것이었다. 그러기에 마치 어린 처녀의 색정이 뒤늦게야 기묘한 꽃을 피운 것처럼 걷잡을 수 없는 정열이나, 열여섯 살 난 처녀의 조그만 탄성이라든가, 주체할 수 없는 아양이라든가, 젊음을 알지 못하고 늙어 버린 여자가 어색하게 부리는 교태의 연속이었다. 그리고 하루에 열 장이나 편지를 써 보내는데, 어느 것이나 모두 제정신으로 쓴 것이라고는 생각할 수 없을 만큼 어이없는 편지들뿐이었다. 더욱이 그것이 이상하게 시문(詩文)을 본뜬, 웃음이 날 지경인 문장으로, 인도 사람의 문장처럼 마치 장식하거나 짐승이나 새 이름으로 가득 찼다.

단둘이 만나면 뚱뚱한 처녀처럼 답답해 보이는 교태로 그를 끌어안았다. 입술을 옴츠려서 이상하게 변태적인 모양을 하고는 웃옷 밑에서 뒤룩거리는 젖가슴을 흔들면서 들떠 돌아다니곤 했다. 그가 무엇보다 진저리를 치는 것은 '나의 쥐' '나의 강아지' '나의 고양이' '나의 보석' '나의 파랑새' '나의 보물' 하고 부르는 것이며 몸을 맡길 때마다 어린아이처럼 부끄러워하는 시늉을 해보이기도 하고, 자기는 매우 고상한 것처럼 자못 무섭다는 듯한 시늉을 해보이기도 하며, 타락한 여학생 같은 시시한 장난을 하거나 하는 일이었다.

그녀는 곧잘 물었다.

"이 입은 누구 거죠?"

그리고 "그건 내거지" 하고 그 자리에서 대답해주지 않으면 그가 참을 수 없을 정도로 질릴 때까지 끈질기게 계속했다.

연애를 하려면, 그 여자 또한 극도로 발달된 기교를 알고 세련되고 신중하며 적절하게 행동해야 할 거라고 그는 생각했다. 하물며 상당한 나이에 한 집안의 어머니요, 사교계의 귀부인으로서 남자에게 몸을 맡길 때에는 어디까지나 침착하게 정열을 은근히 속에다 누르고 훌륭하게 품위를 지켜야 한다. 만일 눈물을 흘리는 경우라도 줄리엣의 눈물이 아니라 디도의 눈물이어야 한다고 생각했다.

그녀는 언제나 되풀이해서 이렇게 물었다.

"난 당신이 귀여워서 못 견디겠어요. 내 애기! 이봐요, 당신도 마찬가지로 내가 귀여워요? 네? 애기."

뒤루아는 '내 애기'라는 둥 '내 어린애'라는 둥 그 말만 들으면 그만 화가 나서 '할머니'라고 대꾸해주고 싶어서 견딜 수가 없었다. 그녀는 이렇게도 말했다.

"난 정말 바보였어요. 당신에게 넘어가고 말다니. 하지만 후회하지는 않아요. 사랑한다는 건 정말 즐거운 거예요."

그러나 그러한 말도 그녀의 입에서 나오면 뒤루아는 더 들을 수가 없었다. 그녀는 마치 연극에서 숫처녀 역을 맡은 여자가 말하듯이 "사랑한다는 건 정말 즐거운 걸요" 중얼거리는 것이었다.

게다가 그녀는 애무하는 솜씨가 서툴러서 매번 그를 짜증스럽게 했다.

부인은 본디 진실한 여자여서, 어쩌다가 이 잘생긴 젊은이에게 빠져 버리게 되어 그의 키스에 갑자기 정념이 불붙어 버렸을 뿐이므로 포옹할 때마다의 정열도 서투르고 열의도 몹시 어색했다. 그래서 뒤루아는 웃지 않을 수 없었다. 마치 처음으로 읽기를 배우는 늙은이 같은 꼴이었기 때문이다.

본디 젊음을 잃은 여자가 마지막 사랑에 몸을 바칠 때에는 깊고도 무서운 눈으로 똑바로 남자를 지켜보고 뼈가 부서질 정도로 품에 안는 법이고, 지치기는 해도 싫증을 모르는 육중하고 따뜻한 육체 아래 남자를 눌러 대고 말 없이 떨리는 입으로 물어뜯는 법이다. 그러나 그런 때에도 그녀는 어린 처녀처럼 바둥거리며 떠들어 대고, 귀엽게 보이려고 "귀여워요, 내 애기, 귀여워서 견딜 수가 없어요. 자아, 당신의 귀여운 애기를 마음껏 사랑해 주세요" 그렇게 말하곤 했다.

그럴 때마다 그는 참다못해 그녀를 욕해 주고 모자를 움켜쥐고 문을 힘껏 박차고 달아나고 싶어졌다.

그들은 처음에는 이따금 콩스탕티노플 거리에서 만났다. 그러나 뒤루아는 드 마렐 부인과 마주치게 될까 봐 겁나서 이제는 여러 구실을 만들어 그곳에서의 밀회를 거절해 왔다.

그래서 거의 날마다 부인의 집으로 점심 식사나 만찬에 가지 않으면 안 되었다. 부인은 그때마다 식탁 밑에서 그의 손을 잡았고, 문 뒤에서 기다리다가 입술을 내밀었다. 그러나 그는 수잔의 익살스러운 짓이 재미있어서 수잔과 노는 것이 훨씬 좋았다. 그녀의 인형 같은 몸속에서는 민첩하고 약삭빠른 기지가 날쌔게 움직였는데 더욱이 그것은 다른 사람의 허점을 찌르는 음험한 기지로 잔칫날 꼭두각시 인형처럼 언제나 톡톡 튀어나왔다. 그녀는 찌르는 듯한 경구로 누구를 떠나서 경멸해 주었다. 조르주는 그러한 정열에 불을 지르고 마음껏 비웃게 했다. 그들은 이상하게도 마음이 맞았다.

그녀는 쉴 새 없이 그를 부르고 "저, 벨아미, 이리 오세요, 네? 벨아미"라고 했다. 그러면 그는 얼른 그녀의 어머니 곁을 떠나 딸 쪽으로 달려갔다. 딸은 그의 귀에 무슨 조롱 섞인 야유의 말을 소곤거린다. 그리곤 두 사람은 깔깔대고 웃었다.

그러는 동안 그는 부인에 대한 애정이 차츰 식어가고 나중에는 어찌 할 수도 없는 혐오감까지 느끼게 되었다. 이제는 얼굴을 보기만 해도, 목소리를 듣기만 해도, 그리고 그저 생각하기만 해도 화가 치밀었다. 그래서 집에 찾아가는 것도 그만두고 편지에 답장도 하지 않고 그녀가 불러내도 나가지 않았다.

마침내 그녀는 그의 사랑이 식어 버렸음을 눈치채고 몹시 괴로워했다. 그러나 그럴수록 몸이 달아 그의 거동을 엿보고, 뒤를 밟고, 신문사 현관이나 그의 집 문 앞이나, 그가 지나갈 만한 거리에서 창문에 커튼을 내린 마차를 타고 기다리곤 했다.

그는 그녀를 쌀쌀하게 대하고, 맞대놓고 고함을 지르고, 뺨을 갈기고 "쳇, 이젠 싫증이 났어. 귀찮아 죽겠다니까" 쏘아주고 싶었으나 〈라 비 프랑세즈〉를 생각하고는 언제나 참았다. 그리고 냉랭한 응대와, 존경하는 것처럼 꾸민 서먹서먹함과 때로는 매정한 말 등으로 이제는 관계를 끊어야 한다는 것을 그녀가 깨닫게 하려고 했다.

그러나 그녀는 단념하기는커녕 어떻게든지 교묘한 술책을 써서 그를 콩스탕티노플 거리로 끌고 가려고 애를 썼다. 그래서 그는 언젠가 두 여자가 문 앞에서 딱 마주치는 건 아닌가 늘 마음을 죄어야만 했다.

그러나 드 마렐 부인에 대한 그의 애정은 이와는 반대로, 여름 동안에 한결 더 깊어져 갔다. 그는 그녀를 '개구쟁이'라고 부르며 진정 못 견딜 만큼 좋아했다. 그들의 성격에는 아주 닮은 점이 있었다. 그들은 분명히 인생을 방랑 속에서 보내는 모험적인 족속에 속했다. 자신이 그것을 깨닫지 못하고 있지만 거리의 부랑자와 매우 비슷한, 이른바 사교계의 부랑자였다.

그들은 달콤한 여름을 지냈다. 마치 마음껏 놀면서 여름 방학을 보내는 학생들과 같았다. 아르장퇴유나 브지발이나 메종이나 푸아시로 점심이나 저녁식사를 하러 가고, 둑을 따라 꽃을 따면서 보트를 타고 몇 시간씩이나 보냈다. 그녀는 센 강에서 잡히는 물고기 튀김이며, 토끼 고기 스튜며 포도주와 양파로 맛을 낸 생선 요리를 좋아했고, 덩굴풀로 덮인 정자 아래의 음식점이나 뱃놀이 하는 사람들의 떠드는 소리를 좋아했다. 그도 또한 날씨가 좋은 날, 그녀와 함께 나가는 것을 좋아했다. 교외의 기차 지붕 위 자리에 올라가서 떠들썩하게 농담을 주고받으면서, 누추한 마을이 드문드문 흩어져 있는 파리의 지저분한 시골길을 가로지르는 것이 즐거웠다.

그리고 돌아오는 길에 발테르 부인과 만찬을 함께 해야 할 때에는, 강가 풀 속에서 마음껏 욕망을 채워 주고 정열을 뿌리째 거두어 준, 방금 헤어져 온 젊은 여인의 생각 때문에 늙고 음란한 연인이 한결 더 미웠다.

그러나 마침내 그는 사장 부인에게 관계를 끊을 결의를 분명하게, 거의 통명스러운 태도로 선언하고 가까스로 부인에게서 벗어났다고 생각했다. 그러나 바로 그때, 콩스탕티노플 거리로 2시에 오라는 속달을 신문사에서 받은 것이다.

그는 걸으면서 편지를 다시 한 번 읽어 보았다.

꼭 오늘 만나고 싶어요. 아주 중대한 일이에요. 2시에 콩스탕티노플 거리에서 기다려 주세요. 무척 도움이 될 일이라고 생각해요.

죽을 때까지 당신을 사랑하는

비르지니

그는 이렇게 생각했다. '저 늙은 올빼미가 이제 새삼스럽게 또 무슨 일이 있다는 말일까? 틀림없이 할 이야기도 없을걸. 또 내게 반했노라고 떠들어 대겠지. 하지만 매우 중대한 일이 내게 도움이 될 거라는 게 정말인지도 몰라. 그러나 4시에는 클로틸드가 오게 돼 있어. 그러니 3시까지는 먼저 온 사람을 끝내 버려야 해. 아, 이거 둘이 서로 마주치지 않아야겠는데. 참 여자란 처치하기 곤란한 존재로군!'

그리고 아내만은 다행히 귀찮지 않은 여자라고 생각했다. 그녀는 자기 멋대로의 생활을 하면서도 애무하기 위해 정해 놓은 시간만은 매우 그를 사랑하는 듯했다. 왜냐하면 그녀의 매일 매일의 생활에는 일정한 규율이 있어서 그것을 어기는 것을 용납하지 않았기 때문이다.

그는 마음속으로 발테르 부인에게 분노의 불길을 태우면서 밀회할 집으로 천천히 걸어갔다.

'그래, 만일 아무런 이야기도 없으면 심하게 혼을 내주어야지. 캉브론의 프랑스어도 내 말에 비하면 점잖게 보일 만큼 형편없이 욕해줘야지. 먼저 첫째로 두 번 다시 그녀 집에 발을 들여 놓지 않겠다고 해야지.'

그는 방으로 들어가서 발테르 부인을 기다렸다.

부인은 얼마 안 되어서 곧 왔다. 그리고 그의 모습을 보자마자 외쳤다.

"아아! 속달을 받았군요! 잘됐어요!"

그는 언짢은 표정을 지었다.

"마침 의회에 나가려는데 신문사로 왔더군요. 또 무슨 일입니까?"

그녀는 키스하려고 베일을 올리더니 늘 매 맞아 온 암캐처럼 겁먹은 표정으로 망설이며 다가왔다.

"정말 너무해요……퉁명스러운 말만 하고……제가 당신에게 어쨌다는 거예요……당신 때문에 얼마나 괴로워하는지 모르는군요!"

그는 꾸짖듯이 말했다.

"또 시작입니까?"

그녀는 그의 곁에 서서, 미소나 몸짓이나 무어라도 해주면 상대의 품으로 뛰어들려고 기다렸다. 그리고 중얼거렸다.

"이제 와서 나를 이렇게 냉대할 거면 처음부터 건드리지 말고 그대로 차분히 행복한 생활을 하게 내버려두었어야 했죠. 교회에서 어떤 말을 했는지 기억해요? 그리고 이 집에 억지로 끌고 들어왔을 때의 일도. 그런데도 이제 와서 냉정한 말씀만 하시는군요. 아아! 정말 너무 심해요!"

그는 발을 구르면서 거칠게 내뱉었다.

"아아! 또요? 귀찮군! 이젠 지긋지긋해요! 잠깐이라도 만나기만 하면 금방 그런 투정만 하시는군요. 마치 열두어 살 난 계집애고 천사처럼 순진한 당신을 내가 낚아챈 것 같지 않소. 하지만 부인, 잘 생각해 보십시다. 내가 세상 물정을 모르는 처녀를 꾄 건 아니니까요. 당신은 분별력 있는 지긋한 나이로 내게 몸을 맡긴 것 아니겠소. 그에 대해서는 감사하고 있소. 그리고 고맙기 이를 데 없다고 여기고 있어요. 하지만 그렇다고 해서 죽을 때까지 당신의 치맛자락에 매달려 있어야 할 의무는 없는 겁니다. 당신에게는 남편이 있고 내게는 아내가 있기 때문에 우린 둘 다 자유롭지 못한 몸이오. 다만 세상 사람들 눈을 속여 가며 잠시 바람을 피웠을 뿐이오. 그것뿐이란 말입니다."

"어머나! 너무하군요! 천하고 파렴치한 사람이군요. 그야 난 숫처녀는 아니었어요. 하지만 여태까지 한 번도 남을 사랑하거나 남자를 만들거나 한 일은 없었어요……"

그는 끝까지 말하게 놔두지 않았다.

"그런 말씀은 귀에 못이 박일 만큼 들어서 잘 알아요. 그러나 당신에겐 딸도 둘이나 있으니까……처녀를 더럽힌 것도 아니고……"

그녀는 뒤로 물러서면서 중얼거렸다.

"어머나! 조르주, 너무해요!"

그러고는 두 손을 가슴에 대고 목구멍으로 치밀어 오르는 오열로 숨이 막힐 것 같았다.

그는 그녀가 울기 시작한 것을 보자 벽난로 구석에 놓인 모자를 집어 들고 말했다.

"쳇, 또 우시는군요! 그럼 안녕히. 나를 불러낸 것도 그런 연극을 보이기 위해서였군요."

그녀는 그의 앞을 가로막으려고 한 발짝 앞으로 나와 호주머니에서 손수건을 꺼내서 재빠르게 눈물을 닦았다. 그리고 마음을 가다듬고 목소리에 힘을 주면서도 슬픔에 말이 떨려 나오지만 계속 이야기했다.

"아녜요……여기에 온 것은……어떤 정보를……정치적인 정보를 가르쳐 드려서 만일 희망하신다면……5만 프랑이나……그 이상이라도……벌게 해드릴 생각이었어요……"

그는 갑자기 목소리를 부드럽게 하고 물었다.

"그게 무슨 말씀이지요? 도대체 어떻게 된 셈입니까?"

"어젯밤 우연히 저희 집 양반하고 라로슈 씨가 이야기하는 걸 들었어요. 물론 내 앞에서는 두 분 모두 말을 숨기거나 하지는 않지만 발테르는 장관에게, 당신한테는 비밀로 해두라고 말하더군요. 당신이 알게 되면 당장 폭로해 버릴 테니까요."

뒤루아는 다시금 모자를 의자 위에 놓고, 가만히 주의를 기울여 상대가 이야기하기를 기다렸다.

"그래 어떤 일입니까?"

"모로코를 점령하려는 거예요."

"당찮은 말씀. 난 오늘 라로슈 씨와 점심을 먹으면서 내각의 의향을 고스란히 받아적어 왔는데요."

"아녜요, 틀려요. 그분들은 세상에 계략이 새어나갈 것을 걱정해서 당신을 속여 넘긴 거예요."

"자아, 우선 앉구려."

그리고 그는 자기가 먼저 팔걸이의자에 앉았다. 그러자 그녀는 마루에 놓아둔 둥근 의자를 잡아당겨 젊은이의 두 다리 사이에 웅크리는 것처럼 걸터앉았다. 그리고 아양 떠는 목소리로 계속했다.

"난 언제나 당신 생각만 해서 요즈음은 주위에서 남들이 소곤거리는 것에도 주의해서 귀를 기울이곤 해요."

그녀는 조용하게 얼마 전부터 그에게는 비밀로 무언가 계획하고 있으며, 그를 부리고 있으면서도 협력하기를 두려워하고 있는 것을 눈치채게 된 자초지종을 이야기했다.

그러고는 덧붙였다.

"내 사랑, 사랑을 하면 여자도 교활해지더군요."

그녀는 어젯밤에야 그것을 알았던 것이었다. 그것은 은밀하게 계획된 어마어마한 투기였다. 그녀는 자신의 재치를 기뻐하면서 생글생글 웃기 시작했다. 그리고 주식의 속임수라든가 주가의 변동이라든가 몇 천이라는 소시민이나 연금 생활자 등 정계와 재계의 존경할 만한 명사들의 이름으로 보증된 주식에 저금을 부은 것을, 단 2시간만에 파산시켜 버리는 시세의 심한 오름세와 급락의 급격한 변동을 보아 온 재정가의 아내답게 갈수록 흥분했다.

그리고 되풀이해서 말했다.

"정말 그 사람들이 하는 짓은 굉장해요. 말할 수 없이 지독해요. 게다가 모든 지휘권을 쥐고 있는 것은 발테르예요. 그 방면에서 그 사람은 아주 통달해서 그야말로 제일인자예요."

그는 이런 말을 자꾸 늘어놓는 데 짜증스러워서 다시 물었다.

"그건 그만 해두고 빨리 가르쳐줘요."

"그게 말이죠, 이렇거든요. 탕헤르 파병은 라로슈 씨가 외무부 장관이 된 날부터 이미 두 사람 사이에 결정됐던 거예요. 그리고 64프랑인가 65프랑으로 내린 모로코 공채(公債)를 조금씩 사들이기 시작했죠. 그것도 수상한 중간 상인을 내세워 세상 사람들의 의심을 받지 않도록 교묘하게 사들였지요. 로스차일드의 가게에서도 모로코 공채의 주문이 자꾸 들어와서 수상쩍게 여겼지만 그것도 교묘하게 속여 넘겼어요. 사는 사람의 이름을 들으면 모두 형편없는 중간 상인들뿐이기 때문에 큰 매매처인 은행도 마음을 놓았으니까요. 그래서 이제부터 파병이다, 하게 돼서 모로코를 점령하게 되면 곧 프랑스 정부는 공채를 보증하게 되는 거죠. 그렇게 되면 그 사람들은 5, 6천만쯤은 거뜬히 벌게 되는 셈이에요. 이젠 그 투기란 걸 아셨죠? 그리고 얼마나 세상을 무서워하고 비밀이 드러날까 조심하고 있는가도."

그녀는 뒤루아의 조끼에 머리를 기대고 두 팔을 그의 무릎 위에 올려놓고 바짝 그에게 달라붙었다. 겨우 연인의 흥미를 끌 수가 있었음을 알고 조금이라도 애무하는 미소를 지어 준다면 무슨 짓이라도, 어떤 죄라도 저지르겠다는 모습이었다.

그는 물었다.

"그건 분명한가요?"

그녀는 자신 있게 대답했다.

"그럼요. 틀림없어요!"

그는 거칠게 말했다.

"정말 너무하군! 어쨌든 저 라로슈란 더러운 자식, 당장 실토를 하게 할 테다. 거지같은 자식! 조심하라고……조심해……장관이니 뭐니 해도 내가 목덜미를 누르고 있으니까!"

그러고 나서 잠시 생각에 잠겼다가 중얼거렸다.

"하지만 그걸 이용하지 않을 것도 없지."

"공채는 아직 살 수 있어요. 72프랑밖엔 하지 않으니까요." 그녀가 말했다.

그는 대답했다.

"응, 그렇지만 움직일 돈이 있어야죠."

그녀는 그에게로 눈을 들었다. 애원하는 듯한 안타까운 마음이 넘치는 눈빛이었다.

"나도 거기에 대해 생각해 보았어요. 그래서 당신이 그렇게 퉁명스럽게 하지 않고 다정하게 대해 준다면, 그리고 조금이라도 나를 귀여워해 준다면 빌려 줄 수 있어요."

그는 거칠고 아주 퉁명스럽게 말했다.

"그건 싫소, 어림없는 소리를!"

그녀는 애원하는 목소리로 부탁하듯이 말했다.

"내 사랑, 그럼 돈을 빌리지 않아도 되는 방법이 있어요. 실은 내가 그 공채를 만 프랑쯤 사서 용돈을 조금 만들어 볼까 했는데, 그렇다면 2만 프랑쯤 사겠어요. 그리고 당신에게 절반 나누어 줄게요. 물론 그 돈은 발테르에게 돌려줄 필요가 없는 돈이에요. 그러니 우선은 굳이 갚을 것도 없어요. 그리고 만약 잘만 되면 당신은 7만 프랑을 벌게 돼요. 하지만 잘되지 않으면 언제라도 형편 좋을 때 만 프랑 갚아 주면 돼요."

그래도 그는 말했다. "아니, 그런 속임수는 싫어"

그러자 그녀는 그에게 결심시키기 위해서 여러 가지 이유를 늘어놓았다. 그리고 실제로는 당신은 말로만 만 프랑의 내기를 거는 것이고 상당한 모험을 하게 되는 셈이지만, 돈은 발테르 은행이 빌려주는 거니까 자기에게 아무런 부채도 없다는 설명을 했다.

그녀는 다시 〈라 비 프랑세즈〉에서 정치적 논쟁을 일으켜서 이런 투기가 생기도록 만든 것은 당신인데 그것을 이용하지 않는다는 것은 어리석은 일이라고도 했다.

그러나 그가 계속 망설였으므로 그녀는 덧붙여 말했다.

"하지만 그 만 프랑을 당신에게 빌려 주는 것은 발테르예요. 더욱이 당신은 그 이상의 가치 있는 일을 그에게 해주고 있지 않아요?"

그래서 그는 대답했다.

"좋아, 그럼 그렇게 합시다. 당신과 함께 하기로 말이오. 그리고 만일 실패하면 만 프랑을 당신에게 갚기로 합시다."

그녀는 몹시 기뻐했다. 그리고 일어서자 그의 얼굴을 두 손으로 감싸쥐고 주린 듯이 키스하기 시작했다.

그는 처음에는 그다지 그것을 거부하지 않았다. 그러나 그녀가 차츰 대담해져서 그를 끌어안고 정신없이 애무하기 시작했기 때문에, 그는 다음 여자가 곧 올 테고, 여기서 마음을 약하게 가졌다가는 시간도 없어지겠고, 또 젊은 여자를 위해서 아껴 두는 편이 훨씬 좋을 정력을 늙은 여자 팔에 안겨서 써버린다는 것은 손해라고 생각했다.

그래서 상냥하게 그녀를 밀어내면서 말했다.

"자아, 점잖게 구십시오."

그녀는 슬픈 듯한 눈으로 그를 보았다.

"어머나! 조르주, 이젠 키스해도 안 되나요?"

그는 대답했다.

"네, 오늘은 안 돼요. 조금 머리가 아파서, 기분이 좋지 않아서요."

그러자 그녀는 다시 얌전하게 그의 두 무릎 사이에 앉아서 물었다.

"저어, 내일 저희 집으로 저녁 식사하러 오지 않겠어요? 그러면 정말 기쁘겠어요."

그는 망설였으나 거절할 수도 없어서 대답했다.

"네, 가지요."

"고마워요. 기쁘군요."

그녀는 응석하는 몸짓으로 젊은이의 가슴에 천천히 장단을 맞추어서 뺨을 문질러 댔다. 그러나 그러는 동안에 긴 검은 머리가 한 가닥 조끼에 얽혔다. 그녀는 그것을 보고 문득 이상한 생각이 떠올랐다. 그것은 여자에게는 때로 이성을 대신하는 어떤 미신적인 생각이었다. 그녀는 머리카락을 그대로 살그머니 단추에 감기 시작했다. 그리고 다른 머리카락을 다음 단추에 감고, 다시 그 위의 단추에도 머리카락을 감았다. 이렇게 해서 그녀는 모든 단추에 머리카락을 얽어매어 놓았다.

'이이가 곧 일어설 때면 내 머리카락은 뽑힐 것이다. 그래서 나에게는 아픔을 주겠지. 하지만 난 기뻐! 자기도 모르는 사이에 내 몸에 붙은 것을 한 번도 달라고 하지 않았지만 내 머리카락을 몇 개 가져가는 셈이니까. 그것은 이이를 묶는 굴레가, 눈에 보이지 않는 비밀의 굴레가 되겠지. 마치 부적을 달아 준 것처럼. 그리고 싫든 좋든 내 생각을 하고 꿈꾸고, 내일은 다시 좀더 나를 사랑해 주게 될지도 몰라!'

그는 갑자기 말했다.

"그럼 이젠 헤어져야겠소. 의회에서 회의가 끝날 때쯤 만나자는 사람이 있어서요. 오늘은 빠질 수가 없어요."

그녀는 한숨을 섞어 말했다.

"어머! 벌써요?"

그리고 나서 곧 단념한 듯이 말을 이었다.

"그럼, 하는 수 없죠. 하지만 내일 저녁 식사 때 올 거죠?"

그리고 그녀는 홱 몸을 돌렸다. 순간 머릿살을 바늘로 찔린 듯 심한 아픔을 느꼈다. 가슴이 두근두근했다. 그러나 그로 인한 아픔을 느끼는 것이 오히려 기뻤다.

"안녕!" 그녀는 말했다.

그는 안됐다는 듯한 미소를 띠면서 그녀를 팔에 안고 양쪽 눈 위에 그저 예의상 키스했다.

그러나 그녀는 그 접촉만으로도 새삼스럽게 정열이 불타올라 "벌써 헤어져야 하나요?" 그러면서 열려 있는 옆방을 애원하는 듯한 눈빛으로 가리켰다.

그는 여자를 밀어 젖히며 바쁜 듯한 투로 말했다.

"그럼 가봐야겠소. 늦어질 것 같으니."

그녀는 입술을 내밀었다. 그러나 그는 거기에 가볍게 입술을 스쳤을 뿐 그녀가 잊고 있던 양산을 건네주면서 말했다.

"자, 자, 서둘러야겠군. 벌써 3시가 넘었으니."

그녀는 앞서서 나가면서 다짐을 했다.

"내일 7시예요."

"네, 잘 알고 있습니다."

그들은 거기서 헤어져서 그녀는 오른쪽으로, 그는 왼쪽으로 꺾어들었다.

뒤루아는 외곽의 큰길까지 되돌아갔다. 그러고 나서 말제르브 대로를 내려와서 느릿느릿한 걸음으로 걸었다. 문득 과자 가게 앞을 지나가려니까 유리컵 안에 설탕을 넣고 절인 밤이 눈에 띄었다. 그래서 '클로틸드에게 일 파운드 사다 주어야겠군.' 생각하고 그녀가 좋아하는 그 달콤한 과실을 한 봉지 샀다. 4시에 그는 젊은 연인과 만나기 위해서 그 방으로 되돌아왔다.

그녀는 남편이 일주일간의 휴가에서 돌아왔기 때문에 조금 늦게 왔다. 그리고 물었다.

"내일 저녁 식사에 올 수 있어요? 만나면 저희 집 양반이 기뻐할 텐데요."

"안됐지만 내일은 사장 집에 가기로 했소. 정치와 재정상 계획이 잔뜩 있어서 의논을 해야 하기 때문에."

그녀는 모자를 벗고, 웃옷이 거북했기에 그것도 벗었다.

그는 벽난로 위에 놓아둔 봉지를 가리키며 말했다.

"설탕에 절인 밤을 사왔소."

그녀는 손뼉을 쳤다.

"어머 좋아, 정말 친절하군요."

그녀는 밤 봉지를 집어서 한 개 입에 넣고 기쁜 듯이 말했다.

"맛있어요. 하나도 남기지 않고 다 먹어 버릴 것 같아요."

그러고 나서 기분 좋은 육감적인 눈길로 뒤루아를 보면서 덧붙였다.

"당신은 내 결점을 무엇이든지 다 받아 주는군요."

그녀는 천천히 밤을 먹으면서 아직 남아 있는지 어떤지를 보는 듯이 쉴 새 없이 봉지 속을 들여다보았다.

그러더니 다시 말했다.

"자, 팔걸이의자에 앉으세요. 당신의 두 무릎 사이에 웅크리고 앉아서 밤을 먹을래요. 참 기분 좋을 거예요."

그는 빙긋 웃고 의자에 앉아서 조금 전에 발테르 부인에게 했던 것처럼 두 다리를 벌리고 그 가운데 그녀를 앉게 했다.

그녀는 그에게로 고개를 쳐들고 한입 가득히 밤을 집어넣은 채 말했다.

"내 사랑, 들어 봐요. 당신 꿈을 꾸었어요. 둘이서 낙타를 타고 먼 여행을 하는 꿈이었어요. 낙타에는 혹이 두 개 있어서 우리들은 각각 그 위에 올라타고 사막을 가로질러 갔어요. 종이에 싼 샌드위치하고 포도주 병을 안고 혹 위에서 먹었어요. 하지만 우리는 너무 떨어져 있어서 다른 짓은 아무것도 할 수가 없었기 때문에 난 따분해서 내리고 싶어졌어요."

"나도 내리고 싶군."

그는 그렇게 말하고 이야기에 흥겨워서 웃고 그녀의 쓸데없는 이야기에 부채질을 하면서 사랑하는 사람끼리 주고받는 그 어린아이 같은 달콤한 이야기를 길게 늘어놓았다. 그러한 분별없는 이야기도 드 마렐 부인이 말하니까 재미있지 발테르 부인이 떠들어댔다면 그를 짜증나게 했을 것이다.

클로틸드도 또한 그를 가리켜 '귀여운 사람, 내 애기, 내 고양이'라고 불렀지만 그는 그러한 말을 다정하고 귀엽게 받아들였다. 바로 조금 전에 다른 여자에게서 들었을 때에는 화가 나서 구역질이 날 지경이었는데 말이다. 사랑의 속삭임은 언제나 같은 말이라도 나오는 입술에 따라 맛이 다른 법이다.

그러나 그는 그러한 달콤한 희롱에 흥겨워하면서도 앞으로 벌게 될 7만 프랑의 일이 머릿속에서 떠나지 않아서 이윽고 그녀의 머리를 두 번 손가락으로 가볍게 쳐서 이야기를 그만두게 했다.

"들어봐요, 당신 남편에게 말을 좀 전해 주구려. 내일 모로코 공채를 만 프랑 정도만 사도록 내가 권하더라고 해주구려. 지금은 72프랑밖에 하지 않지만 석 달이 되기도 전에 6만에서 8만이 된다는 것을 내가 장담하리다. 그러나 절대로 비밀을 지키도록 해야 하오. 탕헤르 파병이 결정되고 프랑스 정부가 모로코 공채를 보증하기로 된다고 내가 말하더라고 말이오. 그러나 다른 사람들에게 말하면 안 되오. 오늘 한 이야기는 국가의 비밀이니까."

그녀는 정색한 낯으로 들었다. 그리고 이렇게 소곤거렸다.

"고마워요. 오늘 밤 당장 말하겠어요. 그 사람은 신용해도 좋아요. 절대로 함부로 이야기하지 않으니까요. 정말 입이 무거운 사람이에요. 절대로 위험할 리 없어요."

그리고 그녀는 밤을 다 먹고 봉지를 두 손으로 꾸겨서 벽난로 속에 던져 넣었다.

"자, 이제 누워요."

그녀는 이렇게 말하며 일어나지도 않고 조르주의 조끼 단추를 벗기기 시작했다.

그러다가 갑자기 그녀는 손을 멈추고 단춧구멍에 얽혀 있는 긴 머리카락을 집어냈다. 그리고 깔깔 웃어 댔다.

"어머, 당신 마들렌의 머리카락을 걸치고 나오셨군요. 정말 충실한 남편인데요!"

그리고 나서 또 정색을 하면서 눈으로도 잘 보이지 않는 머리카락을 손바닥 위에 올려놓고 계속 바라보더니 곧 중얼거렸다.

"이건 마들렌 거가 아닌데요. 그 여자라면 밤색인데."

그는 빙그레 웃으면서 얼버무렸다.

"아마 하녀 거겠지."

그러나 그녀는 경찰관과 같은 주의로 조끼 주위를 살피며 다른 단추에 말린 두 개째의 머리카락을 풀어내고, 세 개째를 찾아냈다. 그리고 나선 새파랗게 질린 채 조금 떨면서 외쳤다.

"어머, 누구 딴 여자와 잤군요? 단추마다 머리카락을 얽어 놓았어요."

그는 깜짝 놀라서 더듬거리면서 말했다.

"그럴 리가 없어. 바보 같은······"

문득 그는 짐작이 가서 무슨 일인가 납득이 되었다. 그리고 처음에는 당황했지만 쓴웃음을 지으며 부정했다. 그러나 그녀에게서 그러한 의심을 받는 것도 그다지 기분 나쁘지는 않았다. 그녀는 고집스럽게 뒤져서 몇 개씩이나 머리카락을 발견하고 그것을 재빠르게 뭉쳐서 융단 위에 내던졌다.

그리고 영리한 여자의 본능으로 일이 돌아가는 상황을 눈치채고 몹시 화를 내고 펄펄 뛰면서 당장에라도 울 듯이 중얼거렸다.

"당신을 사랑하는 거예요, 이 여자는……그래서 제 몸에 붙은 것을 당신이 가져가도록 한 거예요……아아, 참 당신은 바람둥이군요……"

그러더니 그녀는 갑자기 외쳤다. 드높은 기쁨의 날카로움이었다.

"아! 아! 그 늙은 마누라군요……흰 머리가 있잖아요……어쩌면! 당신 이번엔 늙은 여자를 속였군요……늙은 여자라면 돈을 내겠죠……그렇죠?……돈을 내겠죠?……아참, 기가 막혀. 늙은 마누라 정부가 되다니……그럼 나 같은 건 필요 없겠군요…… 그럼 잘 위로해 주세요."

그녀는 몸을 일으키자 의자 위에 벗어 놓았던 웃옷 있는 데로 달려가서 재빠르게 그것을 걸쳤다.

그는 부끄러운 듯 우물거리면서 그녀를 붙들려고 했다.

"거짓말이야……클로……바보군그래……난 도무지 영문을 모르겠어……자, 들어 봐요……자……가지 말아요."

그녀는 되풀이해서 말했다.

"당신 마남을 소중하게 모시세요……그게 좋겠어요……그리고 그 사람의 머리카락으로……흰 머리카락으로……반지라도 만들게 하세요……당신에게 참 잘 어울리겠어요……"

그녀는 거친 동작으로 재빠르게 옷을 입고 나서 모자를 쓰고 베일을 내렸다. 뒤루아가 붙잡으려고 하자 팔을 크게 휘둘러 따귀를 후려갈기고는 그가 어리둥절하여 멈칫하는 틈에 문을 열고 뛰쳐나가 버렸다.

홀로 남자 그는 갑자기 분노가 치밀어 올라와서 "늙은 마누라, 늙어 빠진 말 같으니라고!" 욕을 퍼부었다. '아아! 못된 늙은이, 한 번 호되게 때려 눕혀 줄 테다!'

그는 시뻘게진 뺨을 한참 동안 물로 식히고 어떻게 복수할까 생각하면서 밖으로 나왔다. '이제는 용서하지 않겠다! 용서할 수가 없어!'

그는 큰길까지 내려와서 거리를 서성거리다가 보석상 앞에서 걸음을 멈추고 전부터 몹시 갖고 싶었던 시계를 들여다보았다. 1800프랑이었다.

그리고 갑자기 기쁨으로 들떠서 생각했다.

'7만 프랑이 손에 들어오면 저걸 살 수 있겠군.'

그리고 7만 프랑을 어떻게 쓸까 이것저것 궁리하기 시작했다.

먼저 대의원이 되자. 그러고 나서 저 시계를 사고 투기에 조금 손을 대보자. 그리고……그러고 나선……

신문사에는 들어가고 싶지 않았다. 발테르를 만나서 논설을 쓰기 전에 마들렌에게 이야기가 하고 싶었다. 그래서 집으로 돌아가기 위해 걷기 시작했다.

그러나 드루오 거리까지 오자 갑자기 걸음을 멈추었다. 보드렉 백작의 용태를 물어 보고 오는 것을 깜빡 잊었던 것이다. 백작은 쇼세 당탱에 살고 있었다. 그래서 그는 되돌아갔지만 여전히 한가하게 걸으면서 행복한 꿈에 잠겨서 기쁜 일, 즐거운 일 머지않아 차지할 재산, 라로슈의 난봉, 사장 부인의 고집통 늙은 마누라 따위의 오만 가지 생각에 잠겼다. 클로틸드의 분노는 곧 가라앉을 것으로 믿었기 때문에 그다지 걱정하지 않았다.

이윽고 보드렉 백작이 사는 집에 도착하여 문지기에게 물었다.

"보드렉 씨의 용태는 어떠신가? 요 며칠 동안 편찮으시다고 들었는데."

"백작님은 매우 위중하십니다. 오늘 밤을 넘기기 힘들다고 합니다. 신경통이 심장으로 올라왔다고 하는군요."

뒤루아는 뜻밖의 소식에 깜짝 놀라서 어쩔 줄을 몰라 했다. 보드렉이 지금 죽어 가고 있다고! 막연한, 자신에게도 말할 수 없는 갖가지 생각이 머리에 떠올라 마음을 흔들었다.

그리고 무슨 말을 하는지도 모르고 중얼거렸다.

"고맙네……다시 오지……"

그러고는 마차를 타고 급히 집으로 달리게 했다.

아내는 이미 돌아와 있었다. 그는 숨을 헐떡거리면서 방으로 뛰어들어가자마자 아내에게 말했다.

"여보, 큰일 났소! 보드렉 백작이 죽어 가고 있소!"

그녀는 의자에 앉아서 편지를 읽다가 눈을 들더니 세 번이나 계속해서 물었다.

"네? 뭐라고요? 지금 뭐라고 했어요?"

"보드렉 말이요. 신경통이 심장으로 올라가서 죽게 됐다는군."

그러고 나서 다시 덧붙였다.

"당신 어쩔 셈이오?"

그녀는 창백한 낯빛으로 얼굴이 파르르 떨리더니 곧 두 손으로 가리고 울음을 터뜨렸다. 그리고 북받치는 오열로 온몸을 흔들고 비통에 잠겨 몸부림치며 서 있었다.

그러다 갑자기 슬픔을 억누르고 눈물을 닦으며 말했다.

"저 갔다……갔다 오겠어요……걱정하지 말고……늦게 돌아올지도 모르겠지만……기다리지 마세요……"

그는 대답했다.

"그게 좋겠구려, 다녀오오."

악수를 하자, 그녀는 장갑을 끼는 것도 잊고 허둥지둥 나갔다.

조르주는 혼자서 저녁 식사를 하고 논설을 쓰기 시작했다. 장관의 의향을 정확하게 지켜서 모로코 파병은 이루어지지 않을 것이라고 독자들이 받아들이도록 했다. 그러고 나서 그것을 신문사에 가지고 가서 잠시 사장과 이야기를 나누고 나자, 왠지 마음이 홀가분해져서 담배를 피우면서 돌아왔다.

아내는 아직 돌아오지 않았다. 그는 잠자리에 들어가자 곧 잠들어 버렸다.

마들렌은 한밤이 돼서야 돌아왔다. 조르주는 깜짝 놀라 눈을 뜨고 잠자리 위에 일어나 앉았다.

"어찌됐소?"

그는 그녀가 그때만큼 창백하고 비통한 얼굴을 한 것을 본 적이 없었다.

그녀는 조그만 소리로 말했다.

"돌아가셨어요."

"죽었어! 그래 당신한테 아무 말도 없었소?"

"네, 아무 말도. 내가 갔을 때는 벌써 의식이 없었어요."

조르주는 곰곰이 생각했다. 여러 가지 묻고 싶은 일이 입속에서 맴돌았으나 아무것도 물을 수 없었다. 그래서 "자는 게 낫겠구려"라고만 말했다.

그녀는 재빠르게 옷을 벗고 그의 옆으로 미끄러져 들어왔다.

그는 다시 물었다.

"임종 때 친척 누구라도 와 있습디까?"

"조카 한 사람뿐이었어요."

"그래? 그 조카란 가끔 오던 사람이오?"

"아뇨. 한 10년 동안 전혀 만난 일이 없었어요."

"그 밖에 친척이 또 있소?"

"아뇨……없을 거예요."

"그렇담 그 조카가 유산을 받겠군."

"글쎄요."

"굉장한 부자였겠지, 보드렉은?"

"네."

"대체 얼마나 있는지 아오?"

"아뇨, 자세히는 몰라요. 아마 100만이나 200만쯤 되겠죠."

그는 그 이상 아무 말도 하지 않았다. 그녀는 촛불을 불어 껐다. 그들은 어둠 속에 나란히 누워서 아무 말도 없이 잠도 자지 않고 생각에 잠겨 있었다.

그는 완전히 잠이 달아나 버렸다. 발테르 부인이 약속해준 7만 프랑이 갑자기 시시해 보였다. 문득 마들렌이 울고 있는 것같이 느껴졌다. 그래서 그것을 확인하기 위해서 물었다.

"자오?"

"아뇨."

그녀의 목소리는 눈물을 머금고 떨리고 있었다. 그는 계속 말했다.

"아까 이야기하는 걸 잊었었는데 당신의 장관은 우리를 속였더군."

"어째서요?"

그래서 그는 라로슈와 발테르와의 사이에 꾸며진 책략에 대해서 자세하고 길게 이야기했다.

"어떻게 그걸 알아냈어요?"

그는 대답했다.

"그건 말하지 않아도 되지 않겠소? 당신도 여러 정보를 알아내오는 길을 갖고 있지만 난 그걸 캐물어 본 적은 없으니까, 나도 내 정보망은 비밀로 해두고 싶군그래. 하지만 내 정보가 정확하다는 것만은 장담하지."

그녀는 중얼거렸다.

"그것도 그럴 법해요……그분들이 우리 몰래 뭔가를 하는 것 같다는 눈치는 어느 정도 채고 있었어요."

그러나 조르주는 좀처럼 잠을 이룰 수 없어 아내 옆으로 다가가서 귀에 살그머니 키스했다. 그러나 그녀는 뿌리치면서 말했다.

"부탁이에요, 가만히 그냥 놔 주세요, 네? 장난칠 마음이 없어요."

그는 단념하고 벽 쪽으로 돌아누웠다. 그리고 눈을 감고 있는 동안 어느새 잠들어 버렸다.

6

교회는 검은 장막을 둘러치고 정면 현관에는 관(冠)을 올려놓은 큰 방패를 높이 달아 귀족의 장례식이라는 사실을 지나가는 사람들에게 알리고 있었다.

방금 의식이 끝나고 식에 참석했던 사람들이 줄을 지어 보드렉 백작의 관과 그 옆에 서 있는 조카 앞으로 천천히 걸어갔다. 조카는 사람들에게 일일이 손을 내밀고 인사했다. 조르주 뒤루아와 그 아내는 밖으로 나오자 어깨를 나란히 하고 집 쪽으로 걷기 시작했다. 두 사람 모두 생각에 잠겨서 말이 없었다.

얼마 뒤 뒤루아가 겨우 입을 열고 중얼거렸다.

"정말 놀랐는데!"

"무슨 말씀예요, 여보?"

"보드렉이 우리에게 아무것도 주지 않았다는 게 말이요."

별안간 그녀는 얼굴을 붉혔다. 마치 장밋빛 베일이 가슴에서 얼굴로 새하얀 살결에 갑자기 던져진 것 같았다. 그녀는 말했다.

"어째서 무언가를 주어야 하나요? 그럴 이유는 조금도 없잖아요."

그러고 나서 잠시 말없이 있다가 덧붙였다.

"아마 공중인에게 유언장이 있을 테죠. 아직 아무것도 알 수 없어요."

그는 곰곰이 생각에 잠겨 있다가 잠시 뒤 목소리를 죽여서 말했다.

"응, 그럴지도 모르겠군. 어쨌든 우리 두 사람에겐 가장 친한 친구였으니까. 매주 두 번씩이나 우리 집에서 저녁 식사를 했고, 늘 찾아왔잖소. 우리 집을 마치 자기 집처럼 드나들었고 당신을 친딸처럼 귀여워했으니까. 게다가 가족이라곤 자식도 형제도 아무도 없고, 다만 조카가 한 사람뿐이라지만 자주 만난 일도 없는 사람이란 말이요. 그러니까 분명 유언이 있을 거야. 크게 기대하지는 않지만 그가 우리들을 생각하고 사랑했다든가 우리가 베풀었던 애정에 감사했다든가 하는 표시가 될 만한 것 말이야. 무슨 우정의 표시는 남길 법해."

그녀는 무언가 다른 생각에 잠긴 듯 건성으로 대답했다.

"그렇군요. 어쩌면 유언이 있을지도 몰라요."

집으로 돌아오자 하인이 마들렌에게 편지 한 통을 건네주었다. 그녀는 그것을 펴보고 남편에게 건네주었다.

라마뇌르 공증인 사무소
보주 거리 17번지
부인, 부인께 관계된 용건에 대해서 화, 수, 목 중의 어느 날 오후 2시에서 4시 사이에 사무실에 들러주시기 바랍니다. 우선 총총.

라마뇌르

이번에는 조르주가 얼굴을 붉혔다.

"이건 그 일 때문일 거요. 그러나 당신 이름으로 되어 있고 법률상 호주인 내 명의가 아니라는 것은 이상한데."

그녀는 바로 대답하지 않고 조금 생각하고 나서 말했다.

"여보, 지금 곧 가보지 않겠어요?"

"응, 갑시다."

그들은 점심 식사도 하는 둥 마는 둥 나섰다.

라마뇌르 씨의 사무소로 들어가자 수석 서기가 매우 공손한 태도로 두 사람을 라마뇌르 씨 방으로 안내했다.

공증인은 몸집이 자그마한 사나이로 온몸 여기저기가 모두 동글동글했다. 얼굴이 공 같고, 그것이 두 개의 다리가 붙은 다른 공에 붙여져 있는 것 같았다. 더욱이 그 다리는 몹시 작고 짧아서 그 또한 공 같았다.

그는 인사를 마치자 의자를 가리키고 마들렌에게 말했다.

"부인, 오시라고 한 것은 당신과 관계있는 보드렉 백작의 유언을 알려 드리기 위해서입니다."

조르주는 낮은 목소리로 중얼거리지 않을 수 없었다.

"그러리라고 생각은 했었습니다."

공증인은 다시 말을 계속했다.

"그럼 그 서류 내용을 들려 드리겠습니다. 매우 짧으니까요."

그는 손을 뻗쳐 앞에 놓여 있는 종이를 끼워 놓는 상자에서 한 장의 종이를 꺼내 읽었다.

아래에 서명한 본인 보드렉 백작, 폴 에밀 시프리앙 공트랑은 마음과 몸이 모두 건전한 상태에서 여기에 나의 마지막 의사를 밝힌다.

죽음이 덮쳐 오는 시기는 이를 예측하기 어려우므로 나는 만일의 경우를 생각하고 더욱 다짐하기 위하여 유언장을 작성하고 이것을 라마뇌르 씨에게 기탁한다.

내게는 직계 상속인이 없으므로 유가증권 60만 프랑 및 부동산 약 50만 프랑을 포함하는 나의 모든 재산을 클레르 마들렌 뒤 루아 부인에게 무상으로 조건 없이 상속한다. 바라건대 깊고 성실하고 경의에 찬 우정의 표시로 이 옛 친구의 증여를 받아 주시기를.

공증인은 덧붙였다.

"이것이 전부입니다. 이 서류는 작년 8월 일자로 되어 있습니다만 2년 전 클레르 마들렌 포레스티에 부인 앞으로 작성된 똑같은 서류를 다시 쓴 겁니다. 맨 처음의 유언장도 제게 있으니까 친척 되시는 분이 이의신청을 할 경우에는 그에 따라서 보드렉 백작의 의사가 변하지 않은 것을 입증하겠습니다."

마들렌은 창백한 낯빛으로 발끝을 지켜보았다. 조르주는 불쾌한 듯이 손가락 끝으로 콧수염을 비틀었다. 공증인은 잠시 잠자코 있다가 말을 이었다.

"말씀드릴 것도 없이 부인께선 남편 분의 동의가 없으면 이 상속을 받으실 수가 없습니다."

뒤루아는 일어서서 무뚝뚝한 어조로 말했다.

"잠시 생각할 여유를 주십시오."

공증인은 미소를 띠면서 머리를 숙였다. 그리고 상냥한 목소리로 말했다.

"주인께서 주저하시는 심정도 알 만합니다. 그리고 덧붙여 말씀드리면 보드렉 씨의 조카님은 오늘 아침 백부님의 마지막 의사를 아시고 만일 10만 프랑만 권리를 포기해 주시면 아무런 이의도 말씀하시지 않겠다고 하십니다. 제 의견으로서는 이 유언장은 물론 이의를 말할 여지가 없습니다. 그러나 소송이 일어나게 되면 여러 가지로 세상에 소문이 일어나게 마련이니까요. 되도록 그건 피하시는 편이 좋으리라고 생각합니다. 세상은 아무튼 악의로 판단하게 마련이니까요. 어쨌든, 토요일까지 모든 답변을 알려 주실 수 있겠습니까?"

조르주는 머리를 숙였다.

"잘 알겠습니다."

그리고 나서 언짢은 표정으로 인사를 마치자 잠자코 있던 아내를 재촉해서 몹시 불쾌한 태도로 나갔다. 그래서 상냥하던 공증인도 미소를 거두어 버리고 말았다.

집으로 돌아오자 곧 뒤루아는 거칠게 문을 닫고 모자를 침대에 던지면서 말했다.

"당신은 보드렉의 정부였구려?"

마들렌은 베일을 벗으려다 말고 정색을 하고 돌아보았다.

"제가요? 당신도!"

"그럼, 틀림없어. 그렇지 않고서야 어떻게 모든 재산을 송두리째 여자에게 주겠어."

그녀는 떨려서 투명한 천에 꽂혀 있는 핀을 뽑을 수가 없었다.

그리고 한동안 생각하고 나서 흥분한 목소리로 띄엄띄엄 말했다.

"어쩌면!……어떻게 되셨나 보군요……당신 미쳤어요?……그만두세요……당신도……아까……말하잖았어요. 무언가 줄만도 하다고요……"

조르주는 재판관이 피고의 매우 사소한 실수라도 놓치지 않으려는 듯 그녀 옆에 선 채 그 감동 하나하나를 지켜보고 있었다. 그리고 한 마디 한 마디에 힘을 주어 말했다.

"그래…… 그 사람은 내게도 무언가 남길 만했어……나는 당신의 남편이고……그 사람의 친구였으니까……그러나 당신에겐 안 돼요……당신에겐 아무리 가까운 사이였어도……당신은 내 아내니까. 이런 구별쯤은 체면상으로나……세상의 평판으로 보나 중대한 본질적인 일이란 말이요."

그러자 이번에는 마들렌이 유심히 그의 눈속을 깊고 기묘한 눈길로 지켜보았다. 거기에서 무언가를 알아내려는 듯, 그것은 평소에는 절대로 꿰뚫어볼 수 없는 인간의 저 미지(未知)의 세계이고 정신의 내부의 신비에 문득 문이 조금 열린 것처럼, 한때의 방심이라든가 부주의라든가 아무튼 경계할 것을 잊은 짧은 순간에서밖에 거의 엿볼 수 없는 그러한 것이다. 그녀는 천천히 말을 끊으면서 이야기했다.

"하지만, 만일……막대한 유산을 그분이……당신에게 주었더라도 역시 남들은 이상하게 생각하리라고……여겨지는데요."

그는 퉁명스럽게 물었다.

"어째서?"

그녀는 "왜냐하면……" 조금 망설이더니 말을 이었다.

"왜냐하면 당신은 제 남편이지만……아직 그분과 가깝게 지내게 된 지 얼마 되지 않았고……그러나 저는……훨씬 전부터 친구였고……포레스티에가 살아 있었을 때 작성한 맨 처음의 유언장에도 이미 제 이름이 씌어 있을 정도인 걸요."

조르주는 방안을 성큼성큼 걷기 시작했다. 그러고는 꾸짖듯이 말했다.

"당신은 그걸 받아선 안 돼."

그녀는 아무렇지도 않은 듯이 대답했다.

"좋아요. 그럼 굳이 토요일까지 기다릴 것도 없으니까 이제부터 곧 라마뇌르 씨에게 말하고 오지요."

그는 아내의 앞에 마주 섰다, 그리고 두 사람은 오랜 동안 서로의 눈과 눈속을 지켜보고 엿볼 수 없는 마음의 비밀까지도 파고 들어가서 진정한 생각이 무언가를 찾아내려고 애썼다. 격렬한 무언의 질문으로 서로의 마음 속에서 진실을 꿰뚫어 보려고 했다. 그것은 생활을 함께 하면서도 상대를 모르고 서로 의심하고 캐보고 엿보고, 그러면서도 영혼의 밑바닥까지 들여다보지 못하는 두 사람의 은밀한 갈등이었다.

느닷없이 그는 아내의 얼굴에 내뱉듯이 낮은 소리로 말했다.

"어때, 보드렉의 정부였다고 자백하는 게?"

그녀는 어깨를 추켜올렸다.

"당신 참 이상해요……그야 보드렉 씨는 저를 무척 사랑했어요……보통 정도가 아닌 그런 애정이었죠……하지만 그것뿐이었어요……정말이에요."

그는 발을 굴렀다.

"거짓말이오! 그럴 리가 없어!"

그녀는 침착하게 말했다.

"하지만 그렇다니까요."

그는 다시 걷기 시작했지만 곧 멈춰섰다.

"그럼 설명하오. 어째서 당신에게 재산을 송두리째 주었는지."

그녀는 마치 남의 일인 양 무심하게 대답했다.

"그건 대수롭지 않아요. 당신도 조금 전에 말했듯이 그분에게는 친구라곤 우리들뿐이었어요. 그렇다기보다 오히려 나밖에 없었던 거예요. 나를 아주 어렸을 적부터 잘 알고 있어요. 어머니가 그분의 친척되는 분 댁에 일을 도우러 가 계셨으니까요. 그래서 여기에도 이따금 들르셨고, 정당한 상속인이 없었기 때문에 나를 생각하신 거예요. 내게 다소 마음을 두셨을지도 모르지만 어떤 여자라도 그런 사랑은 받는 법이에요. 그리고 남에게 숨겨 두었던 비밀스러운 사랑에서 마침내 마지막 처리를 하려고 했을 때, 내 이름을 썼다고 해서 나쁠 것도 별로 없잖겠어요? 그분은 월요일마다 내게 꽃다발을 가져다주었어도 당신은 조금도 이상하게 생각지 않았어요. 그때만 해도 당신에겐 아무것도 가져다주시지 않았어요. 그렇죠? 오늘 내게 유산을 준 것도 똑같은 이유이고 나 말고는 줄 사람이 없었기 때문이에요. 반대로 당신에게 재산을 물려주었다면 오히려 이상하지 않아요? 첫째 그럴 만한 이유가 없어요. 당신은 그분에게는 아무것도 아닌걸요."

그 이야기가 무척 자연스럽고 차분했기 때문에 조르주는 당황했다. 그러나 더욱 고집을 부렸다.

"그건 마찬가지야. 어쨌든 우리는 그런 조건으로 그 유산을 받을 순 없어. 당치도 않은 결과가 될 테니까. 세상에선 틀림없이 그렇거니 여기고 좋아하고 숨어서 욕을 하고 나를 웃음거리로 삼을 거요. 그렇잖아도 동료 녀석들이 나를 시기해서 무엇이든지 트집을 잡아서 빈정거리니까 말이요. 난 내 체면상 남들 이상으로 명예를 존경하고 평판에 조심해야 해. 그러니까 세상 소문이 전부터 당신과 수상한 사이인 것처럼 말하는 그런 남자의 유산을 받는 것을 나로서는 승낙할 수 없소. 포레스티에라면 받아 주었겠지만 난 그렇겐 안 돼."

그녀는 부드럽게 말했다.

"그렇다면 거절해요. 100만 프랑이란 돈이 허사가 될 뿐이지만 난 아무렇지도 않아요."

그는 여전히 방안을 돌아다니면서 아내에게가 아니라 그저 들려주기 위해서 자기 생각을 큰 소리로 떠들어댔다.

"좋소, 그럼 이렇게 합시다……100만 프랑은 아깝지만 그 남자는 그런 유언장을 써서 어떤 좋지 않은 일이 올지 몰랐던 거요. 예의라는 걸 도외시했어. 나를 얼마나 쑥스럽고 난처한 처지에 몰아넣게 될 것인가를 깨닫지 못했던 거요. 세상일이란 모두 미묘한 거야……내게도 절반을 남겨 두었다면……아무런 분쟁도 없었을 거요."

그는 의자에 앉아서 다리를 꼬고 콧수염 끝을 비틀기 시작했다. 무언가 귀찮은 일이나 걱정거리가 있어서 생각에 지쳤을 때 곧잘 하는 버릇이었다.

마들렌은 이따금 심심풀이로 하는 자수 벽걸이를 가져와 털실을 가려내면서 말했다.

"난 이제 더 할 말이 없어요. 당신이 결정해요."

그는 오랜 동안 대답을 하지 않다가 조금 뒤에 망설이는 듯 말했다.

"세상 사람들은 보드렉이 당신만을 상속인으로 삼고, 내가 그것을 승인한 이유를 이해하지 못할 거요. 그런 식으로 그 재산을 받으면 당신으로서는 떳떳하지 못한 관계를 자백하는 것이 되고 나는 파렴치한 동의를 한 게 되오……우리가 그것을 받는다면 남들이 어떻게 생각할지 당신도 알 거요. 그러니까 교묘한 방법을 써서 그럴듯한 이유를 붙여야 해. 이를테면 보드렉의 재산을 둘로 나누어서 우리 부부에게 절반씩 물려주었다고 생각하게 하든가 말이오."

그녀가 물었다.

"유언장의 내용이 분명한데 어떻게 그렇게 할 수가 있겠어요? 난 모르겠는데요."

그는 대답했다.

"그거야 문제없지. 당신이 살아 있는 동안에 증여하는 걸로 내게 절반을 주면 되지. 우리에게는 아이가 없으니까 그렇게도 할 수 있소. 그렇게 하면 세상의 소문을 막을 수가 있지."

그녀는 조금 초조한 듯이 대답했다.

"하지만 그렇게 하면 어째서 세상 사람들의 소문을 어떻게 막을 수 있는지 난 모르겠어요. 보드렉 씨가 서명한 증서가 엄연히 있는데 말이에요."

그는 화가 나서 대꾸했다.

"굳이 그 증서를 사람들에게 보이고 다니거나 벽에 내붙이거나 할 필요는 없지 않소. 참 어리석군, 당신은. 보드렉 백작이 재산을 우리한테 절반씩 남겨주었다고 말하기만 하면 되는 거요……그것뿐이오……아무튼 당신은 내 허가 없이는 그 유산을 받을 수가 없으므로, 세상 사람들의 웃음거리가 되지 않도록 나눈다는 조건이 아니면 허가할 수 없소."

그녀는 다시 한 번 찌르는 듯한 눈으로 그를 쳐다 보았다.

"그럼 당신 좋을 대로 해요, 난 아무래도 좋으니까."

그러자 그는 일어서서 다시 걷기 시작했다. 그래도 그는 주저하는 듯한 태도로 이번에는 아내의 찌르는 듯한 눈길을 피하면서 말했다.

"아니……역시 안 되겠어……차라리 모조리 단념하는 편이 나을지도 모르겠어……그편이 훨씬 훌륭하고……옳고……명예로운 태도지……아무튼 그렇게 하면 세상 놈들이 이러쿵저러쿵 쓸데없는 상상을 할 여지가 없어지게 될 거야. 틀림없이 그럴 거야. 아무리 억측을 잘하는 사람들이라도 머리를 수그리게 될 거요."

그는 마들렌 앞에서 발을 멈추고 말을 이었다.

"여보, 당신이 좋다면 내가 혼자서 라마뇌르 씨한테 가서 사정을 이야기하고 의논하고 오리다. 그리고 나의 의혹을 털어놓고 사람들의 잡음을 막기 위해서 편의상 유산을 둘로 나누기로 했다고 하지. 내가 그 유산의 절반을 받으면 물론 아무도 빈정댈 이유가 없어지지. 결국 내 아내는 남편인 내가 승낙했기 때문에 허락한 거다, 내가 재판관으로서 아내의 행위는 명예를 조금도 더럽히지 않았다고 인정한 거라고 큰소리치는 것과 마찬가지지. 그렇지 않으면 세상 사람들의 웃음거리가 될 거요."

마들렌은 여전히 중얼거렸다.

"당신 좋을 대로 해요."

그러자 그는 능란한 말솜씨로 떠들기 시작했다.

"그렇지, 그렇게 유산을 절반씩 나누기로 하면 조금도 꺼림칙한 데가 없어. 우리에게 유산을 남긴 친구는 우리 사이에 차별을 두거나 어느 한쪽을 더 소중하게 해서 '나는 생전에 부부 중 어느 한 쪽을 더 사랑했으므로 죽은 뒤에도 그 이익을 고려했다'는 태도를 보이기를 바라지 않았다. 물론 아내를 더 사랑하기는 했지만 두 사람에게 똑같이 재산을 나누어 줌으로써 그 애정이 오로지 플라토닉했음을 분명하게 나타내려고 한 게 되오. 그도 생전에 거기까지 생각이 미쳤다면 틀림없이 그렇게 했을 거요. 그다지 깊이 생각지 않아서 어떤 결과가 되는지 전혀 예측하지 못했던 거요. 아까 당신도 분명하게 말했듯이, 그 사람은 매주 당신에게 꽃다발을 가지고 왔던 것처럼 앞뒤를 전혀 생각지 않고 마지막 추억을 주려고 했을 뿐인 거요."

그녀는 짜증이 나는 듯이 그의 말을 가로막았다.

"이젠 됐어요, 잘 알았어요. 그렇게 계속 변명하지 않아도 괜찮아요. 얼른 공증인한테 다녀와요."

그는 얼굴을 붉히고 중얼댔다.

"당신 말이 옳구려. 갔다 오리다."

그는 모자를 집어 들고 나가려고 하면서 다시 물었다.

"조카 쪽의 요구는 5만 프랑으로 결말을 짓도록 교섭하려고 하는데 어떻겠소?"

그녀는 딱 잘라 대답했다.

"아녜요. 저쪽에서 바라는 대로 10만 프랑을 주세요. 내 몫에서 주어도 좋으니까요."

그는 갑자기 쑥스러워져서 말했다.

"아니 그건 안 돼. 똑같이 합시다. 둘이서 5만 프랑씩 내더라도 아직 백만 프랑 남으니까."

그러고 나서 다시 말했다.

"그럼 다녀오리다, 마드."

그는 공증인한테로 가서 아내가 생각해낸 거라면서 둘의 몫으로 나눌 것을 이야기했다.

그들은 이튿날 마들렌 뒤루아로부터 남편에게 양도하는 50만 프랑의 생전 증여의 증서에 서명했다.

공증인 사무소를 나서자 날씨가 좋았으므로 조르주는 큰 거리까지 걸어가자고 했다. 그는 그녀에게 상냥하고 다정하게 마음껏 존경과 애정을 드러냈다. 보고 듣는 것마다 모두 매우 즐거운 것 같았으나, 뒤루아와 달리 그녀는 무언가 깊이 생각에 잠겨서 불쾌한 듯했다.

꽤 쌀쌀한 가을날이었다. 길가는 사람들은 바쁜 듯이 재빠르게 걷고 있었다. 뒤루아는 지나칠 때마다 갖고 싶어서 부럽게 바라보곤 했던 그 시계를 진열해 놓은 가게 앞으로 아내를 데리고 갔다.

"당신한테 보석이라도 선물하려는데 어떻소?"

그녀는 아무래도 좋다는 듯이 중얼거렸다.

"당신 마음대로 해요."

가게에 들어가자 그는 물었다.

"뭐가 좋겠소? 목걸이요, 팔찌요, 아니면 귀걸이요?"

그녀는 기묘한 금세공이며 번쩍이는 보석을 보자, 여태까지 일부러 짓고 있던 차디찬 태도가 한꺼번에 사라져 버렸다. 그리고 부러운 듯 눈을 빛내면서 보석류가 가득히 진열된 유리문 안을 들여다보았다.

그리고 곧 마음에 드는 것을 발견하고 감탄했다.

"어머, 멋진 팔찌가 있네요."

그것은 색다른 모양의 사슬로 고리 하나하나마다 서로 다른 보석이 박혀 있었다.

조르주가 물었다.

"이 팔찌는 얼마요?"

보석상이 대답했다.

"3000천 프랑입니다."

"2500프랑으로 깎아 주면 사겠는데."

상대는 조금 망설이더니 대답했다.

"글쎄요, 그 값으론 안 되겠는데요."

뒤루아는 말을 계속했다.

"좋소, 그럼 이 시계를 1500프랑으로 해서 함께 삽시다. 모두 4000프랑 현금으로 당장 지불하리다. 괜찮겠죠? 안 된다면 다른 데로 가보겠소."

보석상은 난처한 기색이더니 결국 승낙하고 말았다.

"좋습니다. 그렇게 드리겠습니다."

뒤루아는 주소를 가르쳐 주고 나서 이렇게 덧붙였다.

"시계 위에 내 이름의 머리글자인 G·D·R을 새겨 주시오. 남작의 관(冠) 밑에 글자를 잘 맞추어서."

마들렌은 깜짝 놀라며 미소를 띠었다. 그리고 밖으로 나가자 애정을 듬뿍 담고 남편의 팔을 잡았다. 참으로 처세가 능한 수완 있는 남자라고 탄복했다. 연금이 들어오게 된 이상 작위가 필요한 것도 마땅한 일이다.

주인은 정중하게 인사했다.

"잘 알았습니다. 목요일까지는 틀림없이 해드리겠습니다, 남작님."

보드빌 극장 앞을 지나다 보니 새로운 연극이 상연 중이었다.

"어떻소, 오늘 밤 연극을 보러 가지 않겠소? 관람석을 예약하고 말이요."

마침 관람석이 있었으므로 그것을 샀다. 그는 또 말했다.

"어디 식당에 가서 저녁이나 먹읍시다."

"네, 그게 좋겠어요."

그는 세상을 다 차지한 양 우쭐해서 또 그 밖에 할 일은 뭐 없을까 생각했다.

"드 마렐 부인 댁으로 가서 오늘 밤 우리와 함께 어울리자고 하지 않겠소? 남편이 돌아왔다니까 악수라도 할 수 있으면 좋겠어."

그래서 그들은 드 마렐 부인을 방문했다. 조르주는 그런 일이 있었던 뒤였으므로 연인과 얼굴을 맞대기가 조금 두려웠으나 아내와 함께라면 구구한 변명을 하지 않고도 될 테니까 오히려 기회가 좋으리라 생각했다.

그러나 클로틸드는 그 일을 모두 잊어버린 것 같았고 남편에게도 억지로 권해서 초대를 승낙하게 했다.

만찬은 흥겹고 공연도 재미있었다. 조르주와 마들렌은 꽤 늦어서야 집으로 돌아왔다. 이미 가스등이 꺼져 있었다. 그래서 계단을 비추기 위해서 뒤루아는 이따금 성냥을 켰다.

2층 층계참에 이르렀을 때 성냥 불을 켜자 계단의 어둠 속에 떠오르는 그들의 모습이 거울 속에 비쳤다.

밤의 어둠 속에 갑자기 나타나서 당장에라도 사라져 버리려는 유령처럼 보였다.

뒤루아는 성냥을 든 손을 쳐들어 자신들의 모습을 확실하게 비추었다. 그리고 의기양양한 웃음소리와 함께 말했다.

"백만장자의 행차로다!"

모로코 점령은 두 달 전에 끝났다. 프랑스는 탕혜르를 제압하고 지중해 연안의 아프리카를 손아귀에 넣고 트리폴리의 섭정권까지도 얻었다. 그리고 새로이 병합한 나라의 국채를 보증했다.

세상에는 2000만 프랑의 이익을 본 장관이 둘이나 있다고 소문이 자자했는데, 특히 라로슈 마티유의 이름이 공공연하게 화제에 올랐다.

발테르에 대해서는 그가 이중의 횡재를 했다는 사실을 온 파리 사람들치고 모르는 사람이 없었다. 그는 국채로 3000 또는 4000프랑이나 움켜 쥔 데다가 광산에 투자한 것과, 공략 전에 거저 뺏은 것과 마찬가지인 미리 사두었던 드넓은 토지를 점령 이튿날 척식회사에 팔아 치워서 800만에서 1000만 프랑을 착복했던 것이다.

그는 고작 며칠 만에 유력한 금융업자로서 세계적인 재계의 지배자 가운데 한 사람이 되었다. 그 권세는 국왕도 능가하여 모든 사람들이 고개를 숙이게 되고 어느 누구도 그의 앞에서 제대로 입을 벌릴 수 없었다. 다만 인간의 마음속 깊숙이 숨어 있는 온갖 저열함과 비루함과 부러움을 드러내 놓을 뿐이었다.

그는 이제 수상쩍은 은행의 대표자나 엉터리 신문사의 사장이나 미심쩍은 거래로 의심받는 시시한 대의원으로서의 유대인 발테르가 아니라, 당당한 실력을 누구나가 인정하는 유대인 대 부호(富豪) 발테르 각하였다.

그는 그 사실을 세상에 자랑하고 싶어 했다.

그래서 카를르스부르 공작이 샹젤리제에 면한 정원이 있는 포부르 생 토노레 거리에서 가장 훌륭한 저택을 지녔으면서, 재정적인 핍박으로 곤란을 겪고 있다는 것을 안 발테르는 24시간 안에 그 저택을 동산과 함께 의자가 놓인 자리 하나 옮기지 않고 그대로 매수하겠다고 제의했다. 그가 부른 값은 300만 프랑이었다. 공작은 그 금액에 마음이 끌려서 승낙했다.

그 이튿날 발테르는 새로운 저택으로 이사했다.

그러자 그는 또 다른 것을 머릿속에 떠올렸다. 파리를 자기 것으로 차지하려는 정복자에 어울리는, 마치 나폴레옹적인 생각이었다.

그 무렵 〈파도 위를 걷는 그리스도〉를 그린 헝가리의 화가 칼 마르코비치의 대작이 화상인 자크 르노브르 화방에 진열되어 있어서 온 파리 사람들이 그것을 구경하러 갔었다.

미술 비평가는 매우 감격해서 이것이야말로 금세기 최고의 걸작이라고 격찬했다.

발테르는 그 그림을 50만 프랑에 사서, 이튿날에는 벌써 그것을 화방에서 떼어내게 하여 호기심으로 몰려드는 시민들의 발길을 끊어 버리고 말았다. 그래서 파리 전체가 그를 질투하든 멸시하든 또는 칭찬하든지 간에 아무튼 그에 대해서 이야기하지 않고는 못 배기게 되었다.

그러나 그는 이 예술 작품을 불법적으로 사유물로 만들었다는 비난을 막기 위해서, 파리 사회의 모든 명사들을 하루 저녁 자기 저택에 초대하여 이 외국 거장(巨匠)이 그린 불멸의 걸작을 감상케 한다고 모든 신문에 광고하게 했다.

그날 밤, 그의 저택은 개방되었다. 그래서 보고 싶은 사람은 누구라도 가서 볼 수 있는데, 오직 초대장을 접수처에 보이기만 하면 된다는 것이었다.

초대장에는 이렇게 씌어 있었다.

발테르 씨 부부는 12월 30일 오후 9시부터 12시까지 칼 마르코비치의 작품 〈파도 위를 걷는 그리스도〉를 전등 불빛 아래 전람하겠사오니 오셔서 감상해 주시기 바랍니다.

그리고 덧붙여서 아주 조그마한 글씨로 '12시 이후에는 무도회를 개최합니다'라고 적혀 있었다.

발테르 부부는 남아 있는 사람들 가운데 앞으로 교제할 사람을 골라낼 작정이었다.

다른 사람들은 그림과 저택과 그 소유자를 상류 사회 특유의 거만함과 냉소적인 호기심으로 바라보고, 올 때와 마찬가지로 잠자코 돌아가면 되는 것이다. 그러나 발테르는 그들이 뒷날 다시 찾아올 것을 잘 알고 있었다. 이처럼 대부호가 된 유대인 집에 한 번이라도 발을 들여 놓은 사람은 누구나 반드시 그렇게 되는 법이다.

아무튼 신문에 곧잘 이름이 나는 몹시 가난한 귀족들에게 먼저 그의 집 문을 드나들게 해야 했다. 물론 고작 반년 동안에 5000만 프랑을 벌어들인 남자의 얼굴을 보기 위해서도 좋고, 그곳에 모이는 사람들의 얼굴을 보고 그 숫자를 세어보기 위해서라도 좋고, 또 주인이 고상한 취미를 지니고 있어서 유대인의 자손인 그의 저택으로 그리스도의 그림을 보러 오라는 초대 때문이라도 좋다. 어쨌든 저택으로 오도록 하는 것이 중요했다.

그는 자못 이렇게 말하는 듯했다. "보라, 나는 마르코비치의 종교 걸작 〈파도 위를 걷는 그리스도〉에 50만 프랑을 치렀다. 그래서 이 그림은 내 집에, 유대인 발테르의 집에 영원토록 남아서 언제나 내 눈 아래 있을 것이다."

사교계에서는, 특히 공작 부인들이나 조케*⁴ 클럽의 동료들 사이에서는 이초대에 크게 의논이 분분했다. 그러나 결국 초대에 응하더라도 앞으로 무언가를 약속하는 것은 아니라는 의견이었다. 즉 프티*⁵의 화랑으로 수채화를 보러 가는 것과 마찬가지라는 것이다. 발테르 부부는 걸작을 사들였으니까 하루 저녁 자택을 개방하여 도시 인사들에게 감상하게 하려는 것이니 좋은 기회가 아니겠느냐 하는 것이었다.

〈라 비 프랑세즈〉는 두 주일 전부터 매일 단신으로 12월 30일의 파티에 대한 기사를 써서 일반 대중들의 호기심을 자극하려고 애썼다.

뒤루아는 사장의 승리에 분개했다.

그가 아내에게서 50만 프랑을 빼앗았을 때에는 남처럼 부자가 된 기분이었으나 이제는 그 보잘것없는 재산을, 발테르 주위에 쏟아지는 몇 천 몇 백만이라는 황금의 비와 비교하고 더욱이 그 가운데 단돈 한 닢도 주울 수가 없음을 생각하니 자신이 매우 가난한 거지처럼 생각되어 견딜 수가 없었다.

질투에 날뛰는 그의 분노는 날이 갈수록 더 끓어 올랐다. 그는 모든 사람들을 원망했다. 발테르 부부에 대해서는 더욱 참을 수가 없었다. 그래서 이제는 그 저택에 전혀 발을 들여놓지 않았다. 다음에는 라로슈에게 속아서 모로코 공채를 사지 못하게 말린 아내가 원망스러웠다. 그러나 특히 그가 분노를 억누를 수 없는 것은 장관이었다. 일주일에 두 번씩이나 그의 집에서 저녁 식사를 하면서 그를 장난감처럼 취급하고 헛수고를 시켰던 것이다. 조르주는 장관의 비서이기도 했고, 대리인이기도 했으며, 대변인이기도 했기 때문에 곧잘 그가 하는 말을 받아쓰곤 했는데 그때마다 이 의기양양해 하는 건방진 놈을 목

---

*4 19세기 초에 설립된 파리 최상류층 사교 모임.
*5 그 무렵 파리 세즈 거리에서 화랑을 운영하던 미술상 조르주 프티.

졸라 죽이고 싶었다. 반면에 라로슈는 장관으로서는 그다지 훌륭하지 못했기 때문에 자기의 자리를 지키기 위해 막대한 돈을 번 것 같은 눈치는 전혀 보이지 않았다. 그러나 조르주는 최근 갑자기 갓 출세한 변호사의 말투가 건방져지고, 태도가 거만해졌으며 대담한 결정과 자신만만함을 보고, 틀림없이 거액의 돈을 끌어당겼음을 알아차렸다.

라로슈는 이제는 뒤루아의 집을 점령하고 드 보드렉 백작이 오던 요일과 그 집안에서의 그의 지위를 차지하더니 자신의 하인이나 하녀들에 대해서도 주인처럼 굴었다.

조르주는 물어뜯고 싶어도 그럴 용기가 없는 개처럼 몸을 부르르 떨면서 그저 참았다. 그러나 마들렌에게는 때때로 퉁명스럽고 난폭하게 굴었다. 그럴 때마다 마들렌은 어깨를 으쓱하며 그를 풋내기 어린애 취급을 했다. 그뿐만이 아니라, 그가 언제나 불쾌한 표정을 짓고 있는 데 놀라서 한마디 했다.

"당신의 마음을 알 수가 없군요, 늘 불평만 하니까요. 당신의 지위도 훌륭해졌는데."

그는 등을 홱 돌려 대고 대꾸도 하지 않았다.

처음에 그는 사장 집에서 하는 파티에는 가지 않는다, 이젠 두 번 다시 그런 더러운 유대인의 집 문턱을 넘지 않겠다고 큰소리쳤다.

발테르 부인은 두 달 전부터 날마다 그에게 편지를 보내고 제발 와주었으면 좋겠다, 그보다는 조용히 이야기할 수 있는 곳에서 만났으면 좋겠다, 그러면 당신을 위해서 번 7만 프랑을 주겠다고 했다.

그러나 그는 답장도 보내지 않고 편지를 불 속에 던져 버렸다. 이익의 배당을 받기를 단념해서가 아니라, 상대를 마음껏 초조하게 해주고, 경멸하고, 발로 짓밟아 주고 싶었기 때문이다. 부인이 너무나도 부자가 되었기 때문에 그는 자기의 자존심을 보여주고 싶었다.

그림 전시회에 가기로 한 날, 그가 가지 않는 것은 큰 잘못이라고 마들렌이 말했을 때 그는 대답했다.

"나를 가만히 놔 둬. 난 집에 있겠어."

그러나 식사가 끝난 뒤에 갑자기 생각을 바꾸었다.

"그러나 역시 싫은 일은 처러 버리는 편이 낫겠군. 당신도 어서 준비하구려."

그녀는 그 말을 기다렸다.

"15분이면 다 돼요."

그는 불평을 늘어놓으면서 옷을 입고, 마차 속에서는 마구 욕을 해댔다.

카를르스부르의 현관 앞 광장에는 푸르스름한 작은 달 모양의 4개의 전등들이 네 귀퉁이에서 밝게 비추고 있었다. 화려한 융단이 높은 돌계단 위에서부터 아래로 깔려 있었고, 층계마다 제복을 입은 남자가 한 사람씩 조각상처럼 긴장해서 서 있었다.

뒤루아는 중얼거렸다.

"참, 수선스럽군."

그는 질투에 가슴을 떨면서 어깨를 추켜올렸다.

아내가 그에게 말했다.

"가만히 있어요. 이런 걸 배워 두는 게 좋아요."

그들은 들어가서 다가온 하인에게 무거운 외투를 맡겼다.

남편과 함께 온 여자들이 모피 달린 외투를 벗고 있었다.

"참 멋지군요! 정말 굉장한데요!" 여기저기서 소곤거리는 소리가 들렸다.

어마어마한 현관에는 군신(軍神) 마르스와 비너스와의 사랑을 그린 그림이 걸려 있었다. 그리고 양쪽으로 커다란 계단이 두 팔을 벌렸다가 오므린 것처럼 2층에서 합쳐지고 있었다. 난간은 매우 세련된 주철 세공으로 되어 있고, 불투명한 오래된 금도금이 붉은 대리석 계단에 잔잔한 빛을 던지고 있었다.

객실 입구에는 폴리*6로 분장한 두 소녀가 하나는 장밋빛, 또 하나는 푸른빛 옷을 입고 부인들에게 꽃다발을 건네주고 있었다. 그들은 무척 귀여웠다. 객실은 이미 손님들로 꽉 차 있었다.

대부분의 여자들은 외출복을 입고 있어서 개인 전시회에 가는 듯한 기분으로 왔음을 뚜렷이 드러내고 있었다. 또한 무도회에 참가할 예정인 여자는 팔과 가슴을 드러낸 드레스를 입고 있었다.

발테르 부인은 둘째 객실에 앉아서 여자 친구들에게 둘러싸인 채 손님들의 인사를 받고 있었다. 그러나 대부분의 사람들은 그녀의 얼굴을 알지 못해 집주인에게 인사도 없이 박물관에라도 온 것처럼 이리저리 거닐고 있었다.

부인은 뒤루아의 모습을 보자 대번에 얼굴빛이 달라지며 그에게 가려고 몸

---

*6 광대역. 손에 인형의 목을 붙인 홀(笏)을 들었다.

을 움직이다가 곧 다시 앉아서 그가 오기를 기다렸다. 그는 부인에게 형식적인 인사를 했다. 그러나 마들렌은 부인에게 한껏 애교 있게 굴고 알랑거리는 인사말을 늘어놓았다. 그래서 뒤루아는 아내를 사장 부인 곁에 남겨두고 혼잡한 사람들 속으로 섞여 들어갔다. 틀림없이 욕하는 사람도 있을 터이므로 그것을 들어 보려는 심산이었다.

나란히 늘어선 다섯 개의 객실엔 모두 색조와 양식이 다른 이탈리아제 자수와 동양의 벽걸이 등 고귀한 직물을 둘러치고 벽에는 옛날의 유명한 화가들의 그림이 걸려 있었다. 사람들은 특히 루이 16세식의 조그마한 객실에 감탄하고 발을 멈추었다. 그곳은 부인의 침실 같은 방으로 엷은 푸른색 바탕에 장밋빛 꽃무늬를 수놓은 비단으로 둘러쳐져 있었다. 나지막한 가구들은 금박가루를 칠한 나무로 만들어지고, 벽과 같은 천으로 덮인 더없이 훌륭한 것들이었다.

이름 있는 사람들의 모습도 여기저기 눈에 띄었다. 페라신 공작 부인, 라브델 백작 부부, 장군인 당드르몽 공작, 뛰어나게 아름다운 드 뒤네스 후작 부인, 그 밖에 일류 사교 모임에 으레 모습을 보이는 신사 숙녀들이었다.

누군가가 그의 팔을 잡고 젊고 기쁜 듯한 목소리로 그의 귓전에 소곤거렸다.

"아아! 드디어 오셨군요. 심술쟁이 벨아미. 어째서 요즈음엔 좀처럼 안 오시나요?"

수잔 발테르였다. 금발의 곱슬곱슬한 머리 밑으로 맑은 에나멜 같은 눈이 그를 흘겨보고 있었다.

그는 그녀를 만나게 된 것이 너무 기뻐서 거리낌 없이 그녀의 손을 잡았다. 그리고 변명을 하기 시작했다.

"올 수가 없었습니다. 어찌나 일이 많은지 두 달 전부터는 밖에 나갈 수 없을 정도였습니다."

그녀는 진지한 태도로 말을 계속했다.

"그래선 못써요. 정말 안 돼요. 안 되고말고요. 우리는 당신 때문에 얼마나 따분했는지 몰라요. 왜냐하면 어머니나 저나 당신이 무척 좋은걸요. 당신께서 오시지 않으면 정말 심심해 죽겠어요. 이렇게 털어놓고 말씀드리는 것도 다시는 안 오시는 일이 없도록 부탁드리고 싶어서예요. 그럼 팔을 빌려 주세요.

〈파도 위를 걷는 그리스도〉로 제가 직접 모시고 갈 테니까요. 훨씬 안쪽의 온실 뒤에 있어요. 아버지가 그런 데에 걸어 놓은 것도 온 집 안을 두루 둘러 봐 주시기를 바라기 때문이에요. 정말 아버진 이 저택을 얼마나 자랑스러워하시는지 몰라요."

그들은 조용히 사람들 틈을 헤치며 그곳으로 갔다. 사람들은 그 잘생긴 남자와 인형처럼 사랑스러운 소녀를 돌아보았다.

어느 유명한 화가가 외쳤다.

"저것 봐! 참으로 아름다운 한 쌍이군그래. 얼마나 좋을까!"

조르주는 남모르게 은밀히 생각했다.

'내가 정말로 수완이 있는 인간이었다면 이 여자와 부부가 되었을 텐데. 전혀 가망이 없는 것도 아니었는데 말이야. 어째서 그걸 깨닫지 못했을까? 어째서 다른 여자에게 열을 올렸단 말인가? 어리석은 짓을 했어! 사람은 아무튼 너무 서둘러서 생각이 모자라는 짓을 한단 말이야.'

그러자 부러움이, 쓰쓰레한 부러움이 담즙처럼 한 방울 한 방울씩 그의 마음에 떨어져서 그의 즐거운 기분을 우울하게 하고 자신의 생활을 참을 수 없게끔 만들었다.

수잔이 말했다.

"이봐요, 벨아미, 앞으로 자주 오세요. 이젠 아버지도 무척 부자가 되었으니까, 하고 싶은 대로 사치를 부릴 수도 있어요. 무언가 기발한 장난으로 실컷 놀기로 해요."

그는 아무래도 부러운 생각을 계속하면서 대답했다.

"하지만 당신은 이제 곧 결혼하실 테죠? 누군가 잘생긴 공작으로 파산지경에 있는 사람하고 말입니다. 그렇게 되면 이제는 두 번 다시 만날 수도 없겠군요."

그녀는 솔직하게 대답했다.

"어머! 그럴 리가 없어요. 결혼 같은 건 아직 멀었어요. 전 제 마음에 드는 사람이 아니면 싫어요. 아주 마음에 꼭 들어서 조금도 손색없는 사람이라야 해요. 전 그런 사람과 둘이서 아무런 걱정없이 살아갈 만큼 충분히 돈이 있는 걸요."

그는 야유 섞인 거만한 미소를 띠면서 지나가는 남자들의 이름을 그녀에게 가르쳐주기 시작했다. 그 남자들은 귀족적인 문벌이 매우 높지만 녹슨 작위를 그녀와 같은 재산가의 딸에게 팔아 버린 사람들이다. 이제는 아내와 별거한 사람도 있고 그렇지 않은 사람도 있지만, 자유롭고 방종한 생활을 하고 있으며 세상에 이름이 알려진 존경받는 사람들이었다.

그러고 나서 이렇게 말을 맺었다.

"내가 장담합니다만 6개월도 되기 전에 당신은 그런 올가미에 걸릴 겁니다. 그리고 후작 부인이나 공작 부인이나 대공비가 되어서 나 같은 것은 훨씬 높은 곳에서 내려다보겠지요. 그렇죠, 아가씨?"

그녀는 분개해서 부채로 그의 팔을 때리고 진심으로 사랑하는 사람이 아니면 남편으로 삼진 않겠다고 맹세했다. 그는 코웃음 쳤다.

"글쎄요, 어떨지요. 당신은 너무 돈이 많으니까요."

그녀는 말했다.

"하지만 당신도 유산을 상속받으셨잖아요?"

그는 자신을 동정하듯 "그까짓 것!" 했다.

"이야깃거리도 되지 않습니다. 연수입이 고작 2만 프랑인 걸요. 지금 시세로는 대단한 것이 못 됩니다."

"하지만 부인께서도 똑같이 상속받으셨잖아요."

"그렇죠. 둘이서 100만 프랑입니다. 연 수입 4만 프랑이죠. 그것 가지고는 마차 한 대도 가질 수 없습니다."

그들은 가장 안쪽 객실로 왔다. 그들 앞에 온실이 열려 있었다. 그곳은 겨울에도 따뜻하고 넓다란 정원으로 열대 지방의 커다란 나무가 빽빽이 심어져 있고, 그 그늘에는 진귀한 꽃들의 숲이 우거져 있었다. 불빛이 은비처럼 쏟아지고 그 어두컴컴한 초록빛 화초 아래로 들어가자 축축한 흙의 희미한 냄새와 답답한 꽃향기가 코를 찔렀다. 부드럽고 연약하면서도 기분 좋은 이상한 감촉이었다. 인공적이며 황홀하고 보드라운 감촉이었다. 두터운 관목 숲 사이에는 마치 이끼와 비슷한 융단이 깔려 있었다. 뒤루아는 문득 왼쪽에 있는, 커다란 종려나무가 우산처럼 펼쳐 있는 밑에 사람이 헤엄칠 수 있을 정도로 넓은 흰 대리석 연못을 보았다. 그 가장자리에는 델프트*⁷제의 도기(陶器)로 된

---

*7 남 네덜란드 서부 도시.

커다란 백조 네 마리가 반쯤 벌린 주둥이로 물을 뿜고 있었다.

연못 바닥에는 황금빛 모래가 깔려 있고 큰 금붕어가 헤엄치는 것이 보였다. 눈이 튀어나오고 비늘에 푸른 단을 두른 기묘한 물고기들로, 마치 중국 관리들이 물에서 노는 것처럼 느껴졌다. 그 물고기가 금빛 모래 위에서 헤엄치며 노는 것이 동양의 기괴한 자수(刺繡)를 연상케 했다.

뒤루아는 가슴을 두근거리면서 발을 멈추었다. 그리고 마음속으로 중얼거렸다.

'이거야말로 바로 호화로운 생활이라는 거로구나. 이런 집에 살아 볼 만하군. 이렇게까지 성공한 사람이 있군. 그런데 나는 왜 못 했단 말인가.'

그리고 그는 출세할 방법을 이것저것 생각했으나 아무것도 떠오르지 않았으므로 자신의 무력함에 화가 치밀었다.

함께 온 여자도 더 이상 말을 하지 않고 무언가 생각에 잠겨 있었다. 그는 그녀의 모습을 곁눈으로 보고 또 한 번 생각했다.

'이 인형처럼 생긴 소녀와 결혼했더라면 좋았을 텐데.'

그러나 수잔은 문득 꿈에서 깨어난 듯 "저것 좀 보세요!" 했다. 그리고 그를 밀어 길을 막고 서있는 사람들의 무리 속을 빠져나가자 갑자기 오른편으로 돌려세웠다.

기묘한 나무숲이, 마치 손가락이 가늘게 손을 벌린 것 같은 잎을 허공에 뻗친 채 떨고 있는 배경 속에 한 사나이가 꼼짝도 하지 않고 파도 위에 서 있었다.

효과는 아주 훌륭했다. 그림은 초록빛의 흔들리는 푸른 나뭇잎 그늘에 가리어져 있어 마치 어두운 구멍이 열려 거기에서 보는 사람으로 하여금 전율을 느끼게 하는 환상적인 원경을 엿보이게 하는 듯했다.

주제는 자세히 보지 않으면 이해할 수 없었다. 액자의 틀 속에는 사도들이 탄 배가 한가운데를 가르고 있었다. 그중의 한 사람이 뱃전에 앉아서 다가오는 그리스도에게 똑바로 등불을 비추고 있었는데, 사도들의 모습은 그 빛의 희미한 반사로 어렴풋이 보이는 데 지나지 않았다.

그리스도는 파도 위에 한 발을 내딛고 있었다. 파도는 밟는 데 따라 부서지고 다시금 순순히 편편해져 그리스도의 발밑에서 장난치듯했다. 신(神)의 아들을 감싼 주변은 캄캄하고 다만 하늘에는 별만이 반짝이며 빛나고 있었다.

사도들의 얼굴은 그리스도의 모습을 비추는 등불의 희미한 빛 속에서 놀라 일그러진 듯 보였다.

이것이야말로 분명히 출중한 거장의 역작이다. 사람의 마음을 뒤흔들어 놓아서 오랜 세월이 지나도 꿈속에 남을 만한 작품이었다.

이 그림을 바라보는 사람들은 처음엔 아무 말 없이 서 있다가 깊은 감명을 받고 물러갔다. 그들은 그림의 가치에 대해서만 이야기했다.

뒤루아는 한동안 그림을 보다가 말했다.

"이런 장식품을 살 수 있다면 얼마나 좋을까!" 소리 내서 그렇게 말했다.

그러나 그림을 보려는 사람들이 밀치고 웅성거리면서 그를 밀어냈다. 그는 여전히 수잔의 조그만 손을 자기 옆구리에 끼고 조금 힘을 주어 죄면서 그 자리를 떠났다.

그녀는 그에게 물었다.

"샴페인 한 잔 드시겠어요? 식당으로 가요. 아마 아버지도 계실 거예요."

그래서 두 사람은 천천히 객실을 빠져나갔다. 손님들은 갈수록 많아져서 북적거렸다. 공개적인 모임에서 곧잘 보는 그 점잖은 군중이었다.

뒤루아는 갑자기 누군가가 "라로슈하고 뒤루아의 아내야" 하는 말을 들은 것처럼 생각되었다. 이 말은 바람에 실려 오는 아득한 소리처럼 그의 귓전을 스쳤다.

그는 주위를 둘러보았다. 과연 아내가 장관과 팔을 끼고 걷고 있는 것이 보였다. 그들은 미소를 지으면서 매우 가까운 듯이 조그마한 목소리로 이야기를 주고받고 눈과 눈으로 지그시 마주 쳐다보고 있었다.

그는 사람들이 그 모습을 보고 무언가 쑤군거리는 것 같아서 그들에게 달려들어 마음껏 때려눕히고 싶은 난폭하고 미칠 듯한 충동을 느꼈다.

저 여자는 나를 세상의 웃음거리로 만들고 있다. 그는 문득 포레스티에를 떠올렸다. 나에게도 틀림없이 '아내를 뺏긴 뒤루아'라고 쑤군댈 게 뻔해. 도대체 저 여자는 뭐란 말인가. 조금 재주가 있어서 출세하긴 했지만 실제로는 대단한 재능이 있는 것도 아니다. 세상 사람들은 내 수완을 알고 나를 두려워하기 때문에 찾아오기도 하지만, 뒤에서는 신문 기자 나부랭이의 보잘것없는 생활을 거침없이 비웃고 있을 것이다. 저런 여자와 함께 있어선 절대로 출세하지 못할 것이다. 어쨌든 가정의 평판을 떨어뜨리고 언제나 소행이 좋지 않고 술책을 희롱하는 태도이니까. 지금 그녀는 발에 무쇠공을 붙들어 매놓고 있는 것과 같다. 아아! 좀더 일찍 깨달았다면! 그렇다는 것을 알았다면! 그렇다면 나는 좀더 규모가 크고 좀더 유리한 대책을 찾을 수 있었으련만! 이 귀여운 수잔에게 손을 뻗쳤더라면 엄청난 도박에 이겼을 텐데! 그것을 모르고 있었다니 나도 장님이었군!

그들은 식당으로 왔다. 그곳은 대리석의 둥근 기둥이 서 있는 넓은 방으로 벽에는 옛 고블랭 천이 걸려 있었다.

발테르는 뒤루아의 모습을 보자 달려와서 손을 잡았다. 그는 기쁨에 도취되어 있었다.

"자네 다 보았나? 이봐, 수잔, 너 모조리 보여 드렸니? 어때? 엄청난 사람들이지, 벨아미? 게르쉬 대공을 만나 뵈었나? 지금 막 여기서 펀치를 한 잔 마시고 가셨다네."

그러고 나서 아내를 데리고 온 상원 의원 리솔랭 쪽으로 뛰어갔다. 조금 멍청한 얼굴의 그 여자는 축제일의 야시장처럼 차리고 있었다.

한 신사가 수잔에게 인사했다. 늘씬한 큰 키에 금빛의 구레나룻에 머리가 조금 벗어진, 어디에서나 볼 수 있는 상류 사회인다운 모습의 청년이었다. 조르주는 가졸르 후작이라고 부르는 그 남자의 이름을 듣자 갑자기 질투의 불꽃이 가슴속에서 폭발하는 것을 느꼈다. 수잔은 언제부터 이 남자와 알게 되었을까? 물론 부자가 된 뒤가 틀림없으리라. 조르주는 그를 수잔의 구혼자의 한 사람으로 판단했다.

누군가가 그의 팔을 잡았다. 노르베르 드 바렌이었다. 이 노시인은 기름이 밴 더러운 머리와 낡아 빠진 옷을 입고, 무표정하고 지친 모습으로 서성거리고 있었다.

"이것이 즐긴다는 걸세. 곧 춤을 출 테고 그러고는 자러 가겠지. 처녀들은 아주 기쁠 거야. 어때? 샴페인이라도 마시겠나? 맛이 좋네."

그는 술잔에 술을 가득히 따르게 하고 잔을 손에 들고 있는 뒤루아에게 가볍게 머리를 숙여 보이며 말했다. "갑부에 대한 정신적 보복을 위해서 마시네." 그러고 나서 덧붙였다.

"그러나 막대한 재산을 가진 놈들이 방해가 될 것도 아니겠고, 그다지 원한을 품고 있을 리도 없네. 그러나 다만 신념으로써 항의할 뿐일세."

그러나 뒤루아에게 그의 말 따위는 귀에 들리지도 않았다. 가졸르 후작과 함께 어딘가로 가버린 수잔을 찾고 있었다. 그는 훌쩍 노르베르 드 바렌의 곁을 떠나서 그 어린 처녀를 찾으러 갔다.

술을 마시러 온 사람들로 혼잡해서 움직일 수가 없었다. 겨우 사람들의 틈을 헤치고 나오자 드 마렐 부부와 마주쳤다.

그는 부인과는 자주 만났지만 그의 남편과는 오랫동안 만나지 않았었다. 남편은 뒤루아의 두 손을 잡고 말했다.

"지난날 클로틸드를 통해 충고의 말씀을 전해 주셔서 정말로 고마웠습니다. 모로코 공채로 10만 프랑쯤 벌었습니다. 오직 당신 덕분입니다. 정말 당신은 저의 귀중한 친구라고 해야겠습니다."

남자들은 아름답고 우아한 갈색 머리의 클로틸드를 보느라고 몸을 돌렸다. 뒤루아는 이렇게 대답했다.

"그럼 사례를 받는 대신에 부인을 잠시 빌리겠습니다. 아니 잠깐 부인을 모시고 산책하고 싶습니다. 이럴 때는 부부는 되도록 떼어 놓는 법이니까요."

마렐 씨는 머리를 숙였다.

"그렇군요. 그럼 만약 서로 찾지 못하면 한 시간 지나서 여기서 만나기로 합시다."

"알겠습니다."

젊은 두 사람은 사람들 틈 속으로 섞여 들어갔다. 드 마렐 씨가 그 뒤를 따라왔다. 클로틸드는 여러 번 말했다.

"발테르 씨는 정말 운이 텄군요. 어쨌든 장사에 눈이 밝다는 것은 굉장한 거예요."

"뭘요! 수완 있는 사람은 만일 그게 어떤 방법이든간에 성공하는 법이죠."

그녀는 계속했다.

"저 두 딸들은 저마다 2000 또는 3000만의 지참금이 붙었죠. 게다가 수잔은 예쁘고."

그는 대답하지 않았다. 자신의 생각을 고스란히 남의 입을 통해서 듣게 되는 것이 불쾌했다.

그녀는 아직 〈파도 위를 걷는 그리스도〉를 보지 않았기 때문에 그는 그곳으로 안내하려고 했다. 그들은 지나가는 사람들을 욕하거나 남모르는 사람들을 흥보면서 재미있어 했다. 곁을 지나가는 생 보탱이 야회복 깃에 많은 훈장을 달았기 때문에 그들은 또 몹시 웃어댔다. 그런데 바로 그 뒤를 따라온 전(前) 대사는 그처럼 많은 훈장을 달고 있지 않았다. 뒤루아는 내뱉듯이 말했다.

"계급이 잡탕이군그래."

옆을 지나가면서 악수한 부아르나르 또한 예의 결투하던 날 달았던 초록빛과 노란빛의 훈장으로 단춧구멍을 장식하고 있었다.

육중한 몸을 요란하게 꾸민 페르스뮈르 자작 부인이 루이 16세식의 조그마한 침실에서 어떤 공작과 다정하게 이야기를 주고받고 있었다. 조르주가 속삭이듯 말했다.

"아주 다정한 상봉이군그래."

그러나 온실을 지날 때 그는 자기 아내가 라로슈 마티유와 바싹 붙어서 나무 숲 그늘에 숨은 듯 앉아 있는 것을 보았다. 그들은 이렇게 말하는 듯싶었다. "우린 여기서 밀회하고 있어요. 이렇게 공공연하게 만나고 있어요. 남들이 뭐라 하든 아무렇지도 않아요."

드 마렐 부인은 칼 마르코비치의 이 그리스도가 놀랄 만한 작품이라는 것을 인정했다. 잠시 뒤 그들은 되돌아왔으나 마렐 씨의 모습은 보이지 않았다.

그는 물었다.

"그런데 로린은 여전히 내게 화를 내고 있소?"

"네, 여전해요. 절대로 당신과 만나기 싫다고 하면서 당신 이야기만 나오면 화가 나서 나가 버리는걸요."

그는 대답하지 않았다. 그 소녀의 반감이 그를 슬프게 하고 기분을 우울하게 짓눌렀다.

어떤 문 모퉁이에서 수잔이 두 사람을 붙들었다. 그리고 이렇게 외쳤다.

"어머나! 여기 계셨군요. 그럼 벨아미 씨, 당신은 혼자 떨어지세요. 아름다우신 클로틸드 아줌마를 모셔가야겠어요. 제 방을 보여 드리고 싶어요."

두 여자는 재빠르게 혼잡한 사람들 속을 빠져나가 버렸다. 군중 속을 걸을 때는 그렇게 몸을 물결처럼 흔들고 뱀처럼 너울거리는 재주를 그녀들은 알고 있었다.

바로 그때 중얼거리는 소리가 들렸다.

"뒤루아 씨."

발테르 부인이었다. 그녀는 매우 낮게 속삭였다.

"당신은 정말로 무자비하고 잔인해요! 아무 이유도 없이 얼마나 나를 괴롭히는지! 실은 내가 꼭 이야기할 게 있어서 저분을 수잔에게 모시고 가도록 했어요. 이봐요, 무슨 일이 있더라도……꼭 오늘 밤에는 들어 줘야겠어요……그렇지 않으면……그렇지 않으면……무슨 일을 저지를지 몰라요. 온실로 가면 왼쪽에 문이 있어요. 그곳으로 들어가면 정원으로 나갈 수 있는데 그 앞길을 곧장 따라가면 푸른 나무를 올린 가자(架子)가 있으니까 10분 뒤에 거기서 기다려줘요. 만일 싫다고 하면 난 여기서 당장 소란을 피울 테니까요."

그는 거만하게 대답했다.

"좋소. 10분 뒤에 말씀하신 장소로 가겠습니다."

그리고 두 사람은 헤어졌다. 그러나 자크 리발을 만나서 하마터면 늦어질 뻔했다. 그는 뒤루아의 팔을 잡고 매우 흥분한 듯 여러 말을 늘어놓았다. 아마도 식당에서 온 모양이었다. 그러나 그는 근처를 서성거리던 마렐 씨를 발견하고 그에게 리발을 떠맡기고 겨우 달아날 수가 있었다. 게다가 그는 아내와 라로슈에게 들키지 않도록 조심해야만 했다. 그러나 그들은 이야기하는 데 정신이 팔려 있는 듯해서 무사히 정원으로 나왔다.

차가운 공기가 얼음을 끼얹은 듯 으스스 몸 속에 스며들었다. 그는 '제기랄, 감기 들겠는걸' 생각하며 손수건을 넥타이처럼 목에 감았다. 그러고 나서 천천히 오솔길을 걸어갔다. 객실의 휘황한 불빛 속에서 나왔기 때문에 주위가 잘 보이지 않았다.

양옆으로 낙엽이 떨어진 관목들이 보이고 그 가느다란 나뭇가지들이 떨고 있었다. 저택 창문에서 새어오는 엷은 회색 불빛이 그 작은 가지들 사이를 흐르고 있었다. 눈앞의 길 한가운데에서 무언가 희끄무레한 것이 보였다. 발테르 부인이 팔도 가슴도 드러낸 채 떨리는 목소리로 소곤거렸다.

"아아! 드디어 왔군요. 대체 당신은 나를 죽일 작정인가요?"

그는 차분하게 대답했다.

"부탁이니까 쓸데없는 연극은 그만두십시오. 그렇지 않으면 당장 돌아가겠소."

그녀는 그의 목에 팔을 감고 입술을 그의 입술 가까이 가져가면서 애원하듯 말했다.

"하지만 내가 당신에게 무얼 어쨌다는 거죠? 당신의 행동은 마치 무뢰한 같아요. 대체 내가 뭘 잘못했나요?"

그는 그녀를 밀어내려고 했다.

"저번에 만났을 때, 내 단추에 머리카락을 감아 놓지 않았소? 덕분에 하마터면 아내와 다투고 헤어질 뻔했소."

그녀는 잠깐 동안 놀란 듯했으나 곧 머리를 가로저었다.

"뭘요! 하지만 당신 부인은 그런 것에 신경쓸 여자가 아녜요. 그런 일로 트집을 잡는다면 아마 누군가 다른 여자이겠지요."

"내겐 그런 여잔 없어요."

"어머, 뻔뻔스러워라! 하지만 어째서 다시는 만나러 와 주지도 않았죠? 겨우 일주일에 하루뿐인데, 어째서 함께 식사하는 것까지 거절하나요? 난 이제 죽을 만큼 괴로워요. 당신이 그리워서 당신 말고는 아무것도 생각할 수 없고, 무엇을 보아도 눈앞에 당신 모습만 떠오르고 당신 이름이 자꾸 튀어나올 것만 같아서 말도 할 수 없을 정도예요! 당신은 그걸 모르겠죠. 마치 사나운 맹수의 발톱에 찍혔던가, 자루 속에 갇힌 것 같아서 뭐가 뭔지 모르겠어요. 당신 생각이 언제나 마음에 달라붙어 있어서 목을 누르고 여기 가슴 밑에서 나를 쥐어뜯어요. 다리도 맥이 풀려 버려서 걸을 수도 없어요. 그래서 마치 짐승처럼 종일 의자에 앉아서 당신 생각만 해요."

그는 놀라고 기가 막혀서 그녀의 얼굴을 쳐다보았다. 이미 전처럼 그저 뚱뚱한 바람난 여자가 아니라 분별을 잃고 절망에 허덕이며, 무슨 일이라도 곧 저지를 것 같은 여자였다.

그러나 막연한 계획이 떠올라서 그는 대답했다.

"그렇게 말씀하시지만 연애는 영원할 수는 없어요. 사람은 누구나 만났다 헤어졌다 하는 겁니다. 그것이 우리들처럼 길어질 때는 무서운 폭탄이 되는 거지요. 난 이젠 그런 만남을 원치 않습니다. 그게 진실입니다. 그러나 만일 당신이 나를 친구처럼 점잖게 대해 주신다면 예전처럼 찾아오겠습니다. 그러실 수 있겠습니까?"

그녀는 조르주의 검은 옷 위에 맨살이 드러난 두 팔을 올려놓고 말했다.

"당신을 만나기 위해서라면 무슨 짓이라도 할 수 있어요."

"그럼 이야기는 정해진 겁니다. 우리는 그저 친구일 뿐 그 이상의 아무것도 아닙니다."

그녀는 중얼거렸다.

"네, 좋아요."

그러고 나서 입술을 내밀고 애원했다.

"그럼 한 번만 더 키스해줘요. 마지막으로."

그는 조용하게 거절했다.

"아뇨, 계약은 어디까지나 지켜야 합니다."

그녀는 얼굴을 돌리고 눈물을 닦았다. 그리고 장밋빛 리본으로 맨 종이 꾸러미를 웃옷에서 꺼내어 그것을 뒤루아에게 주었다.

"저, 이건 모로코 공채의 이익 중에서 당신 몫이에요. 난 당신을 위해서 이만큼 벌어줄 수 있어서 기뻐요. 자, 받아요."

그는 거절하려고 했다.

"아닙니다. 받을 수 없습니다."

그러자 그녀는 화를 내기 시작했다.

"어쩌면! 이제 와서 그런 말을 할 수가 있어요? 이건 당신 거예요. 당신 자신의 거란 말예요. 만일 당신이 받지 않는다면 하수도에라도 버리고 말겠어요. 그러니까 조르주, 거절하지 마요."

그는 조그마한 꾸러미를 받아서 호주머니에 밀어넣었다.

"그만 돌아갑시다. 폐렴에라도 걸리면 안 되니까요."

그녀는 중얼거렸다.

"그편이 낫겠어요! 죽을 수만 있다면."

그러더니 그의 손을 잡고 격정과 노여움과 절망을 담아서 키스하고 저택 쪽으로 도망쳐 갔다.

그는 생각에 잠기면서 조용히 되돌아갔다. 그리고 고개를 쳐들고 입술에 미소를 띠면서 온실로 들어갔다.

그의 아내와 라로슈는 이미 그곳에 없었다. 사람들이 많이 줄어 있었다. 무도회에 남은 사람도 그처럼 많지 않을 것이 분명했다. 그는 수잔이 언니의 팔을 끌고 오는 것을 보았다. 그들은 그가 있는 쪽으로 와서 라투르 이블랭 백작과 넷이서 최초의 카드리유를 함께 추었으면 좋겠다고 했다.

그는 놀라서 물었다.

"그분은 또 어떤 분입니까?"

수잔이 대답했다.

"언니의 새 친구예요."

로즈는 얼굴을 붉히고 중얼거렸다.

"심술궂구나, 수잔. 그분은 네게도 친구 아니니?"

그녀는 살짝 웃으며 대답했다.

"알아요."

로즈는 화가 나서 홱 돌아서더니 가버리고 말았다.

뒤루아는 옆에 남겨진 어린 소녀의 팔꿈치를 정답게 잡고 달콤한 목소리로 물었다.

"이봐요, 아가씨, 당신은 정말로 나를 친구라고 생각합니까?"

"그럼요, 벨아미 씨."

"나를 믿나요?"

"네, 아주 철저히."

"그럼 아까 내가 말한 걸 기억합니까?"

"뭐였죠?"

"당신의 결혼. 아니, 당신이 결혼할 사람에 대해서."

"네."

"그럼 나하고 약속해 주십시오."

"네, 하지만 어떤 걸 말이죠?"

"누군가가 당신에게 구혼할 때마다 나하고 의논할 것. 그리고 내 의견을 듣기 전에는 아무에게도 승낙하지 않을 것이라고."

"네, 좋아요."

"이건 우리 둘만의 비밀입니다. 아버지나 어머니께는 한 마디도 하지 않는 겁니다."

"네, 말하지 않겠어요."

"맹세하겠습니까?"

"맹세하죠."

리발이 부지런히 다가왔다.

"아가씨, 아버님께서 춤추러 오라고 부르십니다."

그녀는 말했다.

"가요, 벨아미 씨."

그러나 그는 지금 곧 돌아가야겠다고 거절했다. 혼자 생각해 보고 싶었다. 새로운 일이 너무 많아서 머리가 혼란스러웠다. 그래서 아내를 찾았다. 얼마 뒤에 그는 아내가 식당에서 낯선 두 신사와 초콜릿을 마시고 있는 것을 찾아냈다. 그녀는 남편을 소개했다. 그러나 상대편 이름은 말하지 않았다.

잠시 뒤에 그가 물었다.

"돌아갈까?"

"네, 당신만 좋다면 언제라도."

그녀는 그의 팔을 잡고, 두 사람은 손님이 줄어든 객실을 가로질러 갔다. 그녀가 물었다.

"사장 부인은 어디 계신가요? 인사를 해야겠는데요."

"그럴 필요 없어. 잘못하면 무도회에 붙들리고 말 텐데. 난 이젠 지쳤소."

"그것도 그렇군요."

돌아오는 길에 마차 안에서 두 사람은 말없이 앉아 있었다. 그러나 방에 들어가자마자, 마들렌은 베일을 벗기도 전에 방글방글 웃으면서 말했다.

"여보, 당신한테 아주 놀랄 선물이 있어요."

"뭔데?"

"알아맞혀 봐요."

"그런 노력은 하고 싶지 않은데."

"그럼 좋아요. 모레가 정월 초하루죠?"

"응."

"새해 선물을 주는 때죠."

"그렇군."

"이건 당신에게 주는 새해 선물이에요. 라로슈 씨가 아까 내게 줬어요."

그녀는 보석함처럼 생긴 까맣고 작은 상자를 그에게 내주었다.

그는 흥미도 없다는 듯이 그것을 열었다. 그 속에는 레지옹 도뇌르 훈장*8

---

*8 명예군단기사 훈장.

이 들어 있었다.

그는 조금 얼굴이 창백해졌다. 이윽고 미소를 띠면서 이렇게 말했다.

"난 1000만 프랑을 받는 편이 좋겠어. 이런 건 그 녀석의 돈이 들지 않았으니까."

그녀는 남편이 기뻐서 탄성을 지르리라고 기대했던 만큼 그 냉담한 태도에 화를 냈다.

"정말 알 수 없는 사람이군요. 이젠 어떤 것에도 만족하지 않는군요."

그는 태연하게 대답했다.

"그 남자는 내게 빚을 갚았을 뿐이야. 하지만 아직 꽤 빚이 남아 있지."

그녀는 그 말투에 놀라서 대답했다.

"하지만 훌륭해요, 당신의 나이로서는."

"그러나 모든 것은 상대적이야. 난 이번에만은 좀더 받아도 될 거요."

그는 그 상자를 받았다. 그러고는 뚜껑을 열어 벽난로 위에다 놓고 그 속에서 빛나고 있는 별을 한동안 바라보다가 뚜껑을 닫고 어깨를 한 번 으쓱해 보이고는 잠자리로 들어갔다.

1월 1일자 〈로피씨엘〉지는 신문 기자인 프로스페르 조르주 뒤 루아 씨가 뛰어난 공적으로 레지옹 도뇌르 훈장을 받은 것을 발표했다. 성이 둘로 나뉘어서 씌어 있었다. 그것이 조르주에게는 훈장 그 자체보다도 기뻤다.

공표된 뉴스를 읽고 한 시간쯤 지나자 사장 부인이 짤막한 편지를 보내어, 이번 훈장 수여를 축하하고 싶으니 그날 밤 부인과 함께 만찬에 와주면 고맙겠다고 했다. 그는 잠시 망설이다가, 무언가 애매한 말을 늘어놓은 그 편지를 불 속에 던지고 마들렌에게 말했다.

"오늘 밤 발테르 씨 댁 만찬에 갑시다."

그녀는 놀라며 말했다.

"어머! 난 당신이 이젠 그 집에는 발길을 끊을 작정인 줄 알았어요."

그는 다만 이렇게 중얼거릴 뿐이었다.

"생각이 달라졌지."

그들이 들어갔을 때, 발테르 부인은 가까운 손님을 맞기 위해 마련된 루이 16세식 작은 침실에 혼자 있었다. 검은 옷을 입고, 머리에 분을 뿌려 보기에 매우 아름다웠다. 멀리서 보면 늙어 보이고, 가까이 보면 젊어 보였다. 그래서 가까이 가서 보니 정말 보면 볼수록 아름다워 보였다.

"상복을 입으셨군요." 마들렌이 말했다.

발테르 부인은 서글프게 대답했다.

"네, 그래요. 그렇다고 가까운 사람 중에 누군가를 잃은 건 아니지만 저도 제 생애에 작별을 고해도 괜찮은 나이가 되었군요. 오늘은 처음이니까 이 옷을 입었지만 앞으로는 마음속으로 입겠어요."

뒤루아는 생각했다.

'과연 그 결심이 오래 갈까?'

만찬 분위기는 어딘가 좀 침울했다. 오직 수잔만이 쉴 사이 없이 수다를 떨었다. 로즈는 무언가 말 못할 거북한 일이 있는 듯했다. 뒤루아는 모든 사람에게서 정중한 축하 인사를 받았다.

식사가 끝나자, 모두들 자리에서 일어나 객실과 온실을 여기저기 서성거리면서 이런저런 이야기를 했다. 뒤루아가 그들의 뒤를 따라 발테르 부인과 함께 걸을 때, 그녀는 그의 팔을 잡고 조그맣게 말했다.

"저어……난 이제 당신에게 아무 말도 하지 않겠어요. 절대로 하지 않겠어요……하지만 만나러 와주세요. 뒤루아 씨, 보시다시피 이젠 허물없는 친숙한 말투도 쓰지 않잖아요. 난 당신 없이는 아무래도 살아갈 수 없을 것 같아요. 이 괴로움은 상상조차 할 수 없을 거예요. 난, 밤이나 낮이나 당신이 나의 눈 속과 마음속과 몸속에 있는 것만 같아요. 마치 당신이 나에게 독이라도 먹여 준 것처럼, 그 독이 내 가슴을 물어뜯는 거예요. 이젠 못 견디겠어요. 정말 못 참겠어요. 그래서 난 당신에게는 늙은 여자에 지나지 않는다고 생각하도록 하려고 마음먹었어요. 그래서 그 증거로 머리를 하얗게 물들였어요. 하지만 때때로 친구로서 찾아와 주세요."

그녀는 그의 손을 잡고 손톱이 살에 파고들 만큼 세게 움켜쥐었다.

그는 조용하게 대답했다.

"잘 알았습니다. 그건 거듭 말씀하실 필요도 없습니다. 오늘도 편지대로 곧 오지 않았습니까."

두 딸과 마들렌을 데리고 앞을 걷고 있던 발테르가 〈파도 위를 걷는 그리스도〉 앞에서 뒤루아를 기다리고 있었다. 그리고 웃으면서 말했다.

"여보게, 어이없는 이야기가 있네. 우리 집사람이 어제 이 그림 앞에서 마치 교회에서처럼 무릎을 꿇고 기도를 드렸다네. 웃지 않을 수가 없었지."

발테르 부인은 분명한 목소리로 대답했다. 거기에는 남모르게 감추어진 격렬한 흥분으로 떨리고 있었다.

"이 그리스도야말로 내 영혼을 구제해 주실 거예요. 기도를 드릴 때마다 용기와 힘을 주셨어요."

그리고 바다 위에 선 그리스도의 그림 앞에 걸음을 멈추고 말했다.

"참으로 아름다워요! 이 사람들은 얼마나 이분을 두려워하고 사랑하는지! 얼굴과 눈을 보세요. 별다른 곳 없이 평범하면서도 장엄하잖아요!"

수잔이 외쳤다.

"어머! 이 그리스도는 당신을 닮았군요, 벨아미. 분명히 닮았어요. 당신께 구레나룻이 있는가, 저분이 깎아 버리든가 하면 두 분 다 똑같아요. 정말! 아주 비슷해요!"

그녀는 그를 그림 옆에 세우려고 했다. 그리고 모두들, 그녀의 말처럼 그의 얼굴이 그리스도와 꼭 닮았다고 생각했다.

모두 놀랐다. 발테르는 이상한 일이라고 여기고, 마들렌은 그리스도 편이 훨씬 남자답다고 했다.

발테르 부인은 꼼짝도 하지 않고, 지그시 그리스도의 얼굴과 나란히 선 연인의 얼굴을 지켜보았다. 그러자 그녀의 얼굴은 흰 머리카락처럼 창백해졌다.

8

그 뒤, 겨울이 끝날 때까지 뒤루아 부부는 자주 발테르 집을 방문했다. 조르주는 혼자서도 곧잘 저녁을 먹으러 갔다. 마들렌이 피로해서 집에 있고 싶다고 했기 때문이다. 그는 매주 금요일을 발테르 씨 댁에 가는 날로 정했다. 그래서 발테르 부인은 그날 저녁은 아무도 초대하지 않고, 다만 벨아미만의 날로 정했다. 식사가 끝나면 카드놀이를 하기도 하고 금붕어에 먹이를 주기도 하고 마치 한집안 식구처럼 즐겁게 놀았다. 몇 번인가, 문 뒤나 온실 나무숲 뒤나 어두운 한쪽 구석에서 발테르 부인은 갑자기 뒤루아에게 매달려서 힘껏 가슴에 껴안고 귀에 대고 소곤댔다.

"그리워요! 정말 그리워요! 죽을 만큼 그리워요!"

그러나 그는 언제나 싸늘하게 그녀를 밀쳐내고, 무뚝뚝한 어조로 대답했다.

"또 그런 말씀을 하시면 다시는 오지 않겠습니다."

3월이 끝날 무렵, 갑자기 두 딸의 결혼 소문이 파다하게 퍼졌다. 로즈는 라 투르 이블랭 백작과, 수잔은 가졸르 후작과 결혼한다는 이야기였다. 이 두 청년은 이 집안의 단골손님이 되고, 특별한 은혜와 누구의 눈에도 뚜렷한 특권을 부여받게 되었다.

뒤루아와 수잔은 마치 남매처럼 다정하게 허물없이 지냈다. 그리고 몇 시간이고 이야기를 하고 닥치는 대로 남의 험담을 하고, 함께 있는 것이 즐거워서 견딜 수 없는 것처럼 보였다.

그러나 그들은 머지않아 실현될지도 모르는 결혼이나 나타난 구혼자에 대해서는 그 뒤 한 번도 이야기한 적이 없었다.

어느 날, 사장이 뒤루아를 점심에 초대했다. 식사가 끝난 뒤, 발테르 부인은 드나드는 상인을 만나러 갔다. 그래서 뒤루아는 수잔에게 말했다.

"금붕어에게 먹이를 주러 가죠."

각각 식탁에서 커다란 빵 한 덩어리를 들고 온실로 들어갔다.

대리석 연못 주위에는 쿠션이 땅바닥에 나란히 깔려 있어, 연못 주위에 무릎을 꿇고 물고기를 가까이서 볼 수 있도록 해놓았다. 둘은 나란히 쿠션에 무릎을 대고 물 위로 몸을 굽혀 빵을 손가락으로 조그맣게 뭉쳐서 던지기 시작했다. 금붕어 떼는 그들을 보자 곧 모여와서 꼬리를 흔들고 지느러미를 너울거리고 툭 튀어나온 눈을 굴리며 같은 곳을 빙글빙글 돌기도 하고 가라앉아 가는 동그란 먹이를 쫓아서 물속으로 헤엄쳐 들어가기도 하고, 곧 떠올라 와서 다른 먹이를 찾거나 했다.

고기들은 입을 우스꽝스럽게 움직이며 갑자기 재빠르게 뛰어올라 조그마한 괴물처럼 기묘한 몸짓을 했다. 바닥의 금모래 위에서는 타는 듯한 빨간 몸뚱이를 드러내고 투명한 물속을 불꽃처럼 헤엄쳐 한 곳에 머무르면, 곧 비늘의 가장자리를 두른 푸른 띠가 보였다.

뒤루아와 수잔은 거꾸로 물에 비치는 그들의 얼굴을 보고 서로의 모습에 미소지었다.

갑자기 뒤루아는 낮은 소리로 말했다.

"뭐든 감추려 드는 건 좋지 않아요, 수잔."

그녀는 물었다.

"무슨 말씀이죠, 벨아미 씨?"

"그 파티가 있었던 밤에 바로 이 자리에서 내게 약속한 것을 기억하시지 않나요?"

"잊었는데요."

"누군가가 당신에게 구혼하면 그때마다 내게 의논한다고 한 것 말이오."

"그래, 그것이 어쨌나요?"

"어쨌냐고요. 구혼한 사람이 있지 않습니까?"

"누구요?"

"알고 계시면서."

"아뇨, 몰라요."

"아니, 알고 계십니다. 그 바보 같은 가졸르 후작."

"그분은 바보가 아니에요, 제가 보기엔."

"그럴지도 모르죠! 하지만 영리하지는 못합니다. 도박으로 파산한데다가 바람을 너무 피워서 정력과 끈기가 없는 녀석이죠. 당신처럼 아름답고 싱싱하고 총명한 사람에겐 정말로 어울리지 않아요."

그녀는 방글방글 웃으면서 물었다.

"그분에게 무슨 원한이라도 있나요?"

"내가요? 원한 같은 건 없습니다."

"그렇지도 않으신 모양인데요. 그분은, 당신이 말씀하시는 그런 분이 아닌 걸요."

"천만에. 그 녀석은 바보고 엉터리란 말입니다."

그녀는 물속을 들여다보다 말고 조금 몸을 돌렸다.

"어머! 이상하시네요?"

그는 마치 마음 밑바닥에서 비밀을 끄집어내듯이 말했다.

"실은……실은……그를 질투하기 때문이지."

그녀는 좀 뜻밖이라는 듯 놀라 물었다.

"당신이?"

"네, 그렇습니다."

"어머, 어째서요?"

"내가 당신을 사랑하고 있기 때문이죠. 그것은 잘 알고 계시겠죠? 짓궂으시 군요."

그러자 그녀는 싸늘한 어조로 말했다.

"좀 어떻게 되셨나 봐, 벨아미 씨."

그는 대답했다.

"내가 제 정신이 아니라는 건 잘 알고 있습니다. 이런 일은 당신에게 말해서 는 안 되는 일입니다. 나는 아내가 있는 몸이고, 당신은 어린 소녀니까요. 난 머리가 돈 정도가 아니라 죄인입니다. 비인간적인 놈입니다. 내겐 어떤 희망도 가질 여지가 없습니다. 그래서 그걸 생각하면 이성도 무엇도 없습니다. 그런 데 당신이 곧 결혼한다는 소문을 듣고 보니 너무 화가 치밀어서 누구든지 가 릴 것 없이 다 죽여 버리고 싶습니다. 나의 심정을 보아서라도 용서해 주십시 오, 수잔."

그는 입을 다물었다. 물고기들은 빵을 던져 주지 않자 영국 병사들처럼 거 의 한 줄로 늘어서서 가만히 움직이지 않고 있었다. 그리고 이제는 자기들을 상대하지 않게 된 두 사람의 수그린 얼굴만 지켜보고 있었다. 어린 소녀는 기 쁨과 슬픔을 섞어 중얼거렸다.

"할 수 없죠. 당신은 결혼한 분인걸요. 아무리 생각이 간절한들 무슨 소용 이 있겠어요? 할 수 없죠!"

그는 느닷없이 그녀에게로 몸을 돌려 그녀의 얼굴에 맞닿을 것처럼 얼굴을 바싹 들이대고 말했다.

"만약 내가 자유로운 몸이라면 결혼해 주시겠습니까?"

소녀는 진실한 어조로 대답했다.

"네, 벨아미 씨. 그렇게 된다면 당신과 결혼하겠어요. 다른 어떤 분보다도 당 신이 훨씬 좋은걸요."

그는 일어나서 중얼거렸다.

"고맙습니다……감사합니다……제발 부탁이니 누구에게도 결혼 승낙을 하 지 말아 주십시오. 그리고 조금만 더 기다려 주십시오. 부탁입니다! 그렇게 약속해 주시렵니까?"

그녀는 조금 당황해서 상대가 말하는 말의 의미를 잘 알지도 못하고 중얼 거렸다.

"약속하겠어요."

뒤루아는 아직 손에 들고 있던 빵 덩어리를 물속에 던져 버리고 마치 미친 사람처럼 인사도 하지 않고 뛰쳐나갔다.

물고기들은 손가락으로 뭉치지 않고 그대로 물 위에 떠있는 빵 덩어리에 정신없이 달려들어 탐욕스런 주둥이로 조금씩 물어뜯었다. 그리고 그것을 연못 저쪽 끝으로 끌고 가서 마치 움직이는 열매 송이처럼 그 아래를 바쁜 듯이 헤엄쳐 돌아갔다. 그것은 마치 머리를 거꾸로 하여 물에 떨어진 한 송이의 꽃이 활발하게 움직이며 돌아가는 것 같았다.

수잔은 뜻밖의 일에 놀라서 불안해하며 일어서서 천천히 발길을 돌렸다. 그러나 뒤루아는 이미 돌아간 뒤였다.

그가 집에 돌아왔을 때에는 완전히 침착성을 되찾은 뒤였다. 그는 마들렌이 편지를 쓰고 있는 것을 보고 이렇게 물었다.

"금요일에 발테르 씨 댁 만찬에 가지 않겠소? 난 가려고 하는데."

그녀는 망설이며 대답했다.

"아뇨, 난 조금 몸이 불편해서 집에 있는 게 좋겠어요."

그는 대답했다.

"그럼, 좋도록 하구려. 억지로 갈 필요는 없으니까."

그러고 나서 그는 다시 모자를 들고 곧 나가 버렸다.

훨씬 전부터 그는 아내의 거동을 엿보고 감시했다. 그리고 그녀가 가는 곳을 미행하여 아내의 거동을 상세하게 알고 있었다. 드디어 기다리던 시기가 온 것이다. "집에 있는 편이 좋겠어요" 대답했을 때의 아내의 어조는 그의 추측이 옳음을 입증하고 있었다.

그로부터 며칠 동안, 그는 아내에게 상냥하게 대했다. 전에 없이 기분 좋게 보이기까지 했다. 그래서 그녀는 곧잘 이렇게 말했다.

"어쩐지 요즈음 무척 다정해졌군요."

금요일이 되자, 사장 집으로 가기 전에 두서너 곳 볼일이 있다면서 그는 일찍부터 옷을 갈아입었다.

그리고 6시 무렵, 아내에게 키스하고 나오자, 노트르담 드 로렛 광장에 가서 마차를 잡았다.

그는 마부에게 말했다.

"퐁텐 거리 17번지 앞에 마차를 멈추고, 내가 가라고 할 때까지 기다려주게. 그리고 나서 라파에트 거리의 〈코크 페장〉이라는 음식점으로 가주게."

마차는 말의 느린 걸음으로 달리기 시작했다. 뒤루아는 창문의 커튼을 내렸다. 자기 집 문 앞에 이르자 그는 문에서 눈을 떼지 않고 기다렸다. 10분쯤 지나자, 그는 마들렌이 나와서 외곽 큰길 쪽으로 올라가는 것을 보았다. 그녀 모습이 멀리 보이자, 그는 곧 마차 앞으로 목을 내밀고 외쳤다.

"갑시다."

마차는 달리기 시작하여, 그를 〈코크 페장〉 앞에서 내려놓았다. 그것은 이 근처에서 이름이 알려진 대중음식점이었다. 조르주는 식당에 들어가서 이따금 시계를 보면서 천천히 먹었다. 그리고 나서 커피를 마시고 고급 브랜디를 두 잔 들이켜고 향기 좋은 잎담배를 유유히 태우고 나자 7시 반이 되었다. 그래서 그는 음식점을 나와서 빈 채 달리던 다른 마차를 불러 세워 라 로쉬푸코 거리까지 가게 했다.

그리고 마부에게 가르쳐 준 집 문 앞에서 마차를 내리자, 문지기에게 아무 것도 묻지 않고 4층까지 올라갔다. 하녀가 문을 열자 그는 물었다.

"질베르 드 로르므 씨는 댁에 계시겠죠?"

"네, 계십니다."

그는 객실에 안내되어서 잠시 기다렸다. 이윽고 한 남자가 들어왔다. 키가 크고 훈장을 단, 동작이 군인 같고 아직 젊은데도 머리가 희끗희끗했다.

뒤루아는 인사를 마치자 말했다.

"제가 예상했던 대로 경위님, 제 아내가 지금 평소 마르티르 거리에 빌려 놓은 가구 달린 방에서 정부와 저녁을 먹고 있습니다."

경위는 고개를 수그리고 말했다.

"그럼 가보도록 하죠." 조르주는 계속해서 말했다.

"9시까지죠? 그 시각이 지나면 개인 주택에 들어가서 간통 사실을 확인할 수 없게 되니까요."

"아, 겨울에는 7시까지고 3월 30일 이후는 9시까지로 되어 있습니다. 오늘은 4월 5일이니까 9시까지도 괜찮습니다."

"그럼 경위님, 아래에 마차를 기다리게 했으니까, 경비 순경들을 태우고 가서 문 앞에서 좀 기다리기로 합시다. 늦게 도착할수록 현장을 덮칠 기회가 많게 될 테니까요."

"그럼 그렇게 합시다."

경위는 객실에서 나가더니 외투를 입고 돌아왔다. 삼색(三色)의 띠가 외투 속에 숨겨졌다. 그는 뒤루아를 먼저 지나가게 하느라고 옆으로 물러섰으나 뒤루아는 우울한데다가 생각에 잠겨 있어 뒤따르겠다며 사양했다. 그리고 되풀이해 말했다.

"먼저 나가십시오……먼저."

그러자 경위는 말했다.

"자아, 먼저 나가십시오. 여기는 제집이니까요."

그래서 그는 곧 가볍게 인사를 하고 방을 나섰다.

그들은 먼저 경찰서로 사복 순경을 데리러 갔다. 그들은 뒤루아가 낮에, 오늘 밤에 간통 현장을 붙들러 간다고 통지해 두었으므로 세 사람이 기다리고 있었다. 그중 한 사람은 마부와 나란히 마부석에 앉고, 다른 두 사람이 마차 좌석에 올라탔다. 마차는 이윽고 마르티르 거리에 도착했다.

뒤루아가 말했다.

"난 집의 약도를 가지고 있습니다만 문제의 방은 3층입니다. 처음에 현관이 있고 다음이 식당, 그 안쪽이 침실로 되어 있어서 세 개의 방이 이어져 있습니다. 아무 데도 도망갈 곳은 없습니다. 이 앞으로 좀더 가면 열쇠장이가 있는데 언제라도 부르면 오기로 되어 있습니다."

목적한 집 앞에 이르렀을 때는 아직 8시 15분이었으므로 그들은 20분 이상을 말없이 기다렸다. 그러다 45분이 되려고 하는 것을 보고 조르주가 말했다.

"자아, 들어갑시다."

그들은 문지기를 아랑곳하지 않고 계단을 올라갔다. 하기야 문지기는 그들을 보지 못했지만. 순경 한 사람은 출입구를 감시하기 위해서 거리에 남았다.

네 남자는 3층까지 올라갔다. 뒤루아는 먼저 문에 귀를 바싹 대었다. 그리고 열쇠 구멍으로 들여다보았다. 그러나 아무것도 들리지 않고 보이지도 않았다. 그래서 초인종을 눌렀다.

경위가 순경에게 말했다.

"자네들은 여기에 있다가 부르면 곧 오도록."

모두들 기다렸다. 몇 분 지나서 다시 조르주는 여러 번 계속해서 초인종을 눌렀다. 이윽고 방안에서 소리가 들리고 가벼운 발소리가 다가왔다. 누군가가 밖의 동태를 엿보는 듯했다. 그래서 뒤루아는 주먹을 움켜쥐고 문짝을 거칠 게 두드렸다.

일부러 꾸민 듯한 여자의 목소리가 물었다.

"누구시죠?"

경위가 대답했다.

"문을 여십시오. 법률의 이름으로 명령합니다."

문안의 목소리가 되풀이했다.

"누구신데요?"

"경찰입니다. 문을 여십시오. 그렇지 않으면 문을 부수겠습니다."

그 목소리는 더욱 물었다.

"무슨 일인가요?"

그래서 뒤루아가 말했다.

"나야. 달아나려 해도 소용없어."

맨발인 듯한 가벼운 발소리가 잠시 멀어졌다가 곧 다시 되돌아왔다.

조르주가 말했다.

"열지 않으면 문을 부수겠어."

그는 구리 손잡이를 잡고 어깨로 천천히 문을 밀었다. 그러나 대답이 없었 기 때문에 갑자기 잔뜩 힘을 주어서 몸을 문에 부딪쳤다. 그래서 이 가구 달 린 방의 낡은 자물통은 잠시도 지탱하지 못하고 부서져버렸다. 나사못이 판 자에서 떨어지는 바람에 뒤루아는 앞으로 넘어지면서 현관에 서 있던 마들 렌과 하마터면 부딪칠 뻔했다. 그녀는 속옷 바람으로 머리를 풀어 헤치고 맨 발로 손에 촛대를 들고 있었다.

그는 외쳤다.

"이 여잡니다. 현장을 잡았습니다."

그리고 방안으로 뛰어들어 갔다. 경위도 모자를 벗고 그 뒤를 따라 들어갔 다. 마들렌은 어찌 해야 할 바를 모르고 촛대를 쳐들고 그 뒤를 따라왔다.

그리고 식당을 가로질러 갔다. 식탁은 아직 치워져 있지 않고 먹고 남은 야 식들이 널려 있었다. 빈 샴페인이 두서너 병, 기름에 튀긴 간(肝), 병은 마개가 열린 채, 그리고 뼈와 먹다 남은 빵 덩어리 등 찬장에 놓아둔 두 개의 접시에는 굴 껍질이 수북이 쌓여 있었다.

　침실은 마치 격투라도 벌인 양 흐트러져 있었다. 의자에는 여자 옷이 덮여 있고 남자의 반바지가 팔걸이의자 손잡이에 걸쳐 있고 구두가 두 켤레, 큰 것과 작은 것이 침대 발치에 되는 대로 벗어 던져져 있었다.

　그곳은 흔히 볼 수 있는 가구 달린 셋집으로, 그러한 셋집 특유의 야릇하고 따분한 냄새가 실내를 감돌았다. 그것은 커튼, 털이불, 벽, 의자 등에서 풍겨 나오는 냄새이고, 또 이 아파트에 왔다 간 사람들이 하루건 반년이건 자고 깨고 살림하던 냄새였다. 그러한 사람들은 자신의 체취를 조금씩 거기에 남겨놓고 가고, 그것이 그전에 살던 사람의 체취와 섞여서 오랜 동안 이런 곳이라면 어디라도 똑같을 이상야릇하고 들척지근한 참을 수 없는 냄새를 만들었다.

　과자 접시 하나와 샤르트르즈 술병이 하나, 그리고 아직 반쯤 남아 있는 조그만 술잔이 두 개 벽난로 위에 놓여 있었다.

　청동 벽시계의 머리는 남자의 커다란 모자로 가려져 있었다. 경위는 엄숙한 태도로 몸을 돌려서 마들렌의 눈속을 유심히 지켜보면서 말했다.

　"당신은 분명히 여기 계시는 프로스페르 조르주 뒤 루아 씨의 정식 아내인 클레르 마들렌 뒤 루아 부인이십니까?"

　그녀는 가시 돋친 어조로 분명하게 대답했다.

　"네, 그렇습니다."

　"그럼 여기서 무얼 하셨습니까?"

　그녀는 아무 말 없었다.

　경위는 다그쳐 물었다.

　"여기서 무얼 하시는 겁니까? 보이는 바로는 댁이 아닌 이런 가구 달린 방에서 거의 옷을 벗다시피 한 모습으로 계시는데, 대체 무엇 하러 여기에 오셨습니까?"

　그는 한참 동안 기다렸으나 그녀가 여전히 말없이 있었으므로 다시 물었다.

　"부인, 당신이 아무래도 자백하지 않으신다면 할 수 없이 확인 조사를 하기로 하겠습니다."

　침대에는 누군가가 시트를 뒤집어쓰고 몸을 가리고 있었다.

　경위는 옆에 다가가서 불렀다.

　"여보시오."

몸을 감춘 남자는 꿈쩍도 하지 않았다. 등을 돌리고 돌아누워서 머리를 베개 밑으로 파묻고 있는 모양이었다. 경위는 어깨라고 여겨지는 곳을 건드리며 또 말했다.

"여보시오. 내가 거칠게 행동할 일은 되도록 피하고 싶습니다."

그러나 시트를 덮어 쓴 사람은 죽은 듯이 꿈쩍도 않았다.

뒤루아가 성큼성큼 앞으로 나가 시트를 잡아 벗기고 베개를 치워 버리자, 라로슈 마티유의 창백한 얼굴이 드러났다. 그는 정부 위에 몸을 굽혀 상대에게 덤벼들어 목을 졸라 죽이고 싶은 충동에 몸을 떨고 이를 마주치면서 말했다.

"적어도 자신의 비열함을 인정하는 용기는 있어야지."

경위는 다시 한 번 물었다.

"당신은 누구입니까?"

정부는 어이없는 듯 대답도 못했다.

"나는 경찰관입니다. 자아, 이름을 말하십시오."

조르주는 야수 같은 노여움에 몸을 떨면서 재촉했다.

"자아, 이름을 대. 비겁한 놈아! 말하지 않으면 내가 네놈의 이름을 말하겠다!"

그러자 숨어 있던 남자가 중얼거렸다.

"경위님, 이 남자가 나를 모욕하는 것을 내버려두어서는 안 됩니다. 도대체 내가 상대해야 할 사람은 당신입니까, 아니면 저 남자입니까. 또 대답은 당신에게 해야 합니까, 저 남자에게 해야 합니까?"

그는 입안에 침이 다 말라 버린 듯했다.

경위는 대답했다.

"납니다. 나한테만 하시면 됩니다. 나는 경찰관으로서 당신의 이름을 묻고 있는 겁니다."

상대는 입을 다물었다. 그리고 이불을 목까지 끌어당긴 채 얼빠진 두 눈을 굴렸다. 위로 뻗친 짧은 수염은 얼굴이 창백했기 때문에 시커멓게 보였다.

경위가 말을 이었다.

"대답이 없으시군요. 그럼 하는 수 없습니다. 당신을 체포하겠습니다. 아무튼 일어나십시오. 옷을 입은 다음에 심문하겠습니다."

침대 속에서 몸이 움직이고 밖으로 내민 목이 중얼거렸다.

"하지만 그럴 수 없소, 당신 앞에서는."

경위가 물었다.

"어째섭니까?"

"실은 내가……아무것도 입고 있지 않기 때문에."

뒤루아는 통쾌한 듯이 웃어 대고, 마룻바닥에 떨어진 속옷을 주워서 침대 위에 던지면서 외쳤다.

"자……일어나……내 아내 앞에서 발가벗었으니까 내 앞에서 입어도 괜찮아."

그러고 나서 그는 등을 홱 돌리고 벽난로 쪽으로 갔다.

마들렌은 침착성을 되찾았다. 모든 것이 파멸로 돌아가 버린 것을 보고 그녀는 될 대로 되라는 심정이 되었다. 자포자기에서 오는 대담함이 그녀의 눈을 빛내고 있었다. 그리고 종이쪽지를 하나 비틀더니 벽난로 양쪽에 놓여 있던 지저분한 촛대의 열 가락의 초에다, 마치 손님이라도 맞는 양 불을 붙였다. 그러고는 대리석에 등을 기대고 섰다. 다 꺼져 가는 난로불 앞에서 맨발 벗은 한쪽 다리를 꾸부리고 겨우 엉덩이에 걸려 있는 속치마 뒷자락을 들며 장밋빛 종이 상자에서 담배를 꺼내자 불을 붙여 뻐끔뻐끔 피기 시작했다.

경위는 공범인 남자가 옷 입는 것을 기다리는 동안 그녀의 곁으로 돌아왔다.

그녀는 부끄러워하거나 머뭇거리지 않고 물었다.

"이런 일을 종종 하시나요?"

상대는 정색을 하고 대답했다.

"가급적이면 피하고 있습니다, 부인."

그녀는 엷은 웃음을 띠고 말했다.

"그거 다행이군요. 그다지 좋은 일은 못 되니까요."

그녀는 남편은 눈에 비치지도 않고 보려고도 하지 않는 태도였다.

그동안에 침대 위의 사나이는 옷을 입고 있었다. 그리고 바지에 다리를 꿰고 구두를 신고 조끼를 입으면서 다가왔다.

경찰관은 그쪽을 바라보며 말했다.

"자아, 이름을 밝히십시오."

상대는 대답하지 않았다.

경위는 단호한 어조로 말했다.

"그럼, 하는 수 없습니다. 체포하겠습니다."

그러자 남자는 갑자기 고함을 쳤다.

"내게 손 대지 마시오. 난 불체포특권이 있는 사람이니까."

뒤루아는 상대를 때려눕힐 듯한 기세로 튀어나가서 정면으로 호통을 쳤다.

"현행범이란 말이야, 현행범. 내가 그럴 생각만 갖는다면 체포할 수 있어, 알겠어?"

그러고 나서 울리는 목소리로 말했다.

"이 남자는 외무 장관인 라로슈 마티유란 위인이죠."

경위는 놀라서 뒤로 물러섰다. 그리고 더듬거리면서 말했다.

"성함을 분명히 말씀해 주십시오."

상대는 드디어 체념하고 힘주어 말했다.

"이번만은 이 무뢰한이 말하는 것도 거짓말이 아니군. 난 바로 외무 장관 라로슈 마티유요."

그러고 나서 뒤루아의 가슴에 팔을 뻗쳐 별처럼 반짝이는 빨간 작은 약장(略章)을 가리키며 내뱉었다.

"이 악당놈을 보게나, 내가 준 훈장을 달고 있군."

그러자 뒤루아는 창백해지더니 재빠르게 단춧구멍에서 짧고 새빨간 리본을 잡아떼어 그것을 벽난로 속에 던져 넣었다.

"너 같은 더러운 인간이 준 훈장 따위는 이렇게 처리하지."

그들은 당장에 서로 물어뜯기라도 할 듯이 얼굴과 얼굴을 맞대었다. 여윈 구레나룻 얼굴과 살찐 카이저수염 얼굴이 미친 듯이 흥분해서 서로 주먹을 불끈 쥐고 노려보았다.

경위는 얼른 그 사이에 끼어들어 두 사람을 두 팔로 떼어놓으면서 말했다.

"두 분 모두 신분을 생각하십시오. 품위가 떨어집니다."

그들은 입을 다물고 돌아섰다. 마들렌은 꼼짝도 하지 않고 엷은 웃음을 띠면서 여전히 담배를 피우고 있었다. 경위는 말을 계속했다.

"장관 각하, 저는 각하께서 여기에 계시는 뒤 루아 부인과 단둘이, 각하께선 침대에 부인께선 거의 맨몸이나 다름없는 모습으로 계시는 것을 보았습니다. 더욱이 두 분의 옷은 온 방안 여기저기에 흩어져 있었습니다. 이것으로 간통의 현행범이 성립됩니다. 사태는 매우 명백하고 부정할 여지가 없습니다. 그러나 무슨 말씀하실 것이 있으십니까?"

라로슈 마티유는 중얼거렸다.

"아무 말도 할 게 없소. 당신 직무를 수행하시오."

경위는 다시 마들렌에게 물었다.

"부인, 이분이 당신 정부라는 것을 자백하시겠습니까?"

그녀는 어깨를 펴며 대답했다.

"나도 부인하지 않아요. 이분은 내 정부예요!"

"네, 좋습니다."

그러고 나서 경위는 방의 모양과 배치에 대해서 몇 자 기록했다. 그가 다 쓰고 났을 때, 이미 옷을 입고 외투를 팔에 걸치고 손에 모자를 들고 기다리던 장관이 물었다.

"아직 볼일이 또 있나? 나는 이제 어떡하는 건가. 돌아가도 좋은가?"

뒤루아는 그쪽을 돌아보고 거만하게 말했다.

"왜 돌아가지? 일은 이미 끝났으니까, 당신은 또 한 번 자도 좋아. 둘만 있게 해줄 테니까."

그리고 경찰관의 팔에 손을 얹고 말했다.

"자아, 돌아갑시다, 경위님. 여기에는 이젠 볼일이 없으니까요."

경위는 조금 놀란 듯이 그의 뒤를 따라 나갔다. 그러나 방문턱에서 뒤루아는 그를 먼저 나가게 하려고 걸음을 멈추었다. 상대는 굳이 이를 사양했다.

그러나 뒤루아는 거듭 말했다.

"먼저 나가십시오."

경위는 대답했다.

"당신께서 먼저."

그래서 뒤루아는 머리를 숙이고 야유 섞인 정중한 태도로 말했다.

"이번엔 당신 차례입니다, 경위님. 여기는 내 집이나 마찬가지니까요."

그런 다음 조용히 문을 닫았다.

한 시간 뒤, 조르주 뒤루아는 〈라 비 프랑세즈〉의 편집실로 들어갔다.

발테르 영감은 이미 와 있었다. 그것도 그럴 것이 그는 변함없는 정력으로 신문사를 지휘하고 있었기 때문에, 그의 신문은 매우 발전하여 더욱 손을 넓혀 가는 그의 은행 사업에 커다란 공헌을 하게 되었기 때문이다.

사장은 얼굴을 들고 물었다.

"아, 자넨가? 어째 안색이 좋지 않은데! 왜 집에 저녁 먹으러 안 왔나? 어디 갔다 오는 길인가?"

뒤루아는 지금부터 말하려고 하는 효과를 확신하고 한 마디 한 마디에 힘을 주어 말했다.

"외무 장관을 실각시키고 오는 길입니다."

사장은 농담이라고 생각하며 물었다.

"실각을 시키다니?……어째서?"

"전 내각을 경질시키려고 합니다. 그뿐이에요! 그런 부패한 내각은 빨리 쫓아 버리는 편이 좋습니다."

노인은 어안이 벙벙해서 뒤루아가 술에 취한 거라고 생각했다. 그리고 중얼거렸다.

"그만두게, 잠꼬대는."

"천만에요. 저는 지금 라로슈 마티유가 내 아내와 간통하는 현장을 붙잡고 왔습니다. 경찰관이 사실을 확인했습니다. 장관은 이젠 끝났습니다."

발테르는 몹시 놀라서 안경을 이마 위로 치켜 올리고 말했다.

"나를 놀리는 건 아니겠지?"

"천만에요. 전 이제부터 그 사실을 3면에 쓰려고 합니다."

"그래서 어쩔 작정인가?"

"그 사기한을, 악당을, 사회의 독충을 사회에서 매장하는 거죠."

조르주는 모자를 의자 위에 놓고 덧붙였다.

"제 앞길에 가로걸리는 놈은 처치해야 해요. 절대로 용서하지 않을 테니까요."

사장은 그래도 이해할 수 없는 모양으로 중얼거렸다.

"그러나……자네 부인은?"

"날이 새면 곧 이혼 소송을 제기하겠습니다. 그 여잔 죽은 포레스티에게 되돌려 주겠어요."

"헤어질 텐가?"

"물론이죠. 전 여태까지 세상 사람들의 웃음거리가 되어 왔습니다만 현장에 뛰어들기 위해서 모른 척했습니다. 계획대로 잘되었습니다. 이제부터는 모든 것이 제 손안에 들어 있으니까요."

발테르 씨는 벌린 입을 닫지도 않고 겁먹은 눈으로 뒤루아를 보면서 생각했다.

'정말, 이놈을 잘 키우면 써먹을 만하겠는걸.'

뒤루아는 계속 말했다.

"전 이제야 겨우 자유로운 몸이 되었습니다…… 재산도 조금은 있습니다…… 나라 안에서도 꽤 이름이 알려졌으니까 10월 개선에 출마할 작정입니다. 여태까지는 세상 사람들에게 손가락질 받을 그런 여자와 살아서 훌륭하게 밀고 나갈 수도 없었고 남들에게서 존경도 받지 못했습니다. 그 여자는 저를 바보로 여기고 희롱하고 농락해 왔습니다. 그러나 그 여자의 속임수를 눈치채고부터는 줄곧 주의를 해왔습니다. 그 매춘부를 말입니다!"

그는 웃으면서 덧붙였다.

"불쌍한 건 포레스티에죠. 여편네를 뺏겼으면서도 조금도 눈치채지 못하고 믿고 마음을 놓았으니까요. 그러나 저는 다행히 그에게서 물려받은 고집 센 계집을 쫓아내게 되어 이제야 겨우 속이 시원해졌습니다. 이제부턴 나도 출세할 겁니다."

그는 의자에 걸터앉아서 꿈꾸듯 되풀이했다.

"출세할 겁니다."

발테르 영감은 이마에 안경을 올려 걸치고 눈을 드러낸 채 여전히 그를 바라보았다. 그리고 마음속으로 생각했다.

'응, 이 녀석은 출세하겠어, 이 악당은.'

뒤루아는 일어서서 말했다.

"지금부터 그 기사를 써 오겠습니다. 되도록이면 신중히 다룰 작정입니다만, 사장님, 장관으로선 무서운 타격일 겁니다. 그 녀석은 이미 바다에 떨어진 놈이니까 아무도 구제할 수 없습니다. 〈라 비 프랑세즈〉도 그 녀석을 옹호해봤자 한 푼어치의 이득도 없습니다."

발테르는 한동안 망설이다가 드디어 결심하고, "좋네, 써보게나. 이런 막다른 골목에 들어선 놈이 불쌍하지."

9

석 달이 지났다. 뒤루아의 이혼이 겨우 허가되고, 그의 아내는 예전의 성
(姓) 포레스티에로 되돌아갔다. 발테르 집안이 7월 15일에 트루빌로 피서를 떠
나게 되므로 서로 떨어지기 전에 뒤루아와 함께 하루 동안 시골로 놀러 가기
로 했다.

목요일 하루를 택해서 속력을 내도록 말을 네 필 맨 6인승의 대형 여행 마
차로 아침 9시부터 일찌감치 출발했다. 생 제르맹에 가서 앙리 4세 정자에서
점심 식사를 할 예정이었다. 벨아미는 이 놀이에서 남자 손님은 자기만 있도
록 부탁했다. 가졸르 후작과 자리를 나란히 하여 그의 얼굴을 보는 것이 싫었
기 때문이다. 그러나 마지막 순간에 계획이 바뀌어 라투르 이블랭 백작은 아
침에 일어나는 즉시 그의 집에 들러 데려가기로 결정하고, 그 전날 소식을 알
렸다.

마차는 전속력으로 샹젤리제의 가로수길을 달리고 불로뉴 숲을 빠졌다.

여름날다운 상쾌한 날로 날씨는 그리 덥지 않았다. 제비는 파란 하늘에 커
다란 원을 그리고, 그것이 날아가 버린 뒤에도 그냥 보이는 듯했다.

세 여자는 어머니를 가운데에 앉히고 마차 뒤에 자리를 잡고, 남자 둘은 발
테르를 가운데 놓고 뒤를 향해 앉았다.

센 강을 건너고 몽 발레리앵의 기슭을 돌아 브지발을 넘어, 페그까지 강을
따라갔다.

라투르 이블랭 백작은 조금 나이 들어 보이는 남자로 기다란 구레나룻이
보기에 좋았으며 미풍에 수염 끝이 날렸다. 그래서 뒤루아는 "이분은 바람이
불면 수염이 매우 아름답군요" 했지만, 백작은 사랑스러운 듯이 로즈만 바라
보고 있었다. 그들은 한 달 전에 약혼했던 것이다.

조르주는 창백한 얼굴로, 마찬가지로 창백한 얼굴인 수잔에게 흘끔흘끔 눈
길을 보냈다. 그들의 눈은 마주칠 때마다 무언가를 이야기하고 서로 이해하고
남모르게 마음을 통하게 하는 것 같다가 서로 시선을 피해 버렸다. 발테르 부
인은 마음도 조용하고 행복해 보였다.

점심 식사는 오래 계속 되었다. 잠시 뒤 조르주가 파리로 돌아가기 전에 테
라스를 한 바퀴 돌자고 제안했다. 모두 먼저 경치를 바라보기 위하여 걸음을
멈추었다. 그리고 난간을 따라 한 줄로 늘어서서 아득히 먼 곳에 펼쳐진 전망

을 보고 황홀해했다. 센 강은 마치 녹음 속에 누워 있는 뱀처럼 긴 언덕 기슭을 흘러 메종 라피트 쪽으로 달리고 있었다. 오른편 언덕 위에는 마를리의 수도교(水道橋)가 큰 배추벌레 같은 거대한 모습을 하늘에 그리고 있었다. 마를리 마을은 그 아래 무성한 나무 숲속에 가려져 있었다.

눈앞에 펼쳐진 광막한 평야 가운데로 여기저기 점점이 마을이 보였다. 베지네 근처에 흩어져 있는 연못들이 작은 숲의 빈약한 녹음 속에 선명하고 깨끗한 얼룩을 그려내고 있었다. 왼편 아득히 먼 저쪽으로 사르트르빌의 뾰족한 종각이 하늘을 찌르고 서 있는 것이 보였다.

발테르는 단호한 어조로 말했다.

"온 세계 어디를 가더라도 이토록 멋진 경치는 볼 수 없을 거야. 스위스도 이에 비길 만한 곳은 없을걸."

그러고 나서 모두 좀더 이 경치를 즐기기 위해서 천천히 걸음을 옮겼다.

뒤루아와 수잔은 뒤에 처졌다. 그리고 다른 사람들과 대여섯 걸음 떨어지게 되자마자 뒤루아는 낮은 목소리로 소곤거렸다.

"수잔, 난 당신을 몹시 사랑합니다. 미쳐버릴 것처럼 사랑하고 있습니다."

그녀는 중얼거렸다.

"저도요, 벨아미 씨."

그는 다시 말했다.

"만약 당신을 아내로 맞을 수 없다면 난 다시는 파리에서 살지 않겠고, 이 나라에서도 떠나 버리겠습니다."

그녀는 대답했다.

"그러시다면 아버지께 말씀드려 보세요. 아마 승낙하실 거예요."

그는 조금 초조한 듯한 몸짓을 하고 말했다.

"아니, 그건 안 될 겁니다. 벌써 열 번도 더 말하지 않았습니까? 나는 틀림없이 댁에 출입도 못하게 되고 신문사에서 쫓겨나서 당신의 얼굴을 볼 수도 없게 될 겁니다. 만일 정식으로 구혼한다면 그런 터무니없는 엄청난 결과를 불러올 것은 너무나 분명합니다. 분명히 사장님께서는 당신을 가졸르 후작과 결혼시키겠다고 약속했을 겁니다. 그리고 당신이 끝내 승낙하리라고 마음 놓고 기다리고 있을 겁니다."

그녀는 물었다.

"그럼 어떡하면 좋죠?"

그는 곁눈질로 그녀를 보면서 조금 망설이다가 물었다.

"당신은 나를 위해서 어떤 일이라도 해낼 수 있을 만큼 나를 사랑하나요?"

그녀는 또렷하게 대답했다.

"네."

"어떤 엉뚱한 짓이라도?"

"네."

"무분별한 행동이라도?"

"네."

"그리고 당신 아버지와 어머니에게 끝까지 맞설 용기도 있나요?"

"네."

"정말입니까?"

"정말이고말고요."

"그렇다면 방법이 있습니다. 단 한 가지! 하지만 그것은 나보다도 당신이 해야 할 일입니다. 당신은 귀엽게만 자랐으니까 무엇이든 하고 싶은 말을 할 수가 있습니다. 그러니까 아무리 대담한 이야기를 꺼내더라도 그다지 놀라시지 않을 겁니다. 그래서 이렇게 하는 겁니다. 오늘 저녁 집에 돌아가면, 먼저 어머니께서 혼자 계실 때 가서 나와 결혼하겠다고 하십시오. 어머니는 몹시 당황하시고 크게 노하실 겁니다."

수잔은 그 말을 가로막았다.

"아녜요! 어머니는 아마 무척 기뻐하실 거예요."

그는 재빨리 말을 계속했다.

"아니 아니, 당신은 어머니를 잘 모르십니다. 어머니는 아버지보다도 훨씬 더 화를 내시고 분개하실 겁니다. 그리고 한사코 반대하실 겁니다. 그래도 거기에 실망하거나 지거나 해서는 안 됩니다. 끝까지 나와 결혼하고 싶다, 다만 나 한 사람과, 나와만 결혼하겠다고 우기는 겁니다. 하실 수 있겠습니까?"

"할 수 있어요."

"그런 다음엔 어머니의 방을 나와서 아버지한테 가서 똑같은 말을 진지한 태도로 단호히 결심한 듯 말하십시오."

"네, 알았어요. 그 다음엔?"

"그 다음부터가 어렵습니다. 귀여운 수잔! 만약 당신이, 내 아내가 되겠다고 굳게굳게, 아주 굳게 결심했다면······난 당신을 빼앗아서······달아나겠습니다."

그 말을 듣자 그녀는 너무 기뻐서 하마터면 손뼉을 칠 뻔했다.

"어머! 기뻐! 저를 빼앗는 거군요. 언제 데리고 가주실래요?"

깊은 밤의 유괴며 역마차며 여인숙이며 진부한 시(詩)가, 책에서 읽은 온갖 재미있는 모험이, 번갯불처럼 그녀의 뇌리 속을 스쳐갔다. 마치 매혹적인 꿈이 당장에라도 실현될 듯이 생각되었다. 그녀는 거듭 물었다.

"언제예요, 나를 빼앗아 달아나는 건?"

그는 아주 낮은 목소리로 대답했다.

"물론······오늘 밤······밤중입니다."

그녀는 몸을 바르르 떨면서 물었다.

"그래서 어디로 가나요?"

"그건 비밀입니다. 아무튼 당신은 이제부터 해야 할 일을 잘 생각해 주십시오. 한 번 나와 몰래 도망을 치고 나면 무슨 일이 있더라도 내 아내가 될 수밖에 없는 겁니다! 방법은 이것밖에 없어요. 그러나 이건······이건 매우 위험합니다······당신에겐."

그녀는 단호하게 대답했다.

"각오하고 있어요······하지만 어디서 만나죠?"

"당신은 혼자서 집을 빠져나올 수 있습니까?"

"네, 뒷문을 열 줄 알아요."

"그렇습니까. 그렇다면 밤 12시경, 문지기가 잠든 뒤 콩코르드 광장까지 와주십시오. 해군 본부 앞에서 마차를 잡아놓고 기다리고 있을 테니까요."

"네, 가겠어요."

"틀림없지요?"

"네, 틀림없이."

그는 소녀의 손을 잡고 힘껏 움켜쥐었다.

"아아! 얼마나 당신을 사랑하는지! 당신은 정말 상냥하고 용기가 있군요! 그럼 가졸르 씨하고는 결혼할 의사가 없는 거지요?"

"네, 그래요."

"아버지는 당신이 거절했을 때 무척 화를 내셨겠지요?"

"네, 그런 것 같아요. 저를 다시 수도원에 보내 버리겠다고 하셨어요."

"그럼 더욱 분발해야 된다는 것도 알겠지요?"

"네, 힘껏 하겠어요."

그녀는 넓은 지평선을 바라보았다. 머릿속은 사랑의 도피에 대한 생각으로 꽉 찼다. 이분과 함께……저기보다도 더 먼 곳으로 가는 거다!……나는 유괴되어 가는 거다……그녀는 그것을 자랑스럽게 여겼다. 그리고 세상의 소문이라든가 자신에게 닥쳐올지도 모르는 불명예 같은 것은 아예 생각지도 않았다. 물론 그녀는 그런 것을 알지도 못했고 생각해본 적도 없었다.

발테르 부인이 뒤돌아보면서 불렀다.

"얼른 오너라, 수잔. 벨아미하고 무얼 하는 거냐?"

그들은 다른 사람들에게 다가갔다. 모두들 머지않아 가게 될 해수욕 이야기를 하고 있었다.

그러고 나서 똑같은 길을 지나지 않도록 샤투를 돌아서 되돌아왔다.

조르주는 이제 더 말도 하지 않고 생각에 잠겼다. 만약 이 소녀가 조금만 용기를 낸다면 나는 오랜 동안의 소망을 달성하는 거다! 석 달 전부터 그는 피하려고 해도 피할 수 없는 애정의 그물로 그녀를 포박했다. 소녀의 비위를 맞추어 주고 교묘하게 사로잡아서 정복하려고 애써 왔다. 그리고 그의 가장 뛰어난 비술(秘術)로 상대의 애정을 불러일으켜 아무런 어려움 없이 이 인형 같은 소녀의 경솔한 마음을 사로잡아 버린 것이다.

그는 먼저 가졸르 후작의 구혼을 거절하게 하는 데 성공을 거두고 이번에는 함께 도망칠 것을 승낙하게 했다. 그 밖의 다른 방법이 없었기 때문이다.

발테르 부인이 절대로 딸을 주지 않으리라는 것을 그는 잘 알고 있었다. 부인은 아직도 그를 사랑하고 있었다. 전과 다름없이 집요한 열정으로 그를 사랑했다. 그는 그것을 타산적인 냉담함으로 눌러 왔으나, 채워질 수 없는 탐욕스러운 정념에 그녀가 괴로워하고 있음을 알고 있었다. 그녀를 설득한다는 것은 어림도 없는 일로 그가 수잔을 아내로 맞는다면 절대로 용납하지 않을 것이다.

그러나 소녀를 빼앗아 버리면 그는 당당히 발테르와 담판할 수 있을 것이다.

그는 이런 생각에 골똘하였으므로 다른 사람들이 하는 말은 제대로 귀에 들어오지도 않고 되는 대로 대답을 했다. 그리고 파리에 돌아왔을 때, 비로소 제정신으로 돌아온 듯싶었다.

수잔도 생각에 잠겼다. 네 필의 말방울 소리가 머리에 울려서 영원한 달빛 아래 끝없이 이어지는 가도며 가로질러 가는 울창한 숲이며 길가의 여인숙을 연상케 했다. 말을 바꾸는 마구간 사람들도 분주했다. 두 사람이 쫓기고 있음을 누구나가 다 알고 있기 때문이다.

마차가 저택 가운데의 뜰에 도착하자 조르주는 저녁 만찬에 붙잡혔다. 그러나 무리하게 거절하고 집으로 돌아갔다.

그리고 간단한 식사를 마친 뒤 먼 여행이라도 떠나는 것처럼 서류 정리를 시작했다. 지장이 있을 만한 편지는 태우고 그 밖의 편지는 감추어 두었다. 그리고 두서너 명의 친구에게 편지를 썼다.

이따금 시계를 보고 '지금쯤 저편에선 큰 난리가 났겠군' 생각했다. 한 가지 근심이 그의 가슴을 물어뜯었다. 만약에 실패한다면? 그러나 무얼 겁내는 거냐! 어떤 일이 생기든 뚫고나갈 구멍이 있겠지. 그러나 오늘밤의 계획은 죽느냐 사느냐 하는 큰 가름이 아닌가!

그는 11시쯤이 되자 집을 나왔다. 잠시 시내를 서성거리다가 마차를 잡아서 콩코르드 광장으로 가서, 해군 본부 아케이드 옆에 멈추게 했다.

이따금 성냥을 켜서 회중시계로 시간을 보았다. 12시 가까이 되자 초조해서 안절부절못할 정도였다. 그리하여 쉴 새 없이 문으로 목을 내밀고 밖을 바라보았다.

멀리서 큰 시계가 12시를 쳤다. 그리고 좀더 가까운 곳의 시계가 울리고, 이윽고 두 개가 한꺼번에 울리더니, 마지막에 아주 멀리에서도 울려 왔다. 그것이 그치자 그는 '틀렸어, 실패다. 그녀는 오지 않는 거다' 생각했다.

그래서 그는 밤이 샐 새벽까지 버틸 결심을 했다. 이런 경우 참고 견뎌야 한다. 그러고 나서 15분을 치는 소리를 듣고 30분, 45분을 치는 소리를 들었다. 온 시중의 큰 시계가 12시를 쳤을 때와 마찬가지로 저마다 1시를 알렸다. 그는 이제는 기다릴 마음이 없어져서 가만히 앉은 채, 무슨 일이 일어났을까, 골똘히 생각했다. 그러자 갑자기 마차 문 쪽에서 여자가 얼굴을 들이밀며 속삭이듯 물었다.

"벨아미?"

그는 놀라서 벌떡 일어났다. 숨이 막혔다.

"수잔이요?"

"네, 저예요."

그는 정신없이 문 손잡이를 돌리면서 되풀이해서 말했다.

"아아! 잘 왔군요……정말 잘 오셨습니다……자아, 어서 타십쇼."

그녀는 마차에 올라타고 그의 옆에 쓰러지듯이 앉았다. 그는 마부에게 소리쳤다.

"갑시다!"

마차는 달리기 시작했다.

그녀는 말도 하지 못하고 숨을 헐떡였다.

그가 물었다.

"그래, 얼마나 야단났지요?"

그녀는 거의 정신을 잃을 것처럼 되어서 소곤거렸다.

"아아, 정말 무서웠어요. 특히 어머니가 더."

그는 불안으로 목소리를 떨면서 다그쳐 물었다.

"어머니께서? 뭐라고 하시던가요? 말 좀 해보십시오."

"정말 무서웠어요. 전 어머니 방에 가서 그 일을 마음속에 준비해 둔대로 줄줄 외웠어요. 그러자 어머니는 새파랗게 질려서 '안 된다, 절대로 안 돼!' 고 함을 치셨어요. 전 울고 화를 내면서 당신 말고는 아무하고도 결혼하지 않겠 다고 했어요. 전 당장 매를 맞는 줄 알았어요. 어머니는 마치 미친 사람처럼, 내일 당장 저를 수도원에 보내겠다고 하셨어요. 어머니가 그토록 화를 내신 적은 여태까지 한 번도 본 적이 없어요. 게다가 어머니가 너무나 큰 소리로 고 함을 치셔서 아버지께서 들어오셨어요. 아버지는 어머니만큼 화를 내지는 않 았지만, 당신은 그다지 훌륭한 신랑감이 아니라고 하시더군요. 그래서 저도 화 가 나서 아주 크게 소리를 질렀어요. 아버지는 조금도 어울리지 않는, 연극하 는 몸짓으로 저더러 나가라고 하셨어요. 그래서 당신과 함께 달아날 결심을 한 거예요. 그래서 여기에 왔어요. 그런데 이제부터 어디로 가는 거죠?"

그는 이야기 도중에 다정하게 그녀의 허리로 팔을 돌리고 귀를 기울여 듣 고 있었다. 가슴이 몹시 뛰고, 수잔의 부모에게 말할 수 없는 분노가 치밀어 올랐다. 그러나 그 딸은 이미 내가 차지했다. 이번에야말로 단단히 혼을 내줄 테다.

그는 대답했다.

"이미 시간도 늦었고 기차도 탈 수 없으니까, 이 마차로 세브르까지 가서 오늘 밤은 거기서 묵도록 합시다. 그리고 내일 라 로슈 기용으로 갑시다. 그곳은 망트와 보니에르 사이에 있는 센 강가의 아름다운 마을입니다."

"하지만 전 갈아입을 옷도 가지고 오지 않았어요. 아무것도 없는걸요."

그는 그런 것은 문제도 되지 않는다는 듯 미소하며 말했다.

"뭘요! 거기 도착하면 어떻게 되겠지요."

마차는 거리에서 거리로 달리고 있었다. 조르주는 소녀의 손을 잡고 천천히 경의를 다하여 키스했다. 플라토닉한 애정에는 익숙하지 못했으므로 적당한 말이 생각나지 않았다. 그러나 갑자기 그녀가 울고 있는 것을 알았다. 그는 놀라서 물었다.

"어쩐 일이오, 귀여운 아가씨?"

그녀는 눈물에 젖은 목소리로 대답했다.

"지금쯤 어머니는 내가 나간 걸 아시고 주무시지도 못하고 계실 거예요."

사실 그녀의 어머니는 잠을 이루지 못했다.

수잔이 방에서 나가자마자 발테르 부인은 곧 남편과 얼굴을 마주했다.

그리고 낙담을 하고 넋을 잃은 채 물었다.

"큰일 났군요! 어떻게 된 걸까요?"

발테르는 화를 내고 고함을 질렀다.

"그 악당 놈이 딸을 꾀어낸 거야. 가졸르를 거절하게 한 것도 그놈 짓이야. 지참금을 노리는 거야, 망할 놈!"

그는 방안을 거칠게 왔다 갔다 하면서 계속했다.

"첫째 당신부터가 그놈을 언제나 끌어들였지 않소? 그런 놈에게 알랑거리고 비위를 맞추어 주고 정신없이 홀랑 빠졌었지 뭐요. 여기서도 벨아미, 저기서도 벨아미, 아침부터 밤까지 그저 벨아미로 한창이었지. 잘됐군, 이제 그 벌을 받으니."

그녀는 안색이 변하여 중얼거렸다.

"제가요? 제가 그 사람을 끌어들였다고요?"

남편은 그녀에게 달려들 듯이 하고는 소리를 질렀다.

"그렇지 않고, 바로 당신이요! 당신들은, 마들렌 부인이나 수잔이나 다른 여자들이나 모두 그놈에게 미쳤어! 당신이 이틀이 멀다 하고 그놈을 여기에 끌어들이지 않고는 배기지 못 했던 것을 내가 모르는 줄 알고?"

그녀는 경련으로 얼굴을 떨며 일어섰다.

"그런 말씀은 그만두세요. 전 당신처럼 아무렇게나 자란 사람이 아니니까요."

그는 그녀의 기세에 놀라서 멍청히 서 있다가 곧 화가 치밀어서, "될 대로 되라지!" 고함을 치고는 문을 거세게 닫고 나가 버렸다.

홀로 남게 되자 그녀는 본능적으로 거울 앞에 가서 얼굴을 비추어 보았다. 얼굴빛이 변해 있지나 않나 보려는 듯이. 자기 앞에 닥쳐 온 일이 엉뚱하고 기괴하게 생각되었다. 수잔이 벨아미를 사랑하고 있다! 그리고 벨아미가 수잔을 아내로 삼고 싶어 한다! 아니야, 그것은 내가 잘못 들었을 거야. 그런 일이 있을 리가 없어. 딸은 그 잘생긴 청년에게 반해서, 그것도 무리는 아니지만 남편으로 삼고 싶어 하고 어린아이처럼 정신을 못 차리는 거야. 그러나 설마? 그 사람은 그런 어린아이를 상대할 리가 없다! 그녀는 천재지변에 휩쓸린 것처럼 가슴을 떨며 생각했다. 그럴 리가 없다. 벨아미는 수잔의 변덕스러운 마음 따위는 조금도 모르고 있을 것이다.

그리고 그 사람이 계획한 일인지, 아니면 그도 전혀 모르는 일인지 그녀는 오랫동안 생각에 잠겼다. 만약 그가 무언가 음모를 꾸몄다면 얼마나 파렴치한 일인가. 정말 그렇다면 어떤 일이 생길 것인가? 그녀는 앞으로 겪게 될 위험과 고통을 예상했다.

만약 그가 전혀 모르는 일이라면 아직 방법은 얼마든지 있다. 수잔을 데리고 6개월쯤 여행을 갔다 오면 일은 끝날 것이다. 그러나 그렇게 되면 어떤 면목으로 그를 대할 수 있단 말인가. 왜냐하면 부인은 여전히 그를 사랑하기 때문이다. 이 정열은 이제 마치 화살촉처럼 그녀 가슴속에 파고들어 도저히 뽑을 수가 없었다. 그 없이는 도저히 살 수 없었다. 그것은 죽는 것과 다름없었다.

그녀의 생각은 이렇게 고뇌와 불안 사이를 방황했다. 머리가 쑤시는 듯이 아프기 시작했다. 생각할수록 불안해지고 비참하기만 해서 갈수록 더 괴로워졌다. 그녀는 필사적으로 일의 진상을 찾았으나, 아무것도 알 수 없고 자꾸 초조해졌다. 시계를 보니 1시가 지났다.

'언제까지나 이렇게만 앉아 있을 수는 없다. 이러다간 미쳐 버리겠다. 어떻게 든지 진실을 알아야겠다. 수잔을 깨워서 물어 보리라.'

그녀는 소리가 나지 않도록 신을 벗고 손에 촛대를 들고 딸의 방으로 갔다. 살그머니 문을 열고 들어가서 침대를 보았다. 딸이 보이지 않았다. 침대 이불 을 들치니 거기에도 없었다. 그녀는 처음에는 까닭을 몰라서, 아직 딸이 아버 지와 의논하고 있는 거라고 생각했다. 그러나 갑자기 어떤 무서운 의혹이 마 음을 스쳐갔다. 그녀는 남편의 방으로 달려가서 창백한 얼굴로 숨을 헐떡이면 서 뛰어들어 갔다. 남편은 침대에서 아직 무언가를 읽고 있었다.

그는 깜짝 놀라서 물었다.

"뭐요? 왜 그래?"

그녀는 떠듬거리면서 말했다.

"수잔 못 보셨어요?"

"내가? 아니, 왜?"

"그 앤……그 앤……어디로 가버렸어요. 그 애 방에 없어요."

그는 침대에서 미끄러지듯 내려와 잠옷 자락을 펄럭이면서 딸의 방으로 뛰 어갔다.

그러나 방안을 돌아보자마자 이미 의심할 여지가 없음을 알았다. 딸은 집 을 나간 것이다.

그는 안락의자에 앉아서 등불을 발치에 내려놓았다.

거기에 아내가 쫓아와서 떨리는 목소리로 물었다.

"그렇지요?"

그는 대답할 기운조차 없었다. 화도 내지 않고 신음만을 내뱉었다.

"당했군. 딸애는 그놈이 붙잡고 있어. 우린 어쩔 수 없어."

그녀는 그 의미를 깨닫지 못했다.

"어째서요? 할 수 없다니요."

"그렇단 말이요, 제기랄! 딸년을 그놈에게 주지 않을 수 없다고."

그녀는 짐승 같은 외침 소리를 냈다.

"그 사람에게요! 안 돼요! 정신이 나갔어요?"

그는 몹시 슬픈 듯한 목소리로 대답했다.

"울고불고 해봐야 이미 때를 놓쳤어. 그놈은 딸을 속여서 데려갔어. 그 애는 이미 결딴이 났을 거야. 그러니 주어 버리는 수밖에 도리가 없잖소. 잘 처리하면 이 사건을 남에게 알리지 않고 수습할 수도 있을 거야."

그녀는 심한 분노로 몸을 와들와들 떨면서 되풀이했다.

"안 돼요! 그런 사내에게 수잔을 줄 수는 없어요! 전 절대로 허락할 수 없어요!"

발테르는 낙담하여 중얼거렸다.

"그러나 그놈은 지금 그 애를 자기 손아귀에 넣고 있소. 일은 이미 끝장난 거요. 그놈은 우리가 양보할 때까지 그 애를 감추어 둘 거요. 그러니까 세상 사람들의 입을 막기 위해서는 곧 허락해야 해."

아내는 남에게 말할 수 없는 고통에 가슴을 쥐어뜯기면서 거듭 말했다. "아뇨! 안 돼요. 전 절대로 승낙하지 않겠어요!"

그는 참을 수 없다는 듯이 말을 이었다.

"그러나 반대할 여지가 없소. 어쩔 수 없소. 아아! 그 악당 놈! 용케도 나를 곯렸구나……아무튼 대단한 놈이야. 내 지체로 본다면 좀더 훌륭한 사윗감을 발견하겠지만, 그놈만큼 머리가 영리하고 가능성 있는 놈 찾을 수 없을 거야. 장래가 유망한 놈이야. 대의원이나 장관도 될 수 있을 거요."

그러나 발테르 부인은 단호하게 소리쳤다.

"그 남자에게는 절대로 수잔을 안 주겠어요!……아시겠어요?……절대로 못 줘요!"

그는 끝내 화를 내고 실제적인 인간으로서 벨아미를 변호하기 시작했다

"여보, 그만둘 수 없겠소?……단념해야 해. 어쩔 수 없다고 하지 않느냐 말이요. 그러나 그렇게 비관할 일도 아닐지 몰라. 나중엔 오히려 기쁘게 될지도 모른단 말이요. 저런 형의 사나이는 어디까지 출세할지 짐작할 수가 없으니까. 얼마 전에 그 라로슈 마티유란 겁쟁이를 단 세 건의 기사로 보기 좋게 해치웠잖소. 더욱이 당당히 해치웠지. 남편이라는 처지에선 꽤 어려운 일인데도. 좀더 긴 안목으로 두고 봅시다. 아무튼 우린 함정에 빠지고 말았구려. 이젠 이 함정에서 빠져나갈 방법이 없어."

그녀는 마음껏 외치고, 마룻바닥에 뒹굴고 머리를 쥐어뜯고 싶었다. 그리하여 더욱 화가 치미는 목소리로 말했다.

"그 남자에겐 못 주겠어요……싫……어……요!"

발테르는 일어나서 등불을 손에 들고 거듭 말했다.

"여보, 당신도 다른 여자와 다를 바 없이 바보로군. 여자란 언제나 감정에 흔들리고 임기응변하는 재주가 전혀 없어……요컨대 어리석은 거야! 나는 그 놈한테 딸을 주겠소……하는 수 없어!"

그는 슬리퍼를 끌면서 나갔다. 그리고 잠옷 바람으로 우스꽝스러운 유령처럼, 잠들어 버린 커다란 저택의 넓은 복도를 걸어서 소리도 내지 않고 자기 방으로 돌아갔다.

발테르 부인은 참을 수 없는 괴로움에 마음이 어지러워져서 말뚝처럼 서 있었다. 게다가 아직도 그녀는 사태가 충분히 이해되지 않았다. 그저 괴롭기만 했다. 그러나 그 자리에 밤새도록 서 있을 수도 없음을 깨달았다. 그래서 발테르 부인은 이 자리를 피하자, 발길 닿는 대로 뛰어가자, 어디라도 가자, 누군가 힘이 되어 줄 사람을 찾아서 구원을 받아야겠다는 생각이 불현듯 가슴에 솟아올랐다.

그리고 누구를 부르면 좋겠는가를 두루 생각했다. 어떤 남자를! 그러나 전혀 생각나지 않았다. 신부님을! 그렇다, 신부님을 부르자! 그 발밑에 몸을 던져 모든 것을 고백하고 자신의 죄와 절망을 털어놓으리라. 그렇게 하면 신부님은 그 나쁜 놈이 수잔을 아내로 맞을 수 없다는 것을 이해하고 어떻게든 못하게 해줄 것이다.

당장 신부님을 만나야겠다! 그러나 어디로 가면 만날 수 있을까? 때가 때인 만큼 여기에 이대로 가만히 있을 수는 없다!

그러자 그녀의 눈앞에 파도 위를 걷는 그리스도의 모습이 환상처럼 스쳐 지나갔다. 마치 화면을 보는 듯이 역력히 눈앞에 보였다. 그래, 그리스도는 나를 부르고 있는 것이다. 그리고 내게 "이리 오시오. 내 발밑에 무릎을 꿇으시오. 그대를 위로해 주고 해야 할 바를 가르쳐 주겠으니." 이렇게 말하는 것 같았다.

그녀는 촛대를 들고 방에서 나와, 계단을 내려서 온실로 향했다. 그리스도 상(像)은 온실 구석의 작은 객실에 걸려 있었다. 그 방은 흙의 습기로 그림이 상하지 않도록 유리문으로 닫혀 있었다.

따라서 기괴한 나무가 무성한 숲속의 예배당처럼 보였다.

발테르 부인은 온실 속으로 들어가자, 밝은 빛에 비쳤을 때말고는 본 일이 없었으므로 그 깊은 어둠 앞에 떨면서 섰다. 열대의 육중한 식물들이 답답한 숨결로 공기를 끈끈하게 괴어 있게 했다. 최근에는 문을 연 일도 없었기 때문에 유리로 만든 둥근 지붕에 갇혀 있는 기묘한 숲의 공기는 숨을 쉬기조차도 괴로울 정도여서 망연히 사람을 취하게 했다. 또한 쾌감과 고통을 동시에 주어 마비된 듯한 쾌락과 죽음이 뒤섞인, 정체를 알 수 없는 감각을 육체가 느끼게 했다.

불쌍한 여인은 어둠에 취해서 조용히 걸어갔다. 하늘거리는 촛불 빛에 비쳐서 기묘한 식물이 괴물이나 귀신같은 추악한 모습으로 보였다.

돌연 그녀는 그리스도를 발견했다. 그녀는 사잇방의 문을 열고 쓰러지듯이 무릎을 꿇었다.

처음에는 사랑의 말을 중얼거리고 열광과 절망을 담고 기도했다. 그리고 기도하는 열의가 가라앉자 그리스도 쪽으로 눈을 들었으나 순간, 가슴을 세게 사로잡혀 그녀는 다시 괴로움으로 몸부림쳤다. 한 자루 촛불의 흔들리는 빛으로 아래서부터 희미하게 비추어진 그리스도는 벨아미와 너무 닮았다. 그것은 이미 신이 아니라 애인이 가만히 자기를 내려다보고 있는 것 같았다. 눈길도, 이마도, 얼굴 표정도, 냉랭하고 거만해 보이는 태도도 그대로 벨아미였다.

그녀는, "예수님! 예수님! 예수님!" 중얼거렸으나 '조르주'란 말이 입술에 치밀고 올라왔다. 그러자 갑자기 지금쯤은 아마 조르주가 딸을 품에 안고 있으리라 생각했다. 그 남자가 그 어느 곳인가의 방에서 딸과 단둘이서! 그 사나이가, 그 사나이가! 내 딸 수잔과!

그녀는 "예수님! 예수님!" 되풀이했으나 마음은 이미 딸과 연인에게로 가고 있었다. 어딘가의 방에서 둘만이……더욱이 한밤중에. 두 사람의 모습이 눈에 보였다. 뚜렷이 눈앞에, 그리스도 그림이 놓여 있는 자리에 나타났다. 그들은 함빡 웃으면서 서로 포옹하고 키스했다. 그 방은 어두웠다. 침대에는 이불이 깔려 있었다. 부인은 몸을 일으키고 그들 곁으로 가서 딸의 머리채를 움켜쥐고 그 포옹에서 잡아 떼놓으려고 했다. 그 사나이에게 몸을 맡기려고 하는 괘씸한 딸의 목을 잡아 조르고 싶었다. 그래서 딸에게 달려들었다.……그러나 손은 그림에 부딪쳤다. 그리스도의 발 근처였다.

순간 그녀는 비명을 지르고 뒤로 물러섰다. 들고 있던 촛불이 엎어지며 꺼졌다.

그러고 나서 무슨 일이 일어났을까? 그녀는 무서운 꿈을 언제까지나 계속 꾸었다. 꿈을 꿀 때마다 조르주와 수잔이 꼭 껴안고 나타났고, 예수 그리스도는 그들의 괘씸한 사랑을 축복했다.

그녀는 자기가 정신을 잃어버린 것을 어렴풋이 느꼈다. 그리고 일어나서 달아나려고 몸부림을 쳤지만 마음대로 되지 않았다. 온몸이 마비된 것 같고 손발도 자유롭지 않고 다만 정신만이 또렷했다. 그러나 그것도 혼미 상태여서 무서운, 이 세상의 것이 아닌 엉뚱한 환상에 시달리면서 걷잡을 수 없는 꿈속을 떠돌았다. 그것은 기괴한 형태와 강렬한 냄새를 지닌, 열대의 최면적인 수목이 사람의 뇌수에 암시하는 이상한 치명적인 꿈이었다.

날이 밝은 뒤에야 발테르 부인은 〈파도 위를 걷는 그리스도〉 앞에서 의식을 잃고 거의 가사상태(假死狀態)로 누워 있는 것이 발견됐다. 매우 중태여서 생명까지도 위태로울 정도였다. 이튿날이 되어서야 겨우 의식을 완전히 되찾았으나, 곧 소리 없이 울었다. 수잔의 실종은 하인들에게는 갑자기 수도원에 보낸 것으로 알렸다. 한편 발테르 씨는 뒤루아가 보낸 긴 편지에 답장을 써서 딸과의 결혼을 허락했다.

그 편지는 벨아미가 파리를 떠날 때 부쳤던 것이다. 그날 밤 집을 나서기 전에 미리 써둔 것이다. 그는 사연도 공손하게, 오래전부터 따님을 사랑했었다는 것, 미리 서로 타협하지 않았다는 것, 그러나 따님이 오로지 스스로 "당신의 아내가 되겠어요." 그러면서 기쁘게 달려왔으므로, 부모님의 회답을 받을 때까지 따님을 지키고 또 몰래 숨겨 둘 것을 허락받겠다는 것, 물론 자기로선 부모의 법률상의 의사보다도 따님 자신의 의사가 더 큰 가치를 지닌다는 따위를 늘어놓았다.

그리고 회답은 사서함 우편으로 보내 주기 바란다, 어떤 친구가 찾아다 주기로 돼 있으니까, 하고 발테르 씨에게 전했다.

벨아미는 바라던 대로의 답장을 받아들자 곧 수잔을 파리로 데리고 돌아와서 부모에게 보냈다. 그러나 자신은 한동안 뒤로 물러서고 모습을 나타내지 않았다.

그들은 센 강가의 라 로슈 기용에서 엿새 동안 지냈다. 어린 소녀는 이때만큼 즐겁게 놀아 본 적이 없었다. 마치 목가(牧歌)의 세계에서 사는 기분이었다.

그녀를 동생이라고 불렀기 때문에 그들은 자유롭고 순결한 친밀감 속에서 마치 사랑에 눈뜬 친구처럼 지낼 수가 있었다. 그는 그녀의 정조를 존중하는 편이 현명하다고 생각했다. 도착한 이튿날 그녀는 곧 시골 여자들의 속옷과 옷을 사 입고 들꽃으로 장식한 커다란 밀짚모자를 쓰고 낚시를 시작했다. 그녀는 그곳이 몹시 마음에 들었다. 거기에는 오래된 탑과 낡은 성관이 있어 마치 훌륭한 벽걸이 같은 경치를 보였다.

뒤루아는 그 지방 상인에게서 기성복으로 된 선원복을 사 입고 수잔과 함께 둑을 산책하기도 하고 빌린 배로 노를 젓기도 했다. 그들은 쉴 새 없이 가슴을 설레면서 키스했다. 소녀는 아무것도 모르므로 평온했지만 그는 당장에라도 끓어오르는 욕정에 미쳐버릴 것만 같았다. 그러나 그는 강하게 자신을 억제할 줄도 알았다.

그래서 그가 "내일은 파리로 돌아갑시다. 당신 아버지께서 결혼을 허락해 주셨으니까요" 했을 때 그녀는 순진하게 이렇게 소곤거렸다.

"어머, 벌써 가는 거예요? 당신의 아내가 되어서 정말 즐거웠어요!"

10

콩스탕티노플 거리의 작은 방은 캄캄했다. 왜냐하면 조르주 뒤루아와 클로틸드 드 마렐이 마침 입구에서 만나서 불쑥 들어왔기 때문이다. 그녀는 그가 덧문을 여는 것도 채 기다리지 않고 말했다.

"당신, 수잔 발테르와 결혼한다면서요?"

그는 숨김없이 솔직하게 그 사실을 고백하고 덧붙였다.

"당신은 그걸 몰랐었소?"

그녀는 뒤루아 앞에 버티어 서서 증오심에 가득차서 외쳐 댔다.

"수잔 발테르하고 결혼을 하다니! 너무해요! 정말 너무해요! 석 달 동안 내게 알랑거리며 듣기 좋은 소리를 하더니 그런 비밀을 감추어 두었었군요. 다른 사람은 누구나 다 알고 있었어요. 몰랐던 건 나뿐이에요. 내게 가르쳐준 게 누군지 아세요? 바로 내 남편이란 말예요!"

그는 겸연쩍어서 빙글빙글 웃었다. 그러곤 모자를 벽난로 구석에 놓고 안락의자에 앉았다.

그녀는 벨아미를 정면으로 노려보면서 노기 띤 낮은 목소리로 말했다.

"당신은 부인과 헤어지자마자 곧바로 그런 짓을 준비했군요. 그리고 그때까지의 연결로 시치미를 떼고 나를 연인처럼 붙들어 매두었었군요. 당신은 교활한 악당이군요!"

그는 물었다.

"무엇이 잘못됐단 말이요. 난 아내가 정부를 만들었기 때문에 현장을 잡아서 이혼했고, 이번엔 다른 여자를 얻는 거요. 매우 간단한 일 아니오."

그녀는 몸을 떨면서 중얼거렸다.

"아아, 당신처럼 교활하고 무서운 사람은 없을 거예요!"

그는 빙그레 웃었다.

"안됐군! 바보나 멍청한 사람은 자칫 속기 마련이지!"

그러나 그녀는 그만두려 하지 않았다.

"나도 처음부터 당신의 근성을 알아봤어야 하는데. 하지만 당신이 이렇게까지 악당이라곤 믿지 않았어요!"

그는 정색하고 말했다.

"말조심하도록 해."

그녀는 상대가 분개하는 것을 보고 더욱 화를 내며 말했다.

"흥! 이제 새삼스럽게 공손한 말을 쓰라는 건가요? 처음 만났을 때부터 무뢰한 같은 행동을 해왔으면서 이제 와서 그것을 탓하나요? 자신은 사람을 속여서 단물을 빨아먹고 닥치는 대로 여자를 희롱하고 돈을 긁어내면서 나한테는 얌전히 굴라는 건가요?"

그는 벌떡 일어서서 입술을 떨면서 소리쳤다.

"닥쳐, 그렇지 않으면 여기서 쫓아내겠어!"

그녀는 말을 더듬으면서 말했다.

"쫓아낸다고……쫓아낸다고……당신이 여기서 나를 쫓아낸다는 건가요? ……당신은……당신은……"

그녀는 너무 분노가 치밀어 말도 제대로 하지 못했다. 그러나 갑자기 분노의 수문(水門)이 터진 듯 마구 퍼부었다.

"나더러 여기서 나가라고요? 그럼 맨 처음부터 내가 여기 방값을 치르고 있다는 것을 잊었나 보군. 그야 당신도 때론 돈을 냈죠. 하지만 이걸 내놓지 않고 그대로 둔 건 누구였나요?……나예요……그런데 이제 와서 당신은 나를 쫓아내겠다는 건가요? 아무 말도 말아요, 이 악당! 난 당신이 어떻게 해서 보드렉의 유산을 절반이나 마들렌에게서 우려냈는지 다 알아요. 그리고 꼼짝없이 결혼하도록 수잔에게 손을 댄 것도 다 알고 있어요……"

그는 그녀의 어깨를 붙잡고 두 손으로 잡아 흔들면서 말했다.

"수잔 이야기는 하지 말아! 절대 용서 않을 테니!"

그녀는 더욱 외쳤다.

"손을 댄 거예요, 다 알아요."

그는 어떤 말이라도 태연하게 들어 넘겼을 테지만 이 말에는 화가 났다. 지금 금방 그의 앞에서 소리친 사실은 그의 마음에 분노를 일게 했다. 바로 그의 아내가 될 그 소녀에 대한 터무니없는 거짓말엔 상대를 후려갈기고 싶어 손바닥이 근질거리는 심한 충동을 느끼게 했다.

그는 거듭 말했다.

"닥쳐……때려 줄 테야……닥쳐……"

그리고 나뭇가지에서 열매를 흔들어 떨어뜨릴 때처럼 그녀의 어깨를 잡고 마구 흔들어 댔다.

그러나 그녀는 모자를 벗어 던지고 입을 커다랗게 벌리고 눈은 충혈되어 외쳐 댔다.

"손을 댄 게 아니고 뭐야!"

그는 어깨를 놓자, 뺨을 세차게 갈겼다. 그녀는 비틀거리면서 벽에 부딪혀 쓰러졌다. 그러나 그녀는 그에게로 얼굴을 돌리고 두 손으로 바닥을 짚고 또 한 번 울부짖었다.

"손을 댄 게 분명해!"

그는 그녀에게 달려들어 위에서 짓누르고 마치 남자를 때릴 때처럼 마구 후려 갈겼다.

그녀는 갑자기 입을 다물고 상대에게 주먹으로 맞으면서 신음했다. 이제는 꼼짝도 하지 않았다. 그러고는 얼굴을 마루와 벽 모퉁이에 처박고 낮은 비명소리를 냈다.

그는 때리는 것을 멈추고 일어섰다. 그리고 나서 마음을 진정시키기 위해 방안을 대여섯 걸음 거닐었다. 이윽고 생각이 난 듯 침실로 가서 대야에 찬물을 떠다놓고 그 속에 머리를 담갔다. 그런 뒤에 손을 씻고 손가락을 정성들여 닦으면서 여자가 어떻게 하고 있는가를 보러 갔다. 그녀는 꼼짝도 하지 않고 마룻바닥에 쓰러진 채 소리도 내지 않고 울고 있었다.

그는 물었다.

"언제까지 훌쩍거릴 참이야?"

그녀는 대답하지 않았다. 그래서 그는 조금 겸연쩍어져서 방 한가운데에 버티고 섰다. 눈앞에 쓰러져 있는 그녀의 몸을 보자 난폭한 짓을 한 것이 약간 부끄러웠다.

그러나 돌연 결심하고 벽난로 위의 모자를 집어 들었다.

"그럼 난 가겠어. 준비가 다 되거든 열쇠를 수위에게 맡겨 줘. 당신 기분이 가라앉을 때까지 기다릴 순 없으니까."

그는 밖으로 나가서 문을 닫자 수위 방으로 가서 이렇게 말했다.

"집사람은 아직 남아 있소. 곧 돌아갈 거요. 그런데 저 방을 9월 말로 비워 주겠다고 집주인에게 말해 주게. 오늘이 8월 16일이니까 아직 해약통고 기간까지는 충분할 거요."

그리고 그는 성큼성큼 밖으로 나왔다. 결혼 선물이 아직 모두 마련되지 않았기 때문에 그걸 사는 것이 급했다.

결혼식은 의회가 다시 열린 뒤인 10월 20일로 결정되었다. 장소는 마들렌 교회. 이 결혼에 대해서 온갖 뒷공론이 많았으나 아무도 확실한 것은 알지 못했다. 갖가지 잡다한 소문이 퍼졌다. 여자를 유괴했다는 말도 있었으나 그것도 분명하지 않았다.

하인들 이야기로는, 그 뒤 발테르 부인은 딸의 약혼자와 전혀 말을 하지 않았으며, 이 결혼 이야기가 결정된 날 밤, 밤중에 딸을 수도원으로 보내고는 분노를 못견디고 독약을 마셨다는 것이다.

부인은 거의 죽은 듯이 늘어져 있어 방으로 데려왔지만 전처럼 건강을 회복할 가능성이 있는지는 알 수 없었다. 그녀는 지금은 이미 노파처럼 변해 버려서 머리도 완전히 잿빛으로 변하고 말았다. 그리고 신앙에 열중하여 일요일마다 빠지지 않고 성체배수를 했다.

9월 초순이 되자, 〈라 비 프랑세즈〉는 뒤 루아 드 캉텔 남작이 주간으로 취임했음을 발표했다. 발테르 씨는 명의만 사장일 뿐이었다.

그리고 그와 동시에 유명한 논설 기자며 사회면 기자며 정치 기자며 미술 비평가며 음악 비평가가 돈의 힘이나 권력으로, 평판 좋고 전통 깊은 큰 신문사에서 〈라 비 프랑세즈〉로 뽑혀 갔다.

기자 출신의 명사나 성실하고 존경받는 기자들도 이제는, 〈라 비 프랑세즈〉를 말할 때 더 이상 비웃지 않게 되었다. 이토록 빠르고 완전한 성공은 이 신문이 창립되었을 무렵 까다로운 문필가들이 퍼부었던 경멸을 단번에 일소해 버렸다.

그 편집장의 결혼은 온 파리를 떠들썩하게 할 만큼 굉장했다. 조르주 뒤 루아와 발테르 집안은 최근 세상의 주목을 받고 있었기 때문이다. 신문에 이름이 오를 정도의 사람들은 모두 이 결혼식에 가보려고 생각했다.

결혼식은 어느 맑게 갠 가을날에 치러졌다.

아침 8시부터 마들렌 교회에서는 고용인들이 총동원되어서 로얄 거리에 면해 있는 교회당의 높은 돌계단에 폭 넓은 새빨간 양탄자를 깔기 시작하여 지나가는 사람들의 발길을 멈추게 하고 성대한 의식이 열리려고 하는 것을 사람들에게 알렸다.

출근길의 사무원이나 여직공들이나 단골집에 주문을 받으러 돌아다니는 점원들은 걸음을 멈추고 멍청하게 바라보면서, 부부가 되는 데 이토록 엄청나게 돈을 쓰는 부자를 부러워했다.

10시경이 되자, 호기심 많은 사람들이 모여 들어왔다. 그리고 금방 시작하기라도 하는 양 잠시 머뭇거리다가 지나갔다.

11시가 되자, 순경이 도착하여 곧 교통정리를 시작했다. 갈수록 사람들이 많이 모여들었기 때문이다.

이윽고 식에 참석하는 사람들이 하나씩 둘씩 모여들기 시작했다. 처음부터 끝까지 잘 보려고 좋은 자리를 잡아두려는 사람들이었다. 그들은 중앙의 신자석으로 가서 끝의자에 앉았다.

점점 손님들로 혼잡을 이루었다. 부인들은 비단 옷을 스치며 사락사락 소리 냈고, 거의 머리가 벗겨진 점잖은 풍채의 신사들은 사교계의 단정한 발걸음으로 장소가 장소니만큼 한결 더 점잖을 빼며 들어왔다.

회당 안은 차차 사람들로 가득찼다. 열어젖힌 큰 현관으로 태양이 물결처럼 들이비치고, 그 가까이에 늘어앉은 손님들에게도 비추었다. 어둠침침하게 보이는 안쪽의 제단에는, 여러 개의 촛불이 켜져 있는데 휘황한 동굴을 연

것 같은 큰 현관과 마주 보여서인지 황색의 불꽃이 매우 빈약하고 퇴색해 보였다.

사람들은 서로 아는 사람들을 찾아서 손을 흔들며 불러 대고 저마다 무리를 지어 모였다. 문인(文人)들은 사교계의 사람들처럼 긴장하지 않고 조그만 소리로 이야기를 주고받고 있었다. 부인들에게는 곳곳에서 시선이 집중되었다.

노르베르 드 바렌은 누군가 아는 사람이 없을까 하고 찾다가 의자 한복판에 앉아 있는 자크 리발을 발견하고 그 곁으로 갔다.

"어떤가! 인색하고 교활한 놈은 출세하는군그래!"

상대는 질투심을 가지고 있지 않았기 때문에 이렇게 말했다.

"그러나 잘됐지 뭔가. 저 녀석의 팔자도 이제는 늘어졌으니."

그리고 나서 참석한 사람들의 이름을 주워대기 시작했다.

리발이 물었다.

"그런데 그의 아낸 어떻게 지내고 있을까? 자네 아나?"

시인은 빙그레 웃으며 말했다.

"잘은 모르지만 소문에 몽마르트르 근처에 처박혀 사는 모양이더군. 그런데……좀 묘한 일이 있다네……요전부터 〈라 플뢰〉지에서 포레스티에와 뒤루아하고 매우 비슷한 정치 논설을 내가 읽었던 말일세. 쓰는 사람은 장 르 돌이라는 젊은 남자인데 아주 잘생기고 머리도 좋고, 뒤루아와 같은 타입이지. 그자가 조르주의 전처와 함께 된 모양이야. 그래서 내 생각으로는 그 여잔 젊은 풋내기가 좋은 모양이야. 그래서 영원토록 그런 사람들을 귀여워하며 살 걸세. 게다가 돈도 있겠다. 보드렉이나 라로슈 마티유도 쓸데없이 그 여자 집에 드나든 것은 아닐 테니까."

리발이 말했다.

"아무튼 그 마들렌이란 여자는 나쁘지 않아. 현명하고 세련되었단 말이지. 사귀어 본다면 그도 재미있을 걸세. 한데 뒤루아는 정식으로 이혼했는데 어떻게 교회에서 재혼식을 올릴 수 있는 건가?"

노르베르 드 바렌이 대답했다.

"그건 교회가 이전의 결혼을 인정하지 않았기 때문이야. 그래서 교회에서 식을 올릴 수 있는 거지."

"어째서?"

"벨아미가 마들렌 포레스티에와 결혼할 때 종교에 무관심해선지 비용을 절약해선지 모르지만 시청의 수속만으로 충분하다고 생각한 걸세. 그래서 신부의 축복 없이 결혼하여, 우리 성모의 교회에서는 그 결혼은 첩을 본 것 정도로밖엔 생각지 않은 거지. 따라서 그는 오늘 미혼 남자로 교회에 온 것이고 교회도 성대한 의식을 베풀어 줄 수가 있는 걸세. 발테르 영감으로서는 크게 비용이 들겠지만."

몰려든 군중의 소음이 둥근 천장 아래 더욱 요란하게 울렸다. 거리낌 없이 큰 소리로 떠들어 대는 사람들도 여기저기 있었다. 사람들은 저명한 인사들을 제각기 손가락질했다. 그 당사자들은 사람들에게 주목받는 표적이 되는 것이 기뻐서 위엄을 갖추고 조심성 있게 공중 앞에 나갈 때의 가다듬은 자세를 하고 있었다. 그들은 이러한 훌륭한 모임에 자신들은 빠질 수 없는 장식물이고 미술품이라고 믿는 듯 구경거리가 되는 일에 익숙했던 것이다.

리발이 말을 이었다.

"여보게, 자네 사장 댁에 곧잘 가는 모양인데, 사장 부인이 뒤루아하고 전혀 말을 하지 않는다는 게 정말인가?"

"정말이고말고. 전혀 말을 안 해. 부인은 딸을 녀석에게 주고 싶지 않았거든. 그런데 녀석은 지난날의 잘못을 들추어내서 영감의 목을 눌렀지. 분명히 모로코의 그 건(件) 때문일 테지만 말일세. 아무튼 심한 폭로 전술로 영감을 협박한 거지. 그래서 발테르는 라로슈 마티유의 선례(先例)를 생각해내고 당장 항복한 셈이지. 그러나 어머니는 여자에게 있음직한 고집을 부리며 사위하고는 말을 하지 않겠다고 신께 맹세했다네. 두 사람이 마주 앉아 있을 때면 정말 가관이지. 장모는 돌부처처럼, 더욱이 복수하는 석상 같은 모양을 하고 있고 사위는 사위대로 아주 어색한 모습으로 앉아 있지. 물론 녀석은 태연자약하게 앉아 있다네. 본디 처세에 능한 녀석이니까."

같은 신문사 기자들이 와서 그들과 악수를 나눴다. 정치에 대한 이야기도 간혹 들려왔다. 또 교회당 앞에 잔뜩 모여 구경하는 사람들이 떠드는 소리가 태양 광선과 함께 먼 바다의 파도 소리처럼 망막하게 현관으로 들어와서 둥근 천장 아래 울리고 회당에 빽빽이 들어찬 명사들의 조심스러운 웅성거림을 위압했다.

돌연 수위가 창(槍) 끝의 장식으로 돌바닥을 세 번 두드렸다. 그러자 참석한 사람들은 일제히 옷 스치는 소리를 길게 내면서 의자를 뒤로 빼고 뒤로 고개를 돌렸다. 현관의 눈부신 빛 속에 신부가 아버지의 팔에 매달려 있는 모습을 나타냈다.

그녀는 언제나와 다름없이 인형 같았다. 머리에 오렌지 꽃을 꽂은 순백의 귀여운 인형이었다.

그녀가 잠깐 입구에서 발을 멈추었다가 회당 안으로 한 걸음 내디딘 순간, 대형 오르간이 요란하게 울려 퍼져서 금속성의 커다란 소리로 신부가 도착했음을 알렸다.

그녀는 머리를 숙였으나 전혀 수줍은 기색 없이 조금 흥분한 모습으로 들어왔다. 얌전하고 아름답고 사랑스러운 신부였다. 그녀가 지나가는 것을 바라보면서 사람들은 소곤거렸다. 신사들은 "훌륭한걸, 멋진데" 조그맣게 서로 말을 주고받았다. 발테르 씨는 안경을 똑바로 코에 걸고 약간 창백한 얼굴로 점잔을 빼며 걸어왔다.

그 뒤에 들러리인 소녀 넷이 장밋빛의 똑같은 옷을 입고 이 사랑스러운 여왕을 모셨다. 들러리인 어린 소년들도 가려 뽑혀서 맡은 일에 어울리게 잘생겼다. 그들은 마치 발레 선생에게 훈련받은 듯한 발걸음으로 가볍게 걸었다.

발테르 부인은 또 다른 한 사위의 아버지인 일흔두 살의 라투르 이블랭 후작에게 팔을 맡기고 그 뒤를 따랐다. 그녀는 걷는 것이 아니라 몸을 끌고 있었다. 앞으로 한 걸음 내디딜 때마다, 기절이라도 할 것 같았다. 발바닥이 돌에 들러붙어 다리가 앞으로 나가기를 거부하고, 달아나려는 짐승처럼 심장이 가슴속에서 몸부림치는 것 같았다.

부인은 몹시 여위고 흰 머리칼 때문에 한결 더 창백해 보였다. 그리고 아무의 얼굴도 보지 않으려는 듯 앞만 보고 걸었다. 아마도 자신의 마음을 괴롭히는 일밖에는 생각지 않으려 한 모양이다.

그리고 뒤루아가 낯선 노부인과 함께 나타났다. 그는 얼굴을 올리고 조금 찌푸린 눈썹 밑에, 굳은 표정의 눈을 한 곳에 못 박은 채 곁눈질도 하지 않았다. 콧수염이 입술 위에서 성난 것처럼 꼿꼿이 서 있었다. 누가 보아도 훌륭한 미남자였다. 태도도 훌륭했거니와 풍채도 점잖고 다리도 늘씬하고 곧았다. 몸에 잘 맞는 옷에 달려 있는 레지옹 도뇌르 훈장의 조그마한 빨간 리본이 핏방울처럼 또렷했다.

그리고 친척들이 들어왔다. 로즈는 상원 의원인 리솔랭과 나란히 들어왔다. 그녀는 6주일 전에 결혼했다. 라투르 이블랭 백작은 페르스뮈르 자작 부인에게 팔을 빌려주고 있었다.

끝으로 뒤루아의 동료와 친구들의 기묘한 행렬이 있었다. 그는 그 사람들을 새로운 가족에게 소개했는데 모두 파리의 중류 사교계에서 이름난 사람들뿐이었다. 이들은 누구하고도 곧 친할 수 있으며 때로는 벼락부자의 먼 친척으로도 둔갑하는, 몰락하거나 파산하거나 가명(家名)을 손상한 귀족으로, 그 가운데는 처자가 있는 사람들도 있었는데 그것이 가장 골칫거리였다. 드 벨비뉴 씨, 방조랭 후작, 라브넬 백작 부부, 라모라노 공작, 클라바로 대공, 발레알리 기사(騎士) 등이다. 다음은 발테르가 초대한 손님으로 게르슈 대공, 펠리신 공작 부부, 아름다운 뒨 후작 부인 등. 발테르 부인의 친척도 몇 사람인가 이 행렬에 섞여서 시골 사람답게 긴장하고 있었다.

그동안 대형 오르간은 인간의 환희와 고뇌를 하늘을 향하여 외치는 저 빛나는 목에서 터져 나오는 음률을 넓고 큰 교회당 안에 가득 울리게 했다. 이윽고 현관의 커다란 문이 닫혔다. 순간 교회당은 태양을 몰아낸 듯 어두워졌다.

지금 안쪽에서는 조르주와 신부가 나란히 불빛이 휘황한 제단 앞에 무릎을 꿇고 있었다. 새로 부임한 탕제 사제가 손에 홀(笏)을 들고 머리에 관을 쓰고 성기납실(聖器納室)에서 나타나 '영원'이라는 이름으로 두 사람을 결합시키려 하고 있다.

신부는 격식대로의 질문을 하고 반지를 교환하게 한 다음 쇠사슬처럼 그들을 묶는 문구를 장황하게 늘어놓고 신랑 신부에게 그리스도교적인 훈계를 했다. 그리고 과장된 말을 늘어놓고 정절을 설교했다. 이 신부는 키가 크고 뚱뚱한 남자로 불룩 나온 배가 위엄을 느끼게 했다.

그때 갑자기 흐느껴 우는 소리에 두서넛이 돌아보았다. 발테르 부인이 두 손으로 얼굴을 가리고 울고 있었다.

그녀는 끝내 승낙하지 않을 수 없었다. 도저히 다른 도리가 없었다. 그러나 돌아온 딸의 키스를 거절하고 자기 방에서 쫓아낸 이래, 그리고 뒤루아가 다시금 자기 앞에 나타나서 정중하게 인사했을 때, 낮은 목소리로 "당신처럼 비열한 사나이는 본 적이 없어요. 이제는 두 번 다시 나에게 말을 걸지 말아요,

절대로 대답하지 않을 테니까" 말한 뒤로, 그녀는 마음을 가라앉힐 수도 참을 수도 없는 고민에 시달려 왔다. 그녀는 격앙된 정욕과 가슴을 도려내는 듯한 질투에서 비롯되는 날카로운 증오로 수잔을 미워했다. 이루 말할 수도 없는 잔인한, 살을 저미는, 어머니로서 정부로서의 야릇한 질투였다.

그런데 지금 신부가 교회에서 2000여 명의 손님 앞에서, 내 앞에서, 두 사람을, 내 딸과 내 연인을 결혼시키고 있는 것이다! 그런데도 나는 아무 말도 할 수가 없다. 방해할 수도 없다. "그 남자는 내것입니다. 내 정부입니다. 당신이 축복하시는 이 결혼은 파렴치한 것입니다!" 이렇게 외칠 수 있을 것인가.

여자들은 동정하며 속삭였다.

"불쌍도 하지! 어머니로서 얼마나 서럽겠어요!"

신부가 드높은 목소리로 말했다.

"당신들은 최고의 부와 명예를 받고 이 지상에 견줄 만한 것이 없을 만큼 행복한 분들입니다. 특히 신랑은 재간이 누구보다도 뛰어나, 문필로 민중을 교육하고 지도하는 사람으로서 그 귀중한 사명을 충분히 완수하여 훌륭한 모범을 세상 사람들에게 보여줄 것을……"

뒤루아는 자만심에 취하여 그것을 듣고 있었다. 다름 아닌 로마 교회의 고위 성직자가 자신에게 이 찬사를 보내고 있는 것이다. 더욱이 내 등 뒤에는 나를 위하여 모인 군중들과 고관대작들의 무리가 앉아 있다! 그는 알 수 없는 어떤 힘이 자신을 공중에 밀어 올리는 것처럼 여겨졌다. 캉틀뢰의 가난한 농부의 자식인 내가 이제 지상의 당당한 지배자의 한 사람이 된 것이다.

문득 그는 눈앞에 루앙의 넓은 골짜기를 내려다보는 언덕 위의 보잘것없는 술집과, 거기서 농부들에게 술을 팔고 있는 부모의 모습이 떠올랐다. 보드렉 백작의 유산을 차지했을 때, 그들에게 5000프랑을 보내 주었는데, 이번에는 5만 프랑을 보내 주어야겠다. 그렇게 하면 웬만한 땅이라도 살 터이고 무척 좋아하리라.

사제의 설교가 끝났다. 예복을 차려 입은 신부가 제단으로 올라갔다. 그리고 대형 오르간이 다시금 신랑 신부의 영광을 찬송하기 시작했다.

대형 오르간은 어떤 때는 바다의 파도처럼 크게 굽이쳐 길게 꼬리를 끌며 요란하게 울려 퍼져 지붕을 밀어 올려 버리고 푸른 하늘로 퍼져 가는 느낌이었다. 또한 그 떨리는 음조는 교회당을 채우고 사람들의 육체와 영혼을 떨게 했다. 그러나 곧 그 소리는 그치고 가늘고 경쾌한 음색이 공기 속을 흘러 산들바람처럼 귀를 간질였다. 그리고 새가 날개 치며 날 듯 사랑스럽고 조그만, 발랄한 아름다운 노래로 변했다. 그러나 갑자기 그 세련된 음악이 다시금 커다랗게 퍼져서 마치 한 알의 모래가 무한한 세계로 변한 것처럼 무서운 힘과 폭(幅)을 찾았다.

그러고 나서 사람의 음성이 퍼져 일어나 수그린 머리 위로 흘렀다. 노래하는 사람은 오페라 극장의 보오리와 랑데그였다. 향로는 안식향의 희미한 향기를 떠돌게 하고 제단 위에서는 장엄한 의식이 진행되고 있었다. 성자 그리스도는 신부가 부르는 목소리에 응해서 지상으로 강림하고 남작 조르주 뒤루아의 승리를 축복해 주었다.

벨아미는 수잔의 곁에 꿇어앉아 고개를 숙이고 있었다. 그는 그때 진심으로 하느님을 믿고 종교에 깊이 의지할 마음이 되었다. 이토록 풍족한 은총을 내려 주고, 깊은 경의를 표현해 주는 하느님에게 감사의 마음을 금할 수가 없었다. 그리고 하느님이 어떤 것인지 분명히 알지도 못하면서 하느님에게 자신의 성공을 감사드렸다.

모든 의식이 끝나자, 그는 일어서서 신부에게 팔을 내밀고 성기납실로 들어갔다. 그러자 모였던 사람들이 길고 긴 줄을 이루어 그의 앞을 지나가기 시작했다. 뒤루아는 기쁨에 도취되어 정신을 못 차리고 자신이 국왕이라도 되어서 국민들의 갈채를 받는 것처럼 여겨졌다. 그는 사람들의 손을 잡고 무의미한 말을 중얼거리며 머리를 숙여 인사하고 축사에 대답하여 "참으로 감사합니다" 했다.

그는 문득 드 마렐 부인의 모습을 보았다. 그러자 서로 주고받았던 키스며, 온갖 애무며, 그녀의 귀여운 행동이며, 목소리며, 입술의 맛 등 이런저런 추억이 그의 핏속에서 다시 한 번 그녀를 정부로 삼고 싶다는 돌연한 욕망을 끓어오르게 했다. 그녀는 여전히 아름답고 우아하고 게다가 아주 어린애처럼 눈이 생기발랄했다. 뒤루아는 '역시 정부로선 나무랄 데 없는 여자야' 생각했다.

그녀는 조금 수줍은 듯이 그러면서도 겁먹은 태도로 다가와서 손을 내밀었다. 그는 그 손을 잡고 잠깐 동안 쥐고 있었다. 그러자 화사한 손가락이 남모르게 은근히 무언가를 전달하는 것을 느꼈다. 부드럽게 움켜쥐는 힘에, 지나간 일은 깨끗이 흘려버리고 다시 한 번 시작하자는 심정이 담겨 있었다. 그도

"나는 지금도 당신을 사랑하오. 난 당신 거요!" 하는 듯 그 조그만 손을 꽉 움켜쥐었다.

두 사람의 눈이 마주쳤다. 미소를 띠운 반짝반짝 빛나는 애정이 넘치는 눈길이었다. 그녀는 상냥한 목소리로 소곤거렸다.

"머지않아서, 또."

그는 명랑하게 대답했다.

"네, 부인."

그리고 그녀는 가버렸다.

다른 사람들이 밀어닥쳤다. 손님 무리들은 그의 앞을 강물처럼 흘러갔다. 이제 사람들도 점점 뜸해지고 가장 마지막 손님까지 다 지나갔다.

조르주는 수잔의 팔을 잡고 다시 회당을 가로질러 갔다.

회당 안은 사람들로 가득했다. 너나 할 것 없이 먼저 자리로 되돌아가서 두 사람이 지나가는 것을 보려고 했기 때문이다. 그는 머리를 들고 햇볕이 내리쬐는 현관의 커다란 입구에 눈길을 주고 발걸음도 조용하게 천천히 걸어갔다. 그는 살결 위로 전율이 흐르는 것을 느꼈다. 무한한 행복이 주는 저 싸늘한 전율이다. 그는 누구의 얼굴도 보지 않고 다만 자신의 일만을 생각했다.

현관으로 나오니, 그곳에도 사람들이 몰려 있었다. 까맣게 밀고 밀리는 소란스러운 군중의 무리였다. 그를 보기 위해서, 그 조르주 뒤루아를 보기 위해서 모여든 사람들이다. 파리의 사람들이 그를 바라보고 부러움에 몸을 떨고 있는 것이다.

그가 눈을 들자 아득한 저 멀리, 콩코르드 광장 저편에 의사당 건물이 솟아 있는 게 보였다. 마들렌 교회의 현관에서 부르봉 궁의 현관까지 한달음에 뛰어갈 것만 같았다. 그는 구경꾼들이 양쪽으로 울타리를 이루고 있는 정면 현관의 계단을 유유히 내려갔다. 그러나 그곳에 서 있는 사람들 얼굴 같은 건 눈에 들어오지도 않았다. 그의 공상은 과거로 돌아가서, 밝은 태양이 눈부신 눈앞에는, 침대에서 나올 때면 언제나 마구 흐트러진 귀여운 고수머리를 거울 앞에서 매만지던 드 마렐 부인의 영상이 아른거렸다.

모파상의 생애와 작품

출생과 그 환경

기 드 모파상(Guy de Maupassant)은 호적 원부(原簿)에 따르면 1850년 8월 5일, 프랑스 노르망디 지방의 항구 도시 디에프에 가까운 투르빌 쉬르 아르크의 미로메닐에 있는 성(城)에서 태어났다. 이 기록에 의심을 품고, 이는 허영심 많은 모파상의 어머니 로르가 조작한 것이고 실제 출생지는 알바트르 해안 어항인 페캉의 어느 민가였으리라 추측하는 연구가들도 있다. 모파상의 부모는 1862년부터 별거 생활로 들어갔는데, 어머니는 두 아들—기와 아우 에르베(Hervé)와 함께 에트르타의 별장에서 살았다. 기는 다음 해에 이브토의 신학교 기숙생이 되었으나 1868년에는 퇴학당하고 한때 루앙에서 지내면서 루이 부이예에게 가르침을 받았다. 루이 부이예는 일찍 죽은 모파상의 외삼촌 알프레드 르 푸아트뱅의 친구였으며, 이 둘과 플로베르는 사이 좋은 문학 지망 동료 삼총사였다. 1869년 모파상이 열아홉 살 때 스승 부이예가 죽었고, 모파상은 루앙의 코르네이유학교에서 대학입학자격시험에 합격했다.

1870년 7월, 프로이센(독일)과 전쟁이 벌어져 모파상도 유격대의 일원으로 참전했다. 그러나 지원병으로서 출정했다는 확증은 없다. 12월 프로이센군은 루앙 시에 침입, 모파상도 패잔병과 함께 퇴각하여 《비곗덩어리》에 그려져 있는 어지러운 후퇴를 체험했다. 이듬해 11월, 원대에 복귀했다가 집으로 돌아간 뒤, 전쟁에 대한 심한 혐오감을 품고 문학으로 나아갈 뜻을 굳혔다고 추측된다. 1872년 파리에 나가 해군 군무원으로 취직, 일요일마다 플로베르를 찾아가 문학 지도를 받기 시작했다. 플로베르는 어렸을 적부터 친했던 로르의 아들이자 친구의 조카인 모파상을 진심으로 사랑하여 친절하게 가르쳤는데 문학 스승으로서의 지도는 엄격했다. 문학도 좋아했으나 놀기도 좋아했던 모파상이 보트 놀이가 좀 지나치다고 꾸중받았던 편지가 남아 있다.

졸라와 알게 되면서 출세작 《비곗덩어리》를 발표할 기회를 얻게 된 것도 플로베르의 살롱이었다(1874). 1875년 무렵부터 지방의 정기 간행물에 필명 또는 본명으로 습작을 발표하고, 1865년 〈문학 공화국〉지에 발표한 시 〈강가〉로 시단(詩壇)의 인정을 받았다. 이 작품은 1879년 〈근대 자연주의론〉이라는 지방지에 다시 실렸을 때 풍속 교란이라는 죄목으로 고발당하여 기소 직전에 이르렀다. 지난해에 해군성을 그만두고 문부성으로 옮겼는데, 이 세밀하게 관찰할 기회를 갖는 말단 관리 생활은 뒷날 그의 몇몇 단편 《우산》《유산》 등에 능숙하게 그려졌으며, 이미 풍자와 해학의 재능이 충분히 발휘되고 있다.

《메당의 저녁》 문단생활

졸라는 일찍부터 젊은 친구들을 센 강가에 있는 메당의 별장에다 모아놓고 문학론을 주고받게 했다. 그러다가 저마다 프로이센의 전쟁에서 취재한 단편을 갖고 와서 책을 내자는 계획을 세웠으며, 1880년 3월 졸라를 비롯 다섯 사람의 작품이 《메당의 저녁》이라 이름 붙여져 출판되었다. 졸라는 《물방앗간 공격》을 썼고, 모파상이 낸 것이 중편 《비곗덩어리》였다. 플로베르는 그해 5월에 죽었으나 교정 단계에서 이 작품을 읽고 부랴부랴 격찬의 말을 늘어놓은 편지를 보냈다.

이 작품으로 모파상의 문단에서의 명성은 결정적인 것이 되어 〈골루아〉 〈질 블라스〉 등 유력한 일간지의 기고가가 될 수 있었다. 그러나 벌써 이 무렵부터 눈이 나빠지고, 신경 계통의 병을 자각하는 증상이 나타났다. 정신병으로 죽음을 마치게 되는 운명이 문단 등장과 동시에 시작되었다는 것은 너무나 참혹한 일이다. 그는 《비곗덩어리》에 잇따른 중·단편을 계속 발표, 1881년과 1882년에는 단편집을 한 권씩 내어 그야말로 문단의 총아가 되었다.

졸라의 《실험소설론》(1880) 출판으로 떠들썩한 화제가 되었던 문단에 자연주의 문학의 젊은 기수로서 나타난 모파상 작품들은 평단의 관심을 집중시키기에 충분했다. 사회 밑바닥을 즐겨 폭로하는 자연주의 경향이 모파상의 작품을 비뚤어지게 만들었다는 것이 대부분 평자의 일치된 견해였다. 비교적 호의를 가졌던 노대가(老大家)인 이폴리트 텐 등의 충고도 모파상의 재능이 '창부문학에 묻히는 것'을 애석하게 여기고서 한 말이었다. 그 충고에 대해 모파상은 발자크를 끌어 대어 '인간에 관한 모든 일에 관심을 가질 것'을 모토로 한다 대답하고, 다음 해인 1883년, 장편 처녀작《여자의 일생》을 발표함으로써 작품에 의한 답을 내놓았다. 모파상의 단편에 불만을 가졌던 톨스토이의 평가를 단번에 고치게 했을 만큼 문호를 감동시킨 이 작품은, 하층민들의 비참한 삶을 있는 그대로 담는다는 저부폭로열(低部暴露熱)이라는 말로 표현되는 자연주의의 문학적 주장을 초월하는 작품이며, 모파상 작풍의 다면성을 입증함과 동시에 그의 명성을 완전히 확립하여 세계적인 것으로 만드는 데에 공헌했다.

모파상(1850~1893)

그 뒤부터 장·단편에서 모파상의 창작 활동은 참으로 눈부셔 세상을 떠나기까지 쓴 것은 장편 6권(이 밖에 미완성 유작 1편), 중·단편 300여 권(단편집 18권), 기행문 3권, 희곡집 1권을 내었다. 물질적으로도 유복하여 고향에 가까운 에트르타뿐만 아니라 남프랑스의 휴양지 칸에도 별장을 가졌으며 파리에서도 화려한 사교계 생활을 했다. 1884년, 칸에서 뛰어난 '일기'를 남긴 러시아 태생의 여류 화가 마리 바슈키르체프와 알게 되어 친교를 맺었고 그 밖에도 수많은 여자친구들이 있어 겉보기엔 화려한 생애였다.

병마에 시달린 노년

그러나 이러는 동안에도 늘 병 때문에 고통을 겪었으며 병을 치료하기 위해 거듭 전지 요양을 하며, 요트를 사서 지중해로 도피하는 일도 있었다. 1889년 무렵 병이 악화됨에 따라 마취제를 자주 사용하게 되었는데, 그의 이상 증세가 점점 뚜렷하게 눈에 띄게 되었다.

그해에 아우 에르베가 브롬의 정신병원에서 한발 먼저 죽었다. 그의 동생은 지능이 모자랐기 때문에(요즘 같으면 지적장애라 불릴 정도로) 묘목장을 가꾸는 것보다 더 높은 지능을 요구하는 일은 할 수 없었다. 모파상은 동생에게 프랑스 남부에 있는 묘목장을 관리하게 하고 자금도 대주었다. 그런데 1888년 동생 에르베가 갑자기 심한 정신이상을 일으켰다(가족은 '일사병'이라고 꾸며댔다). 그는 동생을 일사병에서 회복시키기 위해 진료소로 가자는 핑계를 대고 파리의 정신병원으로 데려갔다. 에르베는 진실을 알게 되자 예언적인 말을 내뱉었다.

"미친 건 내가 아니라 형이야. 알겠어? 우리 가족 중에서 미치광이는 바로 형이라고."

그는 동생의 죽음으로 절망에 빠졌다. 그러나 그의 슬픔이 순수했다고는 해도 자신의 상황과 무관한 것은 아니었다. 1892년 1월 2일에 그는 건강 때문에 리비에라에 살고 있던 어머니를 찾아가 가까이에 머물다가 목의 동맥을 끊어 자살을 기도했다. 의사들이 불려왔고, 그의 어머니는 마지못해 그를 정신병원에 입원시키는 것에 동의했다. 이틀 뒤 그는(일부 기록에 따르면 '난폭한 정신병 환자에게 입히는 구속복을 입고') 파리에 있는 블랑슈 박사의 병원으로 끌려갔다. 그는 43번째 생일을 맞기 한 달 전에 그 병원에서 죽었다. 그는 몽파르나스 묘지에 묻혔고, 1897년 파리의 몽소공원에 기념상이 세워졌으며, 그 뒤 루앙에도 흉상이 세워졌다. 평생 결혼은 하지 않았으므로 자식은 없었다.

앞에서 말했듯이 모파상의 명성은 일찍부터 세계적이었으며 국내에서보다 외국에서 더 높이 평가되었다.

모파상의 작가로서의 재질이 장편에 있었는지 단편에 있었는지는, 작가의 자질에 대한 일로서 결국 논의가 되겠지만 장편 작품의 변천을 보면 모파상의 작가로서의 발전이 가장 잘 엿보인다. 그러나 모파상의 장편이 19세기 소설사 중에서 특별히 두드러지는 위치를 갖지 못하는 데 비해, 단편은 (그의 이전에) 그 누구도 견줄 작가가 없을 정도의 경지를 개척했다.

모파상 이후부터는 단편 소설이 발전되어, 중편과 단편의 구별을 단순히 길이 차이만이 아닌 특별한 것에서 찾게 되었다. 하지만 모파상의 작품에서는 아직 본질적인 것이 아니므로 단순히 길이의 구별이라 해석해도 좋을 때가 많다.

모파상 기념상 파리 몽소공원

단편에는 특별히 머리를 짜낸 제재가 요구되므로, 비평가 뱅자맹 크레미유의 말을 빌리면 '마그네슘 플래시'가 제재를 비출 필요가 있다는 것인데, 모파상의 《목걸이》는 분명 그러한 작품의 선구를 이룬 것이라 하겠다. 보석이 가짜였다는 결말이 이야기의 뜻을 뒤엎어 버린다. 어떤 사람은 이 결말이 마음에 안 든다고 하지만 이 결말이 있기 때문에 소설이 되었다고 할 수 있다. 그러나 이런 작품은 모파상으로서는 오히려 예외에 속하는 것이다.

이 책에는 《여자의 일생》과 《벨아미》 두 편만 실렸다.

《비곗덩어리》와 자연주의

모파상의 초기 중편집에 담은 《비곗덩어리》나 《테리에 집》, 만년의 《올리브 밭》《수꽃》 등은 모두 '백 매 이상의 길이로 충분히 기록한 걸작'이라 해도 지나친 말이 아니다. 《비곗덩어리》에 남김없이 발휘되어 있는 모파상의 소설 기술의 특징은 한마디로 인물과 정경을 떠올리게 하는 묘사력이다. 스승 플로베르에게서 배워 무장한 '작가의 눈'을 쉴 새 없이 집요하게 현실로 모으면서 그 자체가 비극이고 희극인, 이른바 '인생의 단면'을 그대로 표현해 보인다. 모파상의 수법은 거의 아무런 잔재주도 부리지 않고 그저 말하는, '예술가의 선택'을 행할 따름이다. 《비곗덩어리》 해설로서는 플로베르의 편지를 인용하는 것이 좋을 듯해 여기에 옮겨보기로 한다.

1880년 1월, 작품이 아직 출판되기 전의 편지로, 급히 써보낸 그 편지에는 제자의 성장을 보고 기뻐하는 모습이 또렷이 나타나 있다.

'빨리 자네에게 말해 주고 싶어 초조했는데 나는 《비곗덩어리》를 걸작이라 보네. 그렇네, 젊은 친구! 진정한 걸작일세. 대가의 품격이 있네. 구상이 아주 독창적이야. 완전히 잘 이해되고 있어. 문장도 훌륭해. 배경도 인물도 눈에 선하네. 심리 묘사도 잘돼 있어. 간단히 말해 나는 대만족일세. 두세 번 크게 소리 내어 웃었다네…… 이 조그만 이야기는 남을 걸세, 내가 보증하네! 자네가 쓴 부르주아들의 상판이 아주 그럴싸해! 모두 다 적중돼 있어. 코르뉘데는 멋있게 그려졌네. 그리고 진실하다! 곰보 수녀 또한 완전한 묘사야. 그리고 "애야" 하고 비위를 맞추며 부드러운 목소리를 내는 백작. 게다가 결말이 좋았네! 가엾은 여자가 울고 있고 한편에선 코르뉘데 녀석이 〈라 마르세예즈〉를 노래 부르고. 정말 훌륭해.'

모파상은 《메당의 저녁》에 대해, 〈골루아〉 신문의 주필에게 '이 책은 어떻게 만들어졌는가?' 제목을 단 글을 쓰고 그 속에서 "우리는 하나의 유파(流派)를 형성하려는 포부는 갖고 있지 않다" 변명하고 있는데, 이 문장이나 초기의 중·단편을 통독하면 적어도 그 무렵 유파적 관심을 갖지 않은 것은 아님이 추측된다. 낭만주의적 귀결에 대한 불만은 이상주의의 감미로움이 대상을 바라보는 작가의 눈을 흐리게 만든다는 사실에 대한 것이며, 그 흐림을 제거하기 위해 군이 '몽테뉴와 라블레의 전통'의 부활을 자연주의 문학의 사명이라 생각하고 있었다고 추측된다. 인간사의 어리석음과 비열함을 사정없이 파헤치는 작가의 눈은 극도로 날카롭고 야유적이며 때로는 편협하기조차 하다.

모파상은 모리스 보켈이라는 후배로부터 시 작품의 비평을 부탁받았을 때 이렇게 가르치고 있다.

"보는 것, 이것이 모두입니다. 올바르게 보는 것입니다. 올바르게 본다는 것은 스승의 눈으로서가 아니라 자기 자신의 눈으로 본다는 뜻입니다."

모파상이 플로베르에게서 배운 것도 바로 이것이었다. '관찰'은 자연주의 문

▲노르망디 해안 에트르타 벼랑
모파상이 에트르타 별장에서 어린
시절을 보낸 아름다운 관광명소이다.
《여자의 일생》에서 남편의 배신에 분
노한 잔이 어두운 밤 벼랑으로 미친
듯이 달려가는 장면은 소설의 절정
부분이다.

▶모파상의 무덤
매독에 걸린 모파상은 만년의 1, 2년
광기에 휩싸여 정신병원에 입원한 뒤
결국 돌아오지 못하고 세상을 떠난
다. 공포를 주제로 한 단편은 그 광기
의 징조를 보이는 내용이 많다. 죽은
뒤 파리의 몽파르나스 묘지에 묻혔다.

학의 가장 큰 무기이며, 모파상은 이 무기의 사용자로서 자연주의 대표 선수의 자격을 충분히 지녔다고 할 수 있다. 이 관찰은 인간 세계 밖으로도 안으로도 돌릴 수 있는 것이다. 모파상은 내면으로 더 많이 돌려서, 그 관찰 결과가 내부의 분석보다는 외부 묘사에 의해 내부 풍경이 보다 많이 표현된다는 특징을 가지고 있다.

기교 넘치는 모파상 단편들

무엇보다도 작가에게는 충분할 만큼의 페이지가 주어져서 충분히 묘사할 수 있게 하는 것이 필요하다. 똑같은 소재를 가지고 짧게 쓴 것과 길게 쓴 것을 비교해 보면 쉽게 알 수 있다. 부자인 이모의 유언으로 조카딸 부부의 자식에게 백만 프랑이 증여된다. 단, 3년 안에 자식이 없으면 그 돈은 자선 사업 기금으로 돌려진다는 유언 내용이다.

해군성에 근무하는 남편은 결투까지 할 뻔했던 미남인 동료에게 부탁해서 아내에게 아이를 낳게 한다는 이야기 《백만 프랑》에 살이 붙여져서 《유산》으로 되자, 모파상이 직접 내부에서 관찰한 말단 관리 생활의 풍자적인 이야기가 전개됨과 동시에 사건이 갖는 풍자는 더욱 강하게 떠오른다. 《비곗덩어리》의 그 완벽한 묘사가 보다 간결하게 됨으로써 작품이 지닌 주제의 조명이 보다 선명하게 되리라고 누가 생각했겠는가?

긴 작품은 대부분 잡지에 실린 것이고 짧은 작품은 〈질 블라스〉 〈골루아〉 등 일간지에 실렸던 것이 많다. 짧은 형식에 짧은 시간으로 끝맺는다는 두 가지 조건에 몰린 결과, 예술성에 있어 분명히 떨어진다고 단정하지 않을 수 없는 작품이 상당히 있다는 것은 부정할 수 없는 사실이다. 그러나 20장 정도의 짧은 작품들 가운데 불후의 걸작이라 부를 수 있는 작품이 적어도 30편은 넘을 것이다.

이 성공한 단편들에서 우리 눈에 띄는 첫째 특징은, 현실을 비꼬아서 뜻하지 않은 면과 역설적인 야유를 드러내는 방식―이것은 《목걸이》 《폐인》 등에서 볼 수 있는 수법이지만―이 아니라, 반대로 아무리 짧더라도 인품과 경정을 생생하게 떠오르게 하는 힘을 잃지 않는다는 점일 것이다. 《귀향》의 첫머리에 겨우 7, 8행으로 그려져 있는 노르망디의 어촌은 결코 《여자의 일생》에 나오는 어촌에 뒤떨어지지 않는다. 《끈》이나 《노인》에서 노르망디의 농부는 그 기질과 함

▲레스토랑 플루네즈
파리 교외 성(城)에 있는
플루네즈는 그 무렵 보
트를 타는 유원지. 모파
상은 이곳에서 노 젓는
걸 좋아했다.

▶배를 개조해 만든 집
노르망디 에트르타 별장
에 허술한 배를 개조해
'하인들의 집'으로 제공
했다.

께 육체를 영원히 남기고 있다.《물 위에서》에 나오는 형과 아우,《의자 고치는
여인》에 나오는 저 불쌍한 여자와 속물인 약제사, 그리고 잠깐 나오고 마는 약
제사의 아내, 또 이야기하는 의사까지, 마치 방금 보고 온 것같이 선명하게 우
리 눈에 떠오르지 않는가? 플로베르로부터 훈련된 기교가 얼마나 힘차게 작용
하고 있는가를 상상할 수 있다.

그리고 모파상의 경우, 그 기교는 작가의 눈 없이는 생각할 수 없는 기교이

다. 그 기교의 첫째는 앞에서 말했듯이 '외부에 의해 내부를 나타낸다'는 사실주의의 수법과 거기서 필연적으로 생겨나는 '선택'이다. 이것을 모파상이 충분히 이해하고 있었던 것만은 사실이다. 복잡하다고 할까, 적어도 심각한 심리가 어떻게 간단한 말로 표현될 수 있는가를 알려면 《물 위에서》와 《쥘 아저씨》의 두 편을 읽으면 충분하리라. 혹은 중편이긴 하지만 《오토 부자(父子)》를 여기에 덧붙인다면 더는 설명할 필요조차 없을 것이다. 아버지가 죽은 뒤, 아버지의 소실과 마주서게 된 아들의 심리에 한마디 설명도 가하지 않고 작자는 훌륭히 성공을 거두고 있다.

모파상에 의해 완성된 이 기교는 아마 사실주의라 불리는 그룹이 문학사에 이루어 놓은 가장 큰 기여일 것이다. 모파상은 짧은 형식에서도 능히 주제를 감당할 수 있는 솜씨를 충분히 단련하고 있었던 것이다. 단편의 가장 큰 위험성은, 그 짧은 형식 때문에 나오는 인물 대부분을 독자의 기성 지식에 의지하여 만든다는 점이다. 이 점에서 연극과 똑같은 통속화의 위험을 내포하고 있다. 모파상이 이 위험을 완전히 벗어나 있는 건 아니지만, 적어도 우리는 《쥘 아저씨》 집안 사람과 그들과 마찬가지로 절약 생활을 하면서도 겉치레를 해야 하는 처지의 사람들을 혼동하지 않을 수는 있다. 《끈》의 오슈코른과 《베롬의 생물(生物)》의 베롬을 비교해 읽는다면, 실제 인생에서 몹시 닮았으면서도 얼핏 구별을 할 수 없는 농부가 어느 만큼 딴사람인가를 일부러 설명받은 듯한 기분이 들 것이다.

단편의 완벽성에서, 모파상은 확실히 그 뒤에 나온 사람들에게는 미치지 못한다. 그러나 짧은 페이지에 살아 있는 많은 사람을 그려내는 솜씨에서는 얼마 동안 누구 앞에 내놓아도 뒤지지 않을 것이다.

모파상 단편의 바탕을 이루는 작풍을 똑똑히 알아낸다는 것은 그리 쉬운 일이 아니다.

쾌활하게 웃고 떠들고 사람을 속이기 좋아했던 모파상에겐, 중세 프랑스의 콩트나 라블레에도 뒤지지 않는 재미있는, 웃지 않고는 배길 수 없는 이야기가 적지 않다. 《보니파스 영감이 발견한 범죄》 같은 작품 말고도 《베롬의 생물》이나 《우산》, 《파리의 어느 부르주아의 일요일》 가운데 여러 편이나, 전쟁물 중에서는 《발터 슈나프스의 모험》이나 《포로》 같은 것, 그리고 《투완》과 같은 작품을 읽으면 자기도 모르게 작자와 함께 소리내어 웃지 않을 수가 없다.

그러나 잘 살펴보면 이런 명랑한 작품 곳곳에도 모파상의 숙명적인 염세관이 깊이 스며들어 있다. 중풍에 걸려 암탉 대신 병아리를 부화하는 쓸모없는 술집 주인 투완에게는 도저히 웃을 수 없는 그 무엇이 있다. 베롬은 사람들에게서 한껏 조롱을 받고서도 도저히 그 구두쇠 성질을 고치지 못한다. 《승마》나 《후원자》에서 작자는 웃고 있어도, 독자의 미소는 도중에서 굳어질지 모른다. 《우산》의 그늘에는 부부 싸움을 '총알이 비오듯 쏟아지는 싸움터보다도 두려워하는' 가엾은 남편이 숨어 있다. 모파상의 웃음 속에는 인텔리의 자조가 없는 대신 이른바 '인간의 어리석음'에 대한 심한 비웃음이 들린다.

　　《프랑스 자연주의》의 저자 마르티노에 따르면, 1922년에 발견된 모파상의 어렸을 때 작품 가운데 우리의 주목을 충분히 끌 수 있는 유일한 것인 《닥터 헤라클리우스 그로스》조차 이미 염세관으로 짙게 채색돼 있다. 그렇다면 모파상의 작품을 일단 염세주의(페시미즘)라고 규정지을 수 있을 것이다.

　　물론 그 염세주의의 표현 방식에 변천이 없다는 것은 아니다. 《비곗덩어리》에 내뱉어진 차가운 비웃음에 가까운 우롱은 조금씩 자취를 감추게 되고, '무서운 단순한 사건'(《물 위에서》에 나오는 구절)을 꾸밈없이 담담하게 쓰는 것이 오히려 그의 특징이 된다. 이런 종류의 걸작으로서 《물 위에서》나 《미친 여자》나 《두 친구》를 추천한다면 아마 그 누구도 주저하지 않으리라. 또 작자의 야유 속에도 때로는 알지 못할 감동이 깃들어 있는 것도 있다. 《파랑 씨(氏)》의 빈정거림에는 비통함이 깃들어 있다. 사랑하는 아내를 빼앗긴 사나이는 비웃음을 받는 대신 "아버지로부터 얼마 안 되는 유산을 물려받았다는 이유만으로 한 선량한 사나이가 이렇게까지 우롱당할 수가 있는 것일까?" 이런 말을 듣게 되어 결말에서는 그 유례없는 짓궂은 복수를 한다. 《페를 아가씨》나 《부랑자》에 이르러서는 결코 단순한 빈정거림이 아니다. 《부랑자》가 배가 고파 죽는 일이 있다는 사실을 헌병이 전혀 깨닫지 못한다는 것을 어떤 빈정거림이라고 하면 좋을까? 그럼에도 《페를 아가씨》나 《미스 하리에트》와 함께 작자의 감동을 가장 잘 헤아릴 수 있는 《의자 고치는 여인》에서 그 속물 약제사는 아내의 말을 듣고는, 가엾은 여인이 남긴 돈을 받을 뿐만 아니라 말라빠진 늙은 말의 선물은 화를 내며 물리치고 마차만 밭에 있는 오두막에다 받아두는 것이다. 모파상의 염세주의가 도저히 구원될 수 없다는 것을 우리는 알 수 있다.

　　그러나 이런 식으로 쓰고 보니 모파상의 모습을 비뚤어지게 만들고 있는 것 같다. 모파상의 단편 세계는 어디까지나 다채롭고 또 자연스럽다. 실제 인생이 다채롭듯이.

한편 모파상의 붓이 '조그만 진실'을 폭로하는 일로부터 곧 '이상한 진실'을 폭로하는 쪽으로 향하고 있다는 점도 빠뜨릴 수 없다. 자기 사생아와 밀통하는 사나이의 이야기 《조카 스토 씨》는 1883년의 작품이다. 유서나 일기(《종졸》《광인》)나 재판 기록(《아버지 살해범》《도니》)이 때로 모파상이 즐겨 사용하는 단편 형식으로 되어 있는 것은 당연하다. 그 이상한 제재 가운데 모파상이 가장 끌린 것이 '환영에 쫓기는 자의 공포'였다는 점은 《르 오로르》나 《산막》 같은 유명한 작품의 이름과 함께 지적할 필요조차 없을 정도이다. 《로크의 딸》 같은 비교적 주제가 다른 것에 있는 작품에서조차 주요한 계기로서 이것이 채택되고 있다는 것, 《물 위에서》 같은 작품이 재빨리 처녀 단편집 《테리에 집》에 실려 있다는 것만 덧붙이면 충분하다.

모파상 만년의 두 걸작이 결국 운명에 목덜미를 잡히는 자의 비극을 쓴 《올리브 밭》과 모파상의 철학의 상징인 듯이 보이는 《수꽃》이었다는 것은, 그의 작가로서의 운명을 훌륭히 매듭지었다고 보아야 하리라.

《여자의 일생》

모파상의 첫 장편은 《여자의 일생》이다. 1883년 2월 27일부터 4월 9일까지 파리의 〈질 블라스〉에 연재되었으며, 연재가 끝나자마자 아바르 서점에서 단행본으로 출판, 다음 해인 1884년 초까지 25판을 거듭할 정도로 성공을 거두어 모파상은 《여자의 일생》으로 작가로서의 이름을 높였다. 우리나라에는 옮긴이가 원제목인 《어떤 생애》를 《여자의 일생》이라 번역한 이래 이 제목으로 통하고 있다. 행복한 소녀에서 행복한 아내로 되었어야 할 여성이 차례차례 믿었던 사람들에게 배반을 당하여 환멸을 맛보아 가는 이야기의 내용이 이 의역을 정당화해 준다.

모파상이 초기의 중·단편에서 증오와 조소의 대상이 되는 현실만을 묘사하고, 그 밖의 현실에 눈길을 돌리지 않는 데 대해 평단의 선배들이 작자에게 충고를 했다는 말은 앞에서 썼다. 장래에 《여자의 일생》 형식으로 열매를 맺을 장편의 계획을 이미 1877년 무렵부터 품고 있었으므로 그 충고가 작품에 어떤 계기가 된 것은 아니지만, 작품으로써 비평에 응한 결과가 된 것만은 확실하다. 이 소설의 첫머리에 '조그만 진실'이란 한 구절이 붙여졌다는 것은 흥미롭다. 제재가 사회의 상층으로 향했을 뿐만 아니라 증오하고 비웃어야 할 진실 외에 동정해야 할 진실이 있다는 것이 명백해졌다고 할 수 있다.

이 소설에는, 소설 속의 이야기나 장면이 독립된 단편으로서 발표된 것이 몇 있다. 《봄날 저녁》《옛 물건》등이 그것이다. 작품 전체의 구성에도 조금 통일성이 부족하다는 인상을 받는다. 이 작품의 몇 가지 초고를 면밀하게 비교 연구한 앙드레 비아르의 《여자의 일생 성립 과정》

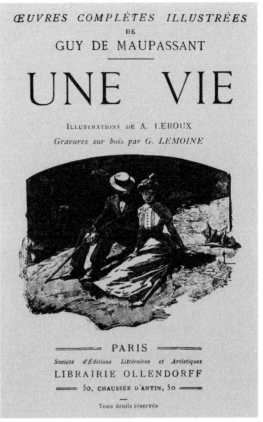

ŒUVRES COMPLÈTES ILLUSTRÉES
DE
GUY DE MAUPASSANT

UNE VIE

Illustrations de A. Leroux
Gravures sur bois par G. LEMOINE

PARIS
Société d'Éditions Littéraires et Artistiques
LIBRAIRIE OLLENDORFF
50, CHAUSSÉE D'ANTIN, 50
Tous droits réservés

《여자의 일생》(초판, 1883) 속표지 올렌돌프판

(1954)은 단편을 모은 장편이라는 기존 평가를 물리치고 장편 쪽이 단편보다 먼저 성립돼 있었다는 결론을 내린다.

작자의 고향인 노르망디를 무대로 삼고 있는 이 소설(신혼여행과 잔이 아들을 찾아 파리로 가는 장면을 빼고는 무대가 노르망디를 벗어나지 않는다)에는 다분히 자전적 요소를 담고 있다고 추측된다. 비아르는 이 점에서도 꽤 많은 자료를 검토하고 날카로운 추정을 한다. 여주인공 잔의 불행에는 모파상의 어머니 로르의 경험이 상당히 반영되어 있다. 둘째 아들인 에르베는 품행이 좋지 못해 그녀를 괴롭혔고, 모파상의 아버지는 잔의 남편 줄리앙과 마찬가지로 하녀와 관계를 맺거나 유부녀와의 정사로 문제가 되었던 인물이다. 요컨대 소년기의 감수성이 그 속에서 상처받았을 게 틀림없는 분위기가 이 소설의 배경으로 되어 있는 것은 분명한 사실인 듯하다.

그러나 인물 하나하나의 성격이나 행동이 확실한 모델을 갖고 있는, 이른바 '모델소설'의 종류라고는 생각할 수 없다. 다만, 이 소설에 나타나는 지방에 대해서 작자의 느낌이나 지식만은 당연한 일이지만 썩 훌륭하다. 별장 이름인 레 퓌플과 에투방이라는 마을, 그 밖에 두셋의 귀족 별장 이름만이 가공적인 것이고 나머지는 모두 바다가 부채꼴로 보이는 전형적인 노르망디의 벼랑 '보코트의 언덕'을 비롯하여 모두 실재 지명이 사용되고 있다. 비아르의 면밀한 연구를 읽어보면 가공적인 것은 아주 최소한도로 하고, 정확한 지리적 기술이 최대로 살려져 있다는 것을 알 수 있다. 가공적인 별장을 설정했기 때문에 어쩔 수 없이 두세 군데 지형적인 수정을 하게 되었지만, 그 밖에는 벼랑이나 골짜기의 기술도 매우 정확하다는 것이 밝혀졌다.

플로베르가 《부바르와 페퀴셰》의 배경으로 쓰기 위해 모파상에게 해안의 벼랑 묘사를 보고하게 만들었다는 이야기가 있지만 스승에게 제출한 보고는 바로 그 자신에게도 소용되었던 것이다. 특징 있는 벼랑을 품은 바다만이 정확한 모델이 있는 유일한 등장인물이었다고 할 수 있을는지도 모르겠다. 이 소설에서는 주인공의 생활에 바다가 결정적인 의미를 갖고 있다는 데에 주목하고 싶다. 바다는 무언의 등장인물로서 처음부터 끝까지 여주인공 생애의 불행을 지켜보고 있다. 잔이 이사를 하자마자 왠지 마음이 안정되지 않는 것은 창문으로 바다가 보이지 않기 때문이다.

"아아! 바다가 보고 싶어!"

어느 날 저녁 잔은 무의식중에 중얼거린다. 여기에서 안정되지 않는 마음의 비밀이 밝혀진다. 이 한 구절에 잔의 불행이 아로새겨져 있다 해도 지나친 말이 아니다.

모든 뛰어난 소설이 그렇듯 이 소설도 여러 가지로 음미할 수가 있다. 정확하게 시대를 설정한 풍속 소설, 시대 소설로서 읽을 수도 있다. 이야기 첫머리에 1819년이라는 시대가 드러나고, 잔과 줄리앙이 신혼여행을 코르시카로 건너갈 때는 기선이 다니기 시작하고 있다(돛단배가 다니던 메리메의 《콜롱바》와 비교하면 재미있다. 섬의 묘사에 대한 비교에서도 흥미로운 결론을 얻을 수 있다). 이야기의 끝머리에서 잔이 아들을 찾아 파리로 나갈 때는 '6년 전부터 곳곳에서 화제가 되어 있던 철도가 파리와 르 아브르 사이를 오가고' 있었다.

차례차례 땅을 팔아 생활해야 하는 몰락한 운명의 귀족 집안 이야기가 처음부터 설정되어 있다. 별장으로 가는 마차 속에서 별장 수리를 하기 위해 농장을 판 잔금 6400프랑의 금화가, 꾸벅꾸벅 졸기 시작한 어머니의 손가방 속에서 흘러 떨어져 딸의 행복한 웃음을 자아낸다. 그녀의 이 행복한 웃음에는 앞으로 다가올 불행의 씨앗이 뿌려져 있다. 잔이 단정치 못한 아들의 품행 때문에 고민하는 대목은, 갑자기 일어난 한창때인 자본주의가 먼 파도 소리처럼 배경에 있다는 것을 느끼게 한다.

《여자의 일생》 삽화

그러나 무엇보다도 이 소설은 자연주의 문학 발전에 중대한 의의를 가진 것으로서, 그 적극적인 면을 평가해야만 할 작품이다. 모파상은 결코 '육체의 작가'가 아니다. 친구인 폴 부르제의 영향 아래 '심리 소설'로 기울기 전부터 인간 마음을 날카롭게 탐구했다. 인간의 세계가 숨기고 있는 뜻밖의 진실, 특히 인간 감정을 초월하는 환멸적 작용의 탐구에 몰두하는 태도가 《여자의 일생》에 뚜렷하게 나타났다는 것은, 프루스트 이후 프랑스 소설가들의 걸작에 비해 뒤떨어졌다고는 하지만 그래도 충분히 주목할 만한 가치가 있다.

주인공 잔의 불행은, 남편의 배반만으로 비롯되는 것은 아니다. 실은 여행에서 부모 곁으로 돌아왔을 때 잔이 가졌던 긴장감도 작가는 빠뜨리지 않고 있다. 인간 영혼의 절대적인 고독, 이것이야말로 모파상이 도저히 숨길 수 없었던 격한 느낌이었다. 잔은 서로 사랑하여 결합된 남편과 참된 부부애를 체험하기 직전에 '두 사람은 결코 영혼까지, 마음의 밑바닥까지는 서로가 스며들 수 없다는 것을 비로소 깨닫는다'. 더구나 부부 사이에 도취의 경험이 그녀를 더욱 고독 속으로 몰아넣기 위한 덫으로서 그려져 있다는 점은 끝없는 빈정거림이랄 수밖에 없다. 이야기의 매듭에 잔과는 대조적으로 씩씩한 생활력을 갖는 하녀 로잘리의 말이 여운을 남긴다.

"마님, 그러고 보면 인생이란, 사람들이 생각하는 것처럼 그렇게 행복하지도 불행하지도 않은 것인가 봐요."

이보다 더 옳은 말은 없다 할지라도 이 말 정도로 치료받을 수 있는 그런 고독감은 아니다. 제비가 날고 양귀비꽃이 피어 있는 4월의 들, 마차에 흔들리면서 손녀딸의 체온을 느끼고 '두 팔로 안아 올려 키스의 비를 퍼부으면서 미친 듯이 꼭 끌어안았다' 할지라도, 그것으로 잔의 고독감이 구원될 수 있을까? 로잘리의 이 말에 작가의 사상이 담겨져 있다고 볼 수만은 없을 듯하다. 분명한 점은 잔이 인생에 대해 옳고 그른 판단을 내리지 못할 만큼 타격을 받고 있다는 것이고, 그 타격받은 여주인공 옆에서 이 말을 했다는 것뿐이다.

톨스토이는 《여자의 일생》이 오밀조밀한 인생의 진실을 감동적으로 그려냈다며 비로소 모파상을 인정했다.

《벨아미》

《벨아미》는 1883년에 발표해 성공을 거둔 《여자의 일생》에 이어 1885년에 발표한 기 드 모파상의 두 번째 장편소설이다. 어렵게 태어난 전작(초기 구성이 정리된 건 1877년 무렵이었다)과는 다르게 이 작품은 쉽게 쓸 수 있었다(집필은 84년 여름 끝무렵부터 1885년 2월 말까지). 〈질 브라스〉지에 연재를 시작해(4월 6일부터 5월 30일) 연재가 끝나기 전에 빅토르 아바르 서점에서 단행본이 나왔다.

곧 파리 신문계 전체를 뒤흔들 논의가 일어났다. 어두운 신문계의 속사정을 그린 이 소설에 등장하는 사건, 음모, 인물이 무엇을 또 누구를 모델로 했는지

그때의 독자들은 바로 알
수 있었다. 작가는 〈질 블
라스〉, 〈골루아〉, 〈피가로〉
에서 날카로운 필치를 뽐낸
기자이기도 했기에 많은 독
자들이 그것을 이른바 탄
핵이라 받아들였다. 〈골루
아〉의 편집장 메이엘(발테르
의 모델 가운데 하나라 생각
된다) 말고도 모델이 된 같
은 업계 사람들은 모두 화
를 냈으며 연재를 하는 〈질
브라스〉의 편집장마저 마음
이 편치 않았다. 그도 그럴
것이 라 비 프랑세즈 편집
실은 마치 그의 편집실 같
았기 때문이다.

《벨아미》(초판, 1885) 표지

작가 입장에서는 이것으
로 책이 팔린다면 다행일 테지만 판매 부수는 기대만큼 나오지 않았다. 5월 끝
무렵 문호 빅토르 위고가 세상을 떠나 국장을 치렀으며 많은 사람들의 시선이
모두 그쪽으로 쏠렸기 때문이었다.

이해 문학계에는 졸라의 《제르미날》, 라포르그의 《애가》, 그 전해에는 위스망
스의 《거꾸로》, 베를렌의 《옛날과 요즘》이 나왔다.

모파상은 단편이라 말하는 사람도 많지만 나는 장편을 더 좋아하며, 그가
남긴 6개의 장편 가운데 《벨아미》를 가장 좋아한다. 너무나도 훌륭한 필체, 막
히는 곳 없이 가장 짧은 거리로 정곡을 찌르는 놀라운 빠른 전개를 충분히 즐
길 수 있다. 그러면서 군더더기가 전혀 없이 종합적으로 기능하는 예술을 마음
껏 볼 수 있는 작품은 또 없다고 생각한다. 《벨아미》에서는 《여자의 일생》 이상
으로 소설 세계가 확대되어, 무대가 노르망디에서 파리로 옮겨진다. 아름다운
외모를 이용하여 저널리즘 세계에서 출세하는 남자의, 악랄한 인간으로서의

성장 과정이 자세히 그려져 있다. 퇴역 하사관으로 철도 회사에 근무하던 주인공 뒤루아는(그는 이야기 도중에 뻔뻔스럽게도 뒤루아 드 캉텔이라고 귀족 이름을 댄다) 자기를 저널리즘 세계로 이끌어 준, 말하자면 은혜를 입은 친구가 죽자 그의 아내(뒤루아와 친구가 기사를 대필해 받았던 여자)와 결혼하여, 사장 부인을 비롯하여 여러 여인을 울렸을 뿐만 아니라 결국 이혼하고 사장 딸과 결혼한다. 철두철미 얄궂은 사실, 냉소적인 이야기의 연속으로 악랄한 인간과 그런 인간을 허용하는 사회 환경이 그려진다. 모파상의 장편 중에서 가장 자연주의적 요소가 짙은 작품이라 할 수 있을는지도 모르겠다.

특히 《벨아미》에는 작자의 염세적인 인생관과 사물을 관찰하는 예리한 '작가의 눈'이 전편에 번득인다. 또 프랑스 사회의 추악상과 권세욕에 들뜬 인간형의 표본인 주인공 뒤루아의 성격 및 행적의 추적, 문란한 사회 풍속도가 카메라에 풍경이 찍히듯 있는 그대로 담겨져 있다.

무엇보다 제1부의 결말은 압권이다. 이제 드디어 출세의 계단을 오르기 시작한 젊은 주인공에게 죽음이라는 개념을 불어넣는 늙은 시인 노르베르 드 바렌의 그 밤의 연설을 시작으로 경쟁 상대인 기자와의 결투, 포레스티에의 마지막이 샌드백처럼 주인공의 지난 삶을 때려눕히고, 그 독특한 염세관과 삶과 죽음에 대한 생각을 성숙하게 해준다. 이것이 제2부에서 망설임 없이 활개치는 악당이 되게 하며, 마지막을 장식하는 그 눈부신 햇빛 속에 떠오르는 환영을 예시해 준다.

'나에게는 지금 그것이 너무나 가깝게 보여서 자주 두 팔을 휘두르며 그 녀석을 쫓아버리려 했다. 그 녀석은 바닥을 뒤덮고 공간을 가득 채운다. 나는 그것을 모든 곳에서 발견한다. 길에서 밟힌 작은 벌레, 말라 떨어진 이파리, 친구의 턱수염에 섞인 하얀 털이 나의 마음에 충격을 안겨주고 비명을 지르게 만든다. 이봐, 여기 있어!'

노르베르 드 바렌의 말은 그대로 모파상의 비명으로도 들린다.

결국 노르베르, 즉 모파상이 벨아미라는 영웅에게 맡긴 싸움이란 무엇이었을까? 과연 벨아미는 승리했을까? 그것을 생각하는 게 《벨아미》의 가장 큰 즐거움이다.

모파상은 또 다른 장편 《몽토리올》을 집필할 때, 한 여자친구에게 다음과 같이 써 보낸 일이 있다.

'굉장히 열렬하고 경쾌하면서도 묘한, 매우 시적인 연애 이야기를 쓰고 있습니다.'

이 작품은 결코 '단순한 연애 이야기'는 아니다. 파리의 자본가가 욕심 많은 농민으로부터 온천과 땅을 빼앗는 것이 이야기의 골자이고, 온천 의사의 세력 다툼이나 정략결혼이 여기에 얽혀 '연애 이야기'는 그늘에 숨은 '조그만 진실'일 뿐이다. 자본가의 성공, 연인에게 버림받는 아내의 불행(그녀는 그 부정(不貞)에서만은 정숙하고 순정적이었다고 할 수 있다)은 새 온천장의 완공을 축하하

《벨아미》 삽화

는 불꽃놀이 소리에 지워진다. 여주인공 크리스티안의 남편인 유대인 자본가 앙데르마트는 사업가로서 참으로 훌륭하게 그려져 있다. 처남인 귀족 탕아 공트랑을 붙잡고 쌓이고 쌓인 경멸의 감정을 퍼붓는 말은 갑자기 마음속에서 쏟아져 나오는 만큼 상대를 감동시킬 뿐 아니라 독자까지 감동시키고야 만다.

인간 세계가 숨기고 있는 진실을 갑자기 폭로해 보이는 것은 확실히 모파상 예술이 갖는 커다란 특징이다. 크리스티안의 연인인 폴은 임신한 여인의 보기 흉한 하복부가 달빛에 비친 것을 보고 갑자기 혐오를 느낀다. 톨스토이는 《모파상론》에서 폴에 대한 작자의 증오가 모자란다고 비난하지만, 이것은 어쩔 수 없는 진실로서 그려지는 것이다. 폴은 새 연인을 안고 시냇물을 건널 때, 마찬가지로 크리스티안을 안고 건너던 일을 생각하고 '자기 자신의 변덕에 놀라면서' 마음속으로 외친다.

'어쩌면 그렇게도 짧은 정열이었을까!'

이 사회 소설적인 뼈대를 갖는 작품에는, 이 무렵부터 부르제 등에 의해 대표되는 문단의 새로운 기운에 모파상도 영향을 받기 시작했다고 여겨지는 요소가 엿보인다. 《여자의 일생》에 이미 그 바탕이 있었으니만큼 그것은 매우 자연스러운 현상이었다고 할 수 있다.

'첫 두 장(章)에서 40명의 인물을 조종했다.'

이렇게 부르제에게 자랑했을 만큼 어떤 의미로는 뚜렷하게 발자크적인 방향으로 기울어진 작품이기도 했으나, 인간 관계의 미묘한 심리에 대해 작가가 눈을 떴다는 점은 중요한 사실로서 기억되어야 할 것이다.

또 모파상은 네 번째 장편 《피에르와 장》 앞머리에 소설이라는 제목의 머리말을 실었다. 거기서 모파상은 소설에는 본디 이쪽의 수법과 형식이 저쪽보다 뛰어나다, 정통하다, 정답이다, 이런 절대적인 답은 없으며 작가의 일이란 본디 자신이 가장 잘할 수 있는 예술기법으로 스스로의 성격에 따라 무언가 아름다운 것을 독자들 앞에 만들어 내보이는 일이다. 또 그것을 자연스럽게 할 수 있는 천재들을 제외하면, 작가들은 모두 이를 실현하기 위해 칠전팔기의 정신으로 도전을 계속한다고 말한다. 그리고 모파상은(그가 가장 말하고 싶은 건 아마도 여기부터인데) 비평가는 먼저 소설의 다양성을 받아들이고, 작가들이 저마다 무엇을 위해 노력하고 있는지를 이해한 뒤 그 성과를 평가해야 한다는 전제를 말한다. 그리고 자신이 가장 잘할 수 있는 작가로서의 수법은 바로 독자적인 눈으로 바라본 면밀한 관찰을 바탕으로 한 사실적인 소설이라고 선언한다.

모파상다운 거만함도 포함해 모파상 소설의 비밀을 푸는 데 이보다 직접적인 글은 없다.

모파상의 문학적 성과

20세기 끝 무렵에 이르자 단편소설 작가로서의 인기가 사그라들었고, 프랑스보다는 영국과 미국 및 소련에서 그의 작품이 더 많이 읽힌다는 사실이 널리 인정되었다. 그러나 그렇다고 해서 그의 진정한 업적인, 모든 계층 독자에게 제공하는 뛰어나고 상업적인 새로운 단편소설의 창조가 손상되는 것은 아니다.

모파상은 졸라와 함께 프랑스 자연주의 문학을 대표하는 작가다. 그의 문체는 스승 플로베르의 영향을 받아 명석하고 간결하며, 사실 묘사에서 정확하고 탁월한 '작가의 통찰력'을 보였다. 또한 모파상의 문학은 결정론적인 인간관에서 오는 짙은 염세주의의 바탕 위에 구축되어 있다고 볼 수 있다.

모파상은 노르망디의 어부, 소도시의 시민들, 전쟁 체험, 사교계 일화 등을 작품의 소재로 즐겨 사용했다. 이로써 자연주의를 하나의 문예사조로 확립한 졸라의 이론과, 과학적이고 실험적인 소설 이론을 형성한 플로베르에 이어 프랑스 자연주의 문학을 완성했다.

이렇듯 소시민의 생활과 사회의 병폐를 가차없이 폭로하는 것만이 '인간의 상태를 어떠한 편견 없이 충실히 묘사하는 소설가의 임무'라고 주장한 졸라의 이론을 그는 문학에서 극대화한 것이다.

모파상 연보

1850   8월 5일 기 드 모파상 프랑스 북서부 노르망디 지방 디에프에서 가까운 소도시 투르빌 쉬르 아르크의 미로메닐의 성에서 태어나다. 친할아버지는 로렌 지방에서 노르망디로 이주한 18세기 말의 귀족으로 그즈음 루앙 시에서 담배 사업에 종사하면서 농원 경영에도 손을 댄다. 아버지 귀스타브는 평범하고 호색적인 시골 신사. 어머니 로르는 그 지방에서는 명문인 르 푸아트뱅 집안의 딸로 총명하고 미인이며 남에게 지기 싫어하는 성격을 가졌다. 또한 그녀의 오빠는 플로베르와 절친한 친구였다.

1862(12세) 모파상의 부모는 정식으로 별거하고 그는 노르망디의 에트르타에 있는 어머니의 별장 '벨기'에서 어머니와 동생 에르베와 셋이서 살게 되어, 자연과 바다와 지방민들과 친하면서 자유분방한 소년 시절을 보내다. 평생 노르망디에 대한 애착이 강해서 작품의 무대로 자주 이용하다.

1863(13세) 이브토의 신학교에 기숙생으로 입학하다. 이곳은 근처의 귀족이나 부자나 지주의 자제들이 들어가는 학교로 그는 성적은 좋았으나, 엄격한 종교적 교육 방침에 반발하여 2년 뒤에는 학교에서 쫓겨나다.

1864(14세) 여름, 에트르타 해안에서 영국 시인 스윈번이 물에 빠진 것을 구하여 친구가 되다. 나중에 《에트르타의 영국 사람》에서 그 이야기를 말하다.

1867(17세) 루앙의 '리세(국립 고등학교)'에 기숙생으로 입학하다. 플로베르의 친구로, 어머니의 소꿉동무였던 시인 루이 부이예에게서 시작(詩作) 지도를 받고, 그의 권고로 플로베르를 찾게 되다.

1869(19세) 루이 부이예 죽다. 7월 바칼로레아(중등학교 졸업인증 시험이자 대학 입학 자격시험)에 합격하다. 이 학생 생활에서 학우 로베르 방송과

플로베르와의 친교를 얻다.

1870(20세) 법률 공부를 뜻했으나, 마침 보불 전쟁이 일어나 징집되어 종군하다. 이 경험은 뒤에 《비곗덩어리》를 비롯하여 《피피 양》《미친 여자》《두 친구》《발터 슈나프의 모험》 등 17편의 작품 소재가 된다.

1871(21세) 병역이 해제되고 에트르타로 돌아오다. 이듬해 3월 아버지의 권유로 해군성 임시 직원으로 취직하다. 이 무렵 플로베르에게서 시작(詩作)이며 문학 지도를 받다. 73년에는 정식으로 채용되어 연봉 1만 5000 프랑을 받다. 파리의 몽세 가(街)에 방 하나를 빌리는 한편 창작에도 손을 대다.

1874(24세) 파리의 플로베르 집에서 졸라를 알게 되다. 이후 공쿠르, 투르게네프 등 많은 저명인사들과 교제하다.

1875(25세) 해군성의 일보다는 센 강에서 보트를 타거나 여자들과의 놀이를 즐기다. 이때의 경험은 뒤에 단편 《들놀이》(1881), 《폴의 연인》(1881), 《이베트》(1884) 등에 묘사되다. 이해 단편 《벗겨진 손》을 조제프 프뤼니에라는 필명으로 지방지 〈퐁타 무송 연감〉에 발표하다. 또한 〈유곽(遊廓) 터키관〉이라는 속이 빤히 들여다보이는 연극을 화가 르누아르의 아틀리에에서 상연하다.

1876(26세) 심장 장애로 진찰받을 정도의 육체적 불안이 시작되다. 시편이나 평론 《귀스타브 플로베르론(論)》을 잡지에 발표함과 동시에 졸라를 중심으로 하는 자연주의 모임을 만들어 이에 적극 참여하다.

1877(27세) 플로베르의 부탁으로 《부바르와 페퀴셰》를 위하여 에트르타 해안의 현장 서술을 시도하다. 기 드 바르몽이라는 필명으로 《성수 수여지》를 잡지 〈모자이크〉에 발표하다.

1878(29세) 단편 《라레 중위의 결혼》《야자 열매는 어떠시죠》를 〈모자이크〉지에 발표하다. 플로베르에게 보낸 편지에서 안질을 호소하다. 12월, 문부성으로 직장을 옮기다.

1880(30세) 1월 《비곗덩어리》의 원고를 읽은 플로베르로부터 걸작이라고 격찬받다. 3월 이 작품을 실은 《메당의 저녁》이 간행되고 일약 문단에 확고한 지위를 확립하다. 5월 8일, 아버지처럼 스승처럼 우러르던 플로베르 죽다. 9월~10월, 코르시카 여행 수필과 기행 등 12편을 발표

하다.

1881(31세) 7월 아프리카 여행 출발하다. 12월 첫 단편 소설집 《테리에 집》을 간행하다. 문부성을 사직하다. 10년 가까운 하급 관리 생활이 《유산》 《승마》의 인간 관찰, 인생 관조의 기반이 되다. 중·단편 10여 편을 발표하다.

1882(32세) 신문에 약 60편의 단편을 발표하다. 6월에 벨기에서 제2의 단편집 《피피 양》을 간행하다. 7~8월 브르타뉴 지방을 여행(이때의 기행은 2년 뒤에 간행된 아프리카 기행 《태양 밑으로》에 함께 수록되다). 이 무렵 비평가 사르세이 볼프의 비판에 대답해서 자연주의 옹호의 관점에서 반론을 〈골루아〉지에 발표하다.

1883(33세) 첫 장편 소설 《여자의 일생》을 〈질 블라스〉지에 연재해서 커다란 호평을 받다(4월 6일 완결 후 단행본으로 출판. 3만 부가 8개월 동안에 매진되다. 문명(文名)이 국제적으로 알려짐과 동시에 부자가 되다). 7월, 고향 에트르타에 별장을 새로 지었는데, 이해 병세는 더욱 악화되고 안질, 신경 장애, 두통에 시달리는 등 고생을 하다. 《그 사람인가?》에 묘사되는 것 같은 환각과 강박 관념을 겪고 있었다고 짐작되다. 여름 오베르뉴에 어머니와 함께 온천 요양을 떠나다. 11월 하인 겸 요리사로서 벨기에 사람 프랑수아를 고용하다. 이해 중·단편 약 70편을 발표하다. 단편집 《산 이야기》 간행하다.

1884(34세) 1월~3월 남프랑스 칸에 머무르다. 러시아 태생인 여류 화가 마리 바슈키르체프와 편지를 주고받으며 교제하다. 6월~10월 에트르타를 방문하다. 두 번째 장편 《벨아미》 집필 외에 중·단편 약 60편. 단편집 《월광》 《론들리 자매》 《미스 하리에트》 간행하다.

1885(35세) 안질이 더욱 악화되다. 4월~7월 이탈리아 각지, 시칠리아 섬으로 여행하다. 《벨아미》를 〈질 블라스〉지에 연재하다(4월 8일~5월 30일). 10월 장편 《몽토리올》의 취재와 온천 요양을 겸해서 오베르뉴에 머무르다. 11월~12월 남프랑스 앙티브에 산 별장에 머물다. 이해 중·단편 약 20편을 발표하다. 소설집 《낮과 밤 이야기》 《투안》 《이베트》.

1886(36세) 1~2월, 앙티브에 머묾, 범선을 사들이다(뒤에 '벨아미 호'라 이름 붙이다). 여름, 오베르뉴, 런던, 옥스퍼드 여행하다. 10~11월, 앙티브에

머물다. 시력이 완전히 약해지다. 〈질 블라스〉지에 《벨아미》 연재하다(12월 23일~2월 6일). 단편 20여 편 발표하다. 소설집 《로크의 딸》 《파랑 씨(氏)》 간행하다.

1887(37세) 작가로서의 이름을 크게 떨치다. 신문사, 출판사는 그의 작품을 얻으려고 다투다. 방문객을 피하기 위해 파리 교외 센 강변에 성을 구해서 옛 친구를 초대하고 밤새워 술을 마시기도 하다. 마틸드 공작부인의 초대를 받다. 《춘희》의 작가 뒤마 피스는 그를 아카데미 회원으로 추천하려고 운동했고, 여성 독자들로부터는 동경의 표적이 되었으나 공쿠르로부터는 질투받다. 연말 두 번째로 아프리카를 여행하다. 걸작 《피에르와 장》이 〈르뷔 블랑슈〉지에 실리다(12월호~신년호). 이해 중·단편 10여 편. 소설집 《르 오로르》.

1888(38세) 1월 아프리카 여행에서 돌아왔는데, 〈피가로〉 신문에 실린 그의 《소설론》의 일부가 아무런 양해도 구하지 않고 무단 삭제되어 있었으므로 소송을 제기해서 사죄하게 하다. 이 무렵 여행과 항해가 관심의 전부라고 편지에 쓰다. 4월 칸, 6월~7월 스위스의 온천지로 나가다. 11월~12월 세 번째 장편 《죽음처럼 강하다》 집필. 단편 약 5편. 소설집 《위송 부인의 선행상(善行賞)》, 중편 《피에르와 장》, 벨아미 호로의 여행기 《물 위에서》 간행하다.

1889(39세) 장편 《죽음처럼 강하다》를 〈르뷔 일뤼스트레〉지에 연재(2월 15일~3월 15일)하고 이어 출판하다. 7월 에트르타로 가고, 9월~10월에는 세 번째로 이탈리아 여행을 떠나다. 아끼는 범선 벨아미 호를 타고 베르나르, 레이몽 두 선원과 프랑수아와 동행하다. 여행 중에 고열과 위통이 일어나 예정을 변경하여 집으로 돌아오다. 도중 리옹 교외의 브롱 정신병원에 입원 중인 동생 에르베를 위문하다. 중·단편 10여 편. 소설집 《왼손》 출판.

1890(40세) 1월~3월 칸에 머무르다. 4월 환각적 이야기 《누가 아는가?》를 발표하다. 두통·안질·불면증 더욱 심해가다. 장편 《사나이 마음(우리의 마음)》을 〈양세계 평론〉에 연재(5, 6월호). 7월 스위스로 온천 요양을 떠나다(신작 장편 《이국인》의 취재 목적도 있었다고 추정되다). 한편 극작에도 관심을 나타내고 희곡 《뮈제트》를 탈고하다. 10월 아프리

카로 여행한 것으로 추정된다. 11월 플로베르 기념상 제막식에 참석하기 위해서 루앙으로 가다. 장편《사나이 마음》과 중·단편 4편 만이 발표된다. 소설집《수꽃》 간행되다.

1891(41세) 병세는 절망적이었으나 미완성인 유작《앙젤 뤼스》의 집필에 온 힘을 기울이다.《뮈제트》가 파리에서 상연되어 호평을 받다. 5월~6월 니스에 머무르다. 7월에 니스에서 뤼숑 온천, 디본 온천으로 가서 요양하다. 연말부터는 과대망상 등 정신착란 증세가 심해지다. 작품은 발표되지 않다.

1892(42세) 1월 1일 밤, 페이퍼 나이프로 자살하려다 미수로 끝나다. 파시(Passy) 정신병원에 수용되다.

1893(43세) 이따금 밝은 정신으로 되돌아오는 때도 있으나 네 발로 기어다니며 독방의 벽을 핥기도 했다고 전해지다. 6월 28일 두 번이나 경련, 발작하다. 7월 2일까지 혼수상태 계속. 7월 6일 오후 3시 무렵 두 간호사가 지켜보는 가운데 어두컴컴한 병원 한구석에서 숨을 거두다. 7월 9일 파리의 몽마르트르 묘지에서 작가들이 참석하여 졸라가 조사를 읽는 가운데 장례가 치러지다. 유해는 몽파르나스 묘지에 묻히다.

이춘복(李春馥)

한국외국어대 불어과 졸업 서울대대학원 불문학 석사 프랑스 파리제1대학원 박사. 한국외대 불어과 교수 역임 현재 명예교수. 옮긴책 기 드 모파상 《여자의 일생》《비곗덩어리》《목걸이》, 프로스페르 메리메 《마테오 팔코네》, 알퐁스 도데 《별》 등이 있다.

세계문학전집075
Guy de Maupassant
UNE VIE/BEL AMI
여자의 일생/벨 아미
G. 모파상/이춘복 옮김
동서문화창업60주년특별출판
1판 1쇄 발행/2017. 2. 20
발행인 고정일
발행처 동서문화사
창업 1956. 12. 12. 등록 16-3799
서울 중구 다산로 12길 6(신당동 4층)
☎ 546-0331~6 Fax. 545-0331
www.dongsuhbook.com

✳

사업자등록번호 211-87-75330
ISBN 978-89-497-1540-7 04800
ISBN 978-89-497-1515-5 (세트)